L'ESPION

DU MÊME AUTEUR *(aux éditions Grasset)*

LA POURSUITE, coll. « Grand Format », 2009.

Avec Justin Scott
LE SABOTEUR, coll. « Grand Format », 2012.

série DIRK PITT
VENT MORTEL, coll. « Grand Format », 2007.
ODYSSÉE, coll. « Grand Format », 2004.
WALHALLA, coll. « Grand Format », 2003.
ATLANTIDE, coll. « Grand Format », 2001.
RAZ DE MARÉE, coll. « Grand Format », 1999.
ONDE DE CHOC, 1997.
L'OR DES INCAS, coll. « Grand Format », 1995.
SAHARA, 1992.
DRAGON, 1991.
TRÉSOR, 1989.

Avec Dirk Cussler
LE TRÉSOR DU KHAN, coll. « Grand Format », 2009.

série NUMA
Avec Paul Kemprecos
LE NAVIGATEUR, coll. « Grand Format », 2010.
TEMPÊTE POLAIRE, coll. « Grand Format », 2009.
À LA RECHERCHE DE LA CITÉ PERDUE, coll. « Grand Format », 2007.
MORT BLANCHE, coll. « Grand Format », 2006.
GLACE DE FEU, coll. « Grand Format », 2005.
L'OR BLEU, coll. « Grand Format », 2002.
SERPENT, coll. « Grand Format », 2000.
MÉDUSE BLEUE, coll. « Grand Format », 2012.

série ORÉGON
Avec Jack du Brul
QUART MORTEL, coll. « Grand Format », 2008.
CORSAIRE
CROISIÈRE FATALE, coll. « Grand Format », 2010.

Avec Craig Dirgo
PIERRE SACRÉE, coll. « Grand Format », 2007.
BOUDDHA, coll. « Grand Format », 2005.

série CHASSEURS D'ÉPAVES
CHASSEURS D'ÉPAVES, NOUVELLES AVENTURES, 2006.
CHASSEURS D'ÉPAVES, 1996.

CLIVE CUSSLER
JUSTIN SCOTT

L'ESPION

roman

Traduit de l'anglais (États-Unis)
par
FRANÇOIS VIDONNE

BERNARD GRASSET
PARIS

L'édition originale de cet ouvrage a été publiée par G.P. Putnam's sons, en 2010,
à New York, sous le titre :

THE SPY

Photos de couverture :
Océan : Kim Westerkov/Getty Images.
Sous-marin : Andrew Watson/Getty Images.
Avions : Angelo Bufalino Photography/Getty Images.

ISBN : 978-2-246-78388-6
ISSN : 1263-9559

© *2010 by Sandecker, RLLLP, pour le texte original.*
Putman, publié avec l'accord de Peter Lampack Agency, Inc.
© *Éditions Grasset et Fasquelle, 2013, pour la traduction française.*

Pour Amber

LA FILLE DU CANONNIER

1

17 mars 1908, Washington D.C.

Le Washington Navy Yard sommeillait, telle une cité antique protégée par sa rivière et ses murailles épaisses. Des hommes âgés patrouillaient, cheminant entre les pointeuses électriques pour valider leurs rondes parmi les usines, les entrepôts, les ateliers et les casernes. À l'extérieur du périmètre s'élevait une colline que recouvraient les maisons des ouvriers plongées dans la pénombre. Le dôme du Capitole et le Washington Monument couronnaient l'ensemble, scintillant sous la pleine lune. Le son d'un sifflet retentit. Un train approchait ; sa cloche résonna, tandis que la locomotive laissait échapper des volutes de vapeur.

Les sentinelles de l'US Navy ouvrirent le portail du Chemin de Fer Nord.

Personne ne vit Yamamoto Kenta se cacher sous le wagon de la compagnie Baltimore & Ohio que la motrice poussait à l'intérieur de l'arsenal. Les roues grincèrent sous le poids d'une plaque de blindage de trente-cinq centimètres d'épaisseur chargée à Bethlehem, en Pennsylvanie. Le chef de train engagea le wagon sur une voie de garage, le détacha, puis fit reculer la motrice.

Yamamoto se faufila vers les traverses de bois et le ballast de pierre entre les rails. Il resta immobile le temps de s'assurer qu'il était bien seul, puis suivit la voie ferrée jusqu'aux bâtiments de brique et de fer à trois étages qui abritaient la Naval Gun Factory.

Le clair de lune perçait à travers les hautes fenêtres ; à la lueur rubis des fourneaux, le lieu évoquait une gigantesque caverne. Des grues mobiles se dressaient dans l'ombre, menaçantes. De monstrueux canons de cuirassés de cinquante tonnes jonchaient le sol, comme si un terrifiant ouragan avait abattu une forêt d'acier.

Yamamoto était un Japonais d'une cinquantaine d'années à l'allure digne et assurée. Ses cheveux d'un noir brillant étaient striés de mèches grises. Il marcha d'un pas résolu en suivant l'itinéraire des veilleurs de nuit, examinant les tours de perçage, les machines à rayer les canons et les fourneaux. Il s'intéressa en particulier aux profonds puits aménagés dans le sol, aux fosses évasées bordées de briques où l'on assemblait les gaines d'acier autour des tubes de quinze mètres. Son regard était précis, aiguisé par les visites clandestines déjà effectuées chez Vickers et Krupp – les usines d'armement naval du Royaume-Uni et d'Allemagne – et à Saint-Pétersbourg, dans les installations où le Tsar de Russie faisait fabriquer l'essentiel de son artillerie.

Une serrure Yale de fabrication ancienne verrouillait la porte de l'office du laboratoire, qui fournissait divers produits chimiques aux ingénieurs et aux scientifiques. Il ne fallut à Yamamoto qu'un instant pour la crocheter. Une fois à l'intérieur, il se mit à fouiller les placards et les vitrines à la recherche d'iode. Lorsqu'il trouva les brillants cristaux bleu-noir, il en versa dans une enveloppe, puis inscrivit « cristaux d'iode, deux onces » sur le formulaire de réquisition qu'il parapha des initiales « AL », celles d'Arthur Langner, le légendaire ingénieur en chef et directeur de la Gun Factory.

Dans une aile distante du bâtiment tentaculaire, il put localiser le caisson de test où les experts en blindage simulaient des attaques à la torpille afin de mesurer l'impact, démultiplié à un point défiant l'imagination, des explosions subaquatiques. Il inspecta la réserve de matériel. Les puissances maritimes engagées dans la course à la construction de cuirassés modernes expérimentaient toutes des torpilles au TNT, mais Yamamoto remarqua que les Américains utilisaient encore, pour leurs tests, du fulmicoton comme poudre propulsive. Il s'empara d'un sachet de soie qui contenait de la cordite modifiée.

Alors qu'il ouvrait le placard du concierge du magasin pour y subtiliser une bouteille d'ammoniaque, il entendit les pas d'un gardien. Il se cacha dans le meuble jusqu'à ce que le vieil homme le dépasse et s'éloigne parmi les canons.

Vif et silencieux, Yamamoto grimpa à l'étage.

La salle de dessin de Langner n'était pas fermée à clef. La pièce était révélatrice d'un génie excentrique, tout aussi passionné par l'art que par la guerre. Des plans de culasses à filetage interrompu et des croquis d'obus aux effets foudroyants, œuvres d'un visionnaire, voisinaient avec un chevalet de peintre, des rayonnages de romans, et même une contrebasse et un piano à queue.

Yamamoto posa la cordite, l'iode et l'ammoniaque sur l'instrument, puis passa une heure à examiner les tables à dessin. *Soyez les yeux du Japon*, prêchait-il à l'école d'espionnage de la Société du Noir Océan lors des rares occasions où son devoir lui permettait de séjourner au pays. *Profitez de la moindre occasion d'observer, quel que soit le but ultime de votre mission, fraude, sabotage ou exécution.*

Ce qu'il vit l'effraya. Les canons de douze pouces qui jonchaient le sol de l'usine lançaient des obus capables de traverser les blindages les plus récents, mais ici, dans cette salle de dessin où leurs nouvelles idées voyaient le jour, les Américains disposaient déjà de plans de canons de quinze pouces, et même d'un de seize pouces, un monstre capable de projeter une tonne d'explosifs surpuissants au-delà de l'horizon. Personne ne savait encore comment viser avec une telle arme, les distances étant trop grandes pour ajuster le tir grâce à un repérage visuel des derniers « coups dans l'eau ». Pourtant, l'audacieuse imagination que Yamamoto voyait à l'œuvre sur ces plans laissait prévoir que bientôt la « New Navy » américaine finirait par découvrir des systèmes de visée novateurs.

Yamamoto fourra une liasse de billets dans le tiroir du bureau de l'ingénieur – cinquante certificats or de vingt dollars US –, bien plus que ce que pouvait gagner un ouvrier qualifié en un an.

Déjà, la puissance navale de l'US Navy n'était plus surpassée que par celles de l'Angleterre et de l'Allemagne. Sa flotte Atlantique Nord, rebaptisée non sans arrogance la « Grande Flotte blanche », arborait avec insolence son pavillon à l'occasion d'une traversée qui prenait des allures de tour du monde. Mais ni la Grande-Bretagne, ni l'Allemagne, ni la Russie ou la France n'étaient ses ennemis. La véritable mission de la Grande Flotte blanche consistait à effrayer l'empire du Japon et à l'éblouir de l'éclat de son acier. L'Amérique voulait contrôler l'océan Pacifique de San Francisco à Tokyo.

Et cela, le Japon ne le permettrait pas, songea Yamamoto avec un sourire de fierté.

Trois ans seulement s'étaient écoulés depuis que la guerre russo-japonaise avait permis dans le sang l'émergence d'un nouveau maître du Pacifique Ouest. La vaste Russie avait tenté de s'imposer face à l'empire du Japon, mais à présent, celui-ci occupait Port-Arthur. Et la Flotte baltique russe gisait à près de cent mètres de fond dans le détroit de Tsushima – en grande partie grâce aux espions nippons infiltrés dans la marine du Tsar.

Alors que Yamamoto refermait le tiroir après y avoir déposé l'argent, il éprouva soudain une sensation angoissante, comme s'il était observé. Il examina la photographie insérée dans un cadre argenté à l'autre bout du bureau. Le regard assuré d'une femme séduisante à la chevelure sombre rencontra le sien. Il reconnut la fille de Langner et ne put s'empêcher d'admirer la façon dont le photographe avait su capturer la beauté de ses yeux fascinants. Elle avait dédicacé le portrait d'une écriture fluide : *Pour toi, Père, le* « *canonnier* » *sans peur et sans reproche.*

Yamamoto détacha son regard de la jeune femme pour s'intéresser aux rayonnages de livres, où étaient rangés des dossiers de dépôts de brevets et des romans. Les dépôts les plus récents étaient dactylographiés. Yamamoto examina tour à tour chaque volume et remonta jusqu'à la dernière année où les dossiers étaient encore manuscrits. Il en ouvrit un sur le bureau de l'ingénieur et prit une feuille de papier et un stylo à plume d'or dans un tiroir. En se référant avec soin au modèle d'écriture de l'ingénieur, il rédigea une lettre brève et incohérente, qu'il conclut par les mots « Pardonnez-moi » avant d'y griffonner la signature de Langner.

Il emporta l'iode et l'ammoniaque dans le cabinet de toilette de l'ingénieur, écrasa les cristaux d'iode sur la table avec la crosse de son pistolet de poche Nambu, puis fit tomber la poudre obtenue dans un bol à raser. Il nettoya l'arme avec une serviette, laissant au passage une traînée violette sur le tissu. Il versa alors de l'ammoniaque, et mélangea le tout à l'aide de la brosse à dents pour obtenir une épaisse pâte de triiodure d'azote.

Il ouvrit le couvercle du piano à queue, et étala la pâte sur les cordes serrées les unes contre les autres. Une fois sec, le mélange explosif deviendrait très instable et sensible au moindre contact. Une légère vibration suffirait à produire une forte détonation et un éclair de lumière. La matière explosive seule n'endommagerait que le piano, mais utilisée comme détonateur, ses effets seraient dévastateurs.

Yamamoto disposa sur le cadre en fonte de l'instrument, juste au-dessus des cordes, le sachet de soie, qui contenait assez de cordite pour propulser un obus de cinq kilos à plus de trois kilomètres de distance.

*

Yamamoto Kenta quitta la Gun Factory par le chemin qu'il avait emprunté à l'aller, ses yeux le piquant encore sous l'effet de l'ammoniaque. Soudain, les choses commencèrent à aller de travers. Le portail du Chemin de Fer Nord était bloqué par un brusque regain d'activité nocturne. Des chefs de train, à bord de locomotives de manœuvre, faisaient entrer et sortir des wagons. Yamamoto s'enfonça dans l'arsenal, dépassa la centrale électrique et s'engagea dans un labyrinthe d'allées, de constructions et d'entrepôts. Il prit comme repère deux tours d'antennes radio expérimentales et les cheminées de la centrale électrique, puis traversa un parc et des jardins bordés d'agréables villas de brique, résidences des familles du commandant et des autres officiers de l'arsenal.

Le niveau du sol s'élevait peu à peu. Au nord-ouest, il aperçut le Capitole qui dominait la ville. À ses yeux, c'était un symbole de la terrible puissance de l'Amérique. Quelle autre nation aurait pu construire ce dôme de fonte, le plus vaste au monde, au beau milieu d'une sanglante guerre civile ?

Il marchait sur une allée étroite et était sur le point d'atteindre une sortie latérale lorsqu'une sentinelle faillit le surprendre.

Yamamoto eut tout juste le temps de se glisser derrière une haie.

Sa capture serait une honte pour le Japon. De façon officielle, il se trouvait à Washington pour contribuer à établir un catalogue de la récente donation de la collection d'art asiatique de Charles Lang Freer à la Smithsonian Institution. Cette couverture lui permettait de fréquenter des hommes politiques influents et des membres du corps diplomatique, dont les épouses se prenaient souvent pour des artistes et s'extasiaient devant ses moindres propos sur l'art japonais. À deux reprises, des experts de la Smithsonian Institution étaient parvenus à le prendre en défaut, mais il avait mis ses lacunes sur le compte d'une médiocre maîtrise de l'anglais. Jusqu'à présent, les experts acceptaient son explication, mais quelle excuse pourrait bien invoquer un conservateur de musée japonais surpris en train de rôder la nuit à l'intérieur du périmètre du Washington Navy Yard ?

Les bottes du gardien écrasaient le gravier tandis qu'il remontait l'allée. Yamamoto recula encore et sortit son pistolet, qu'il entendait n'utiliser qu'en tout dernier recours. Un coup de feu ne manquerait pas d'attirer les gardes de la Navy, cantonnés dans les baraquements, vers le portail principal. Il s'enfonça plus loin dans la haie à la recherche d'une ouverture entre les branches.

Le gardien n'avait aucune raison d'interrompre sa marche pesante pour fouiller les buissons, mais alors que Yamamoto poussait les branches flexibles de son dos, l'une d'elles fendit l'air avec bruit. L'homme s'immobilisa et regarda vers l'endroit d'où provenait le son. Au même moment, la lune éclaira leurs deux visages.

L'espion japonais vit très bien le gardien – un marin en retraite, un vieux loup de mer qui améliorait sa maigre pension en effectuant des veilles de nuit. Son visage était parcheminé, ses yeux délavés par l'éclat du soleil tropical et son dos voûté. Il se redressa en apercevant la mince silhouette qui se cachait dans la haie. Les sens en alerte, le retraité n'avait plus rien du vieil homme prêt à appeler à la rescousse ; il retrouvait les réflexes de l'époque où il était encore un solide marin aux muscles déliés et aux larges épaules.

— Mais qu'est-ce que vous fichez là-dedans ? tonna-t-il d'une voix puissante qui devait porter autrefois jusqu'en haut des vergues.

Yamamoto se faufila derrière les buissons et se mit à courir. Le gardien le suivit dans les fourrés, mais s'y empêtra en poussant des grognements furieux. Au loin, des voix lui répondirent. Le Japonais changea de direction et longea un haut mur construit, avait-il appris en préparant son expédition nocturne, après une invasion de pillards survenue à la suite d'une crue du Potomac qui avait inondé l'arsenal. La muraille était trop haute pour qu'il puisse l'escalader.

Des cris retentirent, suivis du bruit des bottes sur le gravier. Les rayons de lampes électriques traversaient la nuit. Soudain, Yamamoto vit le salut droit devant lui : un arbre adossé au mur. Il planta ses semelles de crêpe sur l'écorce, grimpa jusqu'à la branche la plus basse, puis atteignit les deux suivantes et sauta au sommet du mur. De l'autre côté, la rue était déserte. Il s'élança en pliant les genoux pour amortir l'impact.

*

Une fois arrivé à Buzzard Point, vers le bas de la 1re Rue, Yamamoto embarqua à bord d'un canot équipé d'un moteur Pierce de deux chevaux. Le pilote s'engagea dans le courant pour descendre le Potomac. Un voile de brume enveloppa peu à peu l'embarcation, et Yamamoto laissa échapper un soupir de soulagement.

Tout en se protégeant du froid dans le réduit aménagé sous la proue, il prit le temps de réfléchir à sa visite au chantier et conclut que sa mission n'avait pas pâti du cours des événements. L'allée où le gardien avait failli l'attraper se trouvait à huit cents mètres au moins de la Gun Factory. Le vieil homme avait vu son visage, mais quelle importance ? Les Américains méprisaient les Asiatiques ;

très peu savaient faire la différence entre les traits d'un Chinois et ceux d'un Japonais. Les immigrés chinois étaient beaucoup plus nombreux que les Japonais, et le gardien évoquerait sans doute l'intrusion d'un quelconque « Chinetoque » drogué à l'opium, se rassura Yamamoto avec un sourire apaisé. Ou même, se dit-il avec un petit rire silencieux, d'un odieux esclavagiste avide de s'emparer des filles du commandant pour la traite des blanches.

Il quitta le canot huit kilomètres en aval, à Alexandria, en Virginie.

Là, il attendit que l'embarcation quitte la jetée de bois, puis se hâta de longer la rive pour atteindre un entrepôt sombre, encombré de matériel naval obsolète enfoui sous une couche épaisse de poussière et de toiles d'araignée.

Le jeune homme que Yamamoto appelait non sans dédain « l'espion » l'attendait dans une pièce chichement éclairée. Il avait vingt ans de moins que lui et son apparence était ordinaire jusqu'à l'insignifiance. L'espace était envahi d'un bric-à-brac démodé hérité des conflits précédents : sabres croisés disposés sur les murs ; un canon en fonte Dahlgren à chargement par la gueule, datant de l'époque de la guerre de Sécession, qui menaçait de faire s'effondrer le plancher ; et poussé derrière le bureau, un vieux projecteur à arc et à électrodes de charbon de vingt-quatre pouces de diamètre provenant d'un navire de guerre. Yamamoto pouvait voir le reflet de son visage sur sa surface poussiéreuse.

Il fit état du succès de sa mission puis, tandis que l'espion prenait des notes, présenta un rapport détaillé de tout ce qu'il avait pu observer à la Gun Factory.

— La majeure partie de ce que j'y ai vu, précisa-t-il, semblait plutôt usée.

— Ce n'est guère étonnant.

Accablée de travail, mais assez mal dotée sur le plan financier, la Gun Factory parvenait toutefois à fournir la « Grande Flotte blanche » en matériel de toutes sortes, des munitions aux tubes lance-torpilles. Une fois la flotte appareillée, elle avait envoyé à San Francisco des pièces de rechange, fronteaux de mire, percuteurs, bouchons de culasse ou tourillons de canons. D'ici un mois, la flotte y ferait escale après son voyage de quatorze mille milles nautiques par le cap Horn et se réarmerait aux chantiers navals de Mare Island avant d'entreprendre la traversée du Pacifique.

— À votre place, je ne les sous-estimerais pas, répliqua Yamamoto d'un air sombre. Le matériel usé peut très bien être remplacé.

— S'ils ont assez de cran.

— Si j'en juge par ce que j'ai vu, ils n'en manquent pas. Ni d'imagination. Pour l'instant, ils reprennent leur souffle.

L'homme derrière le bureau comprit que Yamamoto Kenta était tétanisé – voire déstabilisé – par la puissance de l'US Navy. Ce n'était pas la première fois qu'il l'entendait épiloguer à ce sujet et il savait comment changer de sujet en lui prodiguant des éloges.

— Je n'ai jamais douté de vos talents d'observateur hors pair. Mais je dois avouer que je suis impressionné par l'éventail et la profondeur de votre savoir-faire : chimie, ingénierie, rédaction de faux. Cette seule opération vous a suffi pour entraver les progrès de l'artillerie navale américaine et envoyer au Congrès un message clair quant à la corruption de l'US Navy.

Il observa Yamamoto qui se rengorgeait. Même l'agent le plus capable a ses faiblesses. Le talon d'Achille de Yamamoto était sa vanité, qui confinait à l'aveuglement.

— Cela fait longtemps que je joue à ce petit jeu, lui accorda le Japonais d'un ton de feinte modestie.

En réalité, songea l'homme installé derrière le bureau, la préparation de triiodure d'azote se résumait à une formule simple que l'on pouvait trouver dans n'importe quel manuel de chimie élémentaire. Cela n'ôtait cependant rien aux autres talents de Yamamoto, ni à sa connaissance approfondie de tous les aspects de la guerre navale.

Après l'avoir circonvenu, l'espion se prépara à le tester.

— J'étais à bord du *Lusitania* la semaine dernière, annonça-t-il, et j'y ai fait la connaissance d'un attaché britannique. Vous voyez le genre. Il se prenait pour un « gentleman espion ».

L'homme possédait un indéniable don d'imitation, et il offrit à Yamamoto un parfaite parodie du parler aristocratique anglais.

— Les Japonais, proclamait cet Anglais à qui voulait l'entendre dans le fumoir, font preuve d'une aptitude naturelle à l'espionnage, d'un sang-froid et d'une habileté que l'on trouve rarement chez les Occidentaux.

Yamamoto éclata de rire.

— Il ne peut s'agir que du capitaine de frégate Abbington-Westlake, du Renseignement naval de l'Amirauté ! On l'a surpris l'été dernier alors qu'il peignait une aquarelle du détroit de Long Island où se trouvait comme par hasard le dernier sous-marin américain de la classe Viper ! Le commentaire de ce moulin à paroles sur les Japonais était-il un compliment, selon vous ?

— La marine française, qu'il a récemment réussi à noyauter, ne le considère sans doute pas comme un simple moulin à paroles. Vous avez gardé l'argent ?

— Je vous demande pardon ?

— L'argent que vous étiez censé déposer dans le bureau de Langner… Vous l'avez gardé pour vous ?

Le Japonais se raidit.

— Bien sûr que non. Je l'ai mis dans le tiroir.

— Les ennemis de la Navy au Congrès doivent croire que l'ingénieur chéri du public, le soi-disant « canonnier », a touché un pot-de-vin. Cet argent constitue un élément essentiel du message que nous envoyons au Congrès ; ils doivent suspecter que la Navy est tout aussi pourrie à d'autres niveaux. Vous avez gardé l'argent ?

— Le fait que vous puissiez poser une telle question à un associé loyal ne devrait pas me surprendre. Votre âme de voleur vous pousse à penser que tous les autres sont capables des mêmes bassesses.

— Vous avez gardé l'argent ? répéta l'espion.

Il avait pour habitude de demeurer d'une immobilité parfaite, ce qui contribuait à faire oublier la puissance d'acier de son corps ramassé.

— Je vous le répète pour la dernière fois, je n'ai pas gardé cet argent. Seriez-vous rassuré si j'en faisais le serment sur la mémoire de mon vieil ami, votre père ?

— Eh bien faites-le !

Yamamoto croisa son regard sans dissimuler sa haine.

— Je le jure sur la mémoire de mon vieil ami, votre père.

L'ESPION   21

— Je pense que je vais vous croire.

— Votre père était un patriote, répondit Yamamoto d'un ton froid. Vous n'êtes qu'un mercenaire.

— Je vous paye et vous êtes mon employé, répliqua l'espion d'un ton encore plus glacial. Et votre gouvernement vous paiera à son tour lorsque vous lui transmettrez les précieux renseignements que vous avez glanés à la Gun Factory alors que vous étiez à *mon* service.

— Je n'espionne pas pour de l'argent. J'espionne pour l'empire du Japon.

— Et pour moi.

*

— Je souhaite un bon dimanche matin à tous ceux qui préfèrent leur musique sans sermon, déclara Arthur Langner en accueillant ses amis à la Gun Factory.

Vêtu d'un complet ample froissé, les cheveux ébouriffés, l'œil vif et curieux, l'ingénieur star du Bureau de l'Artillerie navale souriait comme un homme qui s'intéresse à tout ce qu'il voit, et en particulier à ce qui sort de l'ordinaire. Le « Canonnier » était végétarien ; il se proclamait agnostique et se passionnait pour les théories de l'inconscient avancées par le neurologue viennois Sigmund Freud.

Langner, sincèrement convaincu qu'une ingénierie domestique basée sur la science aiderait les femmes à se libérer de l'isolement imposé par les tâches ménagères, avait mis sa fertile imagination à l'œuvre pour inventer une « machine électrique de nettoyage par le vide » dont il détenait les brevets. Il pensait aussi que les femmes devaient obtenir le droit de vote, mener une vie professionnelle et même avoir accès à la contraception. On murmurait que sa fille, une superbe jeune femme qui était de toutes les soirées de New York et de Washington, en serait une bénéficiaire toute désignée.

— Une bande de dangereux fanatiques à lui tout seul, se plaignait parfois le commandant de l'arsenal.

— Mais Dieu merci, c'est pour nous qu'il travaille, et non pour l'ennemi, rétorquait alors le responsable du Bureau de l'Artillerie navale, qui avait eu l'occasion de voir le dernier-né de Langner, un canon de douze pouces et de calibre .50, à l'œuvre sur la zone de tirs d'entraînement Atlantique de Sandy Hook.

— Histoire de prouver à tous les bien-pensants qui laisseraient traîner une oreille dans le coin que nous ne sommes pas des païens, commençons par « Amazing Grace », dit Langner. En sol, s'il vous plaît.

Les musiciens de son orchestre de chambre du dimanche matin, réunion hétéroclite d'employés de la Gun Factory, manifestèrent leur approbation par des éclats de rire.

Langner s'installa au clavier du piano à queue.

— Pouvez-vous nous donner d'abord le « la » ? demanda le violoncelliste, expert en ogives perceuses de blindages.

Langner appuya avec douceur sur un « la », vers le milieu du clavier, pour permettre aux autres musiciens de s'accorder. Il roula des yeux avec une feinte impatience tandis qu'ils tournaient les chevilles de leurs instruments.

— Auriez-vous l'intention, messieurs, de m'infliger une de ces nouvelles gammes atonales ?

— Encore un « la », s'il vous plaît, Arthur. Un peu plus fort, si c'est possible ?

Langner enfonça la touche d'un doigt plus ferme et fit sonner la note à plusieurs reprises. Les musiciens semblèrent enfin satisfaits.

Le violoncelliste joua les premières notes du morceau.

À la dixième mesure, les violons – joués par un spécialiste de la propulsion des torpilles et un ingénieur en tuyauterie vapeur à l'imposante carrure – attaquèrent le passage correspondant au troisième vers des paroles, qu'ils jouèrent une première fois avant de le répéter.

Langner leva ses mains massives au-dessus du clavier, écrasa la pédale *forte* et fit résonner un « sol » en un puissant crescendo.

À l'intérieur du piano, la pâte de triiodure d'azote appliquée par Yamamoto Kenta s'était durcie pour former une croûte sèche et friable. Lorsque Langner plaqua son accord, les marteaux couverts de feutre frappèrent les cordes de « sol », « si » et « ré » et les firent vibrer à l'unisson. Six autres octaves des mêmes notes entrèrent en résonance par sympathie, déstabilisant le triiodure d'azote, qui explosa dans un craquement sec. Un nuage violet s'échappa de l'instrument et le sachet de cordite explosa à son tour.

L'explosif fit éclater l'instrument en milliers d'éclats de bois, de métal et d'ivoire qui criblèrent la tête et le thorax d'Arthur Langner et le tuèrent sur le coup.

2

EN 1908, L'AGENCE DE DÉTECTIVES VAN DORN avait des
bureaux dans toutes les villes américaines d'une certaine
importance, et le style de ses locaux reflétait la nature de la
localité où ils se trouvaient. Ceux de Chicago occupaient une suite
de l'immense hôtel Palmer House. Ceux de Dusty Ogden, une
agglomération qui formait un nœud ferroviaire dans l'Utah, se
contentaient d'une pièce de location aux murs couverts d'avis de
recherche. À Washington, ville du ministère de la Justice, qui fournissait une part appréciable de l'activité de l'agence, les détectives
Van Dorn étaient installés sur Pennsylvania Avenue, au second
étage du nouveau Willard, le plus bel hôtel de la capitale, à deux
pas de la Maison Blanche.

Joseph Van Dorn en personne y avait son propre bureau, une
pièce aux murs tapissés de lambris de noyer et équipée d'appareils
modernes qui lui permettaient de garder en permanence le contact
avec ses équipes disséminées à travers toute l'Amérique du Nord.
En plus du télégraphe privé de l'agence, il disposait de trois téléphones à colonne capables d'assurer des liaisons longue distance
aussi lointaines que Chicago, un dictaphone, un téléscripteur à
remontage automatique et un interphone électrique Kellog. Un
judas lui permettait de jauger les clients ou les informateurs dès
leur arrivée dans le salon de réception. Des fenêtres d'angle
donnaient sur la façade du Willard et sur ses entrées latérales.

Une semaine après le tragique décès d'Arthur Langner à la Gun Factory, Van Dorn, debout près de l'une d'elles, regardait non sans appréhension deux femmes quitter un tramway, se frayer un passage sur le trottoir bondé et disparaître dans le hall de l'hôtel.

L'interphone sonna un instant plus tard.

— Mademoiselle Langner est arrivée, annonça le détective de l'hôtel, un employé de l'agence Van Dorn.

— C'est ce que j'ai constaté, en effet, répondit Van Dorn, qui était loin de se réjouir de cette visite.

Le fondateur de l'agence Van Dorn était un quadragénaire chauve à la forte carrure. Il avait un nez aquilin encadré de favoris roux aux poils drus et les manières affables d'un avocat ou d'un chef d'entreprise qui aurait amassé une fortune dès sa jeunesse et qui entendait en jouir à son aise. Ses paupières tombantes cachaient une intelligence acérée ; dans tout le pays, de nombreux pénitenciers abritaient des criminels assez imprudents pour avoir laissé ce massif gentleman les approcher d'assez près pour leur passer les menottes.

Au rez-de-chaussée, les deux femmes traversaient le hall orné de marbre et de dorures du Willard en attirant vers elles les regards de tous les hommes. La plus jeune, une jeune fille menue de dix-huit ou dix-neuf ans à la chevelure rousse, se distinguait par son regard vif et son style élégant. Sa compagne, une beauté élancée aux cheveux d'un noir de jais, portait des vêtements de deuil et un chapeau noir orné de plumes de sterne. Son visage était en partie voilé. Son amie la tenait par le bras comme pour l'encourager.

Mais une fois traversé le hall, Dorothy Langner se ressaisit et insista pour que sa compagne s'installe au pied des escaliers sur un luxueux canapé.

— Tu ne veux pas que je t'accompagne, tu es sûre ?

— Non, je te remercie, Katherine. Je me débrouillerai très bien seule.

Dorothy Langner souleva les plis de sa longue jupe et monta l'escalier.

Katherine Dee tendit le cou et la vit s'arrêter sur le palier, relever son voile et presser son front contre un froid pilier de marbre poli. Puis la jeune femme se redressa et longea le couloir avant de disparaître de la vue de Katherine et de pénétrer dans les bureaux de l'agence Van Dorn.

Joseph Van Dorn jeta un coup d'œil par le judas. Le réceptionniste était un homme calme et fiable – il n'aurait d'ailleurs pas occupé cet emploi si tel n'avait pas été le cas –, mais il sembla tétanisé par la beauté de la jeune personne qui lui tendit sa carte, et Van Dorn songea non sans amertume qu'une horde de sauvages aurait pu entrer au même moment et repartir avec les meubles sans même qu'il le remarque.

— Je suis Dorothy Langner, annonça la jeune femme d'une voix claire et mélodieuse. J'ai rendez-vous avec monsieur Joseph Van Dorn.

Van Dorn se hâta d'entrer pour l'accueillir.

— Mademoiselle Langner, dit-il d'un ton de sollicitude, permettez-moi de vous présenter mes sincères condoléances.

Son accent rugueux de Chicago était adouci par de légères tonalités irlandaises.

— Je vous remercie, monsieur Van Dorn. Je vous suis reconnaissante d'avoir accepté de me recevoir.

Van Dorn la fit entrer dans son sanctuaire privé.

Dorothy Langner refusa le verre d'eau et le thé que lui proposa son hôte et alla droit au but.

— La marine laisse entendre que mon père se serait suicidé. Je désire faire appel aux services de votre agence pour laver son honneur.

Van Dorn s'était préparé du mieux qu'il le pouvait à cette délicate entrevue. Les raisons de douter de la santé mentale du père de Dorothy ne manquaient pas, mais sa propre épouse avait fréquenté Dorothy au Smith College, et il se sentait tenu d'écouter la malheureuse jusqu'au bout.

— Je suis bien sûr à votre service, mais cependant...

— Selon eux, il aurait lui-même provoqué l'explosion qui l'a tué, mais ils refusent de me dire ce qu'ils savent.

— Vous ne devriez pas y attacher trop d'importance, lui répondit Van Dorn. La marine cultive souvent le mystère. Ce qui me surprend davantage, c'est qu'en général, ils sont attentifs aux gens qu'ils emploient et à leurs proches.

— Mon père tenait à ce que la Gun Factory fonctionne comme une structure civile plutôt que comme un chantier militaire, et il ne s'en cachait pas. Pour lui, c'était une entreprise avant tout.

— Et pourtant, objecta Van Dorn, d'après ce que j'ai pu entendre, des entreprises privées assurent la fabrication de nombreuses commandes.

— Des canons de quatre ou six pouces peut-être, mais pas les canons de cuirassés !

— Je me demande si ces changements tracassaient votre père ?

— Il en avait l'habitude, répondit Dorothy d'un ton sec. Il citait souvent Shakespeare. Selon lui, « les coups et les revers de l'injurieuse fortune [1] » étaient la conséquence des tiraillements qui agitent le Congrès et les lobbies locaux. Il avait le sens de l'humour, monsieur Van Dorn. Il savait rire de tout. Les hommes tels que lui ne se suicident pas.

— J'en suis persuadé, acquiesça Van Dorn d'un ton grave.

L'interphone Kellog résonna à nouveau.

Sauvé par le gong, se dit Van Dorn. Il se dirigea vers le mur où était fixé l'appareil et décrocha le combiné.

— Faites-le monter, ordonna-t-il au bout d'un instant, avant de raccrocher et de se tourner vers Dorothy. J'ai demandé à Isaac Bell, mon meilleur détective, de laisser tomber son affaire en cours, une importante attaque de banque, pour élucider les circonstances du décès de votre père. Il va pouvoir vous exposer la situation.

La porte s'ouvrit. Un homme vêtu d'un costume blanc entra avec une économie de mouvements surprenante chez une personne de sa taille. Il dépassait largement le mètre quatre-vingts, était mince et devait sans doute peser moins de quatre-vingts kilos. Il paraissait âgé d'une trentaine d'années. La moustache qui lui couvrait la lèvre supérieure était d'un blond doré, tout comme ses cheveux épais et coiffés avec soin. Son visage était celui d'un homme qui vit souvent dehors et ne craint ni le soleil ni le vent.

Ses grandes mains pendaient sur ses flancs. Ses doigts étaient longs et manucurés, mais un observateur plus attentif que la

---

1. Extrait du monologue d'Hamlet, de Shakespeare, traduction d'André Gide.

malheureuse Dorothy Langner aurait peut-être remarqué que les articulations de sa main droite étaient rouges et enflées.

— Mademoiselle Langner, permettez-moi de vous présenter l'enquêteur en chef Isaac Bell.

Bell observa la belle jeune femme d'un regard vif et pénétrant. Dans les vingt-cinq ans, estima-t-il. De l'intelligence et du sang-froid. Minée de chagrin, mais terriblement séduisante. Dorothy tourna vers lui un regard implorant.

Les yeux bleus de Bell s'adoucirent aussitôt. Ils prenaient à présent une nuance violette et son regard inquisiteur laissait percer une certaine tendresse. Par politesse, il ôta son chapeau à larges bords.

— Je suis navré de la perte que vous venez d'éprouver, mademoiselle Langner, dit-il en prenant un mouchoir immaculé et en essuyant une gouttelette de sang sur sa main, d'un geste si naturel qu'il en était presque invisible.

— Monsieur Bell, demanda Dorothy, qu'avez-vous appris qui puisse laver l'honneur de mon père ?

Avec douceur, mais sans esquive, Bell répondit d'une voix grave empreinte de sympathie.

— Pardonnez-moi, mais je suis obligé de constater que votre père a en effet signé le registre du laboratoire pour une quantité d'iode significative.

— C'était un ingénieur, un scientifique ! protesta Dorothy. Il se servait tous les jours de produits provenant du laboratoire.

— L'iode en poudre est un composant essentiel de l'explosif qui a servi de détonateur à la cordite disposée dans le piano. Ainsi que l'ammoniaque. Le concierge a signalé qu'il lui manquait une bouteille dans le placard où il range ses produits.

— N'importe qui aurait pu la prendre.

— Bien sûr, mais tout indique qu'il a mélangé les produits dans son cabinet de toilette privé : les taches sur la serviette, la poudre volatile sur sa brosse à dents, les résidus dans son bol à raser.

— Comment pouvez-vous être au courant de tout cela ? demanda Dorothy en réprimant des larmes de colère. La marine refuse de me laisser approcher de son bureau. Ils ont renvoyé mon avocat et même empêché la police de pénétrer dans le périmètre de la Gun Factory.

— J'ai réussi à entrer, répondit Bell.

Un secrétaire arborant un gilet, un nœud papillon, une chemise aux manches ceintes d'un bandeau, et muni d'un Colt double action dans un holster d'épaule, entra soudain dans la pièce.

— Le commandant du Washington Navy Yard au téléphone ! Il est furieux...

— Dites à l'opératrice de transférer l'appel sur ce téléphone. Veuillez m'excuser, mademoiselle Langner... Ici Van Dorn. Bonjour, commandant Dillon. Comment allez-vous ? Non, vraiment ?

Van Dorn, tout en écoutant son correspondant, rassura Dorothy d'un sourire.

— Eh bien, si je peux me permettre, monsieur, une telle description pourrait correspondre à la moitié des hommes de la ville. Et à une personne qui se trouve avec moi en ce moment même. Mais rien dans son apparence n'indique qu'il ait pu avoir une échauffourée avec des marines des États-Unis – ou alors ce ne sont plus les durs à cuire que j'ai connus à mon époque.

Isaac Bell glissa sa main droite dans sa poche.

Joseph Van Dorn poursuivit sa conversation sur un ton badin, mais le commandant ne s'y serait pas laissé prendre s'il avait pu apercevoir l'éclat glacial de son regard.

— Non, monsieur. Je n'ai pas l'intention de « présenter » l'un de mes hommes parce qu'une de vos sentinelles affirme avoir pris un détective la main dans le sac. D'ailleurs, celui qui se trouve dans mon bureau n'a pas été « pris », puisqu'il est présent à mes côtés... Je déjeune demain au Cosmos Club avec le secrétaire à la Marine, et je lui ferai part de votre plainte. Merci de transmettre mes hommages à madame Dillon.

Van Dorn remit le combiné sur son crochet.

— Il semblerait qu'un homme blond de grande taille, portant moustache, ait assommé quelques sentinelles du Navy Yard qui cherchaient à l'arrêter.

Bell sourit en dévoilant une rangée de dents d'une blancheur uniforme.

— Cet homme aurait sans doute obtempéré s'ils n'avaient tenté de le tabasser, répliqua-t-il en se tournant vers Dorothy, une expression plus douce dans le regard. Et maintenant, mademoiselle Langner, je dois vous montrer quelque chose.

Il présenta à la jeune femme une épreuve encore humide, tout juste sortie de la chambre noire. C'était une photographie de la lettre de suicide laissée par Langner, que Bell avait prise avec le Kodak A3 pliant offert par sa fiancée. Il masqua de sa main une partie de la lettre afin d'épargner à mademoiselle Langner la lecture des divagations qui y étaient rédigées.

— Est-ce l'écriture de votre père ?

Dorothy hésita, examina la photographie de plus près, puis hocha la tête à contrecœur.

Bell l'observa avec attention.

— Vous ne semblez pas très sûre.

— C'est juste que l'écriture me paraît... je ne sais pas. Si, c'est bien la sienne.

— Je sais bien que votre père subissait une pression importante pour accélérer la production. Selon certains de ses collègues, qui l'admiraient beaucoup, ce stress était énorme, peut-être au point de devenir insupportable.

— Absurde ! lança Dorothy. Mon père ne fabriquait pas des cloches pour des églises. Il s'occupait d'une usine de canons. Il était le premier à exiger du rendement. Et s'il n'avait pu en supporter davantage, il m'en aurait parlé. Nous sommes devenus très proches après le décès de ma mère.

— Ce qui est tragique dans le suicide, l'interrompit Van Dorn, c'est que la victime ne voit aucun autre moyen que la mort pour échapper à l'insoutenable. C'est la mort la plus solitaire qui soit.

— Il ne se serait pas tué ainsi.

— Pourquoi pas ?

Dorothy Langner garda un instant le silence. En dépit de son chagrin, elle remarqua que le grand détective était très bel homme, avec une force rude tempérée d'élégance. Elle appréciait et recherchait cette combinaison chez les hommes, mais ne la trouvait que rarement.

— C'est moi qui lui ai offert ce piano afin qu'il se remette à jouer. Pour se détendre. Il m'aimait trop pour utiliser un tel cadeau afin de mettre fin à ses jours.

Isaac Bell observa le regard de ses fascinants yeux d'un bleu argenté pendant qu'elle plaidait la cause de son père.

— Mon père était trop heureux dans son travail pour vouloir se tuer. Il y a vingt-quatre ans de cela, il a commencé par des copies de canons anglais de quatre pouces. Aujourd'hui, son usine fabrique les meilleurs canons de douze pouces au monde. Il a réussi à construire des canons de marine précis et fiables d'une portée de vingt mille mètres. Vous vous rendez compte de ce que cela représente, monsieur Bell ?

Bell tendit l'oreille pour déceler un changement de ton qui aurait pu trahir un doute. Alors que la jeune femme poursuivait sa description enthousiaste de l'œuvre de son père, il observa son visage à la recherche d'une trace d'incertitude.

— Plus le canon est gros, plus la force à maîtriser est violente. L'erreur n'a pas de place dans un tel processus. Il faut forer le fût de sorte que la cavité soit aussi rectiligne qu'un rayon lumineux. Son diamètre doit rester constant, à un millième de pouce près. Le rayage exige une minutie digne d'un Michel-Ange, et le chemisage la précision d'un horloger. Mon père *aimait* ses canons – tous ceux qui œuvrent pour moderniser les cuirassés adorent leur travail. Un magicien de la propulsion vapeur comme Alasdair MacDonald est amoureux de ses turbines ! Et Ronnie Wheeler, à Newport, de ses torpilles ! Et Farley Kent de ses coques de plus en plus rapides ! Un tel engagement procure une grande joie, monsieur Bell. Des hommes comme eux ne se suicident pas.

— Je peux vous assurer, intervint Joseph Van Dorn, qu'Isaac Bell a mené des recherches d'une méticulosité…

— Je vous demande pardon, l'interrompit Bell. Et si mademoiselle Langner avait raison ?

Surpris, son patron le dévisagea.

— Avec la permission de mademoiselle Langner, poursuivit Bell, je vais approfondir cette enquête.

Le beau visage de Dorothy Langner rayonna d'espoir. Elle se tourna vers le fondateur de l'agence. Van Dorn leva les mains et les écarta en un large mouvement.

— C'est une affaire entendue. Isaac Bell va se mettre immédiatement au travail avec le soutien entier et complet de l'agence.

La réponse pleine de gratitude de Dorothy sonna presque comme un défi.

— C'est tout ce que je vous demande. Une évaluation précise et argumentée de tous les faits. Mais je ne pouvais en attendre moins de la part d'une agence dont la devise est « Nous n'abandonnons jamais ».

Un sourire illumina soudain ses traits et laissa entrevoir l'espace d'un instant la jeune femme insouciante et vive que devait être Dorothy avant que la tragédie ne la frappe.

— Il semblerait que vous ayez mené votre propre enquête à notre sujet, répliqua Bell en lui souriant en retour.

Van Dorn la raccompagna en lui renouvelant ses condoléances.

Isaac Bell s'approcha de la fenêtre qui donnait sur Pennsylvania Avenue. Dorothy Langner quitta l'hôtel en compagnie d'une jeune femme aux cheveux roux qu'il avait remarquée un peu plus tôt dans le hall. Seule, la jeune personne aurait attiré l'attention par sa beauté, mais en compagnie de la fille de l'ingénieur, elle ne paraissait que jolie.

Van Dorn le rejoignit.

— Qu'est-ce qui vous a fait changer d'avis, Isaac ? L'amour qu'elle éprouve pour son père ?

— Non. L'amour qu'elle éprouve pour son œuvre.

Il regarda les deux femmes courir vers un arrêt de tramway alors qu'un train approchait, relever le bas de leurs jupes et monter à bord. Dorothy Langner ne se retourna pas, mais son amie leva les yeux et jeta un regard appréciateur vers les fenêtres de l'agence Van Dorn, comme si elle connaissait avec précision leur emplacement.

Van Dorn examina la photographie.

— Je n'ai jamais vu une image sur pellicule aussi nette. Presque autant qu'un tirage sur plaque de verre.

L'ESPION   33

— Marion m'a offert un Kodak A3. Il rentre tout juste dans la poche de mon pardessus. Vous devriez en fournir un à tous les détectives.

— À soixante-quinze dollars pièce, hors de question, rétorqua le parcimonieux patron de l'agence. Le Kodak Brownie à dix dollars fait très bien l'affaire. Mais qu'est-ce qui vous trotte par la tête, Isaac ? Vous paraissez préoccupé.

— J'ai bien peur qu'il faille demander à nos comptables de jeter un sérieux coup d'œil dans les livres de comptes du père de mademoiselle Langner.

— Mais pourquoi cela ?

— Ils ont découvert dans son bureau une liasse de billets plus que conséquente.

— Un *pot-de-vin* ? s'exclama Van Dorn. Un pot-de-vin ? Pas étonnant que la Navy ne soit pas en veine de confidences !

Langner était un employé du gouvernement, qui lui avait confié le droit de choisir ses fournisseurs d'acier. Le Congrès n'avait pas oublié le scandale qui avait eu lieu trois ans plus tôt lorsque le trust de l'acier avait truqué les prix des plaques de blindage.

— Eh bien, cela explique pourquoi sa fille devait l'aider à se détendre en l'invitant à jouer du piano ! conclut Van Dorn en secouant la tête, dégoûté.

— Si l'on se fie aux apparences, reconnut Bell, voilà l'histoire d'un homme intelligent qui a commis une grosse bêtise, ne sait plus comment faire face et se trouve acculé au suicide.

— Je suis d'ailleurs surpris que vous ayez accepté d'approfondir l'affaire.

— C'est une jeune femme passionnée.

Van Dorn le dévisagea, étonné.

— Vous êtes fiancé, Isaac.

Isaac Bell gratifia son patron d'un sourire candide. Van Dorn ne s'embarrassait pas de scrupules superflus lorsqu'il s'agissait de pourchasser les criminels, mais pour ce qui était des affaires sentimentales, il se montrait très soucieux des convenances.

— Le fait que je sois amoureux de Marion Morgan ne me rend pas aveugle à la beauté. Et je ne suis pas non plus insensible à la passion. Ce que je veux dire, c'est que la très séduisante mademoiselle Langner fait preuve d'une confiance absolue envers son père.

— La plupart des mères, et toutes les filles, refusent de voir la vérité en face lorsque leur fils ou leur père se livre à des activités criminelles, répliqua Van Dorn d'un ton acide.

— Quelque chose l'a troublée dans l'écriture de cette lettre.

— Comment vous êtes-vous débrouillé pour la trouver, d'ailleurs ?

— La Navy n'avait pas la moindre idée de la façon dont il fallait mener l'enquête. Ils ont tout laissé sur place, sauf le corps, et ont cadenassé la porte pour empêcher la police de fouiner.

— Comment êtes-vous entré ?

— La serrure était une vieille Polhem.

Van Dorn hocha la tête. Bell s'y connaissait en serrures.

— Eh bien, je comprends que la Navy n'ait pas su comment s'y prendre. Ils doivent être morts de trouille. Ils ont peut-être réussi à convaincre le président Roosevelt de leur offrir quarante-huit nouveaux navires de guerre, mais au Congrès, ils sont nombreux à vouloir leur serrer la bride.

— Cela m'ennuie de laisser le détective Scully dans une position délicate, mais est-ce que vous pourriez me relever de l'affaire des Frye Boys pendant que je m'occupe du cas Langner ?

— Scully adore les positions délicates, grommela Van Dorn. Il est un peu trop indépendant à mon goût.

— Mais c'est un enquêteur plus que perspicace, objecta Bell, prenant la défense de son collègue.

Scully, un agent peu enclin à la discipline des rapports réguliers, traquait de l'autre côté de la frontière entre l'Ohio et la Pennsylvanie un trio de braqueurs de banques connu pour sa violence. Les trois hommes s'étaient bâti une réputation en laissant derrière eux des notes rédigées avec le sang de leurs victimes : « Craignez les Frye Boys. » Un an plus tôt, ils avaient dévalisé leur première banque dans le New Jersey avant de partir vers l'ouest en multipliant les attaques, puis s'étaient tenus tranquilles pendant l'hiver. À présent, ils écumaient l'Est à partir de l'Illinois en une série d'assauts sanglants contre les établissements bancaires de petites villes. Aussi inventifs que malfaisants, ils se servaient d'automobiles volées pour passer d'un État à l'autre, réduisant à l'impuissance les shérifs locaux.

— Isaac, vous resterez en charge de l'affaire Frye, dit Van Dorn d'un ton grave. Jusqu'à ce que le Congrès réussisse à mettre sur pied je ne sais quelle agence fédérale d'enquêtes, le Département de la Justice continue à nous payer des sommes rondelettes pour capturer les criminels qui traversent les frontières entre les États. Je n'ai pas l'intention de laisser un électron libre comme Scully les mener en bateau.

— Comme vous voulez, monsieur, répondit Bell d'un ton cérémonieux. Mais vous avez promis à mademoiselle Langner le soutien plein et entier de l'agence.

— Très bien ! Je vais mettre deux ou trois gars sur l'affaire, mais à titre très provisoire. Vous serez responsable de l'enquête, et d'ailleurs, il ne vous faudra sans doute pas longtemps pour confirmer l'authenticité de la lettre d'adieu de Langner.

— Votre ami le secrétaire à la Marine pourrait-il m'obtenir un laissez-passer pour l'arsenal ? J'aimerais discuter un peu avec les marines.

— Pour quoi faire ? demanda Van Dorn en souriant. Vous voulez prendre votre revanche ?

Bell lui rendit son sourire, mais reprit aussi vite son sérieux.

— Si monsieur Langner ne s'est *pas* suicidé, quelqu'un s'est donné beaucoup de mal pour l'assassiner et entacher sa réputation. Ce sont les marines qui gardent les portes de l'arsenal de la Navy. Ils ont dû voir quelqu'un en sortir la nuit précédente.

3

— DU CALCAIRE, AJOUTEZ DU CALCAIRE ! hurla Chad Gordon. Le métallurgiste du Bureau de l'Artillerie navale contemplait avec avidité le torrent de métal en fusion qui s'écoulait du trou de coulée pour se déverser, tel un feu liquide, dans la cuiller de fonte. Il poussa un rugissement triomphal.

— Hull 44, à nous deux !

« Casse-cou », « tête brûlée » – on reprochait souvent à Chad les risques insensés qu'il prenait à manipuler du métal en fusion à mille six cent cinquante degrés.

Mais personne ne déniait au brillant ingénieur le privilège de disposer de son propre haut-fourneau dans un coin isolé de la fonderie de Bethlehem, en Pennsylvanie, où il expérimentait dix-huit heures par jour afin de créer un saumon de fonte à faible teneur en carbone pour la fabrication d'un blindage résistant aux torpilles. La compagnie avait dû lui attribuer deux équipes d'ouvriers, car même les immigrants misérables habitués à travailler comme des forcenés étaient incapables de suivre la cadence.

La neige tombait en cette soirée de mars. L'équipe se composait d'un contremaître américain, Bob Hall, et de plusieurs ouvriers, la « bande habituelle d'étrangers », ainsi que les appelait Hall – quatre Hongrois et un Allemand morose, qui remplaçait un autre Hongrois absent ce soir-là. D'après les bribes de baragouin que Bob Hall était parvenu à saisir, leur camarade s'était fait écraser par une locomotive, à moins qu'il ne soit tombé dans un puits.

L'Allemand s'appelait Hans. Il affirmait avoir travaillé dans les usines Krupp de la Ruhr, ce qui convenait tout à fait au contremaître. Hans était costaud, il semblait connaître son affaire et comprenait mieux l'anglais à lui seul que les trois Hongrois réunis. Et puis, tant qu'il travaillait dur, peu importait à Chad Gordon qu'il soit tout droit sorti de l'enfer.

Sept heures après le début du travail, une coulure de métal en partie solidifié s'était formée près du sommet du fourneau, menaçant de bloquer le carneau qui permettait d'évacuer les gaz volatils brûlants. Le contremaître Hall suggéra de l'éliminer avant qu'il ne grossisse encore. Chad Gordon lui ordonna non sans brusquerie de s'écarter.

— J'ai dit, plus de calcaire.

C'était l'occasion qu'attendait l'Allemand.

Il grimpa avec vivacité le long de l'échelle qui menait au sommet du fourneau, où étaient disposés des tombereaux. Chacun contenait plus de cinq cents kilos de minerai de fer, de coke ou de calcaire dolomitique – un calcaire à haute concentration en magnésium sur lequel l'exigeant Chad Gordon comptait pour renforcer le métal.

L'Allemand poussa un tombereau à deux roues rempli de calcaire et le dirigea vers la gueule du fourneau.

— Attends l'ébullition ! beugla le contremaître depuis le bas du fourneau, où les impuretés en fusion dégringolaient du trou de coulée des scories.

Au fond du fourneau, on entendait le rugissement du métal fondu et des scories portés à mille six cent cinquante degrés. Mais au-dessus, le minerai et le coke atteignaient à peine trois cent soixante-dix degrés.

Hans ne parut pas l'entendre. Il déversa le calcaire dans le fourneau et se hâta de redescendre l'échelle.

— Espèce d'abruti ! s'égosilla le contremaître. Ce n'est pas assez chaud ! Tu as bloqué le carneau !

Hans passa devant son chef en le bousculant d'un coup d'épaule.

— Ne t'inquiète pas pour la coulure, lança Chad Gordon sans prendre la peine de lever les yeux. Elle tombera bien toute seule.

Mais le contremaître savait à quoi s'en tenir. La coulure bloquait des gaz explosifs à l'intérieur du fourneau, et le calcaire déversé par Hans ne faisait que rendre la situation plus dangereuse. Beaucoup plus dangereuse.

— Montez là-haut et enlevez-moi ça, cria-t-il aux Hongrois.

Les ouvriers hésitèrent. Leur maîtrise de l'anglais était loin d'être parfaite, mais ils connaissaient le danger des gaz inflammables qui s'accumulaient au-dessus du contenu du haut-fourneau. Le poing serré et les gestes coléreux du contremaître les convainquirent de grimper au sommet avec des barres de fer et des pics, mais au moment où ils commençaient à s'attaquer à la coulure, celle-ci tomba toute seule, d'une pièce. Comme l'avait prédit Chad Gordon. Le tombereau de calcaire déversé par Hans sur la surface froide avait en effet bloqué le carneau. Lorsque la coulure solidifiée tomba, le contact soudain de l'air extérieur avec la chaleur emmagasinée au-dessus du métal en fusion enflamma les gaz piégés dans le fourneau.

Ils explosèrent avec un rugissement qui souleva le toit du bâtiment et l'envoya retomber cinquante mètres plus loin sur un convertisseur Bessemer. Le souffle arracha les bottes et les vêtements des Hongrois et carbonisa leurs corps. Des tonnes de débris brûlants retombèrent sur les flancs du haut-fourneau et ensevelirent comme une cascade ardente le contremaître et Chad Gordon sous les flammes.

L'Allemand se mit à courir, secoué de haut-le-cœur en raison de la puanteur de chair brûlée. Ses yeux étaient élargis par l'horreur qu'il avait lui-même déclenchée et la terreur à l'idée d'être rattrapé par le métal bouillant. Personne ne prêta attention à sa fuite, alors que tous les hommes présents dans l'immense fonderie couraient eux aussi. Des ouvriers d'autres hauts-fourneaux accoururent sur la scène du drame, poussant des wagonnets et des chariots en guise d'ambulances improvisées pour transporter les blessés. Même les gros bras de la compagnie l'ignorèrent tandis qu'ils regardaient bouche bée dans la direction d'où il venait.

Hans regarda en arrière. Les flammes s'élevaient dans le ciel nocturne. Les bâtiments proches du haut-fourneau étaient détruits. Les murs et les toits s'étaient effondrés. Partout autour de lui, il ne restait que le feu.

Il jura à voix haute, abasourdi par l'ampleur de la destruction dont il était la cause.

*

Le lendemain matin, épuisé après une nuit sans sommeil passée à ruminer sur les morts dont il était responsable, Hans descendit du train à la gare du National Mall, à Washington. Il avait échangé ses vêtements de travail contre un costume sombre. Il parcourut du regard les kiosques à journaux à la recherche de titres évoquant l'accident, mais n'en vit aucun. La sidérurgie était un métier dangereux. Tous les jours, des ouvriers mouraient. Seuls les quotidiens locaux donnaient parfois la liste des victimes, et n'indiquaient le plus souvent à l'intention de leurs lecteurs anglophones que l'identité des contremaîtres.

Hans prit un ferry pour Alexandria, en Virginie. Une fois arrivé, il longea la rive en marchant d'un pas pressé jusqu'au quartier des entrepôts. L'espion qui l'avait envoyé à la fonderie l'attendait dans son repaire encombré d'armes démodées.

Il écouta avec attention le rapport de Hans. Il posa des questions précises et pénétrantes sur les éléments que Chad Gordon utilisait pour la fabrication de son acier. Bien documenté et perspicace, il obtint de l'Allemand des détails que celui-ci avait à peine remarqués lorsqu'il était sur place.

L'espion ne se montra pas avare de compliments et paya rubis sur l'ongle la somme promise.

— Ce n'est pas pour l'argent, dit Hans en l'empochant.

— Bien sûr que non.

— Lorsque la guerre arrivera, les Américains s'allieront à l'Angleterre. C'est pour ça.

— Cela ne fait aucun doute. Les démocraties méprisent l'Allemagne.

— Mais je n'aime pas ces meurtres, protesta Hans.

Dans la lentille d'un vieux projecteur de navire de guerre posé derrière le bureau de l'espion, il vit le reflet de son propre visage, semblable dans son esprit torturé à un crâne en décomposition.

L'espion le prit par surprise en s'adressant à lui en allemand, avec l'accent du nord du pays. Hans avait toujours supposé qu'il était américain, car son anglais était parfait. Mais soudain, il l'entendait parler comme un compatriote.

— Vous n'aviez pas le choix, *mein Freund*. Les blindages de Chad Gordon auraient donné aux navires ennemis un avantage injuste. Les Américains vont bientôt lancer des cuirassés. Vous voudriez qu'ils envoient les navires allemands par le fond ? Qu'ils tuent les marins ? Qu'ils bombardent les ports ?

— Vous avez raison, *mein Herr*, répondit Hans. Bien sûr.

L'espion sourit comme s'il comprenait les scrupules de Hans, mais au fond de lui, il s'en moquait sans vergogne. Que Dieu bénisse ces naïfs Allemands, songea-t-il. Ils avaient beau avoir bâti une puissante industrie, une armée redoutable, une marine moderne, ils craignaient toujours de ne pas être à la hauteur, en dépit de la devise « *Mein Feld ist die Welt* » que leur Kaiser se plaisait à clamer haut et fort.

C'était cette hantise constante de ne jamais être les meilleurs qui les rendait si faciles à manipuler.

— *Le monde est votre domaine, Herr Kaiser* ? Balivernes. Votre monde est peuplé de moutons.

4

— C'ÉTAIT UN CHINOIS, AFFIRMA LE SOLDAT de première classe Black en lançant des bouffées de fumée de son cigare à deux dollars.

— C'est en tout cas ce que prétend la patrouille des grands-pères, précisa le deuxième classe Little.

— Il veut parler des gardiens de nuit.

Isaac Bell indiqua d'un geste qu'il avait compris. La « patrouille des grands-pères » désignait les retraités employés pour surveiller l'intérieur de l'arsenal, alors que les marines en gardaient les portes.

Il était installé avec de jeunes marines à la solide carrure autour de l'une des tables rondes du O'Leary's Saloon de E Street. Les jeunes gens s'étaient montrés très fair play au sujet de leur récente rencontre, respectant malgré eux ses talents de combattant ; au bout d'une tournée, ils lui avaient déjà pardonné les yeux au beurre noir et leurs dents branlantes. À la demande expresse de Bell, ils engloutirent jusqu'à la dernière miette un déjeuner composé de steaks, de pommes de terre et de tartes aux pommes. À présent, un verre de whisky à la main, alors que la fumée du Havane de Bell emplissait l'espace de nuages bleus, ils étaient prêts à bavarder.

Il apprit ainsi que leur commandant avait exigé une liste de tous ceux qui avaient franchi les portes la nuit du décès de Langner. Aucun des noms présents sur la liste n'avait éveillé la moindre suspicion. Grâce à Van Dorn, Bell comptait trouver un moyen de jeter un coup d'œil à cette liste afin de confirmer ou d'infirmer le jugement du commandant.

Un veilleur de nuit avait signalé un rôdeur. Le rapport n'était visiblement jamais parvenu sur le bureau du commandant, et n'avait été lu par personne de plus gradé que le sergent de garde aux portes de l'arsenal, qui l'avait aussitôt relégué parmi les informations fantaisistes.

— Si ce que disaient les grands-pères était vrai, demanda Isaac Bell, pourquoi un Chinois irait-il s'introduire dans l'arsenal ?

— Il cherchait peut-être à voler quelque chose ?

— Ou des filles.

— Quelles filles ?

— Les filles du commandant. Elles habitent dans l'enceinte du Navy Yard.

Le deuxième classe Little tourna la tête pour s'assurer que personne n'écoutait aux autres tables. Le seul client assez proche pour les entendre était roulé en boule et ronflait sur le sol couvert de sciure.

— Le commandant est le père de deux jeunes beautés avec qui je ne refuserais pas de faire plus ample connaissance, poursuivit Little.

— Je vois, commenta Bell en réprimant un sourire.

L'idée qu'un Chinois amoureux s'introduise dans une base de la Navy en escaladant un mur de trois mètres gardé par des marines en arme à chaque entrée et par des veilleurs à l'intérieur lui semblait peu concluante. Mais un bon détective, s'il se doit d'être toujours sceptique, doit aussi avoir la sagesse de n'exclure aucune piste.

— Qui est ce vieux gardien ? demanda-t-il. Celui qui vous en a parlé ?

— Il en a parlé au sergent. Pas à nous.

— Il s'appelle Eddison, l'informa Black.

— Big John Eddison, compléta Little.

— Quel âge a-t-il ?

— À le voir, on le croirait centenaire !

— Un grand et vieux bonhomme. Presque aussi grand que vous, monsieur Bell.

— Où pourrais-je le trouver ?

— Il y a une maison qui loue des chambres aux vieux marins.

Bell trouva vite la maison sur F Street, non loin de l'arsenal. L'après-midi était frais, et sous la véranda, les rocking-chairs étaient vides. Il entra et se présenta à la logeuse, qui dressait une longue table pour le repas. Elle parlait avec un accent du Sud prononcé, et son visage était encore avenant en dépit des rides imprimées par les années de labeur.

— Monsieur Eddison ? dit-elle d'une voix traînante. C'est un vieux monsieur très aimable. Il ne cause jamais le moindre ennui. Ce n'est pas le cas de certains que je pourrais nommer.

— Est-il ici ?

— Monsieur Eddison travaille de nuit, et il dort tard.

— Cela vous ennuierait-il que je l'attende ? demanda Bell avec un sourire qui fit briller ses dents régulières et illumina l'éclat de ses yeux bleus.

La logeuse écarta une mèche de cheveux gris de sa joue et lui rendit son sourire.

— Je vais vous préparer une tasse de café.

— Ne vous dérangez pas pour moi.

— Cela ne me dérange pas du tout, monsieur Bell. Ici, chez moi, vous êtes dans le Sud, vous savez. Ma mère se retournerait dans sa tombe si elle savait que je reçois un gentleman dans mon petit salon sans lui offrir un café.

*

— C'est le meilleur café que j'ai bu depuis que ma mère m'a emmené un jour dans une pâtisserie à Vienne, alors que j'étais haut comme trois pommes, put affirmer Bell un quart d'heure plus tard sans mentir outre mesure.

— Eh bien, vous savez ce que je vais faire ? Je vais en préparer une autre cafetière toute fraîche et je vais demander à monsieur Eddison s'il veut en prendre une tasse avec vous.

Lorsque John Eddison arriva un peu plus tard, Bell constata qu'il était encore plus grand que lui, même si son dos voûté par l'âge le faisait paraître plus petit. Il avait une tignasse blanche, des yeux clairs humides, un imposant nez de vieillard et une bouche ferme plantée entre deux bajoues pendantes. Ses grosses mains et ses longs bras ne devaient pas manquer de puissance lorsqu'il était dans la force de l'âge.

— Je suis Isaac Bell, de l'agence de détectives Van Dorn, se présenta Bell en lui tendant la main.

— Pas possible ! lança Eddison en souriant. Eh bien ce n'est pas moi le coupable ! Dans mon jeune temps, j'aurais été capable de tout, c'est sûr. Alors, fils, en quoi puis-je vous aider ?

— J'ai parlé au première classe Black et au soldat Little, du service de garde des marines, et...

— Vous savez ce qu'on disait, dans la Navy ?

— Non.

— On disait qu'un gars devait se fracasser la tête au moins quatre fois sur une poutre basse avant de pouvoir prétendre être un marine.

Bell éclata de rire.

— Ils m'ont dit que vous aviez surpris un rôdeur dans l'enceinte de l'arsenal.

— Ouais. Mais il s'est enfui. Et on ne m'a pas cru.

— Un Chinois ?

— Ce n'était pas un Chinetoque.

— Non ? Alors je me demande où Black et Little ont pu aller chercher une idée pareille.

— Je vous ai prévenu, pour les marines, mais vous vous êtes contenté de rire.

— Alors, à quoi ressemblait-il, ce rôdeur ?

— À un Japonais.

— Un Japonais ?

— C'est ce que j'ai précisé au sergent de ces abrutis. Mais le sergent, il n'en avait que pour les Chinois. Mais comme je vous l'ai dit, il était persuadé que je n'avais vu personne – ni Chinois ni Japonais – et il ne m'a pas cru. Point final. Il s'est dit que j'étais un vieux chnoque et que j'avais des visions. Le sergent m'a même demandé si je buvais ! Bon Dieu, je n'ai pas avalé une goutte depuis quarante ans !

Bell prépara avec soin la question suivante. Il savait que peu d'Américains savaient distinguer un Chinois d'un Japonais.

— Vous l'avez vu de près ?

— Ouais.

— Il faisait sombre, non ?

— La lune l'a éclairé en plein visage.

— À quelle distance étiez-vous ?

Eddison leva ses grandes mains ridées.

— Il ne manquait pas grand-chose pour que je puisse serrer son cou entre les doigts que vous voyez là.

— Qu'est-ce qui vous a fait penser à un Japonais chez ce gars ?

— Ses yeux, sa bouche, son nez, ses lèvres, ses cheveux, répondit le vieil homme d'une seule traite.

Bell s'efforça à nouveau de cacher son scepticisme.

— Beaucoup de gens admettent avoir du mal à reconnaître un Japonais d'un Chinois.

— Sans doute parce qu'ils ne sont jamais allés au Japon.

— Vous y êtes allé ?

Eddison se redressa sur son siège.

— Je suis allé jusqu'au port d'Uraga avec le commodore Matthew Perry à l'époque où il ouvrait le Japon au commerce américain.

— Mais cela date de soixante ans !

Si ce n'était pas une légende brodée par un vieux marin, alors Eddison était encore plus vieux qu'il ne le paraissait.

— Cinquante-sept. J'étais maître gabier à bord de l'*USS Susquehanna*, la frégate à voile et à vapeur de Perry. J'ai même manié l'aviron pour amener la chaloupe du commodore jusqu'à Yokosuka. Des Japs, on a en vus comme s'il en pleuvait.

— Vous me semblez en effet bien qualifié pour reconnaître un Japonais d'un Chinois, lui accorda Bell en souriant.

— Je vous l'ai dit.

— Où avez-vous attrapé ce rôdeur ?

— Je l'ai *presque* attrapé.

— À quelle distance de l'usine de canons, vous vous en souvenez ?

Eddison haussa les épaules.

— Neuf cents mètres, plus d'un demi-mille nautique, précisa Eddison. Fiston, je vous vois venir. Vous vous demandez si le Jap a quelque chose à voir avec l'explosion dans le bureau de monsieur Langner.

— Et vous, qu'en dites-vous ?

— Impossible de le savoir. Je vous l'ai dit, le Jap que j'ai vu était à neuf cents mètres de la Gun Factory.

— Quelle est la surface totale de l'arsenal ?

Le vieux marin se caressa le menton et concentra son regard.

— Je dirais qu'entre les murs et la rivière, l'arsenal couvre à peu près quarante hectares.

— Quarante hectares…

Une surface à peu près équivalente à celle d'une grosse exploitation laitière.

— Tout un tas de machines, d'installations, de fonderies, des terrains de manœuvres… Et puis, ajouta le vieil homme d'un air entendu, des maisons et des jardins, dans le coin même où il rôdait.

— Que pensez-vous qu'il faisait là ?

Le visage de John Eddison se fendit d'un sourire.

— Je ne pense pas. Je *sais*.

— Alors, que savez-vous au juste ?

— Il était tout près des maisons des officiers. Les filles du commandant sont de très accortes jeunes demoiselles. Et les Japonais, les belles filles, ils adorent ça !

5

CERTAINS JOURS, MÊME UN PETIT GÉNIE comme Grover Lakewood appréciait de pouvoir s'échapper pour un temps du laboratoire et oublier les subtilités qu'impliquait le fait de pointer un canon sur une cible mouvante depuis un navire en mouvement. L'expert en conduite de tir passait la plupart de ses journées et beaucoup de ses nuits à imaginer de savants calculs destinés à compenser le roulis, le tangage, les embardées et les déviations de trajectoire. Un travail d'autant plus fascinant que Lakewood devait faire en sorte que des esprits moins instruits que le sien puissent appliquer ses calculs en pleine bataille, au milieu du tonnerre des canons, du fracas des vagues, tandis que des éclats d'acier volaient en hurlant à travers la fumée.

Il meublait ses loisirs en jonglant avec des formules capables de relever les défis du laminage croisé, ou imaginait des canons de navires faisant feu droit devant et non par bordées sur les flancs. Il prenait en compte la portée sans cesse croissante des canons de marine et la trajectoire toujours plus rectiligne des obus à haute vélocité. Pourtant, il aurait parfois souhaité pouvoir se vider le cerveau aussi simplement qu'on vide une salière en la retournant.

Par bonheur, l'escalade lui offrait un dérivatif parfait.

Une journée d'escalade commençait toujours par un trajet en train jusqu'à Ridgefield, dans le Connecticut ; il louait alors une Ford pour traverser l'État de New York jusqu'au Parc Johnson, dans le comté de Westchester. De là, il devait marcher un peu plus de trois kilomètres pour arriver jusqu'à Agar Mountain, une colline isolée. Une fois à pied d'œuvre, il ne lui restait plus qu'à grimper avec lenteur et à grand-peine le long de la muraille rocheuse jusqu'au sommet de la falaise. Le voyage en train lui donnait l'occasion de contempler le paysage par la vitre et de voir la ville céder la place à la campagne et aux fermes. Ensuite, la conduite de la Ford sur les ornières focalisait toute son attention. La randonnée qui suivait lui gorgeait les poumons d'air frais et activait sa circulation sanguine. Quant à l'escalade, elle exigeait une complète concentration pour éviter une longue chute qui lui briserait le crâne et les os.

C'était le début du printemps. Le temps était chaud pour la saison et les promeneurs étaient nombreux dans le parc. Lakewood marchait d'un pas décidé, vêtu d'une veste en tweed, de knickers, et chaussé de bottes. Il croisa une dame âgée en promenade, échangea de chaleureuses salutations avec d'autres randonneurs et observa avec envie un couple d'amoureux qui se tenaient par la main.

Lakewood était un homme bien bâti, d'apparence séduisante et au sourire facile, mais le fait de travailler six ou sept jours par semaine — et de dormir parfois sur un lit de camp installé dans son atelier — ne facilitait guère les rencontres féminines. Il ignorait pourquoi, mais les filles ou nièces que lui présentaient les épouses des ingénieurs plus âgés le laissaient le plus souvent indifférent. En général, cela ne le perturbait pas outre mesure, car il était trop occupé pour souffrir de la solitude, mais de temps à autre, lorsqu'il rencontrait un jeune couple, il se disait : *ça m'arrivera un jour, à moi aussi.*

Il s'enfonça dans le parc et se retrouva bientôt seul sur un sentier étroit qui traversait l'épaisse forêt. Il aperçut quelqu'un un peu plus loin et en ressentit une pointe de déception, car il avait espéré disposer de la falaise à son seul usage et se concentrer en paix sur son escalade.

La personne en question s'immobilisa, puis s'assit sur un rondin de bois. Lorsque Lakewood s'approcha, il découvrit une jeune fille — d'ailleurs menue et très jolie — équipée de pied en cap pour l'escalade, avec le même type de pantalon et de bottes que lui. Des cheveux roux dépassaient de son chapeau. Elle tourna la tête vers lui, et sa chevelure étincela au soleil.

Elle paraissait irlandaise, avec son teint pâle, son petit nez retroussé, son sourire enjoué et ses yeux bleus brillants. Lakewood se souvint l'avoir rencontrée auparavant… L'été dernier… Mais comment s'appelait-elle ? Et où s'étaient-ils vus ? Mais oui ! Le repas en plein air organisé par le capitaine Lowell Falconer, le héros de la guerre hispano-américaine à qui Lakewood avait fait part de ses dernières découvertes sur les télémètres de marine.

Mais comment s'appelait-elle ?

Il était maintenant assez proche pour la saluer de la voix et du geste. Elle l'observait avec son sourire coquet, et ses yeux étincelèrent lorsqu'elle se rendit compte qu'elle n'avait pas affaire à un inconnu, même si elle paraissait aussi perplexe que lui.

— Oh, mais c'est vous, quelle surprise de vous rencontrer ici ! hasarda-t-elle.

— Bonjour !

— Nous nous étions vus sur la plage, n'est-ce pas ?

— Oui, à Fire Island, pour le repas de fruits de mer du capitaine Falconer !

— Oui, bien sûr, lança-t-elle, soulagée. Je savais bien que je vous avais rencontré quelque part.

Lakewood fouillait en vain ses souvenirs, non sans s'admonester au passage. *Lakewood !* Si tu es capable de faire atterrir un obus de douze pouces, pesant près de cinq cents livres, sur un cuirassé croisant à seize nœuds à partir d'un navire en plein roulis sur des creux de trois mètres, tu devrais bien pouvoir te souvenir du nom de la divine créature qui te sourit en ce moment même !

— Mademoiselle Dee ! s'exclama-t-il soudain en claquant des doigts. Katherine Dee !

En jeune homme bien élevé à qui sa mère avait dûment inculqué les bonnes manières, Lakewood ôta son chapeau et tendit la main.

— Grover Lakewood. Quel plaisir de vous revoir !

Le sourire de la jeune femme s'épanouit, et toute la lumière de sa chevelure sembla passer dans ses yeux. Lakewood se serait cru au paradis.

— Quel heureux hasard ! lança la jeune femme. Mais que faites-vous par ici ?

— De l'escalade. J'escalade les rochers.

Katherine Dee l'observa d'un air incrédule.

— Eh bien, pour une coïncidence…

— Que voulez-vous dire ?

— Je suis ici pour la même raison. Si l'on poursuit ce sentier un peu plus loin, on tombe sur une falaise que j'ai bien l'intention d'escalader, dit-elle en levant un sourcil si blond qu'il en était presque invisible. Vous m'avez suivie ?

— Comment ? s'exclama Lakewood en rougissant et en réprimant à grand-peine un début de bégaiement. Non, je…

Katherine Dee éclata de rire.

— Je vous taquine. Je ne voulais pas insinuer une chose pareille. Comment auriez-vous su où me trouver ? Non, c'est une pure coïncidence, insista-t-elle en penchant la tête de côté. Mais peut-être pas, après tout… Vous vous rappelez, quand nous avons bavardé lors de ce pique-nique ?

Lakewood hocha la tête. À dire vrai, ils n'avaient pas discuté autant qu'il l'aurait aimé. La jeune femme semblait connaître tout le monde à bord du yacht du capitaine, et elle avait papillonné d'un invité à l'autre en papotant tant et plus. Mais il s'en souvenait fort bien.

— Nous avons découvert que nous détestions tous les deux être enfermés entre quatre murs.

— Même si je dois toujours porter un chapeau pour me protéger du soleil, ma peau est si pâle !

Lakewood se souvenait aussi de cette peau, telle qu'il l'avait découverte en cette journée estivale, ces bras ronds et fermes dénudés presque jusqu'aux épaules, ce cou bien galbé, ces chevilles.

— Allons-y, si vous voulez ? demanda-t-elle.

— Mais… où ?

— Faire de l'escalade !

— Ah, oui ! Eh bien d'accord, allons-y.

L'ESPION   51

Ils remontèrent le long du sentier. Leurs épaules se frôlaient dans les passages les plus étroits. Chaque fois qu'ils se touchaient, Lakewood ressentait comme un choc électrique.

— Vous travaillez toujours pour le capitaine ? lui demanda Katherine Dee.

— Oui.

— Je crois me rappeler que vous m'aviez parlé d'obusiers.

— De canons de marine, c'est le terme qu'ils emploient.

— Vraiment ? J'ignorais qu'il y avait une différence. Et pourquoi ce « ils » ? Vous ne faites pas partie de la marine ?

— Non, je suis ingénieur civil. Mais je travaille sous les ordres du capitaine Falconer.

— Il m'a paru très sympathique.

Lakewood ne put s'empêcher de sourire.

— Ce n'est pas le premier mot qui me viendrait à l'esprit pour décrire le capitaine Falconer. Je dirais plutôt passionné, exigeant, voire intimidant.

— On m'a dit que sur le plan professionnel, son enthousiasme était très communicatif.

— C'est vrai, en effet.

— J'essaie de me souvenir de la personne qui m'a dit cela. Un homme très séduisant, et plus âgé que vous, je crois.

Lakewood ressentit une pointe brûlante de jalousie. Katherine Dee faisait allusion à Ron Wheeler, la star de la Naval Torpedo Station de Newport, devant qui toutes les filles semblaient se pâmer.

— Ils sont presque tous plus âgés que moi, répondit-il, espérant en finir avec le séduisant Wheeler.

Katherine le rassura d'un chaleureux sourire.

— Peu importe qui il était, mais en tout cas, il m'a parlé de vous comme d'un « petit génie ».

Lakewood se mit à rire.

— Pourquoi riez-vous ? Le capitaine Falconer a dit la même chose, et pourtant, c'est un héros de la guerre hispano-américaine. Vous êtes vraiment un petit génie ?

— Non ! J'ai commencé tôt, voilà tout ! Et c'est un domaine de recherches tellement nouveau, j'ai eu la chance d'arriver au tout début.

— Comment des canons peuvent-ils être nouveaux ? Ils existent depuis une éternité !

Lakewood fit halte et se tourna vers elle.

— Voilà un point intéressant. Mais non, les canons ne sont pas là depuis une éternité. Pas tels que nous les connaissons aujourd'hui, en tout cas. Les canons rayés ont une portée impressionnante, inimaginable dans le passé. Tenez, l'autre jour, j'étais à bord d'un navire de guerre au large de Sandy Hook et...

— Vous avez été à bord d'un *navire de guerre* ?

— Oh oui, bien sûr, cela m'arrive souvent.

— Vraiment ?

— Dans la zone de tirs d'entraînement Atlantique. La semaine dernière, un officier artilleur me disait : « D'ici, les canons des nouveaux cuirassés pourraient même bombarder Yonkers. »

Les yeux de Katherine s'agrandirent.

— Yonkers ? Je ne sais pas. Je veux dire, la dernière fois que je suis allée à New York en bateau, c'était à bord du *Lusitania*, par une belle journée claire, mais on ne voyait pas Yonkers depuis l'océan.

Le *Lusitania* ? songea Lakewood. Non seulement elle est belle, mais elle est riche...

— Eh bien c'est peut-être difficile de voir Yonkers, mais en mer, on peut repérer un navire à une distance équivalente. Le plus difficile, c'est d'atteindre sa cible.

Ils reprirent leur marche. Leurs épaules se touchaient à chaque instant tandis qu'ils cheminaient sur le sentier. Lakewood expliqua à Katherine comment l'invention de la poudre sans fumée permettait aux observateurs d'artillerie de voir plus loin, car les navires n'étaient plus noyés dans les nuages provoqués par les tirs.

— Les observateurs suivent la portée des canons. Grâce aux éclaboussures, ils voient si le tir était trop court ou trop long. C'est la raison pour laquelle, vous l'avez sans doute lu dans les journaux, les cuirassés *Dreadnought* sont équipés de canons qui sont tous du même calibre. Ainsi, quand on ajuste le tir de l'un d'eux, les séries de calculs sont valables pour tous.

Katherine semblait beaucoup plus intéressée que Lakewood ne l'aurait imaginé de la part d'une jolie jeune fille ; elle écoutait, les yeux grands ouverts, s'arrêtant à intervalles réguliers pour le regarder, fascinée.

Lakewood continuait à parler.

Rien de secret, se disait-il. Il ne dit rien des derniers gyroscopes à visée continue permettant une précision constante en dépit du roulis, ni des systèmes d'ajustage de tirs dont nul journal n'avait jusque-là fait mention. Il se vanta d'avoir découvert les charmes de l'escalade en grimpant sur un « mât-cage » de trente mètres de haut – un nouveau dispositif utilisé par la Navy pour repérer les éclaboussures des tirs à grande distance. Il omit cependant de préciser que les constructeurs de ces mâts mettaient au point un système de tubes torsadés en acier léger pour les protéger des tirs ennemis. Il ne révéla pas non plus le fait que ces mâts servaient aussi de plateformes pour les systèmes de visée les plus avancés, et s'abstint d'évoquer les moteurs hydrauliques couplés aux gyroscopes qui permettaient de manœuvrer les tourelles des canons. Et bien entendu, pas un mot sur le projet Hull 44.

— Je m'y perds un peu, s'excusa Katherine, mais vous pouvez peut-être m'éclairer. Quelqu'un m'a dit que les paquebots étaient beaucoup plus grands que les cuirassés. Selon cet homme, le *Lusitania* et le *Mauritania* jaugent 44 000 tonnes, contre seulement 16 000 pour le *Michigan* de la Navy.

— Les paquebots sont des hôtels flottants, rétorqua Lakewood d'un ton dédaigneux. Les cuirassés sont des forteresses.

— Mais le *Lusitania* et le *Mauritania* sont plus rapides que n'importe quel cuirassé. Il les appelait des « lévriers ».

— Si vous voyez les paquebots comme des lévriers, alors imaginez que les cuirassés sont des loups.

— Je comprends mieux, répondit la jeune femme en riant. Et votre travail consiste à leur donner des dents.

— Mon travail, la corrigea Lakewood, consiste à *aiguiser* leurs dents.

Katherine rit à nouveau. Et toucha son bras.

— Et en quoi consiste le travail du capitaine Falconer ?

Grover Lakewood prit le temps de réfléchir avant de répondre. La vérité officielle, on pouvait la lire dans les journaux qui, chaque jour, consacraient des articles à cette nouvelle race de navires de guerre, parlaient des dépenses engagées, de la gloire nationale, des lancements en grande pompe, sans oublier les espions étrangers maladroits qui rôdaient autour du Brooklyn Navy Yard en se faisant passer pour des journalistes.

— Le capitaine Falconer est l'inspecteur spécial de la Navy chargé des tirs sur cibles. Il est devenu expert en artillerie marine après la bataille de Santiago. Nous avons coulé tous les navires espagnols présents à Cuba, mais seuls deux pour cent des tirs de nos canons ont atteint leur objectif. Le capitaine Falconer s'est juré de remédier à cette situation.

La pente abrupte de l'Agar Mountain se dressait maintenant un peu plus loin devant eux.

— Regardez ! lança Katherine. Nous avons tout le site pour nous ! Il n'y a personne d'autre par ici. Et cet homme qui a perdu la raison et s'est tué en faisant exploser son piano, son travail n'était-il pas en rapport avec les cuirassés ? ajouta-t-elle alors qu'ils s'immobilisaient au pied de la falaise.

— Comment en avez-vous donc entendu parler ? demanda Lakewood.

La Navy avait tenu les journaux à l'écart de l'affaire et s'était contentée d'évoquer une explosion à la Gun Factory.

— On ne parle que de cela à Washington.

— C'est là-bas que vous vivez ?

— Non, j'étais en visite chez un ami. Connaissiez-vous cet homme ?

— Oui, en effet, c'était quelqu'un de bien, répondit Lakewood tout en traçant mentalement un itinéraire possible sur la paroi rocheuse. Il était d'ailleurs à bord du yacht du capitaine lors du pique-nique.

— Je ne crois pas l'avoir rencontré.

— Un événement tragique… et une perte terrible.

Katherine Dee maîtrisait à la perfection la technique de l'escalade. Lakewood peinait à la suivre. Il ne pratiquait ce sport que depuis peu, et il remarqua que les doigts de la jeune femme étaient si puissants qu'elle parvenait à soulever son corps entier en se tenant d'une seule main. Ensuite, elle se balançait en levant l'autre main pour saisir une nouvelle prise.

— Vous grimpez comme un singe !

— Voilà qui n'est pas très gentil, répliqua-t-elle avec une moue faussement vexée tandis que Lakewood comblait son retard. Qui aurait envie de ressembler à un singe ?

Lakewood préféra garder son souffle et resta silencieux. Un peu plus tard, alors qu'ils se trouvaient à plus de vingt-cinq mètres du sol et que les feuilles du sommet des arbres ressemblaient à de simples plumes vues d'en haut, Katherine s'élança soudain et prit une rapide avance sur lui.

— Mais dites-moi, où avez-vous appris à faire de l'escalade ?

— À l'école. Les sœurs de mon pensionnat nous emmenaient escalader le Matterhorn.

Les mains de Lakewood étaient bien écartées de chaque côté de son corps, chacune agrippant une crevasse tandis qu'il cherchait du pied son prochain appui. Katherine Dee se trouvait droit au-dessus de lui, cinq mètres plus haut. Elle lui sourit.

— Oh, monsieur Lakewood ?

Il leva la tête. Katherine tenait dans ses mains blanches et puissantes ce qui ressemblait à une tortue géante, rencontre bien improbable à cette époque de l'année. C'était un rocher.

— Hé, faites attention avec ça !

Trop tard.

Le rocher glissa des mains de la jeune femme. Ou plutôt, elle *ouvrit* les mains pour le laisser tomber.

6

L E SOUVENIR DE LA LETTRE DE SUICIDE de Langner ne cessait de revenir trotter dans la tête d'Isaac Bell.

Il retourna à la Gun Factory grâce au laissez-passer fourni par le secrétaire à la Marine, déverrouilla la serrure de la salle de travail et fouilla le bureau de Langner. Une pile de feuilles de papier fabriqué à la main, sans doute réservé aux courriers importants, semblait correspondre à celui de la lettre de suicide. Un stylo à plume Waterman était posé à côté.

Bell empocha le stylo, quitta les lieux et se rendit dans un laboratoire de chimie où l'agence Van Dorn avait un compte. Il prit ensuite un tramway pour remonter la colline du Capitole jusqu'au parc Lincoln. Le quartier prospérait, car de nombreux Washingtoniens s'installaient plus en altitude pour fuir les zones surpeuplées des marais, vite malsaines l'été venu, qui bordaient le Potomac.

Bell traversa la rue à la sortie du parc et trouva aussitôt la maison de Langner, une bâtisse à deux niveaux, avec des volets verts, un petit jardin et une clôture de fer forgé. Le comptable de l'agence Van Dorn chargé d'enquêter sur les affaires de Langner n'avait décelé aucune trace de rentrées d'argent autres que ses revenus propres. Langner avait dû acheter sa maison sur son seul salaire de la Gun Factory qui, toujours selon le comptable, avoisinait celui des grands patrons de l'industrie privée.

La maison, récente comme ses voisines, à l'exception d'une poignée de vieilles baraques en bois dans les ruelles alentour, se distinguait par ses hautes fenêtres. La brique était travaillée de façon classique, avec des ornements qui s'évasaient vers le toit pour y former une complexe corniche dentelée. Bell remarqua toutefois qu'à l'intérieur, l'aménagement semblait beaucoup moins traditionnel. La décoration était moderne et dépouillée, avec des rayonnages et des placards encastrés, des éclairages électriques et des ventilateurs au plafond. Le mobilier était lui aussi au goût du jour, et très onéreux, composé de meubles imposants, mais aux lignes claires, créés par Charles Rennie Mackintosh, le célèbre architecte et concepteur de Glasgow. Où diable Langner avait-il pu se procurer assez d'argent pour se les offrir ? se demanda Isaac Bell.

Dorothy avait abandonné ses vêtements de deuil. Elle portait une tenue d'un gris argenté qui mettait en valeur ses yeux et le noir de ses cheveux. Un homme se trouvait près d'elle dans le hall, et elle le présenta à Bell.

— Mon ami Ted Whitmark.

Bell le catalogua comme un de ces agents commerciaux toujours un peu trop familiers. Il respirait la réussite, avec son large sourire et son visage avenant, ses vêtements coûteux et sa cravate cramoisie parsemée de petits écussons de l'université d'Harvard.

— Un peu plus qu'un ami, si je puis me permettre, lança Whitmark en gratifiant Bell d'une vigoureuse poignée de main. Je dirais plutôt un fiancé, vous voyez ce que je veux dire ? ajouta-t-il en resserrant avec énergie son étreinte.

— Félicitations, répondit Bell en pressant à son tour la main de Whitmark avec force.

Celui-ci lâcha prise en souriant.

— Eh bien, voilà une fameuse poigne ! Que faites-vous donc dans la vie ? Maréchal-ferrant ?

— Pourriez-vous nous laisser un instant, monsieur Whitmark ? Mademoiselle Langner, monsieur Van Dorn m'a demandé de m'entretenir en privé avec vous.

— Nous n'avons aucun secret, protesta Whitmark. Rien en tout cas qui puisse concerner un détective.

Dorothy lui posa la main sur le bras.

— Tout va bien, Ted, lui dit-elle en souriant. Tu trouveras du gin dans la cuisine. Pourquoi ne pas nous préparer un cocktail pendant que je discute avec monsieur Bell ?

Ted Whitmark ne sembla pas enthousiasmé, mais il n'avait guère le choix.

— Ne la gardez pas trop longtemps, Bell, lança-t-il d'un ton grave. La malheureuse commence à peine à se remettre du décès de son père.

— Cela ne pendra qu'une minute, le rassura Bell.

Dorothy referma les portes à glissières derrière Ted.

— Merci. Ted a tendance à se montrer jaloux, ce qui est très flatteur pour moi.

— J'imagine que ses qualités sont nombreuses, s'il a su obtenir votre main.

Dorothy regarda Isaac Bell droit dans les yeux.

— Je n'agis jamais dans la précipitation, l'informa-t-elle.

— Dans quel domaine Ted exerce-t-il ses talents ? demanda-t-il, diplomate, pour changer de sujet.

— Ted vend des fournitures alimentaires à la Navy. Il doit d'ailleurs bientôt partir pour San Francisco afin d'approvisionner la Grande Flotte blanche dès son arrivée. Êtes-vous marié, monsieur Bell ?

— Je suis fiancé.

Un sourire énigmatique se forma sur les lèvres de Dorothy.

— Dommage.

— Pour être tout à fait franc avec vous, mademoiselle Langner, je ne pense pas que ce soit dommage en ce qui me concerne. Je crois au contraire avoir beaucoup de chance.

— L'honnêteté est une qualité précieuse chez un homme. Mais vous n'êtes sans doute pas venu jusqu'ici dans le seul but de ne *pas* flirter avec moi ?

Bell sortit le stylo à plume de sa poche.

— Est-ce que vous reconnaissez ceci ?

Le visage de Dorothy s'assombrit.

— Bien sûr. C'est le stylo de mon père. Je lui ai offert pour son anniversaire.

Bell le lui tendit.

— Je pense que vous pouvez le garder, maintenant. Je l'ai pris dans son bureau.

— Pourquoi ?

— Pour confirmer le fait qu'il s'en était servi pour écrire sa lettre.

— Cette prétendue lettre de suicide ? N'importe qui aurait pu l'écrire !

— Pas n'importe qui. Votre père, ou bien un faussaire très adroit.

— Vous savez très bien ce que j'en pense. Il est inconcevable qu'il ait pu mettre fin à ses jours.

— Je vais poursuivre mes recherches.

— Et le papier sur lequel la lettre a été rédigée ?

— C'était le sien.

— Je vois… Et l'encre ? s'exclama-t-elle avec un enthousiasme soudain. Comment peut-on affirmer que la lettre a été écrite avec la même encre ? Il pouvait s'agir d'un autre stylo. Je l'ai acheté dans une papeterie. Il doit se vendre des milliers de stylos Waterman comme celui-ci.

— C'est pour cette raison que j'ai déposé à un laboratoire de chimie un échantillon de l'encre du stylo et un autre de l'encre qui a servi à rédiger la lettre.

— Merci, murmura Dorothy avec une expression de découragement. Mais c'est peu probable, n'est-ce pas ?

— Je le crains, en effet.

— Mais même s'il s'agit de son encre, cela ne prouve pas qu'il ait rédigé la lettre lui-même.

— Cela ne le prouve pas de façon irréfutable, en effet, mais je dois vous parler franchement. Tous ces éléments doivent faire l'objet d'une enquête, mais il est douteux qu'ils puissent nous apporter une réelle certitude.

— Et qu'est-ce qui pourrait le faire ? demanda-t-elle, soudain perplexe.

Des larmes brillaient dans ses yeux.

Isaac Bell se sentit ému par sa souffrance et son désarroi. Il lui prit la main.

— Quoi que cela puisse être, si une telle chose existe, nous la trouverons.

— L'agence Van Dorn n'abandonne jamais ? demanda-t-elle en s'efforçant de sourire.

— Jamais, lui promit Bell.

Au fond de lui, pourtant, l'espoir de soulager la peine et les incertitudes de Dorothy s'amenuisait de plus en plus.

La jeune femme serra ses mains entre les siennes. Lorsqu'elle relâcha enfin sa pression, elle s'approcha de Bell et déposa un baiser sur sa joue.

— Merci. C'est tout ce que je vous demande.

— Je vous tiendrai au courant.

— Vous resterez bien prendre un cocktail ?

— Non, je vous remercie, on m'attend à New York.

— Quelle table splendide, observa-t-il alors que Dorothy l'accompagnait à la porte. C'est une Mackintosh, n'est-ce pas ?

— C'en est une, répondit Dorothy avec une pointe de fierté dans la voix. Mon père disait que s'il fallait se contenter de manger des haricots tous les jours pour s'offrir un objet d'art, alors il était prêt à le faire.

Bell ne put s'empêcher de se demander si Langner, lassé par son régime alimentaire à base de haricots, n'avait pas fini par accepter un pot-de-vin. Il se retourna au moment où il quittait la propriété. Dorothy se tenait sur le seuil de la maison, image vivante d'une princesse de conte de fées enfermée dans un donjon.

*

Le Royal Limited de la compagnie Baltimore & Ohio était le plus rapide et le plus luxueux des trains qui reliaient Washington à New York. Isaac Bell profita de la pénombre qui voilait les vitres en verre plombé pour faire le point sur sa traque des Frye Boys. Les détectives Van Dorn n'avaient cessé de les pourchasser, de l'Illinois à l'Ohio en passant par l'Indiana, mais ces malfaiteurs s'étaient évanouis quelque part à l'est de la Pennsylvanie. Et le détective John Scully avec eux.

L'ESPION

À bord du Royal, le dîner, comparable à ceux proposés par le Delmonico ou le nouveau Plaza Hotel, était servi dans un wagon-restaurant aux lambris d'acajou. Bell commanda de la rascasse du Maryland et une demi-bouteille de champagne. Il songeait à Dorothy Langner qui lui rappelait étrangement sa fiancée. Elle était bien sûr très affectée par le décès de son père, mais il était clair que Dorothy était une jeune femme intéressante, à l'esprit vif, tout comme Marion Morgan. Leur passé les rapprochait : elles avaient toutes deux perdu leur mère très tôt et avaient reçu une éducation supérieure à celles de la plupart des femmes, grâce à un père qui les adorait et tenait à ce qu'elles soient en mesure d'exercer pleinement leurs talents.

Sur le plan physique, tout les séparait. La chevelure de Dorothy était d'un noir profond et lustré, alors que les cheveux brillants de Marion étaient blond paille. Les yeux fascinants de Dorothy étaient bleu-gris, tandis que ceux de Marion étaient d'un vert corail tout aussi saisissant. Les deux femmes étaient grandes, souples et fines. Et toutes deux, songea-t-il en souriant, étaient capables de provoquer un embouteillage du simple fait de traverser un carrefour à pied.

Bell consulta sa montre de gousset en or lorsque le train entra dans la gare de Jersey City. Vingt et une heures. Si elle devait tourner le lendemain, il était trop tard pour passer voir Marion à son hôtel à Fort Lee. Il ne put s'empêcher de sourire. Marion réalisait un film de deux bobines sur des braqueurs de banques imaginaires alors que ceux qu'il traquait étaient quant à eux bien réels ! Mais un spectacle cinématographié, il avait pu le constater en observant le travail de sa fiancée, nécessitait autant d'efforts et d'organisation qu'une activité comme la sienne. Marion méritait bien ses heures de sommeil.

En quittant le train, il parcourut du regard les stands de journaux et observa les jeunes vendeurs à la criée. Parmi les gros titres à la une qui se disputaient l'attention des lecteurs, une moitié évoquait une série de menaces japonaises si le président Roosevelt, ainsi que la rumeur lui en prêtait l'intention, ordonnait à la Grande Flotte blanche de faire route vers les îles du Japon. L'autre moitié accusait des Chinois qui se livraient à la traite des blanches d'avoir assassiné une institutrice new-yorkaise. Mais c'étaient les titres de la météo que recherchait Bell, qui espérait du mauvais temps.

— Parfait ! lança-t-il à voix haute en lisant de loin que le Bureau météorologique prévoyait de la pluie et des nuages.

Marion ne serait donc pas obligée de se lever aux aurores pour profiter des premiers rayons de soleil.

Bell quitta en hâte le hall de gare. Le trajet de vingt-cinq kilomètres en tramway lui prendrait au moins une heure, mais une autre solution était peut-être envisageable. La police de Jersey City mettait en place à titre expérimental une patrouille motorisée semblable à celle de New York, sur l'autre rive de l'Hudson. Comme il s'y attendait, l'une de leurs Ford six cylindres était stationnée devant la gare, avec à son bord un sergent et un homme de patrouille, tous deux issus de la police montée.

— Van Dorn, annonça Bell au sergent, qui semblait un peu perdu sans son cheval. Vingt dollars si vous me conduisez au Celia Park Hotel, à Fort Lee.

Dix dollars auraient suffi. Pour vingt, le sergent s'offrit le luxe de faire hurler la sirène.

*

La pluie commença à tomber alors que la Ford arrivait au sommet des falaises qui dominent l'Hudson. La voiture traversa Main Street en faisant gicler la boue sur ses flancs, dérapa le long des rails du tramway, puis dépassa à toute allure un studio de cinéma dont les murs de verre scintillèrent un instant à la maigre lueur des phares. Ils sortirent de l'agglomération et s'arrêtèrent devant le Celia, une grande bâtisse blanche à deux étages située au beau milieu d'une aire de pique-nique.

Bell traversa la véranda, un large sourire aux lèvres. La salle à manger, qui faisait office de bar le soir, était encore ouverte. Les affaires battaient leur plein ; comédiens, metteurs en scène et cameramen discutaient tant et mieux pour parvenir aux mêmes conclusions : sans soleil au rendez-vous pour le tournage, la journée du lendemain serait perdue. Quelques chanteurs regroupés autour du piano chantaient en chœur, avec des voix d'une justesse remarquable, *In My Merry Oldsmobile*, un succès de 1905.

Bell repéra Marion assise à une table dans un coin de la salle, et son cœur faillit cesser de battre. Elle était en train de rire, en grande conversation avec deux autres femmes, des réalisatrices qu'il avait déjà eu l'occasion de rencontrer : Christina Bialobrzesky, qui prétendait être une comtesse polonaise, mais dont l'accent rappelait plutôt la Nouvelle-Orléans, et mademoiselle Duval, de la compagnie Pathé Frères, une jeune femme aux cheveux aussi sombres que ses yeux.

Marion leva les yeux, aperçut Bell debout à l'entrée de la salle et se leva aussitôt avec un sourire radieux. Bell se précipita à sa rencontre. Elle le rejoignit à mi-chemin, et il la prit dans ses bras pour l'embrasser.

— Quelle merveilleuse surprise ! s'exclama-t-elle.

Marion portait encore sa tenue de travail – chemisier, jupe longue et petite veste ajustée. Ses cheveux blonds étaient relevés en arrière pour plus de commodité, dévoilant un cou long et gracieux.

— Tu es adorable.

— Menteur ! Je suis levée depuis cinq heures ce matin !

— Tu sais bien que je ne mens jamais. Tu es merveilleuse ainsi.

— Eh bien toi aussi. Et puis… mais est-ce que tu as mangé ?

— Oui, dans le train.

— Alors viens nous rejoindre. À moins que nous nous installions tous les deux ?

— Je vais d'abord saluer le patron.

Le propriétaire de l'hôtel s'approcha en se frottant les mains, encore rayonnant des souvenirs de la dernière visite d'Isaac Bell.

— Encore un peu de champagne aujourd'hui, monsieur Bell ?

— Bien entendu !

— Pour la table ?

— Non, pour toute la salle !

— Isaac ! intervint Marion. Il y a cinquante clients dans cette pièce !

— Le testament de mon grand-père Isaiah ne m'interdit pas de dépenser une partie de ses cinq millions de dollars pour porter un toast à la beauté de mademoiselle Marion Morgan. Il n'était d'ailleurs pas insensible aux charmes féminins, paraît-il.

— Voilà qui fait sans doute aussi partie de ton héritage !

— Et lorsque tous les clients auront bu quelques verres, nous pourrons nous éclipser pour aller dans ta chambre, et personne n'y verra rien.

Marion prit Isaac par la main jusqu'à la table. Christina avait elle aussi gardé ses vêtements de travail, de même que mademoiselle Duval, qui avait cependant troqué la jupe longue contre son éternel pantalon d'équitation. La jeune Française embrassa Bell sur les deux joues.

— Cette semaine, dit-elle avec un accent prononcé, nous devons filmer des attaques de banques. Il faut nous donner vos conseils de professionnel !

— Elle aimerait avoir un peu plus que des conseils, murmura Marion en souriant.

— Les voleurs de banques ne sont-ils pas les symboles de la liberté américaine ? demanda mademoiselle Duval.

Bell lui renvoya un sourire sombre.

— Les voleurs de banques sont surtout des symboles de mort et de terreur. Les trois hommes que je poursuis en ce moment n'hésitent pas à tuer tous ceux qui sont sur place au moment de leur forfait.

— C'est parce qu'ils craignent d'être reconnus, affirma la Française. Mes voleurs à moi ne tueront personne. Ce seront des gens modestes, reconnus seulement par leurs semblables.

— Comme Robin des Bois ? demanda Christina d'un ton acerbe en roulant de grands yeux.

— Pour que le public sache qui est qui, suggéra Marion, tu devrais leur faire porter des masques.

— Un masque peut seulement cacher l'identité d'un étranger, objecta mademoiselle Duval. Si je porte un masque, ajouta-t-elle en remontant son foulard sur son nez busqué et sa bouche sensuelle de telle sorte que seuls ses yeux demeuraient visibles, Isaac me reconnaîtra à mon seul regard.

— Parce que tu lui fais de l'œil, la taquina Marion en riant.

L'expression du visage de Bell changea soudain.

— Ce n'est pas ma faute ! poursuivit mademoiselle Duval sans le remarquer. Je ne peux pas m'empêcher de constater qu'Isaac est mignon à croquer ! Je ne vais tout de même pas faire semblant de ne pas m'en apercevoir !

Les trois jeunes femmes avaient à présent vu les traits de Bell se durcir. Il paraissait froid et distant. Mademoiselle Duval posa la main sur son bras.

— Mon cher, s'excusa-t-elle, vous êtes trop sérieux. Pardonnez-moi si j'ai eu un comportement déplacé.

— Pas du tout, la rassura Isaac en lui tapotant la main d'un air distrait pendant qu'il serrait celle de Marion sous la table. Mais vous m'avez donné une idée bien curieuse. Il faut que j'y réfléchisse.

— Tu as assez réfléchi pour ce soir, dit Marion.

Isaac Bell se leva.

— Excusez-moi, mais je dois envoyer un télégramme.

L'hôtel était équipé du téléphone. Bell appela le bureau new-yorkais de l'agence et dicta un télégramme pour tous les bureaux Van Dorn de la région où John Scully avait été vu pour la dernière fois, à charge pour eux de le lui transmettre.

NOM CHANGÉ. FRYE REVIENNENT
VERS LIEU 1RE ATTAQUE NEW JERSEY

Dans le hall de l'hôtel, près de l'escalier, Marion l'attendait.

— Je leur ai dit bonsoir de ta part.

7

ÔT LE LENDEMAIN MATIN, BELL S'ENGOUFFRA dans les
bureaux de l'agence au Knickerbocker Hotel.

— Allez à Greenwich Village et ramenez-moi le docteur
Cruson, ordonna-t-il à un apprenti.

Le docteur Cruson était expert en graphologie.

L'apprenti partit aussitôt. Bell lut ses télégrammes. Le laboratoire de Washington confirmait que l'encre de la lettre de Langner était bien la même que celle de son stylo. Il n'en fut pas surpris.

Un message de Pennsylvanie jetait un nouvel éclairage sur les inconvénients de la méthode de travail en solitaire de John Scully. Les agents nommés par Joe Van Dorn pour l'assister pendant que Bell enquêtait sur la mort d'Arthur Langner écrivaient :

IMPOSSIBLE TROUVER SCULLY.
CHERCHONS ENCORE.
RETOUR AUX BONS SOINS DE WESTERN UNION SCRANTON
ET PHILADELPHIE.

Bell étouffa un juron. Les agents s'étaient séparés pour avoir plus de chances de retrouver Scully. S'ils n'y parvenaient pas avant midi, il lui reviendrait d'annoncer au patron que les hommes chargés de pourchasser les Frye Boys en étaient réduits à traquer le détective.

Bell demanda à parler à l'agent qu'il avait mis sur l'affaire. Avec son poitrail énorme et son ventre proéminent, Grady Forrer ressemblait à un grizzly. C'était le type d'homme que l'on était heureux d'avoir à ses côtés dans une rixe de bar, mais sa grande force résidait surtout dans sa mémoire phénoménale et dans sa détermination féroce à disséquer les moindres détails.

— Est-ce que vous avez pu découvrir de quel coin venaient ces fichus salopards ? lui demanda-t-il. Où ont-ils passé leur enfance ?

— J'ai remué ciel et terre, Isaac, répondit Forrer en secouant la tête. Impossible de trouver la moindre trace de trois frères Frye dans le New Jersey. J'ai aussi recherché d'éventuels cousins. Rien.

— J'ai ma petite idée là-dessus, répondit Bell. Et s'ils avaient changé de nom à l'époque où ils ont opéré leur premier « retrait d'argent » illégal ? La première attaque a eu lieu en plein milieu de l'État, si j'ai bonne mémoire. C'était la Farmer's Mutual Savings Bank d'East Brunswick.

— Une banque de péquenauds à mi-chemin de Princeton.

— On a toujours attribué à leur seule sauvagerie le fait qu'ils aient descendu le client et le caissier. Mais peut-être que ces trois abrutis étaient assez stupides pour dévaliser la banque la plus proche de chez eux ?

Grady Forrer se redressa soudain.

— Et s'ils assassinaient les témoins parce que ceux-ci pour-raient les reconnaître, même avec leurs masques ? Les témoins en question savaient peut-être que c'étaient des types du coin ? Les petits gars d'à côté qui ont grandi et appris à se servir d'un flingue ? Vous vous souvenez du message qu'ils ont laissé, écrit dans le sang ? « Craignez les Frye Boys. »

— Ils ne sont peut-être pas si bêtes, après tout, s'exclama Forrer, interloqué. Et après cela, tout le monde les a appelés les Frye Boys !

— C'est ce qu'ils voulaient. Trouvez près de cette banque d'East Brunswick une famille avec trois frères ou cousins qui se seraient volatilisés. Ou même deux frères et un voisin.

Bell envoya des télégrammes aux agents censés aider Scully, et à celui-ci par la même occasion, pour leur ordonner de se diriger vers East Brunswick.

Merci, mademoiselle Duval ! se dit tout bas Isaac Bell.

Le cours de ses pensées le ramena très vite à la photographie de la lettre de suicide d'Arthur Langner. Il la déposa à côté du cliché, pris la veille, d'un échantillon de l'écriture de Langner sur un dossier de dépôt de brevet. Il les examina tous deux à la loupe, à la recherche d'incohérences qui puissent suggérer un travail de faussaire. Il n'en vit aucune, mais il n'était pas spécialiste en la matière, et c'est la raison pour laquelle il avait convoqué l'expert en écriture de Greenwich Village.

Le docteur Daniel Cruson préférait le titre, plus flatteur, de graphologue. Sa barbe blanche et ses sourcils broussailleux étaient ceux d'un homme qui aimait pérorer et émettre de grandes théories sur la « cure par la parole » des docteurs Freud et Jung. Il se délectait aussi de formules du genre « Le complexe dérobe la nourriture et la lumière de l'égo », et Bell l'évitait autant qu'il le pouvait. Pourtant, Cruson avait l'œil acéré pour détecter les faux en écriture. Au point que Bell se demandait parfois si le graphologue n'arrondissait pas ses fins de mois en maquillant à l'occasion quelques chèques bancaires.

Cruson prit la loupe et examina de près la copie de lettre de suicide, puis se colla une loupe d'horloger sur un œil avant de répéter l'opération. Au bout d'un moment, il se renfonça dans son fauteuil et secoua la tête.

— Avez-vous décelé des incohérences indiquant que cette lettre aurait pu être falsifiée ?

— C'est vous le détective, lui répondit Cruson.

— Je le sais aussi bien que vous, répondit Bell d'un ton sec, soucieux d'éviter un discours oiseux de la part de Cruson.

— Connaissez-vous l'œuvre de Sir William Herschel ?

— L'identification par les empreintes digitales…

— Mais Sir William était aussi convaincu que l'écriture dévoilait le caractère.

— Je m'intéresse moins aux caractères qu'aux contrefaçons.

— À partir de ce simple échantillon, poursuivit Cruson sans tenir le moindre compte de la remarque de Bell, je suis en mesure d'affirmer que l'homme qui a rédigé cette lettre était un excentrique à l'esprit artistique très développé, avec un comportement parfois très théâtral, voire grandiloquent. Très sensible, et ressentant des émotions profondes susceptibles de le dominer de façon écrasante.

— En d'autres termes, l'interrompit Bell, songeant qu'il aurait de bien mauvaises nouvelles à annoncer à Dorothy Langner, un caractère émotif tout à fait capable d'en venir au suicide.

— Quelle tragédie de s'ôter la vie aussi jeune.

— Langner n'était pas jeune.

— Très jeune.

— Il avait soixante ans !

— Impossible ! Regardez cette écriture, fluide et audacieuse. Celle d'un homme plus âgé se crispe, forme des pattes de mouche ; les lettres se rétrécissent et s'amenuisent au fur et à mesure que la main se raidit. Aucun doute n'est permis, il s'agit de l'écriture d'un homme d'une vingtaine d'années.

— Une vingtaine d'années ? répéta Bell, soudain électrisé.

— En tout cas, pas plus de trente ans, je peux vous le garantir.

Bell avait la chance de jouir d'une mémoire photographique. Il visualisa aussitôt le bureau de Langner. Il vit les rayonnages remplis des recueils de brevets reliés. Il avait dû en ouvrir plusieurs pour trouver un échantillon qu'il puisse photographier. Les plus anciens, rédigés avant 1885, étaient écrits à la main. Les plus récents étaient dactylographiés.

— Arthur Langner jouait du piano. Ses doigts étaient sans doute plus souples que ceux de la plupart des hommes de son âge.

Cruson haussa les épaules.

— Je ne suis ni musicien ni physiologiste.

— Mais si ce n'est pas le cas, alors il pourrait s'agir d'un faux.

— Je suppose que vous ne m'avez pas convoqué ici pour analyser la personnalité d'un faussaire, maugréa Cruson. Plus un faux est adroit, moins il révèle le caractère de son auteur.

— Je ne vous ai pas fait venir ici pour analyser sa personnalité, mais pour me dire s'il s'agit ou non d'un faux. Et maintenant, vous laissez entendre que le faussaire a commis une erreur. Il a copié l'écriture de Langner à partir d'échantillons anciens de son écriture. Je vous remercie, docteur Cruson. Vous m'avez ouvert de nouveaux horizons dans cette affaire. À moins que la pratique du piano lui ait permis de conserver l'écriture d'un jeune homme, nous voici confrontés à une supercherie, et Arthur Langner a bel et bien été assassiné.

Un secrétaire de l'agence fit soudain irruption dans la pièce en brandissant une feuille de papier jaune.

Scully !

Le télégramme de l'agent solitaire allait droit au but, comme toujours :

REÇU TÉLÉGRAMME. AI EU MÊME IDÉE.
SOI-DISANT FRYE BOYS ENCERCLÉS OUEST D'EAST BRUNSWICK.
COUSINS POLICIERS LOCAUX.
PRÊT DONNER COUP DE MAIN ?

— Encerclés ? demanda Bell. Mike et Eddie ont fini par rattraper Scully ?

— Non monsieur, il a agi seul, comme d'habitude.

Scully avait donc découvert la véritable identité des Frye Boys et les avait traqués jusque chez eux. Il s'était alors aperçu que les voleurs de banques avaient des liens familiaux avec un shérif corrompu qui les aiderait à prendre la fuite. Dans ce cas, même un homme aussi redoutable que le détective Scully risquait d'avoir du fil à retordre.

Bell parcourut le reste du télégramme pour prendre connaissance de l'itinéraire.

FERME WILLIARD.
PÉAGE CRANBURY 16 KILOMÈTRES OUEST STONE CHURCH.
EMBRANCHEMENT GAUCHE SIGNALÉ.
CAMION LAIT 1 600 MÈTRES.

Au beau milieu de nulle part dans la région agricole du New Jersey. S'il devait se fier aux chemins de fer locaux, il lui faudrait des jours pour y arriver.

— J'ai besoin de ma voiture, téléphonez au garage Weehawken pour qu'ils la préparent !

Bell attrapa au vol un lourd sac de golf et descendit quatre à quatre les escaliers du Knickerbocker Hotel pour rejoindre Broadway. Il sauta dans un taxi et ordonna au chauffeur de le conduire à la jetée qui se trouvait au pied de la 42ᵉ rue. Il embarqua à bord du ferry de Weehawken qui faisait la traversée jusqu'au New Jersey puis, une fois débarqué, alla récupérer sa Locomobile rouge garée près du débarcadère.

8

LE BAR-SALOON DU COMMODORE TOMMY semblait tapi comme un bunker au rez-de-chaussée et au sous-sol d'un immeuble de brique délabré de la 39e Rue Ouest, à quatre cents mètres du débarcadère où avait accosté le ferry d'Isaac Bell. La porte était étroite, et des barreaux protégeaient les fenêtres. Faisant à la fois office de Maison Blanche, de Congrès et de ministère de la Guerre, l'établissement régnait sur un faubourg miséreux du West Side que les New-yorkais avaient baptisés Hell's Kitchen – la cuisine du diable.

Le commodore Tommy Thompson, propriétaire des lieux, était un homme au crâne en forme d'obus et au cou épais. C'était aussi le patron du gang Gopher. Il collectait les contributions des trafiquants de drogue, des maquereaux, des tenanciers de tripots, des pick-pockets et des voleurs, en reversait une part à la police, et assurait un nombre important de votes à l'appareil politique du parti démocrate local. Il exerçait une autre activité très lucrative, qui consistait à voler le contenu des wagons de marchandises de la compagnie New York Central. Son titre de « commodore » témoignait d'un réel succès dans son domaine – tout comme celui du commodore Cornelius Vanderbilt, le magnat des chemins de fer, dans le sien.

Mais le commodore Tommy se doutait que son business allait se terminer, et sans doute dans un bain de sang, dès que les compagnies auraient mis sur pied une armée privée pour chasser les voleurs de trains hors de New York. Aussi tenait-il à prendre les devants. C'est pour cette raison qu'au moment même où Isaac Bell traversait l'Hudson, il finalisait par une poignée de main un nouveau partenariat avec deux « Chinois sans nattes » – des Asiatiques américanisés qui avaient rompu avec la tradition en ne portant pas la traditionnelle longue natte des immigrants venus de l'empire du Milieu.

Harry Wing et Louis Loh étaient des hommes de main de la société secrète Hip Sing. Ils parlaient un bon anglais et portaient des costumes chic. Des tueurs implacables, Thompson n'en doutait pas, en dépit des expressions posées de leurs visages avenants. Dès qu'il les avait vus, il avait su qu'ils faisaient partie de la même espèce. Comme les Gopher, les Hip Sing engrangeaient leurs profits en contrôlant le racket du vice par le muscle, la corruption et la discipline, et se renforçaient en éliminant leurs rivaux.

L'accord qu'ils proposaient était plus que tentant : le gang Gopher de Tommy autoriserait les Chinois à ouvrir des fumeries d'opium dans le West Side de Manhattan. Le commodore raflerait la moitié des profits ; en échange, il fournirait les filles et graisserait la patte de la police. Harry Wing et Louis Loh obtiendraient ainsi pour la société Hip Sing l'accès à une clientèle blanche aisée – des consommateurs occasionnels peu désireux de s'aventurer dans les ruelles interlopes de Chinatown. Un « accord équitable », pour reprendre une expression du président Teddy Roosevelt...

*

Des hommes de la patrouille motorisée de Newark, New Jersey, tentèrent de prendre en chasse Isaac Bell à bord de leur Packard.

La Locomobile 1906 à essence de Bell était peinte du même rouge que les camions de pompiers. Il avait commandé cette couleur à l'usine afin de donner aux conducteurs trop lents une chance de le repérer assez tôt pour se ranger sur le bas-côté. L'inconvénient, sans parler du bruit de tonnerre de l'échappement, c'est que le rouge attirait aussi l'attention de la police.

Il sema cependant les flics de Newark avant même d'avoir atteint East Orange.

Les forces de l'ordre tentèrent à nouveau leur chance en moto à Elizabeth. Bell perdit de vue leur engin bien avant d'être arrivé à Roselle. La campagne s'ouvrait devant lui.

La Locomobile était conçue pour rouler sur les voies rapides, et détenait d'ailleurs de nombreux records. Le fait d'y avoir ajouté des feux de signalisation et des pare-chocs pour la conduite en ville n'ôtait rien à son caractère indomptable. Avec au volant un homme aux nerfs d'acier, aux réflexes de félin et passionné de vitesse, l'engin filait comme l'éclair, de toute la puissance de ses seize litres de cylindrée, sur les routes de campagne du New Jersey, et traversait les bourgades endormies comme un bolide.

Vêtu d'un long cache-poussière en lin, les yeux couverts par des lunettes protectrices, Bell conduisait tête nue pour rester à l'affût des moindres modulations des quatre cylindres rugissants du moteur. Il accélérait dans les lignes droites, se faufilait dans les virages, actionnant en continu l'embrayage, le levier de vitesses et l'avertisseur pour prévenir de son passage les véhicules plus lents, les paysans et le bétail. Il aurait pris un plaisir immense à son équipée s'il n'avait été aussi préoccupé par le sort de Scully. Son collègue solitaire était dans une situation périlleuse, et le fait qu'il s'y soit mis de sa propre initiative n'y changeait rien. C'était lui qui était en charge de l'affaire et à ce titre, il était responsable de ses hommes.

Bell conduisait les mains posées bas sur le volant à rayons. Lorsqu'il devait ralentir dans les agglomérations, il lui fallait la force de ses deux bras pour manœuvrer la massive mécanique dans les virages. Mais quand il accélérait sur les routes de campagne, le moteur répondait à merveille. Une main lui suffisait alors pour guider l'engin tandis que de l'autre, il augmentait la pression du carburant et faisait résonner la corne. Il se servait peu des freins. C'était inutile. Les ingénieurs qui construisaient la Locomobile à Bridgeport, dans le Connecticut, avaient dans un louable souci conçu un système basé sur la pression exercée sur les axes de chaînes – ce qui revenait en pratique à une absence quasi-totale de freinage. Isaac Bell s'en souciait peu.

Alors qu'il quittait Woodbridge en trombe, un roadster Mercedes Grand Prix de cent vingt chevaux sembla vouloir le défier à la course. Bell écrasa la pédale d'accélérateur de la Locomobile et garda la route pour lui seul.

9

— DE QUOI S'AGIT-IL ? DEMANDA LE COMMODORE Tommy Thompson.

— Il dit qu'il a une proposition à vous faire.

Les videurs de Tommy, deux durs au nez cassé qui l'avaient aidé à se débarrasser de ses rivaux au fil des années, encadraient de près un gentleman à l'allure raffinée qu'ils venaient d'escorter jusqu'au bureau aménagé dans l'arrière-salle.

Dans un silence glacé, Tommy jaugea l'individu, qui avait tout l'air d'un authentique rupin de la 5e Avenue. De taille moyenne, il tenait à la main une coûteuse canne à pommeau d'or et portait un riche manteau long de couleur noire à col de velours, une toque de fourrure et des gants en chevreau. Le poêle à charbon diffusait une forte chaleur ; l'homme ôta ses gants sans se presser, révélant une chevalière massive ornée de pierres, et déboutonna son manteau. Le chef du gang Gopher distingua une chaîne de montre en or massif assez épaisse pour soulever une enclume et un costume bleu sombre en drap fin. Avec le prix des bottines que portait l'élégant gentleman, Tommy aurait pu faire la noce avec trois poules pendant une semaine à Atlantic City.

Le rupin ne prononça pas un mot. Il se tenait droit, immobile, sauf quand il levait une main pour lisser la pointe de sa fine moustache avant de renfoncer le pouce dans la poche de son gilet.

Un client intéressant, jugea Tommy Thompson en songeant que même si tous les flics de New York se cotisaient, ils n'auraient jamais les moyens d'offrir de tels vêtements à un de leurs détectives. Et même s'ils y parvenaient, aucun policier de la ville n'aurait pu arborer avec un tel naturel l'expression d'un homme né avec une cuillère d'argent dans la bouche.

— Qu'est-ce que vous voulez ?

— Je présume, répondit le gentleman, que c'est bien vous qui dirigez le gang Gopher ?

La méfiance de Tommy se réveilla. Cet homme n'était pas vraiment un étranger à Hell's Kitchen, après tout. Il avait prononcé comme il le fallait le nom du gang – « *gouffah* », et non Gopher, comme l'orthographiaient les journaux de la 5ᵉ Avenue. Où avait-il donc appris tout cela ?

— Je vous ai demandé ce que vous vouliez.

— Je veux vous payer cinq mille dollars pour les services de trois tueurs.

Le commodore se redressa droit sur son siège. Cinq mille dollars, c'était une belle somme. Au point qu'il en oublia les questions de prononciation et jeta toute méfiance aux orties.

— Qui voulez-vous éliminer ?

— Un Écossais du nom d'Alasdair MacDonald, à Camden, New Jersey. Les hommes dont j'ai besoin doivent savoir manier l'arme blanche.

— Ah, vraiment ?

— J'ai l'argent ici avec moi, précisa le rupin. Je vous paie d'avance et vous fais confiance pour la suite.

Tommy Thompson se tourna vers ses deux cogneurs, qui arboraient un sourire sans joie. Le rupin commettait une erreur fatale en reconnaissant avoir l'argent sur lui.

— Prenez ses cinq mille dollars, leur ordonna Tommy. Prenez aussi sa montre. Sa bague. Sa canne, son manteau, sa toque, son costume et ses bottines. Et balancez-moi ce salopard à la flotte.

Les deux brutes se déplacèrent à une vitesse surprenante pour des hommes de leur corpulence.

Le manteau et le costume du gentleman masquaient une carrure athlétique. Sa posture immobile n'était qu'un leurre. Il réagit à la vitesse de l'éclair. En un clin d'œil, l'un des gros bras se retrouva au sol, assommé et le nez en sang. L'autre implorait pitié d'une voix de fausset. Le rupin bloquait sa tête sous l'un de ses bras, tandis qu'il pressait le pouce sur l'œil du videur.

Tommy resta bras ballants et bouche ouverte, stupéfait, tandis que sa mémoire se réveillait soudain.

Une gouge affûtée comme un rasoir était fixée au pouce du bourgeois. La pointe appuyait sur le coin de l'œil du videur. D'un simple geste du doigt, comme on ôte un grain de raisin d'une grappe, l'homme pouvait en un instant arracher l'œil de son orbite. Et celui-ci le savait, tout comme Tommy.

— Seigneur Dieu, Jésus, Jésus, haleta le commodore. Brian O'Shay !

En entendant ce nom, le videur se mit à pleurer.

— Impossible, balbutia l'autre qui, toujours étendu sur le sol, luttait pour retrouver son souffle. « Eyes » O'Shay est mort.

— Eh bien il ne l'est plus, lâcha le commodore.

Le chef du gang, bouche bée, regarda O'Shay en ouvrant de grand yeux.

Brian « Eyes » O'Shay avait disparu quinze ans plus tôt. Pas étonnant qu'il ait su comment prononcer le nom du gang. Sans cette disparition, ils en seraient encore à se disputer le contrôle de Hell's Kitchen. À peine sorti de l'enfance, O'Shay maîtrisait déjà les armes des gangs – frondes, tuyaux de plomb, coups de poing américains et lames de haches dans les bottes – et avait même réussi à mettre la main sur un revolver de la police. Mais la spécialité d'« Eyes » consistait à arracher les yeux de ses rivaux avec une gouge de cuivre usinée sur mesure à la taille de son pouce.

— Tu t'es fait une place dans le monde, on dirait, dit Tommy, qui commençait à retrouver ses esprits. Cette gouge m'a tout l'air d'être en argent massif.

— En acier, corrigea O'Shay. Elle garde tout son tranchant et ne rouille pas.

— Alors te voilà de retour. Et assez riche pour payer des gens pour tuer à ta place.

— Je ne te le proposerai pas deux fois.

— C'est d'accord.

Eyes O'Shay relâcha le videur d'un geste vif en lui balafrant le visage au passage. L'homme poussa un hurlement, et ses mains se plaquèrent contre ses joues. Il cligna des yeux, écarta les mains et contempla le sang. Puis il cligna à nouveau des yeux et sourit avec une expression de gratitude. Le sang coulait d'une plaie qui traversait la pommette jusqu'à la mâchoire, mais son œil était intact.

— Debout, ordonna le commodore Tommy. Vous deux. Allez voir Iceman. Qu'il vienne avec Kelly et Butler.

Les deux hommes s'empressèrent d'obéir. Tommy et O'Shay se retrouvèrent face à face.

— Voilà qui devrait mettre un terme aux rumeurs selon lesquelles je t'aurais buté.

— Même en pleine forme, tu n'aurais pas eu la moindre chance, Tommy.

Le chef du gang Gopher protesta contre l'insulte et le mépris qu'elle impliquait.

— Pourquoi tu parles comme ça ? On était associés, non ?

— Oui, parfois.

Ils gardèrent un instant le silence, comme deux adversaires qui se mesurent du regard.

— Tu es revenu, murmura Tommy. Mais d'où tu sors, Seigneur Jésus ?

O'Shay ne prit pas la peine de répondre.

Cinq minutes s'écoulèrent. Puis dix. Kelly et Butler entrèrent d'un pas furtif dans le bureau, suivis par Iceman Weeks. O'Shay balaya le groupe du regard.

Petits, râblés – ils avaient tout du jeune Gopher, jugea-t-il. Le progrès était une chose merveilleuse. Tommy n'était qu'un survivant de l'époque où la carrure et le muscle régnaient en maîtres. À présent, les tuyaux de plomb et les gourdins cédaient la place aux armes à feu. Kelly, Butler et Weeks étaient bâtis sur le même modèle que lui, mais se pavanaient attifés à la dernière mode gangster – costards cintrés, gilets criards et cravates voyantes. Kelly et Butler portaient des chaussures jaunes vernies avec des chaussettes bleu lavande. Iceman Weeks se distinguait du lot avec une véritable explosion de bleu ciel. C'était le genre de type qui se tenait toujours en retrait, laissait les autres prendre les risques et venait aussitôt après rafler la mise. Dans ses rêves, l'avenir était tout tracé : le commodore avait le bon goût de casser sa pipe sans tarder, et Iceman Weeks prenait la tête du gang Gopher.

O'Shay tira de son manteau trois couteaux papillon et en tendit un à chacun des voyous. Fabriqués en Allemagne, leur équilibre était parfait – faciles à ouvrir et tranchants comme des rasoirs. Kelly, Butler et Iceman les soupesèrent d'un air admiratif.

— Quand vous aurez fini le boulot, laissez-les où vous les avez plantés, ordonna O'Shay en jetant un regard de biais vers le commodore.

— Si je vous vois encore avec une fois la besogne expédiée, je vous casse les reins, confirma celui-ci.

O'Shay ouvrit un portefeuille bien rembourré pour en extraire trois billets aller-retour vers Camden.

— MacDonald sera au dancing Del Rossi peu après la tombée de la nuit. Vous trouverez l'établissement dans le district de Gloucester.

— À quoi ressemble ce MacDonald ? demanda Weeks.

— À une armoire, répondit O'Shay. Vous ne pourrez pas vous tromper.

— Allez, filez ! lança le commodore Tommy. Et ne revenez pas avant que le boulot soit terminé.

— On sera payés quand ?

— Quand il sera mort.

Les trois tueurs filèrent prendre le ferry ferroviaire.

O'Shay tira de son manteau une épaisse enveloppe et compta cinquante billets de cent dollars qu'il déposa sur le bureau de Tommy. Celui-ci vérifia le compte et empocha l'argent.

— C'est un plaisir de traiter avec toi.

— J'aurai bientôt besoin des gros bras de la société secrète chinoise.

Le commodore fixa O'Shay d'un regard dur.

— Des gros bras d'une société chinoise ? Tu penses à qui, Brian O'Shay ?

— Aux deux voyous de la société Hip Sing.

— Mais où diable as-tu entendu parler de ces gars-là ?

— Peu importe la façon dont je suis fringué, Tommy. J'ai une longueur d'avance sur toi, et ce sera toujours le cas.

O'Shay tourna les talons et quitta le bar.

Le commodore Tommy Thompson claqua des doigts. Un jeune gars qui répondait au nom de Paddy le Rat apparut dans l'embrasure d'une porte latérale. Il était mince, avec une peau grisâtre. Dans la rue, il était aussi invisible que la vermine dont il tirait son sobriquet.

— File le train à O'Shay. Trouve où il crèche et comment il se fait appeler.

Paddy le Rat traversa la 39ᵉ Rue sur les pas de Brian O'Shay, dont le riche manteau et la toque en fourrure ressortaient avec éclat parmi la foule loqueteuse qui arpentait les pavés gras du quartier. Il traversa la 10ᵉ Avenue, la 9ᵉ, où il évita d'un pas précis un ivrogne qui titubait vers lui à l'ombre du chemin de fer aérien. Après la 7ᵉ, il s'arrêta devant un garage de location automobile et jeta un regard à travers la vitrine.

Paddy se faufila près d'un attelage de chevaux de trait. Abrité par leur masse, il se creusa la tête tout en leur caressant le poitrail pour les calmer. Comment allait-il suivre O'Shay si celui-ci louait une automobile ?

Mais O'Shay se détourna soudain de la vitrine et poursuivit son chemin à pas rapides.

Le quartier n'était plus le même autour de lui, et Paddy commençait à se sentir mal à l'aise. Des nouveaux bâtiments se construisaient, de hauts immeubles de bureaux et des hôtels. L'imposant Metropolitan Opera House se dressait devant lui tel un palais. Si les flics le repéraient dans un tel environnement, ils risquaient de l'arrêter. O'Shay s'approchait maintenant de Broadway. Soudain, il disparut.

Paddy le Rat, affolé, se mit à courir. Pas question de revenir à Hell's Kitchen sans l'adresse de Brian O'Shay. Là ! Avec un soupir de soulagement, il le suivit dans une ruelle qui longeait un théâtre en construction. Au bout du passage, il vit le bout du long manteau disparaître au coin du bâtiment. Il courut dans la même direction, prit le virage à toutes jambes et fut cueilli par un poing qui l'envoya rouler au sol dans la boue.

O'Shay se pencha au-dessus de lui. Paddy aperçut un éclat métallique. Une douleur aiguë explosa dans son œil droit. Il comprit aussitôt ce qu'O'Shay venait de lui faire subir, et il hurla de souffrance et de désespoir.

— Ouvre ta main, lui ordonna O'Shay.

Paddy tarda à obéir, et il sentit le métal piquer son autre œil.

— Tu vas le perdre aussi, si tu n'ouvres pas tout de suite la main.

Paddy obtempéra. Il frémit en sentant O'Shay poser dans sa paume une chose ronde et affreuse, puis refermer ses doigts d'un geste presque doux.

— Tu donneras ça à Tommy.

*

O'Shay laissa Paddy sangloter et gémir dans la ruelle et rebroussa chemin vers la 39ᵉ Avenue. Une fois arrivé au coin de la ruelle, il resta un moment immobile comme une statue pour s'assurer que le petit faux-jeton n'avait pas de complice caché dans les parages. Il se dirigea ensuite vers l'est, passa sous le chemin de fer aérien, jeta un nouveau coup d'œil derrière lui, gagna la 5ᵉ Avenue, puis marcha vers le centre, toujours à l'affût des reflets dans les vitrines.

Un flic irlandais moustachu qui réglait la circulation cria pour ordonner au conducteur d'un chariot de marchandises de laisser l'élégant gentleman traverser la 34ᵉ Rue. Des portiers dont les uniformes bleu et or auraient fait pâlir de jalousie un commandant de cuirassé se redressèrent en le voyant arriver.

O'Shay répondit à leur impeccable salut et pénétra dans le hall de l'hôtel Waldorf-Astoria.

10

Isaac Bell repéra le mouchoir rouge que Scully avait noué à une haie et engagea la Locomobile sur la route étroite. Il leva le pied de l'accélérateur pour la première fois depuis son départ de Weehawken et régla l'échappement à la main ; le pot cessa de rugir pour ne plus émettre qu'un grondement creux.

Bell monta à l'assaut d'une colline en pente forte et roula un peu moins de deux kilomètres, serpentant entre des champs en jachère qui attendaient les semis de printemps. Scully, toujours plein de ressources, avait déniché un camion de ramassage de bidons de lait, le genre de véhicule qui n'attirait guère l'attention sur les routes de campagne du New Jersey. Bell se gara à côté, de telle sorte que la Locomobile ne se voie pas de la route. Il souleva son sac de golf du siège passager et le porta avec lui jusqu'à la crête de la colline où Scully l'attendait, étendu sur l'herbe brune.

Le détective solitaire était un homme petit et rond, avec un visage lunaire peu susceptible d'éveiller la méfiance des prêcheurs, des boutiquiers, des perceurs de coffres-forts ou des assassins. Ses muscles d'acier se dissimulaient sous une quinzaine de kilos de graisse, et son sourire modeste cachait un esprit aussi rapide et implacable qu'un piège à ours. Lorsque Bell arriva près de lui, il pointait ses jumelles sur une maison située au bas de la colline.

De la fumée s'échappait de la cheminée de la cuisine. Une puissante Marmon couverte de boue et de poussière était garée à l'extérieur.

— Qu'est-ce que tu trimballes dans ce sac ? demanda Scully.

— Deux ou trois fers de cinq, répondit Bell avec un sourire en tirant du sac une paire de fusils Browning Auto-5 à la bosse caractéristique sur la crosse. Ils sont combien ?

— Ils sont là tous les trois.

— La maison était habitée ?

— Il n'y avait pas de fumée avant leur arrivée.

Bell hocha la tête, soulagé de constater qu'aucun innocent ne serait exposé à des tirs croisés. Scully lui passa les jumelles, et il examina la maison et l'automobile.

— C'est la Marmon qu'ils ont volée dans l'Ohio ?

— Celle-là ou une autre. Ils aiment bien la marque, on dirait.

— Comment les as-tu retrouvés ?

— J'ai suivi ton intuition au sujet de leur première attaque. Williard est leur vrai nom, et si toi et moi avions été un peu plus malins, on y aurait pensé depuis déjà un bon mois.

— Je ne peux pas dire le contraire, acquiesça Bell. Et si on commençait par immobiliser leur voiture ?

— On ne l'atteindra jamais d'ici avec ces fusils. Trop de dispersion.

Bell sortit de son sac de golf un antique fusil à bison Sharps de calibre .50. Scully écarquilla les yeux.

— Où diable as-tu déniché ça ?

— Le détective privé du Knickerbocker a dû le confisquer à un cow-boy du Pawnee Bill Wild West Show qui se baladait sur Times Square rond comme une queue de pelle.

Bell ouvrit la culasse, inséra une cartouche à poudre noire et dirigea le canon vers la Marmon.

— Attention de ne pas y mettre le feu, l'avertit Scully. Tout leur butin est à l'intérieur.

— Je vais juste rendre le démarrage un peu plus difficile.

— Attends, qui vient là ?

Une Ford K six cylindres arrivait en cahotant sur le chemin qui menait à la maison. Elle était équipée d'un projecteur sur le radiateur.

— Bon Dieu, lança Scully. Voilà les flics.

Deux hommes qui arboraient des étoiles de shérif sur leurs manteaux descendirent de la Ford avec des paniers à la main. Scully les observa aux jumelles.

— Ils leur amènent le dîner. Deux de plus, ils sont cinq, maintenant.

— Tu as de la place dans le camion de lait ?

— En serrant bien, ça devrait aller.

— Et si on leur laissait le temps de se distraire et de se remplir la panse ?

— C'est une idée qui en vaut une autre, dit Scully en poursuivant son observation.

Bell examina la route de la maison et se retourna à plusieurs reprises pour s'assurer que personne n'arrivait par la route secondaire qu'il avait lui-même empruntée.

Distrait, il se demandait où Dorothy Langner avait pu trouver assez d'argent pour procurer un piano à son père, puis se souvint qu'elle ne le lui avait offert que tout récemment.

Scully, contrairement à ses habitudes, était d'humeur bavarde.

— Tu sais, Isaac, dit-il en désignant d'un geste la ferme et les deux automobiles en contrebas, pour ce genre de boulot, ce serait génial si quelqu'un pouvait inventer une mitrailleuse assez légère pour qu'on puisse l'emporter partout avec soi.

— Je ne sais pas comment on pourrait appeler ça – une « mitraillette », peut-être ?

— Voilà, c'est exactement ça ! Une « mitraillette ». Mais comment ferait-on pour transporter l'eau de refroidissement du canon ?

— Si l'arme tirait des munitions de pistolet, ce ne serait peut-être pas nécessaire.

Scully hocha la tête, l'air songeur.

— Avec un chargeur à tambour, une arme de ce genre resterait assez compacte.

— On va peut-être démarrer le spectacle ? le coupa Bell en soulevant le fusil Sharps.

Les deux détectives jetèrent un coup d'œil vers les bois qui bordaient le bâtiment. Les Frye Boys et les flics locaux ne manqueraient pas de courir s'y mettre à couvert en constatant que leurs voitures étaient hors d'usage.

— Je vais d'abord me placer sur leur flanc, dit Scully.

Joignant le geste à la parole, il descendit la colline en se dandinant. Une fois en place, il adressa un signe de la main à Bell.

Celui-ci referma le coude sur la crosse de son arme, releva le chien et aligna le canon sur le capot de la Marmon. Il appuya doucement sur la détente. Sous l'impact de la lourde balle, la voiture se balança sur ses pneus. L'écho de la détonation résonna comme un tir d'artillerie et un épais nuage de fumée noire s'échappa du bout du canon pour retomber sur le flanc de la colline. Bell rechargea le fusil et tira à nouveau. La Marmon tressauta et un pneu avant s'aplatit. Bell concentra alors son attention sur la voiture de police.

Affolés, les deux flics sortirent de la maison en agitant leurs pistolets. Les voleurs de banque étaient toujours à l'intérieur. Des armes apparurent à la fenêtre. Une salve de carabine Winchester à levier retentit, dirigée vers la fumée noire qui sortait en tourbillons du fusil Sharps.

Bell ignora le plomb qui sifflait à ses oreilles. Il rechargea sans se presser le fusil à un coup, et visa le capot de la Ford. Un jet de vapeur s'échappa du radiateur brûlant. Désormais, leur gibier ne pouvait plus compter que sur ses jambes.

Les trois bandits sortirent en flèche de la maison en tirant à tout-va.

Bell rechargea et fit feu. Et une fois encore. Plus bas, la silhouette d'un fusil décrivit un arc vers le ciel et le tireur vacilla en se tenant le bras. Un second se retourna et se mit à courir vers les bois. Le feu rapide qui jaillit de l'arme à chargement automatique de Scully le fit vite changer d'avis. Il s'immobilisa aussitôt, regarda autour de lui d'un air frénétique, puis jeta sa carabine au sol et leva les bras. Les deux policiers, pistolet en main, se figèrent. Bell se redressa, le Sharps toujours braqué vers eux à travers la fumée. Scully sortit du bois d'un pas nonchalant et pointa son arme devant lui.

— Celui-ci est un calibre 12 à chargement automatique, annonça-t-il d'un ton détaché. Celui du gars sur la colline est un fusil à bison Sharps. Il est temps que vous réfléchissiez, et vite.

Les flics laissèrent tomber leurs pistolets. Le troisième Frye Boy glissa une cartouche dans la culasse de sa Winchester et d'un geste délibéré, se mit en position de visée. Bell le mit en joue, mais Scully tira le premier, levant haut le canon pour accroître la portée. Compte tenu de la distance, des projectiles se dispersèrent de chaque côté. La plupart filèrent au-delà de leur cible. Les deux qui atteignirent le bandit lui trouèrent l'épaule.

*

Aucun des Frye Boys n'avait reçu de blessure mortelle. Bell vérifia qu'ils ne risquaient pas de succomber malgré tout à une hémorragie, puis les menotta avec les deux flics dans le camion de lait de Scully. Celui-ci prit le volant et redescendit le long de la colline tandis que Bell suivait dans sa Locomobile. Au moment où ils atteignaient le péage de Cranbury, Mike et Eddie, les deux agents censés assister Scully, les rejoignirent à bord d'une Oldsmobile, et le convoi se dirigea vers Trenton pour livrer les Frye Boys et les flics corrompus au procureur de l'État.

Deux heures plus tard, alors qu'ils approchaient de Trenton, Bell repéra un panneau de signalisation qui réveilla un souvenir enfoui quelque part dans sa mémoire photographique. Le panneau regroupait des noms de villes et de routes inscrites sur des flèches blanches qui pointaient vers le sud : le péage d'Hamilton, la route de Bordentown, le péage de Burlington et celui de Westfield, en direction de Camden.

Arthur Langner avait inscrit une liste de rendez-vous sur un calendrier mural. Deux jours avant sa mort, il avait rencontré Alasdair MacDonald, le spécialiste de la propulsion par turbine qui travaillait sous contrat pour le Steam Engineering Bureau de la Navy. L'usine de MacDonald était installée à Camden.

Le père de Dorothy Langner aimait ses canons, avait plaidé la jeune femme. Tout comme Farley Kent aimait ses coques de navires. Et Alasdair MacDonald ses turbines. Un « magicien », avait-elle précisé, le mettant ainsi sur un pied d'égalité avec son père. Bell se demanda si les deux hommes pouvaient avoir autre chose en commun.

Il écrasa la poire de l'avertisseur. La Locomobile et le camion de lait s'immobilisèrent dans un nuage de poussière.

— Je dois passer voir quelqu'un à Camden, expliqua Bell à Scully.

— Tu as besoin d'un coup de main ?

— Oui. Quand tu auras livré tous ces gaillards, est-ce que tu pourrais aller au Brooklyn Navy Yard ? Tu devrais y trouver un architecte naval du nom de Farley Kent. Tu peux voir si ce type te semble réglo ?

Bell fit demi-tour et fonça vers le sud.

*

« CE DONT LE MONDE A BESOIN, C'EST CAMDEN QUI LE FABRIQUE »

Le grand panneau accueillit Isaac Bell à l'entrée de la ville industrielle qui occupait la rive est du Delaware, presque en face de Philadelphie. Il dépassa des usines dont la production allait des cigares aux médicaments miracles en passant par la terre cuite, le linoléum et la soupe en conserve. La New York Shipbuilding Company, qui n'avait de new-yorkais que le nom, bordait le fleuve Delaware et Newton Creek de modernes allées couvertes et de gigantesques portiques qui s'élevaient dans un ciel chargé de fumée. Sur l'autre rive, on apercevait les chantiers des Cramp Ship Builders et du Philadelphia Navy Yard.

Le soir tombait lorsque Bell finit par trouver la MacDonald Marine Steam Company, à l'écart de la rive, vers l'intérieur des terres, parmi un labyrinthe d'usines plus modestes qui fournissaient les chantiers navals en matériel et équipements divers. Il gara la Locomobile vers le portail et demanda à voir Alasdair MacDonald. L'ingénieur était absent.

— Vous trouverez le professeur à Gloucester City, lui expliqua un employé obligeant. À quelques pâtés de maisons d'ici.

— Pourquoi l'appelez-vous « le professeur » ?

— Il est tellement intelligent ! C'était l'apprenti de Charles Parsons, l'inventeur des turbines navales qui ont révolutionné les systèmes de propulsion des navires. Quand le professeur a immigré aux États-Unis, il en savait plus sur les turbines que Parsons lui-même !

— Où puis-je le trouver à Gloucester City ?

— Au dancing Del Rossi. Non pas qu'il y aille pour danser, d'ailleurs. C'est un bar plutôt qu'un dancing, si vous voyez ce que je veux dire.

— J'ai déjà vu des établissements de ce genre plus à l'ouest, répondit Bell d'un ton sec.

— Prenez au plus court jusqu'à King Street. Vous ne pouvez pas le manquer.

Gloucester City était située un peu plus bas que Camden sur le fleuve, et les deux villes formaient une sorte de conurbation, sans réelle séparation entre elles. Des bars, des gargotes et des pensions accueillaient les ouvriers des chantiers navals et du port fluvial en pleine effervescence. L'employé n'avait pas menti : on ne pouvait manquer le dancing Del Rossi, avec sa fausse façade qui tentait d'imiter l'arc de scène des théâtres de Broadway.

Un chahut infernal régnait à l'intérieur de l'établissement, et le piano jouait à un volume que Bell n'aurait jamais cru possible. Entre les femmes qui hurlaient de rire, les barmen en nage qui entrechoquaient les bouteilles, les videurs, les innombrables marins et ouvriers des chantiers – ils étaient au moins cinq cents –, c'était à qui réussirait à se soûler le plus vite. Bell observa la foule, un océan de visages rougeauds sous des nuages de fumée bleue. À part lui-même, en costume blanc, les seul autres clients à ne pas être en bras de chemise étaient un homme d'allure séduisante aux cheveux gris, vêtu d'une redingote rouge, sans doute le patron, et trois gangsters habillés comme des dandys, avec chapeaux melon, chemises violettes, gilets voyants et cravates à rayures. Bell ne put distinguer leurs chaussures, mais imagina sans peine qu'elles devaient être jaunes.

Il se dirigea vers l'homme à la redingote rouge en se frayant un chemin à travers une forêt d'épaules.

— Monsieur Del Rossi ! lança-t-il par-dessus le vacarme ambiant en tendant la main.

— Bonsoir, monsieur. Appelez-moi Angelo.

— Isaac.

Ils échangèrent une poignée de main. Celle de Rossi était douce au toucher, mais portait des marques de brûlures et de coupures, héritage d'une jeunesse passée dans les chantiers navals.

— Les affaires marchent, ce soir !

— Que Dieu bénisse notre « nouvelle Navy » ! C'est pareil tous les soirs. La New York Shipbuilding Company va lancer le *Michigan* le mois prochain, et vient de poser la quille d'un nouveau destroyer capable de filer à vingt-huit nœuds. De l'autre côté du fleuve, le Philadelphia Navy Yard construit une cale sèche toute neuve. Le chantier Cramp lancera le *South Carolina* dès l'été, et ils viennent de décrocher un contrat pour *six* destroyers de sept cents tonneaux chacun. J'ai bien dit six, vous m'entendez ? Six ! Que puis-je faire pour vous, monsieur ?

— Je cherche un gars qui s'appelle Alasdair MacDonald.

Del Rossi fronça les sourcils.

— Le professeur ? Si vous entendez le bruit d'un poing qui écrase une mâchoire, c'est lui, répondit-il en hochant la tête en direction du coin le plus éloigné de la porte.

— Excusez-moi. Je ferais mieux d'aller voir avant que quelqu'un l'envoie au tapis.

— C'est peu probable. Il était champion poids lourd de la Royal Navy.

Bell put jauger MacDonald en traversant la salle, et il ressentit une immédiate sympathie pour l'imposant Écossais. L'homme, dans la quarantaine, était grand, avec une expression franche et ouverte, des muscles qui semblaient rouler sous sa chemise trempée de sueur et des mains énormes aux articulations saillantes. Bell remarqua que ses arcades sourcilières étaient la seule partie de son visage à porter des marques et cicatrices dues aux combats de boxe. Il tenait un verre d'une main, et une bouteille de whisky de l'autre. Alors que Bell approchait, il remplit le verre et posa la bouteille sur le comptoir derrière lui, les yeux fixés sur la foule qui s'écarta soudain dans une ambiance de sourde violence.

Un costaud de plus de cent trente kilos s'avança vers lui à pas lourds, une lueur meurtrière dans le regard.

MacDonald le suivit des yeux d'un air narquois, comme s'il s'agissait d'une bonne plaisanterie. Il avala une gorgée de whisky puis, sans se presser le moins du monde, referma sa main vide en un poing monstrueux et lança un coup si rapide que Bell le vit à peine.

La brute s'effondra sur le sol couvert de sciure. MacDonald le contempla avec une expression pleine d'amabilité.

— Jake, mon ami, lui dit-il avec un puissant accent écossais, si la gnôle t'énervait pas autant le cerveau, tu serais plutôt un bon gaillard. Quelqu'un parmi vous veut bien ramener Jake chez lui ? lança-t-il à la foule.

Les amis de Jake l'emportèrent. Bell se présenta à Alasdair MacDonald, en se demandant si l'Écossais n'était pas plus soûl qu'il ne le paraissait.

— Je vous connais, mon gars ?

— Isaac Bell, répéta le détective. Dorothy Langner m'a dit que vous étiez un bon ami de son père.

— C'est vrai. Pauvre gars. Des types comme lui, on n'en fait plus. Allons, buvez un coup !

Il demanda un verre à un barman, le remplit à ras bord et le tendit à Bell en prononçant la formule écossaise rituelle.

— *Slàinte !*

— *Slàinte mhath !* répondit Bell, qui imita MacDonald en engloutissant l'alcool cul sec.

— Et sa fille, elle tient le coup ?

— Dorothy s'accroche à l'espoir que son père ne s'est pas suicidé et qu'il n'a accepté aucun pot-de-vin.

— Pour ce qui est de se tuer, je n'en sais rien – l'âme humaine abrite parfois des recoins bien sombres derrière des paysages souriants. Mais je suis sûr d'une chose : le Canonnier aurait préféré se passer la main dans une presse industrielle plutôt que d'accepter le moindre pot-de-vin.

— Vous étiez proches sur le plan professionnel ?

— Disons que nous éprouvions de l'estime et de l'admiration l'un pour l'autre.

— Vous partagiez des buts communs ?

— Nous adorions les cuirassés, si c'est ce que vous voulez dire. Qu'on les aime ou qu'on les déteste, les cuirassés sont les merveilles techniques de notre époque.

Bell remarqua que MacDonald, ivre ou non, esquivait ses questions avec adresse.

— J'imagine, poursuivit-il avec plus de prudence, que vous suivez de près les mouvements de la Grande Flotte blanche ?

Alasdair renifla d'un air railleur.

— En mer, la victoire dépend de l'artillerie, du blindage et de la vitesse. Il faut tirer plus loin que l'ennemi, encaisser les avaries mieux que lui et filer plus vite. Si je m'en tiens à ces paramètres, la Grande Flotte blanche est complètement dépassée.

Il versa encore du whisky dans le verre de Bell et remplit le sien.

— Le HMS *Dreadnought* de la Royal Navy et ses copies allemandes ont une portée de canons supérieure, un blindage plus efficace, et quant à la vitesse, ils filent comme le vent. Notre « flotte blanche », qui n'est rien d'autre que le vieil Escadron Atlantique plus ou moins retapé, n'est qu'un assemblage de *pré-cuirassés*.

— Quelle est la différence ?

— Un pré-cuirassé est un boxeur poids moyen de niveau universitaire. Il ne joue pas sur les mêmes rings que Jack Johnson, et n'a aucune chance de remporter un championnat, lança-t-il en fixant d'un air de défi Isaac Bell, qui pesait vingt kilos de moins que lui.

— À moins d'avoir complété son diplôme par des travaux pratiques dans le West Side de Chicago, rétorqua Bell sur le même ton.

— Et d'avoir pris quelques kilos de muscles au passage, approuva MacDonald.

Aussi invraisemblable que cela pût paraître, le piano se mit à jouer encore plus fort. Quelqu'un tapa sur un tambour. La foule s'écarta et Del Rossi monta sur une scène basse aménagée en face du bar. Il sortit une baguette de chef d'orchestre de la poche de sa redingote.

Les videurs et les serveurs posèrent leurs gourdins et leurs plateaux et s'emparèrent de banjos, de guitares et d'accordéons.

Les serveuses grimpèrent sur scène, ôtèrent leur tablier pour dévoiler des jupes si courtes que dans n'importe quelle ville abritant plus d'une église, la police aurait déjà fait une descente pour boucler l'établissement. Del Rossi leva sa baguette. Les musiciens entamèrent « Come On Down », un succès de George M. Cohan, et les serveuses offrirent une imitation du french cancan parisien que Bell jugea excellente.

— Vous disiez ? hurla-t-il à MacDonald.

— Je disais quoi ?

— À propos des cuirassés que vous et le Canonnier...

— Prenez le *Michigan*, par exemple. Quand il sera enfin en service, notre cuirassé le plus récent aura la meilleure configuration d'artillerie possible – uniquement de gros canons montés sur des tourelles superposées. Mais avec un blindage comme du papier à cigarettes et de vieilles guimbardes à piston en guise de moteurs, il ne sera au mieux qu'un semi-cuirassé – parfait pour les exercices de tir de la marine allemande et de la Royal Navy.

MacDonald vida son verre.

— C'est d'autant plus triste qu'avec la mort d'Arthur Langner, le Bureau de l'Artillerie navale a perdu un ingénieur en armement naval hors pair. Les bureaux techniques détestent le changement. Arthur *imposait* le changement... Mais ne me lancez pas sur le sujet, mon garçon. Ce fut un mois funeste pour la marine américaine.

— Même en dehors du décès d'Arthur Langner ?

— Le Canonnier n'était que le premier à mourir. Une semaine plus tard, à la fonderie de Bethlehem, nous avons perdu Chad Gordon, grand spécialiste du blindage. Un accident horrible. Six gars ont été rôtis vivants – Chad et toute son équipe. Et puis la semaine dernière, cet idiot de Grover Lakewood a dégringolé d'une falaise. Le meilleur de tous les experts en contrôle de tir. Et un type bien. Il nous aurait surpris, à l'avenir, s'il ne s'était pas cassé la figure dans ce fichu accident d'escalade.

— Attendez ! lança Bell. Vous êtes en train de me dire que trois ingénieurs spécialisés dans les cuirassés ont péri le mois dernier ?

— Une sacrée guigne, non ? acquiesça MacDonald dont la grosse main esquissa un signe de croix. Jamais je ne dirais que nos cuirassés ont la poisse. Mais bon Dieu, j'espère pour la marine des États-Unis que Farley Kent et Ron Wheeler ne seront pas les prochains sur la liste.

— Les coques de navires au Brooklyn Navy Yard, murmura Bell. Et les torpilles à Newport.

MacDonald lui lança un regard sévère.

— Vous en connaissez, du monde.

— Dorothy Langner a mentionné Kent et Wheeler. J'ai cru comprendre qu'ils étaient un peu des homologues de Langner.

— Des homologues ? lança MacDonald en riant. Mais c'est là tout le sel de la plaisanterie, dans cette course aux cuirassés ! Vous ne comprenez pas ?

— Non. Que voulez-vous dire ?

— C'est comme un jeu de bonneteau, ou plutôt comme ce jeu avec des coquillages sous lesquels on cache des petits pois. Et chaque petit pois est bourré de dynamite. Farley Kent conçoit des compartiments étanches pour protéger ses coques des torpilles. Mais là-haut à Newport, Ron Wheeler améliore les torpilles ; il construit des engins à longue portée capables d'emporter des explosifs plus lourds, et peut-être même qu'il calcule comment les armer avec du TNT. Arthur doit donc – ou plutôt, il devait – augmenter la portée des canons pour que les navires puissent combattre de plus loin, et Chad Gordon, quant à lui, devait fabriquer des blindages plus solides pour encaisser les tirs. Il y a de quoi vous donner envie de picoler... Dieu seul sait comment on va réussir à se débrouiller sans ces gars, conclut-il en remplissant les verres.

— Mais vous avez dit que la vitesse elle aussi était cruciale. Et vous, alors ? demanda Bell. On dit que vous êtes le magicien des turbines et de la propulsion vapeur. Est-ce que la perte d'Alasdair MacDonald ne serait pas aussi catastrophique pour le programme de construction de cuirassés ?

— Je suis indestructible, répliqua MacDonald en riant.

Un autre pugilat éclata quelque part dans le dancing.

— Excusez-moi, Isaac, dit MacDonald en se précipitant avec enthousiasme sur le lieu de la rixe.

Bell le suivit en se frayant un chemin parmi la foule. Les gangsters aux tenues voyantes aperçus en entrant traînaient parmi un groupe de spectateurs qui braillaient leurs encouragements. MacDonald échangeait des coups de poing avec un jeune poids lourd aux bras de forgeron et au jeu de jambes impressionnant. L'Écossais paraissait plus lent. Bell remarqua pourtant que MacDonald laissait son adversaire le frapper, histoire de le jauger. Tout cela avec assez de subtilité pour qu'aucun des coups ne lui fasse le moindre mal. Et soudain, MacDonald parut en avoir appris assez sur son challenger ; en un instant, il retrouva toute sa rapidité et lança des coups combinés dévastateurs. Bell dut admettre qu'ils surpassaient de loin ses meilleures offensives, à l'époque où il boxait pour l'université de Yale. Il se souvint avec un sourire reconnaissant du temps où Joe Van Dorn l'emmenait dans les bars du West Side de Chicago pour « compléter son diplôme ».

L'homme au physique de forgeron titubait. Alasdair MacDonald l'envoya au tapis avec un uppercut calculé avec soin, pas plus puissant qu'il ne le fallait, puis l'aida à se relever et lui tapa sur le dos.

— Bon boulot, mon gars, hurla-t-il pour que tout le monde puisse l'entendre. Je crois que j'ai eu de la chance... Isaac, vous avez vu son jeu de jambes ? Ce type a de l'avenir sur un ring, vous ne croyez pas ?

— Sûr. Il aurait mis Gentleman Jim Corbett knock-out, même au mieux de sa forme.

Les yeux vitreux, le forgeron accepta le compliment en souriant.

MacDonald, qui parcourait la foule du regard, remarqua deux des gangsters qui s'approchaient de lui d'un pas décidé.

— Tien, tiens, voilà la relève – et deux candidats de plus. Pas de repos pour les braves ! Très bien, les gars, vous n'êtes que des avortons, mais comme vous êtes deux, ça fera le compte. Allez, venez prendre ce que vous méritez.

Les deux hommes étaient loin d'être des demi-portions, même si MacDonald les dominait largement en poids. Ils se déplaçaient avec assurance et savaient placer leurs mains. Lorsqu'ils passèrent à l'attaque, il était visible que ce n'était pas leur premier combat en duo. De talentueux bagarreurs des rues, jugea Bell. Des petits durs qui s'étaient frayé un chemin dans la hiérarchie des bandes de quartier pour devenir les gangsters accomplis qu'ils étaient aujourd'hui. Bell s'approcha, pour le cas où la situation déraperait.

Les deux voyous attaquèrent MacDonald chacun d'un côté en lui lançant des jurons obscènes. L'agressivité de leur assaut conjugué sembla susciter la colère de l'Écossais. Le visage empourpré, il feignit la retraite, ce qui attira les deux hommes en avant. MacDonald en cueillit un d'un puissant direct du gauche, puis l'autre d'un crochet du droit ravageur. Le premier vacilla en arrière, le sang ruisselait de son nez ; le second s'affala sur le sol en se tenant l'oreille.

Bell aperçut un éclair d'acier derrière le dos d'Alasdair MacDonald.

11

ISAAC BELL SORTIT SON PETIT PISTOLET à double canon et à deux coups de son chapeau et fit feu sur le troisième gangster, qui s'élançait pour poignarder MacDonald dans le dos. La distance était courte, presque à bout portant. La lourde balle de calibre .44 stoppa net l'élan de l'agresseur, et son couteau lui échappa des mains. Mais alors que les clients pris de panique couraient se mettre à l'abri, le dandy au nez ensanglanté pointait lui aussi une lame sur le ventre de MacDonald.

L'Écossais ouvrit grand la bouche, surpris de voir la tournure mortelle qu'avait pris le combat.

Isaac Bell comprit aussitôt qu'il assistait à une tentative de meurtre délibérée. Un client qui tentait de fuir obtura son champ de vision. Bell l'écarta d'un geste brusque et tira à nouveau. Au-dessus du nez couvert de sang du voyou, Bell vit apparaître un trou rouge entre les deux yeux. Le couteau tomba alors qu'il n'était qu'à quelques centimètres du ventre de MacDonald.

Le pistolet de Bell était vide.

Le dernier tueur, celui qui était resté au sol, se releva d'un mouvement fluide, nullement handicapé par le coup reçu à l'oreille. Un cran d'arrêt automatique à longue lame s'ouvrit dans sa main. Bell sortit son Browning semi-automatique de sous son manteau. Le tueur plongea son couteau en avant vers le dos de MacDonald. Bell tira, son arme près du corps pour la protéger des clients qui couraient. Il aurait pu, il le savait, arrêter net le gangster d'une balle dans la tête, mais quelqu'un vint s'écraser sur lui au moment où il faisait feu.

Il avait manqué son adversaire de peu. Le tir avait perforé l'épaule droite du voyou. Mais l'extrême précision du Browning se payait en termes de puissance d'arrêt, et le tueur était gaucher. La balle de calibre .380 l'avait fait chanceler, mais la force de l'élan était avec lui, et il parvint à enfoncer sa lame dans le large dos d'Alasdair MacDonald.

L'Écossais paraissait stupéfait. Son regard rencontra celui de Bell alors que celui-ci l'attrapait dans ses bras.

— Ils ont essayé de me tuer, murmura-t-il, abasourdi.

Bell fit glisser MacDonald, déjà presque inerte, sur la sciure du sol et s'agenouilla près de lui.

— Appelez un médecin, cria-t-il. Une ambulance !

— Bell, mon garçon…

— Ne parlez pas.

Le sang s'écoulait vite, si vite que la sciure flottait au lieu de l'absorber.

— Donnez-moi votre main, Isaac.

Bell prit la large poigne de MacDonald dans la sienne.

— Votre main, je vous en prie…

— Je suis là, Alasdair. *Un docteur !*

Angelo Del Rossi s'accroupit près d'eux.

— Le toubib arrive. C'est un bon médecin. Tout ira bien, professeur. N'est-ce pas, monsieur Bell ?

— Bien sûr, mentit Isaac.

MacDonald serra sa main avec une force convulsive et murmura quelque chose que Bell ne parvint pas à saisir. Il approcha l'oreille du visage de l'Écossais.

— Que dites-vous, Alasdair ?

— Écoutez.

— Je ne vous entends pas.

Mais le grand Écossais resta silencieux.

— Ils en avaient après vous, Alasdair. Pourquoi ?

MacDonald ouvrit les yeux, qui s'élargirent soudain lorsqu'il se souvint de ce qu'il voulait révéler à Bell.

— Hull 44, murmura-t-il.

— Comment ?

MacDonald referma ses paupières, comme pour s'endormir.

— Je suis le médecin. Laissez-moi passer.

Bell s'écarta. Le docteur, jeune, vif et visiblement compétent, prit le pouls de MacDonald.

— Le cœur bat comme une horloge. L'ambulance arrive. Vous autres, aidez-moi à le porter.

— Je m'en occupe, intervint Bell.

— Il pèse bien cent kilos.

— Alors écartez-vous de mon chemin.

Isaac prit l'Écossais au creux de ses bras, se releva, le porta jusqu'au trottoir à l'extérieur de l'établissement et le garda en attendant l'ambulance. Les flics de Camden maintenaient la foule à l'écart. Un inspecteur demanda son nom à Bell.

— Isaac Bell. Je suis détective. Agence Van Dorn.

— C'est une belle fusillade qui a eu lieu à l'intérieur, monsieur Bell.

— Vous avez reconnu les cadavres ?

— Je ne les avais jamais vus.

— Ils n'étaient peut-être pas d'ici. Philadelphie ?

— Ils avaient dans leurs poches des billets de train achetés à New York. Et vous, comment vous êtes-vous retrouvé mêlé à tout ça ?

— Je vous dirai tout ce que je sais, c'est-à-dire pas grand-chose, dès que j'aurai emmené ce gars à l'hôpital.

— Je vous attendrai au poste. Dites à l'agent de faction que vous voulez parler à Barney George.

Une ambulance automobile montée sur le nouveau châssis Model T s'arrêta devant le dancing. Alors que Bell installait MacDonald à l'intérieur, celui-lui lui pressa à nouveau la main. Bell monta à bord avec lui et s'installa à côté du médecin. Une fois arrivés, pendant qu'un chirurgien s'occupait de l'Écossais, Bell téléphona à New York. Il ordonna que l'on prévienne Scully, afin de surveiller l'ingénieur Farley Kent, et que l'on envoie des agents à la Naval Torpedo Station de Newport pour assurer la sécurité de Ron Wheeler.

L'ESPION

Trois hommes d'une importance cruciale pour le programme de construction des cuirassés américains étaient morts, et la vie du quatrième ne tenait plus qu'à un fil. Pourtant, s'il n'avait pas été témoin de l'attaque dont avait été victime Alasdair MacDonald, celle-ci aurait été classée, non comme une tentative de meurtre, mais comme un simple incident, peu surprenant compte tenu des habitudes bagarreuses du pilier de bar qu'était MacDonald. Déjà, il n'était pas impossible que Langner ait été assassiné. Quant à l'explosion de la fonderie de Bethlehem évoquée par MacDonald, s'agissait-il bien d'un accident ? Et qu'en était-il de la chute fatale de Lakewood au parc Johnson ?

Bell resta aux côtés de MacDonald toute la nuit et la matinée suivante.

Soudain, vers midi, un souffle tremblant sembla gonfler l'impressionnante poitrine de l'Écossais, qui laissa alors l'air s'échapper avec lenteur de ses poumons. Bell cria pour appeler un médecin, mais il savait qu'il était trop tard. Triste et furieux, il se rendit au poste de police de Camden et raconta à l'inspecteur George comment il avait échoué à déjouer l'attaque contre MacDonald.

— Avez-vous pu récupérer leurs couteaux ? demanda-t-il une fois sa déposition terminée.

— Oui, les trois, répondit l'inspecteur George en les montrant à Bell. De drôles d'engins, n'est-ce pas ?

Le sang de l'Écossais avait séché sur la lame qui l'avait tué.

Bell prit l'un des deux autres et l'examina.

— C'est un Butterflymesser.

— Un quoi ?

— Un couteau pliant allemand, inspiré des couteaux papillon Balisong. En dehors des Philippines, on n'en voit pas beaucoup.

— En effet. Pour ma part, ce sont les premiers que je vois. Vous dites que ce sont des couteaux allemands ?

Bell lui montra la marque de fabrique gravée à la base de la lame.

— Bontgen & Sabin, Solingen. Le problème, c'est de savoir où ils se les sont procurés. (Bell regarda soudain l'inspecteur droit dans les yeux.) Combien d'argent avez-vous trouvé dans les poches de ces hommes ?

L'inspecteur détourna les yeux puis, de façon ostensible, feuilleta les pages de son carnet.

— Ah, voilà ! Moins de dix dollars chacun.

— Ce qui a pu disparaître avant d'être classé comme preuve ne m'intéresse pas, dit Bell d'un ton sévère, le regard glacial. Mais le montant exact – la somme qu'ils avaient réellement en poche – m'indiquera s'ils ont été payés pour faire ce boulot. Ce montant, qui restera entre nous dans le cadre de cette conversation privée, peut être un élément important de mon enquête.

L'inspecteur fit à nouveau semblant de lire ses notes.

— L'un d'eux avait huit dollars et vingt-cinq cents. Les autres avaient sept dollars, une pièce de dix cents et une de cinq.

Le regard de Bell retomba sur le couteau Butterflymesser qu'il tenait en main. D'un mouvement bien précis du poignet, il fit jaillir la lame, qui étincelait comme de la glace. Il semblait l'étudier, comme s'il se demandait quel usage il pourrait en faire. L'inspecteur George, pourtant en sécurité dans son propre poste de police, s'humecta les lèvres nerveusement.

— Un ouvrier gagne environ cinq cents dollars par an, déclara Bell. Un an de salaire, je crois qu'un voyou sans conscience considérerait que c'est un montant raisonnable pour tuer un homme. Et cela m'aiderait donc de savoir combien d'argent ces tueurs avaient sur eux.

L'inspecteur George laissa échapper un soupir de soulagement.

— Je peux vous assurer qu'aucun des deux ne détenait une telle somme.

Bell leva les yeux vers lui. L'inspecteur semblait heureux d'avoir dit la vérité.

— Cela vous ennuierait-il que j'emporte l'un de ces couteaux ? demanda enfin Isaac Bell.

— Non, je ne vous demanderai qu'une simple signature. Mais ne prenez pas celui qui a tué monsieur MacDonald. Nous en aurons besoin pour le procès si jamais nous attrapons cet enfant de salaud – c'est d'ailleurs peu probable, il ne remettra sans doute jamais les pieds à Camden.

— Il reviendra, promit Bell. Pieds et poings liés.

12

— « GUTS » DAVE KELLY — CELUI DONT tu as troué le crâne — et Dick « Blood Bucket » Butler. C'étaient les hommes de main d'un certain Irv Weeks, surnommé « Iceman » — des yeux d'un bleu aussi glacé que son âme. Compte tenu du fait que Weeks est bien plus malin que ces deux-là, et que selon toi, le troisième larron était resté en arrière pour attendre l'occasion propice, je parierais que c'est bien lui qui a filé.

— Avec ma balle dans l'épaule.

— Iceman est un dur à cuire. Si ta balle ne l'a pas tué, tu peux être sûr qu'il a sauté dans un train de marchandises pour rejoindre New York et qu'il a payé un médecin marron ou une faiseuse d'anges pour l'extraire.

Harry Warren, le spécialiste des gangs new-yorkais de l'agence Van Dorn, avait pris le train aussitôt après l'appel d'Isaac Bell et s'était tout de suite rendu à la morgue de Camden. Après avoir identifié les hommes abattus par Bell comme étant des membres du gang Gopher de Hell's Kitchen, il était allé retrouver Isaac au poste de police.

Les deux hommes conversaient à présent dans un coin inoccupé du local de garde à vue.

— Harry, qui a pu envoyer ces gars jusqu'à Camden pour un boulot de ce genre ?

— Tommy Thompson, le « commodore ». C'est lui le chef du gang Gopher.

— Les contrats d'exécution, ça fait partie de ses activités ?

— Tommy est prêt à faire n'importe quoi. D'un autre côté, ils ont pu travailler pour quelqu'un d'autre – pas de problème, tant que le commodore touche sa part. D'ailleurs, est-ce que les flics de Camden ont trouvé de grosses sommes sur les corps ? Ou plutôt, est-ce qu'ils ont admis avoir trouvé de grosses sommes ?

— Ils disent que non, répondit Bell. Je leur ai clairement laissé entendre que nous avions de plus gros poissons à pêcher que des flics corrompus, et leur réponse m'a à peu près convaincu. Les deux hommes n'avaient que peu d'argent sur eux. Peut-être devaient-ils être payés après exécution du contrat ? Ou alors leur patron a gardé pour lui la plus grosse part.

— Ou les deux, commenta Harry Warren, qui sembla soudain plongé dans ses réflexions. Mais c'est tout de même étrange, Isaac. Ces gars des gangs, en général, restent près de chez eux. C'est vrai que le commodore Tommy ferait n'importe quoi pour de l'argent, mais les voyous comme les Gopher ne s'aventurent pas souvent hors des limites de leur quartier. La moitié d'entre eux seraient incapables de dire où se trouve Brooklyn, sans parler des frontières de l'État !

— Essaie de comprendre pourquoi ils l'ont fait cette fois-ci.

— Je vais essayer de coffrer Weeks dès que je saurai où il est parti se mettre au vert, et…

— Ne le coffre pas. Appelle-moi.

— Très bien, Isaac. Mais ne t'attends pas à des miracles. Ce genre de deal ne laisse pas de traces écrites. C'était sûrement une affaire personnelle. MacDonald a peut-être flanqué une rouste de trop à quelqu'un ?

— Tu as entendu parler d'un gangster new-yorkais qui utilise un Butterflymesser ?

— Le couteau papillon des Philippines ?

Bell lui montra l'arme.

— Oui, ça me rappelle un gars des Hudson Dusters. Il s'est engagé dans l'armée pour échapper aux flics et s'est retrouvé à combattre aux Philippines pendant l'insurrection. Il en a ramené un de ces couteaux dont il s'est servi pour buter un flambeur qui lui devait de l'argent. Enfin, c'est ce qu'on a dit, mais je suis sûr qu'il s'agissait de cocaïne. Tu sais, ça les rend paranos.

— En d'autres termes, le Butterflymesser n'est pas une arme courante à New York.

— À ma connaissance, il n'y a que ce type des Dusters qui en avait un.

*

Bell partit aussi vite que possible pour New York.

Il loua les services d'un chauffeur et d'un mécanicien pour ramener la Locomobile pendant qu'il voyageait en train. Il traversa le fleuve Delaware jusqu'à Philadelphie à bord d'une vedette de la police fournie par l'inspecteur Barney George, trop heureux de l'aider à quitter Camden. Une fois débarqué, il se rendit à la gare et monta à bord d'un express Pennsylvania Railroad. Lorsqu'il arriva au Knickerbocker Hotel, l'éclat du ciel de l'après-midi brillait encore sur le toit de cuivre aux reflets vert-de-gris, mais déjà la façade de brique de style néo-Renaissance française commençait à s'assombrir.

Il demanda aussitôt un appel longue distance pour Joseph Van Dorn, à Chicago.

— Excellent boulot pour les Frye Boys, le félicita Van Dorn. J'ai déjeuné tout à l'heure avec le procureur général. Il était aux anges.

— C'est John Scully qu'il faut féliciter. Je n'ai fait que jouer les figurants.

— Et combien de temps vous faudra-t-il pour boucler le suicide d'Arthur Langner ?

— C'est une affaire qui va bien au-delà de Langner, répondit Bell, qui fit part à Van Dorn de ses dernières découvertes.

— Quatre meurtres ? demanda celui-ci d'un ton incrédule.

— Au moins un – celui auquel j'ai assisté. Et un autre probable : celui d'Arthur Langner.

— Tout dépend de la confiance que vous accordez aux élucubrations de ce cinglé de Cruson.

— Et il reste les deux autres, sur lesquels il nous faut enquêter.

— Et tout cela aurait un rapport avec des navires de guerre ? demanda Van Dorn, toujours sceptique.

— Toutes les victimes travaillaient pour le programme de construction de cuirassés.

— S'il s'agit de meurtres, qui pourrait être derrière tout ça ?

— Je l'ignore.

— J'imagine que vous n'en savez pas plus sur les mobiles ?

— Non, pas encore.

Van Dorn poussa un soupir.

— De quoi avez-vous besoin, Isaac ?

— Il faudrait que le service de protection Van Dorn assure la sécurité de Farley et de Wheeler.

— Et à qui vais-je facturer ces prestations ?

— Gardez la facture sous le coude jusqu'à ce que nous sachions qui est le client, suggéra Bell, pince-sans-rire.

— Très amusant. Quoi d'autre ?

*

Bell donna ses instructions à l'équipe d'agents mis à sa disposition par Van Dorn – de façon temporaire, le patron s'était montré très clair à ce sujet. Il prit ensuite le métro vers le centre, puis le tramway pour traverser le pont de Brooklyn. Scully le retrouva dans une cafétéria de Sand Street à un jet de pierre des portes gardées comme une forteresse du Brooklyn Navy Yard.

Les équipes de jour avaient fini leur travail au chantier naval et dans les usines des alentours. La taverne commençait à se remplir de chaudronniers, d'opérateurs de marteaux-pilons, de testeurs de cuves, de fraiseurs, de modeleurs, de machinistes, d'assembleurs et de plombiers avides de se sustenter.

— Pour autant que je puisse en juger, lui annonça Scully, Farley est tout ce qu'il y a de régulier. Il travaille sans arrêt, et quand il a fini, il recommence. Aussi dévoué qu'un missionnaire. D'après ce qu'on m'en a dit, il ne quitte presque jamais sa table à dessin. Il a une chambre à coucher près de ses bureaux, et c'est là qu'il passe la plupart de ses nuits.

L'ESPION   105

— Et les autres nuits ?
— À l'hôtel Saint George, quand il reçoit la visite d'une certaine dame.
— Qui est-elle ?
— C'est là que ça se corse. C'est la fille de l'homme au piano.
— Dorothy Langner ?
— Qu'est-ce que tu dis de ça ?
— Je dis que Farley Kent a beaucoup de chance.

*

Le Brooklyn Navy Yard couvrait une large portion de la baie de l'East River entre le pont de Brooklyn et celui de Williamsburg. Conçu comme chantier naval militaire, le « New York Yard » (c'était sa dénomination officielle) employait six mille ouvriers, répartis entre ses usines, ses fonderies, ses cales sèches et ses cales de lancement. De hauts murs de briques et des portails en fer entouraient une surface deux fois plus vaste que celle du Washington Navy Yard. Au portail de Sand Street, flanqué de statues représentant des aigles, Isaac Bell montra son laissez-passer du secrétariat à la Marine.

Il finit par découvrir le bureau et l'atelier de dessin de Farley Kent dans un bâtiment qui paraissait minuscule, comme écrasé par les gigantesques hangars à bateaux et les grues à portique. La nuit obscurcissait les hauts vitrages et les dessinateurs travaillaient à la lueur de l'éclairage électrique. Farley, qui ne paraissait avoir guère plus de vingt ans, se montra bouleversé par la mort d'Alasdair MacDonald. Il se désolait à l'idée que ce décès puisse mettre un frein au développement de turbines destinées aux navires de guerre.

— Le jour est encore loin où nous serons en mesure d'installer des turbines modernes sur nos cuirassés.
— Hull 44, ce nom vous dit quelque chose ? lui demanda Bell.
— Hull 44 ? répéta Farley en évitant son regard.
— Alasdair MacDonald m'a laissé entendre qu'il s'agissait d'un projet important.
— Je ne vois vraiment pas de quoi vous parlez.

— Il a évoqué de façon très explicite Arthur Langner, Ron Wheeler et Chad Gordon. Et vous, monsieur Kent. Cinq hommes dont les travaux étaient étroitement liés. Alors vous savez ce qu'est le projet Hull 44, j'en suis certain.

— Je vous l'ai dit. J'ignore de quoi il s'agit.

Bell posa sur lui un regard froid. Kent détourna les yeux du visage sévère du détective.

— Hull 44, poursuivit Bell. Ce sont les derniers mots prononcés par votre ami. S'il n'était pas mort à cet instant, il m'aurait fourni une explication. Maintenant, c'est à vous de le faire.

— Je regrette, je ne sais pas.

Les traits de Bell se durcirent, son visage paraissait taillé dans la pierre.

— Ce colosse a tenu ma main comme s'il était un enfant, et il a essayé de me dire pourquoi on l'avait assassiné. Mais il ne pouvait plus articuler un mot. Vous, vous le pouvez. *Parlez !*

Kent se replia avec précipitation vers le couloir et hurla pour appeler les sentinelles.

Six marines escortèrent Isaac Bell jusqu'à l'extérieur du chantier. Leur sergent demeura inflexible devant le laissez-passer.

— Monsieur, je vous recommande de téléphoner pour demander un rendez-vous avec le commandant du chantier.

Scully attendait Bell dans le réfectoire.

— La cantine n'est pas mauvaise, prends quelque-chose. Pendant ce temps, je surveille Farley Kent.

— Je t'expliquerai le topo dans un quart d'heure.

Bell était incapable de se souvenir de son dernier repas. Il s'apprêtait à soulever un sandwich de son assiette lorsque Scully réapparut et l'entraîna aussitôt hors de la salle, vers le portail.

— Kent vient de quitter les lieux. Il filait comme s'il avait le diable à ses trousses. Il a pris Sand Street vers l'est. Il porte un chapeau melon haut et un pardessus fauve.

— Je le vois d'ici.

— C'est la direction de l'hôtel Saint George. On dirait que la demoiselle est revenue dans les parages ! Je file là-bas en passant par Nassau Street, au cas où tu le perdrais.

Sans attendre la réponse de Bell, le détective disparut au coin de la rue.

Bell suivit Farley Kent. Il resta à quelques entrées d'immeubles derrière lui, abrité par la foule qui entrait et sortait des bars et des petits restaurants du voisinage et par les passagers qui montaient et descendaient des tramways. Le chapeau de l'architecte naval était facile à repérer dans un quartier où la plupart des hommes portaient une simple casquette, et son manteau fauve se détachait des pardessus sombres et des cabans.

Entre le chantier naval et le pont de Brooklyn, Sand Street s'étirait le long d'un quartier peuplé d'usines et d'entrepôts. La fraîcheur humide du soir charriait avec elle des effluves de chocolat, de café torréfié, de fumée de charbon, de sel marin, et l'odeur plus prégnante et plus âcre répandue par les trolleys des tramways qui crépitaient au contact du câble conducteur. Bell passa devant des bars et des tripots assez nombreux pour concurrencer la célèbre « Barbary Coast » de San Francisco.

Kent prit Isaac Bell par surprise à l'énorme gare de Sand Street, où les tramways, les trains du chemin de fer aérien et une ligne de trolleybus en construction convergeaient sur le pont de Brooklyn. Au lieu de passer sous la gare et de poursuivre son chemin vers les Brooklyn Heights et l'hôtel Saint George, l'architecte naval s'engouffra soudain dans une entrée pratiquée dans un mur de pierre qui soutenait une rampe d'accès au pont et grimpa les escaliers. Bell esquiva un tramway et se précipita derrière lui. La foule qui descendait les marches obstruait sa vision. Il se fraya un chemin jusqu'au sommet. Là, il aperçut Farley Kent qui se dirigeait vers Manhattan en marchant sur la promenade piétonnière en bois aménagée au milieu du pont. À l'évidence, un rendez-vous galant à l'hôtel Saint George n'était pas à l'ordre du jour.

La promenade de bois, bordée de voies de chemin de fer et de rails de tramway, était envahie par une foule d'employés qui rentraient chez eux après leur journée de travail à Manhattan. Les trains et tramways qui circulaient dans les deux sens étaient bondés. Bell, qui avait passé des années à traquer à cheval des criminels dans les grands espaces sauvages de l'Ouest, se sentait plus proche de ceux qui préféraient marcher à pied dans le froid, malgré le fracas et les gémissements des roues sur les rails.

Farley Kent jeta un coup d'œil par-dessus son épaule. Bell ôta son chapeau blanc à larges bords, trop reconnaissable, et slaloma sur la promenade pour rester à l'abri de la foule. Kent se hâtait à contre-courant, tête baissée. De temps à autre, il regardait les panneaux, mais semblait ignorer le paysage spectaculaire dessiné par les lumières des gratte-ciel et le tapis scintillant des lanternes rouges, vertes et blanches des remorqueurs, des schooners, des bateaux à vapeur et des ferries qui sillonnaient l'East River soixante-dix mètres plus bas.

Du côté de Manhattan, les escaliers conduisaient vers le quartier de l'Hôtel de Ville. À l'instant même où Kent posa le pied sur le trottoir, il tourna les talons et revint vers la rivière qu'il venait de traverser. Bell le suivit. Alors qu'ils approchaient de la rive, Bell se demanda quelle étaient les intentions de l'architecte. South Street, qui passait sous le pont et longeait l'East River, était bordée d'une forêt de mâts de navires et de beauprés. Les jetées et les entrepôts s'avançaient loin dans le courant, formant des abris où étaient amarrés des trois-mâts, des steamers aux hautes cheminées et des barges de transport de matériel ferroviaire.

Kent s'éloigna du pont pour se diriger vers le centre. Marchant à vive allure, il dépassa plusieurs blocs d'immeubles sans se retourner. Lorsqu'il atteignit le port de Catherine Slip, il se tourna à nouveau vers la rive. Des navires de commerce étaient amarrés côte à côte. Des grues de pont déchargeaient des palettes de fret que des dockers poussaient jusqu'aux entrepôts. Kent dépassa les navires et s'approcha d'un yacht à vapeur long et étroit, invisible depuis South Street.

Bell observa la scène, caché au coin de l'entrepôt le plus proche. Le yacht était long de plus de trente mètres. Bell distinguait sa coque d'acier, blanche et mince, effilée comme une lame, sa haute passerelle de navigation installée au centre et sa grande cheminée à l'arrière. Il ressemblait à un navire de commerce, mais ses finitions de laiton et d'acajou vernis trahissaient un certain luxe. En dépit de son mouillage incongru parmi de crasseux bâtiments de commerce, constata Bell, il était bien caché.

L'ESPION

Farley Kent s'élança sur la passerelle du yacht. De la lumière se déversait des hublots d'une cabine basse. Farley Kent frappa à la porte, qui s'ouvrit dans un flot de clarté, puis disparut à l'intérieur après l'avoir refermée. Bell remit son chapeau et s'avança à grandes enjambées sur la jetée. À bord d'un des autres navires, un matelot l'aperçut. Bell le gratifia d'un regard sombre et d'un hochement de tête dédaigneux. Le marin détourna les yeux. Le détective vérifia que personne ne se trouvait sur le pont du yacht, franchit la passerelle d'un pas tranquille, puis appuya son dos contre la cloison de la cabine.

Il ôta à nouveau son chapeau et regarda à l'intérieur par un hublot entrouvert.

La cabine était petite, mais aménagée avec luxe. Des lampes de marine en laiton jetaient un éclairage chaleureux sur des lambris d'acajou. D'un coup d'œil rapide, Bell aperçut un buffet garni de verres de cristal, de flacons et de carafes maintenus en place par des claies, une table disposée près d'une banquette en fer à cheval revêtue d'une garniture de cuir vert, et un tube acoustique destiné à transmettre des ordres dans l'ensemble du bâtiment. Au-dessus de la table était accroché un tableau de Henry Reuterdahl représentant la Grande Flotte blanche.

Kent se débarrassa de son manteau. Un officier de la Navy à l'allure athlétique l'observait. Il était court et râblé, et se tenait droit, la poitrine en avant. Des galons de capitaine ornaient ses épaulettes. Bell ne put distinguer son visage, mais il entendit Kent crier :

— Ce fichu détective ! Il savait exactement quelles questions poser !

— Que lui avez-vous dit ? demanda le capitaine d'un ton calme.

— Rien. Je l'ai fait renvoyer du chantier. L'insolent fouineur !

— Vous est-il venu à l'esprit que sa visite concernait Alasdair MacDonald ?

— Bon Dieu, je ne savais plus quoi penser. Il m'a fichu en rogne.

Le capitaine prit une bouteille rangée sur le buffet et versa dans un verre une généreuse dose d'alcool. Lorsqu'il le tendit à Kent, Bell vit enfin son visage – vigoureux et encore juvénile, celui d'un homme qui, dix ans plus tôt, faisait la une de tous les journaux et magazines du pays. Sa bravoure et ses exploits pendant la guerre hispano-américaine rivalisaient avec ceux de Teddy Roosevelt et de son régiment de cavalerie, les fameux Rough Riders.

— Eh bien ça, alors… murmura Bell à mi-voix.

Il ouvrit la porte de la cabine et entra.

Farley Kent sursauta. Le capitaine se contenta de poser sur le détective un regard interrogateur.

— Bienvenue à bord, monsieur Bell. J'espérais votre visite depuis que j'ai reçu ces terribles nouvelles de Camden.

— Qu'est-ce que le projet Hull 44 ?

— Vous devriez plutôt demander pourquoi on l'appelle Hull 44, répondit le capitaine Lowell Falconer, le héros de Santiago.

Il tendit à Bell une main que des éclats d'obus avaient amputée de deux doigts.

Bell lui rendit sa poignée de main.

— C'est un honneur de faire votre connaissance, capitaine.

Falconer se pencha vers le tube acoustique.

— Préparez-vous à larguer les amarres.

13

UN BRUIT DE PAS RÉSONNA SUR LE PONT. Un lieutenant apparut à la porte, et Falconer s'engagea aussitôt avec lui dans une vive conversation.

— Farley, lança-t-il soudain. Vous feriez aussi bien de regagner votre atelier. Attendez-moi ici, Bell. Je ne serai pas long.

Il quitta aussitôt la cabine en compagnie du lieutenant, tandis que l'architecte partait sans dire un mot.

Bell avait déjà vu le tableau de Reuterdahl en couverture du magazine *Collier's* au mois de janvier précédent. La Grande Flotte blanche mouillait dans le port de Rio de Janeiro. Une barque indigène approchait à la rame de la coque blanche brillante du *Connecticut* et à l'arrière, quelqu'un agitait un panneau publicitaire :

Boissons américaines. PRIX HONNÊTES chez JS Guvidor

Dans un coin sombre du paysage portuaire ensoleillé, l'ombre et la fumée obscurcissaient la fine coque grise d'un croiseur allemand.

Bell sentit le pont bouger sous ses pieds. Le yacht quitta sa jetée avec lenteur pour gagner l'East River. Les hélices se mirent à tourner et le navire s'engagea dans le courant, mais Bell ne perçut aucune vibration de moteur. Il lança un regard plein de curiosité au capitaine Falconer lorsque celui-ci regagna la cabine.

— Je n'ai jamais vu un yacht à vapeur naviguer dans un tel silence, lui fit-il observer.

— Des turbines, répondit Falconer avec un sourire plein de fierté. Trois turbines, qui actionnent neuf hélices.

Il montra d'un geste un autre tableau que Bell n'avait pas pu voir depuis le hublot. Il représentait le *Turbinia*, le célèbre navire expérimental que le mentor d'Alasdair MacDonald avait lancé au beau milieu d'un rassemblement maritime international à Spitshead, en Angleterre, dans le but de démontrer l'efficacité de la propulsion par turbines.

— Charles Parson ne laissait rien au hasard. Pour le cas où quelque chose serait allé de travers avec le *Turbinia*, il avait construit *deux* navires. Celui-ci est le *Dyname*. Vous vous souvenez de vos cours de grec ?

— Le résultat de forces agissant ensemble.

— Bravo ! Le *Dyname* est le grand frère du *Turbinia*. Il est un petit peu plus large, conçu sur le modèle des bateaux-torpilles des années quatre-vingt-dix. Je l'ai reconverti en yacht, et j'ai modifié les chaudières pour qu'elles fonctionnent avec un carburant à base de pétrole, ce qui a permis de gagner beaucoup de place sur les soutes à charbon. Le pauvre Alasdair s'en est servi comme navire d'essai, et il a modifié les turbines. Grâce à lui, même s'il est plus ventru que le *Turbinia*, il consomme moins de carburant et file plus vite.

— À quelle vitesse ?

Falconer posa la main sur l'acajou vernis d'une cloison et afficha un sourire attendri.

— Si je vous le disais, vous ne me croiriez pas.

Le détective lui rendit son sourire.

— J'adorerais passer un quart à la barre, si c'est possible.

— Attendez que nous ayons quitté ces eaux trop fréquentées. Je n'ose pas trop lui lâcher la bride tant que sommes dans le port.

Le yacht poursuivit sa route le long de l'East River, puis augmenta sa vitesse de façon spectaculaire en entrant dans Upper Bay.

— Impressionnant, commenta Isaac Bell.

— Et encore, je ne le laisse pas filer tant que nous ne sommes pas au large, répondit Falconer avec un petit rire.

L'ESPION

113

À la poupe, les lumières de Manhattan s'estompaient. Un steward apparut, portant un plateau avec des plats sous cloche qu'il disposa sur la table. Falconer indiqua à Bell un siège en face du sien.

Le détective resta debout.

— Ce projet Hull 44, de quoi s'agit-il ?

— Faites-moi le plaisir de partager ce repas avec moi, et pendant que nous gagnerons la haute mer, je vous expliquerai le pourquoi du projet.

Falconer se lança dans son récit en reprenant les mêmes doléances qu'Alasdair MacDonald.

— Cela fait maintenant dix ans que l'Allemagne a commencé à construire une marine moderne. C'était l'année de notre victoire aux Philippines et de l'annexion du royaume d'Hawaii. Aujourd'hui, les Allemands ont de vrais cuirassés, et les Britanniques aussi. Les Japonais en construisent et en achètent. Mais lorsque l'US Navy envoie ses bâtiments pour défendre les nouveaux territoires américains, sa flotte est surclassée, y compris sur le plan de l'artillerie, par l'Angleterre, par l'Allemagne et par l'empire du Japon.

Emporté par son zèle au point de ne pas toucher à son steak, Falconer révéla à Bell la vision qui sous-tendait le projet Hull 44.

— Ce que l'on peut retenir de cette course aux cuirassés, c'est que les changements sont toujours précédés d'un moment où tout le monde est convaincu qu'il n'y a rien de nouveau sous le soleil. Avant le lancement par les Anglais du HMS *Dreadnought*, il existait deux dogmes absolus : il fallait prendre tout son temps pour construire des navires de guerre, et pour bien les défendre, on devait les équiper d'une artillerie très diversifiée. Or, les canons du HMS *Dreadnought* sont tous du même calibre, et les Anglais l'on assemblé en un an, ce qui a révolutionné à jamais le monde de la construction navale.

« Le projet Hull 44 est ma réponse. C'est la réponse de l'Amérique.

« Dans le domaine de la construction navale, j'ai recruté les meilleurs cerveaux. Je leur ai demandé de donner tout ce qu'ils avaient dans les tripes. Des hommes comme Arthur Langner – le "Canonnier" – et Alasdair MacDonald, que vous avez rencontré.

— Et que j'ai vu mourir, l'interrompit Bell d'un air sombre.

— Des artistes, à leur façon, tous ! Mais comme tous les artistes, ce sont aussi des inadaptés. Bohèmes, excentriques, ou même cinglés. Des types qui ne peuvent jamais se couler dans le moule de la Navy. Mais grâce à mes petits génies inadaptés, qui ont trouvé de nouvelles idées et en ont adapté d'anciennes, le cuirassé Hull 44 surpassera n'importe quel navire de guerre – une merveille de l'ingénierie américaine qui enverra aux oubliettes le *Dreadnought* anglais, les *Nassau* et *Posen* allemands et tout ce que le Japon sera en mesure de nous opposer. Mais pourquoi secouez-vous ainsi la tête, monsieur Bell ?

— Une affaire d'une telle importance ne peut rester bien longtemps secrète. Vous êtes sans doute fortuné, mais personne n'est riche au point de pouvoir lancer son propre cuirassé. Comment allez-vous réunir les fonds nécessaires pour votre Hull 44 ? En haut lieu, quelqu'un est sans doute au courant du projet ?

Le capitaine Falconer sembla vouloir éluder la question.

— Il y a onze ans de cela, j'ai eu le privilège de conseiller un secrétaire adjoint à la Marine.

— Incroyable ! lança Bell en souriant.

Voilà qui expliquait l'apparente indépendance de Falconer. L'ancien secrétaire adjoint n'était autre que l'actuel président, champion incontesté du renforcement de l'US Navy – Theodore Roosevelt.

— Le président considère que la marine devrait être autonome. Laissons l'armée de terre défendre les ports ; nous leur fournirons même l'artillerie ! La Navy est là pour se battre en mer.

— Pour ce que je sais de la Navy, objecta Isaac Bell, c'est *elle* que vous devrez combattre. Et pour remporter cette bataille, il vous faudra l'intelligence d'un Machiavel.

— Oh, mais je suis intelligent, répondit Falconer en souriant. Même si je préfère le terme « retors ».

— Êtes-vous toujours en activité ?

— J'ai un titre officiel : inspecteur spécial chargé des tirs sur cibles.

— Un titre vague à souhait, fit remarquer Bell.

— Je sais me montrer plus malin que les bureaucrates, rétorqua Falconer. Et je connais les ficelles du Congrès, poursuivit-il avec un sourire cynique en agitant sa main mutilée. Quel politicien oserait s'opposer à un héros de guerre ?

Le capitaine exposa ensuite à Bell comment il avait réussi à placer un noyau de jeunes officiers aussi motivés que lui dans les bureaux stratégiques de l'intendance et de la construction navale. Ensemble, ils manœuvraient dans le but d'obtenir une refonte complète du programme de construction de cuirassés.

— Sommes-nous aussi en retard que le proclamait Alasdair MacDonald ?

— Oui. Nous allons lancer le *Michigan* le mois prochain, mais il n'a rien d'un champion. Les vrais cuirassés – le *Delaware*, le *North Dakota*, l'*Utah*, le *Florida*, l'*Arkansas* et le *Wyoming* – se résument pour l'instant à des plans sur des planches à dessin. Cela dit, cette situation n'a pas que des inconvénients. Les progrès dans les techniques de guerre navale vont si vite que si nous lançons nos cuirassés un peu plus tard, ils n'en seront que plus modernes. Nous avons déjà tiré les leçons des points faibles de la Grande Flotte blanche, bien avant qu'elle n'atteigne San Francisco. Dès son retour, la première chose que nous ferons sera de repeindre les navires en gris pour qu'on ne puisse plus les repérer aussi facilement.

« Mais la peinture, c'est facile. Avant de pouvoir mettre en œuvre nos connaissances les plus récentes et construire de véritables navires de guerre, nous allons devoir convaincre le Conseil de la Construction navale et le Congrès. Le Conseil déteste le changement, et le Congrès déteste les dépenses.

« Mon ami Henry s'est mis dans une drôle de situation, poursuivit Falconer en désignant d'un geste le tableau de Reuterdahl. La Navy l'avait invité à peindre des tableaux de la Grande Flotte blanche. Ils ne s'attendaient pas à ce qu'il envoie des articles au *McClure's Magazine* pour informer le monde de ses faiblesses ! Henry pourra s'estimer heureux s'ils lui offrent son billet de retour sur un vieux cargo délabré. Mais Henry a raison, et j'ai raison aussi. C'est très bien d'apprendre par l'expérience. C'est très bien aussi de tirer des leçons de ses échecs. Mais ce qui est impardonnable, c'est de refuser d'améliorer les choses. Voilà pourquoi je travaille dans le secret.

— Vous m'avez expliqué pourquoi. Mais vous ne m'avez pas vraiment dit quoi.

— Un peu de patience, monsieur Bell.

— Un homme a été victime d'un meurtre, répondit Isaac Bell d'un air sombre. Lorsque l'on assassine des hommes, je ne suis guère patient.

— Vous venez de dire des hommes, constata Falconer, soudain très sérieux. Êtes-vous en train de suggérer que Langner aurait été assassiné, lui aussi ?

— C'est de plus en plus probable, je le crains.

— Et Grover Lakewood ?

— Les détectives Van Dorn de Westchester enquêtent sur son décès. Et nous enquêtons aussi sur l'accident qui a coûté la vie à Chad Gordon à Bethlehem, en Pennsylvanie. Maintenant, est-ce que vous voulez bien me parler du projet Hull 44 ?

— Allons sur le pont. Vous comprendrez mieux.

Pendant tout ce temps, la vitesse du *Dyname* n'avait cessé d'augmenter. On ne percevait toujours aucun tremblement, aucune pulsation en provenance des moteurs, alors que le puissant grondement du vent et de l'eau trahissait la vitesse du yacht. Le steward et un matelot arrivèrent avec des bottes et des cirés de marin.

— Il vaut mieux les mettre, monsieur. Une fois lancé, ce n'est plus un yacht, mais plutôt un bateau-torpille.

Falconer tendit à Bell une paire de lunettes protectrices aux verres fumés si sombres qu'ils paraissaient opaques, et en passa une autre par-dessus sa tête.

— À quoi cela nous servira-t-il ? demanda Bell.

— Vous serez content de les avoir au moment voulu, répondit Falconer, énigmatique. Prêt ? Allons sur le pont tant que c'est encore possible.

Le matelot et le steward durent rivaliser d'efforts pour ouvrir la porte et mettre pied sur le pont.

La force de la vitesse les accueillit comme un coup de poing.

Bell se poussa en avant sur l'étroit pont latéral, à moins de deux mètres au-dessus de l'eau qui bouillonnait le long de la coque.

— Il doit filer à trente nœuds, jugea-t-il.

— On traîne encore un peu, cria Falconer par-dessus le vacarme. Nous irons plus vite une fois que nous aurons dépassé Sandy Hook.

Bell jeta un coup d'œil vers l'arrière du yacht : des flammes dansaient en sortant de la cheminée. L'écume du sillage était si dense qu'elle luisait dans la pénombre. Ils grimpèrent sur la passerelle découverte, où d'épaisses plaques de verre protégeaient le timonier, qui se cramponnait à une petite barre à rayons. Falconer l'écarta d'un mouvement d'épaule.

Droit devant, une lumière blanche apparaissait toutes les quinze secondes.

— Le bateau-phare de Sandy Hook, annonça le capitaine. C'est sa dernière année ici. Ils vont le déplacer pour signaler l'entrée du nouveau canal d'Ambrose.

Le *Dyname* s'approchait à vive allure de la lumière clignotante. Dans la lueur indirecte, Bell distingua les inscriptions en caractères blancs « Sandy Hook » et « N° 51 » sur le flanc sombre du bateau-phare qui disparut très vite derrière le yacht.

— Attendez, vous allez voir ! lança le capitaine Falconer.

Il posa sa main mutilée sur un grand levier.

— Il commande un câble Bowden directement relié aux turbines. Cela fonctionne un peu comme les freins à câble souple utilisés sur les bicyclettes. Je peux augmenter la vapeur à partir de la barre sans passer par la salle des machines, comme avec l'accélérateur d'une automobile.

— C'est une idée d'Alasdair ? demanda Bell.

— Non, c'est une des miennes. Mais attendez, vous allez voir ce que donne une idée de MacDonald une fois mise en œuvre.

14

BELL SE CRAMPONNA À LA PREMIÈRE PRISE qu'il trouva sous la main tandis que la proue du *Dyname* jaillissait hors de l'eau. Le rugissement de la mer et du vent évoquait une véritable explosion. Les embruns venaient claquer contre les plaques de verre de la timonerie. Le capitaine Falconer alluma un projecteur à la proue et Bell comprit aussitôt pourquoi la coque du yacht était aussi effilée. Le rayon du projecteur révéla une houle impressionnante, avec des creux de près de deux mètres, qui filait le long du navire à cinquante nœuds. N'importe quelle autre coque, conçue de façon plus traditionnelle, se serait écrasée sur l'eau avec un tel impact qu'un naufrage eut été inévitable.

— Avez-vous déjà été aussi vite ? cria Falconer.

— Uniquement avec ma Locomobile.

— Vous voulez prendre la place du timonier ? demanda le capitaine d'un ton dégagé.

Isaac Bell attrapa la barre.

— Contournez les creux trop profonds, lui recommanda Falconer. Si la proue plonge en avant, les neuf hélices auront vite fait de nous emmener au fond.

La barre était étonnamment réactive, constata Bell. Il suffisait d'une légère rotation pour faire virer le yacht à tribord ou à bâbord. Il manœuvra à plusieurs reprises pour éviter des creux, ce qui lui permit de se faire une idée des qualités marines du navire. Au bout d'une demi-heure, ils étaient à vingt-cinq milles nautiques de la côte.

Bell aperçut au loin une lumière vacillante. Un grondement profond commença à rouler au cœur de la nuit.

— Ce sont des canons ? demanda-t-il.

— Il y en a douze, répondit Falconer. Vous voyez ces éclats de lumière ?

Des flammes rouge-orange perçaient les ténèbres loin devant le yacht.

— Ce son plus aigu, ce sont les canons de 6 et de 8. Nous sommes à l'intérieur du périmètre de la zone de tirs d'entraînement Atlantique.

— Vraiment ? Mais pourquoi ces tirs ?

— Quand le chat n'est pas là, les souris dansent, comme on dit. Les officiers les plus gradés font le tour du monde avec la Grande Flotte blanche. Pendant ce temps, mes gars sont là, et ils s'entraînent.

De puissants rayons de lumière traversèrent le ciel.

— Entraînement à la recherche aux projecteurs, expliqua Falconer. Les cuirassés chassent les destroyers, et les destroyers chassent les cuirassés.

Les projecteurs qui balayaient le ciel et l'eau convergèrent soudain sur un cuirassé jusque-là invisible dans l'obscurité et éclairèrent comme en plein jour une coque blanche, basse sur l'eau, qui avançait en projetant des gerbes d'écume.

— Regardez ! Voilà un exemple de ce dont je vous parlais. C'est le *New Hampshire*. Il n'était pas encore en service lorsque la Grande Flotte blanche a appareillé. Il vient de passer les tests finals. Observez ce qui va arriver à sa plage avant.

Les projecteurs montrèrent la mer qui passait par-dessus la proue du cuirassé et submergeait ses canons avant.

— Le pont est inondé par temps calme. Et les canons avant sont sous l'eau ! Je vous l'ai dit, refaire la peinture, c'est le plus facile. Il nous faut des francs-bords plus hauts et des proues évasées. Notre bâtiment de guerre le plus récent est doté d'une proue faite pour éperonner ses ennemis, bon Dieu, comme si nous allions combattre des Phéniciens !

Une vague vint heurter le bossoir d'ancre et explosa en nuages d'écumes.

— Et maintenant, regardez son comportement dans le roulis. Vous voyez cette ceinture de blindage qui s'élève hors de l'eau et disparaît quand le navire roule dans l'autre sens et l'immerge ? Si nous n'augmentons pas la surface de blindage pour protéger le dessous de la coque dans le roulis, nos ennemis pourront enrôler des gamins avec des lance-pierres pour nous couler !

Le rayon d'un projecteur vira vers le yacht et perça les ténèbres tel un doigt menaçant.

— Vos lunettes !

Bell se couvrit juste à temps. Une seconde plus tard, le flot lumineux qui venait de piéger le yacht l'aurait aveuglé. Malgré les verres sombres, Bell y voyait comme en plein jour.

— Les projecteurs sont aussi puissants que des canons, lui cria Falconer. Ils désorientent les hommes qui se trouvent sur le pont et aveuglent les officiers de tir.

— Pourquoi nous visent-ils ?

— C'est notre petit jeu. Ils essayent de m'attraper. Un bon entraînement. Mais une fois que nous sommes à leur portée, plus moyen de s'en débarrasser !

— Oh, vraiment ? Accrochez-vous, capitaine !

Bell tira le levier d'accélération en arrière. Le *Dyname* s'arrêta comme s'il venait de heurter un mur. Le projecteur continua à fouiller l'espace plus loin, dans le prolongement de leur cap. Bell fit tournoyer la barre à deux mains. Le rayon du projecteur revenait vers eux. Il poussa le levier d'un geste léger en faisant virer le navire à angle droit, attendit que les hélices mordent bien, puis l'enfonça en avant jusqu'en bout de course.

Le *Dyname* partit comme une fusée et le faisceau du projecteur hésita un moment avant de se diriger dans la mauvaise direction.

— Et maintenant, capitaine, vous m'avez expliqué le comment et le pourquoi. Mais vous ne m'avez toujours rien dit de la nature du projet Hull 44.

— Nous allons mettre le cap sur le Brooklyn Navy Yard.

*

L'ESPION

Un nouveau jour éclairait le sommet du pont de Brooklyn alors que le *Dyname* fendait les eaux de l'East River. Bell était toujours à la barre. Il manœuvra sous le pont, puis vira à tribord vers le chantier. De son poste, il apercevait les nombreux navires en construction dans les cales sèches et les cales de lancement. Falconer lui désigna une cale isolée des autres, tout au nord. Il s'approcha du tube acoustique pour ordonner de désengager les hélices. L'eau était étale. Le *Dyname* avança un moment sur son élan jusqu'au pied de la cale, là où les rails plongeaient sous la surface de l'eau. Une gigantesque structure semblable à un squelette, en partie gainée de plaques d'acier, dominait le yacht de toute sa taille.

— Monsieur Bell, je vous présente le Hull 44.

Isaac Bell contempla l'impressionnant ouvrage. Alors même que la structure était encore dépourvue de certaines de ses plaques de blindage, la proue évasée lui donnait déjà une allure majestueuse. Le navire semblait impatient de prendre la mer, et évoquait une promesse de puissance qui ne demandait qu'à se déchaîner.

— Mais n'oubliez pas que ce bâtiment n'a même pas d'existence officielle, précisa Falconer.

— Comment diable réussissez-vous à cacher un navire de deux cents mètres de long ?

— Il ressemble beaucoup, par sa coque, à un navire autorisé par le Congrès, expliqua Falconer avec un clignement d'œil à peine perceptible. Mais en réalité, ce bâtiment, de la quille au sommet du mât-cage, sera plein à craquer d'idées neuves. Il sera doté des dernières innovations dans tous les domaines : turbines, canons, protection contre les torpilles, contrôle de feu. Et surtout, il est conçu pour pouvoir évoluer en permanence chaque fois qu'un progrès nouveau est réalisé. Le Hull 44 est bien plus qu'un navire. C'est un modèle que suivront des classes entières de navires de guerre, et une inspiration pour des super-cuirassés toujours plus novateurs, toujours plus puissants.

Falconer marqua une pause théâtrale.

— Et c'est la raison pour laquelle le Hull 44 est la cible d'espions étrangers.

Isaac Bell dévisagea Falconer d'un regard froid.

— Et cela vous surprend ? demanda-t-il d'un ton glacial.

Le détective en avait assez des faux-fuyants et des réponses élusives de Falconer. Aussi enthousiasmante que puisse être la vision de ce navire, et même s'il avait adoré piloter le *Dyname* à cinquante nœuds, il aurait sans doute obtenu plus de résultats en ratissant Hell's Kitchen à la recherche de l'assassin d'Alasdair MacDonald.

Confronté à la froideur de Bell, Falconer baissa d'un ton.

— Tout le monde espionne, bien sûr, concéda-t-il. Toutes les nations qui ont au moins un chantier naval ou assez d'argent pour s'offrir un bâtiment de guerre espionnent. Quelle est l'avance de leurs alliés ou de leurs ennemis en termes de canons, de blindage ou de propulsion ? Quelle nouvelle invention risque de les rendre vulnérables ? Qui possède les torpilles les plus rapides ? Les meilleurs moteurs, les blindages les plus résistants ?

— Ce sont en effet des questions vitales, reconnut Bell. Et il est normal, même pour des nations en paix, d'en chercher les réponses.

— Mais ce qui n'est pas normal, s'emporta Falconer, ni juste pour des nations en paix, c'est de pratiquer le sabotage.

— Attendez un peu ! Du sabotage ? En ce qui concerne ces meurtres, il n'existe aucune preuve de sabotage, ni de destruction – sauf peut-être dans le cas de l'accident de la fonderie de Bethlehem.

— Oh, mais cette destruction existe bel et bien. Une terrible destruction. Quand je parle de sabotage, j'emploie ce terme en parfaite connaissance de cause.

— Pourquoi un espion recourrait-il au meurtre, au risque d'attirer l'attention sur ses activités ?

— Je me suis laissé berner, moi aussi, répondit Falconer. Je craignais qu'Arthur Langner ait accepté des pots-de-vin et se soit suicidé parce qu'il se sentait coupable. Et puis j'ai pensé que ce n'était vraiment pas de chance que Grover Lakewood ait été victime de ce malheureux accident. Mais quand ils ont tué Alasdair MacDonald, j'ai compris qu'il s'agissait de sabotage. Et lui aussi, non ? N'a-t-il pas murmuré « Hull 44 » ?

— C'est ce que je vous ai dit, en effet.

L'ESPION

— Vous ne comprenez pas ? Ils sabotent le Hull 44 en sabotant des esprits. Ils attaquent les hommes qui imaginent et créent la matière même de ce navire : les canons, les blindages, le système de propulsion. Il faut regarder au-delà de l'acier et des plaques de blindage. Le Hull 44 est l'œuvre de l'esprit – l'esprit de ceux qui y travaillent, et l'esprit de ceux qui sont morts. Lorsque les saboteurs tuent ces hommes, ils tuent des idées neuves, des pensées non encore formulées. C'est ainsi qu'ils sabotent nos navires.

— Je comprends, acquiesça Bell en hochant la tête d'un air songeur. Ils sabotent des navires qui n'ont pas encore été lancés.

— Et d'autres que nous n'avons même pas encore imaginés !

— Qui suspectez-vous ?

— L'empire du Japon.

Bell se souvint aussitôt que le vieux John Eddison avait affirmé avoir vu un rôdeur japonais s'introduire dans l'enceinte du Washington Navy Yard.

— Pourquoi les Japonais ?

— Je les connais bien, dit Falconer. J'ai servi en tant qu'observateur officiel à bord du *Mikasa*, le navire de l'amiral Togo, lorsqu'il a détruit la flotte russe lors de la bataille de Tsushima – le combat naval le plus décisif depuis la victoire de Nelson sur les Français à Trafalgar. Les navires de Togo étaient de toute première qualité, et ses équipages entraînés comme des machines. J'apprécie les Japonais, et je les admire. Mais ils sont ambitieux. Souvenez-vous de ce que je vous dis, Bell : un jour, nous les combattrons pour la maîtrise du Pacifique.

— Les meurtriers de MacDonald étaient armés de couteaux Butterflymesser fabriqués à Solingen, en Allemagne, par Bontgen & Sabin. L'Allemagne n'est-elle pas l'un des concurrents les plus sérieux dans la course aux cuirassés ?

— L'Allemagne est obsédée par la Royal Navy. Ils se battront bec et ongles pour la mer du Nord, et la Grande-Bretagne ne les laissera jamais approcher de l'Atlantique. Le Pacifique est notre océan. Et les Japonais le veulent pour eux. Comme nous, ils construisent des navires conçus pour le sillonner. Un jour viendra où nous les combattrons, de la Californie jusqu'à Tokyo. Pour autant qu'on puisse le savoir, les Japonais attaqueront peut-être dès cet été lorsque la Grande Flotte approchera de leurs îles.

— J'ai lu les grands titres des journaux, moi aussi, répliqua Bell avec un sourire narquois. Ces mêmes journaux qui jetaient de l'huile sur le feu avant le conflit avec l'Espagne.

— La guerre avec l'Espagne était une promenade de santé ! rétorqua Falconer. Ce pays n'est qu'une relique titubante du Vieux Monde. Le Japon est un pays moderne, comme l'Amérique. Ils ont déjà lancé le *Satsuma*, le plus grand cuirassé au monde. Ils fabriquent leurs propres turbines de type Brown-Curtis. Et ils achètent les tout derniers sous-marins Electric Boat aux Pays-Bas.

— Peut-être, mais nous n'en sommes qu'au début de notre enquête, et il est préférable de rester ouverts à toutes les possibilités. Les saboteurs peuvent être au service de n'importe quel pays engagé dans la course aux cuirassés.

— Les enquêtes ne sont pas de mon ressort, monsieur Bell. Tout ce que je sais, c'est que le Hull 44 a besoin d'un homme pour le protéger, un homme qui ait du cran et de la jugeote.

— Je suppose que l'enquête de la marine…

Falconer renifla d'un air méprisant.

— La Navy enquête toujours pour savoir pourquoi le *Maine* a coulé dans le port de La Havane en 1898.

— Mais les services secrets…

— Les services secrets sont trop occupés à protéger le dollar et Roosevelt des salopards comme ceux qui ont assassiné le président McKinley. Quant au secrétariat à la Justice, il lui faudra encore des années pour mettre sur pied un quelconque bureau fédéral d'investigation. Le Hull 44 ne peut pas attendre ! Bon Dieu, Bell, ce navire a besoin de gens qui ne demandent qu'à fixer un cap et prendre la mer.

Bell en était conscient, l'inspecteur spécial de la Navy était manipulateur, sinon pire, et retors, selon son propre terme. Mais il avait une foi absolue en ce qu'il entreprenait.

— Comme prêcheur évangéliste, le héros de Santiago pourrait donner des leçons à Billy Sunday, on dirait !

— Je plaide coupable, admit Falconer avec un sourire madré. Vous croyez que Joe Van Dorn vous laisserait vous charger de l'affaire ?

Le regard de Bell se posa sur le squelette du Hull 44 qui se dressait sur les rails de lancement. Au même moment, un sifflement rauque et profond signalait le début de la journée sur le chantier. Des grues à vapeur lancèrent leur mélopée à plein volume. Des centaines, puis des milliers d'hommes vinrent se presser autour du navire en construction. En l'espace de quelques minutes, des rivets chauffés au rouge filaient en luisant comme des lucioles entre les ouvriers « passeurs » et les riveteurs. Très vite, l'écho du vacarme des marteaux retentit à travers la structure du grand navire. Cette vision, et les bruits qui l'accompagnaient, rappelèrent à Isaac Bell les paroles d'Alasdair MacDonald pleurant la mort de son ami Chad Gordon. *Un accident horrible. Six gars ont été rôtis vivants – Chad et toute son équipe.*

Comme si une étoile filante avait balayé les derniers lambeaux de ténèbres, Bell vit le formidable cuirassé dans toute sa beauté potentielle – une vision grandiose de l'œuvre construite par des hommes bien vivants, et en même temps, un monument en hommage aux morts innocents.

— Je serais surpris qu'il ne m'ordonne pas de m'en charger. Mais si ce n'était pas le cas, je me porterais tout de même volontaire.

CERCUEILS BLINDÉS

15

21 avril 1908, New York

L'ESPION AVAIT CONVOQUÉ HANS À NEW YORK, dans une cave aménagée sous une brasserie-restaurant, au croisement de la 2ᵉ Avenue et de la 50ᵉ Rue. Des tonneaux de vin du Rhin étaient à moitié submergés par un ruisseau souterrain glacé qui s'écoulait à travers la cave. L'écho musical du torrent se réverbérait sur les murs de pierre. Les deux hommes étaient assis, face à face, à une table ronde en bois éclairée par une unique ampoule.

— Nous voici donc en train de comploter pour un nouvel avenir, tout près d'un vestige enfoui du vieux Manhattan pastoral, fit remarquer l'espion en observant les réactions de Hans.

L'Allemand, qui semblait avoir puisé avec libéralité dans les réserves de vin du Rhin, était plus maussade que jamais. Si son cerveau est trop embrumé par l'alcool et le remords, il ne me sera plus d'aucune utilité, songea l'espion.

— *Mein Freund !* lança-t-il à Hans d'un ton de commandement. Voulez-vous continuer à servir votre patrie ?

Hans se redressa.

— Bien sûr !

L'espion dissimula un sourire de soulagement. En tendant bien l'oreille, se dit-il, on entendrait les jambes de Hans cliqueter comme celles d'une marionnette.

— Parmi vos nombreuses expériences professionnelles, je crois que vous avez déjà travaillé sur un chantier naval ?

— Oui, au Neptun Schiffswerft und Maschinenfabrik, répondit Hans d'un ton fier, flatté de constater que l'espion se souvenait de cette partie de son parcours. À Rostock. Un chantier très moderne.

— Les Américains ont eux aussi un « chantier très moderne » à Camden, dans le New Jersey. Je pense que vous devriez aller vous installer là-bas. Faites appel à moi pour tout ce dont vous aurez besoin : argent, explosifs, faux papiers et laissez-passer.

— Dans quel but, *mein Herr* ?

— Pour envoyer un message au Congrès des États-Unis. Pour semer le doute quant à la compétence de leur Navy.

— Je ne comprends pas.

— Les Américains sont sur le point de lancer leur premier cuirassé de type *dreadnought*, avec de gros canons à calibre unique.

— Le *Michigan*. Oui, j'ai lu ça dans les journaux.

— Un homme d'expérience tel que vous sait que pour lancer un bâtiment de seize mille tonneaux depuis sa cale, il faut parvenir à un équilibre précis entre trois forces puissantes : la gravité, la force de traînée sur son chemin de glissement, et la poussée ascendante due à la flottaison de la poupe. C'est bien exact ?

— Oui, *mein Herr*.

— Pendant quelques secondes cruciales au tout début du lance-ment – alors que l'on déplace la quille et les tins latéraux et que les accores basculent – la coque n'est soutenue que par son ber.

— C'est exact.

— Voici la question que je me pose : si l'on disposait à des points stratégiques des bâtons de dynamite et qu'on les fasse exploser au moment où le *Michigan* commence à glisser, est-ce que celui-ci déraillerait de son ber et s'écraserait sur la terre ferme au lieu d'arriver dans l'eau comme prévu ?

Les yeux de Hans se mirent à briller tandis que l'opération se précisait dans son esprit.

L'espion laissa l'Allemand imaginer les seize mille tonnes d'acier du navire se renversant sur le flanc.

— La vision d'un cuirassé de cent cinquante mètres de long affalé sur le chantier ferait de la New Navy la risée du monde. Et assènerait un coup fatal à sa réputation, alors que le Congrès renâcle déjà à lui attribuer des fonds pour la construction de nouveaux navires.

— En effet, *mein Herr*.

*

Le commodore Tommy Thompson écoutait d'un air calculateur Brian « Eyes » O'Shay lui exposer son plan pour envoyer ses associés de la société Hip Sing à San Francisco. Un jeune garçon entra soudain en courant dans le bar, porteur d'un message d'Iceman Weeks.

Le commodore lut le papier.

— Il propose de liquider le type de l'agence Van Dorn.

— Et il dit comment il compte s'y prendre ?

— Pour ça, il doit toujours être en train de se creuser la cervelle, répondit Thompson en riant.

Il tendit le message à O'Shay.

De façon assez curieuse, Tommy et O'Shay avaient repris leur ancien partenariat. Non que les visites de Eyes fussent fréquentes – c'était seulement leur troisième rencontre depuis l'épisode des cinq mille dollars. Il ne réclamait pas non plus sa part du gâteau, ce qui était surprenant. Eyes lui avait même prêté de l'argent pour ouvrir un nouveau tripot sous la gare de correspondance du chemin de fer aérien dans la 53e Rue, et l'établissement engrangeait déjà de confortables rentrées. Si l'on prenait en compte son partenariat avec la société Hip Sing, les affaires marchaient plutôt bien. D'ailleurs, quand il discutait avec O'Shay, il s'apercevait que, de plus en plus, il lui faisait confiance. Il ne lui aurait pas confié sa vie, ça non, bon Dieu. Ni son fric. Mais il se fiait à son intelligence et à son bon sens, comme à l'époque où ils étaient encore gamins.

— Qu'est-ce que tu en penses ? demanda-t-il. On peut le mettre sur le coup ?

O'Shay lissa l'extrémité de son étroite moustache, et planta son pouce dans sa poche de gilet. Puis il resta immobile comme une statue, jambes étendues, les talons dans la sciure. Lorsqu'il se décida à parler, il garda les yeux fixés sur ses pieds, comme s'il s'adressait à ses coûteuses bottines.

— Weeks en a assez de se planquer. Il voudrait sortir de sa planque, sans doute à Brooklyn. Mais il a peur que tu le liquides.

— Il a peur que je le liquide si tu me dis de le faire, le corrigea Thompson d'un ton acide. Et c'est ce tu vas me conseiller, d'ailleurs.

— Je te l'ai déjà dit. Ton soi-disant « Iceman »...

— Mon quoi ? éructa le commodore d'un ton de vertueuse indignation.

— Ton soi-disant « Iceman », que tu as envoyé à Camden, et qui s'est arrangé pour que le seul témoin crédible de ce dancing – un détective Van Dorn, bon Dieu ! – assiste en personne à l'exécution de MacDonald ! Lorsque les gars de l'agence lui mettront la main dessus, et ça arrivera tôt ou tard, ou quand les flics l'épingleront pour un tout autre motif, ils lui demanderont pour le compte de qui il a buté ce type. Et ton Weeks leur dira : pour le compte de Tommy Thompson et de son vieux pote O'Shay, que tout le monde croyait mort et enterré.

O'Shay leva les yeux de ses chaussures et son visage prit une expression évasive.

— Franchement, et même sans tenir compte de mon avis, tu serais fou de le laisser en vie. Tu as plus à craindre que moi dans l'histoire. Je peux disparaître, ce ne serait pas la première fois. Toi, tu es coincé ici. Tout le monde sait où te trouver – au bar-saloon du commodore Tommy Thompson, sur la 39e Rue. Et bientôt, tout le monde connaîtra ton nouveau business sur la 53e. Les détectives Van Dorn ne sont pas des flics, ne l'oublie pas. Tu ne peux pas les payer pour qu'ils oublient de regarder dans ta direction. Tu es dans la ligne de mire de leurs flingues.

— Qu'est-ce que tu penses de la proposition de Weeks ?

O'Shay fit semblant d'y réfléchir un instant.

— Je pense que Weeks a du cran. Il est intelligent. Il a les pieds sur terre. Il a peut-être une idée en tête, va savoir ? Si ce n'est pas le cas, alors il a la folie des grandeurs.

Thompson écarquilla les yeux.

— Qu'est-ce que ça veut dire ?

— La folie des grandeurs ? Ça veut dire qu'il lui faudra plus que de la chance pour réussir son coup. Mais s'il arrive à tuer ce détective Van Dorn, c'est la fin de tes soucis.

— Iceman est un dur, commenta Thompson d'un ton plein d'espoir. Et il est malin.

— Et puis tu n'as rien à perdre. Dis-lui de tenter sa chance.

Thompson griffonna une réponse laconique au dos du message de Weeks.

— Toi, viens par ici, petit salopard ! Et va porter ça à ce bon à rien, où qu'il se cache !

O'Shay était émerveillé par l'abyssale stupidité du commodore. Si Weeks parvenait à liquider le détective Van Dorn – qui n'était pas n'importe quel agent Van Dorn, mais le célèbre et dangereux enquêteur en chef Isaac Bell –, il deviendrait le héros de Hell's Kitchen, et un candidat de tout premier choix pour prendre la tête du gang Gopher. Quelle surprise pour Tommy quand il sentirait le couteau de Weeks entre ses côtes !

— Et si nous revenions aux affaires en cours, Tommy ? Le voyage de tes Chinois à San Francisco.

— Ce ne sont pas vraiment mes Chinois. Ils appartiennent à la société Hip Sing.

— Il suffit de savoir combien cela coûterait pour qu'ils deviennent tes Chinois.

— Qu'est-ce qui te fait croire qu'ils veulent aller à San Francisco ? demanda Tommy, incapable de comprendre où voulait en venir O'Shay.

— Ce sont des Chinois. Ils feraient n'importe quoi pour de l'argent.

— Et si je peux me permettre une question, tu pourrais investir combien ?

— Autant que je le veux. Mais si jamais tu me demandes plus que ce que cela coûte en réalité, je considérerai ça comme un acte hostile.

Le commodore Tommy Thompson changea de sujet.

— Je me demande bien ce que Weeks a dans sa manche…

*

UN SERPENT MORTEL !
SON VENIN EST UTILISÉ POUR SOIGNER LA FOLIE
LA MORSURE DU « FER DE LANCE »
TUE UN BŒUF EN MOINS DE CINQ MINUTES
LACHESIS MUTA – LES INDIGÈNES DU BRÉSIL L'APPELLENT
« MORT SUBITE »

Le vent fit voler la feuille de journal hors de la tribune du Washington Park juste au moment où Brooklyn s'apprêtait à lancer pour la huitième manche. Iceman Weeks la regarda voler à l'intérieur du terrain, dépasser Wiltse sur le monticule de lancer, puis Seymour au centre, avant de se diriger tout droit vers lui, sur l'herbe en face de l'avant-champ. Vêtu d'une flanelle informe, sans manches ni col de chemise, tel un plombier dans la débine, il ne risquait pas de tomber sur des supporters new-yorkais de sa connaissance.

Si Iceman était capable d'éprouver un amour sincère, c'était bien pour le base-ball, mais il ne pouvait prendre le risque d'être repéré à New York le lendemain, lors du premier match de la saison aux Polo Grounds. C'est pourquoi il se contentait de Brooklyn, où personne ne le connaissait. Les Giants de New York étaient en train d'infliger une raclée aux malheureux Superbas. Ils frappaient fort, et le vent froid qui balayait les scories du terrain, les chapeaux et les journaux ne faisait pas dévier d'un pouce le bras de Hooks Wiltse. Ses lancers de gaucher semaient la panique parmi les batteurs de Brooklyn depuis le début de la rencontre et au début de la huitième manche, New York menait quatre à un.

Les yeux d'un bleu glacé de Weeks s'arrêtèrent sur la une accrocheuse de la feuille de journal qui voletait au-dessus de sa tête.

LA MORSURE DU « FER DE LANCE »
TUE UN BŒUF EN MOINS DE CINQ MINUTES

D'un bond, il se leva et attrapa la feuille à deux mains.

Perdant aussitôt tout intérêt pour le base-ball, il lut l'article d'un œil avide en suivant les mots d'un doigt crasseux. Le fait de savoir lire lui donnait un formidable avantage sur la plupart des membres du gang Gopher. Les quotidiens new-yorkais regorgeaient d'opportunités. Les rubriques mondaines informaient les lecteurs lorsqu'une famille riche quittait la ville pour Newport ou pour l'Europe et laissait vide une villa ou un hôtel particulier. Les rubriques maritimes donnaient une idée très précise des cargaisons susceptibles d'être pillées sur les quais ou les voies de garage de la 11ᵉ Avenue. Les pages consacrées au théâtre fournissaient des informations précieuses pour les pickpockets. Quant aux pages nécrologiques, elles signalaient de façon opportune les appartements délaissés.

Il lut l'article jusqu'au dernier mot, galvanisé d'espoir, puis le reprit depuis le début. Sa chance venait de tourner. Le serpent efface-rait la poisse qui lui collait à la peau depuis qu'Isaac Bell, le détective Van Dorn, avait débarqué à Camden le soir où ils avaient tué l'Écossais.

> « Un serpent "tête de lance" du Brésil, le plus mortel des reptiles connus, sera présenté demain soir à l'Académie des sciences médicales, à l'occasion de sa séance mensuelle à l'hôtel Cumberland, 54ᵉ Rue et Broadway. »

Selon le journal, les toubibs s'intéressaient au serpent parce qu'un sérum fabriqué à partir de son venin permettait de traiter certaines maladies du cerveau et autres affections nerveuses.

Iceman connaissait l'hôtel Cumberland.

C'était un établissement de luxe de douze étages, que ses publicités vantaient comme le « quartier général des universitaires », ce qui, en plus des chambres à deux dollars et demi la nuit, suffisait à en éloigner la populace. Mais Weeks était confiant. Il saurait s'habiller comme un professeur d'université, en partie grâce à son second avantage sur les gangsters ordinaires : il était pour moitié un « vrai » Américain, contrairement aux purs Irlandais du gang Gopher. Seule sa mère venait d'Irlande. À l'époque où il avait fait la connaissance de son père, le vieux lui avait révélé que les Weeks avaient débarqué d'Angleterre avant même le *Mayflower*. Avec une tenue appropriée, pourquoi ne s'offrirait-il pas le luxe de parader dans le hall du Cumberland comme s'il évoluait dans son propre monde ?

Weeks se dit qu'il pourrait sans doute circonvenir les détectives de l'hôtel en forçant la main à un groom pour qu'il fasse diversion. Il connaissait d'ailleurs un des chasseurs, un dénommé Jimmy Clark, qui arrondissait ses fins de mois en revendant de la cocaïne pour un pharmacien de la 49e Rue – une activité dangereuse depuis le vote d'une loi stipulant que la poudre ne pouvait être vendue que sur ordonnance médicale.

« Une fois que le poison s'est introduit dans son système, un être humain ne peut survivre qu'une ou deux minutes. Le venin de la vipère semble paralyser l'action du cœur ; la victime se raidit et sa peau noircit. »

Weeks n'était pas resté inactif ; il avait déjà mis son organisation sur pied. Dès qu'il avait appris qu'Isaac Bell logeait au Yale Club lors de ses séjours à New York, il s'était arrangé pour qu'une blanchisseuse de sa connaissance y obtienne un job. Il comptait sur elle pour l'introduire dans la chambre du détective.

Jenny Sullivan venait de débarquer d'Irlande et compte tenu du prix de la traversée, elle était endettée jusqu'au cou. Weeks avait racheté sa dette. Au départ, il pensait la faire travailler à son compte – sur les draps plutôt qu'au repassage –, mais après l'affaire de Camden, il avait préféré persuader des gens qui lui devaient une faveur de lui trouver cet emploi au club de Bell. C'est alors qu'il avait écrit au commodore pour lui proposer de liquider le détective, mais il n'avait pas encore rassemblé assez de courage pour se cacher sous le lit de Bell avec une arme et l'affronter d'homme à homme.

Weeks était pourtant un dur. Assez dur pour avoir extrait lui-même la balle de calibre .380 de son épaule avec un couteau à désosser, plutôt que de s'adresser à un médecin alcoolique ou à une sage-femme qui n'auraient pas manqué de renseigner Tommy sur sa situation. Et assez dur aussi pour verser de l'alcool de grain sur sa blessure afin de prévenir l'infection. Mais il avait déjà vu Isaac Bell à l'œuvre. Bell était plus dur que lui, plus costaud, plus rapide et mieux armé, et seuls les imbéciles s'engagent dans des combats qu'ils ne sont pas sûrs de gagner.

Mieux valait confronter Bell à la « mort subite ».

S'il en croyait le journal, le conservateur de la section des reptiles du zoo du Bronx allait livrer l'animal dans une vitrine de verre épais, et il avait promis aux médecins de l'Académie des sciences médicales que le serpent ne risquait en aucun cas de s'en échapper.

Weeks se rendait compte qu'avec sa blessure à l'épaule, il lui serait impossible de porter seul une lourde vitrine de verre assez spacieuse pour contenir un serpent venimeux de plus d'un mètre de long. Et s'il la laissait tomber en essayant de la porter sous le bras et que le verre se casse, son épaule blessée serait alors le cadet de ses soucis. Il lui fallait de l'aide. Mais les seuls gars à qui il pouvait faire confiance étaient morts, abattus par ce détective à la gâchette rapide.

S'il se contentait d'embaucher quelqu'un pour porter la vitrine, Tommy saurait aussitôt qu'Iceman Weeks était à nouveau en ville. Autant se lier les mains derrière le dos et plonger lui-même dans la rivière pour éviter cette peine à Tommy. Pas besoin d'être très malin pour comprendre que O'Shay ordonnerait à coup sûr à Tommy de liquider un homme repéré par un détective Van Dorn alors qu'il exécutait un contrat payé par lui. Weeks aurait beau jurer de ne rien balancer, O'Shay et Tommy le buteraient. Par simple souci de sécurité.

La bonne nouvelle, c'est que Tommy avait répondu à son message et approuvé son idée. Bien entendu, il ne lui proposait aucune aide. Et il allait de soi que si l'occasion se présentait de le tuer, O'Shay et Tommy n'attendraient même pas qu'il s'en prenne à Bell.

Wiltse effectua un lancer amorti à la neuvième manche et Bridwell fit un double. À la fin de la manche, New York était crédité de deux coups de circuits, et Brooklyn d'aucun. Quant à Weeks, il courait déjà vers le chemin de fer aérien de la 5ᵉ Avenue avec en tête une ébauche de plan pour le transport du serpent.

Il lui fallait des vêtements d'« universitaire », une malle, un carreau de verre, un groom avec un chariot à bagages et l'emplacement de la boîte à fusibles de l'hôtel Cumberland.

16

— QUI EST CET OFFICIER ? DEMANDA ISAAC BELL à l'agent du service de protection affecté à la surveillance de l'atelier de dessin de Farley Kent au Brooklyn Navy Yard.

— Je ne sais pas, monsieur Bell.

— Comment est-il entré ?

— Il connaissait le mot de passe.

Le service de protection Van Dorn avait attribué un mot de passe à chacun des hommes du projet Hull 44 confié à sa garde. Après avoir franchi le portail surveillé par des marines, les visiteurs devaient encore prouver qu'ils étaient bien attendus par la personne qu'ils venaient voir.

— Où est monsieur Kent ?

— Ils sont tous dans la salle d'essais. Ils travaillent sur le modèle de mât-cage, répondit l'agent en désignant une porte fermée qui donnait sur le laboratoire, à l'autre bout de l'atelier. Quelque chose ne va pas, monsieur Bell ?

— Trois choses, rétorqua Bell. Tout d'abord, Kent n'est pas ici, ce qui signifie qu'il ne s'attendait pas à la visite de cet officier. Ensuite, cet homme étudie la planche à dessin de Kent depuis que je suis entré. Et enfin, au cas où vous ne l'auriez pas remarqué, il porte un uniforme de la marine du Tsar.

— Tous ces uniformes bleus se ressemblent, répondit l'agent, ce qui rappela à Bell que bien peu parmi les gars du service de

L'ESPION

protection avaient assez de cervelle et de cran pour pouvoir espérer un jour devenir des détectives à part entière. Et puis il porte des dessins enroulés sous le bras, comme tous les autres ici. Vous voulez que j'aille l'interroger, monsieur Bell ?

— Je m'en charge. Et la prochaine fois que quelqu'un entre, s'il n'est pas attendu, considérez-le comme suspect jusqu'à preuve du contraire.

Bell traversa à grandes enjambées la vaste salle en passant devant les rangées de tables à dessin habituellement occupées par les architectes navals en charge des essais.

— Bonjour, monsieur.

L'homme vêtu d'un uniforme d'officier naval russe était si absorbé par la contemplation des dessins de Farley Kent qu'il sursauta en entendant la voix de Bell et laissa tomber les documents qu'il portait sous le bras.

— Oh, je ne vous ai pas entendu approcher ! lança-t-il avec un accent russe prononcé avant de ramasser les dessins à la hâte.

— Puis-je connaître votre nom, je vous prie ?

— Second lieutenant Vladimir Ivanovich Yourkevitch, de la Marine impériale de Sa Majesté le tsar Nicolas. À qui ai-je l'honneur ?

— Vous aviez rendez-vous ici, lieutenant Yourkevitch ?

Le jeune Russe, qui paraissait à peine en âge de se raser, inclina la tête.

— Je crains que non. J'espérais rencontrer monsieur Farley Kent.

— Monsieur Kent vous connaît-il ?

— Pas encore, monsieur.

— Alors comment avez-vous réussi à entrer ?

Yourkevitch gratifia Bell d'un sourire désarmant.

— Avec des manières appropriées, un uniforme impeccable et un élégant salut militaire.

Isaac Bell ne lui rendit pas son sourire.

— Tout cela peut expliquer que les marines de garde vous aient laissé passer, mais où avez-vous obtenu le mot de passe pour entrer dans l'atelier ?

— J'ai rencontré un officier des marines dans un bar à l'extérieur du portail. Il m'a donné le mot de passe.

Bell adressa un signe à l'agent du service de protection.

— Le lieutenant Yourkevitch restera assis sur ce tabouret, à l'écart des tables à dessin, et ce jusqu'à mon retour, lui ordonna-t-il avant de se tourner vers l'officier russe. Ce gentleman est tout à fait capable de vous envoyer au tapis pour le compte, lieutenant. Vous seriez bien avisé de lui obéir.

Sur ces mots, Bell traversa l'atelier et poussa la porte qui donnait sur la salle d'essais.

Une douzaine de membres du personnel de Kent étaient réunis autour d'une maquette de mât-cage de cuirassé de trois mètres de haut. Les jeunes architectes navals s'affairaient avec des pinces, des micromètres, des règles à calcul, des carnets et des mètres ruban. La haute structure arrondie, qui reposait sur une plate-forme, se composait de fils de fer rigides qui montaient en spirale de la base au sommet dans le sens inverse des aiguilles d'une montre et étaient maintenus en place à intervalles réguliers par des cerclages horizontaux. La maquette reproduisait en miniature un ensemble construit autour d'un mât en tube léger d'un peu moins de quarante mètres de haut dans la réalité. La reproduction était fidèle dans les moindres détails, des plateformes maillées qui garnissaient certains des cercles horizontaux aux câbles électriques, en passant par les tubes acoustiques qui partaient du poste de l'observateur de tir pour redescendre jusqu'à la tour de contrôle de feu et les minuscules échelles orientées vers le centre de la cage.

Deux des architectes de Farley Kent tenaient des cordes fixées de chaque côté de la base du mât-cage. Un mètre ruban tendu entre les murs passait juste au-dessus du sommet du mât. Un autre architecte installé sur un escabeau observait le mètre avec soin.

— Salve bâbord. Feu ! lança soudain Kent.

L'architecte qui se tenait sur la gauche tira d'un coup brusque sur la corde, et celui qui surveillait le mètre ruban mesura l'oscillation du mât.

— Quinze centimètres !

— Compte tenu de l'échelle au un douzième, cela représente près de deux mètres ! s'écria Kent. L'observateur de tir et ses

hommes ont intérêt à bien s'accrocher lorsque les tourelles principales lancent une salve ! D'un autre côté, un mât à trépied pèse
cent tonnes, alors que notre mât-cage à structure redondante n'en
pèse que vingt, ce qui représente une belle économie ! Très bien,
mesurons maintenant l'oscillation après l'impact de plusieurs
obus.

Brandissant une pince à câbles électriques, il sectionna au hasard
deux montants hélicoïdaux et l'un des cerclages horizontaux.

— Prêt !

— Attendez !

Un jeune architecte grimpa sur les marches de l'escabeau et posa
une figurine représentant un marin aux joues rouges coiffé d'un
chapeau de paille sur le poste de repérage.

Des éclats de rire retentirent. Bell constata que Farley Kent
n'était pas en reste.

— Salve tribord. Feu !

Après une nouvelle secousse de la corde, le sommet du mât
bascula et la figurine vola à travers la pièce.

Bell l'attrapa au vol.

— Monsieur Kent, puis-je vous parler un instant ?

— De quoi s'agit-il ? demanda Kent en coupant un nouveau
montant vertical pendant que ses assistants mesuraient l'effet de la
secousse sur le mât.

— Il se pourrait que nous ayons capturé notre premier espion,
lui annonça Bell à voix basse. Vous voulez bien venir avec moi ?

Dès leur arrivée dans l'atelier, le lieutenant Yourkevitch bondit
de son tabouret avant que l'agent du service de protection puisse
l'en empêcher et serra la main de Farley Kent.

— C'est un honneur de vous rencontrer. Un grand honneur !

— Qui êtes-vous ?

— Yourkevitch. De Saint-Pétersbourg.

— Le quartier général de la marine ?

— Bien sûr, monsieur. Le chantier Baltique.

— Est-il vrai que la Russie construit cinq bâtiments plus grands
que le HMS *Dreadnought* ?

— Nous espérons construire des super-cuirassés, mais il est
possible que la Douma refuse. Trop cher.

— Que faites-vous ici ?

— Je voulais rencontrer le légendaire Farley Kent.

— Vous êtes venu d'aussi loin dans le seul but de me rencontrer ?

— Et aussi pour vous montrer quelque chose, corrigea Yourkevitch en déroulant ses plans, qu'il étendit sur la table à dessin de Kent. Que pensez-vous de cette amélioration des formes de la carène ?

Pendant que Kent étudiait les dessins de Yourkevitch, Bell attira le Russe à l'écart.

— Décrivez-moi l'officier qui vous a communiqué le mot de passe.

— C'était un homme de taille moyenne, en costume sombre. Même âge que vous à peu près. Impeccable, très soigné. Une moustache taillée comme un crayon. Très – quel est le mot ? – très méticuleux.

— Un costume sombre... Pas d'uniforme ?

— Il était en civil.

— Comment savez-vous qu'il s'agissait d'un officier de marine ?

— C'est ce qu'il m'a dit.

L'expression sévère de Bell s'assombrit encore un peu plus.

— Quand étiez-vous censé lui faire votre rapport ? demanda-t-il d'une voix glaciale.

— Je ne comprends pas.

— Vous avez sans doute accepté de lui raconter ce que vous avez vu ici.

— Non. Je ne le connais pas. Comment pourrais-je le retrouver ?

— Lieutenant Yourkevitch, j'ai du mal à vous croire. Et si je vous livre à la marine américaine comme espion, je pense que votre carrière en tant qu'officier de la marine du Tsar risque d'en souffrir.

— Un espion ? lança Yourkevitch, estomaqué. Non !

— Cessez de jouer à ce petit jeu et dites-moi comment vous avez appris le mot de passe.

— Espion ? répéta Yourkevitch. Non !

L'ESPION

Farley Kent intervint avant que Bell puisse poursuivre.

— Il n'a pas besoin de nous espionner.

— Que voulez-vous dire ?

— C'est nous qui devrions l'espionner.

— Mais de quoi parlez-vous, monsieur Kent ?

— Les améliorations apportées par le lieutenant Yourkevitch à la carène de ce navire sont beaucoup plus intéressantes qu'elles ne le paraissent à première vue, expliqua Kent en désignant divers éléments du dessin finement exécuté. Au premier regard, la coque paraît massive, épaisse, vers le milieu du bâtiment, et presque étriquée vers la poupe et la proue. On pourrait dire qu'elle évoque la silhouette d'une vache. Mais en réalité, c'est une idée brillante. Cette forme permettrait à un cuirassé de renforcer ses défenses contre les torpilles vers la salle des machines et les soutes à munitions, d'augmenter sa capacité d'armement, d'embarquer plus de charbon et d'accroître sa vitesse tout en consommant moins.

Farley Kent serra la main de Yourkevitch.

— Un idée géniale, monsieur. Je vous la volerais volontiers, mais je craindrais de ne jamais obtenir l'aval des dinosaures du Conseil de la Construction navale. Vous avez vingt ans d'avance !

— Merci, monsieur, merci. Venant de la part de Farley Kent, c'est un grand honneur.

— Et je vais vous dire autre chose, poursuivit Kent, même si je suis certain que vous y avez déjà pensé vous-même. Votre coque ferait merveille sur un paquebot – un lévrier de l'Atlantique Nord qui laisserait sur place le *Lusitania* et le *Mauritania*.

— Un jour, approuva l'officier russe en souriant. Quand il n'y aura plus de guerres.

Kent invita Yourkevitch à déjeuner avec son équipe, et tous deux se lancèrent dans une discussion animée sur la construction, récemment rendue publique, des paquebots *Olympic* et *Titanic* par la compagnie White Star.

— Deux cent cinquante-six mètres ! s'émerveilla Kent.

— J'ai moi-même songé à un bâtiment de trois cents mètres, annonça Yourkevitch.

Bell était désormais convaincu que l'officier russe à l'enthousiasme communicatif n'avait d'autre idée en tête que de partager sa passion avec le célèbre Farley Kent. En revanche, il ne croyait pas une seconde que le soi-disant officier qui avait approché le Russe dans un bar de Sand Street appartienne à l'US Navy.

Mais pourquoi lui avait-il donné le mot de passe sans exiger en retour un rapport sur les travaux de Farley Kent ? Comment avait-il réussi à connaître l'existence de Yourkevitch, et à le contacter ? La réponse n'était pas rassurante. L'espion – le *saboteur des esprits*, pour reprendre l'idée de Falconer – savait fort bien, dans cette course aux cuirassés, qui étaient ses cibles.

*

— Nous n'avons pas l'habitude de nous occuper de ces histoires d'espions étrangers, déclara Joseph Van Dorn, qui tirait d'un air agité sur son cigare d'après déjeuner.

En attendant l'heure de départ de son train pour Washington, il était installé en compagnie d'Isaac Bell dans le salon principal du Railway Lounge, au vingt-deuxième étage du Terminal des Tunnels de l'Hudson.

— Nous pourchassons des meurtriers, rétorqua Bell d'un ton grave. Quelles que soient leurs motivations, ce sont d'abord et avant tout des criminels.

— Peut-être, mais nous allons devoir prendre des décisions sans disposer de beaucoup d'informations.

— J'ai demandé aux gars du service de recherches de me dresser une liste de diplomates, d'attachés militaires et de journalistes étrangers susceptibles d'espionner pour le compte de l'Angleterre, de l'Allemagne, de la France, de l'Italie, de la Russie, du Japon et de la Chine.

— Le secrétaire à la Marine vient de m'adresser une liste de personnalités étrangères que la Navy suspecte d'activités d'espionnage.

— Je l'ajouterai donc à ma propre liste, répondit Bell. Mais j'aimerais qu'un expert l'étudie de près pour nous éviter de perdre notre temps en suivant de fausses pistes. Vous n'aviez pas chez les marines un vieil ami capable de tirer quelques ficelles au Département d'État ?

L'ESPION

— Il peut faire encore mieux. Canning est l'officier qui orga-
nise à la demande du gouvernement les opérations à terre des corps
expéditionnaires de la Navy.

— Alors, c'est notre homme. Il est en étroite relation avec nos
attachés militaires à l'étranger. Dès qu'il aura passé notre liste au
peigne fin, je recommande de surveiller nos suspects à
Washington, à New York et près des usines et des chantiers navals
impliqués dans la construction de cuirassés.

— Il nous faudra beaucoup d'argent, et ça va coûter cher, fit
ostensiblement remarquer Van Dorn.

La réponse de Bell était toute prête.

— On peut considérer ces dépenses comme un investissement,
compte tenu des relations que nous aurons établies avec les pontes
de Washington. Si le gouvernement accepte de se fier à l'agence
Van Dorn en tant qu'organisation nationale disposant d'antennes
locales performantes sur tout le territoire, cela ne présentera pour
nous que des avantages.

À cette idée, les favoris roux de Van Dorn s'écartèrent pour
laisser apparaître un sourire satisfait.

— Et d'ailleurs, insista Bell, je suggère que les spécialistes de
l'agence soient à l'affût de tout renseignement provenant des
communautés d'immigrants dans les villes qui possèdent un chantier naval, qu'il s'agisse de Chinois, d'Irlandais, d'Italiens ou
d'Allemands. Ces gens ont peut-être entendu des rumeurs : espionnage, gouvernements étrangers prêts à payer pour obtenir des
informations, ou même sabotage. La course aux cuirassés est une
affaire d'envergure internationale.

Van Dorn considéra un instant la question, puis émit un petit rire
creux.

— Il est possible que nous recherchions non pas un, mais
plusieurs espions. Je vous le répète, tout cela va au-delà de nos
compétences habituelles.

— Si ce n'est pas nous qui nous en chargeons, répliqua Bell,
alors qui le fera ?

17

AU COURS DU MÊME APRÈS-MIDI, Weeks administra deux corrections remarquables par leur brutalité et parce qu'elles ne laissèrent aucune trace qu'un vêtement ne puisse cacher. Iceman était un expert ; au fil du temps, il avait affiné un savoir-faire acquis depuis l'enfance en extorquant de l'argent à des revendeurs de drogue et en recouvrant des fonds pour des usuriers voraces. Par comparaison avec les dockers ou les charretiers habituels, un groom efflanqué et une petite blanchisseuse effrayée ne représentaient guère d'efforts. Mais pour eux, la douleur ne fit qu'empirer tout au long de la journée. De même que la peur.

Jimmy Clark, le groom de l'hôtel Cumberland, reçut la première et interminable volée de coups de poing dans une ruelle, derrière la pharmacie où il venait d'échanger sa paye de la veille contre de la cocaïne. Weeks lui fit clairement comprendre que ses soucis n'étaient rien, comparés à ce qu'il subirait s'il ne se conformait pas de façon précise à ses ordres. En cas de trahison, il se souviendrait de la correction d'aujourd'hui comme d'un doux moment.

Jenny Sullivan, l'apprentie blanchisseuse embauchée au Yale Club, reçut la seconde dans un petit passage tout proche de l'église de l'Assomption où elle était venue prier pour que Dieu la délivre de sa dette.

Lorsque Weeks la quitta, elle vomissait de douleur. Mais son rôle était important, et au bout d'un moment, Iceman avait retenu ses coups et lui avait promis qu'il la soulagerait de sa dette tout entière, à condition qu'elle lui obéisse au doigt et à l'œil. Et tandis qu'elle traînait son corps meurtri pour se rendre au travail, une lueur d'espoir se mêlait à sa douleur et à sa terreur. Ses obligations se résumaient à faire le guet à la porte de service du club à une heure tardive où l'endroit serait désert, et à voler la clef d'une chambre du troisième étage.

18

Isaac Bell et Marion Morgan se retrouvèrent au restaurant Rector pour le dîner. Ce véritable palais du homard était aussi célèbre pour sa décoration vert et or, ses murs recouverts de miroirs, son luxueux linge de table, son argenterie, sa porte à tambour – la toute première de New York – et sa clientèle brillante que pour ses crustacés. Situé sur Broadway, le restaurant n'était qu'à deux pâtés de maisons du bureau de Bell au Knickerbocker. Le détective attendait Marion devant l'établissement, sous la gigantesque statue d'un griffon tout scintillant de lumières électriques. Quand elle arriva, il l'accueillit d'un baiser.

— Désolée, je suis en retard, j'ai dû prendre le temps de me changer.

— J'étais en retard aussi, je viens de quitter Van Dorn.

— Je ne voulais pas paraître ridicule, au milieu des comédiennes de Broadway qui viennent dîner ici.

— Quand elles te verront, la rassura Bell, elles courront pleurer toutes les larmes de leur corps dans leur dressing !

Ils poussèrent la porte à tambour et entrèrent dans une salle luxueuse où étaient dressées une centaine de tables. Charles Rector se précipita pour les accueillir et adressa des signes frénétiques à l'orchestre.

Les musiciens jouèrent aussitôt les premières mesures du morceau « A Hot Time in the Old Town Tonight », titre du premier film de Marion, dont l'héroïne était la fiancée d'un détective qui parvenait à empêcher un bandit de mettre toute une ville à sac. Les femmes parées de diamants et les hommes tirés à quatre épingles levèrent les yeux pour apercevoir Marion. Bell sourit tandis qu'un murmure appréciateur parcourait la salle.

— Mademoiselle Morgan, s'écria Rector, la dernière fois que vous nous avez fait l'honneur de votre visite, vous réalisiez des images d'actualités. Mais maintenant, on ne parle plus que de votre nouveau film animé !

— Je vous remercie, monsieur Rector, mais je pensais que l'entrée en musique était réservée aux belles actrices.

— Les belles actrices, on en trouve des douzaines à Broadway. Mais une belle réalisatrice de cinéma est aussi rare qu'une huître au mois d'août.

— Je vous présente mon fiancé, monsieur Bell.

Le restaurateur prit la main d'Isaac Bell et la secoua avec vigueur.

— Toutes mes félicitations, monsieur. Vous êtes sans doute l'homme le plus chanceux de Broadway ! Mademoiselle Morgan, désirez-vous un coin tranquille ou une table où le monde puisse vous admirer ?

— Une table tranquille, répondit Marion d'un ton ferme.

Rector les installa et ils commandèrent une bouteille de champagne.

— Je suis surpris qu'il me reconnaisse, dit-elle à Bell.

— Il a peut-être lu le *New York Times* d'hier, répondit le détective en souriant.

Marion semblait ravie de la réception qui lui était réservée, et son adorable visage prit une nuance d'une rose plus soutenu.

— Le *Times* ? Qu'est-ce que tu veux dire ?

— Ils ont envoyé un journaliste de mode au défilé de Pâques dimanche dernier, lui annonça Bell, qui sortit une coupure de journal de son portefeuille et en fit la lecture à haute voix. « Une jeune femme, qui se promenait dimanche, après l'heure du thé, entre Times Square et le défilé de la 5e Avenue, a fait une forte impression sur le public. Elle portait une robe de satin lavande et était coiffée d'un chapeau noir à plumes aux dimensions impressionnantes, au point que les hommes qui se trouvaient là ont dû s'écarter pour lui laisser le passage. Cette éblouissante créature est allée à pied jusqu'à l'hôtel

Saint Regis, et s'est ensuite dirigée vers le nord à bord d'une Locomobile de couleur rouge ». Pour ce qui est du rouge, d'ailleurs, tes
oreilles n'ont rien à envier à ma Locomobile !

— Je suis mortifiée ! À lire cet article, on pourrait croire que je me
pavanais sur la 5ᵉ Avenue dans le seul but d'attirer l'attention. Toutes
les femmes s'étaient habillées pour le défilé ! Si je portais cette robe
et ce chapeau, c'est parce que mademoiselle Duval et Christina
avaient parié dix dollars que je n'oserais pas !

— Le journaliste n'a rien compris. Tu *attirais* l'attention générale, en effet. Mais si tu avais *cherché* à l'attirer, tu ne serais pas partie
à toute allure à bord de la Locomobile. Tu serais restée arpenter la
5ᵉ Avenue jusqu'à la tombée de la nuit !

Marion se pencha en avant.

— Tu as vu ce drôle d'article de l'autre côté ?

Bell retourna la coupure de journal.

— Le *Lachesis muta* ? Ah, en effet, une fameuse bestiole ! Ce
serpent est aussi mauvais qu'un juge, et il crache un venin mortel. Tu
sais, l'hôtel Cumberland n'est qu'à quelques immeubles d'ici. Avec
une aussi jolie fille à mon bras, je suis sûr que je parviendrais à négocier deux places à la séance de l'Académie des sciences médicales.
Tu as envie de le voir ?

Marion réprima un frisson. Lorsque le champagne fut servi, Bell
leva son verre.

— Je ne saurais mieux l'exprimer que monsieur Rector : merci
d'avoir fait de moi l'homme le plus chanceux que l'on puisse rencontrer à Broadway.

— Oh Isaac, je suis si heureuse de te voir !

Ils dégustèrent leur champagne et étudièrent la carte. Marion
commanda une caille d'Égypte, un oiseau dont elle n'avait jamais
entendu parler avant, assura-t-elle. Isaac Bell choisit un homard, et ils
s'accordèrent sur des huîtres en entrée.

— De véritables huîtres de Lynnhavens, dans le Maryland, leur
certifia le serveur. Ce sont des coquillages d'un gros calibre que nous
faisons venir tout exprès pour monsieur « Diamond » Jim Brady [1]. Si

---

1. « Diamond » Jim Brady : homme d'affaires, financier et philanthrope américain
(1856-1917), célèbre pour son appétit pantagruélique et son goût pour les diamants.

L'ESPION

je puis me permettre, monsieur Bell, monsieur Brady les fait toujours suivre d'un plat de canard et d'un steak.

Bell préféra s'en tenir à son choix initial.

— Parle-moi de ton travail, lui dit Marion en lui prenant la main par-dessus la table. Vas-tu rester un moment à New York ?

— Nous sommes sur une affaire d'espionnage, lui confia le détective à voix basse, malgré la musique et le brouhaha de la salle, afin que personne ne puisse l'entendre. Avec des ramifications internationales en rapport avec la course à la construction de cuirassés.

Marion était habituée à recueillir les confidences sur les détails des affaires dont s'occupait Isaac, ce qui permettait à celui-ci d'affiner sa vision des choses. Elle lui répondit sur le même ton.

— Voilà qui te change des attaques de banque…

— Quelles que soient les implications internationales de cette affaire, s'ils tuent des gens, ce sont avant tout des meurtriers. C'est ce que j'ai dit à Van Dorn. Il va se rendre à Washington, pour s'assurer d'un maximum de soutien, et me laisse la direction du bureau de New York. J'ai carte blanche pour envoyer des agents dans tous les coins du pays si nécessaire.

— Je suppose que c'est en rapport avec l'ingénieur en artillerie navale dont le piano a explosé ?

— Nous sommes à peu près convaincus qu'il ne s'agit pas d'un suicide, mais d'un meurtre diabolique mis en scène pour le faire croire, et pour discréditer ce malheureux et le système d'armement qu'il a mis au point. Et bien sûr, cette suspicion de pot-de-vin entache désormais tout ce qu'il a pu entreprendre.

Bell fit part à Marion de ses doutes sur la lettre de suicide de Langner et de sa conviction que le rôdeur aperçu par le vieux John Eddison dans l'enceinte du Washington Navy Yard était bel et bien un Japonais. Il lui parla aussi des « accidents » qui avaient provoqué la mort de l'expert en blindage et celle de l'ingénieur spécialisé dans les contrôles de tir.

— Quelqu'un a-t-il aperçu un Japonais dans la fonderie de Bethlehem ? demanda Marion.

— Selon l'agent que j'ai envoyé là-bas, un individu se serait enfui. Mais il s'agissait d'un homme de grande taille, plus d'un mètre quatre-vingts. Il avait le teint pâle et des cheveux blonds. Il s'agirait d'un Allemand.

— Pourquoi un Allemand ?

— Alors qu'il courait, quelqu'un l'a entendu grommeler quelque chose du genre *Gott im Himmel !*

Marion leva un sourcil incrédule.

— Je sais, admit Bell. C'est plutôt mince, comme indice.

— Et a-t-on vu un Japonais ou un Allemand blond en compagnie de Grover Lakewood, celui qui s'est tué en tombant d'une falaise ?

— Le coroner du comté de Winchester a dit à mon agent que personne n'avait été témoin de la chute de Lakewood. Il avait prévenu des amis qu'il comptait passer le week-end à faire de l'escalade, et ses blessures à la tête sont compatibles avec un accident de ce type. Le pauvre diable a fait une chute de trente mètres. Ils l'ont enterré dans un cercueil scellé.

— Il était seul ?

— Une vieille dame a dit l'avoir croisé peu avant l'accident en compagnie d'une jolie fille.

— Qui n'était ni allemande ni japonaise ? demanda Marion en souriant.

— Elle était rousse, répondit Bell en lui rendant son sourire. Sans doute une Irlandaise.

— Pourquoi une Irlandaise ?

— La vieille dame a affirmé que son visage lui rappelait celui de sa domestique irlandaise. Là encore, c'est plutôt mince.

— Trois suspects différents, fit observer Marion. Trois nationalités différentes… Mais bien sûr, la course à la construction de cuirassés est internationale par nature.

— Le capitaine Falconer penche pour la responsabilité du Japon.

— Et toi ?

— Les Japonais ne sont pas novices en matière d'espionnage, c'est indéniable. J'ai appris que pendant la guerre russo-japonaise, ils avaient infiltré de façon massive la flotte russe d'Extrême-Orient. Leurs espions prétendaient être des domestiques et des travailleurs mandchous. Lorsque les combats ont commencé, les Japonais en savaient plus sur la stratégie de la marine russe que les Russes eux-mêmes. Mais je préfère garder l'esprit ouvert. Il pourrait s'agir de n'importe quel pays.

— Un grand et très séduisant détective m'a dit un jour que son scepticisme était son meilleur atout, approuva Marion.

— C'est une grosse affaire, et elle prend de plus en plus d'importance. Le programme de construction de cuirassés concerne de nombreux secteurs d'activité, et les ramifications du dossier seraient peut-être passées inaperçues pendant un bon bout de temps si la fille d'Arthur Langner n'avait pas insisté sur le fait que son père ne pouvait en aucun cas s'être suicidé. Et d'ailleurs, si elle n'avait pas réussi à contacter Joe Van Dorn par l'entremise d'une vieille camarade d'école, je n'aurais jamais assisté à l'assassinat de ce pauvre Alasdair. On aurait considéré sa mort comme le résultat d'une rixe de bar, et d'autres auraient peut-être été tués avant que l'on prenne la peine d'y réfléchir sérieusement.

« Mais assez parlé. Nous devons tous les deux nous mettre au travail tôt demain matin, et d'ailleurs, voici nos huîtres !

— Tu as vu leur taille ? s'exclama Marion en gobant la chair d'un énorme coquillage. Et mademoiselle Langner, est-elle aussi séduisante qu'on le dit ?

— Et qui dit cela ?

— Mademoiselle Duval l'a rencontrée à Washington. Il semblerait que sur la Côte Est, à peu près tous les hommes de plus de dix-huit ans soient tombés amoureux d'elle.

— Elle est très belle, reconnut Isaac. Elle a des yeux extraordinaires. Et si elle n'était pas en deuil, elle serait sans doute encore plus charmante.

— Ne me dis pas que toi aussi, tu es tombé amoureux d'elle.

— L'époque où je tombais amoureux est révolue, répondit Bell en souriant.

— Et tu la regrettes, cette époque ?

— Si l'amour était soumis à la loi de la gravité, je dégringolerais en chute libre comme un caillou. Mais que faisait donc mademoiselle Duval à Washington ?

— Elle a entrepris de séduire un secrétaire adjoint à la Marine pour qu'il lui confie le soin de filmer la Grande Flotte blanche à San Francisco, sous le Golden Gate Bridge. C'est en tout cas la tactique qu'elle avait utilisée l'hiver dernier pour le départ de la flotte de Hampton Roads. Pourquoi me poses-tu la question ?

— Cela doit rester entre nous, lui répondit Bell d'un ton sérieux. Mademoiselle Duval entretient depuis longtemps une liaison avec un officier de la marine française.

— Oui, bien sûr ! Parfois, elle se donne des airs mystérieux en papillonnant des yeux et laisse échapper une allusion à un certain capitaine.

— Il se trouve que le capitaine en question est spécialisé dans la recherche sur les cuirassés. En d'autres termes, ce Français est un espion, et il est probable que mademoiselle Duval travaille pour lui.

— Une espionne ? C'est une vraie tête de linotte !

— Le secrétaire d'État à la Marine a donné à Joe Van Dorn une liste de vingt étrangers qui se donnent beaucoup de peine pour obtenir des informations confidentielles pour le compte de la France, de l'Angleterre, de l'Allemagne, de l'Italie ou encore de la Russie. La plupart d'entre eux correspondent assez bien à l'idée qu'on se fait d'une tête de linotte, mais nous devons enquêter sur chaque cas.

— Aucun Japonais parmi eux ?

— Si. Deux employés de l'ambassade, un officier de marine et un attaché militaire. Et un importateur de thé qui vit à San Francisco.

— Mais que pourrait-elle bien filmer qui puisse échapper aux autres cinéastes ?

— Elle cherche peut-être à approcher des officiers de l'US Navy trop bavards lorsqu'ils sont en compagnie d'une jolie femme. Mais que veux-tu dire par « les autres cinéastes » ? Tu vas filmer la flotte, toi aussi ?

— Preston Whiteway vient de me contacter à ce sujet.

Bell plissa un instant les yeux. Whiteway était un homme riche, héritier de plusieurs journaux californiens qu'il avait rassemblés pour former un groupe de presse puissant, spécialisé dans les potins et les scandales. Marion avait créé pour lui un studio d'actualités filmées avant de s'installer sur la Côte Est pour réaliser ses propres films.

— Preston m'a demandé de filmer l'arrivée de la flotte à San Francisco pour *Picture World*.

— Les journaux de Preston prédisent une guerre avec le Japon d'ici moins d'une semaine.

— Il publierait n'importe quoi pour vendre ses journaux.

— Ce qu'il te propose, ce n'est pas un travail permanent ?

— Pour rien au monde je ne deviendrais son employée, rassure-toi. Je ne serai qu'un fournisseur très bien payé. Je peux m'arranger pour faire ce travail entre deux films. Qu'en penses-tu ?

— Je dois reconnaître une qualité à Whiteway. Il a de la suite dans les idées.

— Je crois qu'il ne voit plus les choses de la même manière – mais pourquoi ris-tu ?

— C'est un homme, et je ne crois pas qu'il soit devenu aveugle.

— Preston sait très bien que mon cœur est pris.

— Depuis le temps, il a dû se faire à cette idée, reconnut Bell. Si j'ai bonne mémoire, la dernière fois que vous vous êtes rencontrés, tu as menacé de le tuer. Quand comptes-tu partir ?

— Pas avant le premier mai.

— Très bien. Ils doivent lancer le *Michigan* la semaine prochaine. Le capitaine Falconer va organiser une grande réception à cette occasion. J'espérais que tu pourrais m'accompagner.

— Avec joie !

— C'est une chance inespérée d'observer les « têtes de linotte » étrangères dans une pièce remplie d'Américains bavards. Tu me fourniras une couverture idéale, ainsi qu'une seconde paire d'yeux et d'oreilles.

— Que sont censées porter les dames pour le lancement d'un navire de guerre ?

— Que dirais-tu de ce chapeau qui obligeait tes admirateurs à s'écarter sur ton passage pendant le défilé de Pâques ? plaisanta Bell. Ou alors demande à mademoiselle Duval. Dans tous les cas de figure, elle sera là elle aussi.

— Elle sait que tu es détective, et cette idée ne me plaît pas. Si c'est vraiment une espionne, cela pourrait devenir dangereux.

*

À une dizaine de pâtés de maisons de là, plus haut sur Broadway, tout marchait comme sur des roulettes pour Iceman Weeks.

Tout d'abord, il était parvenu à franchir la distance qui séparait le métro de l'hôtel Cumberland sans se faire repérer par quiconque à même de le balancer à Tommy Thompson. En traversant Broadway, il était passé sous le nez de Daley et de Boyle, deux flics du Bureau Central de la police chargés de la traque aux pickpockets, qui marchaient à pas vifs pour rejoindre leur planque habituelle près du Metropolitan Opera. Les deux hommes ne l'avaient même pas remarqué, vêtu du costume à coupe ample qu'il avait découvert suspendu près de la sortie de secours d'un immeuble de Brooklyn.

Dans le hall de l'hôtel, les détectives maison étaient trop absorbés par leur changement d'équipe pour le remarquer. Aucun ne prêta la moindre attention à ses vêtements. Ses bottines n'étaient peut-être pas aussi bien cirées que celles des universitaires et des savants, mais les médecins de l'Académie qui se hâtaient de rejoindre leur séance mensuelle ne s'intéressaient pas à ses pieds.

Jimmy Clark était attifé d'un uniforme violet chamarré qui évoquait ces singes que l'on voit en compagnie des joueurs d'orgue de Barbarie. Son regard sembla traverser Weeks sans le reconnaître, comme s'ils n'avaient jamais eu cette petite « conversation » un peu plus tôt dans la journée.

— Garçon !

Jimmy se dépêcha d'approcher, la tête courbée pour masquer la peur et la haine qui se lisaient dans son regard.

Weeks lui tendit le ticket de la vieille malle cabossée qu'il avait fait livrer à l'hôtel et lui donna une pièce de cinq cents.

— Installez ma malle sur votre chariot et attendez-moi près de l'entrée latérale de la salle de réunion de l'Académie. Je dois partir tôt pour prendre un steamer, et je ne voudrais pas déranger ces messieurs.

— Très bien, monsieur, acquiesça Jimmy Clark.

Weeks avait plus de chance qu'il ne pouvait l'imaginer. Entre les touristes qui plastronnaient en attendant de passer leur soirée sur Broadway et les médecins de l'Académie qui affluaient, de plus en plus nombreux, le hall était trop bondé pour que l'on puisse s'étonner de son accent. Weeks était bien vêtu, mais il avait l'intonation de Hell's Kitchen, et quiconque l'eut écouté avec un minimum d'attention l'aurait aussitôt remarqué.

La chance lui souriait aussi sur un autre plan, et il en était cette fois conscient. La boîte à fusibles de l'hôtel, installée au sous-sol, se trouvait au bas de l'escalier qui conduisait à l'entrée latérale de l'ancienne salle de bal où les médecins devaient se rassembler. Weeks se réserva la chaise la plus proche en y posant son chapeau et fit les cent pas pour éviter de devoir engager une conversation avant le début de la séance. Lorsque celle-ci débuta enfin, il s'installa sur son siège. Au moment où la porte se refermait, il jeta un dernier coup d'œil sur la malle recouverte d'étiquettes posée sur le chariot de Jimmy.

Il écouta avec une certaine impatience le président de séance, qui n'en finissait pas de pérorer en souhaitant la bienvenue aux membres de l'Académie, tout en se félicitant de leur épargner la lecture du compte-rendu de la réunion précédente. Ensuite, l'orateur décrivit la méthode employée pour extraire le venin mortel de l'animal et le transformer en sérum pour soigner les troubles mentaux. Ce serpent présentait un avantage intéressant : il possédait beaucoup plus de venin que la plupart des autres espèces. Dieu seul savait combien de cinglés cette bête aurait pu guérir, mais Weeks songea qu'en ce qui concernait Isaac Bell, si une première morsure ne suffisait pas à lui régler son compte, il resterait bien assez de poison pour en venir à bout.

Les gardiens du zoo entrèrent avec le serpent. Un silence complet se fit dans la salle.

Weeks constata que la vitrine se glisserait sans problème à l'intérieur de la malle. C'était un vrai soulagement car, jusqu'à présent, il n'avait pu obtenir aucune indication à cet égard. Deux hommes portaient la vitrine, qu'ils posèrent sur une table devant l'assistance.

Weeks se trouvait à peu près à égale distance du fond de la salle et de la table, mais même de loin, l'animal paraissait mauvais. Il se déplaçait en s'enroulant et se déroulant, et son corps étonnamment épais, recouvert de motifs en losange, luisait sous l'éclairage électrique. Il se déplaçait de façon fluide, comme un seul et unique muscle, long et puissant ; il dardait une langue fourchue et semblait vouloir explorer les angles formés par les panneaux latéraux et le couvercle de verre de la vitrine, en particulier près des charnières. Weeks se dit qu'un peu d'air devait y pénétrer, et que le serpent était sans doute capable de détecter les mouvements autour de lui. Les médecins murmuraient, mais personne ne paraissait vouloir s'approcher.

— Ne craignez rien, messieurs, lança le président de séance. Le verre est solide !

Il congédia les deux hommes qui venaient de poser la vitrine. Weeks fut soulagé de les voir partir car, plus que les médecins eux-mêmes, ils auraient pu le gêner dans la suite de son plan.

— Je vous remercie infiniment, cher monsieur, poursuivit le président en se tournant vers le conservateur de la section des reptiles du zoo, qui quitta la salle à son tour.

De mieux en mieux, se réjouit Weeks. Il ne reste plus que moi, le serpent et cette bande de poules mouillées. Il jeta un coup d'œil vers la porte. Jimmy Clark l'avait laissée entrouverte. Parfait. Weeks hocha la tête. *Maintenant.*

Tout se passa très vite. Au moment où le premier rang de l'assistance se levait non sans hésitations pour s'approcher de la vitrine de verre, la lumière s'éteignit et la salle se trouva plongée dans une obscurité complète. Cinquante hommes crièrent en même temps. Weeks bondit vers la porte, l'ouvrit d'un geste brusque et avança les mains à tâtons à la recherche de sa malle. Il entendit Jimmy dévaler les escaliers en se laissant guider par la rampe. Weeks ouvrit la malle, tâta l'intérieur, souleva le panneau de verre qu'il y avait rangé, le prit sous son bras et revint dans la salle où les cris montaient en volume.

— Gardez votre sang-froid !

— Du calme, messieurs, du calme !

Quelques membres de l'assemblée, plus astucieux que leurs collègues, craquèrent des allumettes qui projetèrent dans la pièce des ombres vacillantes aux contours irréels.

Weeks n'avait plus un instant à perdre. Il remonta à toute allure le long de la salle en frôlant le mur, puis se dirigea vers la table. Lorsqu'il ne fut plus qu'à deux mètres du serpent, il hurla à pleins poumons :

— Attention ! Oh, Seigneur, ne le laissez surtout pas tomber !

Il fracassa alors son panneau de verre sur le sol.

Les cris se changèrent en hurlements, suivis du martèlement de centaines de pieds.

L'ESPION

— Il s'est échappé ! Vite, courez, vite ! hurla-t-il, alors même que d'autres cris de panique similaires avaient précédé le sien.

En constatant à quelle vitesse Jimmy Clark avait réussi à le rejoindre avec la malle, Weeks lui aurait volontiers réservé une place au paradis.

— Fais attention, lui murmura-t-il. Ne la laisse pas tomber.

Se fiant au seul toucher, ils soulevèrent la vitrine, la placèrent dans la malle dont ils refermèrent le couvercle avant de la poser sur le chariot et de s'esquiver par la porte latérale. Ils s'apprêtaient à sortir dans la ruelle qui flanquait le Cumberland lorsque la lumière se ralluma.

— Le détective de l'hôtel, l'avertit Clark d'une voix sifflante.

— Continue d'avancer, lui ordonna Weeks, tout à fait maître de lui. Je m'en occupe.

— Hé, vous ! Où est-ce que vous allez avec ça ?

Confiant dans l'effet produit par son costume, Weeks bloqua le passage pour que Jimmy puisse sortir avec le chariot.

— Laissez-moi passer, je vais manquer le départ de mon steamer !

Lorsque le détective entendit l'accent de Weeks, il sortit aussitôt son arme.

Mais déjà, Weeks avait enfilé ses doigts dans son coup de poing américain. D'un coup aussi rapide que dévastateur entre les deux yeux, il envoya le détective au tapis. Il ramassa le pistolet que l'homme venait de laisser échapper, l'empocha et fila retrouver Jimmy Clark, qui paraissait mort de peur.

— Ce n'est pas le moment de m'énerver, l'avertit-il. On a encore la ville à traverser.

19

Lorsqu'Isaac Bell et Marion Morgan sortirent du restaurant, la panique semblait régner plus haut sur Broadway. Ils entendirent les cloches des pompiers et les sifflets de la police, tandis qu'une foule se dispersait dans toutes les directions. Pour que Marion puisse rejoindre son ferry, mieux valait prendre le métro.

Ils arrivèrent dans les quartiers nord vingt minutes plus tard et marchèrent jusqu'aux embarcadères en se tenant la main. Bell escorta sa fiancée à bord et ils s'attardèrent un moment près de la passerelle. Un coup de sifflet retentit.

— Merci pour ce dîner, mon chéri. C'était si bon de te voir.

— Tu veux que je vienne avec toi ?

— Je dois me lever très tôt. Et toi aussi. Embrasse-moi.

— Allez, les amoureux ! On largue les amarres, seuls les passagers restent à bord ! beugla soudain un marin.

Bell redescendit à terre. L'étendue d'eau qui les séparait s'élargit peu à peu.

— Ils annoncent des averses pour vendredi ! lança Bell.

— Je ferai une danse de la pluie pour toi !

Bell prit le métro pour rejoindre le centre et s'arrêta au Knickerbocker.

— Vous êtes au courant de cette histoire de serpent ? lui lança le gardien de nuit de l'agence.

— Le fameux *Lachesis muta* ?

— Il s'est échappé.

— De l'hôtel Cumberland ?

— Ils pensent qu'il a réussi à se faufiler dans les égouts.

— Il a mordu quelqu'un ?

— Pas encore.

— Comment s'est-il échappé ?

— Depuis que je suis arrivé, j'ai dû entendre une douzaine de versions différentes. La plus vraisemblable, c'est qu'ils auraient laissé tomber sa vitrine. Elle était en verre. Ce genre de choses n'arrive qu'à New York, conclut-il dans un éclat de rire en secouant la tête.

— Sinon, y a-t-il des nouvelles dont je devrais être informé avant que le jour se lève ?

Le gardien lui tendit une liasse de messages.

Celui du dessus de la pile venait du meilleur ami de Bell, le détective Archie Abbott qui, en échange d'une lune de miel prolongée en Europe, établissait des contacts à Londres, Paris et Berlin en vue d'y installer des bureaux de représentation Van Dorn. Marié à l'une des plus riches héritières des États-Unis, Archie Angell Abbott IV, rejeton d'une famille aristocratique, occupait une place enviable dans la haute société et était reçu dans les ambassades et les résidences de campagne huppées de toute l'Europe. Bell lui avait câblé des instructions pour qu'il se serve de ses entrées afin de se faire une idée du point de vue européen sur la course aux cuirassés. Archie s'apprêtait à rentrer en Amérique. Bell lui conseillait-il de prendre le *Lusitania*, battant pavillon britannique, ou le *Kaiser Wilhelm der Grosse*, un paquebot allemand ?

Bell lui répondit de prendre le *Rolling Billy*, le paquebot allemand, connu pour sa lourde superstructure, probable cause de sa tendance au roulis. Archie et sa séduisante épouse passeraient ainsi la traversée dans les salons de première classe, charmeraient officiers de haut rang, diplomates et industriels en les encourageant à évoquer en toute liberté des sujets tels que la guerre, l'espionnage et la course aux armements navals. Les raides officiers prussiens et les courtisans mondains du Kaiser seraient vite désarmés face aux battements de cils enjôleurs de Lillian. Archie, célibataire endurci jusqu'à sa rencontre avec Lillian, ne manquait quant à lui pas de talent pour captiver les épouses des personnages importants.

Le message suivant était une note énigmatique venant de John Scully : « Le service de protection est aux petits soins pour Farley Kent. J'ai dans l'idée d'aller fouiner vers Chinatown. » En d'autres termes, Scully lui ferait signe quand ça lui chanterait… Bell jeta le papier dans la corbeille.

Les rapports des agents Van Dorn envoyés à Westchester et Bethlehem ne contenaient guère d'informations nouvelles sur l'accident d'escalade et l'explosion de la fonderie. Aucune piste concernant les éventuels suspects, la fille « irlandaise » et l'ouvrier « allemand ». L'agent de Bethlehem recommandait de ne pas tirer de conclusions trop hâtives. Parmi tous ceux qui connaissaient Chad Gordon, aucun n'était vraiment surpris par le désastre. La victime était un homme impatient, un battant, désinvolte en ce qui concernait les règles de sécurité, et capable de prendre de terribles risques.

Quant aux nouvelles en provenance de Newport, Rhode Island, elles étaient préoccupantes. L'agent du service de protection en mission auprès de Wheeler déclarait avoir pourchassé sans succès deux hommes qui tentaient de pénétrer dans le cottage de l'expert en torpilles. Bell, craignant qu'il ne s'agisse pas d'une simple tentative de cambriolage, dépêcha sur place d'autres agents. Il envoya un télégramme au capitaine Falconer pour qu'il recommande à Wheeler de passer ses nuits au chantier de construction, bien gardé, plutôt que chez lui.

L'un des trois téléphones de la réception se mit à sonner. Le gardien décrocha aussitôt.

— Oui, monsieur Van Dorn. Il se trouve qu'il est ici en ce moment, répondit-il avant de passer le combiné à Bell. Un appel longue distance de Washington… monsieur Van Dorn, chuchota-t-il à l'adresse du détective.

Bell pressa l'écouteur contre son oreille et se pencha pour parler dans le microphone.

— Vous travaillez tard, monsieur Van Dorn !

— Il faut bien donner l'exemple, grogna Van Dorn. Du nouveau, avant que j'arrive ?

L'ESPION 163

— Archie est sur le retour.

— Ce n'est pas trop tôt ! C'est la lune de miel la plus longue dont j'aie jamais entendu parler !

Bell l'informa de la teneur des derniers messages reçus.

— Comment s'est passé votre entretien avec votre ami du secrétariat d'État ?

— C'est la raison de mon appel, répondit Van Dorn. Canning a rayé de notre liste la plupart des étrangers, mais il y a ajouté deux ou trois suspects potentiels. L'un d'eux a attiré mon attention. Il s'agit d'une sorte de conservateur de musée, qui est en ce moment en visite à la Smithsonian Institution. Il s'appelle Yamamoto Kenta, un Japonais, ce qui rejoint ce que disait Falconer. Cela vaut peut-être la peine de s'y intéresser d'un peu plus près.

— Vous avez quelqu'un à envoyer à la Smithsonian Institution ?

Van Dorn confirma, et ils raccrochèrent.

Bell étouffa un bâillement et frissonna, bien qu'il eût gardé son manteau. Il était plus de minuit.

— Faites attention en passant sur les bouches d'égouts, le prévint le gardien.

— Je parie qu'à l'heure qu'il est, notre ami le serpent est en train de nager dans l'Hudson.

*

Les clubs de la 44ᵉ Rue Ouest partageaient avec des écuries et des garages les immeubles qui séparaient la 5ᵉ Avenue de la 6ᵉ, et Bell était trop occupé à éviter les tas de crottin et quelques automobiles bringuebalantes pour se soucier des serpents. Mais lorsqu'il arriva près du bâtiment de onze étages, construit en calcaire et en brique, du Yale Club, l'entrée était bloquée par trois hommes d'âge mûr au teint rougeaud, de toute évidence bien éméchés après une virée nocturne, et qui chancelaient en se tenant par le bras sur les marches du perron.

Vêtus de blazers et portant des écharpes de la « Promotion 83 », les « Old Blues » – anciens de Yale – beuglaient une vieille chanson de l'université. Isaac Bell joignit un instant sa voix de baryton au refrain tout en essayant de les contourner.

— On vaut cent fois mieux que ceux d'Harvard ! hurlèrent-ils en gesticulant dans la direction d'un club rival installé de l'autre côté de la rue.

— Venez, montez sur le toit avec nous !

— Oui, on leur lancera des roses, à ces minables !

Le portier du club sortit et aida le grand détective à se frayer un chemin à l'intérieur du club.

— Des membres du club, expliqua-t-il à Bell. Ils ne sont pas de New York.

— Merci, Matthew, sans vous, je n'aurais jamais pu entrer.

— Bonne nuit, monsieur Bell.

Un autre refrain de Yale venait du grill, au fond du bâtiment, mais les voix étaient moins tonitruantes que celles des fêtards du perron. Bell prit l'escalier plutôt que l'ascenseur. À cette heure tardive, le grand immeuble à trois niveaux était désert. Bell résidait au deuxième étage, qui abritait douze chambres spartiates, six de chaque côté du couloir, avec une salle de bains au fond. Une malle de voyage était posée sur le sol du couloir, obstruant en partie la porte de sa chambre.

Sans doute un membre du club qui venait de débarquer d'Europe.

Tout en bâillant, à moitié endormi, Bell se pencha pour la pousser hors du passage. Il fut surpris de sa légèreté ; elle devait être presque vide. D'habitude, le personnel débarrassait les bagages dès que les membres étaient installés. Il l'examina de plus près. C'était une vieille malle fatiguée, couverte d'étiquettes délavées du Ritz de Barcelone, de l'hôtel Browns de Londres et du paquebot *Servia* de la Cunard. Il ne put se souvenir de la dernière fois où il avait entendu le nom de ce navire ; le *Servia* était probablement hors service depuis le début du siècle. Une étiquette neuve et brillante attira son attention parmi toutes les autres, usées et décolorées. *Cumberland Hotel, New York.*

Drôle de coïncidence, songea Bell. La dernière résidence connue de notre ami le serpent ! Il se demanda pourquoi un membre du Yale Club résiderait au Cumberland avant de s'installer dans une de ces chambres certes tranquilles, mais austères. Sans doute la personne avait-elle décidé de prolonger son séjour new-yorkais et choisi le club pour ses tarifs plus modestes, même en tenant compte du montant des cotisations.

Bell ouvrit sa porte et fit un pas dans sa chambre. Un parfum étrange lui titilla les narines. Il était faible, à peine perceptible. Il s'immobilisa, la main déjà tendue pour atteindre l'interrupteur mural. Il tenta d'identifier l'odeur, une senteur animale, presque faisandée. Assez proche de celle d'une tenue d'escrime en peau de porc gorgée de sueur. Mais la sienne était suspendue dans son vestiaire du Fencers Club de la 45e Rue avec son sabre et ses fleurets.

La lumière du couloir se déversait par-dessus ses épaules. Il vit quelque chose briller sur son lit.

Isaac Bell se sentit soudain réveillé, toute fatigue disparue. Il fit un brusque écart pour éviter que sa silhouette soit visible dans l'encadrement de la porte. Aplati contre le mur, tous les sens en alerte, il sortit son Browning de son holster d'épaule et alluma le plafonnier.

Une boîte en verre était posée sur le lit étroit, si lourde qu'elle s'enfonçait dans le couvre-lit en chenille. Elle formait un cube d'environ soixante centimètres de côté. Le couvercle, lui aussi en verre, était ouvert. Il pendait sur ses charnières comme si celui qui l'avait ouvert l'avait laissé retomber en tordant les gonds métalliques avant de s'enfuir à toutes jambes.

Bell jeta un coup d'œil rapide autour de la pièce. Le dessus de la commode était vide, à part l'écrin où il rangeait ses boutons de manchettes. Sur la table de nuit, trois livres étaient posés à côté de la lampe de chevet : le *Guide de poche de New York*, *De l'influence de la puissance maritime sur l'Histoire*, de l'amiral Alfred T. Mahan, et *La navigation sous-marine*, d'Alan Hugues Burgoyne. La porte de l'armoire était fermée et dans un coin de la pièce, le petit coffre-fort dans lequel Bell entreposait ses armes était verrouillé. Toujours dos au mur, il examina la vitrine à distance. L'intérieur en était obscurci par les reflets sur le verre. Avec lenteur, il tourna la tête pour l'observer de différents angles.

La vitrine était vide.

Bell resta immobile, comme un chasseur à l'affût. Le seul endroit où le serpent pouvait se cacher, c'était sous le lit, dans l'espace sombre masqué par le bas du couvre-lit. Il prit soudain conscience d'un mouvement. Une longue langue fourchue s'agitait en dépassant du tissu, comme pour détecter un déplacement d'air avant de frapper. Pressé contre le mur, se déplaçant centimètre par centimètre, Bell s'approcha de la porte pour sortir de la chambre et y enfermer le reptile. Du chloroforme versé sous la porte permettrait ensuite de le neutraliser.

Avant qu'il ait pu franchir quinze centimètres, la langue de la vipère se mit à frémir en mouvements plus rapides, comme si elle se préparait à l'attaque. Bell se prépara à jaillir d'un bond hors de la pièce. Au moment où il allait s'élancer, il entendit s'ouvrir la porte de l'ascenseur. Les « Old Blues » titubèrent dans le couloir en braillant, « Pour Dieu, pour l'Amérique et pour Yale ! ».

Bell comprit qu'il n'avait plus le choix. S'il criait pour que les fêtards s'enfuient, ceux-ci, compte tenu de leur état d'ébriété, seraient incapables de comprendre, à supposer qu'ils l'entendent. Mais les cris allaient effrayer le reptile, qui risquait alors d'attaquer ou de se faufiler par la porte et de foncer vers eux.

Il avança de côté pour refermer la porte avec le canon de son arme. Le mouvement de l'air excita le serpent « tête de lance ». En un brusque mouvement, il changea de position et s'étira à toute allure vers la jambe de Bell.

Bell réagit plus vite qu'il ne l'avait fait de toute sa vie. Il lança le pied vers la tête pointée de l'animal qui se précipitait sur lui. Le serpent s'écrasa contre sa cheville avec un lourd impact, maculant son revers de pantalon d'une tache de venin jaune. Bell ne dut sa survie qu'à son propre instinct animal et au fait que sa cheville était protégée par le cuir de sa bottine. En l'espace d'une seconde, l'animal s'enroula à nouveau sur lui-même en un nœud compact puis frappa à nouveau. Bell n'avait déjà plus les pieds sur le sol. Il plongea sur le lit, attrapa son oreiller et le lança vers le serpent. Celui-ci repartit à l'assaut et laissa sur le tissu deux profondes marques de crocs et des traînées jaunes. Bell arracha le couvre-lit, le fit tournoyer tel un toréador et le lança sur la bête pour la piéger.

La vipère sortit de sous le tissu en ondulant, s'enroula une fois de plus et suivit Bell de son regard maléfique. Le détective leva son arme, visa la tête avec soin et fit feu. Le serpent attaqua à l'instant même où l'arme aboyait, frappant avec une vivacité telle que Bell manqua sa cible et fit exploser le miroir de la commode. Alors que les éclats de verre volaient dans la pièce, les crochets affûtés comme des aiguilles s'enfoncèrent dans sa poitrine, juste au-dessus de son cœur.

20

BELL LAISSA TOMBER SON ARME et referma sa main autour du serpent, près de la tête.

L'animal était d'une force exceptionnelle. Chaque centimètre de son corps, long de plus d'un mètre, se tordait avec une puissance musculeuse spasmodique pour échapper à la poigne de Bell et le frapper à nouveau. Ses crochets se dressaient dans sa gueule grande ouverte, et un venin jaune gouttait de sa tête en forme de flèche. Bell crut presque déceler une lueur de triomphe dans ses yeux, comme si l'animal, sûr de son poison mortel, avait déjà gagné la bataille et s'attendait à voir sa proie succomber en quelques minutes. Haletant, Bell sortit de sa main libre le couteau glissé dans sa bottine.

— Désolé de vous décevoir, mon bel ami, mais c'est dans mon holster que vous avez planté vos vilains crochets.

Un Old Blue ouvrit soudain la porte.

— Qui a tiré un coup de feu ?

À la vue des derniers soubresauts du serpent décapité entre les doigts de Bell, l'homme devint livide et porta les deux mains à sa bouche.

Bell lui indiqua la sortie du bout de son couteau ensanglanté.

— Si vous devez être malade, les toilettes sont au bout du couloir.

Matthew, le portier, passa la tête dans l'encadrement de la porte.

— Mon Dieu, est-ce que vous êtes…

L'ESPION

— D'où venait cette malle de voyage ? lui demanda Bell.

— Je ne sais pas. On a dû l'amener ici avant mon arrivée.

— Allez chercher le directeur.

Le responsable du club arriva en pyjama et robe de chambre quelques minutes plus tard. Ses yeux s'écarquillèrent lorsqu'il vit le miroir brisé, le serpent sans tête qui se tortillait sur le sol et la tête posée sur la commode, tandis qu'Isaac Bell essuyait son couteau sur un oreiller déchiré.

— Rassemblez tous les gens qui travaillent ici, lui ordonna le détective. De deux choses l'une : soit le comité d'admission du Yale Club a décidé d'accepter la candidature d'un serpent, soit un des membres du personnel a introduit cet animal dans ma chambre.

*

Iceman Weeks traversa la ville à pied après avoir monté la garde dans une écurie pour s'assurer que Bell entre bien dans l'immeuble de son club et n'en ressorte pas. Arrivé au coin de la 8ᵉ Avenue, il remonta le long de plusieurs immeubles et continua sous la ligne de correspondance qui reliait les métros ariens des 9ᵉ et 6ᵉ Avenues. Tout près de l'entrée de la 53ᵉ Rue, il s'arrêta devant une maison où Tommy Thompson venait d'ouvrir un tripot au premier étage. Il frappa à une porte que ne signalait aucune plaque.

— Qu'est-ce que tu fiches dans le coin ? lui demanda le membre du gang Gopher qui gardait la porte.

— Vas dire à Tommy que j'ai de bonnes nouvelles pour lui.

— Tu le lui diras toi-même. Il est au second.

— Je m'en doutais.

Weeks monta l'escalier, dépassa le tripot, dont le gardien sembla lui aussi surpris de le voir, et continua jusqu'au second étage. L'une des marches s'affaissa de façon à peine perceptible lorsqu'il y posa le pied. Weeks comprit qu'un fil électrique permettait de baisser l'intensité de l'éclairage du bureau de Tommy, au-dessus du tripot, pour signaler toute visite inattendue.

Weeks attendit, se balançant d'un pied sur l'autre pendant qu'on l'observait par le judas. Ce fut Tommy en personne qui lui ouvrit la porte.

— Si tu es là, c'est que tu as dû réussir ton coup.

— Alors tout est réglo, maintenant ?

— Entre. Viens prendre un verre.

Tommy était amateur de whisky-soda. Weeks était encore si excité que l'alcool lui monta aussitôt à la tête.

— Tu veux savoir comment j'ai réussi ce coup-là ?

— Bien sûr. Attends une minute, on a quelque chose à terminer. Éteins cette lumière.

Le videur de Tommy poussa l'interrupteur et la pièce fut plongée dans la pénombre. Lorsqu'il souleva une trappe montée sur des charnières, Weeks constata qu'une ouverture carrée avait été sciée entre le plancher et le plafond de la pièce du dessous pour y disposer un panneau de verre fumé.

— C'est ma dernière trouvaille, gloussa Tommy. Un miroir sans tain. On voit tout ce qui se passe là-dessous, et eux, quand ils regardent le plafond, ils ne voient que leurs propres bobines.

Weeks baissa les yeux pour observer la salle de jeu en contrebas. Six hommes étaient installés autour d'une table de poker réservée aux enjeux importants. Il reconnut l'un d'eux, l'un des meilleurs tricheurs professionnels de New York. Puis un autre, Willy the Roper, dont le rôle consistait à rassembler des pigeons.

— Qui doit se faire plumer ?

— Le rupin avec la cravate rouge.

— Riche ?

— D'après O'Shay, ce sont les anciens de Harvard qui portent ces cravates rouges.

— C'est quoi, son business ?

— Il vend des vivres à la Navy.

Weeks songea que ce devait être un bon moyen de s'enrichir. Les affaires en relation avec la marine étaient en plein boom. Si le commodore trafiquait des jeux de poker pour délester de leur argent des gentlemen tels que celui-ci plutôt que de dévaliser des trains de marchandises, il avait fait des progrès.

— Qu'est-ce que vous allez faire de ce type ?

— Eyes O'Shay dit qu'il veut le lessiver et lui prêter du fric pour qu'il perde encore plus.

— Eyes veut obtenir quelque chose de lui, on dirait.

L'ESPION

— Il n'aura pas de mal. Ce Whitmark est un flambeur.

— Et toi, qu'est-ce que tu y gagnes ? demanda Weeks en se servant un autre whisky-soda.

— Ça fait partie de notre arrangement, répondit Tommy. Eyes s'est montré très généreux. S'il veut que monsieur Whitmark perde son blé au poker et s'enfonce encore plus pour continuer à flamber, je me ferai un plaisir de l'aider.

Alors que Weeks se servait son troisième verre, il lui vint à l'esprit que le commodore se montrait en général beaucoup plus discret. Il se demanda ce qui le rendait soudain si bavard. Bon Dieu ! Et s'il lui demandait de rejoindre le gang Gopher ?

— Alors, tu veux savoir comment j'ai eu Bell ?

Tommy referma la trappe et fit signe à son videur de rallumer.

— Tu vois ça, sur la table ? demanda-t-il en se tournant vers Weeks. Tu sais ce que c'est ?

— C'est un téléphone.

L'appareil était flambant neuf, tout brillant. C'était un téléphone à colonne, comme ceux qu'on voyait dans les meilleures boîtes.

— Tu te modernises, Tommy. Je ne savais pas que tu en avais un de ce genre-là.

Le commodore agrippa Weeks par les revers de sa veste, le souleva du sol sans effort apparent, et l'envoya contre le mur d'un mouvement brutal. Weeks se retrouva au tapis, sonné, l'esprit en déroute.

— Quoi, mais que…

Tommy le frappa au visage.

— Tu n'as pas tué Bell, rugit-il. Grâce à ce téléphone que tu vois là, je sais que Bell est en train de mettre tout le personnel de ce club sur le gril.

— Quoi ?

— On m'a appelé pour me dire que le détective Van Dorn était vivant. Tu ne l'as pas tué.

Iceman Weeks sortit le pistolet « emprunté » au détective de l'hôtel Cumberland. Le videur de Tommy lui marcha sur la main et ramassa l'arme.

*

Le directeur du Yale Club réveilla tout le personnel, qu'il rassembla dans la grande cuisine de l'étage supérieur. Tous connaissaient Isaac Bell, un client régulier qui se souvenait toujours de leurs noms et savait se montrer généreux à l'époque de Noël, lorsque la règle interdisant les pourboires était suspendue. Tous – intendante, barman, employés de la réception, femmes de chambre, portiers – ne demandaient qu'à lui venir en aide.

— D'où vient la malle qui était posée près de ma porte au deuxième étage ? leur demanda-t-il.

Aucun ne sut répondre. Elle n'était pas là à dix-huit heures, à la fin du service de jour. Un serveur de nuit l'avait remarquée à huit heures alors qu'il s'occupait du room service. Le liftier n'avait rien remarqué, mais il reconnut s'être accordé une longue pause repas entre dix-huit heures et vingt heures. Matthew, qui était resté à la porte d'entrée après que Bell l'eut interrogé en privé, accourut soudain.

— La nouvelle blanchisseuse, monsieur Bell ! Je l'ai trouvée en larmes sur le trottoir d'en face.

Bell se tourna vers l'intendante.

— Qui est cette blanchisseuse, madame Pierce ?

— C'est Jenny Sullivan, une nouvelle. Elle ne loge pas encore ici.

— Matthew, vous pouvez la faire venir ?

Jenny Sullivan, petite et brune, tremblait de peur.

— Asseyez-vous, mademoiselle, lui ordonna Bell.

La jeune femme resta figée près de la chaise.

— Je ne voulais faire de tort à personne.

Bell voulut la réconforter en lui posant la main sur le bras.

— N'ayez pas peur, je…

Jenny poussa un cri de douleur et se recroquevilla.

— Qu'y a-t-il ? demanda le détective. Je suis désolé, je ne voulais pas vous faire mal. Madame Pierce, vous voulez bien vous occuper de Jenny ?

L'intendante compatissante éloigna la jeune femme en lui parlant avec douceur.

— Eh bien je pense que tout le monde peut retourner se coucher, déclara Bell. Bonne nuit et merci pour votre aide !

Lorsque madame Pierce revint elle avait les larmes aux yeux.

— Cette fille a été rouée de coups des épaules jusqu'aux pieds, confia-t-elle à Bell.

— Vous a-t-elle dit qui lui avait fait subir un tel traitement ?

— Un certain Weeks.

— Merci, madame Pierce. Faites-la conduire vers un hôpital, le meilleur de la ville, et surtout pas dans le quartier où elle vit. Je paierai tout. Ne lésinez sur rien. Voici de l'argent pour les premiers frais.

Bell ouvrit la main de l'intendante pour y glisser les billets et se hâta de regagner sa chambre.

Avec célérité et méthode, il nettoya son Browning et remplaça la balle manquante. Tout en se demandant une fois de plus si un calibre supérieur lui aurait permis d'arrêter Weeks avant qu'il poignarde Alasdair McDonald, il sortit un Colt .45 de son petit coffre-fort. Il en profita pour vérifier que son pistolet de poche était chargé et se coiffa de son chapeau. Il fourra le Colt et des munitions pour les deux armes dans la poche de son manteau et dévala l'escalier quatre à quatre.

Matthew eut un mouvement de recul en voyant l'expression de son visage.

— Tout va bien, monsieur Bell ?

— Je sais bien que vous ne fréquentez pas ce genre d'établissement, Matthew, mais est-ce que vous connaissez l'adresse du bar-saloon du commodore Tommy ?

— Je crois que c'est tout au bout de la 39e Rue Ouest, pas loin de l'Hudson. Mais si je devais « fréquenter ce genre d'établissement », comme vous dites, je n'irais pas seul.

21

BELL SE PRÉCIPITA HORS DU CLUB à une telle vitesse que les passants qui se trouvaient là s'écartèrent pour le laisser passer. Il traversa la 6e et la 7e Avenue, ignorant le meuglement des cornes d'avertisseurs, puis bifurqua vers le centre sur la 8e. Sur les trottoirs presque déserts, il forçait l'allure, mais il ne parvenait pas à fuir la colère noire qui faisait battre ses tempes. Arrivé sur la 39e Rue Ouest, il se mit à courir.

Sur son chemin, un officier de police en patrouille, un homme à la carrure imposante armé d'un revolver et d'une matraque de plus de soixante centimètres, le toisa, puis traversa la rue d'un pas tranquille. Sur la 9e Avenue, des groupes d'hommes, et quelques femmes, la plupart assez âgés, sans doute des sans-abris, s'étaient rassemblés sur les rails du tramway, sous le métro aérien. Ils regardaient en l'air entre les sombres colonnes qui soutenaient les rails du métro. Bell se fraya un passage parmi eux, puis il s'immobilisa soudain. Un homme vêtu d'un costume était pendu par le cou à une corde attachée à une traverse de chemin de fer.

Au-dessus de leurs têtes, un train express passa dans un grondement de tonnerre sur la voie centrale.

— Le gang Gopher a veillé à ce que Iceman ait le temps de se voir mourir, on dirait, murmura une voix tandis que le fracas du train s'éloignait et que le silence retombait.

Bell comprit ce que l'homme avait en tête. Les mains du mort n'étaient pas attachées. Ses doigts étaient coincés dans le nœud coulant comme s'il tentait encore de desserrer la corde. Ses yeux sortaient de leurs orbites et sa bouche était figée en une affreuse grimace. Mais au-delà de ce masque de mort, aucun doute n'était permis ; il s'agissait bien de l'homme qui avait assassiné Alasdair McDonald à Camden.

— Iceman s'est peut-être suicidé, ricana un ivrogne.

— Bien sûr, rétorqua son compagnon d'un ton sarcastique. Peut-être aussi que le Pape est passé voir le commodore Tommy pour boire une bière avec lui.

Les deux hommes éclatèrent de rire. Une vieille femme édentée se tourna vers eux.

— On ne se moque pas des morts !

— Il a eu ce qu'il méritait. Maudit gangster.

— Les Gopher ne tuent pas un type parce que c'est un salaud, bande d'abrutis, grogna un vieil homme au chapeau informe. Ils ont buté Iceman parce qu'il commençait à être trop gourmand.

Isaac Bell se fraya un chemin à travers la foule de badauds et poursuivit son chemin vers l'ouest.

Ils avaient tous tort. Les Gopher avaient tué Iceman Weeks pour briser la chaîne d'indices qui reliait leur patron au meurtre de Camden. Une sorte de justice rudimentaire et brutale. Sauf que la sentence n'avait été exécutée que pour protéger quelqu'un. Mais comment, désormais, trouver le lien entre l'assassinat d'Alasdair et l'espion qui l'avait commandité ?

Bell sentait maintenant le vent froid qui venait du fleuve ; il entendait les cornes des navires et le hululement des remorqueurs. Weeks était mort, et il était toujours aussi éloigné de la pièce manquante du puzzle : l'espion qui complotait la mort des créateurs du projet Hull 44.

Bell accéléra le pas, puis s'arrêta soudain sous une enseigne fixée au-dessus du rez-de-chaussée d'un immeuble délabré en brique rouge, si vétuste qu'il ne possédait même pas d'escalier de secours. Sur l'enseigne, on pouvait lire, en lettres blanches délavées sur fond gris : *Bar-saloon du commodore Tommy*.

Le bâtiment évoquait plus une forteresse qu'un saloon. Une lumière parcimonieuse filtrait à travers les fenêtres munies de barreaux. Bell entendit des voix à l'intérieur, mais lorsqu'il essaya d'ouvrir la porte d'entrée, il constata qu'elle était verrouillée. Il sortit son Colt .45 de son manteau, tira quatre balles autour de la poignée et l'ouvrit d'un coup de pied.

Il franchit le seuil en une seconde, se glissa de côté dans une salle de bar peu éclairée et resta plaqué dos au mur. Une douzaine de Gopher s'éparpillèrent, renversant les tables pour s'accroupir derrière.

— Le premier que je vois avec une arme, je l'abats, annonça-t-il.

Les voyous le contemplèrent, bouche bée. Des regards furtifs se dirigèrent vers la porte, vers lui, et derrière lui, puis échangèrent des expressions de surprise : Bell était seul. Les hommes commencèrent à se relever, menaçants.

Bell fit passer le Colt dans sa main gauche, et de la droite, il tira son Browning de sa poche de manteau.

— Je veux voir vos mains. Tout de suite !

À la vue du détective furieux collé contre le mur et balayant la pièce du canon de ses deux armes, la plupart des Gopher posèrent leurs armes et levèrent les mains. Bell visa deux hommes qui n'avaient pas obtempéré.

— Tout de suite ! répéta-t-il. Sinon, je fais un carnage.

Un antique pistolet d'arçon apparut, le canon béant. D'un seul tir, Bell le fit sauter de la main du gangster. L'homme hurla de douleur et de surprise. L'autre levait un lourd fusil à double canon scié de gros calibre, capable de couper un homme en deux. Bell se jeta de côté tout en faisant feu de son Browning. L'endroit où il se trouvait une seconde plus tôt fut aussitôt criblé de chevrotine. Un plomb perdu lui tailla un sillon brûlant dans le bras gauche avec un impact aussi violent que le coup de sabot d'une mule. Il faillit lâcher son Browning. Il roula sur le sol et se releva, ses deux armes prêtes à tirer, mais l'homme au fusil était étalé sur le dos et s'empoignait l'épaule.

— Lequel parmi cette bande de salopards est Tommy Thompson ?

— Il n'est pas là, monsieur.

Bell songea un instant que la rage qui lui déformait le visage et assurait sa domination sur ces hommes pouvait aussi fausser son jugement. Mais quelle importance ?

— Où est-il ?

— Il a deux nouvelles affaires, à la fois bars et salles de jeu ; il doit être dans l'une ou l'autre.

— Où ?

Venant des tréfonds de sa conscience, une petite voix intérieure le mettait en garde : il allait peut-être bien se faire tuer en agissant de la sorte. Mais celle du combattant qui était en lui, plus proche de la surface, lui rétorquait que personne dans cette salle de bar ne mettrait fin à ses jours. En une fraction de seconde, il évalua les termes de la contradiction. C'était trop facile. Il y avait douze Gopher dans la pièce. Seuls deux avaient sorti une arme. En toute logique, les autres auraient dû le cribler de plomb. Mais au lieu de cela, ils le regardaient, bouche grand ouverte, les yeux écarquillés.

— Où ?

— Je ne sais pas, monsieur.

— Dans l'un de ses autres établissements.

La peur et la confusion perceptibles dans leurs voix éveilla l'attention de Bell, qui regarda les armes que les voyous avaient laissées tomber à terre : des coups de poing américains, des matraques, des couteaux... Aucune arme à feu. Soudain, il comprit. Ces hommes étaient vieux, il leur manquait des dents, ils étaient voûtés, balafrés. Les laissés-pour-compte des taudis de Hell's Kitchen, où l'on était vieux à quarante ans, et sénile à cinquante.

Les nouvelles affaires du commodore. C'était là qu'était l'explication. Le commodore Tommy Thompson avait gravi un échelon dans la hiérarchie du crime et abandonné les pauvres diables à leur sort. Et ils étaient là, terrorisés par un détective enragé qui ouvrait la porte à coups de feu et abattait les deux seuls hommes encore assez vifs pour se battre.

Bell retrouva son calme et vit la réalité sous son aspect le plus cru.

Le vent du changement soufflait sur Hell's Kitchen, et il commençait à comprendre pourquoi. Les vieux gangsters perçurent le changement de son expression, soudain adoucie.

— Pouvons-nous baisser les bras, monsieur ? demanda l'un d'eux d'une voix fluette.

— Non. Laissez-les bien en vue.

L'avertisseur d'un taxi beugla soudain dans la rue.

Bell y jeta un coup d'œil rapide. Le taxi s'arrêtait. Cinq vétérans de l'agence Van Dorn, accompagnés d'une jeune recrue prometteuse, en sortirent, le visage sombre, les armes à la main. Une escouade de policiers de New York suivait à pied. Harry Warren, le spécialiste des gangs, dirigeait les détectives de l'agence. Un fusil à canon scié était pressé contre sa jambe et un revolver dépassait de sa ceinture. Il passa une liasse de billets au jeune détective et lui fit signe d'aller négocier avec les policiers. Il se planta ensuite en face du bar-saloon avec un regard qui trahissait son envie de le raser pierre par pierre.

C'est ce moment que choisit Bell pour sortir de l'immeuble.

— Salut, les gars.

— Isaac ! Tout va bien ?

— Comme sur des roulettes. Qu'est-ce que vous faites là ?

— Le portier du Yale Club nous a appelés au Knickerbocker. Il avait l'air de se faire du souci. Selon lui, tu risquais d'avoir besoin d'un coup de main.

— Ce bon Matthew est une vraie mère poule.

— Mais qu'est-ce que tu fiches ici ?

— Je me baladais.

— Tu te baladais ? répéta Warren, tandis que ses agents lançaient des regards dubitatifs du haut en bas de la rue sombre et crasseuse. Tu te baladais ?

Tous les hommes se tournèrent vers Bell.

— Et c'est sans doute un moustique qui a percé ce trou dans votre manche ? remarqua un agent.

— Le même moustique qui a fait exploser la serrure ? demanda un second.

— Et qui a tenu en respect tous ces voyous à l'intérieur ? insista un troisième.

Harry Warren fit un signe au jeune agent qui s'approchait.

— Eddie, demande aux flics d'envoyer une ambulance.

— Eh bien je crois que ma soirée s'arrête là, les gars, dit Bell en souriant. Merci d'être venus ! Harry, si tu veux bien me raccompagner, j'aurais quelques questions à te poser.

Harry tendit son fusil à un autre détective, fourra son revolver dans la poche de son manteau et passa un mouchoir à Isaac Bell.

— Tu saignes.

Bell appliqua le mouchoir sur sa blessure. Ils marchèrent jusqu'à la 9e Avenue. Les flics avaient établi un cordon de sécurité autour de l'endroit où Weeks était pendu sous les rails du métro aérien. Des pompiers tenaient des échelles sur lesquelles des employés de la morgue grimpaient pour décrocher le corps.

— Pour ce qui est de trouver le lien entre Iceman Weeks, Tommy et notre espion, c'est plus que compromis, fit remarquer Harry.

— C'est justement de ce lien dont je voulais te parler, dit Bell. On dirait que Tommy Thompson est en train de se faire une place au soleil.

Harry hocha la tête.

— Oui, j'ai entendu des rumeurs dans le quartier. On dit que les Gopher ont tendance à rouler des mécaniques en ce moment.

— Je voudrais que tu découvres qui sont les nouveaux amis du commodore. Et je suis prêt à parier qu'avec ça, on trouvera le lien.

— Tu as peut-être visé juste. Je m'en occupe. Oh, j'oubliais, ils m'ont donné ça quand je suis sorti du bureau, ajouta Warren en fouillant sa poche. Un télégramme pour toi, du bureau de Philadelphie.

Ils venaient d'atteindre le coin de la 42e Rue. Bell s'arrêta sous un réverbère.

— Mauvaises nouvelles ? lui demanda Warren.

— Peut-être une piste ; un Allemand qui rôde dans le coin de Camden.

— Ce n'était pas un Allemand qui était suspecté dans l'accident de Bethlehem ?

— C'est une possibilité.

— Et il se passe quelque chose de spécial, à Camden ?

— Le lancement du cuirassé *Michigan*.

22

L'ESPION CONVOQUA SON AGENT ALLEMAND en lui envoyant un message laconique à sa pension de Camden. Ils se retrouvèrent à Philadelphie dans la cabine d'un veilleur, sur un chaland amarré à la rive ouest du Delaware. Le chantier naval se trouvait juste en face, de l'autre côté du fleuve grouillant d'activité. À travers le trafic incessant des remorqueurs, des bateaux-phares, des allèges, des navires de guerre et des ferries noyés dans la fumée de charbon, ils distinguaient la poupe du Michigan dont les hélices saillaient à l'arrière du hangar qui recouvrait la cale de construction. À cet endroit, la largeur du fleuve ne dépassait pas huit cents mètres, et les deux hommes entendaient les coups de tambour réguliers des charpentiers qui mettaient en place les cales de blocage.

Les ouvriers du chantier avaient construit un immense ber en bois, assez solide pour permettre au navire de 16 000 tonneaux posé sur des rails graissés de glisser de la cale de construction jusqu'à son élément naturel. Ils étaient à présent en train de le rehausser en y insérant des cales. Lorsque celles-ci presseraient bien le ber contre la coque, ils continueraient à les enfoncer jusqu'à ce que le navire se soulève.

L'Allemand était d'humeur morose.

— Écoutez. Dites-moi ce que vous entendez.

— Ils martèlent les cales de blocage pour les enfoncer.

Un peu plus tôt, l'espion était passé à bord d'un canot à vapeur observer le travail sous la coque, peinte d'une couche d'antirouille de couleur terne. Le travail de « martelage » s'effectuait à l'aide de longues perches dont l'extrémité était pourvue d'une tête massive.

— Les cales de blocage sont minces, dit-il. Peut-on mesurer l'élévation du ber à chaque coup porté ?

— Pour cela, il faudrait un micromètre.

— Combien y a-t-il de cales ?

— *Gott in Himmel*, je n'en sais rien. Des centaines.

— Un millier ?

— Peut-être.

— Est-ce qu'une seule de ces cales pourrait soulever le ber sous la coque ?

— Impossible.

— Est-ce qu'une seule de ces cales pourrait soulever le ber et la coque de la cale de construction ?

— Impossible.

— Tous les Allemands doivent faire leur devoir, Hans. Si l'un d'eux échoue, c'est un échec pour tous les Allemands.

Hans se tourna vers l'espion avec une singulière expression de détachement.

— Je ne suis pas un idiot, *mein Herr*. Je comprends le principe. Ce qui me perturbe, ce n'est pas l'opération en elle-même, mais ses conséquences.

— Je sais très bien que vous n'êtes pas un simple d'esprit. J'essaie seulement de vous aider.

— Je vous remercie, *mein Herr*.

— Est-ce que vous craignez ces détectives ? demanda l'espion sans trop y croire.

— Non. Je pourrai les éviter jusqu'au dernier moment. Le laissez-passer que vous m'avez procuré m'en débarrassera. Lorsqu'ils comprendront mes intentions, il sera trop tard.

— Craignez-vous de ne pas en sortir vivant ?

— Il serait surprenant que je survive, mais c'est un problème que j'ai réglé avec ma conscience. Ce n'est pas cela qui me déstabilise.

— Voilà qui nous ramène à la question fondamentale, Hans. Voulez-vous que des navires américains coulent des navires allemands ?

— C'est peut-être l'attente qui me tue. Où que j'aille, je les entends marteler ces cales de blocage. Comme une horloge. Tic-tac. Tic-tac. Elle continue son tic-tac pour des innocents qui ignorent qu'ils vont mourir. Cela me rend fou. Mais qu'est-ce que vous faites ?

L'espion lui ouvrait la main pour y glisser de l'argent. Hans eut un mouvement de recul.

— Je ne veux pas d'argent.

L'espion lui agrippa le poignet avec une force étonnante.

— Il faut vous détendre. Trouvez une fille. La nuit passera beaucoup plus vite, dit-il en se levant soudain.

— Vous partez ?

Hans parut effrayé. Terrorisé à l'idée de rester seul avec sa conscience.

— Je ne serai pas loin. Je verrai tout.

L'espion gratifia Hans d'un sourire rassurant et lui donna une tape sur l'épaule.

— Allez trouver cette fille. Profitez de la nuit. L'aube se lèvera avant même que vous ne vous en aperceviez.

23

DES SERVEURS ARBORANT DES NŒUDS PAPILLON striés de rouge, de blanc et de bleu distribuaient des sandwichs au cresson et du vin blanc frappé dans le pavillon des invités de marque. Les barmen, dont les manches arboraient des ornements tout aussi patriotiques, faisaient rouler des fûts de bière et des chariots d'œufs durs vers la tente des ouvriers du chantier, sur la rive. Une chaude brise dérivait à travers l'énorme hangar qui recouvrait la cale de construction. Les rayons du soleil filtraient par les panneaux de verre du toit, et la moitié de la population de Camden semblait s'être donné rendez-vous pour célébrer le lancement du cuirassé *Michigan*, dont les 16 000 tonneaux tenaient en équilibre à l'extrémité la plus haute des rails enduits de graisse qui descendaient vers le fleuve.

Le hangar résonnait encore du fracas de l'acier contre le bois, mais le rythme s'était ralenti. Les cales de blocage avaient presque soulevé le navire de ses blocs de construction. Seules quelques-unes, insérées sous la quille et le fond de cale, séparaient le Michigan du ber sur lequel il descendrait jusqu'à l'eau.

La plateforme de lancement prévue pour la cérémonie, drapée de guirlandes rouges, bleues et blanches, entourait la proue d'acier du bâtiment. Une bouteille de champagne, enveloppée d'un filet pour empêcher les éclats de verre de s'éparpiller et elle aussi ornée de rubans aux couleurs du drapeau, reposait dans une coupe garnie de roses.

La marraine du *Michigan*, une jolie jeune fille à la chevelure sombre à qui allait incomber l'honneur de baptiser le navire, était vêtue d'une robe de cérémonie à rayures et d'un chapeau noir à larges bords surmonté de plumes et de pivoines en soie. Elle ignorait les recommandations édictées sur un ton fiévreux par le secrétaire adjoint à la Marine – son père – qui lui conseillait d'éviter de reculer au moment crucial, mais plutôt de frapper de toutes ses forces au premier mouvement du navire, car aussitôt après, la coque serait hors de portée.

Son regard demeurait fixé sur un grand détective aux cheveux d'or, en costume blanc, qui semblait regarder partout à fois, sauf dans sa direction.

Isaac Bell n'avait pas dormi dans un lit depuis son arrivée à Camden deux jours plus tôt. Au départ, il pensait venir en compagnie de Marion, la veille de la cérémonie, et dîner ensuite à Philadelphie. Mais c'était avant qu'il reçoive ce télégramme urgent du bureau Van Dorn de la ville. D'inquiétantes rumeurs commençaient à circuler sur un mystérieux Allemand susceptible de compromettre le lancement. Les détectives envoyés auprès de la communauté allemande avaient eu vent de la présence d'un individu qui prétendait venir de Brême, mais parlait avec l'accent de la région de Rostock. Il disait vouloir travailler à la New York Shipbuilding Company, mais n'avait jamais déposé de candidature. Plusieurs ouvriers avaient en outre perdu de façon inexplicable le badge qui les autorisait à franchir les portes du chantier.

Le matin même, à l'aube, Angelo Del Rossi, le propriétaire à la redingote rouge du dancing de King Street où Alasdair MacDonald avait été assassiné, partit à la recherche d'Isaac Bell. Il lui raconta qu'une femme était venue le voir, bouleversée et effrayée. Un Allemand qui correspondait au signalement de l'homme de Rostock – grand, blond, avec des yeux vitreux – s'était confessé à elle. À son tour, elle avait jugé bon d'en avertir Del Rossi.

— C'est une ouvrière à temps partiel, Isaac, si tu vois ce que je veux dire.

— J'ai entendu parler de ce genre d'arrangements, répondit Bell. Qu'a-t-elle dit au juste ?

— L'Allemand avec qui elle se trouvait a laissé échapper des propos mystérieux comme quoi des innocents ne devaient pas mourir. Elle lui a demandé ce qu'il entendait par là. Ils avaient bu. Il est retombé dans le silence, puis a continué à marmonner, comme le font souvent les buveurs, disant que la cause était juste, mais les méthodes condamnables. Elle lui a encore demandé de préciser ces dires. Et là, il s'est effondré et s'est mis à pleurer. Il a ajouté, et cette femme prétend le citer au mot près : « Le cuirassé sera détruit, mais des hommes mourront. »

— Vous la croyez ?

— Elle n'avait rien à gagner en venant me voir, sauf peut-être une conscience apaisée. Elle connaît les hommes qui travaillent au chantier, et ne veut pas qu'il leur arrive du mal. Et elle a été assez courageuse pour se confier à moi.

— Il faut que je lui parle.

— Elle ne voudra pas. Elle ne voit aucune différence entre les détectives privés et les flics, et elle n'aime pas les flics.

Bell sortit une pièce d'or de l'intérieur de sa ceinture et la tendit au propriétaire du dancing.

— Aucun flic ne la paierait vingt dollars pour qu'elle parle. Donnez-lui cette pièce. Dites-lui que j'admire son courage et que je ne ferai rien qui puisse la mettre en danger, ajouta-t-il en lançant un regard acéré à Del Rossi. Et vous ? Vous me croyez, n'est-ce pas ?

— Pourquoi croyez-vous que je sois venu vous voir ? Je vais voir ce que je peux faire.

— La somme est-elle suffisante ?

— C'est plus que ce qu'elle peut gagner en une semaine.

Bell lui tendit plus d'argent.

— Voilà pour une autre semaine. C'est d'une importance vitale, Angelo. Merci.

La jeune femme s'appelait Rose. Elle n'indiqua aucun autre nom lorsqu'Angelo organisa un rendez-vous dans l'arrière-salle de son dancing, et Bell n'en demanda pas plus. Hardie et pleine d'assurance, elle répéta tout ce qu'elle avait raconté à Del Rossi. Bell continua à la faire parler, la sondant avec subtilité, et elle finit par lui citer les derniers mots de l'Allemand avant son départ du box qu'ils avaient loué dans un bar de bord de mer : « Ce sera fait. »

— Est-ce que vous le reconnaîtriez ?

— Oui, je crois.

— Aimeriez-vous devenir une employée temporaire de l'agence de détectives Van Dorn ?

*

Rose arpentait à présent le chantier, vêtue d'une robe blanche estivale, en compagnie de deux agents Van Dorn à la forte carrure, déguisés en ouvriers venus fêter l'événement. Elle était censée se présenter comme leur sœur cadette. Une douzaine de détectives supplémentaires passaient le chantier au peigne fin, vérifiant et revérifiant l'identité de tous ceux qui travaillaient près du *Michigan*, en particulier les charpentiers qui enfonçaient les cales de blocage juste sous la coque. Ces hommes devaient porter des badges spéciaux fournis par l'agence Van Dorn – et non par le chantier – pour le cas où des espions se seraient infiltrés dans les bureaux de la compagnie.

Les estafettes qui venaient faire leur rapport à Isaac Bell sur la plateforme avaient été choisies pour leur apparence juvénile. Ordre leur avait été donné de se donner l'allure d'innocents étudiants : costumes d'été, canotiers, cols ronds et cravates, de façon à ne pas inquiéter la foule venue rendre hommage au tout nouveau navire.

Bell avait insisté pour que le lancement soit reporté, mais sans succès, car il était impensable d'annuler la cérémonie. Les enjeux étaient trop importants, lui avait expliqué Falconer, et toutes les organisations participantes protesteraient si tel devait être le cas. Le chantier était fier de lancer le *Michigan* en avance sur le *South Carolina*, du Cramp's Shipyard, qui devait suivre quelques semaines plus tard. La Navy tenait à ce que le navire fût mis à flot aussi tôt que possible afin de l'équiper et de l'armer sans délai. Et personne au sein du cabinet du président Roosevelt n'aurait osé l'informer d'un quelconque retard.

La cérémonie devait débuter à onze heures précises. Le capitaine Falconer avait averti Bell que l'horaire serait respecté. Bell songea que dans moins d'une heure, le *Michigan* glisserait sans effort de sa cale de construction ou, si le saboteur allemand parvenait à ses fins, terminerait sa carrière avant de l'avoir commencée, au prix de nombreuses vies innocentes.

La fanfare de la Marine commença à jouer un pot-pourri de morceaux de John Philip Sousa, et la plateforme de cérémonie, le seul emplacement d'où l'on pourrait voir la bouteille de champagne s'écraser sur la proue, se mit à grouiller de centaines d'invités privilégiés. Bell repéra le secrétaire d'État à l'Intérieur, trois sénateurs, le gouverneur du Michigan et plusieurs membres du dynamique « cabinet de joueurs de tennis » du président Roosevelt.

Les grands patrons de la New York Shipbuilding Company montaient les marches de la plateforme en compagnie de l'amiral Capps, responsable en chef de la construction navale. L'amiral semblait d'ailleurs moins intéressé par la conversation des dirigeants du chantier que par celle de lady Fiona Abbington-Westlake, l'épouse de l'attaché naval britannique, une femme très séduisante à la soyeuse chevelure châtain. Isaac Bell l'observa avec discrétion. Selon les enquêteurs Van Dorn affectés à la traque aux espions, Lady Fiona dépensait plus que ne le permettaient les moyens de son mari. Pire encore, elle était l'objet d'un chantage de la part d'un Français du nom de Raymond Colbert. Personne ne savait quelle prise ce Colbert avait sur elle, ni d'ailleurs si cela concernait le fait que son mari dérobait des secrets à la marine française.

Le Kaiser Guillaume II était quant à lui représenté par le lieutenant Julian von Stroem, un attaché militaire au visage marqué de cicatrices sans doute dues à des coups de sabre. Marié à une amie américaine de Dorothy Langner, il était de retour des colonies allemandes d'Afrique de l'Est.

Soudain, mademoiselle Langner, en habits de deuil, s'écarta de la foule. Son amie au regard vif et à la chevelure rousse, que Bell avait remarquée dans le hall du Willard Hotel, était à ses côtés. Katherine Dee. Selon les mêmes enquêteurs, Katherine était la fille d'un immigrant irlandais qui était rentré chez lui après avoir fait fortune en construisant des écoles catholiques à Baltimore. Il était mort peu de temps après son retour au pays, et Katherine avait été élevée dans un couvent suisse.

Le séduisant Ted Whitmark suivait son sillage, serrait des mains, distribuait des tapes dans le dos et parlait fort.

— Le *Michigan* est sans conteste l'un des meilleurs bâtiments de combat de l'Oncle Sam, lançait-il à la cantonade.

Ted Whitmark s'était souvent montré inconséquent dans sa vie privée, buvant et jouant plus que de raison, du moins avant sa rencontre avec Dorothy Langner, mais selon l'enquête de l'agence, il était passé maître dans l'art de décrocher des contrats gouvernementaux.

Ted et Dorothy s'étaient rencontrés lors d'un repas de fruits de mer organisé par le capitaine Falconer – un événement typique des relations quasi incestueuses nouées entre les industriels, les politiciens et les diplomates qui gravitaient dans l'orbite de la « New Navy ». Ainsi que le faisait remarquer non sans cynisme Grady Forrer, de l'équipe d'enquêteurs Van Dorn : « C'est facile de découvrir qui couche avec qui. Le plus difficile, c'est de découvrir le pourquoi, et de comprendre comment ce fichu pourquoi fait passer les gens du simple profit à la promotion personnelle, à l'espionnage et pour finir, à déchaîner le chaos de l'enfer ! »

Bell vit un petit sourire se dessiner sur les lèvres de Dorothy Langner. Il regarda dans la même direction qu'elle et vit Farley Kent lui répondre par un signe de tête. Kent passa ensuite le bras autour de l'épaule de son invité, le lieutenant Yourkevitch, de la marine du Tsar, et se fondit dans la foule, comme pour éviter de se retrouver sur le chemin de Dorothy et de Ted. Celui-ci, qui n'avait rien remarqué, serra la main d'un vieil amiral.

— Un grand jour pour la Navy, monsieur. Un grand jour !

Les yeux de Dorothy se tournèrent dans la direction d'Isaac Bell et restèrent fixés sur lui. Isaac lui adressa un regard appréciateur. Il ne l'avait pas vue depuis la visite qu'il lui avait rendue à Washington, mais sur les conseils de Van Dorn lui-même, il l'avait appelée. Il lui avait annoncé qu'il espérait pouvoir rétablir enfin l'honneur de son père. La jeune femme l'avait remercié avec chaleur avant d'exprimer le souhait de le rencontrer à Camden lors du lunch qui suivrait le lancement du *Michigan*. Bell songea que s'ils pouvaient voir l'expression du regard de Dorothy en ce moment même, ni Farley Kent ni Ted Whitmark n'en seraient particulièrement ravis.

— Voilà un bien beau sourire, venant d'une jeune dame en deuil, murmura une voix à son oreille.

Marion Morgan se glissa derrière lui et se dirigea tout droit vers le capitaine Falconer. Avec son splendide uniforme blanc de cérémonie, sa belle tête bien droite sortant de son haut col, ses médailles étalées sur sa poitrine, son épée au côté, il avait tout du héros, songea-t-elle.

*

— Bonjour, mademoiselle Morgan ! s'écria Lowell Falconer avec chaleur. J'espère que vous passez un bon moment ?

La veille au soir, Marion et Isaac avaient dîné ensemble à bord du yacht du capitaine. Lorsque Bell lui avait promis qu'Arthur Langner serait lavé de tout soupçon de corruption, Marion avait ressenti une fierté qui en disait long sur son amour pour son fiancé. Pourtant, le capitaine devait l'admettre à contrecœur, il n'avait pas été fâché que le détective s'excuse de devoir le quitter tôt dans la soirée pour superviser une inspection sous le navire. Après son départ, Marion et lui avaient eu une longue conversation, de la conception des cuirassés au cinéma en passant par la guerre navale, la peinture d'Henry Reutendahl, la politique menée à Washington et la carrière de Falconer. Il s'aperçut après coup qu'il lui en avait dit plus sur son compte qu'il n'en avait eu l'intention.

Le héros de Santiago se connaissait assez bien pour savoir qu'il était presque tombé amoureux de la jeune femme. Il était en revanche inconscient du fait que celle-ci se servait à présent de lui, se frayant un passage à coups de salutations et de signes de tête à travers une foule de Japonais à la mise élégante.

— Pourquoi cette entreprise s'appelle-t-elle la New York Shipbuilding Company, alors qu'elle est établie à Camden ? demanda-t-elle pour meubler la conversation.

— Tout le monde se pose la question, expliqua Falconer en lui offrant son plus beau sourire, une lueur maligne dans le regard. Au départ, monsieur Morse comptait construire son chantier sur Staten

Island, mais Camden offrait de meilleures communications par chemin de fer, et on trouvait à Philadelphie des ouvriers spécialisés expérimentés. Mais pourquoi souriez-vous ainsi, mademoiselle Morgan ?

— Quand je vois la façon dont vous me regardez, je suis heureuse qu'Isaac soit dans les parages, et armé !

— Cela vaut mieux, en effet, répliqua Falconer d'un ton bourru. Toujours est-il que Camden possède le chantier naval le plus moderne au monde. Pour ce qui est de la construction de cuirassés, seul le Brooklyn Navy Yard le surpasse en capacité.

— Expliquez-moi cela, capitaine Falconer, lui demanda-t-elle en voyant sa proie approcher.

— C'est l'ensemble du processus de production qui est ultramoderne. Les pièces les plus importantes sont préfabriquées. Des grues à portique les transportent à travers le chantier avec autant de facilité qu'une ménagère le fait de ses ingrédients pour préparer un gâteau. Ces abris recouvrent les cales de construction, et le travail n'est donc pas retardé par de mauvaises conditions météorologiques.

— Ils me rappellent les studios en verre dont nous nous servons pour tourner en intérieur, mais ils sont beaucoup plus petits, bien sûr.

— Ils permettent aussi d'installer les divers équipements et armements avant le lancement du navire, et non après. Ainsi, le *Michigan* sera lancé avec tous ses canons.

Marion vit l'homme qu'elle surveillait s'arrêter et observer, à travers une ouverture dans un échafaudage, la longue ceinture de blindage du *Michigan*.

— Fascinant. Mais dites-moi, capitaine Falconer, de combien d'hommes se composera l'équipage du navire ?

— Cinquante officiers et huit cent cinquante hommes d'équipage.

Une pensée vint à l'esprit de Marion, si sinistre qu'elle assombrit aussitôt son visage.

— Cela fait beaucoup d'hommes dans un espace réduit, si le pire arrivait et que navire vienne à couler.

— Les bâtiments de guerre modernes sont des cercueils blindés, répondit Falconer avec une franchise brutale dont il n'aurait jamais fait preuve avec un civil autre que Marion. Leur conversation de la veille au soir avait établi entre eux une confiance empreinte de simplicité, et il était convaincu de la grande intelligence de la jeune femme.

— J'ai vu des Russes se noyer par milliers, poursuivit-il, lorsqu'ils combattaient les Japonais dans le détroit de Tsushima. Les navires coulaient en quelques minutes. À part les officiers de tir dans les mâts et quelques marins sur le pont, tous les hommes étaient piégés.

— Puis-je en conclure que nous cherchons à construire des navires qui coulent lentement, afin de donner aux hommes le temps de s'échapper ?

— Le but ultime d'un cuirassé, c'est de continuer à se battre quoi qu'il advienne, ce qui implique de protéger les hommes, les machines et les canons dans une forteresse blindée tout en conservant le navire à flot. Les marins qui survivent sont les vainqueurs.

— Et c'est aujourd'hui un grand jour, puisque nous lançons un bâtiment aussi moderne.

Sous ses sourcils épais, le capitaine Falconer lança un regard sombre à Marion.

— Entre vous et moi, mademoiselle, grâce au Congrès qui a limité son tonnage à 16 000 tonneaux, le franc-bord du *Michigan* est inférieur de deux mètres cinquante à celui du vieux *Connecticut*. Ce navire sera en permanence encore plus trempé qu'un poisson, et s'il parvient à dépasser les dix-huit nœuds, je veux bien manger ma casquette.

— Il est donc dépassé avant même son lancement ?

— Il ne sera utile qu'à escorter les convois les plus lents. Et s'il doit un jour affronter un vrai cuirassé, il vaudra mieux pour lui que le combat se tienne dans des eaux calmes. Bon Dieu ! Le mieux serait encore de le faire mouiller dans la baie de San Francisco pour accueillir les Japonais !

Une jeune fille menue portant un coûteux chapeau, fixé à sa chevelure rousse par des épingles ornées de l'opossum emblématique du candidat à la présidence William Howard Taft, s'approcha d'eux.

— Je vous prie de m'excuser, capitaine Falconer, vous ne vous souvenez sans doute pas de moi. J'avais passé un moment merveilleux lors du pique-nique à bord de votre yacht.

Falconer serra la main que la jeune femme lui tendait d'un air timide.

— Je me souviens très bien de vous, mademoiselle Dee, lui répondit-il en souriant. Si le soleil n'avait pas été de la partie, votre sourire l'aurait avantageusement remplacé ! Marion, je vous présente Katherine Dee. Katherine, voici mon excellente amie Marion Morgan.

Les grands yeux bleus de Katherine Dee s'élargirent.

— Vous êtes la réalisatrice de films ? demanda-t-elle, haletante.

— C'est bien moi.

— J'adore votre film, *Hot Time in the Old Town Tonight* ! Je l'ai déjà vu quatre fois !

— Je vous remercie !

— Est-ce que vous jouez parfois dans vos films ?

— Mon Dieu, non ! s'exclama Marion en riant.

— Et pourquoi ? intervint Falconer. Vous êtes une femme très séduisante.

— Je vous remercie, capitaine Falconer, répliqua Marion en adressant un rapide sourire à Katherine Dee, mais une apparence agréable ne se reflète pas toujours dans un film. La caméra a ses propres critères, et préfère certaines silhouettes ou certains traits.

Comme ceux de Katherine Dee, songea-t-elle. Pour quelque raison mystérieuse, les lentilles et l'éclairage semblaient toujours favoriser son type de physique, silhouette menue, visage large et grands yeux.

— Oh, j'aimerais tant assister au tournage d'un film ! s'écria Katherine, comme si elle venait de lire les pensées de Marion.

Celle-ci observa Katherine Dee avec plus d'attention. Pour une femme de sa taille, elle paraissait solide et forte. À un point étonnant. Derrière ses manières de petite fille enthousiaste, Marion percevait quelque chose qui l'intriguait. Mais n'était-ce pas justement la magie de la caméra, de transformer certaines particularités personnelles pour charmer le public ? La tentation était grande de vérifier si cette fille possédait en effet les qualités requises, et Marion était sur le point de lancer une invitation. Mais quelque chose chez cette fille la mettait mal à l'aise.

Elle sentit près d'elle Lowell Falconer se rengorger, comme à chaque fois qu'il voyait une jolie fille. Celle qui approchait était la grande brune qui avait échangé un regard avec Isaac un peu plus tôt.

Lowell Falconer fit un pas en avant et tendit la main.

De près, Marion trouva que Dorothy Langner était encore plus belle qu'elle ne l'avait imaginé d'après les descriptions qui lui en avaient été faites. Elle songea à un terme employé par son père, aujourd'hui à l'orée de la vieillesse après un long veuvage : *une sacrée beauté.*

— Dorothy, je suis enchanté que vous soyez venue, lança Falconer. Votre père aurait été fier de vous voir ici.

— Et je suis fière de voir ses canons déjà montés sur le navire. Ce chantier est magnifique. Vous vous souvenez de monsieur Whitmark ?

— Bien entendu, répondit Falconer en serrant la main de Ted Whitmark. J'imagine que vous aurez du pain sur la planche quand la flotte se réapprovisionnera à San Francisco. Dorothy, permettez-moi de vous présenter Marion Morgan.

Alors que chacun échangeait des politesses, Marion sentit qu'on la jaugeait d'un regard acéré.

— Et bien sûr, vous connaissez Katherine, dit Falconer pour terminer les présentations.

— Nous sommes arrivés ensemble par le train, dit Whitmark. J'ai loué un wagon privé.

— Veuillez m'excuser, capitaine Falconer, dit Marion, mais je vois là un gentleman qu'Isaac m'a demandé de rencontrer. Mademoiselle Langner, monsieur Whitmark, mademoiselle Dee, c'était un plaisir de faire votre connaissance.

*

Le martèlement des cales de blocage s'arrêta soudain. Le navire reposait désormais sur son ber. Isaac Bell se dirigea vers l'escalier pour une dernière inspection sous la quille.

Dorothy Langner l'intercepta en haut des marches.

— Monsieur Bell, j'espérais vous voir.

Elle lui tendit sa main gantée.

— Comment allez-vous, mademoiselle Langner ?

— Beaucoup mieux depuis notre récente conversation. Le fait que mon père soit hors de cause ne lui rendra pas la vie, mais c'est un vrai réconfort, et je vous en suis très reconnaissante.

— J'espère que nous disposerons bientôt de preuves définitives, mais comme je vous l'ai dit, je n'ai quant à moi aucun doute : votre père a été assassiné. Nous ferons en sorte que son meurtrier comparaisse devant la justice.

— Qui suspectez-vous ?

— Personne dont je puisse vous entretenir ici, mademoiselle. Monsieur Van Dorn vous tiendra informée.

— Isaac – je peux vous appeler Isaac ?

— Mais oui, si vous le souhaitez.

— Je vous ai dit quelque chose, un jour. J'aimerais que la situation soit claire.

— S'il s'agit de monsieur Whitmark, répondit Bell en souriant, sachez que je l'ai vu se diriger de ce côté…

— Je vous le répète, reprit Dorothy, je n'agis jamais dans la précipitation. Il doit d'ailleurs partir pour San Francisco.

Bell songea soudain que ce qui différentiait Marion et Dorothy, c'était aussi la façon dont elles considéraient les hommes. Dorothy se demandait s'il lui était possible d'en ajouter un à sa liste de conquêtes. Marion n'avait quant à elle aucun doute sur ses capacités de séduction, et ne se posait guère ce genre de questions. La différence était visible dans leurs sourires. Celui de Marion était aussi engageant qu'une étreinte. Celui de Dorothy était un défi. Bien sûr, Bell ne pouvait ignorer sa terrible fragilité, en dépit de son comportement audacieux. C'était un peu comme si elle se mettait en avant pour implorer qu'on la sauve de la perte de son père. Et Isaac Bell n'était pas convaincu que Ted Whitmark soit l'homme de la situation.

L'ESPION

— Ah, c'est vous ! Bell, c'est bien ça ? lança soudain Whitmark qui apparut en haut de l'escalier.

— Isaac Bell, précisa le détective en observant le fleuve où se rassemblaient les remorqueurs qui prendraient en charge le *Michigan* après le lancement. Excusez-moi, mais on m'attend sur les cales de lancement.

*

Avant de choisir son costume, Yamamoto Kenta avait étudié des photographies prises à l'occasion de lancements de navires de guerre américains. Il ne pouvait cacher le fait qu'il était japonais, mais plus il se conformerait au code vestimentaire ambiant, plus il serait libre d'arpenter le chantier à sa guise et d'approcher les invités de marque. En observant les autres passagers du train de Washington ce matin-là, il avait constaté avec une pointe de fierté que sa tenue était parfaite pour l'occasion : costume en crépon de coton bleu clair et blanc, et cravate vert pomme à nœud simple assortie au ruban de son canotier.

Arrivé au chantier, il eut de multiples occasions de se découvrir devant des dames, des personnages importants ou de vieux gentlemen. La première personne qu'il rencontra à son entrée sur le très moderne chantier de Camden fut le capitaine Lowell Falconer, le héros de Santiago. Ils avaient déjà eu une conversation à la fin de l'automne précédent, lors d'une cérémonie où avait été dévoilée une plaque de bronze gravée en hommage au commodore Thomas Tingey, le premier commandant du Washington Navy Yard. Yamamoto avait manœuvré pour faire croire à Falconer qu'il avait quitté la marine japonaise avec le grade de lieutenant pour renouer avec l'art, sa grande passion. Le capitaine lui avait fait l'honneur d'une visite rapide du chantier, à l'exception notable de la Gun Factory.

Mais ce matin, lorsque Yamamoto avait félicité le capitaine pour le lancement du premier cuirassé américain, Falconer s'était contenté – entre marins – d'un sec commentaire évoquant un « quasi-cuirassé », supposant sans doute que le Japonais, en sa qualité d'ancien officier de marine, ne manquerait pas de voir les défauts du *Michigan*.

Yamamoto porta à nouveau la main à son canotier, cette fois-ci à l'adresse d'une jeune femme blonde, élancée et séduisante.

À l'opposé des autres Américaines qui passaient devant lui en saluant d'un mouvement de tête le « petit Asiatique », ainsi qu'une mère l'avait caractérisé en s'adressant à sa fille, celle-ci le surprit en lui offrant un sourire chaleureux, avant de remarquer que le temps était idéal pour une telle occasion.

— Et pour l'éclosion des plus belles fleurs d'Amérique, lui répondit l'espion japonais, qui se sentait très à l'aise avec les femmes américaines. Il avait d'ailleurs séduit plusieurs épouses de personnalités importantes de Washington, qui s'étaient laissé convaincre qu'un conservateur d'art japonais en visite ne pouvait être que charmant, cultivé et merveilleusement exotique.

Après une telle remarque, la jeune personne ne pouvait que rompre la conversation, ou s'approcher de lui.

Il fut flatté de constater qu'elle choisissait la seconde solution. Ses yeux étaient d'un vert corail saisissant, et son comportement décidé.

— Nous ne sommes ni l'un ni l'autre des officiers de marine, lui dit-elle. Qu'est-ce qui vous amène ici ?

— Je travaille à la Smithsonian Institution, et c'est mon premier jour de congé, répondit Yamamoto, tout en constatant l'absence d'alliance sous le gant de coton qui couvrait la main gauche de la jeune femme – sans doute la fille d'une personnalité officielle. Un collègue du département d'Art m'a offert son billet ainsi qu'une lettre d'introduction qui me présente comme quelqu'un de bien plus important que je ne le suis en réalité. Et vous-même ?

— Le département d'Art. Vous êtes un artiste ?

— Un simple conservateur. Une importante collection a fait l'objet d'une donation à l'Institution. Ils m'ont demandé de dresser le catalogue d'une partie des œuvres. Une toute petite partie, ajouta l'espion d'un ton d'extrême modestie.

— Vous voulez parler de la collection Freer ?

— Oui ! Vous en avez entendu parler ?

L'ESPION   197

— Quand j'étais petite, mon père m'a un jour emmenée chez monsieur Freer à Detroit.

Yamamoto ne fut pas surpris d'apprendre que la jeune femme avait rendu visite au richissime fabricant de wagons de chemin de fer. Le milieu social qui gravitait autour de la New Navy se composait de privilégiés, de gens bien introduits et de nouveaux riches. De toute évidence, son aisance et son sens du style la classaient dans la première catégorie, loin du clinquant des parvenus.

— Et qu'avez-vous donc retenu de cette visite ?

Ses beaux yeux verts semblèrent s'inonder de lumière.

— Ce qui reste le plus cher à mon cœur, ce sont les couleurs des gravures d'Ashiyuki Utamaro.

— Celles sur le thème du théâtre ?

— Oui ! Les couleurs sont si vives, et en même temps elles se fondent de façon si subtile. Ses rouleaux, par comparaison, paraissent d'autant plus remarquables.

— Ses rouleaux ?

— La simplicité du noir sur le blanc dans sa calligraphie est si… si… Je ne trouve pas le mot. Si éclatante de clarté, comme s'il avait voulu démontrer que la couleur n'était pas essentielle.

— Mais Ashiyuki Utamaro n'a pas créé de rouleaux.

Le sourire de la jeune femme s'effaça.

— Est-ce que je me trompe ? s'écria-t-elle avec un petit rire qui alerta Yamamoto, soudain conscient que quelque chose allait de travers. Je n'avais que dix ans, ajouta-t-elle très vite. Pourtant, je suis certaine – mais non, je suppose que je fais erreur. Ne suis-je pas stupide ? C'est très embarrassant. Je dois vous paraître tout à fait idiote.

— Pas du tout, répondit Yamamoto d'une voix douce tout en jetant un regard furtif autour de lui pour voir si quelqu'un, sur la plateforme bondée, s'intéressait à leur conversation. Personne. Son cerveau travaillait à toute allure. Avait-elle tenté de le piéger en le forçant à révéler des failles dans son savoir artistique bien trop vite acquis ? Ou bien s'était-elle trompée ? Dieu merci, il savait qu'Ashiyuki Utamaro avait dirigé un grand atelier de gravure, et n'était pas l'un de ces artistes solitaires, menant une vie monastique et travaillant seuls avec quelques pinceaux, de l'encre et du papier de riz.

La jeune femme jetait des regards autour d'elle comme si elle cherchait à tout prix une excuse pour s'éclipser.

— Je crains de devoir vous laisser, dit-elle, je dois retrouver un ami.

Yamamoto porta la main à son canotier. Mais la séduisante fille lui réservait une autre surprise. Au lieu de prendre la fuite, elle lui tendit une main fine gantée de coton.

— Nous n'avons pas été présentés. J'ai beaucoup apprécié cette conversation. Je m'appelle Marion Morgan.

Yamamoto s'inclina, dérouté par son attitude. Peut-être devenait-il paranoïaque ?

— Yamamoto Kenta, répondit-il. À votre service, mademoiselle Morgan. Si vous visitiez la Smithsonian Institution, demandez à me voir.

— Je n'y manquerai pas ! s'exclama-t-elle avant de s'éloigner.

L'espion japonais, déconcerté, vit Marion Morgan fendre un océan de chapeaux fleuris d'une démarche élégante. Une rencontre semblait inévitable avec une femme au chapeau écarlate surmonté de roses en soie qui venait en sens inverse. Et en effet, les bords de leurs chapeaux s'inclinèrent de concert, formant une arche sous laquelle les joues se frôlèrent.

Yamamoto sentit sa mâchoire s'affaisser. Il reconnut la femme qui saluait ainsi Marion. C'était la maîtresse d'un capitaine de la marine française, un traître prêt à vendre sa propre mère pour un coup d'œil sur les plans d'un moteur gyroscopique hydraulique. Perplexe, il se retint d'ôter son propre chapeau pour se gratter la tête. Était-ce une coïncidence si Marion Morgan connaissait Dominique Duval ? Ou alors la belle Américaine espionnait-elle pour le compte de la perfide Française ?

Avant qu'il ait eu le temps de méditer plus avant sur la question, il dut une fois de plus soulever son canotier pour saluer une séduisante jeune femme vêtue de noir des pieds à la tête.

— Permettez-moi de vous présenter mes condoléances, dit-il à Dorothy Langner, qu'il avait rencontrée lors de la cérémonie en hommage au commodore Tingey, peu après que lui-même eut assassiné le père de la jeune femme.

*

Un maître-charpentier en salopette bleue à rayures servit de guide à Isaac Bell pour sa dernière inspection sous la coque. Ils parcoururent deux fois sa longueur, montant d'un côté et redescendant de l'autre.

La dernière des accores de bois qui enserraient la coque venait d'être enlevée, ainsi que les colombiers qui maintenaient la proue et la poupe en place. Là où peu de temps auparavant était amassée toute une forêt de poutres et de piliers de bois, une vue dégagée permettait à présent de contempler toute la longueur du ber. Il ne restait que quelques colombiers massifs encore appuyés contre la coque, qui étaient censés retomber dès que celle-ci commencerait à glisser sur ses rails de lancement graissés d'une épaisse couche de suif jaune.

Presque toutes les cales de quille triangulaires avaient été enlevées. Les dernières avaient été réunies quatre par quatre et boulonnées pour former des cubes. Les charpentiers étaient en train de défaire cet assemblage en dévissant les boulons qui les maintenaient attachés. Lorsque les triangles se séparèrent, le navire sembla encore alourdir son assise sur le ber. Avec des gestes vifs, les charpentiers défirent les derniers blocs qui retenaient la quille. Le *Michigan* pesa alors de son poids écrasant sur le ber, et le déplacement à peine perceptible des plaques d'acier et des rivets produisit un son semblable à un soupir.

— Le bâtiment n'est plus retenu que par ses cales de lancement, annonça le maître-charpentier à Bell. Un grand coup pour les débloquer, et le voilà parti !

— Voyez-vous s'il manque quelque chose ? demanda le détective.

Le maître-charpentier glissa ses pouces dans les poches de sa salopette et examina les alentours d'un regard précis. Des contremaîtres éloignaient les ouvriers des cales de lancement et les faisaient sortir de l'abri. Lorsque le martèlement des blocs de bois cessa, une atmosphère d'une tranquillité irréelle s'installa soudain. Bell entendit au loin les cornes des remorqueurs sur le fleuve et le murmure de la foule impatiente au-dessus de lui, sur la plateforme.

— Tout a l'air d'être à sa place, monsieur Bell.

— Vous en êtes certain ?

— Il ne leur reste plus qu'à fracasser cette bouteille de champagne sur la coque.

— Qui est cet homme avec une perche de martelage ? demanda Bell en désignant un homme qui venait d'apparaître, une longue perche sur l'épaule.

— Juste un brave type qui se fait un peu d'argent supplémentaire. Il est là pour débloquer les cales de verrouillage en cas de difficulté.

— Vous le connaissez ?

— C'est Bill Strong. Le neveu de mon beau-frère.

Un coup de sifflet à vapeur retentit, long et puissant.

— Nous ferions bien de ne pas traîner ici, monsieur Bell. Des tonnes de débris vont dégringoler de la coque dès qu'elle commencera à se déplacer. S'ils nous écrabouillent, on dira que le *Michigan* a la poisse, qu'il a été « lancé dans le sang ».

Ils reculèrent jusqu'à l'escalier qui montait à la plateforme. Le charpentier s'apprêtait à rejoindre ses hommes sur la rive et Bell les autres invités. Au moment où ils allaient se séparer, le détective jeta un dernier coup d'œil au ber, aux rails de lancement et à la coque rouge sombre. Tout au bout de la cale de construction, là où les rails plongeaient dans l'eau, de massives chaînes d'acier étaient empilées en boucles dont la forme évoquait un fer à cheval. Attachées au navire par des câbles de halage, ces chaînes permettraient de ralentir la descente du navire au moment où il glisserait dans l'eau.

— Que fait donc cet homme avec sa brouette ?

— Il apporte du suif pour graisser les rails.

— Vous le connaissez ?

— À vrai dire, non, pas vraiment. Mais voilà l'un de vos gars qui vient le contrôler.

Bell vit l'agent Van Dorn intercepter l'homme à la brouette, qui lui montra son laissez-passer rouge, sésame indispensable pour travailler sous la coque. Juste au moment où l'agent s'écartait en faisant signe à l'ouvrier de poursuivre son chemin, quelqu'un siffla et l'agent courut dans cette direction. L'ouvrier saisit les brancards de sa brouette, qu'il poussa vers les rails.

— Un vrai patriote, commenta le maître-charpentier.

— Que voulez-vous dire ?

— Il porte un de ces nœuds papillon rouges, blancs et bleus. Loyal envers l'Oncle Sam, il n'y pas de doute. À tout à l'heure, monsieur Bell. Arrêtez-vous un moment à la tente des ouvriers, je vous offrirai une bière ! dit-il en s'éloignant avec un petit rire. Je crois bien que je vais me payer moi aussi un de ces nœuds papillon pour la fête de l'Indépendance. Tous les serveurs en portent, sous la tente du patron.

Bell s'attarda un instant pour observer l'homme qui poussait sa brouette vers la proue du navire. Un individu de grande taille, mince, les cheveux cachés sous sa casquette. Il était le seul homme restant sur la cale de construction, à l'exception de Bill Strong, accroupi avec son bélier loin de là, près de la proue. Était-ce un hasard s'il portait le même nœud papillon que le personnel de restauration ? Avait-il franchi les contrôles en prétendant être un serveur jusqu'à ce que la voie soit libre pour pouvoir poursuivre ses activités sans se cacher ? Son laissez-passer avait cependant convaincu l'agent Van Dorn. Et même de loin, Bell avait pu constater que la couleur du document était conforme.

L'ouvrier se dépêcha de soulever des pelletées de suif de sa brouette pour en enduire les rails. Ses mouvements étaient si rapides, remarqua le détective, que son unique préoccupation semblait être de vider son chargement au plus vite.

Isaac Bell descendit les marches quatre à quatre. Il sortit son Browning et courut à toutes jambes sur toute la longueur de la coque.

— Redressez-vous ! Mains en l'air !

L'homme fit volte-face pour se tourner vers lui. Ses yeux étaient écarquillés. Il paraissait effrayé.

— Laissez tomber cette pelle. Levez vos mains.

— Que se passe-t-il ? J'ai mon laissez-passer, protesta l'ouvrier avec un accent allemand prononcé.

— Laissez tomber la pelle.

Il serrait le manche avec tant de force que les tendons saillaient comme des cordes sur le dos de ses mains.

Des acclamations résonnèrent sur la plateforme, au-dessus de leurs têtes. L'Allemand leva les yeux. Le navire tremblait. Bell leva lui aussi le regard, et sentit quelque chose bouger et tomber un peu plus haut. Du coin de l'œil, il vit une poutre épaisse comme une traverse de chemin de fer se détacher de la coque et dégringoler vers lui. Il fit un bond en arrière. La poutre s'écrasa là où il se tenait une seconde plus tôt, fit voler son chapeau à larges bords de sa tête et frôla ses épaules avec la puissance d'un cheval emballé.

Avant que Bell parvienne à retrouver son équilibre, l'Allemand fit tournoyer sa pelle, les dents serrées, avec la détermination féroce d'un lanceur de base-ball se préparant à un coup de circuit.

24

SANS LE MOINDRE SIGNE AVANT-COUREUR, la plateforme s'était mise à trembler.

Le silence tomba sur la foule.

Soudain, ce fut comme si après avoir passé trois ans à se construire, à s'alourdir, alors que chaque jour des tonnes d'acier étaient rivetées et boulonnées à d'autres tonnes d'acier, le cuirassé *Michigan* refusait d'attendre ne serait-ce qu'un instant de plus. Personne n'avait touché l'interrupteur électrique pour activer les béliers qui allaient débloquer les cales de verrouillage. Mais le *Michigan* avait bougé. D'un centimètre. Puis de deux.

— Maintenant ! cria le secrétaire adjoint à la Marine à sa fille d'une voix stridente.

La jeune fille, plus vive que son père, lançait déjà la bouteille.

Le verre éclata. La mousse du champagne jaillit à travers les mailles du filet.

— Je te baptise *Michigan*, entonna la demoiselle d'une voix forte et pure.

Les centaines de personnes qui se pressaient sur la plateforme applaudirent en poussant des acclamations. Les voix de milliers d'autres, trop éloignées pour avoir vu la bouteille s'écraser sur la coque ou le lent mouvement de la coque, mais alertés par les cris sur la plateforme, se joignirent à eux. Les cornes des remorqueurs et des steamers, sur le fleuve, résonnèrent à l'unisson. Sur les rails,

derrière l'abri, un conducteur de locomotive fit retentir le sifflet de
sa motrice. Petit à petit, le cuirassé gagna de la vitesse.

*

Sous le navire, la pelle de l'Allemand fit voler l'arme de Bell et
s'écrasa sur son épaule. Déjà, le détective était déséquilibré par la
chute de la poutre. Le coup de pelle le fit tournoyer sur lui-même.

L'Allemand se rua vers sa brouette et plongea les mains dans sa
cargaison gélatineuse, confirmant ce que Bell avait vu depuis
l'escalier. S'il avait enduit les rails de lancement de suif, ce n'était
pas seulement pour paraître travailler de façon innocente, mais
aussi pour masquer ce qu'il avait caché sous la couche graisseuse.
Avec un cri de victoire, l'homme brandit un paquet de bâtons de
dynamite serrés les uns contre les autres par du ruban élastique.

Bell bondit sur ses pieds. Il n'aperçut aucun fusible, aucune
mèche susceptible de provoquer l'explosion, ce qui signifiait que
l'Allemand devait disposer d'une amorce à percussion fonction-
nant par contact, qu'il comptait écraser contre le ber. Le visage du
misérable rayonnait d'un triomphe dément tandis qu'il courait vers
le ber en portant sa dynamite à bout de bras. Bell reconnut
l'expression intrépide et résolue des fanatiques prêts à mourir pour
accomplir leur œuvre de destruction.

Bell se lança à l'attaque de l'Allemand. Il parvint à le faire
tomber, mais la folie et la détermination qui animaient le criminel
lui donnèrent la force de se libérer. Pendant ce temps, le navire se
déplaçait avec lenteur ; il n'avait pas encore quitté l'abri ni atteint
le bord de l'eau. L'Allemand se releva et courut vers sa brouette.

Bell n'avait pas la moindre idée de l'endroit où avait atterri son
Browning. Son chapeau avait lui aussi disparu, et son petit pistolet
de poche avec. Il sortit son couteau de sa bottine, et le lança par le
haut d'un geste ample et fluide. La lame affûtée comme un rasoir
s'enfonça dans la nuque de l'Allemand. Celui-ci s'arrêta net, puis
vacilla en arrière en gesticulant comme pour écraser une mouche.
La blessure était grave, et ses genoux fléchirent. Il réussit pourtant
à tituber vers le navire en levant ses bâtons de dynamite en l'air,
mais le couteau de Bell lui avait coûté plus que quelques

précieuses secondes. Il s'arrêta un instant, droit sous la trajectoire d'une autre poutre qui dégringolait à son tour. Elle le frappa de plein fouet, lui écrasant la tête.

La dynamite s'échappa de sa main tendue vers le ciel. Isaac Bell plongea en avant, l'attrapa à deux mains avant que l'amorce à percussion heurte le sol, puis la tira vers sa poitrine d'un geste prudent tandis que la longue coque rouge du *Michigan* défilait devant lui.

Le sol trembla. Les chaînes de halage grondèrent avec un bruit de tonnerre. De la fumée commença à s'échapper du ber. Le *Michigan* accéléra et apparut dans l'eau baignée de soleil, emmenant avec lui l'odeur âcre du suif enflammé par la friction et déversant sur le fleuve des nuages d'embruns qui se paraient des couleurs de l'arc-en-ciel.

*

Pendant que tous les regards étaient fixés sur le navire à flot, Isaac Bell se saisit du corps de l'Allemand, qu'il poussa dans la brouette. Le détective Van Dorn qui avait vérifié le laissez-passer de l'Allemand arriva en courant, suivi d'autres agents.

— Emmenez ce gars à la morgue en passant par la porte de service avant que quiconque puisse le voir, leur ordonna Bell. Les ouvriers des chantiers navals sont superstitieux. Nous n'allons pas gâcher la fête.

Pendant qu'ils couvraient le corps de sciure et de copeaux de bois, il retrouva son Browning et remit son chapeau. Un agent lui tendit son couteau, qu'il rengaina dans sa bottine.

— Je suis censé participer au déjeuner en compagnie de ma fiancée. De quoi ai-je l'air ?

— De quelqu'un qui a repassé son costume à coups de pelle.

Tous les hommes sortirent leurs mouchoirs et frottèrent le pantalon et le manteau de Bell.

— Vous n'avez jamais pensé à porter quelque chose de plus sombre pour une occasion de ce genre ? demanda l'un d'eux.

*

— Tout va bien ? lui demanda Marion avec un regard interrogateur lorsqu'il pénétra dans le pavillon des invités.

— Tout se passe à merveille. Je suis en pleine forme.

— Tu as manqué le lancement.

— Pas tout à fait, répondit Bell. Comment s'est passé ton entretien avec Yamamoto Kenta ?

— Monsieur Yamamoto, répondit Marion, est un charlatan.

25

— JE LUI AI TENDU UN PIÈGE, et il s'y est précipité tête baissée. Enfin, Isaac, il n'avait jamais entendu parler des rouleaux créés par Ashiyuki Utamaro en exil !

— Tu me poses une colle, je dois dire. J'avoue ne jamais avoir entendu parler des rouleaux d'Ashiyuki Utamaro.

— Ashiyuki Utamaro était un célèbre créateur de gravures et d'estampes de la fin de l'ère Edo. Ces artistes possédaient des ateliers importants, à la structure complexe. Les employés et les collaborateurs de l'artiste effectuaient la plus grande partie du travail – traçage, gravure et encrage – quand le maître avait terminé son dessin. Ils ne créaient pas de rouleaux calligraphiés.

— Alors pourquoi est-ce si important que monsieur Yamamoto ignore tout d'une œuvre qui n'existe pas ?

— Parce que les rouleaux créés par Ashiyuki Utamaro en exil existent bel et bien ! Mais ils ont été créés dans le plus grand secret, et seuls les érudits le savent.

— Et toi aussi ! Pas étonnant que tu aies obtenu le premier diplôme en droit que l'université de Stanford ait décerné à une femme !

— Je ne l'aurais jamais su si mon père n'avait pas acheté un rouleau japonais de temps à autre. Et je me souviens d'une étrange histoire qu'il m'a un jour racontée. Je lui ai envoyé un télégramme à San Francisco pour obtenir des détails, et vu la longueur de sa réponse, elle a dû lui coûter une fortune !

« Ashiyuki Utamaro était au sommet de sa carrière lorsqu'il a commencé à avoir des ennuis avec l'empereur, sans doute pour avoir regardé d'un peu trop près l'une des geishas favorites du souverain. Utamaro n'a eu la vie sauve que parce que celui-ci aimait beaucoup ses gravures.

« Au lieu de lui faire couper la tête, ou de lui infliger la punition réservée aux don juans dans son genre, il l'a banni sur le cap le plus septentrional de l'île d'Hokkaïdo, tout au nord de l'archipel. Pour un artiste qui n'était rien sans son atelier et ses employés, c'était pire que la prison. Mais sa maîtresse a réussi à lui faire parvenir en cachette du papier, de l'encre et un pinceau. Ainsi, jusqu'à sa mort, il a pu calligraphier des rouleaux, seul dans sa petite cabane. Personne ne devait reconnaître ou mentionner leur existence car sinon, sa maîtresse et ceux qui l'aidaient à lui rendre visite auraient été exécutés. Ils ne pouvaient pas non plus être exposés, ni vendus. J'ignore comment, mais ces rouleaux se sont retrouvés chez un marchand d'art de San Francisco, qui en a vendu un à mon père.

— Ne m'en veux pas si je suis sceptique, mais ça ressemble bien à un bobard de marchand d'art.

— Sauf que c'est la vérité. Yamamoto Kenta ignore tout de ces rouleaux créés en exil. Il n'est donc ni un érudit, ni un conservateur d'art japonais.

— Ce qui ferait plutôt de lui un espion, approuva Bell d'un ton grave. Et un assassin. Bien joué, ma chérie. Il nous a donné la corde pour le pendre.

*

Par bonheur, les discours qui accompagnaient les toasts furent brefs. Ted Whitmark ne tarit pas d'éloges sur celui du capitaine Lowell Falconer, inspecteur spécial chargé des tirs sur cible, qu'il qualifia de « chef-d'œuvre d'éloquence ».

Dans un langage savoureux, appuyé de gestes puissants, le héros de Santiago rendit hommage à la modernité du chantier de Camden, chanta les louanges des ouvriers, remercia le Congrès et loua les qualités de l'ingénieur en chef et de l'architecte naval.

L'ESPION

— Il n'y a que le *Michigan* lui-même à avoir échappé à ses compliments, murmura Bell à Marion, profitant du tonnerre d'applaudissements qui saluait les propos de Falconer.

— Tu aurais dû entendre la façon dont il en parlait en privé. Il a comparé le *Michigan* à une baleine, et à mon avis, il ne s'agissait pas d'un compliment.

— Il n'a pas non plus mentionné le fait que ses dimensions sont inférieures de moitié à celles du Hull 44.

Falconer termina son discours par un émouvant hommage à Arthur Langner, tout en s'inclinant d'un geste cérémonieux vers Dorothy.

— Le héros qui a créé les canons du *Michigan*. Les meilleurs canons de douze au monde. Et qui en annoncent de meilleurs encore, grâce à lui. Tous les hommes de la Navy ressentent sa perte avec douleur.

Bell jeta un regard vers Dorothy. Son visage rayonnait de joie. Même un officier non-conformiste comme Falconer clamait haut et fort que son père était un héros.

— Qu'Arthur Langner repose en paix, conclut le capitaine, en sachant que la nation est protégée par ses puissants canons.

Pour clore la cérémonie, le président de la New York Shipbuilding Company offrit un pendentif orné de pierres précieuses à la fille du secrétaire adjoint à la Marine, qui avait eu l'honneur de lancer la bouteille de champagne sur la coque du *Michigan*. En se dirigeant vers l'estrade, l'astucieux industriel échangea une poignée de main chaleureuse avec un homme vêtu d'une élégante redingote à la mode européenne, qui lui tendit le pendentif. Et avant d'accrocher le bijou autour du cou de la jeune fille, il profita de l'occasion pour célébrer l'industrie de la bijouterie en plein essor à Newark, ville « sœur » de Camden.

*

Redoutant la bousculade du retour, Bell avait soudoyé l'inspecteur Barney Jones, de Camden, et il put ainsi traverser le fleuve en compagnie de Marion à bord d'un canot de la police pour rejoindre Philadelphie, où une voiture les conduisit à la gare de Broad Street.

Ils embarquèrent à bord de l'express pour New York et s'installèrent dans le wagon-bar avec une bouteille de champagne pour fêter le lancement réussi du navire, l'échec du sabotage et la capture imminente d'un espion japonais.

Bell savait qu'il s'était trop montré ce jour-là pour pouvoir prendre le risque de pister Yamamoto jusqu'à Washington. Il préféra faire surveiller de près le Japonais par les meilleurs « filocheurs » que l'agence Van Dorn avait pu envoyer sans préavis, et qui étaient sans conteste d'excellents agents.

— Que penses-tu de Falconer ? demanda Isaac Bell à Marion.

— Lowell est un homme fascinant, répondit la jeune femme. Il est déchiré entre ce qu'il veut, ce qu'il craint, et ce qu'il voit, ajouta-t-elle, énigmatique.

— Voilà qui est bien mystérieux. Et que veut-il ?

— Des cuirassés.

— Jusque-là, je te suis. Que craint-il ?

— Le Japon.

— Pas de surprise non plus. Et que voit-il ?

— Le futur. Les torpilles et les sous-marins qui mettront ses cuirassés à la retraite.

— Il semble bien sûr de lui, pour un homme déchiré…

— Il ne l'est pas. À un moment donné, il n'en finissait pas de pérorer sur ses cuirassés ; et puis son visage a changé, et il a dit : « Dans l'histoire de la chevalerie, le temps a fini par arriver où les armures étaient devenues si lourdes que les chevaliers devaient être hissés sur leur monture avec des courroies et des poulies. À la même époque, l'arbalète a fait son apparition. Ses traits pouvaient percer les armures. Il suffisait d'une demi-journée pour apprendre à un paysan à tuer un chevalier. Et c'est ce qui risque de nous arriver, a-t-il ajouté en me posant la main sur le genou pour mieux se faire comprendre, avec les torpilles et les sous-marins. »

— A-t-il parlé de ces vols d'avions à Kitty Hawk ?

— Oh oui ! Il suit cela de près. La Navy s'intéresse au potentiel des avions pour des missions de reconnaissance. Je lui ai demandé ce qui se passerait si un avion transportait une torpille plutôt qu'un passager. Lowell est devenu tout pâle.

L'ESPION

— Son discours d'aujourd'hui n'avait rien de pâle, en tout cas. Tu as vu comme ces sénateurs rayonnaient ?

— Oui, et j'ai aussi rencontré ta demoiselle Langner, répondit Marion avec un regard soudain plus intense.

— Qu'as-tu pensé d'elle ?

— Elle semble avoir jeté son dévolu sur toi.

— Je ne peux que la féliciter pour son bon goût. Qu'as-tu pensé d'autre ?

— Je crois qu'en dépit de sa beauté, elle est fragile, et qu'elle a besoin d'aide.

— C'est à Ted Whitmark de s'en occuper. S'il en est capable.

*

À bord du même express de la Pennsylvania Railroad, deux wagons plus loin, l'espion voyageait lui aussi en direction de New York. Ce que d'autres auraient qualifié de vengeance, lui le considérait comme une nécessaire contre-attaque. Jusqu'à ce jour, l'agence Van Dorn représentait pour lui un désagrément agaçant plutôt qu'une menace. Il s'était contenté de la surveiller de loin, mais après l'échec du sabordage du lancement du *Michigan*, pourtant planifié avec soin, il allait devoir s'en occuper. Rien ne devait venir contrarier ses projets : neutraliser la Grande Flotte blanche.

Lorsque le train arriva à Jersey City, il sortit du terminal de l'Exchange Place à la suite de Bell et de Marion, et les vit partir à bord d'une Locomobile rouge qu'un employé de garage avait fait démarrer en les attendant. Il rentra alors à l'intérieur du terminal, se hâta de rejoindre l'embarcadère du ferry, et prit le *Saint Louis*, de la Pennsylvania Railroad, pour traverser le fleuve jusqu'à Cortland Street. Il marcha en direction de Greenwich et prit le chemin de fer aérien de la 9ᵉ Avenue. Il en descendit à Hell's Kitchen et mit le cap sur le bar-saloon du Commodore Tommy, où celui-ci passait à nouveau le plus clair de son temps, au détriment de ses nouveaux établissements des quartiers chic.

— Brian O'Shay ! l'accueillit le chef de gang avec effusion. Un whisky-soda ?

— Tu as des renseignements sur les types de l'agence Van Dorn ?

— Ce salopard d'Harry Warren et ses gars fouinent dans les parages, comme je l'avais prévu.

— Il est temps de leur rompre l'échine.

— Attends une minute. Pour le moment, tout va bien. Ce n'est peut-être pas la peine de déclencher une guerre avec les Van Dorn.

— Tout va bien ? répéta O'Shay d'un ton sarcastique. Vraiment ? Tu te contentes d'attendre les trains de marchandises jusqu'au jour où ils te chasseront de la 11e Avenue ?

— J'ai vu le coup venir, rétorqua Tommy en enfonçant les pouces dans les poches de son gilet avec toute la fierté d'un honnête commerçant. Et c'est la raison pour laquelle je me suis mis en cheville avec les Hip Sing.

Brian O'Shay masqua son sourire. Le Commodore ignorait bien sûr qui lui avait envoyé les Chinois.

— Je n'ai jamais entendu dire que les Hip Sing adoraient les détectives. Combien de temps supporteront-ils que les agents Van Dorn se comportent ici comme en territoire conquis ?

— Mais pourquoi, Brian ?

— Il faut leur faire parvenir un message.

— Alors envoie un télégramme, répliqua Tommy en éclatant de rire. Envoyer un télégramme… elle est bonne, celle-là !

O'Shay sortit sa gouge d'acier de la poche de son gilet. Le rire du Commodore mourut aussitôt dans sa gorge.

— Le but d'un message, Tommy, c'est de faire réfléchir un homme à ce qui pourrait lui arriver, expliqua O'Shay en tenant sa gouge à la lumière et en la regardant briller avant de la placer sur son pouce pendant que le Commodore détournait les yeux. Et en pensant à ce que l'on peut lui faire, cet homme réfléchit, ce qui le rend plus lent. C'est le pouvoir de la réflexion, Tommy. Force quelqu'un à réfléchir, et tu seras le gagnant.

— Très bien, très bien. Une bonne raclée, d'accord, mais je ne veux liquider aucun détective. Pas de guerre ouverte.

— À part cet Harry Warren, ils ont quelqu'un d'autre dans le coin ?

— Les Hip Sing ont repéré un nouveau détective Van Dorn qui furetait vers Chinatown.

— Un nouveau détective ? Qu'est-ce que tu veux dire par « nouveau » ? C'est un jeune ?

— Non, non, ce n'est pas un gamin. C'est un dur à cuire. Il n'est pas de New York.

— Pas de New York ? Pourquoi est-ce qu'ils feraient venir quelqu'un de l'extérieur ? Ça n'a pas de sens.

— C'est un pote à ce salopard de Bell.

— Comment tu le sais ?

— L'un de mes gars les a vus ensemble au Brooklyn Navy Yard. Il n'est pas de New York. On dirait que Bell l'a fait venir en mission spéciale.

— Alors c'est le bon numéro. Tommy, je veux qu'on le surveille de près.

— Pour quoi faire ?

— Je veux envoyer un message à Bell. Lui donner matière à réflexion.

— Aucun de mes gars ne butera un Van Dorn, répéta Tommy, obstiné.

— Tu as bien laissé Weeks tenter sa chance avec Bell.

— Avec Iceman, c'était différent. Les Van Dorn pouvaient voir ça comme une affaire personnelle entre lui et Bell.

Brian « Eyes » O'Shay jeta un regard méprisant sur le Commodore.

— Ne t'inquiète pas. Je laisserai un petit mot sur le corps. « Tommy Thompson n'y est pour rien ».

— Allez, Brian, tu me charries !

— Je te demande juste de le surveiller.

Tommy Thompson prit une nouvelle gorgée de son verre, observa la gouge sur le pouce de Brian O'Shay et regarda très vite ailleurs.

— Je suppose que je n'ai pas mon mot à dire, observa-t-il avec humeur.

— Fais-le suivre. Mais ne laisse rien soupçonner.

— Très bien. Si c'est ce que tu veux, tu l'auras. Je vais m'adresser aux meilleurs filocheurs que je connaisse. Des gamins et des flics. Personne ne remarque les gamins ou les flics. Ils font partie du paysage, comme les fûts de bière vides sur les trottoirs.

— Alors, dis à tes gosses et à tes poulets de garder aussi un œil sur Bell.

*

John Scully remonta la Bowery pour s'engager dans les ruelles étroites et tortueuses de Chinatown. Il lançait des regards appuyés aux longues nattes des hommes et restait bouche bée en levant la tête vers les enchevêtrements d'escaliers de secours, de cordes à linge et d'enseignes de maison de thé et de restaurants chinois – bref, il se comportait comme un péquenaud en balade dans la grande ville pour prendre du bon temps. Il semblait avoir trouvé l'objet de sa quête sous les traits d'une prostituée venue elle aussi de la Bowery lorsque deux voyous qui traînaient dans les parages s'approchèrent de lui, armés d'une matraque et d'un couteau rouillé, et exigèrent son argent.

Scully retourna ses poches. Une liasse tomba sur la chaussée. Les deux hommes s'en emparèrent et s'enfuirent à toutes jambes. Ils ne surent jamais à quel point ils avaient de la chance. L'impassible détective ne s'était pas senti assez menacé pour renoncer à sa couverture en ouvrant le feu avec le Browning Vest Pocket qu'il gardait au creux du dos.

— N'attends rien de moi, maintenant que tes poches sont vides, lui lança la femme qui avait observé l'incident.

Scully déchira une ou deux coutures de sa doublure et produisit une enveloppe.

— Regarde ça, dit-il en jetant un coup d'œil à l'intérieur. Il en reste assez pour s'amuser un peu.

Le visage de la prostituée s'éclaira à la vue de l'argent.

— Et si on commençait par boire un coup ? proposa Scully d'un ton aimable auquel la malheureuse n'était guère habituée.

Ils s'installèrent dans un box de l'arrière-salle du Mike Callahan's Bar, un bouge situé au coin de Chatham Square.

— Ces types étaient des Gopher, je suppose ? demanda Scully alors que la femme attendait un second whisky après avoir englouti la première tournée.

— Quoi ? Qu'est-ce que c'est que ça, des Gopher ?

— Les gars qui m'ont volé. Des Gopher – des gangsters.

— Oh, « *gouffah* » ! s'exclama-t-elle dans un éclat de rire. Seigneur Jésus, mais d'où tu sors ?

— Alors, c'en étaient ?

— Possible. Depuis deux mois, on n'arrête pas de les voir débarquer de Hell's Kitchen.

Scully avait déjà eu vent de la rumeur.

— Qu'est-ce que tu veux dire par « deux mois » ? C'est inhabituel ?

— D'habitude, ceux des Five Points leur flanqueraient une raclée. Ou alors ils se feraient hacher menu par les Hip Sing. Mais maintenant, on croirait que le quartier leur appartient.

— Les Hip Sing ? Qui sont-ils ? demanda Scully d'un ton innocent.

26

— MAIS ENFIN, ISAAC ! PROTESTA VAN DORN d'un ton exaspéré. Les Allemands et les Japonais ont presque été pris la main dans le sac, les Français espionnent la Grande Flotte blanche, et un Russe vit quasiment à demeure dans l'atelier de Farley Kent. Pourquoi voulez-vous lancer une attaque frontale contre l'Empire britannique ? De mon point de vue, ce sont les seuls innocents dans cette toile d'araignée dont personne n'arrive à démêler les fils.

— Innocents en apparence, répliqua Isaac Bell.

À Washington, les agents Van Dorn filaient Yamamoto Kenta pour évaluer l'étendue de son organisation d'espionnage. Pendant ce temps, Harry Warren et ses hommes écumaient Hell's Kitchen pour découvrir avec qui travaillait le Commodore Thompson, dont l'ascension sociale ne passait pas inaperçue. Pour Bell, il était temps de s'intéresser à la Royal Navy.

— Les Britanniques n'ont pas construit la marine la plus puissante du monde sans s'intéresser de près à ce que faisaient leurs rivaux. Si l'on en juge par les succès d'Abbington-Westlake au dépens des Français, je dirais même qu'ils sont plutôt bons à ce jeu-là.

— Mais ce Yamamoto Kenta, nous l'avons bel et bien coincé. Vous avez envisagé de l'arrêter ?

L'ESPION   217

— Avant qu'il prenne la fuite ou ne commette d'autres dégâts ?
Bien sûr ! Mais comment arriverons-nous à trouver qui agit dans son
ombre ?

— Des associés ?

— Peut-être des associés. Ou des subordonnés. Ou un patron,
répondit Bell en secouant la tête. Ce qui m'inquiète, c'est ce que nous
ignorons. Admettons que Yamamoto soit notre homme. Comment
a-t-il persuadé cet Allemand de s'en prendre au *Michigan* ? Comment
l'a-t-il convaincu, lui ou un autre, de saboter la fonderie de
Bethlehem ? Grâce à la Smithsonian Institution, nous savons qu'il
était à Washington le jour où le malheureux Lakewood est tombé de
la falaise. Qui l'a poussé pour le compte de Yamamoto ? Et qui a-t-il
envoyé à Newport, le jour où ils ont failli tuer Wheeler dans son
cottage ?

— Je suppose que Wheeler est maintenant installé bien à l'abri
dans son chantier de construction ?

— Contre son gré. Lui et sa petite amie sont fous furieux. Et la
liste ne s'arrête pas là, Joe. Nous devons trouver les différents
maillons de la chaîne. Comment Yamamoto s'est-il retrouvé lié à un
gangster de Hell's Kitchen comme Weeks ?

— Il a dû l'emprunter au Commodore Tommy Thompson.

— Si tel est le cas, comment expliquer qu'un espion japonais
s'associe avec le patron des Gopher ? Nous ne savons rien.

— De toute évidence, vous en saviez assez pour mettre à sac le
bar-saloon du Commodore, fit observer Joe Van Dorn.

— On m'avait provoqué, se contenta de répondre Bell. Mais
comprenez mon point de vue. D'autres personnages doivent être
impliqués, dont nous n'avons seulement jamais entendu parler.

— Je vois. Je n'aime pas ça, mais je vois.

Van Dorn secoua sa grosse tête, caressa ses favoris roux et frotta
son nez aquilin.

— Alors, vous voulez vous en prendre à l'Empire britannique ?
demanda-t-il au bout d'un moment.

— Pas à tout l'Empire, répondit Bell avec un sourire. Pour
commencer, je me contenterai de la Royal Navy.

— Que recherchez-vous ?

— Un petit coup de pouce.

Sous ses paupières tombantes, une lueur d'intérêt brilla dans les yeux de Van Dorn.

— Et comment vous y prendrez-vous ?

— Yamamoto et ses acolytes se considèrent peut-être comme des espions, Joe, mais ils agissent comme des criminels. Et nous savons comment neutraliser les criminels.

— Très bien. Alors au travail.

Isaac Bell se rendit tout droit au pont de Brooklyn et rejoignit Scudder Smith sur l'allée piétonnière. C'était une belle matinée ensoleillée, et Smith avait choisi pour son tour de garde la relative pénombre de l'appontement de Manhattan. Smith était l'un des meilleurs « fileurs » de l'agence à New York. Ancien journaliste, il avait été mis à la porte pour – selon les versions – avoir dit la vérité, l'avoir un peu trop embellie ou s'être fait surprendre en état d'ébriété avant midi. Il connaissait tous les quartiers de la ville.

— Ils font les cent pas sur le pont comme des touristes, annonça-t-il à Bell en lui tendant ses jumelles, mais leurs Kodak sont toujours braqués dans la même direction, vers le chantier naval. Et puis je crois que sous ces boîtiers de Kodak Brownie, ils ont de meilleurs appareils, avec des objectifs spéciaux. Le gros type, c'est Abbington-Westlake. La beauté à côté de lui, c'est sa femme Fiona.

— Je l'ai déjà vue. Qui est le petit gars ?

— Peter Sutherland, un commandant en retraite de l'armée britannique. Il prétend vouloir se rendre au Canada pour visiter les champs pétrolifères.

Cette année-là, le printemps était resté très frais jusqu'au mois de mai, et un vent frisquet soufflait dur au-dessus de l'East River. Les deux hommes et la femme d'Abbington-Westlake portaient des pardessus. Celui de Lady Fiona avait un col de zibeline assorti à son chapeau, qu'elle protégeait des rafales en gardant une main sur sa tête.

— Pourquoi ce gars s'intéresse-t-il aux champs pétrolifères ?

— Hier soir, au cours du dîner, Sutherland a dit : « Le pétrole sera bientôt le nouveau combustible du transport maritime. » Abbington-Westlake étant attaché naval, on peut supposer que pour lui, « transport naval » et « cuirassé » sont à peu près synonymes.

— Comment avez-vous réussi à entendre leur conversation ?

— Ils m'ont pris pour un serveur.

— Bien. Je prends la relève avant qu'ils partent se remettre à table...

— Vous voulez garder les jumelles ?

— Non, je ne vais pas rester là.

Scudder Smith disparut parmi les piétons qui se dirigeaient vers Manhattan.

Bell se dirigea vers les « touristes » britanniques.

Arrivé à la moitié de la travée, il put profiter d'une vue dégagée sur le Brooklyn Navy Yard, juste au nord du pont. Il distinguait toutes les cales de construction, même celle située tout au nord et qui abritait le Hull 44. Toutes étaient découvertes, à la différence des abris de la New York Shipbuilding Company de Camden. Des grues à potence glissaient le long de rails surélevés qui leur permettaient de dominer les navires en construction. Des locomotives de manœuvre déplaçaient des wagons chargés de plaques d'acier à travers tout le chantier.

Loin de la zone de construction, des chariots tirés par des chevaux et des camions automobiles livraient les rations alimentaires journalières pour les navires de guerre amarrés dans les bassins près du fleuve. De longues files de matelots en blanc franchissaient les passerelles, chargés de sacs. Bell aperçut une cale sèche longue de presque deux cent cinquante mètres et de plus de trente de large. Au milieu de la baie, une île artificielle abritait des quais, des bassins et des cales de construction. Un ferry faisait la navette entre elle et le bord du fleuve, tandis que des bateaux de pêche et des allèges à vapeur descendaient et remontaient le long d'un canal encombré qui s'allongeait entre l'île et un marché installé sur la rive.

Le trio était encore occupé à prendre des photographies lorsqu'Isaac Bell arriva. Il émergea du flot de piétons en route vers Brooklyn en brandissant son Kodak A3 pliant.

— Dites, vous voulez que je vous prenne tous les trois en photo ? lança-t-il d'un ton amical.

— Ce n'est pas la peine, mon vieux, répondit Abbington-Westlake avec un accent aristocratique maniéré. Et puis comment pourrions-nous récupérer la pellicule ?

Bell ne tint pas compte de sa remarque et prit une photo.

— Je peux aussi me servir de l'un de vos appareils, vous semblez en avoir un certain nombre, leur proposa-t-il avec amabilité.

Une expression de méfiance durcit les traits séduisants de Fiona Abbington-Westlake.

— Mais dites donc, s'exclama-t-elle d'une voix à la fois sèche et traînante. Je vous ai déjà rencontré quelque part. Et récemment, d'ailleurs. Je n'oublie jamais un visage.

— Vous avez raison, et c'était dans un cadre similaire, répliqua Bell. La semaine dernière sur le chantier de la New York Shipbuilding Company, à Camden.

Lady Fiona et son mari échangèrent un regard. L'officier en retraite était sur ses gardes.

— Et aujourd'hui, voilà que nous « observons » le New York Navy Yard de Brooklyn. Ces noms inversés doivent être source de confusion pour des touristes tels que vous, insista Bell en levant son appareil. Voyons si j'arrive à vous prendre tous les trois avec le chantier naval en arrière-plan – puisque vous étiez en train de le photographier.

— Je vous demande pardon, lança à son tour Abbington-Westlake d'un ton arrogant. Mais pour qui vous prenez-vous donc ? Circulez, monsieur, circulez !

Bell lança un regard dur au commandant en retraite Sutherland.

— Vous comptez faire des forages pétroliers à Brooklyn ?

Sutherland afficha le sourire désarmé d'un homme pris la main dans le sac. Mais Abbington-Westlake ne se laissa pas démonter.

— Vous feriez bien de passer votre chemin si vous ne voulez pas vous attirer d'ennuis, fulmina l'attaché naval en s'avançant vers Bell. Sinon, j'appelle un policier.

— Je crois qu'un policier est bien la dernière personne que vous souhaiteriez rencontrer en ce moment, capitaine, répondit Bell d'une voix tranquille. Je vous donne rendez-vous au bar du Knickerbocker, au rez-de-chaussée, à dix-huit heures. Vous trouverez l'entrée en sortant du métro.

Stupéfait de constater que Bell connaissait son grade, Abbington-Westlake abandonna aussitôt son ton d'officier de marine dédaigneux. Il adopta une nouvelle attitude, qui rappelait à Bell celle d'un étudiant qu'il avait autrefois rencontré à l'université, et qui tenait à tout prix à paraître plus mûr et distingué qu'il ne l'était en réalité.

— Vous savez, mon vieux, je n'ai guère l'habitude de me déplacer en métro. Un moyen de transport plutôt plébéien, vous ne trouvez pas ?

— La sortie du métro vous permettra de boire un cocktail en ma compagnie sans que vos pairs de la bonne société vous remarquent, « mon vieux ». Dix-huit heures précises. Venez seul, sans votre épouse et Sutherland.

— Et si je ne viens pas ? maugréa Abbington-Westlake.

— J'irai vous chercher à l'ambassade britannique.

L'attaché naval pâlit, ce qui ne surprit pas Isaac Bell, car il savait grâce aux recherches menées par l'agence que le Foreign Office, les services de renseignements militaires et ceux de la Royal Navy entretenaient entre eux des relations empreintes d'une profonde méfiance.

— Attendez, monsieur, murmura-t-il. Ce n'est pas ainsi que les choses se passent. On ne peut pas faire irruption dans une ambassade et y clamer des secrets à tout vent !

— J'ignorais qu'il existait des règles à ce sujet.

— Les règles qui régissent les rapports entre gentlemen, précisa Abbington-Westlake avec un clin d'œil amical étudié avec soin. Vous connaissez la tradition. Agissons à notre guise, mais donnons toujours le bon exemple aux domestiques et n'effrayons pas les chevaux.

Bell lui tendit sa carte.

— Je ne suis pas les règles des espions. Je suis un détective privé.

— Un détective ? répéta Abbington-Westlake d'un ton hautain.

— Nous avons nos propres règles. Nous arrêtons des criminels et nous les remettons à la police.

— Mais que diable…

— Il arrive en de rares occasions que nous les laissions en liberté, mais seulement lorsqu'ils peuvent nous aider à capturer d'autres criminels bien plus dangereux. Dix-huit heures. Et n'oubliez pas de m'amener quelque chose.

— Mais quoi ?

— Un espion pire que vous, rétorqua Bell avec un sourire glacé. Bien pire que vous.

Il tourna aussitôt les talons pour se diriger vers Manhattan, certain de retrouver Abbington-Westlake à l'heure dite. Alors qu'il descendait les escaliers pour quitter l'allée piétonnière du pont de Brooklyn, il ne remarqua pas le garnement borgne déguisé en vendeur de journaux, une pile du *Herald* de l'après-midi à la main.

*

Lorsque Bell atteignit le métro, un sixième sens l'avertit qu'il était suivi.

Il franchit l'entrée et traversa Broadway. Il redescendit l'avenue encombrée de chariots et de camions de livraison, d'autobus et de tramways, s'arrêtant à intervalles réguliers, étudiant son reflet dans les vitrines, contournant les véhicules en marche, et entrant de temps à autre dans un magasin pour en ressortir presque aussitôt. Abbington-Westlake le faisait-il surveiller et filer ? Ou était-ce le soidisant commandant en retraite ? Bell n'en aurait guère été surpris. Sutherland paraissait compétent ; il avait sans doute pris part à une ou plusieurs guerres. Quant à Abbington-Westlake, son comportement grandiloquent, à la limite du ridicule, ne devait pas faire oublier ses succès en matière d'espionnage.

Fulton Street était noire de monde. Bell s'installa dans un tramway et se retourna. Personne en vue. Il continua jusqu'au fleuve, puis descendit et marcha dans la direction du ferry avant de faire soudain demi-tour et de prendre un autre tramway vers l'ouest. Il le quitta pour s'enfoncer à pied dans Gold Street. Là non plus, rien de suspect, mais il gardait l'impression d'être sous surveillance.

Il entra dans un restaurant d'huîtres bondé et glissa un dollar à un serveur pour qu'il le laisse sortir par la cuisine dans l'allée qui menait à Platt Street. Là, il vérifia une fois de plus que personne ne le suivait, tout en gardant la persistante impression du contraire. Il s'engagea alors dans les vieilles ruelles de Lower Manhattan – Pearl, Fletcher, Pine et Nassau.

Toujours aucun signe de filature. Il examinait son reflet dans la vitrine d'un fabricant de matériel d'essai de métaux précieux et de balances pour diamants. Il venait d'entrer au Nassau Café et d'en ressortir par-derrière, et s'était retrouvé dans Maiden Lane, le quartier des bijoutiers. Le toit des immeubles de quatre ou cinq étages à la façade couverte de fonte obscurcissait le ciel. La rue était une véritable ruche où s'affairaient tailleurs de diamants, importateurs, joailliers, orfèvres et horlogers. Sous les ateliers, les boutiques de détail bordaient les trottoirs, leurs vitrines étincelantes comme des coffres au trésor de pirates.

Alors que Bell parcourait la ruelle étroite du regard, son visage sévère se détendit et un sourire curieux releva les coins de ses lèvres. La plupart des hommes qui fréquentaient la rue étaient à peu près du même âge que lui. Beaucoup arboraient avec élégance des pardessus et des chapeaux melon, mais ils avaient le dos rond et un regard perplexe tandis qu'ils entraient et sortaient des bijouteries. Des célibataires sur le point de faire leur demande en mariage, supposa Bell, et désireux de sceller cette décision capitale par l'achat d'un bijou de valeur, mais conscients de leur ignorance en la matière.

Le sourire de Bell s'épanouit. Le hasard faisait bien les choses. Peut-être que personne ne l'avait suivi, après tout. Quelque divinité dotée d'un curieux sens de l'humour avait-elle trompé son sixième sens, d'habitude si fiable, pour l'envoyer dans ce quartier de Manhattan et lui faire acheter une bague pour son adorable fiancée ?

Le sourire de Bell perdit un peu de son assurance lorsqu'il rejoignit la cohorte des hommes qui faisaient les cent pas devant les dizaines de vitrines où scintillaient des myriades de pierres précieuses. Le détective finit par prendre le taureau par les cornes. Il carra les épaules et entra d'un pas décidé dans la boutique qui proposait les bijoux les plus onéreux.

*

Le gosse qui observait Bell alors qu'il pénétrait dans la bijouterie – assez propre pour ne pas se faire chasser du quartier et muni d'une boîte de cireur de chaussures en guise de couverture – attendit un moment afin de s'assurer que le détective n'était pas entré dans le seul but de déjouer une filature. Il était le quatrième à avoir suivi un itinéraire tortueux à la poursuite de la même proie. Il épia les silhouettes indistinctes de Bell et du bijoutier à travers la devanture, adressa un signe à un autre gamin et lui passa son matériel de cireur.

— Prends le relais. Je vais au rapport.

Le gosse courut le long de quelques pâtés de maisons, puis pénétra dans le quartier d'entrepôts et de vieux immeubles qui bordait la North River. Il s'engouffra dans le Hudson Saloon, tout proche d'une jetée, et s'approcha du buffet.

— Sors d'ici, rugit le barman.

— Le commodore ! grogna le cireur en retour, tout en enfournant de la saucisse de foie étalée entre deux tranches de pain rassis. Et vite !

— Désolé, petit, je ne t'avais pas reconnu. Par ici.

Le barman conduisit le gamin vers le bureau privé du propriétaire du bar, où se trouvait le seul téléphone du quartier. Le maître des lieux observa le garçon avec méfiance.

— Sortez, lui ordonna ce dernier. Ce ne sont pas vos affaires.

Le patron verrouilla le tiroir de son bureau et sortit en secouant la tête. À une certaine époque, pas si reculée, un Gopher surpris à rôder dans le coin se serait retrouvé pendu à un lampadaire, mais cette époque était bien révolue.

Le garçon appela le bar-saloon du commodore Tommy Thompson. On lui répondit que Tommy était absent, mais qu'il le rappellerait très vite. C'était étrange, car le commodore était toujours présent dans son établissement. On disait même qu'il n'en était pas sorti depuis des années. Le gosse repartit se servir un sandwich au buffet, et à son retour, le téléphone sonnait. Tommy était fou furieux d'avoir dû attendre. Lorsqu'il eut fini de hurler, le garçon put lui retracer l'itinéraire d'Isaac Bell à travers la ville depuis le milieu du pont de Brooklyn.

— Et maintenant, où est-il ?

— Maiden Lane.

27

ISAAC BELL AVAIT DÉJÀ VISITÉ TROIS BIJOUTERIES en une heure, et il quitta la quatrième en proie à la confusion la plus totale. Il avait encore le temps d'en voir deux autres avant de se rendre dans les beaux quartiers pour cuisiner Abbington-Westlake au Knickerbocker.

— M'sieur ? Vous voulez faire cirer vos chaussures ?

— Ce n'est pas une mauvaise idée.

Le détective s'adossa au mur et abandonna sa bottine gauche aux doigts maculés de cirage du gamin efflanqué. La tête lui tournait presque. On l'avait informé qu'un diamant serti dans un bijou de platine était « la seule pierre envisageable » pour qu'une jeune femme se sente véritablement fiancée. Presque en même temps, il avait appris qu'une pierre semi-précieuse de bonnes dimensions montée sur or était considérée comme « tout à fait chic », surtout comparée à un diamant de petite taille. Même si, par ailleurs, un tel diamant pouvait être perçu comme un « symbole d'engagement acceptable » pour des fiançailles.

— L'autre pied, m'sieur.

Bell ôta son couteau à lancer de sa bottine et l'escamota avec discrétion avant de présenter son pied droit.

— Il y a toujours autant de monde par ici ?

— Les gens se marient beaucoup en mai et en juin, répondit le gosse sans lever les yeux de son chiffon qu'il frottait avec une telle rapidité qu'il en devenait invisible.

— C'est combien ? demanda Isaac Bell lorsque le garçon eut fini de lustrer ses bottines, à présent aussi luisantes qu'un miroir.

— Cinq cents.

— Voilà un dollar.

— Je n'ai pas de monnaie sur un dollar, m'sieur.

— Garde tout. Tu as fait du bon boulot.

Le garçon leva les yeux vers Bell, comme s'il s'apprêtait à parler.

— Que se passe-t-il ? demanda le détective. Tout va bien, fiston ?

Le gosse ouvrit la bouche. Il regarda autour de lui et soudain, il attrapa sa boîte de cireur et se mit à courir en louvoyant entre les passants, puis disparut au coin de la rue. Bell haussa les épaules et entra dans un nouveau magasin, « chez Solomon Barlowe », un établissement de taille plus modeste que les précédents, au rez-de-chaussée d'un immeuble à l'italienne de cinq étages à la façade bardée de fonte. Barlowe, le propriétaire, le jaugea d'un regard aussi perspicace que celui d'un juge.

— Je désire acheter une bague de fiançailles, annonça Bell. Je pencherais plutôt pour un diamant.

— Monté en solitaire ou avec d'autres pierres ?

— Que me conseillez-vous ?

— Bien sûr, il faut voir si la dépense entre en ligne de compte.

— Considérez que ce n'est pas le cas, marmonna Bell.

— Ah ! Très bien, monsieur est un homme de goût. Examinons ensemble quelques pierres, si vous le voulez bien.

Le bijoutier ouvrit un coffret et posa un plateau de velours noir entre eux sur le comptoir.

Bell émit un sifflement admiratif.

— J'ai vu des gosses jouer avec des billes plus petites que ces pierres.

— Nous avons de la chance dans nos approvisionnements, monsieur. Nous importons nous-mêmes nos pierres. Je devrais en avoir plus à vous soumettre, mais les mois de mariage sont là, et les plus belles pièces ont déjà été prises.

— En d'autres termes, mieux vaut acheter maintenant, avant qu'il ne soit trop tard ?

— Seulement s'il vous faut quelque chose tout de suite. Le mariage est-il imminent ?

— Je ne le pense pas, répondit Bell. Nous ne sommes plus des enfants ni l'un ni l'autre, et nous sommes d'ailleurs très occupés chacun de notre côté. Mais il est vrai que j'aimerais officialiser notre situation.

— Un diamant de bonne taille et d'une belle nuance, en solitaire, devrait vous faciliter les choses. Celui-ci, par exemple.

La porte s'ouvrit au même moment et un gentleman vêtu avec élégance, à peu près du même âge que Bell, entra dans la boutique en brandissant une canne à pommeau d'or clouté de pierreries. Son allure sembla familière au détective, mais il ne parvint pas à le situer. Il était rare que sa mémoire des visages lui fasse défaut, mais cela pouvait arriver lorsqu'il voyait quelqu'un dont il avait fait connaissance dans un contexte différent, par exemple une personne rencontrée dans un saloon du Wyoming ou lors d'un combat de boxe à Chicago. L'homme n'était à l'évidence pas un célibataire en quête d'un bijou pour l'élue de son cœur. Son attitude et son sourire plein d'assurance n'étaient pas ceux d'un acheteur hésitant.

— Monsieur Riker ! s'écria Barlowe. Quelle bonne surprise ! Veuillez m'excuser, monsieur, glissa-t-il à Bell, j'en ai pour une minute.

— Non, non, protesta Riker, il est hors de question que j'interrompe une vente.

— Mais je parlais justement de vous à mon client, qui dispose d'un peu de temps et qui est à la recherche de quelque chose de bien particulier, le rassura Barlowe avant de se tourner vers le détective. Voici le gentleman dont je vous parlais, notre fournisseur en pierres précieuses. Monsieur Erhard Riker, de la maison Riker & Riker. Nous avons de la chance, monsieur. Si monsieur Riker ne trouve pas notre pierre, c'est qu'elle n'existe pas ! Monsieur Riker est le plus grand fournisseur des plus belles pierres précieuses au monde.

— Grands Dieux, Barlowe, répondit Riker en souriant, votre générosité risque de faire croire à votre client que je suis un véritable magicien, et non un simple commerçant.

Riker parlait anglais avec un accent qui rappelait les intonations aristocratiques d'Abbington-Westlake, mais la couleur de son manteau évoquait plutôt une origine allemande. Le pardessus était un Chesterfield, avec le col traditionnel en velours noir. Mais là où un Anglais ou un Américain aurait choisi une étoffe bleu marine ou anthracite, Riker avait opté pour du loden vert sombre.

Riker ôta ses gants, fit passer sa canne dans sa main gauche et tendit la droite au détective.

— Bonjour monsieur. Comme vous venez de l'apprendre, je m'appelle Erhard Riker.

— Isaac Bell.

Les deux hommes échangèrent une poignée de main. Celle de Riker était puissante et ferme.

— Si vous m'accordez cet honneur, je me ferai un plaisir de trouver la pierre parfaite pour votre fiancée. Quelle est la couleur de ses yeux ?

— Vert corail.

— Et ses cheveux ?

— Blonds. Aussi clairs que de la paille.

— À voir votre sourire, je me fais déjà une idée de sa beauté.

— Et votre idée est bien en deçà de la réalité.

Riker inclina le torse, à l'européenne.

— Dans ce cas, je vais trouver une pierre qui égalera presque sa beauté.

— Je vous remercie, répondit Bell, c'est très aimable de votre part. Mais nous sommes-nous déjà rencontrés ? Votre visage m'est familier.

— Nous n'avons en tout cas jamais été présentés. Mais moi aussi, je vous reconnais. Nous nous sommes rencontrés à Camden, je crois, au début de la semaine.

— Lors du lancement du *Michigan* ! Bien sûr. Je m'en souviens. Vous avez remis au propriétaire du chantier le cadeau offert à cette jeune fille qui a baptisé le navire.

— Je représentais l'un de mes clients de Newark, qui a créé ce pendentif avec mes pierres.

— Eh bien, n'est-ce pas une merveilleuse coïncidence ? s'exclama Barlowe.

— Deux coïncidences, corrigea Bell. Tout d'abord, monsieur Riker arrive au moment où je recherche chez vous un diamant pour une occasion particulière. Et il se trouve justement que nous avons assisté à la même cérémonie, le lancement de ce navire, lundi à Camden.

— Comme si notre destin était inscrit dans les étoiles, lança Riker en riant. Ou devrais-je dire dans les diamants ? Car après tout, que sont les diamants sinon des étoiles à l'échelle humaine ? Mais je vais sans tarder commencer mes recherches. N'hésitez pas à me contacter, monsieur Bell. Je réside au Waldorf-Astoria, qui fait suivre mon courrier lorsque je voyage.

— Quant à moi, vous me trouverez au Yale Club.

Les deux hommes échangèrent leurs cartes.

*

Tous les agents Van Dorn, de l'apprenti à l'enquêteur en chef, apprenaient dès le premier jour que les « coïncidences » ne devaient rien au hasard, à moins que l'on n'établisse le contraire de façon formelle. Bell demanda aux services de recherche de s'intéresser de près à la maison Riker & Riker, importateurs de pierres précieuses. Puis il laissa son appareil photo et ordonna que la pellicule soit développée au plus vite et que les clichés lui soient aussitôt remis. Il descendit ensuite dans le hall de l'hôtel, à côté duquel était aménagé un bar tranquille et douillet à l'éclairage tamisé.

Abbington-Westlake était arrivé avant lui, preuve que ses menaces de rendre visite à l'ambassade britannique avaient porté leurs fruits.

Bell se dit qu'une approche en douceur lui permettrait d'obtenir plus de renseignements de l'attaché naval.

— Je vous remercie d'être venu, lui dit-il.

Bell comprit aussitôt son erreur. Abbington-Westlake lui jeta un regard furibond.

— Je ne me souviens pas que vous m'ayez laissé le moindre choix.

— Si j'étais un agent du gouvernement, votre « choix » de photographies vous vaudrait une arrestation immédiate.

— Personne ne peut m'arrêter. Je bénéficie de l'immunité diplomatique.

— Votre immunité diplomatique vous servirait-elle à quelque chose en cas de problèmes avec vos supérieurs à Londres ?

Les lèvres d'Abbington-Westlake se pincèrent.

— Bien sûr que non, poursuivit Bell. Je ne suis pas un agent du gouvernement, mais je sais où je pourrais en trouver. Et vous ne souhaitez sans doute pas que vos rivaux du Foreign Office apprennent que vous avez été pris la main dans le sac.

— Allons, mon ami, évitons de partir sur de mauvaises bases.

— Que m'avez-vous apporté ?

— Je vous demande pardon ? demanda l'attaché naval afin de gagner un peu de temps.

— *Qui* m'avez-vous apporté ? Donnez-moi un nom. Un espion étranger que je pourrais faire arrêter à votre place.

— Mon vieux, vous surestimez grandement mon pouvoir. Je n'ai personne à vous livrer.

— Quant à vous, je crains que vous surestimiez ma patience.

Bell jeta un regard circulaire dans le bar. Des couples buvaient un verre, installés à des tables plongées dans une pénombre presque totale. Plusieurs hommes étaient debout au comptoir.

— Vous voyez ce gentleman sur la droite ? poursuivit Bell. Celui qui porte un chapeau melon ?

— Eh bien ?

— Services secrets. Voulez-vous que je lui demande de se joindre à nous ?

L'Anglais s'humecta les lèvres.

— Très bien, Bell. Je vais vous dire ce que je sais, mais c'est peu.

— C'est un début, répliqua Bell d'un ton glacé. Un point de départ.

— Très bien. Parfait, commença Abbington-Westlake en se mouillant à nouveau les lèvres.

Le détective s'attendait à une histoire fallacieuse, mais il décida de laisser parler l'attaché naval sans l'interrompre. Une fois englué dans ses mensonges, l'Anglais serait plus vulnérable.

— Je connais un certain Colbert, un Français. Il est dans le commerce des armes.

— Colbert, dites-vous ?

Que Dieu bénisse le service de recherches Van Dorn, songea Bell.

— Raymond Colbert. Le commerce des armes n'est guère reluisant, mais en l'occurrence, il s'agit d'une simple couverture pour des activités beaucoup plus sinistres... Vous avez entendu parler du sous-marin néerlandais ?

Bell hocha la tête. Il avait demandé à Falconer de le renseigner et lui avait emprunté un livre traitant du sujet.

Tandis que l'attaché naval poursuivait son récit, Isaac Bell ne put s'empêcher d'admirer – sans rien en laisser paraître – le sang-froid d'Abbington-Westlake. Même sur le point d'être démasqué, il en profitait pour tenter de détruire l'homme qui soumettait son épouse à un chantage. L'Anglais continua un moment à pérorer à propos de plans d'architecture navale volés, et d'un système gyroscopique permettant d'assurer une trajectoire sous-marine stable. Bell le laissa parler jusqu'à ce que la porte s'ouvre et qu'un apprenti de l'agence Van Dorn entre dans le bar, une enveloppe de papier kraft à la main. Approbateur, Bell nota que le jeune homme ne s'approcha que lorsqu'il lui adressa un signe et qu'il se retira aussitôt après lui avoir tendu l'enveloppe.

— Vous savez, mon vieux, au moment où nous parlons, Colbert est en route pour New York sur un paquebot de la Compagnie Générale Transatlantique. Vous pourrez le pincer à l'instant même où il débarquera au quai 42. Pas mal, non ?

Bell ouvrit l'enveloppe et parcourut les clichés.

— Mais je vous ennuie peut-être, monsieur Bell ? demanda Abbington-Westlake d'un ton acide.

— Pas du tout, capitaine, c'est une fascinante fiction que vous me racontez là.

— Une fiction ? Mais vous devez...

Bell posa une photographie sur la table et la poussa vers lui.

— Vous, Lady Fiona et le Brooklyn Navy Yard. Attention, le papier est encore humide.

L'Anglais laissa échapper un lourd soupir.

— Je suis à votre merci, vous me le faites comprendre de façon on ne peut plus limpide.

— Qui est Yamamoto Kenta ?

Bell pariait sur la probabilité que les espions de la course aux armements navals, tout comme les braqueurs de banques et les escrocs, connaissent leurs collègues et rivaux. Il constata que son intuition était fondée. En dépit de la lumière tamisée, il vit briller les yeux d'Abbington-Westlake, comme si celui-ci entrevoyait soudain une porte de sortie.

— Attention ! l'avertit le détective. Une seule invention de votre part et je remets cette photographie à ce monsieur des services secrets, avec copie à l'ambassade britannique et aux services de renseignements de la marine américaine. Nous nous sommes bien compris ?

— Oui.

— Que savez-vous de lui ?

— Yamamoto Kenta est un espion japonais décoré à de multiples reprises. Cela fait une éternité qu'il est dans le métier. C'est aussi le numéro un de la Société du Noir Océan, qui œuvre en faveur des intérêts japonais à l'étranger. Il a été l'un des principaux instigateurs de l'infiltration de la flotte russe d'Asie par les Japonais. C'est en grande partie grâce à lui que les Japonais occupent aujourd'hui Port Arthur. Après la guerre, il a travaillé en Europe, et ridiculisé toutes les tentatives anglaises et allemandes de garder secrets les progrès de leur industrie navale. Il en sait plus sur Krupp que le Kaiser, et sur le HMS *Dreadnought* que son commandant lui-même.

— Et que fait-il ici ?

— Je l'ignore.

— Capitaine…, l'avertit Bell, menaçant.

— Je l'ignore, je vous le jure. Mais je vais vous dire une chose.

— Il vaudrait mieux que ce soit intéressant.

— C'est le cas, répliqua Abbington-Westlake d'un ton plus confiant. Très intéressant, parce qu'en réalité, il est tout à fait absurde qu'un espion du calibre de Yamamoto opère ici, aux États-Unis.

— Et pourquoi ?

— Les Japonais ne veulent pas vous combattre. Pas encore. Ils ne sont pas prêts. Même s'ils savent que vous ne l'êtes pas non plus. Pas besoin d'être un expert en construction navale pour comprendre que la Grande Flotte blanche ne vaut pas grand-chose. Mais les Japonais sont bien placés pour savoir que leur propre flotte n'est pas opérationnelle et qu'elle ne le sera pas de sitôt.

— Alors pourquoi Yamamoto est-il venu jusqu'ici ?

— J'ai dans l'idée qu'il joue un double jeu.

Bell leva les yeux vers l'attaché naval anglais, dont l'expression trahissait une perplexité qui paraissait sincère.

— Que voulez-vous dire ?

— Yamamoto Kenta travaille pour quelqu'un d'autre.

— Autre que la Société du Noir Océan ?

— C'est exact.

— Qui ?

— Je n'en ai pas la moindre idée, mais ce n'est pas pour le compte du Japon.

— Si vous ignorez pour qui il travaille, qu'est-ce qui vous fait penser qu'il s'agit de quelqu'un d'extérieur au Japon ?

— Yamamoto a proposé de m'acheter des renseignements.

— Quels renseignements ?

— Il pensait que je détenais des informations sur le nouveau cuirassé français. Il m'a offert une belle somme. L'argent ne semblait pas être un problème pour lui.

— Et vous aviez ces renseignements ?

— Les renseignements vont et viennent, on n'est jamais sûr de rien, répondit Abbington-Westlake, énigmatique. Le point important, mon vieux, c'est que les Japonais se soucient des Français comme d'une guigne. La marine française est incapable d'aller se battre dans le Pacifique. Ils arrivent à peine à défendre leur golfe de Gascogne.

— Alors pourquoi vouloir obtenir ces informations ?

— Tout le problème est là, c'est ce que je suis en train de vous expliquer. Yamamoto comptait les vendre à quelqu'un qui s'intéresse vraiment à la marine française.

— Qui ?

— Qui, sinon les Allemands ?

Bell étudia le visage de l'attaché naval pendant une bonne minute, puis il se pencha vers lui.

— Capitaine, il semblerait que derrière votre aimable verbiage, vous soyez très bien informé sur vos collègues espions. Je croirais volontiers que vous en savez plus sur eux que sur les navires que vous êtes censé espionner.

— Bienvenue dans l'univers de l'espionnage, monsieur Bell, répondit l'Anglais d'un ton cynique. J'ai le grand plaisir d'être le premier à vous féliciter de votre arrivée dans ce petit monde.

— Quels Allemands ? demanda Bell d'une voix dure.

— Eh bien, je ne peux rien vous révéler de précis, mais…

— Vous n'imaginez tout de même pas que les Allemands paieraient Yamamoto Kenta pour espionner à leur service ? coupa le détective. Qui suspectez-vous ?

Abbington-Westlake secoua la tête, de toute évidence en plein désarroi.

— Personne dont j'aie jamais entendu parler, aucun des personnages que l'on croise ici et là. Comme si le Chevalier Noir avait surgi du néant pour lancer un défi aux Chevaliers de la Table Ronde.

— Un outsider, murmura Bell, un franc-tireur

28

— UN FRANC-TIREUR, C'EST BIEN CELA, monsieur Bell. Vous avez tapé dans le mille. Mais cela laisse une question cruciale en suspens.

Le visage rond d'Abbington-Westlake rayonnait de soulagement – il était parvenu à intriguer le détective à tel point que celui-ci ne songeait même plus à l'interrompre.

— Et cette question est la suivante, poursuivit l'attaché naval. Pour qui espionne ce franc-tireur ?

— Les francs-tireurs sont-ils nombreux dans le milieu de l'espionnage ? demanda Bell.

— Les commanditaires font appel à toutes les ressources disponibles.

— Et vous-même, avez-vous déjà travaillé en free lance ?

Abbington-Westlake eut un sourire de dédain.

— La Royal Navy loue les services de francs-tireurs, mais ne travaille pas à leur service.

— Je veux dire, vous, personnellement – si vous aviez besoin d'argent.

— Je travaille pour la marine de Sa Majesté, je ne suis pas un mercenaire, répondit l'Anglais en se levant de table. Et maintenant, monsieur Bell, si vous voulez bien m'excuser, je crois avoir payé cette photographie à sa juste valeur. Vous en convenez ?

— J'en conviens.

— Bonne journée, monsieur.

— Juste un mot, capitaine.

— De quoi s'agit-il ?

— J'ai traité avec vous en qualité d'enquêteur privé. Mais en tant que citoyen américain, je vous préviens : si je devais vous voir prendre encore des photographies du Brooklyn Navy Yard ou de tout autre chantier naval de ce pays, ou si j'en entendais parler, je balancerais votre appareil photo par-dessus le pont et vous avec.

*

Isaac Bell remonta en hâte jusqu'aux bureaux de l'agence. L'affaire, déjà complexe, prenait encore de l'ampleur. Si Abbington-Westlake disait vrai, ce dont Bell était convaincu, alors Yamamoto Kenta n'était qu'un des nombreux agents du réseau qui conspirait contre le projet Hull 44, mais pas son chef. Tout comme l'Allemand, Weeks, ou celui qui avait poussé Grover Lakewood de la falaise. Qui était le vrai franc-tireur ? Et pour qui opérait-il ?

Bell était conscient de se trouver à la croisée des chemins. Il allait devoir décider s'il valait mieux arrêter Yamamoto Kenta et lui soutirer le maximum de renseignements, ou continuer à le suivre en espérant qu'il le mène à un maillon plus important de la chaîne. L'attente présentait des risques. Combien de temps faudrait-il pour qu'un professionnel aguerri comme Yamamoto flaire la piste de ses poursuivants et se mette à couvert ?

Alors qu'il faisait les cent pas dans un bureau retiré, il entendit la voix du réceptionniste.

— Il est là, monsieur, il vient d'arriver, je vous le passe.

L'homme appela Bell et lui tendit le combiné.

— Le patron.

— Il appelle d'où ?

— Washington.

— Yamamoto vient de sauter dans le train pour New York, annonça Joseph Van Dorn sans préambule. Il vient dans votre direction.

— Seul ?

L'ESPION

— Oui, sauf si vous comptez nos trois hommes qui ne le lâchent pas d'une semelle. Et les autres qui surveillent toutes les gares où s'arrête le Congressional Limited.

— Je vais faire surveiller le ferry ferroviaire, et nous saurons qui il est venu voir.

*

Pour traverser le fleuve entre Jersey City et Manhattan après l'arrivée du Congressional Limited dans l'immense gare au toit de verre, Yamamoto Kenta avait le choix entre au moins trois ferries de la Pennsylvania Railroad : le premier en partance pour la 23ᵉ Rue, le second pour Desbrosses Street, près de Greenwich Village, et le troisième pour Cortlandt Street, bien plus loin vers le centre de la ville. Il aurait même pu trouver un bateau pour Brooklyn ou pour remonter l'East River jusqu'au Bronx. Sa décision allait dépendre du comportement des agents Van Dorn qui l'avaient pris en filature.

Il avait aperçu les deux hommes dans son wagon, et il soupçonnait un homme plus âgé, vêtu comme un prêtre anglican, de l'avoir suivi quelques jours plus tôt déguisé en conducteur de tramway de Washington. Pendant un moment, il s'était demandé s'il n'allait pas sauter du train avant l'entrée en gare de Philadelphie pour échapper aux détectives qui surveillaient le quai. Mais compte tenu des multiples possibilités qui s'offraient à lui à New York, il ne jugea pas utile de mettre un terme prématuré à son périple.

Il était plus de minuit, et la foule clairsemée qui quittait la gare lui procurait une couverture un peu trop transparente à son goût. Il gardait cependant l'avantage. Les détectives qui le traquaient depuis une semaine ne se savaient pas repérés. Un mince sourire s'épanouit sur ses lèvres. Était-ce l'expérience, ou un don inné pour l'espionnage ? En tout état de cause, il connaissait déjà les ficelles du métier bien avant la naissance de ses poursuivants actuels.

Comme toujours, il voyageait léger, avec une seule petite valise. La Société du Noir Océan disposait de réserves d'argent illimitées. Il pouvait se permettre d'acheter des vêtements à n'importe quel moment, et ne voyait pas l'utilité de s'encombrer lorsque la situation exigeait des déplacements rapides. Sa gabardine était d'une nuance brune très claire, tirant sur le blanc, tout comme son chapeau, un panama en paille très fine orné d'un ruban sombre.

À l'intersection du quai et du hall de gare, le prêtre anglican accéléra et adressa un signe à un homme de grande taille que Yamamoto avait vu à Camden. À son retour à Washington, ayant découvert qu'il était sous surveillance, il s'était livré à un travail de recherche effréné pour en arriver à la conclusion qu'il devait s'agir du fameux Isaac Bell, de l'agence Van Dorn. Lors du lancement du *Michigan*, Bell portait un costume blanc et un chapeau à larges bords ; il était vêtu à présent comme un matelot, avec un pull épais et un bonnet de quart en maille qui recouvrait ses étonnants cheveux blonds dorés. Yamamoto s'autorisa un second sourire. Lui aussi savait jouer à ce jeu-là.

Emporté par le torrent des passagers et des porteurs affairés à pousser les malles des voyageurs, l'espion japonais suivit les pancartes qui indiquaient la direction des embarcadères. Une rangée de ferries attendaient à quai, de magnifiques monstres rouges à deux ponts, à embarquement et débarquement par la proue et la poupe, vomissant des volutes de fumée. Presque aussi imposants que des cuirassés, ils arboraient des noms de grandes villes américaines : *Cincinnati*, *St. Louis*, *Chicago*. Avec leurs moteurs à l'avant, leurs hélices les poussaient tout contre leur quai d'embarquement, et Yamamoto pouvait même s'offrir le luxe de choisir le pont sur lequel il voyagerait.

Des équipages de chevaux de trait emmenaient à grands claquements de fers des chariots de marchandises sur les vastes ponts inférieurs, parmi les automobiles et les camions. Les passagers à pied pouvaient partager avec eux cet espace, séparés par les cloisons des cabines qui parcouraient toute la longueur des bâtiments. Les cabines principales étaient installées sur les ponts supérieurs. En tant que passager de première classe, Yamamoto Kenta bénéficiait pour la brève traversée du fleuve d'un salon privé – il y en avait un pour les dames et un pour les hommes. Il pouvait aussi rester sur le pont, où le vent salé du port ne tarderait pas à disperser la fumée et les particules de cendre.

Son choix ne fut pas guidé par la destination, mais par le fait que l'un des ferries refermait déjà sa grille d'embarquement et empêcherait ainsi tout nouveau passager de monter à bord.

— Pas si vite, Chinetoque ! lui lança en plein visage un matelot à l'imposante carrure.

Yamamoto avait déjà à la main un billet de dix dollars. Les yeux du marin s'élargirent en constatant sa bonne fortune. Il attrapa aussitôt le billet.

— Montez à bord, monsieur, appareillage immédiat !

Yamamoto s'enfonça sans tarder à l'intérieur du bateau et se dirigea à pas vifs vers l'escalier qui menait au pont supérieur.

Le sifflet lança sa note aiguë. Le tremblement du pont disparut au moment où les hélices qui maintenaient l'énorme bâtiment en place cessèrent de tourner, puis une secousse l'ébranla de la proue à la poupe lorsqu'elles s'actionnèrent en sens inverse pour lui faire quitter l'appontement.

Le Japonais atteignit l'escalier de bois orné de gravures qui s'élevait en une gracieuse courbe. Pour la première fois, il jeta un coup d'œil par-dessus son épaule. Il vit alors Isaac courir à toutes jambes vers l'appontement, puis bondir en l'air pour tenter de franchir l'espace sans cesse grandissant entre l'appontement et le ferry. Yamamoto attendit dans l'espoir de voir le détective tomber à l'eau.

Isaac Bell atterrit avec grâce, arriva d'un bond à la grille et entama une discussion avec les matelots.

Yamamoto monta l'escalier en courant. Il présenta son billet de train pour entrer dans le salon de première classe réservé aux hommes. Il s'installa dans un box dont il ferma la porte, puis il mit son manteau à l'envers, révélant sa doublure noire. Le ruban de son panama se composait de multiples couches d'une soie tissée très serrée. Il le déroula pour former un long foulard avec lequel il attacha sur sa tête le chapeau dont il avait replié les bords vers le bas. Il ne lui manquait qu'un accessoire, qu'il gardait en réserve dans sa valise. Lorsque le ferry accosterait, il ne lui resterait plus qu'à attendre que tous les hommes quittent le salon de première classe. Il venait d'ouvrir sa valise lorsque sous ses pieds, le grondement des hélices se tut soudain.

L'avance du ferry fut ralentie d'un seul coup, et il dut se cramponner au mur pour ne pas tomber. Le sifflet du bord émit trois coups brefs. Les hélices se remirent à tourner en faisant trembler le pont. Saisi d'une horreur incrédule, Yamamoto Kenta constata alors que le bâtiment revenait en arrière vers l'appontement qu'il venait de quitter.

*

Parmi les centaines de passagers du ferry de la Pennsylvania Railroad, celui dont la fureur était la plus bruyante était un sénateur des États-Unis, qui rugissait comme un lion en colère.

— Mais que diable se passe-t-il ici ? hurlait-il au capitaine du ferry. Je viens de Washington, j'ai voyagé toute la journée et je suis en retard pour mon rendez-vous de ce soir à New York.

Personne n'osa demander au sénateur de renoncer à la compagnie de son épouse, qu'il devait retrouver à minuit. Même le capitaine du ferry, un vétéran de la North River, ne se sentit pas le courage de lui expliquer qu'un détective Van Dorn habillé comme un matelot avait fait irruption dans la timonerie et sorti de son portefeuille un laissez-passer qui ne ressemblait à rien de ce qu'il avait pu voir jusqu'à présent. Le document exigeait que les employés lui accordent toutes les facilités possibles, même celles auxquelles ne pouvait prétendre un sénateur qui avait pourtant voté sans broncher toutes les lois approuvées par le lobby des chemins de fer. Le papier, rédigé à la main, avait été signé et scellé par le président de la Pennsylvania Railroad en personne avec un juge fédéral pour témoin. Tous devaient s'y conformer, dans les seules limites du bon sens et de la sécurité.

— Comment avez-vous obtenu ce laissez-passer ? avait demandé le capitaine en ordonnant à la salle des machines d'arrêter les moteurs.

— Le président de la compagnie nous devait un service, avait répondu Bell. Et lorsque ses employés se montrent coopératifs, je lui en glisse toujours un mot.

Le capitaine expliqua donc au sénateur que l'incident était dû à une panne mécanique.

L'ESPION   241

— Et combien de temps allons-nous devoir attendre ?

— Tous les passagers doivent débarquer et prendre le ferry suivant, monsieur. Permettez-moi de porter votre sac.

Le capitaine s'empara du bagage du sénateur, qu'il accompagna le long de la coursive et jusqu'en bas de la passerelle d'embarquement, où des détectives examinaient tous les passagers.

Isaac Bell resta en retrait derrière les autres agents Van Dorn et observa tous les visages par-dessus leurs épaules. La façon dont Yamamoto avait choisi de s'échapper – en sautant à bord au dernier moment – prouvait que les fileurs s'étaient montrés maladroits. Le Japonais se savait suivi. Désormais, il ne s'agissait plus d'une filature, mais d'une traque.

Trois cents passagers, hommes, femmes et enfants encore endormis, passèrent devant les agents. Dieu merci, songea Bell, on était en pleine nuit. Dans la journée, aux heures de pointe, les voyageurs se comptaient par milliers.

— Et voilà, c'était le dernier.

— Très bien. Maintenant, nous allons fouiller les moindres recoins du ferry. Il se cache forcément quelque part.

*

Une petite dame âgée en longue robe noire, qui portait une chaude écharpe et un bonnet de paille maintenu en place par un foulard de couleur sombre, monta à bord d'un tramway à l'extérieur du terminal de l'Exchange Place. La ligne conduisait jusqu'à la ville de Hoboken en suivant un long et lent itinéraire entrecoupé d'innombrables arrêts. Le tramway décrivit une boucle autour d'une place près de Ferry Street et de River Street, et la passagère descendit pour poursuivre son périple à une vitesse nettement supérieure. Elle descendit sous terre pour emprunter le premier des chemins de fer souterrains de McAdoo, qui venait alors d'être mis en service. Pour cinq cents, elle embarqua à bord d'un train électrique à huit wagons, si neuf qu'il sentait encore la peinture.

Le convoi passa sous l'Hudson, et dix minutes après le départ, la vieille femme le quitta au premier arrêt de New York. Les employés qui gardaient la porte à air comprimé échangèrent un regard. Le quartier de Christopher Street et de Greenwich Street, au-dessus des plafonds aux éclairages superbes du chemin de fer souterrain, était loin d'être aussi attrayant que la gare, surtout à une heure aussi tardive. Avant qu'ils aient pu mettre la passagère en garde, celle-ci passa au pied de l'escalier devant une jolie boutique de fleuriste, fermée, mais dont l'éclairage étincelait encore sur les bouquets, puis elle disparut.

Une fois arrivée dehors, elle se retrouva sur une place sombre, aux pavés crasseux. Des entrepôts dominaient des maisons autrefois habitées par des familles distinguées, mais reconverties depuis longtemps en immeubles locatifs. Elle attira l'attention d'un voyou qui la suivit et commença à s'approcher alors qu'elle arrivait près d'une ruelle. Elle se retourna d'un seul mouvement et appuya le canon d'un petit pistolet sur le front du malfaiteur.

— Je peux vous payer un bon prix si vous me trouvez une chambre convenable où passer la nuit, dit-elle d'une voix douce, mais virile, avec un accent que l'homme n'avait jamais entendu de sa vie. Ou alors j'appuie sur la détente. À vous de voir.

29

— J'AI UN TRAVAIL POUR HARRY WING ET LOUIS LOH, annonça Brian O'Shay.

— Qui ? demanda le commodore, qui commençait à se dire qu'il voyait O'Shay un peu trop souvent à son goût.

— Tes hommes de main Hip Sing, répondit O'Shay d'un ton impatient. Les Chinois avec qui tu faisais affaire le jour où je suis revenu d'entre les morts. Ne joue pas à l'idiot avec moi. Nous avons déjà parlé de tout cela.

— Ce ne sont pas mes hommes, je te l'ai dit. J'ai juste conclu un accord avec eux pour ouvrir de nouvelles boîtes.

— J'ai du boulot pour eux.

— Et qu'est-ce que je viens faire là-dedans ?

— Je ne veux pas les rencontrer. Je veux que tu traites avec eux. Tu comprends ?

— Tu ne tiens pas à ce qu'ils te voient.

— Ni à ce qu'ils entendent parler de moi. Pas un mot, Tommy. À moins que tu ne veuilles vivre le restant de tes jours dans la peau d'un aveugle.

Pour Tommy Thompson, la coupe était pleine. Il se renfonça sur le dossier de son siège, qu'il fit basculer en équilibre sur deux pieds.

— Je crois qu'il est temps que je prenne un flingue et que je te fasse sauter la cervelle, Brian.

O'Shay se leva d'un bond. Il écarta d'un coup de pied une chaise qui se fendit en éclats et fondit sur Tommy. Le patron des Gopher s'effondra sur le sol. En entendant le bruit, qui fit trembler le plancher, les videurs du bar-saloon accoururent dans la pièce. Ils s'arrêtèrent net. O'Shay, un genou au sol, maintenait la tête du commodore cravatée, le visage coincé en direction du plafond. Sa gouge en acier éraflait déjà l'œil gauche du gangster.

— Débarrasse-nous de tes videurs, lui ordonna-t-il.

— Sortez d'ici, les gars, dit Tommy d'une voix étranglée.

Les videurs quittèrent la pièce. O'Shay desserra d'un seul coup sa prise et laissa le corpulent gangster s'affaler sur le dos, puis il se redressa et épousseta d'un geste négligent la sciure sur son pantalon.

— Voilà ce que je veux, annonça-t-il d'un ton dégagé. Je veux que tu envoies Harry Wing et Louis Loh à San Francisco.

— Pourquoi San Francisco ? Qu'y a-t-il là-bas ? demanda Tommy d'un air maussade.

Il se releva et alla extraire une bouteille d'un tiroir de son bureau.

— Le Mare Island Naval Shipyard.

— Qu'est-ce que c'est que ça ?

— Un chantier naval, tout comme le Brooklyn Navy Yard. C'est là que la Grande Flotte blanche se réapprovisionne et que les navires repeignent leur coque avant d'appareiller pour Honolulu, Auckland ou le Japon.

— Bon Dieu, mais dans quoi t'es-tu fourré ?

— À l'intérieur du périmètre du chantier naval de Mare Island, il y a un entrepôt de munitions. Je veux que Harry Wing et Louis Loh le fassent sauter.

— Faire exploser un chantier naval ? s'écria Tommy, qui laissa tomber sa bouteille et se leva d'un bond. Tu es devenu cinglé ?

— Non.

Tommy lança un regard éperdu autour de la pièce, comme si une meute de flics avait les oreilles collées aux murs.

— Et pourquoi est-ce que tu me racontes tout ça ?

L'ESPION   245

— Parce que quand l'entrepôt de munitions de Mare Island partira en fumée, tu récolteras plus de pognon que tu n'en as vu de toute ta vie.

— Combien ?

Eyes O'Shay annonça une somme, et le commodore Tommy Thompson se rassit, le sourire aux lèvres.

*

Le détective John Scully continuait à écumer Chinatown sous les déguisements les plus variés. Un jour camelot, chiffonnier le lendemain, ivrogne sans domicile fixe – « soldat de l'armée des bancs publics » –, ou encore fonctionnaire des services de santé de la ville, connus pour empocher des pots-de-vin dans le but de réduire leurs frais. Il accumulait les indices sur le gang Gopher et sa présence de plus en plus visible dans le centre de la ville. Les prostituées évoquaient avec envie un établissement de jeu qui faisait office de fumerie d'opium, et dont les filles étaient sélectionnées avec la plus grande rigueur. L'amie d'un parrain Hip Sing dirigeait la boîte, et se montrait paraît-il régulière avec ses employées.

— Des filles chinoises ? demanda Scully, les yeux écarquillés, provoquant des éclats de rire parmi les professionnelles à qui il offrait à boire sur Canal Street.

— Il n'y a pas de filles chinoises à Chinatown.

— Comment cela, pas de filles chinoises ?

— Ils n'ont pas le droit de les faire venir aux États-Unis.

— Alors d'où viennent ces filles ?

— Des Irlandaises. Qu'est-ce que tu t'imagines ?

— Et l'amie de ce Chinois est une Irlandaise ? s'étonna Scully, comme s'il s'agissait d'une situation hors de portée de son imagination.

L'une des femmes baissa la voix et regarda autour d'elle avant de poursuivre :

— On dit que c'est une Gopher.

Cette fois, Scully n'eut pas besoin de jouer les péquenauds pour feindre la surprise. La fait était si inhabituel que seules deux explications paraissaient plausibles : le renseignement était faux, ou alors révélateur d'une étrange et dangereuse alliance entre Hell's Kitchen et Chinatown.

Scully savait devoir informer l'agence du moindre soupçon de collusion entre la pègre chinoise et le gang Gopher, ou tout au moins en avertir Isaac Bell. Mais son expérience et son instinct l'avertissaient : il était sur le point de faire une découverte qui permettrait de résoudre l'affaire du Hull 44. Il se sentait si près de découvrir toute l'histoire qu'il décida de retarder son rapport d'un jour ou deux.

Pour sceller son pacte avec la société Hip Sing, le gang Gopher avait-il « offert » la fille ? Ou celle-ci avait-elle agi de sa propre initiative ? À en croire Harry Warren, les femmes Gopher étaient souvent pires que les hommes – bien plus malignes et encore plus retorses. Quelle que soit la réponse, le détective John Scully mettrait un point d'honneur à se rendre au Knickerbocker avec l'histoire au complet et non une simple rumeur.

Quelques jours plus tard, la chance lui sourit enfin.

Il revint à Chinatown vêtu comme un provincial en goguette. Un costume ample mal coupé tombait, informe, sur son ample silhouette. Les revers de son pantalon couvraient à peine le haut de ses bottines démodées. En revanche, le canotier flambant neuf acheté chez Brooks Brothers, à Broadway, et la chaîne de montre en or qui dépassait de son gilet le désignaient comme un candidat tout prêt à se faire plumer.

Il entra dans un établissement de Doyers Street qui présentait un spectacle d'opéra chinois. Les journaux surnommaient depuis peu Doyers Street la « rue sanglante », car la petite allée tortueuse avait la réputation d'être le théâtre de batailles entre la société Hip Sing et le gang On Leong. Quelque part dans la rue, lui avait-on dit, se nichait un établissement appartenant aux Hip Sing, et l'on y trouvait l'opium le plus pur, les plus belles filles, ainsi qu'une table de roulette tenue par un croupier qui connaissait son affaire sur le bout des doigts.

Le détective avait assez vu de tables de roulette dans sa vie pour ne pas se laisser tenter par le jeu. Il n'avait rien contre les jolies filles, même s'il ne comprenait jamais très bien pourquoi elles

L'ESPION

semblaient souvent jeter leur dévolu sur lui. Et quand c'était le cas, l'opium ne faisait qu'ajouter au plaisir de la chose.

Lorsqu'il ressortit dans la rue après avoir assisté au spectacle pendant un moment, un authentique péquenaud levait les yeux vers un drapeau américain qui pointait hors d'une lucarne au troisième étage de l'établissement.

— L'opéra chinois ? demanda-t-il à Scully. À quoi ça peut bien ressembler ?

— Sûrement pas à un opéra que je connais, lui répondit Scully. Leurs voix grincent comme s'ils manquaient d'huile dans les rouages. Mais les costumes et les maquillages valent le détour. Un vrai spectacle !

— Il y a des filles ?

— Faut voir…

L'homme tendit la main au détective.

— Tim Holian. Je travaille dans une entreprise spécialisée dans le cuivre, à Waterbury.

— Jasper Smith. Je suis dans une affaire de mercerie à Shenectady.

— Schenectady ? Alors vous connaissez à coup sûr mon cousin Ed Kelleher. Il est président du Rotary.

Scully ne s'attendait pas à une telle question, cauchemar de tout détective sous couverture.

— Je ne l'ai pas revu depuis qu'il s'est enfui avec la nièce de ma femme.

— Quoi ? Attendez, il doit s'agir d'une erreur. Ed est un homme marié.

— Rien que d'y penser, ça me révolte. La pauvre petite, elle a à peine quinze ans !

Holian se retourna, l'air ahuri, et se remit en marche vers Mott Street. Scully se remit à faire les cent pas entre l'entrée de l'établissement et une grande fenêtre en arc de cercle recouverte d'un grillage. Il ne lui fallut que peu de temps pour être repéré par un rabatteur.

— Alors, mon ami, ça vous dirait de passer un bon moment ?

Scully toisa l'intrus. D'âge moyen, édenté et vêtu de hardes, c'était un ancien Bowery Boy, sans doute plus très violent, mais tout à fait prêt à livrer son prochain à d'autres qui l'étaient beaucoup plus, surtout après un coup d'œil à la chaîne de montre en or.

— Vous pensez à quoi ? demanda Scully.

— Des filles, ça vous dirait ?

Scully fit un signe en direction de Mott Street.

— Le gars avec un chapeau de paille, qui était là. Lui, il cherche des filles.

— Et vous ? Vous voulez jeter un coup d'œil à des camés dans une fumerie ?

— Fichez-moi le camp.

Le rabatteur prit l'avertissement au sérieux et préféra suivre la piste de l'homme de Waterbury. Scully continua à faire les cent pas, sans le moindre succès.

Depuis son arrivée devant l'établissement, il n'avait rien appris, et n'avait vu entrer ou sortir aucun client. Peut-être était-il trop tôt ? Pourtant, dans ce genre d'endroit, si les rideaux restaient toujours fermés, à l'intérieur, les affaires se poursuivaient toute la journée et toute la nuit. Il rôda encore une heure dans les parages, sans grand espoir de progresser. Les rabatteurs comme celui qu'il venait d'envoyer au diable ne le conduiraient jamais dans un établissement haut de gamme tel que celui dont parlaient les prostituées. Aussi en chassa-t-il quelques autres tout en attendant d'éventuels clients qui lui indiqueraient la piste à suivre.

Un spectacle inhabituel attira soudain son attention. Marchant à pas rapides, tout en jetant de fréquents coups d'œil derrière elle vers un flic qui semblait la suivre, une Irlandaise à la peau claire portait un bébé chinois. Bâtie comme un déménageur, elle arborait le genre de sourire amusé et complice qu'appréciait Scully. Il porta la main à son chapeau et se recula sur l'étroit trottoir pour laisser passer la jeune femme qui se hâtait dans la direction de Mott Street. De près, le bébé ne semblait pas cent pour cent chinois, et une touffe de cheveux blonds couronnait son crâne.

Le flic passa devant Scully et rattrapa la fille à l'angle de la rue. Il jeta un regard méfiant vers la couverture qui emmaillotait l'enfant. À peu près sûr de ce qui risquait d'arriver, Scully s'approcha.

— Je vais devoir vous embarquer, annonça le flic.

— Et pour quelle raison, bon Dieu ? demanda la mère.

— Pour votre protection. Toutes les femmes blanches mariées à un Chinois doivent prouver qu'elles n'ont pas été kidnappées et ne sont pas retenues contre leur gré.

— Kidnappée ? Je n'ai jamais été kidnappée ! Je fais des courses pour préparer le dîner à mon mari.

— Si vous voulez que je vous croie, il va falloir me montrer votre acte de mariage.

— Parce que vous imaginez que l'ai toujours sur moi, pour l'amour du ciel ? Vous savez bien que je suis mariée. Vous voulez juste vous en prendre à moi pour que je vous refile quelques billets.

Le flic rougit de colère.

— Allez, suivez-moi, grogna-t-il en prenant la jeune femme par le bras.

Le détective s'avança.

— Officier, puis-je vous parler en privé ?

— Qui êtes-vous ? Déguerpissez !

— Là d'où je viens, l'argent est roi, répondit Scully en glissant au policier les billets qu'il avait préparés au creux de sa main.

L'homme tourna les talons et repartit vers la Bowery d'un pas traînant.

— Pourquoi avez-vous fait ça ? demanda la fille, des larmes de colère dans les yeux.

— Sur le moment, j'ai pensé que c'était une bonne idée. Ils vous embêtent souvent ?

— Ils agissent ainsi avec toutes les femmes mariées à des Chinois. Comme si une femme n'avait pas le droit de se marier avec qui elle veut ! Mais comme ils détestent l'idée qu'une Blanche puisse se marier avec un Asiatique, ils disent que c'est parce qu'on est des malades de l'opium. Quel mal y a-t-il à épouser un Chinois ? Le mien travaille dur. Il rentre tous les soirs à la maison. Il ne boit pas, il ne me bat pas. D'ailleurs, je lui flanquerais une rouste s'il essayait. C'est un tout petit gars.

— Il ne boit pas ? demanda Scully. Est-ce qu'il fume de l'opium ?

— Il rentre tous les soirs pour dîner, répondit l'Irlandaise en souriant. Son opium, c'est moi.

Scully prit une grande inspiration et regarda autour de lui d'un air coupable.

— Admettons que quelqu'un veuille essayer de fumer une fois, juste pour voir à quoi ça ressemble ?

— Je dirais qu'il joue avec le feu.

— Alors disons qu'il veut quand même prendre le risque. Je ne suis pas du coin. Il y a un endroit sûr où un type comme moi pourrait essayer ?

La jeune femme mit ses mains sur ses hanches et regarda Scully bien en face.

— J'ai bien vu que vous aviez donné beaucoup trop de fric à ce policier. Vous en avez tant que cela ?

— Oui madame. Je me suis très bien débrouillé, j'ai bossé, mais là, j'ai envie d'en profiter un peu, d'essayer quelque chose de nouveau.

— C'est votre problème.

— Oui, madame, c'est bien comme cela que je vois les choses. Mais je suis prêt à payer ce qu'il faut pour trouver un endroit où je ne risque pas de me faire assommer.

— L'endroit en question, il est devant vous, répondit l'Irlandaise en désignant d'un mouvement de tête l'établissement où Scully avait assisté au spectacle d'opéra chinois.

Le détective leva les yeux vers la grande fenêtre à l'étage.

— C'est là ? J'y étais tout à l'heure pour l'opéra.

— Il y a une salle en haut pour les gens qui aiment prendre des risques. Vous pourrez essayer l'opium. Entre autres choses.

— Juste là ? insista Scully en se grattant la tête avec un air ahuri.

Son travail de détective l'avait amené près du but, mais sans sa rencontre avec l'Irlandaise, il aurait pu encore piétiner pendant une semaine. Preuve que les bonnes actions sont toujours récompensées, se dit-il.

— Vous allez au balcon comme si vous vouliez assister au spectacle, et puis vous montez encore, vous allez vers l'arrière de l'immeuble et vous verrez une petite porte. Frappez, et on vous laissera entrer.

— C'est tout ?

— Pour les Chinois, il n'existe que deux sortes de gens. Les étrangers à l'extérieur, la famille et les amis à l'intérieur.

— Mais pour eux, je suis un étranger.

— Dites-leur que vous venez de la part de Sadie, et vous ne serez plus un étranger.

— Alors vous aussi, vous avez joué avec le feu ? demanda Scully en souriant.

— Oh non ! répondit-elle dans un éclat de rire en gratifiant le détective d'une tape sur l'épaule. Vous n'y pensez pas. Mais je connais certaines des filles.

*

Scully acheta un nouveau billet, monta jusqu'au balcon, tourna le dos aux cris grinçants qui provenaient de la scène, monta à l'étage et frappa à la petite porte que lui avait indiquée Sadie. Il entendit glisser le cache d'un judas et afficha le sourire mal assuré d'un homme qui se sait à cent lieues de son territoire. La porte, sécurisée par une lourde chaîne, s'entrouvrit.

— Que voulez-vous ? demanda un Chinois à la carrure massive.

Scully aperçut le manche d'une hachette qui dépassait de sa tunique.

— C'est Sadie qui m'envoie.

— Ah ! grogna le garde, qui défit la chaîne et ouvrit la porte. Entrez, ajouta-t-il d'un ton solennel en désignant d'un geste un escalier recouvert d'un tapis.

John Scully gravit les marches, environné du parfum douceâtre de la fumée d'opium.

Le détective n'eut pas à feindre la surprise lorsqu'il découvrit la vaste pièce baignée d'une lumière dorée. Des tentures rouges étaient suspendues au plafond, et le moindre centimètre carré de mur était couvert de rideaux, de tapisseries et de panneaux de soie peinte illustrés de dragons, de montagnes et de jeunes danseuses. Décoré de meubles en bois gravé aux riches ornements et illuminé par des lanternes colorées, l'endroit évoquait, songea Scully, la salle du trône d'un palais pékinois, à l'exception toutefois des eunuques.

Des hommes de main Hip Sing à l'allure patibulaire, vêtus de costumes sombres, surveillaient les tables où l'on jouait au pharaon ou au fan-tan, et de jolies filles apportaient des pipes d'opium aux clients qui se prélassaient sur des canapés. Toutes ces filles, qui portaient de longues jupes moulantes fendues jusqu'aux genoux, étaient blanches, même si celles qui avaient les cheveux sombres étaient maquillées pour paraître chinoises. Les prostituées avaient raison : à Chinatown, les Chinoises brillaient par leur absence.

La clientèle qui rêvassait, à demi inconsciente, dans les brumes de l'opium, était composée d'Asiatiques et d'hommes blancs. Scully aperçut de prospères commerçants chinois, certains vêtus de la traditionnelle tunique de mandarin, d'autres en costume, coiffés de chapeaux melon ou de canotiers. Parmi les Blancs, on distinguait des bourgeois de la 5ᵉ Avenue et des étudiants de bonne famille, du genre à compter sur le carnet de chèques de papa pour éponger les dettes de jeu. Plus intéressant encore, Scully vit deux gangsters laids à faire peur, sanglés dans des costumes étroits et arborant des cravates voyantes. Le détective aurait volontiers parié un mois de salaire qu'il s'agissait de membres du gang Gopher.

Depuis combien de temps ces gens étaient-ils là ? Il était resté dehors près de la porte pendant des heures sans voir entrer personne. L'établissement devait avoir une entrée autre que celle de Doyers Street. Il avait donc attendu devant la façade pendant que les clients entraient par derrière.

Un homme blanc se redressa sur son canapé, mit son melon sur sa tête et, mal assuré, posa ses pieds sur le sol. Quand il se leva, leurs regards se croisèrent. Scully eut le souffle coupé par la surprise. Que diable était venu faire l'agent Harry Warren dans un tel lieu ?

Les deux détectives détournèrent très vite les yeux.

Harry avait-il eu vent des mêmes rumeurs que lui ? C'était peu probable, jugea Scully. Harry Warren filait les Gopher, et c'est ainsi qu'il avait atterri ici. Warren, spécialiste des gangs, n'était pas encore au courant de l'alliance entre le gang Gopher et la société Hip Sing. Il s'était contenté de suivre un des Gopher jusqu'à l'établissement, mais sans en tirer les conclusions qui

L'ESPION

s'imposaient. Scully avait une avance plus que confortable sur lui et ses « experts », se dit-il non sans fierté. Il allait s'offrir le luxe de battre les Van Dorn new-yorkais sur leur propre terrain.

Deux filles s'approchèrent de lui.

L'une était une Irlandaise brune, bien galbée, maquillée à la chinoise. L'autre était une fille rousse de petite taille, d'allure très chic, avec des yeux bleus si vifs qu'ils étincelaient à la sourde lueur des lanternes. Elle rappela à Scully la chanteuse et comédienne Lillian Russell à l'époque où elle était encore mince et élancée. Était-ce en raison de son immense chapeau à bords relevés vers le haut, de l'épaisse couche de poudre et de maquillage sur son visage d'ange, ou encore de sa propre réaction aux effets des âcres nuages de fumée ?

La jeune femme rousse congédia la brune d'un bref hochement de tête.

Le pouls de Scully s'emballa. Bien que très jeune, elle se comportait comme la patronne des lieux. Elle était sans doute celle qu'il cherchait – la maîtresse du patron des Hip Sing.

— Bienvenue dans notre humble établissement, dit-elle avec une attitude qui évoqua dans l'esprit de Scully l'image d'une princesse chinoise de vaudeville, à l'exception de l'accent caractéristique de Hell's Kitchen. Comment avez-vous entendu parler de notre maison ?

— C'est Sadie qui m'envoie.

— Sadie nous fait là un bien grand honneur. Qu'est-ce qui vous ferait plaisir, cher monsieur ?

Scully resta bouche bée, tel un paysan sorti du fin fond de sa cambrousse et confondu par les possibilités qui se présentaient à lui. C'était d'ailleurs un peu le cas. Cette jeune femme parlait affaires comme une authentique mère maquerelle, mais elle le regardait droit dans les yeux comme si elle s'offrait à lui. Et il était vrai, Scully devait l'admettre en son for intérieur, que sur le plan de la séduction, cette jeune beauté ne craignait personne.

— Dites-moi ce qui vous tente.

— J'ai toujours voulu essayer un peu d'opium.

La jeune femme parut déçue.

— Vous pourriez en obtenir chez votre apothicaire. D'où venez-vous ?

— Schenectady.

— Un homme dans votre position ne peut-il donc pas trouver de l'opium dans une pharmacie ?

— Là où je vis, cela me paraît un peu gênant, si vous voyez ce que je veux dire.

— Bien sûr. Je comprends. Eh bien, de l'opium, c'est entendu. Venez avec moi.

La jeune femme prit la main de Scully dans la sienne, qui était petite, chaude et ferme. Elle le conduisit vers un sofa en partie masqué par des draperies et l'aida à s'installer à son aise, la tête sur un oreiller doux et confortable. L'une des « Chinoises » lui apporta une pipe.

— Passez un bon moment, lui dit la jeune rouquine, je reviendrai vous voir un peu plus tard.

30

— LES GOPHER ONT EU UN DE MES GARS, annonça Harry
Warren au téléphone à Isaac Bell, alors que celui-ci se
trouvait au Knickerbocker.

— Qui ?

— Eddie Tobin, le petit jeune.

Bell partit aussitôt pour le Roosevelt Hospital, au coin de la
59e Rue et de la 9e Avenue. Harry l'intercepta dans le hall.

— Je l'ai fait installer dans une chambre privée. Si le patron ne
paye pas, c'est moi qui le ferai.

— S'il ne paye pas, c'est moi qui m'en chargerai, lui répondit
Bell. Comment va-t-il ?

— Ils l'ont frappé au visage avec des têtes de haches fixées à
leur bottes, lui ont défoncé le crâne à coups de tuyaux de plomb, et
ils lui ont cassé un bras et les deux jambes.

— Il va s'en tirer ?

— Les Tobin sont des marins de Staten Island – les huîtres, les
remorqueurs, la contrebande, et j'en passe. C'est un dur. Ou plutôt,
c'était un dur. Difficile de savoir comment un type va s'en sortir
après une raclée pareille. Pour autant que je le sache, ils devaient
être quatre. Il n'avait pas la moindre chance.

Bell entra dans la chambre et se pencha, poings serrés, sur le
jeune homme inconscient. Il avait la tête emmaillotée d'épais
bandages d'où suintait du sang. Un médecin déplaçait un

stéthoscope à intervalles réguliers sur son torse. Une infirmière à la blouse amidonnée se tenait debout près de lui.

— Ne lésinez sur aucune dépense, recommanda Bell au docteur. Je veux qu'une infirmière reste à son chevet nuit et jour.

Il rejoignit Harry Warren dans le hall.

— Nous sommes ici dans ta ville, Harry. Comment allons-nous réagir ?

L'expert des gangs hésita, à l'évidence peu satisfait de la réponse qu'il allait donner à Bell.

— De façon générale, ils ne cherchent pas d'ennuis aux Van Dorn. Mais les Gopher sont beaucoup plus nombreux que nous, et si une guerre devait éclater, il ne faut pas oublier qu'ils se battent sur leur propre territoire.

— La guerre a déjà commencé, fit observer Bell.

— Les flics ne nous seront d'aucune utilité. Tu sais comment la ville fonctionne, avec les politiciens, l'église, les flics et les gangsters qui se partagent le territoire. Tant que personne ne se montre rapace au point de susciter des velléités de réforme, ils ne vont pas se bagarrer entre eux pour une histoire de détective tabassé. On est seuls. Mais écoute, Isaac, avoue que c'est quand même curieux. Ce n'est pas le genre de Tommy Thompson de chercher les ennuis quand il peut les éviter. Ce ne serait pas un message pour nous faire comprendre de rester à l'écart ? C'est le genre de choses qu'on fait à un gang rival, les Duster ou les Five Points. Il sait très bien qu'on n'agit pas ainsi avec les Van Dorn. C'est comme s'il admettait qu'il reçoit ses ordres de notre espion.

— Je veux que tu leur envoies un message.

— Je peux m'adresser à des gens qui le lui feront passer, si c'est ce que tu as en tête.

— Dis-leur qu'Isaac Bell va télégraphier à son vieil ami Jethro Watt, le patron de la Southern Pacific Railroad Police, pour qu'il envoie deux cents de ses « yard bulls » à New York, histoire de surveiller les voies de garage et les entrepôts de la 11ᵉ Avenue.

— Tu peux vraiment faire ça ?

— Jethro est toujours prêt à la bagarre, et je sais que les compagnies ferroviaires en ont assez que leurs trains de marchandises soient dévalisés. Tommy Thompson y réfléchira à deux fois avant de s'en prendre encore à un Van Dorn. Les gars de Jethro, ce n'est peut-être pas le dessus du panier, mais ce sont de vraies teignes, et ils ne craignent que leur propre patron. Jusqu'à ce qu'ils arrivent, aucun de nos agents ne bosse seul. Que les Van Dorn sortent par deux, et qu'ils prennent des précautions quand ils sont de repos.

— À propos d'être seul, je suis tombé sur ton pote John Scully.

— Ou cela ? Je n'ai pas eu de nouvelles depuis des semaines.

— Je filais un lieutenant des Gopher à Chinatown. Chou blanc. Il a passé la journée à fumer de l'opium. Et Scully se baladait là-bas attifé comme un touriste.

— Qu'est-ce qu'il faisait ?

— Quand je suis parti, il s'apprêtait à fumer une pipe.

— De tabac ? demanda Isaac Bell sans trop y croire.

— Je crains que non.

Bell croisa le regard de Warren.

— Eh bien si tu y as survécu, Scully y survivra aussi.

*

En bordure de Greenwich Village, le steamer transatlantique *Kaiser Wilhem der Gross II* poussa ses quatre hautes cheminées noires et ses deux mâts haut perchés vers le ciel assombri de fumée. Sa proue droite dominait les remorqueurs, la jetée et les flottes de cabs et de taxis automobiles qui circulaient dans le quartier.

— Ici, c'est parfait, Dave, dit Isaac Bell au chauffeur par le tube acoustique de la limousine Packard verte prêtée par le père de Lillian, l'épouse d'Archie Abbott. Le magnat des chemins de fer ne pouvait à son grand regret venir accueillir en personne sa fille adorée, car il traversait le continent à bord de son train privé – sans doute sur la piste d'une compagnie ferroviaire indépendante à ajouter à son empire. Le détective, qui avait des raisons urgentes de s'entretenir avec Archie, lui avait proposé de le remplacer.

— Je vous retrouverai dans Jane Street quand vous les aurez fait monter en voiture, ajouta-t-il à l'adresse du chauffeur.

Il sortit sur la chaussée couverte de pavés et observa la passerelle de débarquement. Sans surprise, les nouveaux mariés furent les premiers à quitter le navire, guidés à terre par les assistants du commissaire de bord et suivis de près par une meute de journalistes embarqués à Sandy Hook pour accueillir le jeune couple le plus excitant de New York. D'autres reporters attendaient sur le débarcadère, certains avec leurs appareils photo, d'autres accompagnés d'un dessinateur.

Bell, qui préférait ne pas se voir à la une des journaux alors qu'il enquêtait sous couverture, s'éloigna du quai et attendit dans une rue peuplée d'écuries et de maisons basses.

Quinze minutes plus tard, la limousine ralentit près de lui et il monta à bord d'un mouvement leste.

— Désolé pour tout ce battage, s'excusa l'aristocratique Archibald Angell Abbott IV en serrant la main de Bell, son meilleur ami depuis l'époque où ils boxaient pour des universités rivales. On dirait que tout New York rêve de voir ma rougissante épouse.

— Je n'en suis pas du tout surpris, répondit Bell, qui embrassa la ravissante Lillian sur la joue avant de s'installer sur le strapontin en face du couple. Lillian, vous êtes rayonnante.

— C'est entièrement la faute de mon mari, répondit-elle en passant la main dans l'épaisse tignasse rousse d'Archie.

Dès leur arrivée à Hennessy Mansion, l'hôtel particulier de la famille Abbott à Park Avenue, les deux hommes se retirèrent dans la bibliothèque.

— Lillian est merveilleuse, dit Isaac Bell. Mais tu as l'air épuisé.

Archie leva son verre d'une main qui tremblait un peu.

— Nous avons fait la fête toutes les nuits ! Des visites de cathédrales et des réceptions à la campagne dans la journée, et puis encore la fête. À dix-neuf ans, on est plein d'énergie, mais je ne les ai plus depuis un moment.

— Qu'as-tu appris là-bas ?

— Les Européens cherchent la bagarre, répondit Archie avec sobriété. Et ils se demandent tous qui frappera en premier. Les Britanniques sont convaincus que ce seront les Allemands. Ils savent que l'armée allemande est immense, et que le Kaiser prête une oreille bienveillante aux militaires. Et plus qu'une oreille, crois-moi ! L'armée et la marine ont conquis le cœur du Kaiser, qui donnera sa bénédiction à tout ce qu'ils demanderont.

« Les Allemands sont persuadés que la guerre avec l'Angleterre est inévitable, parce que les Anglais ne peuvent tolérer la moindre expansion de l'Empire germanique. Les Anglais savent qu'il ne suffira pas de battre la marine allemande pour obtenir la victoire, mais ils comprennent aussi qu'une défaite de la Royal Navy sonnerait le glas de l'Empire britannique d'outre-mer. Et comme si cela ne suffisait pas, les Allemands suspectent la Russie de vouloir les attaquer pour occuper les paysans et éviter ainsi une révolution. Si une telle attaque se produisait, ils craignent que l'Angleterre s'allie avec la Russie, qui est déjà l'alliée de la France. En conséquence, l'Allemagne veut convaincre l'Autriche et la Turquie de se ranger à ses côtés. Mais personne parmi ces idiots ne comprend que leurs jeux d'alliances risquent de causer une guerre telle que personne n'en a connu à ce jour.

— La situation est donc sombre à ce point ?

— Le seul point positif, c'est que personne ne souhaite avoir les États-Unis comme ennemi.

— Je me demande, dit Bell, si l'Allemagne et l'Angleterre n'essaient pas, chacune de son côté, de nous faire croire que c'est l'autre qui est notre ennemi.

— C'est tout à fait le genre de propos byzantins que j'ai eu l'occasion d'entendre à bord, approuva Archie. Mais tu as l'esprit bien tordu, dis-moi ?

— Je n'ai pas vraiment fréquenté les bonnes personnes ces derniers temps.

— Je mettais ça sur le compte de ton éducation à Yale, ironisa Archie, un ancien de Harvard.

— Tout en courtisant les États-Unis, les deux pays manœuvrent peut-être pour nous convaincre que leur ennemi est aussi notre ennemi, précisa Bell.

— Et les Japonais ?

— Selon le capitaine Falconer, tout ce qui affaiblit les pays européens dans le Pacifique va au contraire enhardir l'Empire japonais. Ils se tiendront à l'écart aussi longtemps que possible, et s'allieront avec le vainqueur. Pour être franc, Falconer semble obsédé par la crainte du Japon. Il a eu l'occasion de voir les Japonais de près lors de la guerre russo-japonaise, et il pense les connaître mieux que quiconque. Il insiste sur le fait que ce sont d'excellents espions. Bref, pour répondre à ta question, nous surveillons un Japonais depuis une semaine. Par malheur, il a réussi à nous glisser entre les doigts.

Archie secoua la tête en feignant la consternation.

— Il suffit que je m'absente pour une courte lune de miel, et les enquêtes partent à vau-l'eau. Où crois-tu qu'il se cache ?

— La dernière fois que nous l'avons vu, il était à bord d'un ferry ferroviaire pour New York. Nous passons la ville au peigne fin. C'est un personnage central de l'affaire. Il faut à tout prix que je mette la main dessus.

*

— J'ai reçu le rapport sur Riker & Riker, annonça Grady Forrer à Isaac Bell dès son arrivée au Knickerbocker. Il est sur ton bureau.

Ernst Riker était le fils du fondateur de la maison Riker & Riker, importateurs de pierres et métaux précieux pour l'industrie de la joaillerie de New York et de Newark. Depuis sa prise de contrôle de l'entreprise sept ans plus tôt, après le décès de son père en Afrique de Sud au cours de la guerre des Boers, le jeune Riker en avait développé l'activité de façon notable. Il faisait souvent la navette entre les États-Unis et l'Europe à bord de luxueux transatlantiques, avec une préférence marquée pour le paquebot allemand *Kaiser Wilhelm der Grosse* et pour le *Lusitania* britannique, à l'inverse de son père, qui appréciait l'élégance plus guindée de navires comme l'*Umbria*, de la Cunard Line, ou le *Havel*, de la Nord-deutscher Lloyd. Un fait attira l'attention d'Isaac. L'entreprise Riker & Riker recourait à un service de sécurité privé pour assurer la surveillance des précieuses cargaisons, mais aussi pour escorter Riker lui-même lorsqu'il emmenait avec lui des objets de valeur.

— Est-il fréquent de recourir à des services de sécurité dans le commerce des pierres précieuses ? demanda-t-il à Grady Forrer.

— Cela semble être le cas en Europe, et d'autant plus qu'ils sont appelés à beaucoup voyager.

— À quel genre de types s'adressent-ils ?

— Des durs, mais avec un joli minois. Ainsi, ils peuvent les habiller pour qu'ils passent inaperçus.

Le réceptionniste passa la tête dans l'encadrement de la porte.

— Téléphone, monsieur Bell. La personne ne m'a pas dit qui elle était. Il a l'accent anglais.

En prenant le combiné, Bell reconnut aussitôt le parler aristocratique maniéré d'Abbington-Westlake.

— Un autre cocktail vous tenterait, mon vieux ? Et cette fois-ci, en plus de le commander, nous pourrions même le boire.

— De quoi s'agit-il ?

— J'ai une surprise très intéressante pour vous.

31

— POLICE ! POLICE ! PAS UN GESTE !
La porte du balcon de théâtre par laquelle John Scully était entré dans la fumerie d'opium s'ouvrit à grand fracas en envoyant le garde chinois trapu se fracasser la tête contre le mur. Un sergent casqué, large comme un cheval de trait, apparut dans la pièce à la tête de ses hommes.

Les Chinois qui jouaient à la table de fan-tan étaient habitués aux descentes de police. Ils furent les premiers et les plus rapides à réagir. Cartes, jetons et billets de banque voltigèrent tandis qu'ils s'engouffraient derrière un rideau qui masquait une porte cachée. Les videurs Hip Sing ramassèrent l'argent sur la table de pharaon et s'enfuirent en courant. Les joueurs blancs de la table de pharaon coururent eux aussi, mais lorsqu'ils écartèrent les rideaux les plus proches, ils ne trouvèrent qu'un mur. Les filles poussaient des cris. Les fumeurs d'opium se contentèrent de lever les yeux.

La jeune tenancière rouquine se précipita vers le divan où était étendu John Scully.

— Venez avec moi.

Elle poussa Scully à travers une ouverture, derrière un autre rideau, tandis que les flics hurlaient des menaces en agitant leurs matraques. Dans l'obscurité presque complète, le détective ne vit aucune porte, mais lorsque la jeune femme appuya sur le mur, un étroit panneau pivota, et ils purent emprunter le passage qui se cachait derrière. La rouquine verrouilla derrière eux et referma trois lourds verrous en haut et en bas du panneau.

— Vite !

Elle le fit descendre un escalier étroit et raide à peine assez large pour ses épaules. À chaque palier, ils trouvaient une petite porte que la jeune femme ouvrait, puis refermait et verrouillait derrière eux.

— Où allons-nous ? demanda Scully.

— Au tunnel.

Elle ouvrit une nouvelle porte avec une clé. Devant eux, bas de plafond, resserré et humide, le tunnel s'étirait dans la pénombre. Dans une ouverture pratiquée dans le mur, la tenancière prit une lampe à pile et ils s'enfoncèrent dans le souterrain sur une distance que Scully évalua à la longueur de deux pâtés de maisons. À en juger par les angles, les virages et les ouvertures dans les parois, il s'agissait d'un passage privé reliant une série de caves entre elles.

La jeune rouquine ouvrit une dernière porte, prit à nouveau Scully par la main et lui fit monter deux volées de marches. Ils se retrouvèrent dans le salon d'un appartement. Le mobilier était classique, et de hautes fenêtres donnaient sur la gare de chemin de fer aérien de Chatham Square, baignée de soleil.

Scully s'était trouvé si longtemps plongé dans les ténèbres que la lumière du jour lui parut presque miraculeuse.

— Merci de m'avoir aidé, madame.

— Je m'appelle Katy. Asseyez-vous, et détendez-vous.

— Jasper, se présenta Scully. Jasper Smith.

Katy laissa tomber son sac, leva les bras et se mit en devoir d'ôter ses épingles à chapeau.

Scully l'observait avec avidité. Elle était encore plus belle à la lumière du soleil.

— Vous savez, dit-il en riant, si je portais sur moi un couteau aussi long que vos épingles à chapeau, je me ferais arrêter par la police !

— Je ne peux tout de même pas porter un chapeau tout avachi, lui répondit-elle avec une adorable moue.

— Que les filles portent un chapeau aussi encombrant qu'un échafaudage ou un tout petit bibi, elles ont toujours des épingles à chapeau aussi longues que le bras. Je vois d'ailleurs que vous aussi, vous soutenez les républicains !

— Qu'est-ce que qui vous fait croire cela ?

Scully lui prit des mains l'épingle de plus de vingt centimètres qu'elle ôtait de sa coiffure et la tint en face de la lumière. La tête en bronze, décorée, représentait un opossum tenant un club de golf.

— Billy Possum. C'est ainsi qu'on surnomme William Howard Taft.

— Ils veulent nous faire prendre un opossum pour un ours. Mais tout le monde sait que Taft n'est pas Roosevelt [1].

Elle planta ses quatre épingles dans un coussin du sofa, posa son chapeau à côté, puis prit la pose, ses mains fermes sur ses hanches fines.

— L'opium est le seul plaisir que je ne puisse vous offrir ici. Un whisky-soda fera-t-il l'affaire ?

— Oui, entre autres choses, répondit Scully en souriant.

Il la regarda préparer les boissons dans deux grands verres. Ils trinquèrent, puis il prit une gorgée et se pencha vers elle pour l'embrasser sur la bouche. Elle fit un pas en arrière.

— Laissez-moi me mettre à l'aise. J'ai porté ces vêtements toute la journée, dit-elle avant de quitter la pièce.

Scully en profita pour fouiller le salon de fond en comble, mais en silence. Il cherchait une quittance de loyer ou une note de gaz afin de savoir qui était le véritable occupant de l'appartement. Il dut faire une pause à cause du fracas du train aérien, de crainte de ne pas entendre Katy sortir de sa chambre. Puis il reprit sa fouille.

— Eh bien, qu'est-ce que vous fabriquez là-dedans ? lança-t-il derrière la porte.

— Un peu de patience !

Scully poursuivit ses recherches. Rien. Les tiroirs et les placards étaient aussi nus que ceux d'une chambre d'hôtel. Il lança un coup d'œil vers le couloir avant d'ouvrir le sac à main de Katy. Juste au moment où il entendait la porte de la chambre s'ouvrir, il trouva ce

---

1. L'opossum était l'animal fétiche de William Howard Taft, président des États-Unis de 1909 à 1913. Quant au « Teddy Bear » (ours en peluche), il représente Theodore Roosevelt, président de 1901 à 1909.

qu'il cherchait. Deux billets pour le 20th Century Limited, le train rapide spécial qui rejoignait Chicago en dix-huit heures, avec des correspondances jusqu'à San Francisco. Les billets étaient pour le lendemain, à quinze heures trente. Qui voyagerait ? Katy... et qui d'autre ? Son patron ? Son ami Hip Sing ?

*

Lorsque Katy découvrit le pistolet de 13 pouces calibre .25 au creux du dos de Scully, elle voulut savoir pourquoi il portait un flingue.

— Je me suis fait braquer un jour, alors que j'avais la paye des employés avec moi. Et je me suis dit que ça n'arriverait plus.

Katy parut le croire. En tout cas, cela ne sembla pas la gêner sur le moment... jusqu'à ce que Scully la voie verser quelques gouttes d'un produit dans son second whisky-soda.

Le détective se sentit soudain très seul et déprimé.

C'était une excellente comédienne. Elle avait eu la patience d'attendre le deuxième verre afin que Scully ait moins de chances de détecter le goût amer de l'hydrate de chloral. Elle s'était arrangée pour cacher l'ampoule entre le creux de sa paume et le gras du pouce, tout en distrayant l'attention du détective en croisant les jambes pour laisser apparaître la chair blanche de ses cuisses. Sa seule faiblesse était sa jeunesse. Scully était trop vieux pour se laisser berner par une fille à peine sortie de l'adolescence.

— À votre santé ! lança-t-elle avec un sourire.

— À la vôtre ! murmura Scully. Vous savez, je n'avais encore jamais rencontré une fille comme vous.

Il plongea son regard dans l'éclat des yeux bleus de Katy. Il étendit le bras à l'aveugle pour prendre son verre, qu'il fit tomber de la table.

*

Isaac Bell se rendit au bar du Knickerbocker avec dix minutes d'avance. En milieu d'après-midi, par une belle journée ensoleillée, le bar était presque vide, et il constata qu'Abbington-Westlake n'était pas encore arrivé. Un homme était debout au bar, deux couples étaient installés à des tables, et une mince silhouette solitaire était assise sur une banquette, derrière une petite table, dans le coin le plus sombre de la pièce, là où Bell s'était entretenu avec l'attaché naval britannique. Vêtu de façon impeccable, avec une redingote à l'ancienne, un col haut et une cravate à nœud simple, l'homme lui adressa un signe, se leva à moitié et inclina la tête.

Bell s'approcha, n'en croyant pas ses yeux.

— Yamamoto Kenta, je suppose ?

32

— M ONSIEUR BELL, AVEZ-VOUS ENTENDU parler du Nambu
Type B ?

— Un pistolet semi-automatique de 7 millimètres et
de qualité médiocre, répondit Bell. La plupart des officiers japonais
préfèrent s'offrir un Browning à leur frais.

— Je suis un patriote sentimental. Et c'est une arme tout à fait efficace à courte portée, pour viser par exemple de l'autre côté d'une
petite table comme celle-ci. Gardez vos mains bien en vue.

Bell s'assit, posa ses larges mains sur la table, une paume baissée et
l'autre levée, et observa le visage impénétrable qui lui faisait face.

— Comment comptez-vous vous en tirer si vous m'abattez dans
un hôtel bondé ?

— Si j'en juge par le fait que j'ai pu échapper à une douzaine de
détectives professionnels au cours des deux dernières semaines, je
n'ai pas grand-chose à craindre de citoyens ordinaires qui boivent un
verre dans le bar d'un hôtel. Mais vous devinez sans doute que je ne
vous ai pas attiré ici dans le but de vous abattre, ce que j'aurais très
bien pu faire la nuit dernière lorsque vous êtes parti d'ici pour
rejoindre votre club de la 44e Rue.

Bell lui retourna un sourire sombre.

— Toutes mes félicitations à la Société du Noir Océan pour son
enseignement sur l'art de l'invisibilité.

— J'accepte le compliment, répondit Yamamoto Kenta en lui
rendant son sourire. Au nom de l'empire du Japon.

— Comment un patriote de l'empire du Japon a-t-il pu devenir l'instrument de vengeance d'un espion anglais ?

— Il ne faut pas en vouloir à Abbington-Westlake. Vous avez blessé sa fierté, ce qui est toujours dangereux lorsque l'on a affaire à un Anglais.

— La prochaine fois que j'aurai affaire à lui, je ne m'en prendrai pas à sa fierté.

Yamamoto sourit encore.

— Cela restera entre nous. Je vous rappelle que nous ne sommes pas des ennemis.

— Vous avez assassiné Arthur Langner à la Naval Gun Factory, rétorqua Bell d'un ton glacial. Cela fait de nous des ennemis.

— Je n'ai pas tué Arthur Langner. Quelqu'un d'autre s'en est chargé. Un subordonné trop zélé. J'ai pris à son encontre des mesures appropriées.

Bell hocha la tête. Jusqu'à ce qu'il comprenne les intentions réelles de Yamamoto Kenta, il ne voyait guère l'intérêt de relever ce qui n'était pourtant qu'un mensonge éhonté.

— Si vous n'avez pas assassiné Arthur Langner et si nous ne sommes pas des ennemis, pourquoi pointez-vous cette arme sur mon ventre en dessous de la table ?

— Pour m'assurer de votre attention pendant que je vous explique ce qui se passe et ce que je peux faire pour vous aider.

— Pourquoi voudriez-vous m'aider ?

— Parce que vous aussi, vous pouvez m'aider.

— Vous me proposez un arrangement ?

— Je vous propose un échange.

— Que voulez-vous échanger ?

— L'espion qui a organisé les meurtres d'Arthur Langner, de Lakewood, l'expert en contrôle de tir, de MacDonald, le spécialiste des turbines, de Gordon, l'as du blindage, et qui est à l'origine de la tentative de sabotage du *Michigan*, déjouée avec brio par vos soins.

— Et contre quoi ?

— Le temps dont j'ai besoin pour disparaître.

Isaac Bell secoua la tête avec énergie.

— Tout cela n'a aucun sens. Vous nous avez déjà prouvé que vous saviez disparaître quand cela vous arrangeait.

— Il s'agit d'autre chose que d'une simple disparition. J'ai mes propres responsabilités envers mon pays, et elles n'ont rien à voir avec vous, car nous ne sommes pas des ennemis. Je dois pouvoir partir la tête haute, sans laisser de pistes susceptibles de me créer des ennuis ou d'embarrasser mon pays.

Bell prit le temps de réfléchir. Les propos de Yamamoto Kenta confirmaient ce qu'il soupçonnait déjà : un espion autre que le Japonais était le véritable maître d'œuvre de l'affaire. Il avait engagé non seulement le meurtrier de Langner, mais aussi le saboteur allemand et peut-être bien d'autres encore.

— La discrétion est la clef de la survie, dit Yamamoto d'une voix pressante. Quant aux défaites et aux victoires, on doit y réfléchir après coup, l'esprit au repos, avec du recul.

Pour sauver sa peau, ou pour toute autre raison, Yamamoto était prêt à trahir le maître espion. « Bienvenue dans le monde de l'espionnage », pour reprendre la formulation du perfide Abbington-Westlake.

— Pourquoi devrais-je vous croire ?

— Je vais vous donner deux bonnes raisons de me faire confiance. La première, c'est que je ne vous ai pas tué, alors que je l'aurais pu. Nous sommes bien d'accord ?

— Vous auriez pu essayer, en tout cas.

— Et enfin, et c'est la deuxième raison, voici mon pistolet. Je vous le passe sous la table. Faites-en ce que bon vous semble.

Il tendit l'arme à Bell en la tenant par le canon.

— Le cran de sécurité est-il mis ? demanda le détective.

— Oui, maintenant que l'arme est braquée sur moi, répliqua Yamamoto. Et maintenant, je vais me lever. Avec votre permission.

Bell hocha la tête. L'espion se leva.

— Je vous croirai encore plus volontiers quand vous m'aurez remis ce second pistolet caché dans votre poche intérieure.

— Bien vu, monsieur Bell. Mais il se peut que j'en aie besoin pour vous livrer ce que vous attendez.

— Dans ce cas, proposa Bell, reprenez aussi le premier.

— Je vous remercie.

— Bonne chasse.

*

Tard ce soir-là, Yamamoto Kenta rencontra l'espion à Alexandria, en Virginie, dans son entrepôt sur la rive.

— Votre projet d'attaque de la Grande Flotte blanche à Mare Island, commença-t-il d'entrée de jeu avec la diction solennelle et mesurée d'un diplomate, n'est pas conforme aux intérêts de mon gouvernement.

Il pleuvait depuis deux jours, et le niveau du Potomac montait, gonflé par les énormes précipitations qui inondaient des milliers de kilomètres carrés du Maryland, de la Virginie, de la Pennsylvanie et de Washington D.C. Le puissant courant faisait trembler le sol. La pluie tambourinait sur le toit délabré. Des infiltrations venaient se déverser dans un casque retourné sur le bureau de l'espion, éclaboussaient le vieux projecteur de marine derrière lui et ruisselaient le long de son optique.

L'espion ne put masquer sa surprise.

— Comment l'avez-vous découvert ?

Yamamoto lui adressa un mince sourire.

— Peut-être grâce à cette « aptitude naturelle à l'espionnage, à ce sang-froid et cette habileté que l'on trouve rarement chez les Occidentaux » ?

Son sourire se figea en une ligne dure, les lèvres si serrées que l'espion pouvait distinguer derrière elles le contour des dents.

— Je ne permettrai pas qu'une telle chose se produise, poursuivit le Japonais. Vous risquez d'enfoncer un coin entre le Japon et les États-Unis à un très mauvais moment.

— Le coin en question est déjà bien enfoncé, lui fit remarquer l'espion d'une voix douce.

— Quel avantage une telle opération pourrait-elle bien rapporter ?

— Tout dépend du point de vue. Pour l'Allemagne, un conflit entre les États-Unis et le Japon ouvrirait bien des opportunités dans le Pacifique. Quant à la Grande-Bretagne, si la marine américaine devait concentrer ses forces sur la côte Ouest, elle n'y verrait bien sûr aucun inconvénient. Elle pourrait même en profiter pour réoccuper les Antilles.

— Tout cela ne présente aucun intérêt pour le Japon.

L'ESPION   271

— J'ai des amis allemands et britanniques prêts à payer pour de telles occasions.

— Vous êtes encore pire que je l'imaginais.

L'espion éclata de rire.

— Vous ne comprenez donc pas ? Pour un homme qui a quelque chose dans le ventre, la course internationale aux cuirassés offre de magnifiques possibilités. Les nations rivales sont prêtes à payer des fortunes pour neutraliser leurs adversaires. Je suis un vendeur dans un marché porteur à un point inimaginable.

— Vous jouez les uns contre les autres.

Le rire de l'espion résonna encore plus fort.

— Vous me sous-estimez, Yamamoto. Je les encourage à tous jouer les uns contre les autres. Je suis en train de bâtir une fortune. Combien cela me coûtera-t-il de vous garder hors du jeu ?

— Je ne suis pas un mercenaire.

— Oh, c'est vrai, j'oubliais. Vous êtes un patriote, répliqua l'espion en ramassant une épaisse serviette noire posée sur le bras de son fauteuil. Un gentleman-espion d'une moralité irréprochable. Mais un gentleman-espion, c'est une arme qui tire à blanc – parfait pour donner le coup d'envoi d'une course, mais rien de plus.

Yamamoto Kenta défendait sa position sans céder d'un pouce.

— Je ne suis pas un gentleman-espion. Je suis un patriote comme votre père, qui servait son Kaiser comme je sers mon Empereur. Pas plus que moi, il n'était homme à vendre son pays.

— Je vous serais reconnaissant de bien vouloir laisser feu mon pauvre père en dehors de tout cela, soupira l'espion d'un air las.

Yamamoto sortit de la poche de son manteau son pistolet semi-automatique Nambu, releva le chien et braqua le canon vers la tête de l'espion.

— Votre père comprendrait que je sois dans l'obligation de mettre un terme à vos manigances.

L'espion le regarda, un mince sourire sur le visage.

— Vous êtes sérieux, Kenta ? Qu'allez-vous faire ? Me livrer à la marine américaine ? Ils auront sans doute quelques questions à vous poser, à vous aussi.

— Je n'en doute pas. C'est pourquoi je compte vous livrer à l'agence Van Dorn.

— Et pourquoi cela ?

— Ils vous garderont jusqu'à ce j'aie pu quitter le pays en toute sécurité. Et ce seront eux qui vous livreront à la marine américaine.

L'espion ferma les yeux.

— Vous oubliez une chose. Je n'ai pas de pays.

— Mais je sais d'où vous venez, Eyes O'Shay. Monsieur Brian « Eyes » O'Shay.

Les yeux de l'espion s'agrandirent. Il regarda la serviette qu'il avait remontée jusqu'à son visage. Elle reposait entre ses mains, telle une offrande.

Yamamoto triomphait.

— Surpris ?

— Je suis très surpris, reconnut l'espion. Cela fait bien longtemps que Brian O'Shay n'est plus mon nom.

— Je vous l'ai dit, je jouais à ce jeu-là avant votre naissance. Laissez vos mains bien en vue, si vous ne voulez pas que je présente un cadavre à l'agence Van Dorn.

— Vous m'effrayez, Kenta, dit l'espion en plissant les yeux. J'essaie seulement d'essuyer la sueur de mon visage.

Il se tamponna le front, puis pressa la serviette noire sur ses yeux. Caché à ses pieds se trouvait un câble épais qui reliait l'installation électrique à un interrupteur à couteau. Le levier métallique de l'interrupteur se trouvait à moins de dix centimètres de sa tête, en position ouverte. Il appuya sur le levier recouvert de matière isolante. Une grosse étincelle bleue jaillit avec une détonation aussi forte que celle d'un pistolet.

Derrière lui, le projecteur de deux cents millions de bougies décimales, capable d'éclairer un navire à six milles nautiques, darda son rayon blanc incandescent droit sur les yeux de Yamamoto Kenta. L'éclat était si vif qu'à travers ses paupières et l'épaisseur de la serviette noire, l'espion distinguait les os derrière la peau et la chair des mains du Japonais, aveuglé par le rayon qui lui transperçait les rétines. Yamamoto tomba en arrière en poussant un hurlement.

L'espion rebascula le levier et attendit que la lumière baisse d'intensité avant d'écarter la serviette et de se redresser en clignant des yeux pour chasser les cercles roses qui tournoyaient dans sa tête.

— Les commandants de navires de guerre disent que ces projecteurs sont aussi efficaces que des canons contre des destroyers, lança-t-il sur le ton de la conversation. Et je constate qu'ils fonctionnent tout aussi bien contre les traîtres.

Dans un tiroir de son bureau, il prit un exemplaire roulé du *Washington Post* dont il tira un tuyau de plomb long d'une trentaine de centimètres. Il fit le tour du bureau et évita la chaise tombée au sol. Il ne dépassait que d'une dizaine de centimètres le petit Japonais qui se tordait de douleur par terre, mais il avait la force de trois hommes et se déplaçait avec l'implacable détermination d'une torpille.

Il leva bien haut le tuyau de plomb avant de l'abattre sur le crâne de Yamamoto Kenta.

Un seul coup suffit.

Il explora les poches du Japonais à la recherche de ses papiers d'identité et trouva une lettre de recommandation d'un musée japonais adressée à la Smithsonian Institution. Intéressante trouvaille… Il fouilla l'entrepôt jusqu'à ce qu'il mette la main sur un gilet de sauvetage en liège. Il s'assura de sa solidité, puis y passa les bras de Yamamoto avant de l'attacher avec soin.

Il tira le corps du côté de l'entrepôt qui donnait sur la rive, là où l'extrémité du bâtiment surplombait le Potomac. Un levier de bois, à hauteur de ses épaules, commandait une trappe aménagée au sol. Il l'actionna et le panneau de bois s'ouvrit avec un claquement puissant. Le corps dégringola dans une gerbe d'eau. Avec une nuit battue par la pluie comme celle-là, le fleuve emporterait le cadavre à des kilomètres.

L'espion n'avait plus rien à faire dans les parages. Il était temps de quitter Washington. Il fit le tour de l'entrepôt poussiéreux, renversant les lampes tempête remplies de kérosène qu'il avait disposées là en prévision de son départ. Puis il refit le même circuit en allumant des allumettes qu'il laissait tomber sur le carburant. Lorsque les flammes orange prirent possession du hangar tout entier, l'espion franchit la porte et s'enfonça dehors sous la pluie.

33

BELL ATTENDIT DES NOUVELLES DE YAMAMOTO KENTA toute la journée du lendemain. À chaque fois que le téléphone sonnait où que le télégraphe cliquetait, il sursautait et se levait de son bureau avant de se rasseoir aussitôt, déçu. Quelque chose était allé de travers. Une trahison de la part du Japonais paraissait absurde ; c'était lui qui avait pris contact avec le détective et suggéré l'échange. L'après-midi passa, et les téléphones continuèrent à sonner sans résultat.

Soudain, l'agent qui faisait office de réceptionniste lui adressa un signe, et Bell traversa la pièce en toute hâte.

— Une standardiste a appelé. Un message de Scully.

— Et… ?

— « Gare de Grand Central, quinze heures trente ». Rien d'autre.

Bell attrapa son chapeau. Comme toujours avec Scully, le message était énigmatique. De deux choses l'une : soit l'agent avait découvert un élément d'une importance vitale, ou alors il était en danger.

— Continuez à surveiller les appels, au cas où Yamamoto essaierait de me joindre, dit Bell au réceptionniste. J'appellerai de Grand Central si je peux, mais si Yamamoto donne signe de vie, envoyez-moi tout de suite un messager.

*

L'ESPION

John Scully avait pris la décision de mettre Isaac Bell au courant de ses découvertes. À dire vrai, il était plus que temps, songeait-il en parcourant les lieux du regard à la recherche des cabines téléphoniques. La vieille gare de Grand Central était en pleine démolition pour laisser la place à un vaste terminal flambant neuf, et la zone réservée aux téléphones se déplaçait au fur et à mesure que les travaux avançaient. Là où il les avait aperçus pour la dernière fois s'ouvrait une fosse béante, d'où l'on distinguait des rails sur plusieurs niveaux jusqu'à vingt mètres sous terre. Après avoir perdu dix bonnes minutes, il trouva enfin ce qu'il cherchait.

— Je voudrais l'agence Van Dorn, hôtel Knickerbocker, demanda-t-il à la standardiste.

Un employé en uniforme lui indiqua l'une des cabines aux cloisons de bois.

— Bonjour, susurra la voix suave d'une opératrice sans doute engagée pour son timbre mélodieux, sa patience et son sang-froid. Vous êtes en communication avec l'agence Van Dorn. À qui désirez-vous parler ?

— J'ai un message pour Isaac Bell. Pouvez-vous juste lui dire « Grand Central, quinze heures trente » ? Vous avez bien compris ? « Grand Central, quinze heures trente ».

— Très bien, monsieur Scully.

Le détective paya l'employé et se dirigea aussi vite que possible vers le quai du 20th Century Limited. Le terminal était plongé dans le chaos. Des ouvriers travaillaient partout, escaladaient des échafaudages, frappaient à coups de masse la pierre, l'acier et le marbre. Des employés encombraient le hall, poussaient des chariots et des brouettes. À l'entrée provisoire du quai du 20th Century Limited, signalée par un tableau marqué *Chicago*, des contrôleurs de la compagnie à l'attitude respectueuse vérifiaient les billets ; un tapis rouge se déroulait jusque sur le quai lui-même, comme si une fois le voyageur arrivé près du célèbre train de luxe, ses ennuis et ses tracas touchaient enfin à leur terme.

— Jasper ! Jasper Smith !

Scully vit alors sa séduisante petite demoiselle de la fumerie d'opium se précipiter vers lui, vêtue d'une élégante tenue de voyage et coiffée d'un chapeau noir à rubans et à plumes.

— Quelle merveilleuse coïncidence ! Dieu merci, je suis si heureuse de vous voir !

— Comment saviez-vous que j'étais ici ?

— Je l'ignorais. Je viens de vous apercevoir. Oh, Jasper, je me demandais si nous allions nous revoir un jour. Vous êtes parti si vite la nuit dernière.

Quelque chose ne tournait pas rond. Scully jeta un coup d'œil autour de lui. Où était donc l'ami Hip Sing de Katy ? Déjà à bord du train ? Soudain, il vit s'approcher à travers la foule le chariot d'un vendeur de tabac, poussé par un Chinois. Et trois bennes remplies de gravats, manœuvrées par des ouvriers irlandais. Tous convergeaient vers lui pour former un cercle autour de lui et de Katy, comme des chariots de pionniers pendant une bataille avec des Indiens.

— Et que faites-vous ici ? demanda Scully à Katy.

— Je suis venue attendre un train.

Je suis resté bien trop longtemps autour de cette fumerie d'opium hier soir, songea le détective. Les Hip Sing ont eu tout le temps de me repérer.

Les Irlandais qui poussaient leurs bennes le dévisageaient. Des Gopher ? Ou admiraient-ils seulement la jolie jeune femme qui lui adressait des sourires en apparence si sincères ?

Peut-être avaient-ils remarqué que Warren et lui se connaissaient, lorsqu'ils s'étaient croisés à la fumerie ? Le vendeur de tabac chinois le regardait lui aussi, le visage impénétrable. Un homme de main Hip Sing ?

Le billet de train ! Katy voulait que je le trouve dans son sac. Elle a tout organisé pour me retrouver ici. La main de Scully se déplaça en arrière pour prendre son pistolet. Même la descente de police était une mascarade. Ils avaient payé des flics pour qu'il s'enfuie avec Katy.

Quelque chose le frappa derrière la tête.

Un ballon de football rebondit à ses pieds. Un étudiant d'une quelconque université, grand, souriant, vêtu d'un manteau, une cravate nouée à son col, arriva vers lui à grandes enjambées.

— Je suis désolé, monsieur, on n'a pas fait exprès, on chahutait un peu !

Sauvé ! Sauvé par un coup de chance certes immérité.

Six étudiants à la carrure sportive, de bonne famille, six jeunes gens en goguette avaient suffi à écarter la menace des Gopher et des Hip Sing. Les jeunes gens se rassemblèrent autour de lui, s'excusèrent, insistèrent pour lui serrer la main et soudain, lui et la jeune femme se trouvèrent pris dans la mêlée. Mais lorsque trois des étudiants lui maintinrent les bras et que la petite Katy tira une épingle de vingt-cinq centimètres de son chapeau, Scully comprit qu'elle s'était montrée bien plus maligne que lui.

*

Isaac Bell se fraya un chemin en courant à travers la gare bondée et en plein chantier. Il aperçut une foule rassemblée autour du quai du 20th Century Limited.

— Reculez, reculez ! hurlait un policier. Y a-t-il un médecin par ici ?

En proie à l'atroce pressentiment qu'il était déjà trop tard, Bell se fraya un passage au milieu de l'attroupement.

Le policier essaya de l'arrêter.

— Van Dorn, cria Bell. Est-ce l'un de mes hommes ?

— Regardez vous-même.

John Scully était étendu sur le dos, les yeux grands ouverts, les mains repliées sur la poitrine.

— On dirait qu'il a eu une crise cardiaque, dit le flic. C'est un de vos gars ?

— Oui, répondit Bell en s'agenouillant près de Scully.

— Je suis navré, monsieur. Au moins, il est parti sans souffrances. Il n'a sans doute même pas compris ce qui lui arrivait.

Isaac Bell étendit la main au-dessus du visage du détective et lui ferma les yeux.

— Repose en paix, mon ami.

Un coup de sifflet retentit.

— Tout le monde à bord ! Le 20th Century Limited pour Chicago va partir ! Tout le monde à bord !

Le chapeau de Scully était tombé sous sa tête. Bell étendit la main pour le prendre et couvrir le visage du détective. Lorsqu'il retira sa main, elle était couverte de sang encore chaud.

— Par la Sainte Mère de Dieu, murmura le policier penché par-dessus son épaule.

Bell tourna la tête de Scully et vit une tête d'épingle à chapeau en laiton dépasser de sa nuque.

— Tout le monde à bord ! 20th Century Limited pour Chicago, départ immédiat ! Tout le monde à bord !

Bell fouilla les poches de Scully. Il découvrit dans son manteau une enveloppe à son nom. Il se releva et l'ouvrit. C'était un message rédigé à son intention par l'assassin :

ŒIL POUR ŒIL, MONSIEUR BELL.
VOUS AVEZ EU WEEKS, NOUS NE REVIENDRONS PAS LÀ-DESSUS.
MAIS NOUS SOMMES TOUJOURS EN COMPTE POUR L'ALLEMAND.

— Monsieur Bell ! Monsieur Bell !

Un apprenti de l'agence Van Dorn accourait vers lui, hors d'haleine.

— Un télégramme de monsieur Van Dorn.

Bell le lut en un coup d'œil. Le corps de Yamamoto Kenta avait été découvert flottant dans le Potomac.

Tout était perdu.

Le détective s'agenouilla encore une fois auprès de son ami et reprit la fouille de ses poches. Dans le gilet, il trouva un billet de train pour le 20th Century Limited avec des correspondances pour San Francisco.

— Train au départ ! Tout le monde à bord !

Le dernier avertissement fut noyé dans le majestueux double coup de sifflet du mécanicien de la locomotive. Isaac Bell se redressa, les neurones en pleine action. John Scully suivait sans doute un espion ou un saboteur en partance pour San Francisco, où la Grande Flotte blanche devait se réapprovisionner avant sa traversée du Pacifique.

— Écoute-moi bien, fiston, dit-il d'un ton sec à l'apprenti de l'agence, qui contemplait, les yeux écarquillés, le corps du détective.

Le garçon détourna le regard du cadavre.

— Il y a beaucoup à faire, tu es le seul Van Dorn ici, et c'est à toi de t'en occuper. Rassemble tous les témoins. Ces ouvriers, là, et ces Chinois avec leur chariot, et puis tous ces gens qui traînent. Quelqu'un a forcément vu ce qui s'est passé. Ce policier t'aidera, n'est-ce pas, officier ?

— Je ferai mon possible, répondit le policier, dubitatif.

Bell lui fourra de l'argent dans les mains.

— Retenez ces gens pendant que le jeune homme téléphone à l'agence pour faire venir tous les agents disponibles. Allez, au trot, fiston ! Ensuite, tu reviens tout droit ici et tu te mets au boulot. Et souviens-toi que les gens sont souvent contents de parler dès qu'on leur en donne l'occasion.

Le sol trembla. Le 20th Century Limited entamait sa course vers Chicago.

Isaac Bell bondit sur le quai, courut sur toute la longueur du tapis rouge et sauta à bord.

LA FLOTTE

34

1ᵉʳ mai 1908, en route vers l'ouest à bord du 20th Century Limited

— VOILÀ QUI MÉRITE UN VERRE, murmura l'espion. Une préparation spéciale à la santé d'Isaac Bell.

La communication téléphonique avait été coupée lorsque le 20th Century Limited avait quitté la gare de Grand Central, mais Katherine Dee avait eu le temps de l'informer que John Scully était allé rejoindre le coin d'enfer ou de paradis réservé aux détectives Van Dorn. Il reposa le combiné et appela d'un geste le steward du wagon panoramique.

— Votre barman sait-il préparer un cocktail Yale convenable ?

— Bien entendu, monsieur.

— Avec de la crème de violette, comme il se doit ?

— Bien sûr, monsieur.

— Dans ce cas, apportez-m'en un. Oh, et demandez aussi à ces gentlemen ce qu'ils désirent boire, ajouta-t-il en désignant deux hommes d'affaires de Chicago au teint fleuri qui lui lançaient des regards indignés. Messieurs, je suis désolé. J'espère ne pas vous avoir empêché de passer un coup de fil urgent.

— Je devais appeler le bureau pour leur dire que j'étais à bord du train, admit l'un d'eux, radouci à l'idée de se faire offrir un verre.

— Je suppose qu'ils s'en douteront en ne te voyant pas revenir comme une âme en peine et te plaindre de l'avoir manqué, ironisa son ami.

Les autres businessmen présents dans le wagon éclatèrent de rire et répétèrent la plaisanterie à ceux qui ne l'avaient pas entendue.

— Hé, regardez, en voilà un qui a bien failli le louper !

— Il a dû sauter en marche.

— À moins qu'il sache voler !

L'espion jeta un coup d'œil vers l'arrière du compartiment. Un homme de grande taille, vêtu d'un costume blanc, se glissait dans le compartiment depuis le passage intermédiaire.

— Il n'a peut-être pas de billet, et il s'imagine voyager à l'œil.

— Et voici le chef de train, un vrai fox-terrier, il ne le lâchera pas !

— Pouvez-vous me garder mon cocktail, si cela ne vous dérange pas ? demanda l'espion. Je dois dicter une lettre urgente, je l'avais oubliée.

Le 20th Century Limited proposait à titre gracieux les services d'un sténographe. L'espion se hâta vers le bureau portatif de l'employé, tout au bout du wagon panoramique, releva son col, enfonça son chapeau et s'assit en prenant soin de tourner le dos au détective.

— Je dois envoyer une lettre. Dans combien de temps quittera-t-elle le train ?

— Dans quarante minutes, lorsque je descendrai à Harmon, où l'on doit procéder au remplacement de la motrice électrique par une locomotive à vapeur, répondit le sténographe en prenant une enveloppe gravée aux armes du 20th Century Limited. À qui dois-je l'adresser, monsieur ?

— À K.C. Dee, Plaza Hotel, New York.

— Elle sera remise ce soir.

Le sténographe rédigea l'adresse, prit une feuille de papier à lettres à en-tête de la compagnie ferroviaire et attendit la dictée.

Le train accéléra en atteignant une portion de voie rectiligne au nord de la ville. Au-dehors, des murs de pierre jetaient des ombres qui obscurcissaient les vitres, et le verre réfléchissait l'intérieur du wagon bondé. L'espion vit le pâle reflet de la silhouette du détective passer derrière lui. Le chef de train le suivait, et son attitude était pleine de sollicitude. Il était clair que, possesseur d'un billet ou non, le nouveau passager était le bienvenu.

— Je vous écoute, monsieur, dit le sténographe.

L'espion attendit que Bell et le chef de train gagnent la voiture suivante.

— « Chère K.C. Dee », commença-t-il.

Il avait mal anticipé la réaction de Bell au meurtre de l'un de ses collègues, et sous-estimé la rapidité de réaction des agents Van Dorn. Par bonheur, Katherine Dee était tout à fait préparée à accélérer le cours des événements. Il suffisait de l'avertir pour qu'elle puisse agir à temps.

— Monsieur ?

— « Il semblerait que notre client n'ait pas reçu notre dernière livraison », dicta-t-il à l'employé. Saut de paragraphe. « Il est impératif que vous vous rendiez en personne à Newport, Rhode Island, dès ce soir, pour veiller à y mettre bon ordre. »

*

Isaac Bell présenta au chef de train le billet de John Scully, qui lui donnait accès à la couchette supérieure numéro 5 de la voiture Pullman 6, et demanda à payer un supplément pour un compartiment particulier. Tous les compartiments étant déjà réservés, il produisit un laissez-passer signé par le président d'une compagnie concurrente, sachant que les géants des chemins de fer ne pouvaient que surenchérir sur les caprices de leurs rivaux.

— Bien sûr, monsieur Bell. Par chance, l'une des suites de la compagnie se trouve être disponible.

Le chef de train l'accompagna jusqu'à un compartiment privé aux cloisons lambrissées de palissandre. Bell lui donna un généreux pourboire.

— Avec ce laissez-passer, monsieur Bell, nul besoin de pourboire pour profiter de nos meilleurs services, l'assura le chef de train, un certain William Dilber, dont les doigts se refermèrent cependant comme des serres sur les pièces d'or.

Ce dont Bell aurait eu besoin avant tout, ce n'était pas des services de la compagnie, mais plutôt d'un collègue énergique et bien avisé. Il disposait de moins de dix-huit heures avant l'arrivée en gare de Chicago pour découvrir l'assassin de Scully. Les seuls passagers à embarquer entre-temps seraient des détectives Van Dorn.

— Monsieur Dilber, combien de personnes voyagent à bord ?

— Cent vingt-sept.

— L'une d'entre elles est un meurtrier.

— Un meurtrier, répéta le chef de train d'une voix paisible.

Bell n'en fut pas surpris. Responsable d'un train express de grand luxe, William Dilber était censé demeurer impavide en toutes circonstances – déraillements, magnats des affaires mécontents ou wagons Pullman bloqués par la neige.

— Vous souhaitez sans doute examiner la liste des passagers, monsieur Bell. Je l'ai ici sur moi, suggéra Dilber en extrayant le document de son uniforme impeccable.

— Connaissez-vous certains d'entre eux ?

— Oui, la plupart. Nous avons beaucoup de passagers réguliers, le plus souvent des hommes d'affaires de Chicago qui font le voyage de New York dans les deux sens.

— Cela nous aidera sans doute. Pouvez-vous m'indiquer ceux que vous ne connaissez pas ?

Dilber parcourut la liste d'un doigt manucuré avec soin. En effet, l'homme connaissait la plupart des noms, car le 20th Century Limited avait toutes les caractéristiques d'un très sélect club privé itinérant. Les coûteux et luxueux voyages à son bord attiraient une petite minorité de passagers très à l'aise sur le plan financier. Le 20th Century Limited, qui suivait un itinéraire réservé entre New York et Chicago, était le plus souvent complet et ne prenait qu'en de rares occasions des passagers dans les gares intermédiaires. Sur la liste, Bell vit des noms de personnalités connues des affaires, de l'industrie et de la politique, ainsi que ceux de comédiens célèbres en tournée. Il nota avec soin les noms des passagers que Dilber ne connaissait pas.

— Je m'intéresse en particulier aux étrangers, précisa-t-il.

— Il y en a quelques-uns, comme d'habitude. Celui-ci est anglais.

— Arnold Bennett. L'écrivain ?

— Oui, je crois qu'il fait une tournée de lectures publiques. Il voyage avec ces deux Chinois, Harold Wing et Louis Loh. Ce sont des séminaristes venus d'Angleterre, je pense. Monsieur Bennett est venu me voir en personne pour insister sur le fait qu'ils étaient sous sa protection, au cas où quelqu'un leur créerait des ennuis. Je lui ai dit que tant qu'ils payaient leur billet, il ne leur arriverait rien.

— A-t-il précisé de qui il les protégeait ?

— Vous souvenez-vous de ce meurtre, le mois dernier à Philadelphie ? Cette fille et tous ces articles de journaux sur la traite des blanches ? La police surveille les Chinois de très près.

Dilber poursuivit l'examen de la liste.

— Voici un gentleman allemand que je ne connais pas : Herr Shafer. Son billet a été réservé par l'ambassade d'Allemagne.

Bell nota le nom du voyageur.

— Celui-ci, je le connais, dit-il soudain. Rosania, si toutefois il voyage sous son vrai nom. Ce ne peut être lui, et pourtant... Un homme très chic d'une quarantaine d'années ?

— C'est lui. Aussi élégant qu'un modèle en couverture d'un magazine.

— Que transporte le train ?

— Le chargement habituel de titres financiers et de billets de banque. Pourquoi ?

— Ce monsieur est un véritable sorcier de la nitroglycérine.

— Un voleur de train ? demanda le chef de train, à peine moins impassible.

Bell secoua la tête.

— Ce n'est pas dans ses habitudes. Rosania préfère les maisons de campagne ou les hôtels particuliers où il parvient à s'introduire pour faire sauter les coffres-forts une fois les occupants couchés. C'est un maître dans son domaine. Il peut provoquer une explosion dans la bibliothèque du rez-de-chaussée sans que personne ne l'entende à l'étage. Mais la dernière fois que j'ai eu de ses nouvelles, il était à la prison d'État de Sing Sing. Ne vous inquiétez pas, je vais avoir une petite discussion avec lui pour voir ce qu'il en est.

— Je vous en serais très reconnaissant, monsieur Bell. Ah, nous avons aussi cet Australien. J'ai eu comme l'impression qu'il pouvait nous causer des ennuis – non qu'il ait fait quoi que ce soit de répréhensible, mais je l'ai entendu discuter de la vente d'une mine d'or, et il y avait comme un parfum d'arnaque dans toutes ses palabres. Je vais le surveiller de près au wagon-salon pour le cas où il se joindrait à des joueurs de cartes.

— Et en voici encore un autre qui ne m'est pas inconnu, constata Bell. Tiens, c'est curieux, poursuivit-il en posant un doigt sur le nom.

— Herr Riker. Oh, oui, je vois.

— Vous le connaissez aussi ?

— Un marchand de pierres précieuses. C'est un client régulier, il prend ce train deux ou trois fois par mois. C'est l'un de vos amis ?

— Nous nous sommes rencontrés récemment, à deux reprises.

— Je crois qu'il voyage avec son garde du corps. Oui, ce gars-là. Plimpton. Un gros dur qui a une couchette Pullman. Riker, lui, a réservé son compartiment privé habituel. Je crois d'ailleurs qu'il y a quelque chose au coffre qui lui appartient, ajouta le chef de train en faisant descendre un doigt le long de la liste. Mais en revanche, je ne vois aucune mention de sa pupille.

— Quelle pupille ?

— Une adorable jeune femme. Mais non, elle n'est pas là cette fois-ci. Dommage.

— Que voulez-vous dire ?

— Rien, monsieur, c'est simplement une jeune personne bien agréable à regarder.

— Riker me paraît un peu jeune pour avoir une pupille.

— Ce n'est qu'une étudiante – oh, je comprends à quoi vous pensez, mais ne vous méprenez pas. Vous savez, je vois toutes sortes de couples sur le Limited. Mais ils sont tout à fait réguliers. Ils prennent toujours des compartiments séparés.

— À côté l'un de l'autre ? demanda Bell, qui réservait lui aussi des compartiments séparés lorsqu'il voyageait avec Marion.

— Oui, mais ce n'est pas ce que vous croyez. À bord du 20th Century, on a l'œil pour ces choses-là, vous savez, monsieur Bell. Ce n'est pas ce genre de couple.

Bell décida de s'en assurer par la suite. Le service de recherches Van Dorn n'avait en tout cas mentionné aucune pupille.

— Comment s'appelle-t-elle ?

— Je ne la connais que sous le nom de mademoiselle Riker. Peut-être l'a-t-il adoptée ?

L'ESPION

Le train fonçait à presque cent kilomètres à l'heure, et les bornes défilaient à toute allure devant les vitres. Mais juste au moment où Bell et Dilber finissaient de parcourir la liste, le détective remarqua que le moteur électrique de la motrice baissait en régime.

— Nous arrivons à Harmon, expliqua Dilber en consultant sa montre. Nous allons échanger notre motrice contre une locomotive à vapeur. Ensuite, nous filerons à plus de cent vingt kilomètres à l'heure.

— Je vais aller discuter avec mon ami le spécialiste de la nitroglycérine, et m'assurer qu'il n'a aucun projet en ce qui concerne le coffre.

Alors que l'on procédait au changement de motrice, Bell adressa un télégramme à l'agence Van Dorn demandant le maximum de renseignements sur l'Allemand, l'Australien et les Chinois qui voyageaient en compagnie d'Arnold Bennett, ainsi que sur la pupille de Riker. Il en profita pour envoyer un télégramme au capitaine Falconer :

MERCI D'INFORMER DOROTHY LANGNER
QUE L'ASSASSIN DE SON PÈRE A ÉTÉ TUÉ.

Une toute petite étincelle de justice dans une journée sans joie. La mort de Yamamoto Kenta apporterait sans doute quelque réconfort à mademoiselle Langner, mais c'était une bien piètre victoire. L'affaire, déjà assombrie par la mort de John Scully, était mise à mal par celle de l'espion japonais, qui était presque sur le point de livrer à Bell sa véritable proie.

Le détective remonta à bord du 20th Century.

La locomotive Atlantic 4-4-2, perchée sur ses roues à grand rayon, prit de la vitesse et s'élança vers le nord en longeant les rives de l'Hudson. Bell se dirigea vers les compartiments de tête. Le wagon-salon était meublé de fauteuils confortables. Des hommes fumaient, buvaient des cocktails ou attendaient que vienne leur tour de passer entre les mains de la manucure ou celles du coiffeur.

— Larry Rosania ! Quelle surprise de vous rencontrer ici !

Le voleur de bijoux leva les yeux de son journal, dont la une annonçait l'arrivée prochaine de la Grande Flotte blanche à San

Francisco. Il lança un regard par-dessus la monture d'or de ses lunettes et fit mine de ne pas reconnaître le grand détective blond en costume blanc. Ses manières étaient policées, et sa voix avait une tonalité presque aristocratique.

— Avons-nous été présentés, monsieur ?

Isaac Bell s'assit sans y avoir été invité.

— La dernière fois que j'ai entendu parler de vous, mes vieux amis Wally Kisley et Mack Fulton négociaient pour vous un bail à long terme à Sing Sing.

À la mention des amis de Bell, Rosania tomba le masque.

— J'ai été désolé d'apprendre leur disparition, Isaac. C'étaient des personnages intéressants et des détectives honnêtes, ce qui est bien rare dans le monde où nous vivons.

— J'apprécie cette pensée, Rosania. Comment en êtes-vous sorti ? En faisant sauter le mur de la prison ?

— Vous n'êtes pas au courant ? Le gouverneur m'a accordé son pardon. Voulez-vous voir le document qui l'atteste ?

— Avec grand plaisir, répondit Bell.

L'affable perceur de coffres-forts sortit un élégant portefeuille de la poche de son manteau pour en extraire une enveloppe gaufrée à la feuille d'or. À l'intérieur se trouvait une feuille de vélin qui portait le sceau du gouverneur de l'État de New York et le nom de Rosania en lettres enluminées que l'on aurait pu croire calligraphiées par des moines.

— Admettons pour l'instant que ce document soit authentique. Puis-je vous demander ce que vous avez bien pu faire pour le mériter ?

— Si je vous le disais, vous ne me croiriez pas.

— Essayez toujours.

— Lorsque j'avais douze ans, j'ai un jour aidé une vieille dame à traverser la rue. Il se trouve que c'était la maman du gouverneur, ou tout au moins du futur gouverneur. Elle n'a jamais oublié mon geste. Je vous avais prévenu. J'étais sûr que vous ne me croiriez pas.

— Où donc comptez-vous aller, Rosania ?

— Je suis certain que vous avez passé la liste des passagers au peigne fin. Vous savez donc que je me rends à San Francisco.

— Et qu'allez-vous y faire exploser ?

L'ESPION

— Je me suis rangé, Isaac. Je ne m'occupe plus de coffres-forts.

— Quelles que soient vos activités, elles semblent vous réussir, fit remarquer Bell. Ce train n'est pas à la portée de toutes les bourses.

— Je vais vous dire la vérité, Isaac, répondit Rosania, mais vous ne me croirez pas non plus. J'ai rencontré une veuve qui me considère comme la huitième merveille du monde. Et comme il se trouve qu'elle a hérité de plus d'argent que je ne parviendrais à en voler dans toute ma vie, je me suis gardé de la détromper.

— Puis-je alors informer le chef de train que le compartiment du coffre est en sécurité ?

— En parfaite sécurité, je vous l'assure. Le crime ne paie pas assez. Et vous-même, Isaac ? Vous rejoignez le quartier général à Chicago ?

— Non, je recherche quelqu'un, répondit le détective. Et je suis prêt à parier que les voleurs de bijoux reconvertis qui circulent en train de luxe sont de fins observateurs de leurs compagnons de voyage. Avez-vous remarqué des étrangers qui puissent m'intéresser ?

— Plusieurs. L'un d'eux se trouve d'ailleurs dans cette voiture.

Rosania hocha la tête vers l'arrière du wagon-salon.

— Cet Allemand prétend être un représentant, poursuivit Rosania en baissant la voix. Si c'est le cas, je n'ai jamais rencontré d'aussi mauvais vendeur.

— L'homme au cou raide qui ressemble à un officier prussien ?

Bell avait remarqué Shafer en venant rejoindre Rosania. L'Allemand, âgé d'une trentaine d'années, portait des vêtements coûteux, et il exsudait de lui une désagréable sensation d'hostilité.

— Vous achèteriez quelque chose à un homme de ce genre ?

— Jamais de la vie. Quelqu'un d'autre ?

— Surveillez aussi cet Australien sournois qui vend une mine d'or.

— Le chef de train l'a aussi remarqué.

— Un bon chef de train ne se laisse pas raconter de salades.

— Il n'a pas tiqué en voyant votre nom.

— Je vous l'ai dit : je me suis rangé.

— Oh, c'est vrai, j'oubliais, répondit Bell avec un sourire. Vous connaissez un importateur de pierres précieuses du nom d'Erhard Riker ?

— Herr Riker. Oui, mais je n'ai jamais eu affaire à lui.

— Et pourquoi pas ?

— Pour la même raison qui m'a toujours empêché de m'attaquer aux coffres-forts de l'agence Van Dorn ! Riker dispose de son propre service de sécurité.

— Que savez-vous d'autre à son sujet ?

— Je vous ai dit tout ce que j'avais besoin de savoir dans le cadre de mes précédentes activités.

Bell se leva de son siège.

— Cette rencontre était tout à fait intéressante, Larry, je vous en remercie.

Rosania prit un air gêné.

— Isaac, si cela ne vous ennuie pas, je me fais plutôt appeler Lawrence, désormais. Ma charmante veuve trouve que cela fait plus distingué.

— Et quel âge a cette intéressante veuve ?

— Vingt-huit ans, répondit Rosania d'un air suffisant.

— Toutes mes félicitations.

Alors que Bell commençait à s'éloigner, Rosania le rappela.

— Attendez une minute, Isaac. Vous avez vu ces Chinois ? poursuivit-il en baissant à nouveau la voix. Ils sont deux à bord.

— Et qu'en pensez-vous ?

— Je ne leur accorderais aucune confiance.

— Je crois qu'il s'agit d'étudiants en théologie.

Rosania hocha la tête d'un air plein de sagesse.

— Un prêcheur est un homme invisible. Lorsque je pratiquais moi aussi le petit jeu du séminariste, les vieilles dames m'invitaient chez elles pour me présenter à leurs nièces ou à leurs petites-filles. Les gentlemen à qui appartenaient leurs maisons me voyaient à peine, comme si je n'étais qu'un meuble.

— Merci de votre aide, dit Bell, qui entendait bien, au prochain changement de motrice à Albany, prévenir la prison de Sing Sing pour que les gardes fassent l'appel des prisonniers.

En sortant du wagon-salon, il jeta un coup d'œil au passager allemand, dont les vêtements européens de bonne coupe cachaient une carrure puissante. L'homme se tenait droit comme un « I », à la manière d'un officier de cavalerie.

— Bonjour, lui dit Bell avec un hochement de tête.

Herr Shafer resta silencieux et se contenta de lui retourner un regard froid. Bell se souvint que dans l'Allemagne du Kaiser Guillaume, les citoyens, hommes et femmes, étaient censés céder leur place assise aux officiers. Si l'on tentait l'expérience aux États-Unis, se dit-il, les officiers en question ne récolteraient qu'un coup de poing dans le nez, donné avec autant de bonne volonté par les femmes que par les hommes.

Il poursuivit son chemin vers l'arrière du train en traversant six voitures Pullman et compartiments privés jusqu'au wagon panoramique, où les passagers dégustaient des cocktails tandis que le soleil couchant rougissait le ciel au-dessus de l'Hudson. Les étudiants chinois en théologie portaient les mêmes costumes mal coupés, et une bosse sur leur poche intérieure trahissait la présence d'une bible près du cœur. Ils étaient assis en compagnie d'un Anglais barbu vêtu de tweed, sans doute leur protecteur, le journaliste et écrivain Arnold Bennett.

L'Anglais était un personnage d'apparence rude, à la silhouette trapue et musculeuse. Il paraissait plus jeune que Bell ne l'avait imaginé d'après les articles qu'il avait lus dans le *Harper's Weekly*. Devant un public d'hommes d'affaires de Chicago captivés, il dissertait sur les plaisirs de son périple à travers les États-Unis. Bell ne put se défaire de l'impression qu'il testait des phrases et des formules destinées à son prochain article.

— Est-il un motif de fierté plus légitime que de pouvoir dire : « Parmi tous les trains, celui-ci est roi, et j'ai l'honneur et le plaisir d'y avoir mon compartiment privé » ?

— Le meilleur train au monde ! brailla un représentant de commerce dont la voix tonitruante rappela au détective celle de Ted Whitmark, le « fiancé » de Dorothy Langner.

— Le Broadway Limited n'est pas mal non plus, fit remarquer son compagnon de voyage.

— Ce sont les vieux qui prennent le Broadway Limited, répliqua le représentant d'un ton dédaigneux. Les hommes d'affaires modernes préfèrent le 20th Century Limited. C'est pour cela que les gars de Chicago l'apprécient autant.

Arnold Bennett supervisait la conversation avec une aisance due à une longue pratique.

— Vous autres Américains, votre sens du confort ne cessera jamais de m'étonner. Savez-vous que dans ma chambre, je peux régler le ventilateur sur trois vitesses différentes ? De quoi transformer la nuit entière en un spectacle de music-hall ininterrompu.

Les représentants et hommes d'affaires de Chicago éclatèrent de rire, se tapèrent sur les cuisses et crièrent pour commander de nouvelles tournées au barman. Les Chinois affichaient un sourire mal assuré, et Isaac Bell se demanda jusqu'à quel point ils comprenaient l'anglais. Ces jeunes gens à la mince carrure étaient-ils effrayés en présence de ces grands Américains bruyants ? Ou n'étaient-ils que timides ?

Lorsque Bennett sortit une cigarette de son étui en or, l'un des étudiants en théologie fit craquer une allumette et l'autre posa un cendrier près de l'écrivain. Bell se dit que les deux Chinois semblaient jouer un double rôle auprès de Bennett, à la fois protégés et valets.

À l'approche d'Albany, le 20th Century Limited traversa l'Hudson sur un haut pont à chevalets d'où l'on apercevait en contrebas des bateaux à vapeur brillamment éclairés, puis s'immobilisa dans une gare de triage. Pendant que les cheminots de New York Central éloignaient la motrice pour en accrocher une nouvelle et ajoutaient un wagon-restaurant pour le repas du soir, Isaac Bell envoya et reçut quelques télégrammes. La nouvelle motrice, une Atlantic 4-4-2 aux roues encore plus impressionnantes que la précédente, roulait déjà sur ses rails lorsqu'il remonta à bord pour s'enfermer dans son compartiment.

Dans le court laps de temps écoulé depuis l'envoi de ses télégrammes à Harmon, le service de recherches Van Dorn n'avait rien pu apprendre au sujet de l'Allemand, de l'Australien, de la pupille de Riker ou des Chinois qui accompagnaient Bennett, mais les agents accourus à la gare de Grand Central avaient réussi à rassembler quelques témoignages sur la mort de John Scully. Personne n'avait vu l'assassin enfoncer l'épingle à chapeau dans le crâne du détective, mais le meurtre semblait avoir été exécuté avec une précision toute militaire.

Certains faits étaient désormais établis : un livreur chinois qui approvisionnait les trains en cigares affirmait avoir vu Scully courir vers le quai du 20th Century Limited. Il paraissait chercher quelqu'un.

Selon des ouvriers irlandais qui transportaient des gravats, Scully discutait avec une jolie rouquine. Ils étaient tout proches l'un de l'autre, comme s'ils se connaissaient bien.

Lorsque l'officier de police était arrivé, un attroupement s'était déjà formé, mais un voyageur du nord de l'État de New York avait vu un groupe d'étudiants entourer soudain Scully et la jeune femme rousse, « une véritable offensive concertée, comme au football », selon lui. Les jeunes s'étaient ensuite dispersés à toute vitesse, laissant John Scully étendu sur le sol.

Mais où étaient-ils partis ensuite ?

Évanouis dans la nature…

À quoi ressemblaient-ils ?

Des étudiants.

— Ils l'ont bel et bien piégé, avait écrit Harry Warren. Il n'a pas eu le temps de comprendre ce qui lui arrivait.

Isaac Bell, encore sous le coup de la mort de son ami, en doutait. Bien sûr, même les meilleurs hommes peuvent parfois se laisser piéger, mais Scully était d'une grande intelligence. Il s'était forcément aperçu avant de mourir qu'il avait été berné, Bell en était certain. Peut-être à la dernière seconde. Mais trop tard.

Dans son télégramme, Harry Warren se demandait si la jeune femme rousse était celle qu'il avait aperçue à la fumerie d'opium où il avait croisé Scully. Les descriptions faites par les témoins à la gare de Grand Central n'étaient pas assez précises pour qu'il puisse en être certain. Une jolie rouquine, parmi des milliers d'autres à New York. Cinq mille. Dix mille. Mais selon les témoignages, sa tenue ne ressemblait en rien à celle que portait la fille de la fumerie. Les témoins ne mentionnaient d'ailleurs ni maquillage épais, ni rouge à lèvres.

Bell sortit la note railleuse découverte sur le corps de Scully et la relut.

Œil pour œil, monsieur Bell.
Vous avez eu Weeks, nous ne reviendrons pas là-dessus.
Mais nous sommes toujours en compte pour l'Allemand.

L'espion se vantait d'avoir employé l'Allemand et Weeks comme exécutants. Une attitude plutôt imprudente dans ce type de milieu, où le silence était gage de survie et où l'on célébrait ses victoires en toute discrétion. Impossible d'imaginer le froid Yamamoto Kenta ou même le vaniteux Abbington-Westlake en train de rédiger pareil message.

L'homme semblait aussi se bercer d'illusions ; croyait-il vraiment qu'Isaac Bell et l'agence Van Dorn resteraient les bras croisés après une telle attaque ? À croire qu'il les suppliait de lui rendre la monnaie sa pièce.

Bell décida de rejoindre le wagon-restaurant pour le second service.

Des tables pour deux ou quatre convives étaient dressées dans la voiture, et la coutume voulait que l'on s'installe où l'on trouvait une place. Le détective remarqua un siège libre à la table où se trouvaient Arnold Bennett et ses deux Chinois. Comme dans le wagon panoramique un peu plus tôt, l'écrivain-journaliste régalait de ses propos les tables voisines pendant que ses deux protégés restaient assis en silence. L'Allemand, Shafer, mangeait dans un silence compassé en face d'un représentant de commerce dont les pauvres tentatives d'engager la conversation semblaient vouées à l'échec. L'Australien, assis à une table dressée pour deux, parlait avec enthousiasme avec son voisin de table, qui avait l'allure d'un homme assez fortuné pour envisager l'achat d'une mine d'or. Une autre table de deux accueillait Lawrence Rosania, en discussion animée avec un homme plus jeune vêtu d'un élégant costume.

Bell glissa un billet de banque au chef steward.

— J'aimerais occuper cette place libre à la table de monsieur Bennett.

Mais au moment où le chef steward le conduisait vers l'écrivain, un convive l'appela d'une autre table.

L'ESPION 297

— Bell ! Isaac Bell ! Je savais bien que c'était vous !

Erhard Riker, le marchand de pierres précieuses, se leva de son siège, porta un coin de serviette à ses lèvres et lui tendit la main.

— Encore une coïncidence, n'est-ce pas ? Elles semblent se répéter. Vous êtes seul ? Joignez-vous donc à moi.

Les Chinois allaient devoir attendre. Selon le registre des passagers, ils poursuivraient leur route jusqu'à San Francisco en prenant des correspondances après Chicago, tandis que Riker devait quitter le train le lendemain matin pour voyager à bord du California Limited de la compagnie Atchison, Topeka and Santa Fe Railway.

Les deux hommes échangèrent une poignée de main. Riker désigna le siège vide en face de lui. Bell s'y installa.

— Comment se passe notre chasse au diamant ? demanda le détective.

— Je m'intéresse à une émeraude digne d'une reine, répondit Riker. Voire d'une déesse. Elle devrait nous attendre dès mon retour à New York. On ne peut qu'espérer que la jeune personne l'appréciera, ajouta-t-il en souriant.

— Quelle est votre destination ?

Riker jeta un coup d'œil circulaire pour s'assurer que personne n'écoutait.

— San Diego, murmura-t-il. Et vous ?

— San Francisco. Que se passe-t-il de si intéressant à San Diego ?

Riker regarda à nouveau autour de lui.

— De la tourmaline rose, dit-il en souriant comme pour s'excuser. Pardonnez ma discrétion exagérée, mais l'ennemi a des oreilles partout.

— L'ennemi ? Quel ennemi ?

— Tiffany & Co. Ils essaient d'accaparer l'approvisionnement en tourmaline rose de San Diego, tout cela parce que Tseu-hi, l'impératrice douairière de Chine, l'adore. Elle utilise la tourmaline pour ses gravures, pour ses boutons de vêtements, entre autres choses. Lorsqu'elle s'est prise de folie pour cette pierre, c'est un nouveau marché qui s'est ouvert, et Tiffany tente de s'en emparer, expliqua-t-il en baissant encore la voix, au point que Bell dut se pencher vers lui pour l'entendre. Mais ce marché regorge d'occasions à saisir pour un marchand de pierres précieuses indépendant, monsieur Bell. On ne se fait pas de cadeaux dans ce métier, conclut-il avec un nouveau sourire et un clin d'œil que Bell renonça à interpréter.

— J'avoue ne rien connaître du commerce des pierres.

— Un détective doit parfois avoir l'occasion de s'intéresser aux pierres, fussent-elles volées.

Bell lui lança un regard acéré.

— Comment savez-vous que je suis un détective ?

Riker haussa les épaules.

— Lorsque je recherche pour quelqu'un une pierre d'une valeur significative, je commence par me renseigner pour savoir si le client peut se permettre un tel achat ou s'il se contente d'en rêver.

— Les détectives ne sont pas riches.

— Sauf ceux qui ont hérité d'une fortune provenant des milieux de la finance, monsieur Bell. Veuillez m'excuser pour cette indiscrétion, mais vous comprendrez que dans mon secteur d'activité, il me faille rassembler quelques renseignements sur mes clients. Mon affaire est modeste. Je ne peux pas me permettre de passer des semaines à la recherche d'une pierre pour une personne qui s'avère avoir les yeux plus gros que le ventre.

— Je comprends, admit Bell, mais vous comprendrez vous aussi pourquoi je ne tiens pas à le clamer sur tous les toits.

— Bien sûr, monsieur Bell. Vos secrets sont en sécurité avec moi. Pourtant, j'avoue m'être demandé comment un détective avec un palmarès tel que le vôtre parvenait à fuir les feux de la rampe.

— En évitant les appareils photo et les dessinateurs de portraits.

— Cependant, plus vous capturez de criminels, plus vous devriez être célèbre.

— J'espère n'être célèbre que parmi les criminels qui se trouvent déjà derrière les barreaux.

Riker éclata de rire.

— Bien dit, monsieur Bell. Allons, je bavarde, je bavarde, et le serveur attend. Commandons notre repas.

Derrière lui, Bell entendit la voix d'Arnold Bennett.

— C'est la première fois que je commande un dîner à la carte à bord d'un train. Un excellent dîner, d'ailleurs, bien servi par un personnel aimable. Le mouton était délicieux.

L'ESPION

— Voilà une recommandation qui mérite d'être écoutée, dit Riker. Peut-être devrions-nous commander du mouton ?

— Je n'ai jamais encore rencontré d'Anglais qui connaisse quoi que ce soit à la gastronomie, répondit Bell avant de se tourner vers le serveur. Est-ce encore la saison de l'alose ?

— Oui, monsieur. Comment l'aimeriez-vous ?

— Grillée. Pourriez-vous me mettre les laitances de côté pour le petit-déjeuner ?

— Le petit-déjeuner sera servi dans un wagon qui sera raccordé au train à Elkhart, monsieur. Mais je vais vous en réserver, avec de la glace, et je les confierai au steward de votre Pullman.

— Alors préparez-en deux portions, intervint Riker. Alose ce soir, et laitances d'alose pour le petit-déjeuner. Bell, que diriez-vous de partager une bouteille de vin du Rhin ?

— Votre anglais est remarquable, fit observer Bell après le départ du serveur. Comme si vous l'aviez parlé toute votre vie.

— Ils me l'ont enfoncé de force dans le crâne à Eton, répondit Riker en riant. Mon père m'a envoyé en Angleterre dans une école privée. Il pensait qu'il serait utile pour ma carrière de fréquenter d'autres gens que nos paysans allemands. Mais dites-moi, à propos de parents, comment avez-vous réussi à rester en dehors des affaires familiales dans le secteur bancaire ?

Bell savait par le service de recherches Van Dorn que le père de Riker avait été tué pendant la guerre des Boers, et il préféra fournir une réponse indirecte dans le but de faire parler le marchand de pierres.

— Mon père s'est toujours beaucoup investi dans ses affaires, et c'est encore le cas aujourd'hui, lui répondit-il en le regardant d'un air interrogateur.

— Je vous envie. Quant à moi, je n'ai pas eu le choix. Mon père est mort en Afrique alors que je terminais mes études universitaires. Si je n'avais pas repris ses affaires, elles seraient allées à vau-l'eau.

— Si j'en crois ce que disait ce bijoutier new-yorkais, votre réussite est éclatante.

— Mon père m'a appris toutes les ficelles du métier, plus quelques-unes de son invention. Et puis il était très apprécié dans les usines et les ateliers. La seule mention de son nom ouvre bien des portes, en particulier ici aux États-Unis, à New York et à Newark. Je ne serais d'ailleurs pas surpris de tomber sur un de ses vieux camarades à San Diego, ajouta-t-il avec un nouveau clin d'œil. Si c'est le cas, les acheteurs de chez Tiffany auront de la chance s'ils quittent la Californie avec toutes les dents en or !

*

L'espion s'était remis du choc éprouvé en voyant Bell grimper à bord du 20th Century Limited à la gare de Grand Central. Pendant que Katherine Dee mettrait ses plans à exécution à Newport, il allait faire en sorte que la présence inattendue du détective tourne à son avantage. Il avait l'habitude d'affronter des agents gouvernementaux, qu'ils soient anglais, français, russes ou japonais, tout comme divers services de renseignements navals, y compris américains, et son opinion à leur sujet n'était guère flatteuse. Cependant, un détective privé était une autre affaire, et il avait compris de façon un peu tardive qu'il convenait d'observer Bell avec attention avant d'entreprendre la moindre action.

Il ne regrettait pas d'avoir ordonné le meurtre de John Scully. C'était un poids qui devait peser sur les épaules d'Isaac Bell, même si celui-ci le cachait bien et se pavanait dans le train comme s'il lui appartenait. Devait-il tuer Bell ? Cela semblait s'imposer. Mais qui allait le remplacer ? Son ami Abbott était de retour d'Europe. Un adversaire coriace, lui aussi, d'après ses renseignements, même s'il ne jouait pas dans la même catégorie que Bell. Le terrible Joseph Van Dorn allait-il entrer dans la danse en personne ? Ou préférerait-il rester au-dessus de la mêlée ? L'agence Van Dorn avait des ramifications dans tous les États, avec un personnel très diversifié. De combien de détectives disposaient-ils, cachés dans l'ombre et prêts à agir ?

D'un autre côté, songea-t-il en souriant, lui aussi avait ses propres pions tapis dans l'ombre, et Dieu lui-même n'avait pas la moindre idée de leur identité.

35

— Nous rassemblons des renseignements sur les Chinois qui voyagent en compagnie d'Arnold Bennett, mais cela prendra du temps. *Idem* en ce qui concerne Shafer. Le service de recherches ne trouve rien sur lui, mais comme vous le dites, il paraît étrange qu'une ambassade réserve un billet de train pour un représentant de commerce.

L'agent Van Dorn était monté à bord faire son rapport à Bell lors de l'arrêt du train à Syracuse, pendant que l'on changeait à nouveau de motrice et de wagon-restaurant.

— Et la prison de Sing Sing a confirmé l'histoire de Rosania.

Le perceur de coffres n'était donc pas en cavale ; il avait été libéré, ainsi qu'il le proclamait, par le gouverneur. Le prétendu Australien était en réalité un escroc canadien qui pratiquait de façon habituelle la vieille arnaque de la mine d'or sur les chemins de fer de l'Ouest. À certains endroits bien précis, il montrait par la fenêtre aux naïfs pigeons des concessions sans valeur dont il avait pris soin d'« assaisonner » les parois rocheuses en tirant des charges de plomb mélangées à des pépites d'or.

Le sifflet de la locomotive annonça le départ.

— Il faut que je file, lança l'agent.

— Je veux que vous m'organisiez un appel longue distance avec monsieur Van Dorn pour le prochain arrêt à East Buffalo.

Deux heures plus tard, alors que le train faisait halte à East Buffalo dans une gare de triage bruyante à l'éclairage agressif, un autre agent

Van Dorn attendait Bell pour l'emmener au bureau du chef de gare. Le détective s'informa des dernières nouvelles pendant que les standardistes longue distance établissaient la connexion.

— D'après ce que nous avons pu conclure des divers témoignages, Scully parlait à une femme rousse bien habillée. Un ballon est arrivé d'on ne sait où et l'a heurté à l'épaule. Des étudiants qui chahutaient ont accouru et se sont rassemblés autour de lui pour s'excuser. Quelqu'un a alors crié pour avertir que leur train partait, et ils sont partis en courant. À ce moment-là, Scully était étendu sur le dos, et tout le monde a pensé qu'il avait eu une crise cardiaque. Des gens se sont attroupés pour le secourir. Un flic est arrivé, et a demandé un médecin. Et c'est là que vous avez débarqué, juste avant le petit jeune de notre bureau de New York. Vous avez alors couru pour attraper le Limited. Pendant ce temps, une femme s'est mise à crier en voyant le sang, et le flic a ordonné à tous les témoins de rester sur place. Peu de temps après, un groupe d'agents Van Dorn a débarqué pour recueillir les témoignages.

— Qu'est devenue cette rouquine ?

— Personne n'en a la moindre idée.

— Bien habillée, dites-vous ?

— Oui, élégante.

— Qui a dit cela ? Le flic ?

— Non. Une femme qui occupe un poste à responsabilité chez Lord and Taylor, un magasin de nouveautés très à la mode.

— Et cette rousse n'était pas habillée comme une poule de luxe ?

— Non, elle était « très chic », selon cette femme.

Juste au moment où Bell pensait remonter à bord du train sans plus tarder, le téléphone sonna enfin. La communication était à peine audible, et il y avait de la friture sur la ligne.

— Ici Van Dorn. C'est vous, Isaac ? Du nouveau ?

— On a d'une part une femme rousse avec les vêtements, le chapeau et le maquillage qu'on s'attendrait à voir dans une fumerie d'opium, et selon un autre témoignage, une autre rouquine habillée comme une lady. Les deux ont été vues en compagnie de Scully.

— Scully avait un faible pour les rousses ?

— Je n'en sais rien, répondit Bell. Nos conversations tournaient plutôt autour des criminels et des armes à feu. À propos, ils ont retrouvé son arme ?

— Son Browning était encore dans son holster.

Bell secoua la tête, incrédule à l'idée que Scully ait pu se laisser berner avec tant de facilité.

— Comment ? cria Van Dorn. Je ne vous entends pas.

— Je n'arrive toujours pas à croire que Scully ait pu être pris ainsi au dépourvu.

— C'est ce qui arrive quand on travaille en solitaire.

— Même si c'est vrai...

— Comment ?

— Même si c'est vrai, cela nous ramène à notre espion.

— Est-il à bord du même train que vous ?

— Je l'ignore encore.

— Quoi ? Comment ?

— Dites-leur de garder le pistolet de Scully pour moi.

Joseph Van Dorn n'eut aucun besoin de demander à Bell de répéter. Il connaissait ses détectives. De temps à autre, il s'imaginait même percer à jour leur mode de fonctionnement et leurs motivations les plus profondes.

— Je vous attendrai dès votre retour à New York.

— Je vous recontacterai de Chicago.

*

Il restait plus de huit cents kilomètres à parcourir jusqu'à l'arrivée à Chicago le lendemain matin. Tandis que le 20th Century Limited prenait de la vitesse en quittant East Buffalo, Isaac Bell se dirigea vers le wagon-salon. La voiture était presque vide, et seuls quelques voyageurs jouaient au poker. L'escroc canadien ne paraissait guère enchanté de constater que Dilber, le chef de train, l'observait avec attention.

Bell remonta vers la queue du convoi. Il était plus de minuit, mais dans le wagon panoramique bondé, des hommes discutaient et buvaient. Arnold Bennett, accompagné de ses Chinois à l'allure solennelle, divertissait un public attentif. Shafer, le représentant de commerce allemand, était en pleine conversation avec Erhard Riker. Bell se fit servir un verre et resta debout jusqu'à ce que Riker l'aperçoive et lui fasse signe de les rejoindre. Le marchand de pierres précieuses lui présenta l'Allemand sous le nom de Herr Shafer.

— Dans quels genres d'affaires êtes-vous, monsieur Bell ? demanda-t-il en se tournant vers le détective.

— Je suis dans les assurances, répondit Bell en le remerciant d'un hochement de tête à peine perceptible pour n'avoir pas dévoilé à l'Allemand la véritable nature de ses activités.

Il s'assit sur un siège d'où il pouvait également observer les deux Chinois.

— Oh, bien sûr, poursuivit Riker, j'aurais dû m'en souvenir ! Ainsi nous sommes tous des représentants, ou des voyageurs de commerce, comment disent les Anglais. Nous sommes tous dans la vente. Je fournis des pierres précieuses à des bijoutiers et joailliers américains. Et monsieur Shafer ici présent vend des instruments de musique, des orgues fabriqués à Leipzig. N'est-ce pas, monsieur Shafer ?

— Exact, aboya l'Allemand. Tout d'abord, je vends. Ensuite, mon entreprise envoie des employés avec le matériel et les pièces pour assembler les orgues. Ils savent comment assembler les meilleurs instruments.

— Des orgues d'église ? s'enquit Bell.

— Des orgues d'église, ou pour les salles de concert, les stades, les universités. Les orgues allemands sont les meilleurs au monde, voyez-vous, parce que la musique allemande est elle aussi la meilleure.

— Jouez-vous de l'orgue vous-même ?

— Non, non, non. Je ne suis qu'un simple représentant.

— Comment un officier de cavalerie, lui demanda Bell, a-t-il pu devenir représentant en instruments de musique ?

— Comment ? Quel officier de cavalerie ? s'exclama Shafer, les traits durcis, en lançant un regard à Riker avant de se tourner à nouveau vers Bell. Que voulez-vous dire, monsieur ?

— Je n'ai pas pu m'empêcher de remarquer que les rênes avaient laissé des callosités sur vos mains, répondit Bell d'un ton affable. Et vous avez le maintien d'un soldat. N'est-ce pas, Riker ?

L'ESPION

— Tout à fait, et votre manière de vous tenir assis est aussi celle d'un militaire.

— Ah, lança Shafer tandis qu'une rougeur recouvrait sa nuque et envahissait son visage. *Ja.* Bien sûr. J'étais soldat autrefois, il y a des années de cela, ajouta-t-il avant de marquer une pause pour contempler ses mains puissantes. Bien sûr, je monte encore quand mes nouvelles occupations en tant que représentant m'en laissent le loisir. Et maintenant, si vous voulez m'excuser un instant…

Il commença à s'éloigner, puis s'immobilisa et se retourna vers ses deux compagnons.

— Voulez-vous que je commande une autre tournée au steward ?

— Bien volontiers, répondit Riker.

Le marchand de pierres tenta de masquer son sourire lorsque Shafer entra dans les toilettes.

— Plus le temps passe, confia-t-il à Bell en laissant son sourire s'épanouir, et plus je constate à quel point mon père était sage, ainsi que le notait votre écrivain Mark Twain à propos du sien. Il avait raison de m'envoyer étudier en Angleterre. Nous autres Allemands sommes mal à l'aise en présence d'étrangers. Nous nous vantons sans réfléchir aux conséquences.

— Est-il habituel en Allemagne de voir des officiers se lancer dans le commerce ? lui demanda Bell.

— Non, mais qui sait pourquoi il a quitté l'armée ? Il est beaucoup trop jeune pour avoir pris sa retraite, même en demi-solde. Il était peut-être dans l'obligation de gagner sa vie.

— Peut-être.

— Il semblerait que vous ne soyez pas en vacances, monsieur Bell. À moins que les détectives ne s'accordent jamais de répit ?

— Il arrive que différentes affaires soient mêlées, et la frontière peut parfois être floue, répliqua Bell, qui se demandait si les propos de Riker constituaient une sorte de défi ou relevaient de la simple camaraderie entre voyageurs. Par exemple, poursuivit-il en observant la réaction de Riker, dans le cadre d'une affaire qui n'a pas le moindre rapport avec vous, j'ai appris peu après mon embarquement que vous voyagiez souvent en compagnie d'une jeune femme. Votre pupille, je crois.

— En effet, dit Riker. C'est la vérité.

— Vous êtes bien jeune pour avoir une pupille à votre charge.

— Vous avez raison. Mais de la même manière que je n'ai pu esquiver mes responsabilités en ce qui concerne l'entreprise de mon père, j'ai dû aussi m'acquitter de mes obligations envers une orpheline lorsque le malheur a frappé sa famille. Le hasard crée parfois des devoirs, même aux hommes les plus libres de toute attache, monsieur Bell, et cela aux moments les plus inattendus. Mais laissez-moi vous dire ceci : les événements que nous n'avons pas prévus sont parfois ce qui peut nous arriver de mieux. Cette jeune fille apporte de la lumière dans ma vie, là où n'existaient que des ombres.

— Où est-elle en ce moment ?

— Au lycée ; elle doit terminer ses études au mois de juin, répondit Riker en pointant un doigt vers Bell. J'espère que vous aurez l'occasion de faire sa connaissance. Elle viendra cet été en bateau à New York avec moi. Elle a vécu longtemps une existence cloîtrée, et je m'efforce d'élargir ses horizons. Le fait de discuter avec un détective privé me paraît aller tout à fait dans ce sens.

Bell hocha la tête.

— Je m'en réjouis d'avance. Comment s'appelle-t-elle ?

Si Riker entendit la question, il choisit de ne pas y répondre.

— Je pense qu'une rencontre avec une femme qui réalise des films aussi émouvants ne peut qu'être enrichissante pour elle. Monsieur Bell, vous semblez surpris ! Bien entendu, je sais que votre fiancée est cinéaste. Je vous l'ai dit, en affaires, je ne m'engage jamais à l'aveuglette. Je sais que vous pouvez vous offrir ce qu'il y a de meilleur, et aussi qu'elle portera un regard avisé sur ce que j'aurai trouvé à son intention. Vous représentez tous les deux un défi de taille. J'espère seulement être à la hauteur.

Shafer les rejoignit. Il s'était aspergé le visage d'eau, et une tache humide marquait sa cravate, mais il était souriant.

— Vous êtes très observateur, monsieur Bell. En me débarrassant de mon uniforme, je croyais me dépouiller de mon passé. Est-ce l'habitude, dans les assurances, de remarquer ce genre de détails ?

— Lorsque je vends une assurance, je prends des risques, répondit Bell. C'est sans doute pour cela que je suis toujours à l'affût.

— Herr Shafer serait-il un client sûr, selon vous ? demanda Riker.

— Les hommes aux habitudes régulières sont en général des clients sûrs. Herr Shafer, je vous présente mes excuses si je vous ai paru indiscret.

— Je n'ai rien à cacher !

— À ce propos, c'est le steward qui semble jouer à cache-cache avec nous. Comment diable peut-on se faire servir un verre ?

Bell hocha la tête et un serveur vint prendre leur commande.

— Messieurs, vous me paraissez endormis, lança alors Arnold Bennett à ses compagnons chinois.

— Mais non, monsieur, nous sommes très heureux ici.

— À bord d'un train, on ne peut pas s'attendre à dormir beaucoup. On y trouve du luxe en abondance – tailleur, manucure, bibliothèque, et même des bains d'eau douce ou salée. En Europe, les meilleurs trains commencent leurs parcours de façon aussi furtive qu'une mauvaise habitude. Mais à bord d'un train-couchette américain, il est impossible de dormir d'une traite pendant une heure, avec tous ces arrêts brusques, ces soudains départs, ces coups de sifflets et ces gémissements des voitures dans les virages serrés.

Les hommes d'affaires de Chicago protestèrent en riant que si c'était le prix de la vitesse, ils étaient volontiers prêts à le payer.

Isaac Bell se tourna vers ses compagnons allemands – Erhard Riker, d'allure si britannique, voire américaine, et Herr Shafer, aussi germanique qu'un opéra de Wagner.

— En compagnie non pas d'un, mais de deux sujets du Kaiser, comment ne pas aborder le sujet dont tout le monde parle : les rumeurs de guerre en Europe ?

— L'Allemagne et l'Angleterre sont rivales, et non ennemies, répondit Riker.

— Nos deux nations sont de force égale, intervint Shafer. L'Angleterre possède plus de navires de guerre, mais notre armée est la plus nombreuse, la plus moderne et la plus avancée sur le plan technique. C'est la plus puissante au monde.

— Tout au moins dans les régions du monde qu'elle peut atteindre, lança Arnold Bennett depuis la table voisine.

— Je vous demande pardon, monsieur ?

— L'amiral Mahan, de la marine de nos hôtes, l'a fort bien exprimé : « La nation qui règne sur les mers règne sur le monde. »

Votre armée ne vaut pas tripette si elle est incapable de se rendre sur le front.

Le visage de Shafer s'empourpra, et des veines gonflèrent sur son front.

Riker le calma d'un geste de la main et répondit à sa place.

— Il n'y a pas de front. On parle de guerre, mais ce ne sont que des paroles en l'air.

— Dans ce cas, pourquoi votre pays construit-il de nouveaux cuirassés ? rétorqua Arnold Bennett.

— Et pourquoi l'Angleterre agit-elle de même ? répondit Riker d'une voix calme.

Le regard des hommes de Chicago et des deux étudiants en théologie chinois passait de l'un à l'autre comme s'ils assistaient à un match de tennis. À la grande surprise d'Isaac Bell, ce fut l'un des Chinois qui répondit avant que Bennett ait eu le temps d'ouvrir la bouche.

— La Grande-Bretagne est une île. Les Anglais n'ont pas le choix.

— Merci, Louis, dit Bennett. Je ne l'aurais pas mieux formulé moi-même.

Les sombres yeux en amande de Louis semblèrent s'élargir, puis il regarda vers le sol, comme gêné d'avoir osé prendre la parole.

— Si l'on s'en tient à votre logique, reprit Riker, l'Allemagne n'a pas le choix non plus. L'industrie et le commerce allemands ont besoin d'une importante marine marchande pour transporter nos biens au-delà des mers. Et nous devons protéger cette marine marchande. Mais je suis certain que des hommes d'affaires sensés n'en viendront jamais à une extrémité telle que la guerre.

— Mon compatriote est bien crédule, lança Shafer avec dédain. Personne ne demandera leur avis aux hommes d'affaires. L'Angleterre et la Russie conspirent pour entraver le développement de l'Allemagne. Et la France se rangera aux côtés de l'Angleterre. Dieu merci, nous avons notre armée impériale et nos officiers prussiens.

— Vos officiers prussiens ? éructa l'un des hommes. Ce sont eux qui ont forcé mon père à émigrer aux États-Unis.

— Mon père aussi ! s'écria un autre, le visage écarlate. Dieu merci, ils nous ont chassés de cet enfer !

— Des socialistes, commenta Shafer.

— Des socialistes ? Je vais vous en montrer, des socialistes !

Ses amis le retinrent. Shafer ne paraissait pas accorder la moindre attention aux réactions qu'il suscitait.

— Nous sommes assiégés par l'Angleterre et ses laquais.

Arnold Bennett se leva d'un bon et se cala sur ses jambes en une posture menaçante.

— Je n'aime pas votre ton, monsieur.

La moitié des occupants du wagon panoramique étaient debout, gesticulant et poussant des cris. Isaac Bell se tourna vers Riker, qui lui rendit son regard, les yeux brillants de malice.

— Je suppose que cela répond à votre question, monsieur Bell. Je vais aller me coucher avant nos turbulents compagnons de voyage.

— L'Allemagne est assiégée et sapée de l'intérieur par les socialistes et les Juifs ! hurla Shafer avant qu'il ait eu le temps de se lever.

Isaac Bell adressa un regard glacé à l'Allemand, qui se renfonça sur son siège en marmonnant.

— Quand ils en auront fini avec nous, c'est à vous qu'ils s'attaqueront.

Bell prit une longue inspiration et se força à se rappeler les raisons pour lesquelles il se trouvait à bord du train.

— L'amiral Mahan, après avoir démontré que la nation dominante était celle qui régnait sur les mers, a fait une remarque que j'ai toujours admirée, lança-t-il d'une voix forte qui portait dans tout le wagon. « Jésus-Christ était juif. Les Juifs me conviennent donc parfaitement. »

Les cris se turent. Un homme éclata de rire.

— Elle est bonne, celle-là ! s'exclama un autre. « Les Juifs me conviennent parfaitement » !

Des rires secouèrent l'ensemble du wagon.

— Bonne nuit, messieurs, dit Shafer en claquant des talons.

Riker observa l'ancien officier de cavalerie qui battait en retraite en direction du serveur le plus proche pour lui commander un schnaps.

— Pendant un instant, dit-il à Bell, j'ai bien cru que vous alliez régler son compte à Herr Shafer.

— Vous n'étiez pas loin de la vérité, répondit Bell.

— Je vous l'ai dit, mon père m'a appris toutes les ficelles. Mais qu'est-ce qui vous a déplu à ce point ?

— Je ne supporte pas la haine.

Riker haussa les épaules.

— Pour répondre – avec sincérité – à votre question, l'Europe veut la guerre. Monarchistes, démocrates, marchands, militaires et marins sont en paix depuis trop longtemps, et ils ne se rendent pas compte de ce qui les attend.

— Une analyse un peu trop cynique à mon goût, répliqua Bell.

— Je ne suis pas cynique. Je suis réaliste.

— Et ces hommes d'affaires sensés dont vous parliez tout à l'heure ?

— Certains verront dans la guerre une opportunité de profits. Quant aux autres, on ne tiendra aucun compte de leur opinion.

*

L'espion observait Bell pendant que celui-ci surveillait ses « suspects ».

Monsieur Bell ne peut pas savoir si je suis dans ce wagon en même temps que lui.

Ou si je dors déjà sur ma couchette.

Il n'est même pas sûr de ma présence.

Et il ne peut savoir qui, à bord de ce train, m'appartient corps et âme.

Allez dormir un peu, monsieur Bell. Vous en aurez besoin. Le matin vous apportera de mauvaises nouvelles.

36

— VOS LAITANCES D'ALOSE ET VOS ŒUFS BROUILLÉS, MONSIEUR, annonça le steward avec un grand sourire qui s'effaça lorsqu'il vit l'expression de Bell passer du plaisir anticipé à la rage. À deux heures de sa destination, le 20th Century Limited avait récupéré les quotidiens du matin laissés par un express en route vers l'est. Un numéro plié avec soin attendait chaque voyageur à sa place du petit-déjeuner.

EXPLOSION DANS UNE USINE DE TORPILLES
DE L'US NAVY À NEWPORT
DEUX OFFICIERS PULVÉRISÉS

NEWPORT, RHODE ISLAND, le 15 mai. – Une explosion mortelle sème le chaos à la Naval Torpedo Station de Newport. Deux officiers tués. La chaîne de production est détruite.

Isaac Bell était stupéfait. S'était-il dirigé dans la mauvaise direction ?

— Bonjour, Bell. Vous n'avez même pas touché vos laitances d'alose. Elles ne sont pas fraîches ?

— Bonjour, Riker. Si, elles sont parfaites. Je viens de lire de mauvaises nouvelles dans le journal.

Riker s'installa et ouvrit son exemplaire du quotidien.

— Oh, mon Dieu ! Comment cela est-il arrivé ?

— Les causes du drame ne sont pas précisées. Veuillez m'excuser.

Bell quitta la table et rejoignit son compartiment privé.

S'il s'agissait bien d'un sabotage et non d'un accident, cela signifiait que l'influence de l'espion était aussi étendue que malfaisante. En une seule journée, son réseau était parvenu à exécuter un traître, à assassiner à New York un détective Van Dorn lancé à ses trousses, et à faire exploser une usine de torpilles lourdement gardée sur les rives de Rhode Island.

*

Quelques minutes après l'arrivée du 20th Century Limited à Chicago, Isaac Bell installa ses quartiers provisoires au fond de l'entrepôt à bagages de la gare de LaSalle. Des agents Van Dorn du bureau de Palmer House couvraient déjà l'ensemble des lieux, prêts à filer ses suspects dès qu'ils s'éloigneraient.

Larry Rosania fut l'un des premiers à s'éclipser.

Un détective vétéran de l'agence faisait son rapport à Bell, d'un ton embarrassé, lorsqu'un de ses collègues arriva en courant.

— Isaac ! Le patron demande que vous l'appeliez en longue distance depuis le bureau privé du chef de gare. Veillez à être seul dans le bureau.

— Vous êtes bien seul ? demanda Van Dorn au téléphone quelques minutes plus tard.

— Oui, monsieur. Ron Wheeler figure-t-il parmi les officiers tués ?

— Non.

Bell laissa échapper un soupir de soulagement.

— Wheeler avait filé en douce pour passer la nuit avec une femme. Sinon, il serait mort lui aussi. Ceux qui sont décédés étaient des proches collaborateurs.

— Un coup de chance. Selon le capitaine Falconer, il est irremplaçable.

— Eh bien, par malheur, il y avait autre chose d'irremplaçable, grogna Van Dorn, dont la colère n'était en rien atténuée par les mille kilomètres qui séparaient Chicago de Washington. Ce n'est pas dans les journaux, et ça n'y figurera d'ailleurs jamais. Vous êtes toujours seul, Isaac ?

— Oui, monsieur.

— Écoutez-moi. La Navy a subi une perte terrible. L'explosion a provoqué un incendie, et le feu a ravagé l'arsenal tout entier. C'est là que se trouvaient les torpilles électriques expérimentales importées de Grande-Bretagne. L'équipe de Wheeler était parvenue à améliorer de façon très sensible leur portée et leur précision. Plus important encore – beaucoup plus important –, ils avaient trouvé le moyen d'armer les têtes avec de la dynamite. Le secrétaire à la Marine me l'a appris ce matin. Il est au trente-sixième dessous. À tel point qu'il menace de présenter sa démission au Président. L'utilisation de TNT aurait permis de décupler la puissance des torpilles américaines.

— Et nous pouvons supposer qu'il ne s'agit pas d'un accident ?

— En effet, répondit Van Dorn d'un ton sec. Et même si la Navy est nommément responsable de la surveillance de ses locaux, ils sont très déçus par le manque d'efficacité des services de protection Van Dorn.

Isaac Bell garda le silence.

— Nous sommes la cible des reproches d'une entité gouverne-mentale, et je n'ai pas besoin de vous expliquer les conséquences que cela entraîne pour nous, poursuivit Van Dorn. Et je ne comprends pas vraiment ce que vous faites à Chicago alors que l'espion vient de passer à l'attaque à Newport.

— La Grande Flotte blanche doit faire escale à San Francisco, répondit Bell, conscient que le mutisme n'était plus de mise. Scully allait y traquer notre espion, ou ses agents ; grâce à lui, notre ennemi est dans ma ligne de mire.

— Quelles sont ses intentions, selon vous ?

— Je ne le sais pas encore, mais cela a quelque chose à voir avec la flotte, et j'ai bien l'intention de l'arrêter avant qu'il ne passe à l'action.

Van Dorn resta silencieux pendant une bonne minute, et Bell se garda d'intervenir.

— J'espère que vous savez ce que vous faites, Isaac, dit enfin le patron de l'agence.

— Après les événements de Newport, l'espion ne va pas se contenter de plier bagage et de rentrer chez lui. Il va s'en prendre à la flotte.

— Très bien. Je vais avertir Bronson à San Francisco.

— Je l'ai déjà prévenu.

Après avoir raccroché, Bell regagna l'entrepôt des bagages. Les agents Van Dorn lui apprirent que Herr Shafer et les Chinois qui accompagnaient Arnold Bennett étaient montés à bord de l'Overland Limited à destination de San Francisco, conformément à ce qu'indiquaient leurs billets.

— Leur train va partir, le prévint l'un des agents. Si vous voulez le prendre, il est temps.

— J'y vais.

*

Deux puissants chevaux tiraient un chariot de glace équipé d'une suspension et de pneus à la place des roues pleines, et l'engin se déplaçait avec une douceur et un silence inhabituels sur les ruelles aux pavés grossiers du rivage de Newport. À la faible lueur des lampes à gaz disséminées çà et là, personne ne remarqua la silhouette frêle et juvénile du chauffeur qui s'accrochait au levier de frein. Un tel personnage semblait bien peu à sa place à transporter des blocs de glace de plus de vingt kilos sur un quai de pêche. Et si un quelconque témoin trouva étrange de l'entendre chanter une chanson à ses chevaux d'une douce voix de soprano, il garda ses impressions pour lui. Les marins de Newport se livraient depuis trois siècles à la contrebande de rhum, de tabac, d'esclaves et d'opium, et si une fille se mettait en tête de charmer ses chevaux en livrant des blocs de glace à un mystérieux bateau plongé dans les ténèbres, ils n'y voyaient rien à redire.

Le bateau en question était un solide cat-boat de dix mètres à large assise, dont le robuste mât surmontait un toit bas. Avec son unique voile aurique presque carrée et sa dérive en lieu et place d'une quille fixe, il était plus rapide que son apparence le suggérait et aussi à l'aise dans les baies peu profondes qu'au large. Quelques

L'ESPION

hommes vêtus de cirés et coiffés de bonnets de quart sortirent de la cabine.

Pendant que la fille surveillait le déroulement des opérations, les mains enfouies dans ses poches, les hommes retirèrent la toile qui recouvrait le chargement de glace, installèrent une passerelle de planches entre le chariot et le quai, et firent glisser avec précaution, un par un, quatre tubes métalliques de cinq mètres de long dont la forme évoquait celle d'un cigare. Ils ôtèrent ensuite les planches, portèrent les tubes à bord et les sanglèrent, bien serrés sur un coussin de voiles en toile.

Une fois le chargement effectué, la large coque de bois flottait bas sur l'eau. Tous les hommes, sauf un, grimpèrent sur le chariot et s'éloignèrent aussitôt. Le dernier hissa la voile et largua les amarres.

La fille prit la barre et éloigna avec adresse le bateau du quai pour s'enfoncer dans la nuit.

*

Cette même nuit – celle qui suivait le départ de l'Overland Limited, vers l'ouest –, de nouveaux rapports attendaient Isaac Bell à Rock Island, dans l'Illinois. Ils confirmaient que Riker, le marchand de pierres précieuses, avait embarqué à bord du California Limited pour se rendre à San Diego. Toujours méfiant quant aux coïncidences, Bell télégraphia à Horace Bronson, responsable du bureau de San Francisco, pour qu'il ordonne à James Dashwood, un jeune agent qui avait prouvé son efficacité lors d'une affaire récente, d'intercepter le California Limited à Los Angeles. Ainsi, Bell saurait si Riker poursuivait bien son voyage jusqu'à San Diego pour acquérir de la tourmaline rose ou s'il changeait de train pour gagner San Francisco. Dans les deux cas, Dashwood devait le suivre et observer ses mouvements. Bell avertit Bronson que Riker voyageait en compagnie d'un dénommé Plimpton, garde du corps chargé de surveiller ses arrières.

Il télégraphia ensuite au service de recherches de l'agence, à New York, afin d'obtenir plus de renseignements sur la mort du père de Riker en Afrique du Sud et hâter les recherches concernant sa pupille.

La disparition soudaine de Laurence Rosania dès son arrivée à Chicago déclencha une chasse à l'homme frénétique, mais lorsque Bell atteignit Des Moines, dans l'Iowa, il y apprit que l'ancien cambrioleur, qui avait filé entre les doigts des agents Van Dorn par habitude ou par orgueil professionnel, figurait dans les annonces matrimoniales du *Chicago Tribune*. Le journal annonçait d'ailleurs que le couple comptait partir en train, à bord du wagon privé de madame Rosania, pour une lune de miel à San Francisco. Les agents des bureaux Van Dorn de Chicago, découragés, songèrent qu'après cela, ils auraient bien du mal à expliquer aux jeunes que le crime ne paie pas…

Herr Shafer, Arnold Bennett et ses compagnons chinois empruntaient eux aussi l'Overland Limited, et c'est avec eux que Bell poursuivit son voyage vers l'ouest. Tout en assurant en personne la surveillance de ses suspects, il espérait recueillir de nouvelles informations à chaque arrêt du train.

C'est ainsi qu'il apprit par télégramme que Shafer était bel et bien un espion allemand.

Herr Shafer était un officier de cavalerie en activité qui servait avec le grade de commandant dans l'armée allemande. Son véritable nom était Cornelius von Nyren. C'était un spécialiste des tactiques d'opérations terrestres, et il était en particulier expert dans l'art d'installer en un temps réduit des rails à écartement étroit pour assurer l'approvisionnement des lignes de front. Quelle que soit sa mission aux États-Unis, elle ne concernait en rien le projet Hull 44.

« Redoutable en ce qui concerne les opérations à terre, écrivait Archie. Mais il serait incapable de distinguer un canoë en bois de bouleau d'un cuirassé. »

37

— LES CHINOIS, ALLEZ AU BOUT DE LA QUEUE !

C'était la seconde matinée après le départ de Chicago. L'Overland Limited approchait de Cheyenne, dans le Wyoming, et quelque chose semblait aller de travers au wagon-restaurant. Derrière le restaurant, le couloir du Pullman était rempli de voyageurs affamés qui faisaient la queue pour le petit déjeuner, servi avec une heure de retard.

— Vous avez entendu ? Les Chinetoques, les Mongols, tous en bout de queue !

— Restez où vous êtes, dit Bell aux deux jeunes Chinois.

Arnold Bennett accourut à la rescousse de ses accompagnateurs. Bell l'arrêta.

— Laissez. Je m'en occupe.

C'était sa première occasion de faire connaissance avec Harold et Louis, les deux protégés de l'écrivain anglais. Il fit volte-face et se trouva face à face avec l'imbécile fanatique qui venait de crier. Confronté à la froide colère à peine contenue qui luisait dans les yeux de Bell, l'homme préféra battre en retraite.

— Ne faites pas attention à lui, conseilla le grand détective. Quand ils ont faim, les gens deviennent irritables. Comment vous appelez-vous, jeune homme ? poursuivit-il en tendant la main à l'un des jeunes Chinois. Mon nom est Isaac Bell.

— Harold, monsieur Bell. Merci beaucoup.

— Harold comment ?

— Harold Wing.

— Et vous, jeune homme ?

— Louis Loh.

— Lewis ou Louis ?

— Louis.

— Je suis enchanté.

— Pas étonnant que ce déplaisant bonhomme soit en colère, marmonna Arnold Bennett, qui était en tête de file. Sur l'exemplaire de l'Overland Limited à bord duquel nous voyageons, le petit-déjeuner n'a pas été conçu à la même échelle que les couchettes.

Isaac Bell adressa un clin d'œil à Louis et Harold, perplexes devant les circonvolutions sémantiques de Bennett.

— Ce que monsieur Bennett entend par là, leur expliqua-t-il, c'est que ce train compte plus de couchettes dans les wagons Pullman que de sièges dans le wagon-restaurant.

Les étudiants en théologie hochèrent la tête en affichant de vagues sourires.

— Ils feraient mieux d'ouvrir ce wagon-restaurant sans tarder, murmura Bennett. Avant qu'il soit mis à sac par des hordes voraces.

— Avez-vous passé une bonne nuit ? demanda Bell à Harold et Louis. Vous êtes-vous habitués aux mouvements du train ?

— Nous avons très bien dormi, monsieur, merci, répondit Louis.

— En dépit de mes mises en garde, dit Bennett.

Le wagon s'ouvrit enfin, et Bell s'installa en compagnie de l'écrivain et des deux jeunes gens. Les Chinois observèrent un mutisme complet malgré les efforts de Bell pour engager la conversation. Pendant ce temps, l'écrivain n'était que trop heureux de discourir sans discontinuer sur ce qu'il avait vu, lu ou entendu. Au bout d'un moment, Harold Wing sortit sa bible de son manteau et se mit à lire. Louis Loh se contenta de regarder par la fenêtre le paysage printanier où paissaient çà et là des têtes de bétail.

*

L'ESPION

Isaac Bell attendait Louis Loh dans le couloir, dans une voiture proche de celle où se trouvait le compartiment d'Arnold Bennett.

L'Overland Limited augmentait sa vitesse en traversant un plateau en altitude à l'ouest de Rawlins, dans le Wyoming. Le chauffeur de la locomotive déversait des pelletées de charbon dans la chaudière et à près de cent trente kilomètres à l'heure, la motrice avançait avec un balancement marqué. Lorsque Bell aperçut l'étudiant qui approchait dans le couloir, il se laissa emporter par une oscillation du wagon et bouscula le jeune homme.

— Je suis désolé !

Il se redressa en tenant le revers de veste de Louis Loh.

— Votre pistolet de poche vous a-t-il été offert au séminaire ?

— Pardon ?

— Cette bosse sur votre veste, ce n'est pas une bible.

— Oh, non, monsieur, répondit Louis, submergé par la gêne au point de se ratatiner sur lui-même. Vous avez raison, c'est bien un pistolet. C'est juste parce que j'ai peur. Dans l'Ouest, ils détestent tellement les Chinois. Vous l'avez bien vu au wagon-restaurant. Ils croient que nous sommes tous des opiomanes ou des membres des triades.

— Et vous savez vous servir de cet engin ?

Ils se tenaient à quelques centimètres l'un de l'autre, Bell penché vers le Chinois qu'il tenait toujours par son col de veste. Louis ne pouvait reculer. Il baissa les yeux.

— Non, pas vraiment, monsieur. Je suppose qu'il faut juste viser et appuyer sur la détente, mais je crois que c'est la menace qui est importante. Jamais je ne tirerais.

— Puis-je y jeter un coup d'œil ? demanda Bell en tendant sa paume ouverte.

Louis jeta un coup d'œil autour de lui. Une fois certain qu'ils étaient seuls, il sortit avec précaution l'arme de sa poche et la donna au détective.

— Une arme de toute première qualité, commenta Bell, surpris de constater que Louis était parvenu à se procurer un Colt Pocket Hammerless qui paraissait flambant neuf. Où l'avez-vous trouvée ?

— Je l'ai achetée à New York.

— Vous avez fait un bon choix. Et où cela, à New York ?

— Dans une armurerie tout près du siège de la police. Dans le centre.

Bell s'assura que le cran de sûreté était mis et rendit l'arme au jeune homme.

— Quand on ne sait pas s'en servir, on peut se blesser en brandissant une arme comme celle-ci. Vous pourriez même vous tirer dessus par erreur. Ou alors quelqu'un pourrait la prendre, s'en servir pour vous abattre et s'en tirer en plaidant la légitime défense. J'aurais l'esprit plus tranquille si vous me promettiez de la ranger dans votre valise et de ne plus y toucher.

— Très bien, monsieur Bell.

— Et si quelqu'un à bord de ce train vous cherche des ennuis, venez me trouver.

— S'il vous plaît, ne dites rien à monsieur Bennett. Il ne comprendrait pas.

— Et pourquoi ?

— C'est un homme bon. Il n'a aucune idée de la cruauté des gens.

— Rangez ce pistolet dans votre valise, et je ne lui dirai rien.

Louis Loh prit les deux mains de Bell dans les siennes.

— Merci, monsieur. Merci de votre compréhension.

Le visage de Bell demeura impénétrable.

— Allez ranger cela dans votre valise, répéta-t-il.

Le jeune Chinois s'engouffra dans le couloir pour gagner la voiture suivante, où se trouvait le compartiment de Bennett. Il se retourna pour lui adresser un remerciement silencieux. Bell hocha la tête d'un air entendu. Quel pieux jeune homme…, semblait-il penser.

En réalité, il envisageait la possibilité que le juvénile étudiant en théologie soit un membre de la pègre chinoise. Si tel était le cas, il devait saluer la perspicacité de John Scully.

Aucun autre détective Van Dorn n'aurait pu s'aventurer seul à Chinatown et établir en moins de deux semaines un lien entre deux gangsters chinois et le projet Hull 44. La tentation était forte d'arrêter les deux « étudiants » et de les mettre sous clé dans le wagon des bagages. Mais si les deux jeunes gens étaient des gangsters, ce qui restait à prouver, ils n'étaient sans doute pas à la tête du gang. Et s'ils étaient des hommes de main, mieux valait alors suivre leur piste jusqu'à leur employeur. Le fait que l'espion enrôle des malfaiteurs chinois en disait long sur les ramifications internationales de son réseau. Il était difficile, par exemple, d'imaginer Abbington-Westlake agir de la sorte, et ne serait-ce qu'y songer. L'idée de piéger un célèbre écrivain anglais pour fournir une couverture à ses agents était la preuve d'une imagination aussi féconde que diabolique.

*

— À vous d'annoncer, Whitmark. Vous misez ou vous passez ?

Ted Whitmark savait qu'il n'avait rien à espérer en tentant un tirage quinte ventral dans une partie de stud à sept cartes. Les chances étaient nulles. Il lui fallait un quatre, et il n'y en avait bien sûr qu'un de chaque couleur. Le quatre de trèfle avait déjà été donné au joueur qui lui faisait face, et qui avait alors misé, ce qui semblait indiquer qu'il en possédait encore un d'une autre couleur parmi ses cartes fermées. Quatre quatre dans le jeu, un manquant, et sans doute un deuxième. Ses chances n'étaient même pas ridicules, elles étaient inexistantes.

Mais Ted Whitmark avait déjà mis d'énormes sommes dans le pot, et il sentait que sa chance allait revenir. Il le fallait. La poisse qui avait débuté à New York quelques semaines plus tôt le démolissait. Il avait encore perdu à bord du train pour San Francisco, et tous les jours depuis son arrivée. Un quatre parti. Sans doute un deuxième, et peut-être même un troisième. Parfois, il faut se montrer courageux et prendre le taureau par les cornes.

— À vous d'annoncer, Whitmark. Vous misez ou vous passez ?

Finis, les « Monsieur Whitmark », remarqua Ted. Disparus depuis son troisième emprunt de cinq mille dollars, plus tôt dans la soirée. Mais il fallait faire face.

— Je mise.

— C'est huit mille.

Whitmark poussa ses jetons vers le pot.

— En voici trois. Et j'ai un crédit.

— Vous êtes sûr ?

— Oui, distribuez.

Le banquier jeta un coup d'œil de l'autre côté de la table, non pas vers Ted, mais vers le propriétaire balafré du casino de Barbary Coast qui avait approuvé les trois prêts. L'homme fronça les sourcils. L'espace d'un instant, Ted Whitmark se crut sauvé. Impossible de suivre sans argent. Il pouvait toujours rentrer à son hôtel, dormir et essayer d'établir le lendemain un échéancier pour payer ses pertes. Après tout, la Navy lui devrait de l'argent lorsqu'il aurait livré les fournitures à la Grande Flotte blanche. La Grande « vorace » blanche, comme l'appelaient avec une pointe d'admiration les concurrents de Ted. Quatorze mille marins à nourrir…

Le patron du casino hocha la tête.

— Allez-y, distribuez.

Le joueur au quatre de trèfle reçut un autre quatre. Whitmark dut se contenter d'un méchant neuf de trèfle, une bien vilaine carte. Un joueur misa. Un autre suivit. Les quatre relancèrent le pot. Ted Whitmark ne put suivre.

— Quand ce sera terminé, pourriez-vous me montrer votre dernière carte ? demanda-t-il à son voisin de gauche.

À la fin de la partie, lorsque trois quatre eurent remporté la mise, le joueur, se tourna vers lui.

— C'était un quatre, annonça-t-il avant de se tourner vers les joueurs en face de lui. Vous auriez bien aimé le récupérer, non ? Vous les auriez tous eus !

— J'aurais bien aimé l'avoir, moi aussi, lâcha Ted Whitmark, qui se leva et se dirigea, chancelant, vers le bar.

Avant qu'il ne puisse porter son verre à ses lèvres, le propriétaire du casino s'approcha de lui.

— J'ai un message pour vous de la part de Tommy Thompson, de New York.

Ted Whitmark sembla rapetisser sous le regard glacé du patron de casino.

— Ne vous inquiétez pas, bredouilla-t-il. Vous serez le premier payé, dès que j'aurai une rentrée.

— Tommy a dit qu'il fallait me payer. J'ai racheté votre crédit.

L'ESPION

— En plus de ce que je vous dois ? Vous prenez de sacrés risques.

— Vous paierez. D'une façon ou d'une autre.

— Je gagne beaucoup d'argent. Vous allez voir, bientôt.

— Ce n'est pas d'argent dont j'ai besoin en ce moment, Whitmark. Il faut qu'on me rende un petit service, et vous êtes l'homme de la situation.

*

« *Si toi et moi avions été un peu plus malins, on y aurait déjà pensé depuis un bon mois.* » Les paroles de Scully retentissaient dans les méandres du rêve d'Isaac Bell – un rêve au sujet des Frye Boys.

Il se réveilla en sursaut de sa première vraie nuit de sommeil depuis son départ de New York. La couchette penchait vers l'avant, et il n'eut pas besoin de regarder à l'extérieur pour savoir que le train était arrivé à la crête de la Sierra Nevada et entamait sa descente vers la vallée de Sacramento. Encore cinq heures avant l'arrivée à San Francisco. Il se leva et s'habilla en hâte.

Il était passé à côté de quelque chose, mais quoi ?

« J'aurais dû y penser depuis plusieurs jours déjà », murmurat-il pour lui-même.

Il ne s'était jusque-là posé aucune question sur le rôle d'Arnold Bennett en tant que protecteur de Louis et d'Harold. L'écrivain pouvait-il être un espion au service de l'Angleterre ? Comme Abbington-Westlake, il se cachait peut-être derrière sa façade de chic aristocratique, ses manières supérieures et sa langue acérée.

Le train s'arrêta en gare de Sacramento. Bell se précipita vers le bureau du télégraphe et envoya un message à New York. Était-ce Bennett qui avait recruté des hommes de main chinois en les faisant passer pour des étudiants en théologie ? Si tel était le cas, l'homme maîtrisait l'art de se cacher en pleine lumière. Après tout, pourquoi Arnold Bennett ne serait-il pas l'espion lui-même, le maître du réseau ?

*

Katherine Dee jura à haute voix.

Comme un marin, elle riait, étourdie par le manque de sommeil et par la poudre. Comme un marin, elle jurait. Le vent et l'écume formaient un cocktail détonnant avec la cocaïne qu'elle reniflait dans une fiole d'ivoire, dans l'espoir de se tenir éveillée pendant cette dernière nuit de voyage. Elle ne distinguait pas la côte, mais le fracas des vagues l'avertissait qu'elle s'en était approchée trop près.

Elle avait piloté le cat-boat et son pesant chargement en redescendant le long de la côte sud de Long Island, calculant le passage de Montauk Point pour atteindre à l'aube la baie de Fire Island. Invisible, sauf pour quelques pêcheurs, elle vira pour s'enfiler dans l'ouverture de la barrière de sable parallèle à la rive. Une fois entrée, loin de la houle, elle suivit un chenal marqué par des échalas et chercha son point de repère sur la côte de Long Island, à cinq milles de l'autre côté de la baie. Lorsqu'elle l'aperçut, elle traversa les eaux agitées de Great South Bay et mit le cap sur une grande villa blanche au toit rouge. Des perches de bois marquaient l'entrée d'une crique artificielle de création récente, délimitée par des planches traitées à la créosote.

Le cat-boat glissait sur l'eau, maintenant lisse comme un miroir.

L'abri à bateaux était recouvert de panneaux de cèdre qui paraissaient neufs. Le toit était haut, et l'ouverture assez élevée pour faire passer le mât du cat-boat. Katherine Dee abaissa la voile et laissa le bateau dériver. Son calcul était précis ; le cat-boat s'immobilisa juste assez près pour qu'elle puisse lancer un cordage en boucle autour d'un pieu. Elle tira sur la corde, canalisant sa force avec économie, puis laissa s'enfoncer la proue de la lourde embarcation dans l'ombre, sous le toit.

Au fond de l'abri, une porte qui donnait sur l'extérieur s'ouvrit, et un homme apparut.

— Où est Jake ?

— Il a essayé de m'embrasser, répondit Katherine Dee d'une voix qui semblait lointaine.

— Ah oui ? répondit l'individu, d'un ton qui suggérait qu'elle aurait dû s'y attendre, coincée en pleine mer en compagnie d'un homme. Et où est-il passé ?

Katherine Dee le regarda droit dans les yeux.

— Un requin a sauté sur le bateau et l'a dévoré.

L'homme observa la manière dont le sourire se figeait sur les lèvres de la jeune femme. Il pensa aux gens qu'elle connaissait et décida qu'après tout, Jake avait eu ce qu'il méritait et que cela ne le concernait en rien. Il lui tendit un panier en osier.

— Je vous ai apporté à manger.

— Merci.

— Il y en a pour deux. J'ignorais que…

— C'est parfait. J'ai faim.

Elle mangea seule. Elle étendit ensuite son sac de couchage sur la toile qui recouvrait la cargaison et s'endormit en toute tranquillité, certaine que Brian O'Shay serait fier d'elle. L'explosion de l'usine était un paravent parfait pour le vol des quatre torpilles électriques expérimentales importées d'Angleterre. Armées de TNT par le brillant Ron Wheeler, elles étaient dix fois plus puissantes que leur version d'origine. Et personne, à la Newport Naval Torpedo Station, ne doutait une seconde qu'elles soient parties en fumée.

38

— A H, MAIS VOUS VOILÀ, BELL ! Tant mieux, j'aurais regretté de ne pas vous avoir dit au revoir.

Lorsqu'il remonta à bord de l'Overland Limited qui quittait Sacramento pour parcourir ses cent cinquante derniers kilomètres, Bell eut la surprise de voir Arnold Bennett et ses deux jeunes Chinois dans le couloir, leurs bagages posés près d'eux, alors qu'ils étaient censés voyager jusqu'à San Francisco.

— Je pensais que vous ne quitteriez pas le train avant votre destination, s'étonna le détective.

— Nous avons changé d'avis en admirant ces vergers et ces cultures de fraises, répondit Bennett en montrant d'un geste les champs où travaillaient des cueilleurs coiffés de chapeaux de paille. Nous allons descendre à Suisun City et attraper un train pour Napa Junction. Un de mes vieux camarades d'école possède une ferme sur la route de St. Helena. Il y a créé un vignoble, foulage aux pieds et tout le tremblement. Ainsi, nous allons nous remettre dans un cadre bucolique des rigueurs de notre voyage – aussi merveilleux qu'il ait pu être – avant de gagner San Francisco. Il n'est d'ailleurs pas impossible que je concocte un petit article à ce sujet pour le *Harper's Bazaar* pendant que mes deux jeunes gens profiteront du bon air américain avant d'aller porter la parole divine en Chine.

Bell réfléchit aussi vite qu'il le pouvait, dressant une image mentale des immenses étendues de la baie de San Francisco, protégée de l'océan Pacifique par la péninsule de San Francisco et celle de Marin. À partir de Suisun City, la ligne de chemin de fer parcourait vingt-sept kilomètres vers le sud-ouest, jusqu'au ferry de Benicia, qui embarquait le train pour traverser le mince détroit de Carquinez jusqu'à Port Costa. Restait ensuite un dernier trajet de cinquante kilomètres le long de la baie de San Pablo jusqu'à Oakland Mole, où un nouveau ferry embarquait les passagers pour la traversée de la baie de San Francisco.

Le Mare Island Naval Shipyard se trouvait à un peu plus de trente kilomètres au nord de la ville, en remontant la baie de San Francisco et celle de San Pablo. Napa Junction, relié à Suisun City par une ligne ferroviaire secondaire, n'était qu'à huit kilomètres au nord du chantier naval.

En train ou en tramway électrique, Bennett et ses Chinois n'auraient aucune difficulté à rejoindre Mare Island, où la Grande Flotte blanche allait faire escale pour se remettre en état, faire le plein de provisions de bouche, d'eau potable et de munitions.

— Eh bien, quelle coïncidence, s'exclama Isaac Bell.

— Que voulez-vous dire ?

— Je prends le même train que vous !

— Mais où sont vos bagages ?

— J'aime voyager léger.

L'Overland Limited s'arrêta en gare de Suisun City avec dix minutes de retard. Déjà, on entendait le sifflet du train de Napa Junction. Bell attrapa au vol les quelques messages qui l'attendaient au bureau du télégraphe et se dépêcha d'embarquer. C'était un train régional à deux voitures, avec à l'arrière une plateforme recouverte d'un pimpant auvent à rayures. La voiture de derrière accueillait déjà une demi-douzaine de passagers. Arnold Bennett s'installa parmi eux et engagea aussitôt la conversation. Il ne s'interrompit que pour indiquer à Bell un siège libre.

— Laissez-moi vous convaincre de venir à St. Helena fouler le raisin avec nous !

— Je vous rejoins dans une minute, répondit Bell en montrant ses télégrammes. Les nouvelles recommandations de ma direction !

— Ils vous demandent seulement de vendre encore plus d'assurances, vous le savez bien ! lança Bennett dans un éclat de rire.

Le train traversait des marais salants, et le vent frais et humide qui s'engouffrait sous l'auvent apportait avec lui des senteurs marines. La poignée d'arrêt d'urgence, suspendue à une cordelette, battait en rythme contre la cloison et le mince papier jaune des télégrammes.

Le service de recherches Van Dorn n'avait encore trouvé aucun renseignement en ce qui concernait la jeune pupille de Riker. Ce retard donnait raison à Joseph Van Dorn, qui depuis un moment, songeait à établir des bureaux de l'agence dans divers pays européens.

En revanche, de nouveaux éléments étaient apparus en rapport avec le décès du père de Riker pendant la guerre des Boers en Afrique du Sud, en 1902. Jan Smuts, le leader du Transvaal, avait mené un raid contre le chemin de fer d'une mine de cuivre depuis Port Nolloth, où Riker père, à la suite d'une rumeur, recherchait des dépôts de diamants alluviaux. Il avait trouvé refuge dans un fortin des chemins de fer britanniques, mais les Boers avaient attaqué le bâtiment à la dynamite.

Le troisième télégramme était adressé à Isaac Bell par James Dashwood.

RIKER ARRIVÉ À LA,
EN ROUTE POUR SAN DIEGO.
PLIMPTON MÉFIANT.
RIKER A PRIS DASH POUR AGENT TIFFANY.
PLIMPTON PERSUADÉ DASH PRÊCHEUR ANTIALCOOLIQUE ITINÉRANT.

Bell ne put s'empêcher de sourire. « Dash » avait toutes les qualités requises pour devenir un personnage incontournable de l'agence. Mais le sourire du détective s'évanouit soudain. Le dernier message débutait en guise d'avertissement par l'acronyme YMK – *You must know*.

À savoir en priorité – Archie Abbott utilisait ce stratagème pour communiquer à Bell des renseignements de première importance.

YMK.
ARNOLD BENNETT CHEZ LUI À PARIS.

— Quoi ? ne put s'empêcher de lancer Bell à voix haute.

Il jeta un coup d'œil à l'intérieur du wagon et aperçut l'homme vêtu de tweed qui prétendait être Arnold Bennett. Il reprit la lecture du télégramme.

ÉCRIVAIN PAS À BORD,
JE RÉPÈTE, PAS À BORD
DE L'OVERLAND LIMITED.
AGENTS VAN DORN SAN FRANCISCO
PARTIS RENCONTRE TRAIN AU FERRY DE BENICIA.
ATTENTION À LA MARCHE.

Une incroyable révélation, mais qui ne manqua pas de réjouir Isaac Bell ; au moins, il savait désormais qui était l'objet de sa traque. L'homme qui se faisait passer pour Arnold Bennett était de mèche avec les Chinois, et sans doute avec leur patron, celui qui avait ordonné à la femme rousse d'exécuter Scully lorsque celui-ci avait découvert ce qui se tramait à Chinatown.

Au moins, Bell avait désormais l'avantage ; personne ne pouvait se douter qu'il était au courant.

— Monsieur Bell ?

Isaac Bell leva les yeux de son télégramme et vit le canon d'un pistolet pointé sur lui.

39

— L OUIS, NOUS NOUS ÉTIONS MIS D'ACCORD pour que vous
gardiez cet objet dans votre valise.
Derrière Louis, Harold sortit une arme de son manteau.
— Vous me décevez aussi, Harold. Ceci n'est pas une bible, ni
même la hachette traditionnelle des gangs chinois, mais bien une
de ces armes à feu qu'apprécient tant nos criminels américains
modernes.

— Allez tout au bord de cette plateforme, monsieur Bell, et
tournez-nous le dos. Ne sortez pas le pistolet que vous cachez dans
votre holster d'épaule. Et ne cherchez pas à atteindre le Derringer
qui se trouve dans votre chapeau, pas plus que le couteau dans
votre bottine.

Toute trace d'accent avait désormais disparu de la voix de Louis,
qui affichait un air supérieur.

Bell regarda à l'intérieur du compartiment. Le soi-disant Arnold
Bennett discourait à grand renfort de gestes afin de distraire, non
sans succès, l'attention des quelques passagers. Le fracas des roues
du train sur la voie était si fort que les rires à l'intérieur du wagon
étaient inaudibles.

— Pour un étudiant en théologie, Louis, vous me paraissez bien
observateur en ce qui concerne les armes d'appoint. Mais
avez-vous songé que les passagers risquent d'entendre un éventuel
coup de feu ?

— Si vous nous y obligez, nous vous tuerons. Et nous tuerons les témoins. Retournez-vous !

Bell jeta un coup d'œil par-dessus son épaule. Sur la plate-forme, le garde-fou était bas, et au-delà, la voie ferrée filait dans le sillage du train à quatre-vingts kilomètres à l'heure dans un tourbillon de rails d'acier, de clous en fer, de ballast et de traverses de bois. Lorsqu'il se retournerait, ils lui fracasseraient la tête avec le canon d'un fusil ou lui plongeraient un poignard dans le dos avant de le pousser par-dessus la rambarde.

Il ouvrit la main.

Les télégrammes s'envolèrent, tournoyèrent, ballotés par le courant d'air, et s'éparpillèrent autour du visage de Louis comme des ailes de moineaux.

Bell leva les bras en l'air, attrapa le rebord de l'auvent, releva les jambes et lança un coup de pied à la tête d'Harold. Celui-ci esquiva sur la gauche, comme le détective l'escomptait, libérant le passage vers la poignée d'arrêt d'urgence en bois rouge.

Si Bell avait encore des illusions quant au statut d'étudiants en théologie des jeunes Chinois, elles disparurent alors qu'il n'était plus qu'à quelques centimètres de la poignée. Louis écrasa son arme sur le poignet de Bell pour l'empêcher de l'atteindre. Dans l'impossibilité d'arrêter le train, le détective ignora la douleur fulgurante qui irradiait son bras droit, et lança un coup de poing du gauche qui atteignit le front de Louis avec assez de force pour lui faire plier les genoux.

Entre-temps, Harold s'était remis de sa surprise. Concentrant toute sa force et son poids comme un lutteur entraîné, le petit Chinois sec et nerveux brandissait son arme comme un club de golf. Le canon frappa le chapeau de Bell ; le fond de feutre épais et le ruban métallique à ressort qui garnissait l'intérieur absorbèrent une partie du choc, mais la puissance de l'élan jouait contre Bell. Il vit l'auvent pivoter au-dessus sa tête, puis le ciel, et soudain, il bascula par-dessus le garde-fou et tomba vers la voie. Tout semblait se passer au ralenti. Il vit les traverses, les roues, le wagon et les marches de la plateforme. Il s'agrippa à la plus haute d'entre elles. Ses bottines touchèrent les traverses sur la voie. Pendant une affreuse fraction de seconde, il se vit courir en arrière à quatre-vingts kilomètres à l'heure. Empoignant la marche d'acier de toutes ses forces, et sachant que la mort l'attendait s'il lâchait prise, il tira sur ses bras comme pour une traction à la barre et posa le pied sur la marche la plus basse.

Dans une vision confuse, il aperçut le pistolet d'Harold qui descendait vers lui. L'arme paraissait emplir le ciel tout entier. Bell allongea le bras pour saisir le poignet du Chinois et tira de toute la puissance de ses muscles. Le gangster plongea en avant et vola au-dessus de lui pour aller s'écraser sur un poteau télégraphique, son corps plié en arrière autour du bois comme un fer à cheval.

Bell remonta les marches et étendit la main pour récupérer son arme. Avant qu'il ait pu la tirer vers lui, il sentit le pistolet automatique de Louis sur sa tempe.

— À votre tour, maintenant !

40

ISAAC BELL BANDA LES MUSCLES de ses jambes pour sauter et lança un très rapide coup d'œil sur la voie ferrée qui filait derrière le train en contrebas. Depuis son précaire perchoir sur les marches de la plateforme, il voyait bien plus loin que son agresseur. Vers l'avant du train, un remblai de ballast pentu bordait la voie, ainsi qu'une ligne interminable de poteaux télégraphiques, et un massif d'arbres épais aussi mortels que les poteaux. Mais plus loin se profilait un champ où paissaient des moutons. Une clôture de barbelés longeait la voie pour empêcher les animaux d'y accéder. Il lui faudrait éviter la clôture s'il voulait survivre à son saut mais d'abord, il avait besoin d'un répit de cinq secondes pour que le train arrive près du champ.

— Je ne vous lâcherai plus, Louis, hurla-t-il au milieu du fracas des roues et du rugissement du vent.

— Si vous survivez, je garderai les oreilles bien ouvertes pour entendre le brut de vos béquilles.

— Je ne laisserai jamais tomber, lança Bell pour gagner une seconde supplémentaire.

Le pré approchait, mais la pente était plus raide qu'elle n'y paraissait de loin.

— Votre dernière chance, Bell. Sautez !

— Jamais ! hurla Bell, gagnant encore une précieuse seconde.

Puis il se lança en un plongeon désespéré et essaya d'éviter la clôture. Trop bas. Il manqua un poteau télégraphique de cinquante centimètres et un échalas de clôture de six ou sept seulement, mais le rang supérieur des barbelés semblait bondir vers son visage. Dans le sillage du train, le déplacement d'air le heurta de plein fouet et le souleva au-dessus de la clôture. Il tomba sur l'herbe la tête la première, essaya de replier bras et jambes pour faire de son corps une masse aussi compacte que possible, puis roula, incapable d'éviter les pierres ou tout autre obstacle sur son passage. En pleine confusion, il vit apparaître quelque chose de solide juste devant lui, et ne put même pas tenter d'éviter la collision.

Le choc fit vibrer chaque parcelle de son corps. La douleur et l'obscurité envahirent son crâne. Il avait une conscience confuse du fait que ses bras et jambes étaient étendus et s'agitaient en tous sens comme ceux d'un épouvantail tandis qu'il continuait à rouler. Il n'avait plus la force de les rassembler contre son tronc. Dans sa tête, l'obscurité se faisait plus profonde. Au bout d'un moment, il eut la vague impression de s'être arrêté. Il entendit un son qui évoquait un roulement de tambour. Le sol trembla sous lui. Puis les ténèbres se refermèrent sur son esprit, et il resta étendu sans un geste.

Un moment plus tard, le tambour cessa de battre. Plus tard encore, l'obscurité s'évanouit. Ses yeux étaient ouverts, et il contemplait un ciel voilé. Le champ peuplé de moutons semblait tournoyer en tous sens. Sa tête lui infligeait le martyre. Le soleil s'était déplacé vers l'ouest ; une heure environ s'était écoulée. Lorsqu'il s'assit et regarda autour de lui, il aperçut les moutons, bien réels, des bêtes à la laine épaisse qui paissaient, pacifiques, à l'exception de l'une d'elles qui luttait pour se remettre sur ses pattes.

Bell se frotta la tête, puis se tâta pour s'assurer qu'il ne s'était rien cassé. Il se leva, quelque peu chancelant, et marcha vers le mouton solitaire afin de vérifier qu'il ne lui avait pas infligé de blessures trop graves. Mais l'animal, comme inspiré par l'exploit de Bell, parvint à se relever et rejoignit le troupeau en boitillant.

— Désolé, mon ami, dit Bell. Je ne t'ai pas visé, mais je suis heureux que tu te sois trouvé sur ma route.

Le détective était occupé à chercher son chapeau lorsqu'il entendit un train arriver. Il grimpa sur l'accotement de pierres et se planta entre les deux rails. Il resta immobile, mal assuré sur ses jambes, jusqu'à ce que le bout du chasse-pierres vienne s'arrêter entre ses genoux. Un chauffeur au visage rubicond sortit en hurlant de la motrice.

— Hé, vous, qu'est-ce que vous fabriquez là ?

— Je suis un agent Van Dorn, répondit Bell, je dois aller à Napa Junction.

— Et vous vous figurez que la voie ferrée vous appartient, peut-être ?

Bell ouvrit la poche intérieure de son manteau souillé d'herbe et tendit au chauffeur le plus comminatoire de ses laissez-passer ferroviaires.

— En quelque sorte, oui, répondit-il en se dirigeant d'un pas chancelant jusqu'au marchepied de la locomotive pour grimper à bord.

Une fois arrivé à Napa Junction, il alla aussitôt voir le chef de gare.

— L'ecclésiastique anglais et son missionnaire chinois ont pris le train de St. Helena en direction du nord, lui annonça celui-ci.

— À quelle heure part le prochain ?

— Le train du Nord part à quinze heures trois.

— Attendez, dit Bell en posant les coudes sur le guichet, stupéfait de ce qu'il venait d'entendre. Mais qu'est-ce que vous dites ? Un ecclésiastique ?

— Le révérend J.L. Skelton.

— Ce n'était pas un écrivain ? Ou un journaliste ?

— Vous voyez souvent des journalistes porter ce genre de cols blancs ?

— Et il est parti vers le nord ?

Ainsi, Bennett s'éloignait de Mare Island.

— Oui, vers le nord.

— Et le jeune Chinois est parti avec lui ?

— Je vous l'ai dit. Le prêtre a acheté deux billets pour Mount Helen.

— Et vous les avez vus monter à bord du train ?

— En effet. J'ai aussi vu le train quitter la gare. Et je peux vous assurer qu'il n'a pas fait demi-tour.

— À quelle heure est le prochain départ vers le sud ?

— Le train pour Vallejo vient juste de partir.

Bell jeta un coup d'œil autour de lui.

— Et ces rails ? Où mènent-ils ? demanda-t-il en désignant une voie surmontée de caténaires. Une ligne interurbaine ?

— Oh, ça ? répondit le chef de gare en reniflant d'un air dédaigneux. C'est la ligne de tramway Napa-Vallejo et Benicia.

— Et quand part le prochain tram pour Vallejo ?

— Je n'en ai pas la moindre idée. Je ne m'intéresse pas à la concurrence.

Bell tendit sa carte au chef de gare, accompagnée de dix dollars.

— Si ce révérend revient dans les parages, pouvez-vous m'envoyer un télégramme aux bons soins du commandant de Mare Island ?

Le chef de gare empocha le billet, équivalent à la moitié de son salaire hebdomadaire.

— Et si le révérend me pose la question, je suppose que je ne vous ai jamais vu ?

Bell lui tendit un second billet.

— Vous m'ôtez les mots de la bouche.

Bell attendait près de la voie du tramway interurbain, encore sous le choc, lorsqu'une Stanley à vapeur rouge, à quatre places et aux roues jaunes, passa sur la route toute proche en silence. Toute propre, si ce n'était la boue collée sur ses phares en laiton, elle paraissait flambant neuve.

— Hé !

Bell courut à sa poursuite. Le chauffeur s'arrêta. Lorsqu'il ôta ses lunettes protectrices, Bell trouva qu'il ressemblait à un garnement surpris à faire l'école buissonnière. Il supposa que le jeune homme avait « emprunté » le véhicule à son père.

— Je te parie vingt dollars que tu n'arrives pas à rouler à quatre-vingts kilomètres à l'heure avec cet engin !

— Alors vous allez perdre !

— Vallejo est à seize kilomètres d'ici. Je suis sûr que tu n'y arriveras pas en six minutes !

Un peu plus tard, Bell était en train de perdre son pari lorsqu'à trois kilomètres de Vallejo, ils arrivèrent dans un vacarme de grincements et de crissements de pneus près d'un virage ; le gamin écrasa la pédale de frein. La route était bloquée par un groupe d'ouvriers qui creusaient une tranchée pour installer une conduite d'eau.

L'ESPION   337

— Hé ! cria le chauffeur, et comment diable est-on censé arriver jusqu'à Vallejo ?

— Il faut franchir la colline, répondit le contremaître, assis sous une ombrelle, en désignant d'un geste une petite route secondaire qu'ils venaient de dépasser.

— Ce n'est pas juste, se lamenta le jeune homme en se tournant vers Bell. Je ne pourrai jamais aller assez vite en grimpant cette colline !

— Je t'accorderai un handicap, le rassura Bell. Je suis sûr que tu peux y arriver.

La Stanley partit à toute vapeur et grimpa deux ou trois cents mètres à vive allure. Ils atteignirent un petit plateau, puis montèrent encore une trentaine de mètres. Une fois la voiture arrivée au sommet de la colline, Bell fut accueilli par une vue à couper le souffle. La ville de Vallejo s'étendait en contrebas, avec son quadrillage de rues, de maisons et de boutiques qui s'arrêtaient au bord des eaux bleues de la baie de San Pablo. Sur la droite, Mare Island était ceinte de hautes tours radio semblables à celles que Bell avait remarquées au Washington Navy Yard. Des navires mouillaient le long des rives de l'île. Au loin, le détective aperçut des colonnes de fumée noire qui s'élevaient derrière la petite agglomération de Point San Pablo, qui séparait la baie de San Francisco de celle de San Pablo.

— Arrête la voiture, dit Bell.

— Mais je vais perdre du temps !

Isaac Bell lui tendit vingt dollars.

— Tu les as bien gagnés.

Une file de navires de guerre blancs contournaient la pointe de la baie et s'avançaient vers le port. Bell reconnaissait leurs silhouettes d'après les peintures de Henry Reutendahl publiées pendant des mois par le magazine *Collier's*. Le *Connecticut*, le navire-amiral aux trois cheminées, était en tête, suivi par l'*Alabama*, avec ses deux cheminées côte à côte, puis par le *Kersage*, de dimensions plus modestes, avec ses tourelles disposées en avant. Le *Virginia* arrivait en queue de convoi.

— Waouh ! s'écria le gamin. Mais où vont-ils ? Je croyais qu'ils devaient mouiller au port de San Francisco.

— Non, ils font escale ici pour leur maintenance et pour s'approvisionner.

*

Le gosse laissa Bell dans une rue où des tailleurs tenaient boutique et fournissaient des uniformes aux officiers. Il entra dans l'une des échoppes.

— Pour quel prix pouvez-vous me remplacer ces vieux vêtements ?

— Ils sont de bonne qualité, monsieur. Si vous êtes pressé, cela fera cinquante dollars.

— Disons cent, répondit Bell, à condition que tous vos employés laissent tomber ce qu'ils sont en train de faire et que j'aie mes vêtements neufs d'ici deux heures.

— Adjugé ! Et je vous offre le nettoyage de votre chapeau en prime.

— Je voudrais utiliser votre salle de bains, si c'est possible. Et ensuite, j'aimerais m'asseoir quelque part et fermer les yeux un moment.

En se regardant dans le miroir au-dessus du lavabo, il constata une légère dilatation de ses pupilles, signe qu'il souffrait d'une petite commotion. Et peut-être pire…

— Je vous remercie, monsieur Sheep, dit-il au tailleur qui l'avait accompagné.

Il se lava le visage, puis s'installa sur un siège et s'endormit. Une heure plus tard, il fut réveillé par le fracas d'un interminable convoi de véhicules à moteur et de chariots qui se dirigeaient vers les quais de Mare Island. Un camion sur quatre portait l'inscription *T. Whitmark* peinte au pochoir sur ses flancs. L'approvisionnement de la marine était une affaire rentable.

Le tailleur avait tenu parole. Deux heures après son arrivée à Vallejo, Isaac Bell débarquait du ferry *Pinafore* sur le quai du Mare Island Naval Shipyard. Des gardes l'interpellèrent à l'entrée. Il leur montra le laissez-passer que Joseph Van Dorn avait obtenu du secrétaire à la Marine.

— Conduisez-moi au commandant.

L'ESPION 339

Lorsque le commandant l'accueillit, il lui transmit un message venant de la gare de Napa Junction.

✳

— En général, mes hôtes organisent une réception après mon prêche, fit remarquer le révérend J.L. Skelton, ecclésiastique anglais en visite au chantier naval.

— Nous avons des habitudes différentes à Mare Island, répondit le commandant. Par ici, révérend, nous allons vous présenter nos invités.

Le commandant prit l'ecclésiastique par le coude, lui fit traverser une chapelle éclairée par de brillants vitraux Tiffany et poussa la porte du cabinet de travail de l'aumônier de la Navy. Bell était installé derrière un bureau massif. Il se leva de toute sa taille, vêtu de blanc de la tête aux pieds.

— Non, messieurs, attendez, ce n'est pas du tout ce que vous imaginez, lança Skelton en pâlissant.

— À bord du train, vous étiez un faux écrivain. Vous voici devenu un faux prêcheur.

— Non, je suis bien membre du clergé. Enfin, j'étais… Je suis défroqué, voyez-vous. Un malentendu au sujet de fonds appartenant à l'église… une jeune personne… Vous comprenez, j'en suis sûr.

— Pourquoi vous êtes-vous fait passer pour Arnold Bennett ?

— C'était une opportunité que je ne pouvais laisser passer.

— Une opportunité ?

Skelton hocha la tête avec enthousiasme.

— J'étais au bout du rouleau. Certaines personnes, en Angleterre, avaient suivi ma trace jusqu'à New York. Il fallait que je quitte la ville. Ce personnage me convenait à merveille.

— Qui vous emploie ? demanda Bell.

— Eh bien, Louis Loh, bien entendu. Et ce pauvre Harold, qui n'est plus parmi nous, je le crains.

— Où est Louis Loh ?

— Je n'en suis pas sûr.

— Il vaudrait mieux que vous le soyez, rugit le commandant. Sinon, je vous garantis que je vais vous faire cracher le morceau.

— Cela ne devrait pas être nécessaire, intervint Bell. Je suis certain que…

— Vous, mettez-la en sourdine, éructa le commandant, ainsi que Bell et lui en avaient convenu à l'avance. Dans ce chantier naval, c'est moi le maître, et je traite les criminels à ma façon. Et maintenant, où est ce Chinois ? Vite, avant que j'appelle un maître d'équipage !

— Monsieur Bell a raison. Cela ne sera pas nécessaire. C'est une affreuse méprise, et…

— Où est ce Chinois ?

— La dernière fois que je l'ai vu, il était habillé comme un cueilleur de fruits japonais.

— Un cueilleur de fruits ? Mais qu'est-ce que vous me chantez là ?

— Oui, monsieur Bell, comme ces cueilleurs que nous avons vus depuis le train à Vaca. Vous les avez aperçus, monsieur Bell. De nombreux Japonais sont embauchés pour la récolte des fruits, fraises ou autre.

Bell se tourna vers le commandant, qui confirma d'un hochement de tête.

— Quelle sorte de vêtements portait-il ?

— Un chapeau de paille, une chemise à carreaux, un bleu de travail.

— Quel genre de bleu de travail ? Une salopette, avec une poche sur le devant ?

— Oui, c'est cela. Il était habillé comme tous les cueilleurs de fruits japonais.

Bell croisa le regard du commandant.

— Y a-t-il des arbres fruitiers à Mare Island ?

— Bien sûr que non. C'est un chantier naval. Et maintenant, mon gaillard, vous feriez mieux de tout nous dire, sinon…

Bell interrompit l'officier.

— Révérend, je vous offre une chance de ne pas finir vos jours en prison. Répondez-moi avec le plus grand soin. Où avez-vous vu Louis Loh habillé en cueilleur de fruits ?

— Dans la file.

— Quelle file ?

— Les chariots faisaient la queue pour arriver au ferry.

— Il était sur la plateforme d'un chariot ?

— Vous ne comprenez pas. Il conduisait un chariot !

Bell se dirigea vers la porte.

— Il se fait passer pour un fermier japonais venu livrer ses fruits ?

— C'est ce que je me tue à vous dire.

— Quels fruits ?

— Des fraises.

*

— Ton laissez-passer, espèce de Mongol à la manque ! cria le marine de garde à l'entrée de la petite route qui traversait Mare Island du débarcadère jusqu'aux quais où des matelots défilaient sur les passerelles pour charger les navires. Montre-moi ton laissez-passer !

— Voici, monsieur, répondit Louis Loh, qui lui tendit le document en baissant les yeux. Je l'ai déjà présenté sur le ferry.

— Eh bien, il faut le montrer une deuxième fois. Et si j'avais mon mot à dire, aucun Japonais ne mettrait les pieds sur Mare Island, laissez-passer ou non.

— Oui, monsieur.

— Des Asiatiques qui conduisent des chariots, grommela le marine en jetant un regard noir au papier. Les paysans doivent être fauchés comme les blés, ajouta-t-il en commençant, avec une lenteur délibérée, à faire le tour du véhicule.

Il prit une fraise de l'une des cagettes et la lança dans sa bouche. Un sergent s'approcha.

— Bon Dieu, que signifie ce retard ?

— Je contrôlais ce Jap, monsieur.

— Une centaine de chariots attendent derrière. Faites-le avancer.

— Tu as entendu, stupide Mongol ? Fiche-moi le camp d'ici !

Il abattit le plat de sa large main sur le flanc de la mule, qui bondit en avant, manquant éjecter Louis Loh du chariot. La route pavée, qui desservait des entrepôts et des ateliers de fabrication, traversait une voie ferrée. Arrivé à l'embranchement, Louis Loh tira sur les rênes. La mule, qui suivait à pas lents les autres attelages, bifurqua à contrecœur.

Le cœur de Loh se mit à battre plus vite. La carte dont il disposait indiquait que le magasin de munitions se trouvait au bout de la route, près de la rive. Il contourna une usine et tout à coup, il l'aperçut, quatre cents mètres plus loin. C'était une structure de pierre aux fenêtres garnies de barreaux et à la toiture en tuiles. La couleur de la terre cuite et le bleu de l'océan lui rappelèrent sa ville natale de Canton, sur la côte méridionale de la Chine. Déjà effrayé, il se sentit envahi d'un sentiment profond de nostalgie qui minait sa détermination. Tant de belles choses, qu'il ne verrait plus jamais…

Des chariots sortaient du magasin de munitions pour s'engager sur une longue et étroite jetée au bout de laquelle mouillait le *Connecticut*, navire-amiral de la Grande Flotte blanche. Louis était proche du but. Plus loin, il vit le dernier poste de garde des marines. Il passa la main sous le chariot et tira sur une corde. Il s'imagina entendre le tic-tac du réveil sous les cagettes de fraises, mais le son était étouffé par les fûts remplis d'explosifs disposés sous les fruits. Il était tout proche maintenant. La seule question qui se posait, c'était de savoir jusqu'où ils allaient le laisser s'approcher avant de l'arrêter.

Il entendit derrière lui le grincement d'un moteur à transmission par chaîne. C'était un camion à plateforme chargé de tonneaux rouges et blancs de Coca-Cola. Le camion avait-il quitté la file des chariots d'approvisionnement par erreur pour le suivre ? Quoi qu'il en soit, sa présence rendait celle de Louis Loh moins suspecte. Le camion fit sonner son Klaxon et le doubla. Une seconde plus tard, il s'arrêta d'un seul coup, ses pneus en gomme gémissant sur les pavés. Il glissa de côté et bloqua la route longée de chaque côté par un fossé. Aucun moyen de s'échapper, et Louis avait déjà actionné le mécanisme d'horlogerie qui allait faire sauter la charge explosive.

Il héla le chauffeur.

— Pourriez-vous déplacer votre camion, monsieur ? Je dois faire ma livraison.

Isaac Bell sauta du camion et saisit les rênes de la mule.

— Bonjour, Louis !

La peur et le mal du pays s'évanouirent aussitôt de l'esprit de Louis Loh comme un brouillard chassé par le vent, remplacés par une claire résolution. Il passa le bras sous le chariot et tira sur une autre corde, reliée au trait du harnais de la mule. Un ruban de pétard provoqua une série rapide de détonations. La mule, terrifiée, réagit avec violence et se cabra, précipitant Bell sur le sol. Aveuglée par la peur, elle plongea dans le fossé et tira le chariot qui se renversa en éparpillant les fruits et les explosifs. L'animal affolé parvint à se libérer du harnais et se mit à courir, mais Louis Loh, comprenant que tout était perdu, avait eu le temps de l'enfourcher. La mule rua et sauta pour le désarçonner, mais le jeune et agile Chinois tint bon et dirigea la bête vers l'eau.

Isaac Bell courut à sa poursuite à toutes jambes en passant par un champ qui allait vers le mince détroit séparant Mare Island de Vallejo. Il vit soudain la mule s'immobiliser et Louis Loh se faire catapulter par-dessus son encolure. Le Chinois roula sur l'herbe, se remit sur pied et repartit en courant. Bell le suivit. Une terrible explosion fit alors trembler le sol. Bell regarda derrière lui. Les tonneaux de Coca-Cola volaient vers le ciel. Le chariot avait disparu et le camion était en feu. Les marines du poste de garde et les hommes qui se trouvaient sur le quai de chargement des munitions coururent vers l'incendie. Le *Connecticut* et le magasin de munitions étaient saufs.

Bell repartit à la poursuite de Louis Loh, qui courait vers une jetée le long de laquelle était amarré un canot. Un marin en sortit. Il essaya de neutraliser le Chinois, mais celui-ci l'écarta d'un bras tendu et plongea. Lorsque Bell arriva à la jetée, Louis Loh nageait vers Vallejo.

Bell courut jusqu'au canot.

— Votre chaudière est prête ?

Le marin était encore sur la jetée, hébété.

— Oui, monsieur.

Bell ôta les amarres de proue et de poupe de leurs bollards.

— Hé, attendez ! hurla le marin, qui se précipita à bord et s'avança vers le détective. Qu'est-ce que vous faites ? Arrêtez !

— Vous savez nager ?

— Bien sûr !

— Alors au revoir !

Bell prit la main de l'homme et le fit basculer par-dessus bord. La marée commençait à éloigner l'embarcation de la jetée. Bell engagea l'hélice et vira autour du marin qui éructait, indigné.

— Mais pourquoi faites-vous cela ? Laissez-moi au moins vous aider !

Mais l'aide de la Navy était la dernière chose dont Bell avait besoin. S'ils arrêtaient Louis, ils allaient à coup sûr le maintenir en détention.

— C'est mon prisonnier, répondit-il. Et c'est mon affaire.

La marée forçait Louis Loh à redescendre le courant. Bell le suivit de près dans le canot, prêt à se porter à son secours pour l'empêcher de se noyer, mais le Chinois était un puissant nageur qui fendait l'eau en un crawl moderne et audacieux.

Pour les cent derniers mètres, Bell amena l'embarcation vers une jetée. Lorsque Louis sortit de l'eau en titubant, il l'attendait sur la rive en faisant sauter ses menottes entre ses mains. Le Chinois leva les yeux vers le détective, haletant et incrédule.

— Donnez-moi vos mains.

Louis sortit un couteau qu'il plongea en avant avec une vitesse surprenante pour un homme qui venait de nager contre une marée forte et rapide. Bell para le coup de ses menottes et frappa de toutes ses forces. Louis s'affaissa, assez étourdi pour que Bell puisse lui menotter les mains derrière le dos. Il le força à se relever, surpris par sa légèreté. Le jeune homme ne devait guère peser plus de cinquante-cinq kilos.

Bell le força à avancer vers la jetée où il avait amarré le canot. En passant par le détroit de Carquinez, sept ou huit kilomètres séparaient Vallejo de Benicia Point où, avec un peu de chance, il pourrait embarquer à bord d'un train avant que la Navy réagisse.

Mais il n'avait pas encore atteint la jetée, lorsqu'un ferry de Mare Island accosta et toute une troupe d'ouvriers du chantier en débarqua.

— Le voilà !

— Attrapez-le !

Les ouvriers avaient vu l'explosion et les tonneaux voler en l'air. Pour eux, la situation était claire. Alors qu'ils couraient vers Isaac Bell et Louis Loh, un second groupe de travailleurs jusque-là occupés à réparer une voie de garage se hâta de les rejoindre, armés de masses et de barres de fer. Ils se regroupèrent en une masse compacte, empêchant le détective Van Dorn et son prisonnier d'accéder à l'embarcation.

Les ouvriers de la voie de garage allumèrent une lampe à acétylène.

— Pas besoin de procès. Brûlons ce Jap !

— Vous ne pouvez pas faire ça, les gars, leur annonça Bell.

— Ah non ? Et pourquoi donc ?

— Ce n'est pas un Jap. C'est un Chinois.

— Ce sont tous des Mongols, des coolies, tous à mettre dans le même sac.

— Vous ne pouvez pas le brûler. C'est mon prisonnier.

— Votre prisonnier ? éructa la foule furieuse.

— Et qui diable êtes-vous ?

— Vous êtes seul et nous sommes plus de cent !

— Vous êtes cent ? lança Bell qui tira son Derringer de son chapeau, son Browning de son manteau et balaya la foule du canon de ses armes. Deux coups de la main gauche. Sept de la main droite. Vous n'êtes plus que quatre-vingt-onze.

Certains des ouvriers qui étaient en première ligne battirent en retraite et se faufilèrent entre leurs camarades derrière eux, mais ils étaient aussitôt remplacés par d'autres. Les nouveaux arrivants du premier rang se rapprochèrent, échangeant des regards, à la recherche d'un meneur. Le visage aussi impassible qu'un masque de granit, le regard glacé, Bell les regardait tour à tour droit dans les yeux.

— Qui veut être le premier ? Vous, au premier rang ?

— Attrapez ce type ! cria l'un des hommes du second rang.

Bell fit feu avec son Browning. L'ouvrier hurla et tomba à genoux, les deux mains collées sur son oreille ensanglantée.

41

— Q<small>UATRE-VINGT-DIX-NEUF, ANNONÇA</small> I<small>SAAC</small> B<small>ELL</small>.

La foule hostile recula d'un pas en marmonnant.

Un tramway apparut soudain, et fit sonner sa cloche pour dégager la voie. Bell grimpa à bord en traînant Louis Loh avec lui.

— Vous ne pouvez pas monter, protesta le conducteur. Ce Jap est trempé !

Bell poussa le canon de son Derringer à double canon contre le visage du conducteur.

— Aucun arrêt. Vous allez tout droit au terminal de Benicia.

Ils arrivèrent en dix minutes au port du Southern Pacific Ferry, après être passés sans ralentir devant les nombreux arrêts de tramway où attendaient des voyageurs. De l'autre côté du pas de Port Costa, large d'un mille nautique, Bell aperçut le *Solano*, le plus grand ferry ferroviaire au monde, qui embarquait une locomotive et une série de Pullmans Overland Limited à destination de l'est. Il poussa Louis Loh jusqu'au bureau du directeur du terminal, se présenta, acheta des billets pour une traversée en compartiment privé, puis envoya quelques télégrammes. Le ferry traversa la passe en neuf minutes, accosta, puis plaça la sortie de sa soute face à la voie de chemin de fer. La locomotive tira la première moitié du convoi sur la plateforme d'aiguillage. Un dispositif motorisé poussa ensuite les quatre wagons arrière hors du bateau. Dix minutes plus tard, le convoi ferroviaire au complet quittait le terminal de Benicia.

Bell se rendit dans sa cabine, où il menotta Louis à la plomberie.

Alors que le train prenait de la vitesse en traversant la vallée de Sacramento, Louis Loh se décida enfin à parler.

— Où m'emmenez-vous ?

— Louis, à quel gang chinois appartenez-vous ?

— Je ne fais partie d'aucun gang chinois.

— Votre but était-il de faire faire porter aux Japonais la responsabilité de l'explosion du magasin de munitions ?

— Je ne vous dirai rien.

— Bien sûr que si. Vous me direz tout ce que je veux savoir sur vos projets, leur raison d'être et sur votre commanditaire.

— Vous ne pouvez pas comprendre un homme tel que moi. Je ne dirai rien. Même si vous me torturez.

— Ce n'est pas dans mes habitudes. D'ailleurs, vous m'avez déjà appris quelque chose, mais vous l'ignorez.

— Quoi ?

Le détective garda le silence. Par son attitude, Louis Loh montrait qu'il était plus qu'un banal gangster chinois. Louis n'était pas le maître-espion, mais sa personnalité était plus complexe que ce que révélait sa tentative de sabotage avortée.

— Vous m'avez donné un avantage certain, dit soudain Louis.

— Lequel ?

— En admettant que vous n'étiez pas homme à recourir à la torture.

— Est-ce là votre définition d'un homme selon les critères Hip Sing ?

— Les Hip Sing ? De quoi s'agit-il ?

— Vous allez me le dire.

— Lorsque la situation sera inversée et que vous serez mon prisonnier, annonça Louis, je vous torturerai.

Bell s'étendit sur la couchette et ferma les yeux. Son crâne le faisait souffrir et le champ peuplé de moutons où il avait atterri semblait encore tournoyer dans sa tête.

— Pour commencer, je me servirai d'un hachoir, commença Louis. D'un couperet. Affûté comme un rasoir. Je débuterai par votre nez...

Louis continua à décrire les sanglantes horreurs qu'il comptait infliger à Isaac Bell jusqu'au moment où le détective se mit à ronfler.

Il rouvrit les yeux lorsque le train s'arrêta en gare de Sacramento. On frappa à la porte du compartiment, et Bell fit entrer deux robustes agents du service de protection Van Dorn de la ville.

— Conduisez-le au compartiment des bagages et menottez-lui les mains et les pieds. Que l'un de vous deux reste en permanence avec lui. L'autre pourra dormir. Je vous ai réservé une couchette Pullman. Ne le perdez jamais de vue, et ne vous laissez pas distraire en parlant avec le personnel du train. S'il porte la moindre trace de coup ou de coupure, vous en répondrez devant moi. Je passerai de temps en temps voir où vous en êtes. Il faut être très vigilant, en particulier quand le train s'arrête.

— Nous allons jusqu'à New York ?

— Il nous faudra changer de train à Chicago.

— Vous pensez que ses amis tenteront une évasion ?

Bell se tourna vers Louis pour surprendre une quelconque réaction de sa part, mais n'en décela aucune.

— Vous avez amené les fusils ?

— À chargement automatique, selon vos instructions. Et un pour vous.

— Alors nous verrons bien s'ils tentent leur chance. Louis, accompagnez ces messieurs. J'espère que vous allez vous plaire en compagnie des bagages pendant les cinq jours à venir.

— Vous ne me ferez jamais parler.

— Nous trouverons bien un moyen, lui promit Bell.

*

Des billets pour un voyage en train de luxe, un costume en tweed digne d'un écrivain anglais fortuné, une montre de gousset en or et cent dollars : voilà ce qu'il en avait coûté à l'espion pour persuader J.L. Skelton, prêtre défroqué, d'endosser le personnage d'Arnold

Bennett. C'est ce qu'expliquait Horace Bronson, le patron du bureau Van Dorn de San Francisco, dans un message qui attendait le détective à la gare d'Ogden. Cependant, si la menace d'une longue peine de prison l'avait convaincu de collaborer, Skelton ignorait pourquoi il avait joué le rôle d'écrivain et de chaperon des deux soi-disant étudiants en théologie.

— Il a juré sur toute une pile de bibles, notait Bronson, qu'il ignorait aussi pourquoi il avait reçu cent dollars supplémentaires pour endosser ce rôle d'ecclésiastique et assurer un service religieux à la chapelle de Mare Island. Il n'a pas la moindre idée des raisons pour lesquelles Louis Loh et Harold Wing auraient voulu faire passer l'explosion de l'entrepôt de munitions de Mare Island pour une tentative japonaise d'affaiblir la Grande Flotte blanche.

Bronson croyait le prêtre défroqué ; Isaac Bell aussi. L'espion s'arrangeait toujours pour que d'autres accomplissent le sale boulot pour lui. Tout comme les énormes canons d'Arthur Langner, il restait à des kilomètres de ses cibles.

La source du laissez-passer utilisé par Louis pour faire passer son attelage sur le ferry et se rendre dans le chantier naval aurait constitué un indice important, mais il avait brûlé dans l'explosion, en même temps que le chariot et le camion. Même la mule ne leur était d'aucun secours : elle avait été volée la veille à Vaca. Les gardes, qui avaient surveillé l'entrée de centaines de véhicules, ne purent donner aucune indication utile sur le laissez-passer ou sur les chargements de fraises arrivés dans l'île.

Deux jours plus tard, alors que son train fonçait à travers l'Illinois, Bell apporta à Louis Loh un quotidien de Chicago. Le jeune gangster était étendu sur un lit de camp dans l'obscurité du compartiment à bagages dépourvu de fenêtres, un poignet et une cheville menottés à une armature métallique. Son garde somnolait, assis sur un tabouret.

— Allez donc boire un café, lui ordonna le détective.

Lorsqu'il fut seul avec Louis, il lui montra le journal.

— Tout juste sorti des presses. Des nouvelles de Tokyo.

— Et en quoi cela peut-il m'intéresser ?

— L'empereur du Japon a invité la Grande Flotte blanche américaine pour une visite officielle lorsqu'elle traversera le Pacifique.

Le masque impénétrable qu'affichait Louis Loh se fissura l'espace d'un instant. Bell décela un imperceptible affaissement de ses épaules, signe que, s'il espérait que son attaque manquée provoque un conflit majeur entre le Japon et les États-Unis, il venait de perdre tout espoir.

Isaac Bell était perplexe. Pourquoi Louis Loh attachait-il une telle importance à cette information ? Il était pris. Il risquait la prison, voire même la pendaison, et ne recevrait jamais l'argent sans doute promis en cas de succès. Alors, pourquoi s'en soucier ? À moins que l'argent ne soit pas le mobile de ses actes.

— On peut supposer, Louis, que Sa Majesté Impériale n'aurait pas invité la flotte si vous étiez parvenu à faire exploser le chantier naval de Mare Island en son nom.

— Qu'ai-je à voir avec l'empereur du Japon ?

— Toute la question est là. Pourquoi un membre d'un gang chinois voudrait-il relancer l'antagonisme entre le Japon et l'Amérique ?

— Allez au diable.

— Et pour le compte de qui ? Pour qui avez-vous agi, Louis ?

Louis eut un sourire moqueur.

— Épargnez votre salive. Torturez-moi. Rien ne me fera parler.

— Nous saurons bien vous faire parler, lui promit Bell. Lorsque nous serons à New York.

À Chicago, à la gare de LaSalle, des agents Van Dorn assistés par la police ferroviaire transférèrent Louis Loh de l'Overland Limited au 20th Century Limited. Personne ne tenta de le faire évader ni de le tuer, éventualités que Bell n'avait pas écartées a priori. Il décida de laisser le jeune homme sous la garde du service de protection de l'agence jusqu'à l'arrivée du 20th Century à New York. Et une fois le train rendu à Grand Central, il demeura hors de la vue de Louis pendant qu'une escouade d'agents Van Dorn embarquaient le jeune Chinois à bord d'un camion pour le conduire au Brooklyn Navy Yard. Lowell Falconer allait arranger les choses pour que louis Loh puisse passer sa première nuit dans une prison de la Navy.

Bell attendait le capitaine à bord de son yacht à turbines. Le *Dyname* était amarré à une jetée du chantier naval, entre les cales du Hull 44 et une énorme barge en bois assistée par un remorqueur de haute mer. Sur la barge, des ingénieurs construisaient un mâtcage. C'était la réplique en taille réelle du modèle à l'échelle 1/12e que Bell avait pu admirer dans les ateliers de Farley Kent.

La haute poupe du Hull 44 semblait remplir le ciel bleu. Les plaques de blindage grimpaient le long de la coque et il commençait à ressembler à un véritable navire de guerre. S'il devenait, ne serait-ce qu'en partie, le bâtiment conçu par l'esprit visionnaire de Falconer et qu'Alasdair McDonald et Arthur Langner s'étaient efforcés de rendre aussi rapide que dangereux, alors cette poupe serait la dernière vision offerte à l'ennemi une fois ses propres navires en perdition.

Falconer monta à bord une fois le prisonnier incarcéré. Il fit part au détective des dernières paroles de Louis Loh au moment où la porte de sa cellule s'était refermée sur lui : « Dites à Bell que je ne parlerai pas. »

— Il parlera.

— À votre place, je n'y compterais pas trop, l'avertit Falconer. Lorsque j'étais en Extrême-Orient, les Japonais et les Chinois éviscéraient littéralement les espions qu'ils capturaient, mais sans jamais obtenir la moindre information.

Le détective et le capitaine étaient debout sur le pont avant tandis que le *Dyname* remontait l'East River, ses neuf hélices tournant dans un silence irréel.

— Il y a quelque chose qui m'intrigue chez Louis Loh, commenta Bell d'un air songeur. Je n'arrive pas à mettre le doigt sur ce qui le rend si différent.

— J'ai l'impression qu'il n'a plus grande importance, à présent.

— Je ne suis pas tout à fait d'accord, objecta Bell. Son attitude reste fière, comme celle d'un homme investi d'une mission.

*

— Les gangs de New York ont l'air de jouer aux montagnes russes, en ce moment, dit Harry Warren, provoquant des hochements de tête approbateurs chez les agents Van Dorn chargés de leur surveillance. Un jour, ils sont au sommet de leur puissance, et on les retrouve dans le ruisseau le lendemain.

L'arrière-salle des bureaux Van Dorn du Knickerbocker était grise de la fumée des cigares et des cigarettes. Une bouteille de whisky amenée par Bell circulait parmi les hommes.

— Et qui est dans le ruisseau pour le moment ?

— Les Hudson Dusters, les Marginals et les Pearl Buttons. Les Eastmans ne sont pas à la fête non plus, surtout depuis que Monk Eastman est bouclé, et ils n'arrangent pas leur situation en continuant à se bagarrer avec les Five Pointers.

— Ils se sont offert une jolie fusillade l'autre nuit sous le chemin de fer aérien de la 3ᵉ Avenue, fit remarquer un détective. Par malheur, aucun d'entre eux n'a été tué.

— À Chinatown, poursuivit Harry Warren, les Hip Sing gagnent du terrain sur les On Leongs. Du côté du West Side, les Gopher de Tommy Thompson ont le vent en poupe. Ou plutôt, ils l'*avaient*. Ces fumiers ont fort à faire depuis que vous leur avez lâché la police ferroviaire dessus après le tabassage du petit Eddie Tobin.

Des hochements de tête enthousiastes saluèrent la remarque de Warren.

— Ces « yard bulls » sont vraiment les pires enfants de salauds que je connaisse, lança un agent, à la fois réticent et admiratif.

— Ils les ont si bien empêtrés que les Hip Sing se sont permis d'ouvrir une fumerie au beau milieu du territoire Gopher !

— Pas si vite, les calma Harry Warren. J'ai vu des Gopher dans un établissement tenu par les Hip Sing dans le centre. Peut-être là où s'était rendu Scully, Isaac ? J'ai l'impression qu'il y a anguille sous roche entre les Hip Sing et les Gopher. C'était peut-être aussi l'idée de Scully.

Quelques hommes grognèrent en signe d'assentiment. Des rumeurs circulaient, en effet.

— Et aucun d'entre vous ne peut me dire quoi que ce soit concernant Louis Loh ?

— Non, mais cela ne veut pas dire grand-chose, Isaac. Les criminels de Chinatown sont encore plus secrets que les autres.

— Et mieux organisés. Et aussi plus malins.

— En plus, ils sont en rapport avec toutes les communautés chinoises des États-Unis et d'Asie.

— Ces connexions internationales sont un élément intéressant, d'autant plus qu'il s'agit d'une affaire d'espionnage, reconnut Bell. Mais quelque chose me chiffonne. Pourquoi envoyer deux hommes de New York à l'autre bout du pays alors qu'ils auraient pu confier la même mission à des types de San Francisco qui connaissent leur territoire comme leur poche ?

Personne ne répondit. Les détectives, mal à l'aise, se murèrent dans un silence qui n'était interrompu que par le tintement occasionnel d'un verre ou le craquement d'une allumette. Bell parcourut du regard l'assemblée des vétérans de Warren. John Scully lui manquait. Dans une réunion de travail de ce genre, c'était un véritable sorcier, et sa présence était inestimable.

— Et pourquoi toute cette comédie à bord du train ? demanda-t-il. Cela n'a pas de sens.

Le silence s'alourdit.

— Comment va le petit Eddie ?

— Son état est encore critique.

— Dites-lui que je passerai le voir dès que possible.

— Je ne suis même pas sûr qu'il s'aperçoive de votre présence.

— Je pense à une autre chose étrange, intervint Warren. Pourquoi les Gopher se mouilleraient-ils pour se mettre l'agence Van Dorn à dos ?

— Parce qu'ils sont stupides, répondit un détective dans un éclat de rire général.

— Ils ne sont pas idiots à ce point-là. Isaac a raison : le fait que Louis Loh traverse tout le pays n'a pas de sens. Et c'est pareil pour la raclée du petit Eddie. Les gangs ne cherchent pas la bagarre en dehors de leur monde.

— Tu trouvais d'ailleurs étrange qu'Iceman Weeks se soit rendu à Camden, nota Bell.

— Les Gopher ne quittent jamais leur territoire, confirma Warren en hochant la tête avec vigueur.

— Et tu m'as dit que les Gopher n'envoyaient pas d'avertissements, et qu'ils ne prenaient pas le risque de se venger si cela devait attirer des représailles de gens extérieurs aux gangs. Est-il possible que l'espion les ait payés pour se venger, tout comme il a payé des tueurs pour qu'ils aillent à Camden ?

— Comment diable savoir ce qu'il se passe dans la tête des espions ?

— Je connais quelqu'un qui le saura.

*

Le capitaine de frégate Abbington-Westlake sortit d'un pas nonchalant du Harvard Club, où il avait négocié une adhésion gratuite en tant que membre honoraire, et héla un taxi. Une Darracq rouge à essence passa devant un homme qui l'appelait depuis l'entrée du New York Yacht Club et s'arrêta devant le corpulent sujet britannique.

— Hé, mais c'est mon taxi ! cria le piéton malchanceux.

— Il semblerait que non, rétorqua Abbington-Westlake d'une voix traînante en s'engouffrant dans la Darracq. Partons vite, chauffeur, avant que ce yachtman mécontent ne nous rattrape.

Le taxi démarra. Abbington-Westlake donna au chauffeur une adresse sur la 5e Avenue et s'installa pour le trajet. Arrivé à la 59e Rue, le taxi vira soudain vers Central Park. L'Anglais prit sa canne et cogna sur la vitre de séparation.

— Non, non, non, je ne suis pas un quelconque touriste, et je n'ai aucun besoin de visiter le parc ! Si j'avais voulu passer par le parc, je vous l'aurais dit. Revenez immédiatement sur la 5e Avenue !

Le chauffeur écrasa le frein, et Abbington-Westlake fut éjecté de la banquette. Lorsqu'il parvint à se rétablir, il se retrouva face au regard froid d'Isaac Bell, dont le visage affichait une expression dure.

— Je vous préviens, Bell, j'ai des amis qui ne me laisseront pas tomber.

— Si vous répondez à une seule et unique question, j'éviterai de vous envoyer un direct pourtant bien mérité après les salades que vous m'avez racontées sur Kenta Yamamoto.

— C'est vous qui avez tué Yamamoto ? demanda l'espion anglais d'un air apeuré.

— Il est mort à Washington alors que je me trouvais à New York.

— Avez-vous commandité sa mort ?

— Non. Je ne suis pas l'un des vôtres.

— Et quelle est votre question ?

— Quelle que soit l'identité de cet espion en free lance, je trouve ses agissements étranges. Regardez ceci.

Il montra à Abbington-Westlake la note laissée sur le corps de John Scully.

— Il a laissé ceci sur le cadavre de mon détective. Pourquoi ferait-il une chose pareille ?

L'Anglais lut la note d'un rapide coup d'œil.

— Il semble qu'il veuille vous adresser un message.

— C'est ce que vous feriez ?

— On ne perd pas notre temps avec des exercices aussi puérils.

— Tueriez-vous un homme pour vous venger ?

— On ne peut pas se permettre ce luxe.

— Laisseriez-vous une note semblable comme menace ? En pensant que cela m'arrêterait ?

— Il aurait dû vous tuer, et l'affaire aurait été terminée.

— C'est ce que vous auriez fait ?

— Je considère, répondit Abbington-Westlake en souriant, que les meilleurs espions sont les espions invisibles. Dans l'absolu, l'idéal, c'est de copier un plan secret plutôt que de le dérober ; ainsi, l'ennemi ignore le vol de son document. De même, si un ennemi doit mourir, il vaut mieux que le décès semble dû à un accident. Une chute de gravats dans un chantier de construction peut vous débarrasser d'un homme sans éveiller de méfiance particulière. Mais tuer quelqu'un en lui perçant le cerveau avec une épingle à chapeau, c'est agiter le chiffon rouge.

— L'épingle à chapeau n'était pas mentionnée dans la presse, fit observer Bell d'un ton glacé.

— On apprend à lire entre les lignes, rétorqua l'Anglais. Comme je vous l'ai dit au Knickerbocker, bienvenue dans le monde de l'espionnage, monsieur Bell. Vous avez déjà beaucoup appris. Et au fond de vous-même, vous savez très bien que votre maître-espion n'est pas un espion avant tout.

— Il ne pense pas comme un espion, admit Bell. Mais plutôt comme un gangster.

— Et qui est le mieux placé pour capturer un gangster, sinon un détective ? Alors bonne journée, monsieur. Puis-je me permettre de vous souhaiter bonne chasse ?

Abbington-Westlake sortit du taxi et marcha vers la 5e Avenue.

Bell se hâta de regagner le Knickerbocker Hotel et alla aussitôt voir Archie Abbott.

— Il faut vite que tu ailles à la Naval Torpedo Station de Newport.

— Nos gars de Boston y sont déjà.

— Je veux que tu sois sur place. J'ai un drôle de pressentiment en ce qui concerne cette attaque.

— Quel genre de pressentiment ?

— Et si ce n'était pas un sabotage, mais un vol ? Reste là-bas jusqu'à ce que tu découvres ce qu'ils ont emporté.

Bell accompagna Archie à la gare de Grand Central et revint à son bureau, plongé dans ses pensées. Abbington-Westlake l'avait conforté dans ses soupçons. L'espion était d'abord et avant tout un gangster. Mais il ne pouvait s'agir du commodore Tommy. Le chef des Gopher avait vécu et s'était battu toute sa vie dans les limites étroites de Hell's Kitchen. Louis Loh était peut-être la clef de l'énigme. Et s'il était l'espion en personne ? C'était peut-être cela que le détective avait remarqué, et qui rendait Louis Loh si différent : il agissait comme s'il avait un véritable but. Il était temps d'exiger de lui des réponses.

Tard ce soir-là, Bell alla chercher le prisonnier au Brooklyn Navy Yard et le menotta derrière le dos.

Il lui réservait une première surprise : au lieu de l'installer dans un camion ou une automobile, il l'emmena à pied vers le fleuve. Ils attendirent un moment au bord de l'eau. La silhouette du Hull 44 se dressait derrière eux, menaçante. Le vent emportait avec lui le bruit des moteurs de bateaux, le claquement des voiles, les cornes de brume et les coups de sifflet. Sortant de la pénombre et signalé par ses seuls feux de route, le *Dyname* du capitaine Lowell Falconer approcha dans un silence presque total.

Sans un mot, des matelots aidèrent Bell et son prisonnier à monter à bord. Le yacht s'enfonça à nouveau dans le fleuve et descendit le courant en aval. Il passa sous le pont de Brooklyn, dépassa la Brooklyn Battery et prit de la vitesse dans l'Upper Bay.

— Si vous songez à me balancer par-dessus bord, dit Louis Loh au bout d'un moment, rappelez-vous que je sais nager.

— Même avec ces menottes ?

— Je pensais qu'un homme tel que vous, opposé à la torture, me les enlèverait.

L'homme de barre augmenta la vitesse. Bell poussa Louis Loh dans la cabine plongée dans la pénombre, où ils restèrent assis en silence, à l'abri du vent et des embruns. Le *Dyname* traversa Lower Bay. Bell aperçut la lueur du bateau-phare par un hublot.

— Où m'emmenez-vous ? demanda le jeune Chinois lorsque la proue du *Dyname* se souleva et s'enfonça dans les premières longues vagues écumantes.

— En mer.

— Et à quelle distance ?

— Une cinquantaine de milles.

— Cela prendra toute la nuit.

— Pas avec ce navire.

L'homme de barre accrut encore la vitesse. Une heure s'écoula. Les turbines ralentirent et le yacht parut dériver. Soudain, il y eut un choc dur et il s'immobilisa. Bell prit Louis par le bras, vérifia qu'il n'était pas parvenu à trafiquer la serrure des menottes. Des marins silencieux les aidèrent à embarquer sur le pont de bois d'une barge. Le *Dyname* vira et s'éloigna en accélérant. Quelques minutes plus tard, on ne voyait plus que le panache qui s'échappait de sa cheminée, puis le bâtiment disparut dans la nuit.

— Et maintenant ? demanda Louis Loh.

Des moutons d'écume crémeux brillaient sous les étoiles. La barge roulait avec la houle.

— Et maintenant, nous allons grimper.

— Grimper ? Grimper où ?

— À ce mât.

Bell leva le bras pour désigner à Louis le faîte d'un mât-cage. La structure légère s'élevait si haut que son sommet oscillant semblait caresser les étoiles.

— Qu'est-ce que c'est ? Où sommes-nous ?

— Nous sommes sur une barge-cible de la zone de tirs d'entraînement Atlantique. Des ingénieurs y ont installé ce mât-cage de trente-huit mètres. Il s'agit de leur dernière création en matière de repérage de tir pour les cuirassés.

Bell grimpa deux barreaux de l'échelle, libéra le poignet droit de Louis et accrocha la menotte à sa propre cheville ;

— Prêt ? Allons-y !

— Où cela ?

— Nous allons monter le long de cette échelle. Quand je lèverai la jambe, levez votre bras.

— Mais pourquoi ?

— Un tir d'entraînement est prévu à l'aube afin d'étudier la façon dont se comportent les mâts-cage lorsqu'ils sont bombardés par des canons de douze pouces. Tout espion digne de ce nom renoncerait à ce qu'il a de plus cher pour assister à pareil spectacle. Allons-y.

L'escalade jusqu'au sommet était longue, mais ni Bell ni Louis n'étaient essoufflés lorsqu'ils atteignirent la plateforme.

— Vous êtes en pleine forme, Louis, lança Bell en ôtant la menotte de sa cheville et en l'attachant au tube central du mât.

— Et que se passe-t-il maintenant ? demanda Louis.

— Nous attendons l'aube.

Un vent froid se leva et siffla sur la structure du mât qui commença à se balancer.

Aux premières lueurs de l'aube, la silhouette d'un cuirassé apparut à l'horizon.

— Le *New Hampshire*, annonça Bell. Vous le reconnaissez, j'en suis sûr, avec ses trois cheminées et sa proue démodée en éperon. Vous n'ignorez pas qu'il est armé de canons de sept et huit pouces, en plus des quatre canons de douze pouces. Il ne devrait pas tarder à commencer.

Le navire émit un éclair rouge. Un obus de deux cent vingt-cinq kilos frôla le mât à la vitesse d'un train express. Louis hurla et se baissa, affolé. Le son du canon semblait revenir vers eux.

Un nouvel éclair apparut, et un autre obus rugit encore plus près d'eux.

— Leurs calculs doivent être plus précis, maintenant, jugea Bell.

Le canon de douze pouces produisit à son tour un éclair rouge. Quinze mètres en dessous des deux hommes, dans une gerbe d'étincelles, un obus heurta le mât, qui vacilla.

— Vous êtes fou ! hurla Louis.

— On dit que cette structure de mât hélicoïdale est très résistante, se contenta de répondre Bell.

D'autres obus passèrent en grondant de chaque côté. Lorsque l'un d'eux fit à nouveau mouche, Louis se couvrit le visage de ses mains.

Très vite, il fit assez clair pour que Bell puisse consulter l'heure sur sa montre en or.

— Ils vont encore effectuer quelques tirs isolés. Et puis ils ont prévu des salves avant de terminer par des bordées complètes.

— Très bien. Je reconnais que je fais partie d'un gang chinois.

— Vous êtes plus qu'un gangster, lui répondit d'un ton froid le détective, qui décela aussitôt une expression de surprise sur le visage habituellement impassible du jeune Chinois.

— Que voulez-vous dire ?

— Sun Tzu… *L'Art de la guerre*. Si je peux me permettre de citer votre compatriote : « Soyez subtil au point d'être invisible. »

— Je ne comprends pas ce que vous dites.

— Je me souviens de ce que vous m'avez dit à bord du train : « Ils croient que nous sommes tous des opiomanes ou des membres des triades. » À vous entendre, vous aviez l'air d'un homme aux vues plus larges. Qui êtes-vous en réalité ?

Une salve retentit dans un bruit de tonnerre. Deux obus traversèrent la structure du mât, qui tenait toujours debout, mais basculait d'un côté à l'autre.

— Je ne fais pas partie d'une triade.

— Vous venez pourtant de me dire le contraire. Alors ?

— Je ne suis pas un gangster.

— Cessez de me dire ce que vous n'êtes pas et dites-moi qui vous êtes.

— Je suis un Tongmenghui.

— Mais encore ?

— Alliance Révolutionnaire Chinoise. Nous sommes un mouvement de résistance clandestin. Nous consacrons nos vies à la renaissance de la société chinoise.

— Dites-m'en plus à ce sujet.

En un véritable torrent verbal, Louis Loh expliqua à Isaac Bell qu'étant un fervent nationaliste chinois, il complotait en vue du renversement de l'impératrice corrompue.

— Elle étrangle la Chine. L'Angleterre, l'Allemagne, toute l'Europe et mêmes les États-Unis se repaissent du corps agonisant de la Chine.

— Si vous êtes un révolutionnaire, que faites-vous aux États-Unis ?

— Les cuirassés. La Chine doit construire une flotte moderne pour tenir à l'écart les envahisseurs coloniaux.

— En sabotant la Grande Flotte blanche à San Francisco ?

— Non, ça, ce n'était pas pour le compte de la Chine. C'était pour lui.

— Lui ? Mais de qui parlez-vous ?

— Il y a un homme – un espion –, et c'est lui qui paye, dit Louis en jetant un regard apeuré vers le *New Hampshire*. Il ne paye pas en argent, mais en renseignements importants sur les cuirassés des autres pays. Harold Wing et moi faisions passer ces informations aux architectes navals chinois.

— Et vous exécutiez les ordres de cet homme.

— C'est bien cela, monsieur. Est-ce que nous pouvons descendre, maintenant ?

Bell comprit qu'il venait de faire une percée décisive pour son enquête. L'homme en question était l'espion indépendant que Yamamoto avait tenté de trahir en échange d'une échappatoire viable. Grâce à Louis, il avait une chance de l'approcher.

— Louis, vous travaillez donc pour trois maîtres : la marine chinoise, votre mouvement de résistance Tongmenghui et enfin, l'espion qui vous a payé pour faire sauter le magasin de munitions de Mare Island. Qui est cet homme ?

Un nouvel obus fila près d'eux dans un rugissement. Toute la structure du mât trembla.

— J'ignore qui il est.

— Qui est votre intermédiaire ? Comment vous communique-t-il ses ordres et les renseignements dont vous avez besoin ?

— Par boîte postale. Les instructions, les informations, l'argent pour les dépenses, tout passe par des boîtes postales, dit Loh en se penchant au passage d'un autre obus. S'il vous plaît, pourrions-nous descendre ?

Au loin, étincelants sous les premiers rayons du soleil, tous les canons du *New Hampshire* se tournaient ensemble vers la barge et le mât-cage.

— Ils vont lancer une bordée, commenta Isaac Bell.

— Vous devez me croire.

— Je ressens une certaine affection pour vous, Louis. Vous n'avez pas appuyé sur la détente avant que je saute du train.

Louis Loh tourna les yeux vers le cuirassé.

— Ce n'était pas pour vous épargner. Je n'ai pas eu le cran de tirer.

— J'ai envie de vous laisser redescendre, Louis, mais vous ne m'avez pas tout dit. Je ne suis pas persuadé que tout passait par des boîtes postales.

Louis Loh lança un nouveau regard apeuré vers le navire de guerre blanc. Il s'effondra soudain.

— C'est le commodore Tommy Thompson qui nous a ordonné d'attaquer l'entrepôt de munitions de Mare Island.

— Comment avez-vous pu nouer des relations avec le gang Gopher ?

— L'espion a soudoyé les Hip Sing pour que nous puissions contacter le commodore en leur nom, en prétendant être des gangsters chinois.

Bell tendit à Louis un mouchoir d'un blanc immaculé.

— Agitez ce mouchoir.

Il redescendit ensuite l'échelle avec le jeune Chinois. Lorsqu'ils atteignirent la barge, des officiers au bord de l'apoplexie accostaient à bord d'un canot.

— Mais comment diable avez-vous…

— J'ai bien cru que vous n'arrêteriez jamais de tirer. Nous commencions à avoir faim, là-haut.

*

— Je ne crois pas un seul instant que le commodore Tommy Thompson soit notre espion, confia Isaac Bell à Joseph Van Dorn. Mais je suis prêt à parier qu'il a quelques précieuses idées à nous soumettre.

— Cela vaudrait mieux pour lui, répondit Van Dorn. Les incursions sur son territoire coûtent une fortune aux flics.

Installés dans une Marmon garée en face du bar-saloon de la 39e Rue Ouest, Isaac Bell et Joseph Van Dorn supervisaient les préparatifs de la descente chez le commodore Tommy.

— Mais les pontes des chemins de fer vont nous adorer, fit observer Bell.

Van Dorn reconnut que plusieurs magnats du rail lui avaient adressé en personne leurs remerciements pour avoir limité de façon sensible les déprédations commises par le gang Gopher.

— Il faut voir les choses du bon côté, ajouta-t-il. Après cela, le réseau de notre espion sera considérablement amoindri.

— Je ne compterais pas trop là-dessus, le tempéra Bell, qui se souvenait avoir appris l'explosion de la Naval Torpedo Station de Newport alors qu'il voyageait en train vers San Francisco.

Une douzaine de flics de la police ferroviaire menèrent l'attaque. Ils firent éclater la porte du bar, démolirent les meubles, fracassèrent les bouteilles et défoncèrent les fûts de bière. Des coups de feu retentirent à l'intérieur de l'établissement. L'équipe de Warren, qui attendait avec des menottes, fit monter une dizaine de Gopher dans un fourgon cellulaire de la police de New York.

— Tommy s'est réfugié à la cave. Il a pris une balle dans le bras, annonça Warren à Bell et à Van Dorn. Il est seul. On pourra peut-être lui faire entendre raison.

Bell descendit le premier les marches de bois qui menaient au sous-sol. Tommy Thompson était affalé sur une chaise, telle une montagne écrasée par un tremblement de terre. Il tenait un pistolet à la main. Il ouvrit les yeux, leva un regard hagard sur l'arme que Bell pointait sur son crâne, et laissa tomber le pistolet sur le sol.

— Mon nom est Isaac Bell.

— Mais qu'est-ce qui leur prend, aux Van Dorn ? lança le commodore indigné. On s'est toujours arrangés en laissant chacun vivre à sa façon. On paye les flics, et on ne s'occupe pas des affaires du voisin. On a un système qui marche au poil, et voilà que des privés viennent tout flanquer en l'air.

— Et c'est pour cela que vous avez envoyé l'un de mes gars à l'hôpital ? lui demanda Bell d'un ton glacial.

— Ce n'était pas mon idée, protesta le commodore.

— Et je suis censé croire que le commodore Tommy Thompson, qui a liquidé tous ses rivaux pour prendre la tête du gang le plus dur de New York, reçoit ses ordres de quelqu'un d'autre ?

Le ressentiment bouillonnait derrière la face de brute du commodore. Bell en profita aussitôt.

— Vous dites peut-être la vérité, après tout, dit-il en riant. Vous n'êtes sans doute qu'un simple tenancier de bar.

— Bon Dieu ! éructa Tommy en essayant de se redresser sur son siège, provoquant un geste de mise en garde de la part du détective. Le commodore Tommy ne reçoit d'ordres de personne.

Bell appela Warren, qui descendit les escaliers avec deux de ses hommes.

— Tommy me dit que le tabassage du petit Eddie n'était pas son idée. Quelqu'un l'a forcé à le faire.

— Quelqu'un ? lança Warren avec mépris. Est-ce que ce « quelqu'un » vous aurait aussi, par hasard, ordonné d'envoyer Louis Loh et Harold Wing saboter l'entrepôt de munitions de Mare Island ?

— Il ne me l'a pas ordonné. Il m'a payé pour cela. Ce n'est pas pareil.

— Qui ? demanda Bell.

— Un salaud, qui m'a laissé en plan avec tous les emmerdements.

— Qui ?

— Ce fichu Eyes O'Shay. C'est lui.

— Eyes O'Shay ? répéta Harry Warren, incrédule. Vous nous prenez pour des abrutis ? Eyes O'Shay est mort depuis quinze ans.

— Non, il n'est pas mort.

— Harry, coupa Bell. Qui est Eyes O'Shay ?

— C'était un Gopher, il y a des années de cela. Un fichu salopard. Mais c'était un battant, jusqu'à sa disparition.

— J'ai entendu dire qu'il était de retour, marmonna un des hommes de Warren. Je n'y ai pas cru.

— Je n'y crois toujours pas.

— Eh bien, moi, j'y crois, affirma Isaac Bell. Depuis le début, notre espion se comporte comme un gangster.

UN FILON D'OR

42

1ᵉʳ juin 1908, New York

— Pourquoi l'appelle-t-on « Eyes » ? demanda Isaac Bell.

— Parce que si vous avez un problème avec lui, il vous arrache un œil, répondit le commodore Tommy Thompson. Autrefois, il mettait une gouge de cuivre sur son pouce. Mais maintenant, elle est en acier inoxydable.

— J'imagine que personne ne cherchait la bagarre avec lui, commenta Bell.

— Non, pas après que les gars eurent appris son truc, reconnut le commodore.

— À part cela, c'est quel genre d'homme ?

— Si je dois rester ici à bavasser, répondit Tommy, je veux boire un verre.

Bell hocha la tête. Les agents Van Dorn apportèrent un assortiment de flasques ; Tommy prit de longues gorgées de deux d'entre elles et s'essuya la bouche de sa manche ensanglantée.

— Quel genre d'homme est O'Shay, à part son habitude d'arracher les yeux ? Il est comme il a toujours été. Un type qui sait voir plus loin que le bout de son nez et préparer ses coups.

— Vous diriez que c'est un meneur d'hommes ?

— Un quoi ?

— Un chef. Comme vous. Vous être le patron de votre gang. C'est le même genre de type ?

— Ce que je sais, c'est qu'il réfléchit tout le temps. Il a toujours plusieurs longueurs d'avance. Eyes sait voir ce qui se passe dans la tête des gens.

— Si vous nous dites la vérité, Tommy, et si O'Shay est vivant, où est-il ?

Le gangster jura qu'il l'ignorait.

— Comment se fait-il appeler ?

— Il ne me l'a pas dit.

— À quoi ressemble-t-il ?

— O'Shay pourrait être n'importe qui. Un vendeur dans un magasin, un banquier, un barman. Je l'ai à peine reconnu. Il était sapé comme un richard de la 5ᵉ Avenue.

— Il est grand ?

— Non, c'est un petit bonhomme.

— Par rapport à vous, la plupart des gens sont petits, Tommy. Quelle taille ?

— Un mètre soixante-dix. Mais il est bâti comme une bouche d'incendie. Je n'ai jamais vu un petit gars aussi costaud.

— Il n'avait pas besoin de sa gouge pour être le vainqueur, pas vrai ? lança Bell d'un ton dégagé.

— Non, répondit Tommy en prenant une autre goulée de whisky. Le coup des yeux, il aimait ça, c'est tout.

— Mais quand il a surgi de nulle part et vous a donné tout cet argent, vous avez dû le faire suivre, non ?

— Je l'ai fait filer par Paddy le Rat. Le petit crétin est revenu avec un œil en moins.

Bell leva les yeux vers l'un des détectives, qui confirma d'un hochement de tête.

— C'est vrai, j'ai vu Paddy avec un bandeau.

— Disparu, comme quand on était gosses. Évanoui dans la nature cette fois-là aussi. J'ai pensé qu'on ne le reverrait jamais. Que quelqu'un l'avait balancé à la flotte.

— Qui ?

Le gangster haussa les épaules.

— Beaucoup de gens pensaient que vous l'aviez balancé à la flotte, Tommy, intervint Warren.

— Eh bien beaucoup de gens se trompaient. Et moi, j'étais sûr que Billy Collins avait fait le coup... Jusqu'au retour d'O'Shay.

Bell se tourna vers Harry Warren.

— Un camé, précisa celui-ci. Cela fait des années que je n'avais pas entendu prononcer son nom. Billy Collins traînait toujours avec Eyes et Tommy. Un sacré trio. Tu te souviens, Tommy ? Dévaliser les ivrognes, voler les charrettes des marchands ambulants, vendre de la came, casser la gueule à tous ceux qui se mettaient en travers de votre chemin. O'Shay était le pire d'entre eux, pire que le commodore ici présent, et même pire que Billy Collins. Tommy était un ange comparé à ces deux-là. Personne n'aurait pu imaginer que Tommy allait prendre la tête des Gopher. Mais tu as eu de la veine, Tommy, pas vrai ? Eyes avait disparu, et Billy était camé jusqu'aux yeux.

— Tommy, demanda Bell, pourquoi pensiez-vous que c'était Billy qui avait flanqué O'Shay à la flotte ?

— Parce que la dernière fois que j'ai vu Eyes, ils buvaient un coup ensemble.

— Et aujourd'hui, vous n'avez pas la moindre idée de l'endroit où se trouve O'Shay ?

— Évanoui dans la nature. Comme toujours.

— Et où est Billy Collins ?

Le chef de gang blessé haussa à nouveau les épaules, adressa un clin d'œil à Bell et à Warren, et prit encore une gorgée de whisky.

— Où est-ce qu'on trouve les camés ? Sous une pierre. Ou dans les égouts.

43

TROIS NAVIRES CONVERGEAIENT VERS UN POINT situé à dix milles nautiques de Fire Island, un cordon littoral qui s'étirait entre Long Island et l'Atlantique à quatre-vingts kilomètres de New York. La lumière du jour commençait à s'estomper sur l'horizon à l'ouest, et les étoiles prenaient forme à l'est. Les vagues de l'océan Atlantique s'amoncelaient sur le plateau continental peu profond. Aucun des commandants des deux navires les plus imposants – un cargo à vapeur de quatre mille tonneaux à deux mâtereaux, pourvu d'une haute cheminée, et un remorqueur de haute mer qui tirait une barge équipée de trois rangées de rails prévues pour le transport de wagons – n'était enchanté à la perspective d'un transfert de cargaison dans des eaux aussi houleuses, surtout avec un vent qui soufflait par à-coups de la mer vers la côte. Lorsqu'ils constatèrent que le troisième bâtiment, un petit cat-boat à l'assise large qui naviguait à la voile, était piloté par une fille rousse de petite taille, ils ne tardèrent pas à passer leur méchante humeur sur leurs hommes de barre.

Le rendez-vous paraissait compromis avant même d'avoir commencé. Mais soudain, la jeune femme profita d'un coup de vent de côté pour manœuvrer avec une telle habileté que les hommes ne purent s'empêcher de l'admirer.

— Cette fille est un marin, commenta le second du steamer.

Eyes O'Shay se trouvait quant à lui à bord du remorqueur.

— Gardez votre sang-froid, ordonna-t-il au commandant. On peut toujours vous balancer par-dessus bord et continuer à naviguer par nos propres moyens.

Il aperçut Rafe Engels qui lui faisait signe depuis la passerelle du steamer.

Rafe Engels était un trafiquant d'armes recherché par les Britanniques pour ses livraisons d'armes aux rebelles de la Fraternité Républicaine Irlandaise, et par la police secrète du Tsar en raison de son aide aux révolutionnaires russes. O'Shay avait fait sa connaissance à bord du Kaiser *Wilhelm der Grosse*. Ils s'étaient observés et étudiés à distance, et s'étaient plus tard retrouvés à bord du *Lusitania*. Ils avaient continué à se sonder avec prudence, se sentant proches l'un de l'autre derrière leur façade élaborée avec soin. Sur certains points, ils étaient différents. Le trafiquant, toujours du côté des rebelles, était un idéaliste, à l'inverse de l'espion. Ils avaient pourtant mis sur pied des collaborations fructueuses au fil des années. Mais cet échange de torpilles contre un sous-marin était leur plus grosse affaire à ce jour.

— Où est le Holland ? héla O'Shay par-dessus les flots.

— Juste en dessous de toi !

O'Shay scruta les vagues. L'eau commença à bouillonner. Une forme sombre et furtive se matérialisa sous les bulles. Une tourelle ronde blindée émergea de l'écume blanche. Et soudain, une coque luisante fendit les eaux. Elle était longue de plus de trente mètres et aussi menaçante qu'un récif.

Une écoutille s'ouvrit au-dessus de la tourelle. Un barbu sortit la tête et les épaules, regarda autour de lui et se hissa hors du submersible. Il s'appelait Hunt Hatch. Son équipage sortit à son tour, et cinq hommes de la Fraternité Républicaine, qui avaient juré d'obtenir au prix de leur vie un gouvernement autonome pour l'Irlande, se retrouvèrent sur le pont, aspirant l'air avec avidité et clignant des yeux à la lumière du soir.

— Traitez-les bien, avait exigé Engels en serrant la main d'O'Shay lorsqu'ils avaient conclu leur accord. Ces sont des braves.

— Je m'en occuperai comme s'ils étaient de ma propre famille, l'avait alors rassuré Eyes.

Tous avaient servi la Royal Navy en tant que sous-mariniers avant de connaître les geôles britanniques. Tous haïssaient l'Angleterre. Leur rêve, une fois que les Américains découvriraient que le sous-marin et ses torpilles électriques venaient d'Angleterre, était de faire croire que les Anglais avaient fomenté une attaque destinée à compromettre la production de navires de guerre par les USA. Ainsi, lorsque la guerre s'étendrait en Europe, les États-Unis refuseraient de s'allier à la Grande-Bretagne. L'Allemagne remporterait la victoire, et l'Irlande serait enfin libre.

Un si beau rêve, songea O'Shay, et qui servait ses propres buts de façon idéale.

— Et voici votre sous-marin lance-torpilles, lança Engels depuis le pont du submersible. Où sont mes torpilles Wheeler ?

Eyes O'Shay désigna le cat-boat d'un geste du bras.

Engels s'inclina.

— Mais c'est ma jolie Katherine que je vois là. Bonjour, ma beauté, cria-t-il en formant une coupe de ses mains. Je ne te reconnaissais pas, sans tes robes magnifiques. Mais je ne vois aucune torpille.

— Elles sont au fond du cat-boat, dit O'Shay. Quatre Wheeler Mark 14. Deux pour toi, deux pour moi.

Engels fit un geste du bras. Les matelots du steamer firent pivoter une grue sur le mâtereau.

— Viens aborder par ici, Katherine. Je vais prendre deux torpilles, et je te prendrai peut-être toi aussi, si personne ne regarde de mon côté.

Tandis que Katherine exécutait la délicate manœuvre et que les hommes d'Engels extrayaient les torpilles du cat-boat, on entendit soudain un grondement lointain. O'Shay observa les sous-mariniers qui tentaient d'évaluer la nature du bruit et sa distance.

— La zone de tirs d'entraînement Atlantique de l'US Navy, les rassura-t-il. Ne vous inquiétez pas, ils sont loin.

— Soixante-mille mètres, répondit Hunt Hatch.

— Des canons de dix pouces, et quelques-uns de douze, ajouta l'un de ses hommes.

O'Shay hocha la tête avec satisfaction. Les rebelles irlandais qui allaient piloter son sous-marin connaissaient leur affaire.

La transaction paraissait peut-être inéquitable, car le sous-marin était six ou sept fois plus long que les torpilles et capable d'agir de façon autonome. Mais le Holland, même rallongé et modifié par les Anglais, avait déjà plus de cinq ans, et en raison des avancées des techniques de la guerre sous-marine, il était déjà dépassé. Les torpilles Mark 14, elles, étaient les trouvailles les plus récentes de Ron Wheeler.

Chacun obtenait ce qu'il voulait. Engels repartirait avec deux torpilles parmi les plus modernes au monde pour les vendre au plus offrant. Quant au Holland et aux deux autres torpilles que les équipages du remorqueur et de la barge hissaient hors du cat-boat pour les transférer à bord du sous-marin, ils formaient une combinaison mortelle. Au Brooklyn Navy Yard, personne ne comprendrait jamais d'où le coup avait bien pu partir.

44

Donald Darbee, l'oncle à l'allure sévère de Jimmy Richards et de Marv Gordon, leur fit parcourir six mille nautiques sur l'Upper Bay à bord de son chaland ostréicole, un bateau à fond plat et à la proue carrée équipé d'un puissant moteur auxiliaire à essence auquel il ne recourait que lorsqu'il poursuivait quelque chose, ou cherchait au contraire à y échapper. Jimmy et Marv connaissaient le moindre recoin du port de New York, mais ni l'un ni l'autre de ces imposants jeunes gens n'avaient jamais mis le pied à Manhattan, même s'il leur arrivait de rôder en bateau autour des jetées de l'île, pour le cas où quelque objet de valeur serait tombé à l'eau. Oncle Donald se rappelait quant à lui avoir accosté un jour, en 1890, pour venir en aide à un collègue de Staten Island pourchassé par la police.

Alors qu'ils approchaient de la Brooklyn Battery, un policier de la brigade du port, qui se trouvait à bord d'un canot amarré à l'embarcadère A, appela son chef sur le pont.

— On dirait qu'une invasion se prépare.

L'officier O'Riordan lança un regard torve vers les ostréiculteurs.

— Surveille-les de près, ordonna-t-il à son subordonné, tout en espérant que les gaillards ne préparaient rien de louche. L'arrestation de ces types tout en muscles se terminait souvent par des dents et des bras cassés dans chaque camp.

— Comment est-ce qu'on peut aller au Roosevelt Hospital, sur la 59e Rue ? héla le vieil homme aux vêtements miteux qui pilotait le chaland.

— Si vous avez cinq cents, prenez le chemin de fer aérien de la 9e Avenue.

— On les a !

Après avoir débarqué, Jimmy Richards et Marv Gordon payèrent leur billet et prirent le train aérien jusqu'à la 59e Rue, levant les yeux vers les hauts immeubles et observant, incrédules, la foule des passants qui souvent, leur rendaient leurs regards. Ils errèrent parmi les salles et les services de l'immense hôpital avant de finir par demander leur chemin à une jolie infirmière irlandaise, et se retrouvèrent enfin dans une chambre à un seul lit. Le patient qui y était étendu avait le corps entièrement couvert de bandages. Jamais ils n'auraient reconnu leur cousin Eddie Tobin s'ils n'avaient aperçu, pendu à un portemanteau, l'élégant costume fourni par l'agence Van Dorn l'hiver précédent, lorsqu'il avait été engagé comme apprenti détective.

Un individu de grande taille, aux cheveux jaunes, sec et musclé, était penché sur Eddie. Il tenait un verre pour que le jeune homme puisse boire à la paille. Lorsqu'il vit Jimmy et Marv dans l'encadrement de la porte, ses yeux prirent le reflet gris caractéristique des hommes du nord-est, et une main puissante plongea dans sa poche de manteau, comme s'il allait y chercher une arme, perspective que son attitude ne rendait aucunement improbable.

— Puis-je vous renseigner, messieurs ?

D'instinct, Jimmy et Marv levèrent les mains.

— C'est bien le petit Eddie Tobin ? Nous sommes ses cousins.

— Eddie ! Tu connais ces gars-là ?

Mais déjà, le visage couvert de pansements se tournait non sans mal vers les nouveaux arrivants. Eddie réussit à hocher péniblement la tête.

— Ma famille... croassa-t-il.

Les yeux bleu-gris prirent une nuance plus chaleureuse.

— Entrez, les gars.

— Chouette piaule, commenta Jimmy. On a cherché dans tout le service. Ils nous ont envoyés ici.

— C'est m'sieur Bell qui a payé pour ça.

Isaac Bell serra les mains calleuses des deux jeunes gens.

— On a tous cotisé. Les Van Dorn s'occupent toujours bien de leurs gars. Je suis Isaac Bell.

— Jimmy Richards. Et voici Marv Gordon.

— Eh bien je vais vous laisser entre vous. À bientôt, Eddie.

Un instant plus tard, Richard rejoignit d'un pas lourd le détective dans le couloir.

— Comment va-t-il, monsieur Bell ?

— Mieux que l'on pouvait l'espérer. Il a du coffre. Cela va prendre un moment, mais d'après les toubibs, il s'en sortira sans trop de dommages. Mais il vaut mieux que je vous prévienne : après cela, il ne risque pas de gagner des concours de beauté.

— Qui lui a fait ça ? On va leur apprendre à vivre.

— Nous nous en sommes déjà occupés, dit Bell. C'est une affaire Van Dorn et votre cousin est un Van Dorn.

Mais Richard ne l'entendait pas de cette oreille.

— Aucun de nous n'était heureux lorsqu'Eddie a décidé de se ranger du côté de la loi.

— Les représentants de la « loi », comme vous dites, ne considèrent pas toujours que nous sommes de leur côté.

— Si vous le dites, mon vieux… Mais nous apprécions ce que vous faites pour lui. Si jamais vous avez besoin d'incendier une église ou de noyer quelqu'un, Eddie sait où nous trouver.

*

Isaac Bell étudiait avec soin les rapports de mi-journée envoyés par les équipes chargées de traquer Billy Collins lorsqu'Archie Abbott l'appela au téléphone de la gare de Grand Central.

— Je viens de descendre du train. Et en effet, il manque quelque chose à la Newport Torpedo Station.

— Quoi ?

— Le boss est dans les parages ?

— Oui, Van Dorn est dans son bureau.

— Et si tu venais me retrouver au rez-de-chaussée ?

Le terme « rez-de-chaussée » se référait au bar du Knickerbocker, où l'on pouvait parler en toute discrétion. Dix minutes plus tard, les deux hommes étaient installés à une table dans un coin sombre. Archie fit un signe pour appeler le serveur.

— Tu as peut-être envie d'un verre avant que l'on aille annoncer les nouvelles au patron. En tout cas, j'en prendrai un.

L'ESPION 377

— Qu'est-ce qui manque à l'appel ?

— Quatre torpilles électriques importées d'Angleterre.

Le serveur s'approcha de la table. Bell lui fit signe de patienter.

— Je croyais que tout avait brûlé dans l'incendie ?

— C'est aussi ce que pensait la Navy. Ils ont chargé tous les débris sur une barge pour les immerger au large. Et puis j'ai dit à ce type de l'équipe Wheeler, « pourquoi ne compte-t-on pas les torpilles ? ». Bref, nous avons passé les débris au peigne fin et constaté qu'il manquait quatre torpilles électriques.

Bell leva les yeux vers son vieil ami.

— Ce n'étaient pas celles qui étaient armées de TNT, par hasard ?

— Wheeler est certain qu'il s'agit bien de celles-là.

— C'est aussi ton avis ?

— Il avait les numéros de série. Nous les avons vus sur ce qu'il restait des carrosseries de ces engins. Nous avons retrouvé toutes les torpilles, sauf les quatre en question, qui avaient été mises de côté pour être convoyées par navire vers la zone de tirs d'entraînement Atlantique. À moins qu'elles aient été les seules à être réduites en cendres, ce qui serait une coïncidence assez extraordinaire.

— Tu es sûr que l'explosion n'était pas due à un accident ?

— J'ai parlé à la Navy – j'ai retrouvé un gars que j'avais connu à l'école préparatoire. Et notre propre spécialiste l'a confirmé. Riley, de Boston, tu le connais. Il n'y a aucun doute.

— Ces torpilles sont le *nec plus ultra* en matière d'armes navales, dit Bell d'un ton sombre. Rapides, avec un grand rayon d'action et une propulsion silencieuse associée à des têtes d'une puissance phénoménale.

— L'espion a pris ce qu'il y avait de mieux. La seule bonne nouvelle, c'est que Wheeler peut en fabriquer d'autres. Les Anglais en font une jaunisse. Ils ne nous en vendront plus, mais j'ai appris que Ron Wheeler et ses gars ont déjà démarré la production de copies « officieuses » pour la Navy. Mais en attendant, l'espion s'est offert des engins équipés d'un système de propulsion anglais dernier cri et des toutes nouvelles têtes explosives américaines – des armes secrètes inestimables à vendre au plus offrant.

— Ou des armes mortelles pour une attaque.

— Une attaque ? Mais comment lancer ces torpilles ? demanda Archie. Même un espion aussi rusé que lui aurait du mal à mettre la main sur un navire de guerre.

— Je ne le crois pas incapable de se procurer un bâtiment lance-torpilles de dimensions réduites.

Les regards des deux amis se croisèrent. Toute trace d'ironie disparut des yeux verts d'Archie Abbott. Le bleu de ceux d'Isaac Bell devint froid comme de la pierre. Lui et Joseph Van Dorn avaient organisé la protection des principaux ingénieurs navals de Falconer, et des agents Van Dorn infiltraient déjà la main-d'œuvre du Brooklyn Navy Yard. Mais ils savaient tous les deux que ni l'arrestation de l'espion chinois ni celle du patron du gang Gopher n'arrêteraient Eyes O'Shay. L'espion parviendrait à remodeler une organisation déjà remarquable par sa souplesse. La Grande Flotte blanche étant en mer, hors de sa portée, il risquait de reprendre ses attaques sur de nouveaux navires de guerre américains en construction ou à l'étude.

— Nous ferions mieux d'aller parler à Van Dorn.

— Que vas-tu lui dire ?

— Que nous avons besoin d'hommes pour suivre la trace de ces torpilles. Il faut qu'il arrive à convaincre la Navy, les gardes-côtes et les escadrons de la police portuaire de toutes les villes qui abritent un chantier naval militaire – Camden, Philadelphie ; Quincy et Fore River dans le Massachusetts ; Bath Iron Works, dans le Maine, et Brooklyn – que la menace est gravissime. Et puis je vais lui répéter ce que je lui dis depuis le début : il s'agit, au départ et avant tout, d'une affaire de meurtre. Si nous voulons voir Eyes O'Shay au bout d'une corde, il faut faire notre boulot de détectives à l'ancienne. Et nous devrons commencer par trouver Billy Collins.

∗

Isaac Bell quitta le Knickerbocker Hotel par la porte des cuisines. Il plongea ses doigts dans un fût de graisse de bœuf qui attendait d'être récupéré par une usine de retraitement des déchets animaux et se les passa sur les cheveux. À l'extérieur, dans la ruelle, des malheureux faisaient la queue pour une distribution de pain. L'un deux, qui semblait avait du mal à trouver cinq cents pour s'offrir une place au chaud et échapper à la nuit froide et à la pluie menaçante, fut au comble de la surprise lorsque le détective lui proposa cinq dollars pour son galurin informe. Contre la même somme, un autre céda avec enthousiasme son manteau en loques.

Bell empoigna un revolver rouillé qui contenait trois balles et le fit passer de la poche de son pantalon à celle du pardessus. Il poussa le chapeau en avant sur son front, y cacha ses cheveux blonds et se boutonna jusqu'au col. Puis il fourra les mains dans ses poches, pencha la tête en avant et sortit de la ruelle pour gagner Broadway. Un flic lui fit signe de disparaître.

Pour la cinquième fois en cinq jours, il allait écumer Hell's Kitchen.

Il commençait à connaître le rythme du quartier, à apprendre où et quand les taudis se mettaient à grouiller d'activité, et les rues résonner du fracas des chariots et des camions. Il savait quand les hommes allaient se retrouver dans les bars et les femmes dans les églises, et où les gamins rôdaient, ignorant leurs mères qui criaient depuis les fenêtres des vieux immeubles délabrés. Quelques jours plus tôt, il avait déjà marché de la 9e Avenue jusqu'au fleuve, et du chantier de construction de la gare de Pennsylvania, sur la 33e, jusqu'au dépôt ferroviaire de la 60e Rue. Il n'était pas encore parvenu à mettre la main sur Billy Collins « le camé », le seul à pouvoir le mener à Eyes O'Shay.

Aujourd'hui, il allait emprunter un itinéraire différent.

Pour accentuer l'effet de son déguisement, il boitait en traînant un peu la jambe gauche, éraflant au passage ses chaussures lustrées aux coins de rues et sur les rails de tramway. Un camion de livraison de charbon qui reculait vers une entrée de cave bloquait le trottoir. Bell passa les doigts sur le flanc couvert de suie du véhicule et caressa sa moustache. Il répéta l'opération en passant devant un bidon qui contenait des cendres encore chaudes et se passa la main sur les rares cheveux qui dépassaient du chapeau avachi. Il inspecta son reflet dans une vitrine. Ses yeux paraissaient trop brillants. Il baissa la tête, prit quelques brins de paille dans le caniveau et s'en frotta les manches pour donner l'impression qu'il avait dormi avec son manteau. Personne ne regardait un homme sale dans les yeux. C'est ce qu'apprenait John Scully à ses apprentis.

Il vérifia encore son accoutrement dans l'une des fenêtres qui, constata-t-il, devenaient de plus en plus petites et de plus en plus sales au fur et à mesure qu'il approchait du fleuve. Il s'agenouilla près d'un tonneau vide posé au milieu d'une flaque d'eau, à l'extérieur d'un bar, fit semblant de nouer ses chaussures, puis poursuivit son chemin, son pantalon imprégné d'une odeur de bière éventée. Plus il s'aventurait loin parmi les taudis, plus il marchait voûté – un homme épuisé, sans but, errant dans la foule.

Un petit dur en costume cintré, coiffé d'un chapeau melon rouge, lui bloqua le passage.

— Dis, le vieux, tu as quelque chose pour moi ? Allez vite ! Donne !

Bell résista à l'envie de flanquer une raclée au voyou. Il plongea la main dans sa poche et lui tendit une pièce de cinq cents.

Le petit dur partit sans attendre.

— Attends ! l'appela Bell.

— Quoi ? Qu'est-ce que tu veux ?

— Tu connais un gars qui s'appelle Billy Collins ?

La petite frappe prit un air absent.

— Qui ?

Ce n'était qu'un gosse, constata Bell. Un nouveau-né à l'époque où Tommy Thompson et Billy Collins écumaient le quartier avec Eyes O'Shay.

— Billy Collins. Un grand type maigre. Cheveux roux. Ou peut-être grisonnants.

— Jamais entendu parler.

Bell choisit de se fier à l'idée que se faisaient Warren et ses hommes de l'allure d'un drogué après des années de morphine et d'opium.

— Il n'a que la peau sur les os, ajouta-t-il. Et il lui manque sans doute des dents.

— D'où est-ce que tu sors, pépère ?

— Chicago.

— Ah oui ? Eh bien, des gars qui n'ont plus de dents, y en a plein dans le coin, et tu risques d'être le prochain, menaça le gamin en levant un poing osseux. Allez, fiche le camp d'ici. Vite, file !

— Quand ils étaient gosses, Billy Collins était toujours avec Eyes O'Shay et Tommy Thompson, dit Bell.

Le petit voyou recula d'un pas.

— Tu es avec les Gopher ?

— Je cherche Billy Collins, c'est tout.

— Eh bien tu n'es pas le seul, répondit le gosse par-dessus son épaule en s'éloignant. Tout le monde veut savoir où il est.

Pas étonnant, se dit Bell, compte tenu de ce que cela coûtait à l'agence. En plus de l'équipe de Warren et de ses indicateurs, deux cents flics ferroviaires posaient la même question à chaque échauffourée avec des Gopher surpris en train de dévaliser des wagons de marchandises. Bell se répétait sans cesse les mêmes questions. Où un camé se cache-t-il ? Où dort-il ? Où mange-t-il ? Où trouve-t-il sa came ? Comment expliquer que personne ne l'ait vu, dans un quartier où tout le monde se connaissait ?

L'homme avait pourtant été déjà aperçu à proximité de certains de ses anciens repaires connus, à plusieurs reprises près d'une réserve de charbon de la 38ᵉ Rue qui servait à approvisionner les tenders de locomotives, et deux fois près d'un fourgon de chemin de fer désaffecté de la 60ᵉ Rue. Et Bell ne pouvait se défaire de l'impression d'avoir lui-même vu Collins entre les volutes de fumée d'une locomotive – une silhouette émaciée qui se faufilait entre des wagons de marchandises. Il s'était lancé à sa poursuite, mais Collins avait aussitôt disparu.

Depuis, le seul homme qui savait peut-être ce qu'était devenu O'Shay depuis quinze ans s'était évanoui dans la nature. Seul point positif, si l'on en croyait les rapports reçus, l'homme était encore en vie et il était peu probable qu'il quitte Hell's Kitchen.

Quant à l'endroit où se cachait Eyes O'Shay, c'était une toute autre histoire. Tous ceux qui avaient dépassé la trentaine avaient entendu parler de lui. Personne ne l'avait vu depuis quinze ans. Certains étaient au courant de rumeurs selon lesquelles il était de retour, pourtant personne ne reconnaissait l'avoir vu. Mais Bell savait qu'un homme vêtu, selon le commodore Tommy Thompson, comme « un richard de la 5ᵉ Avenue », pouvait se loger et se nourrir où bon lui semblait.

45

— UN TAXI, MONSIEUR ? DEMANDA LE CHASSEUR du Waldorf-Astoria au client qui quittait l'établissement, vêtu d'un manteau en loden vert et coiffé d'un haut-de-forme.

— Merci, mais je préfère marcher un peu, lui répondit Eyes O'Shay.

Tenant d'une main une canne à pommeau incrusté de pierreries, O'Shay remonta la 5e Avenue, s'arrêtant de temps à autre, tel un touriste, pour admirer les hôtels particuliers et les vitrines. Lorsqu'il fut presque certain que personne ne le suivait, il entra dans la cathédrale St. Patrick en passant sous l'arc néogothique imposant de la façade. Une fois dans la nef, il fit une génuflexion avec l'aisance que confère une pratique quotidienne, laissa tomber quelques pièces dans un tronc, puis alluma des cierges. Il releva alors la tête vers les rosaces ornées de vitraux, avec l'expression d'un paroissien satisfait d'avoir contribué avec générosité aux bonnes œuvres de l'Église.

Depuis l'arrestation de Tommy Thompson par Isaac Bell, il devait tenir pour acquis que tous les agents Van Dorn de New York, sans compter les deux cents flics ferroviaires et Dieu sait combien d'indicateurs, étaient sur sa piste ou ne tarderaient pas à l'être. Il quitta la cathédrale par l'arrière, en passant parmi les passages en bois et les échafaudages où des maçons travaillaient la pierre et la brique sur le chantier de construction de la chapelle de Notre-Dame, puis ressortit sur Madison Avenue.

Toujours attentif à surveiller ses arrières, il marcha un moment, puis tourna sur la 55e et s'arrêta au St. Regis Hotel. Il prit un verre au bar, tout en observant le hall, et bavarda avec le barman auquel il laissait toujours un confortable pourboire. Au bout d'un moment, il glissa une pièce au groom pour qu'il le laisse sortir par l'entrée de service.

Quelques instants plus tard, il entrait au Plaza Hotel. Il fit halte au restaurant Palm Court, qui occupait le centre du rez-de-chaussée. La clientèle installée autour des petites tables pour un thé de l'après-midi accompagné d'une collation sophistiquée se composait surtout de mères et de filles, de tantes et de nièces, avec quelques gentlemen d'âge mûr entraînés là par leur fille. Le maître d'hôtel s'inclina devant O'Shay.

— Votre table habituelle, Herr Riker ?

— Volontiers, je vous remercie.

La table en question offrait à son occupant une vue des deux côtés du hall tout en le protégeant des regards par une jungle de plantes en pots assez dense pour défier toute exploration.

— Votre pupille se joindra-t-elle à vous, monsieur ?

— C'est mon vœu le plus cher, répondit O'Shay avec un sourire courtois. Merci de dire à votre serveur que nous ne prendrons rien de salé. Pas de ces petits sandwichs. Seulement des gâteaux avec de la crème.

— Bien entendu, Herr Riker.

Katherine, comme à l'accoutumée, était en retard, et O'Shay en profita pour se préparer à ce qui s'annonçait comme une discussion difficile. Lorsque la jeune femme quitta l'ascenseur, il se sentait aussi prêt que l'on peut l'être. La robe de Katherine, véritable nuage de soie bleue, était assortie à ses yeux et formait un joli contraste avec ses cheveux roux.

O'Shay se leva à son approche et lui prit ses mains gantées.

— Vous êtes vraiment en beauté aujourd'hui, mademoiselle Dee.

Katherine Dee sourit et s'inclina, mais lorsqu'elle s'assit, elle le regarda droit dans les yeux.

— Vous me paraissez bien sérieux – comme il convient à un tuteur en compagnie de sa pupille. Qu'êtes-vous en train de manigancer, Brian ?

— Il semblerait que de « preux guerriers » autoproclamés, livrant une guerre « sainte et juste », m'accusent avec mépris de n'être qu'un mercenaire, ce que je prends comme un hommage à mon intelligence. Car pour un mercenaire, la guerre se termine lorsqu'il en a décidé ainsi. Et il se retire en vainqueur.

— J'espère que vous avez commandé du whisky plutôt que du thé, se contenta de répondre Katherine Dee.

— Oui, je sais, dit O'Shay en souriant, j'abuse de propos creux et pontifiants. Mais ce que j'essaie de vous dire, très chère, c'est que nous arrivons à la fin de la partie.

— Qu'entendez-vous par là ?

— Il est temps de disparaître. Nous allons nous éclipser – et poser les bases de notre avenir – avec un coup d'éclat qu'ils n'oublieront pas de sitôt.

— Où ?

— Là où nous serons traités comme des rois.

— Oh, mais pas en Allemagne !

— Bien sûr que si, en Allemagne. Quelle démocratie accepterait de nous recevoir ?

— Nous pourrions aller en Russie.

— La Russie est un baril de poudre qui n'attend plus qu'une allumette. Je n'ai pas l'intention de vous tirer du pétrin pour vous plonger dans une révolution.

— Oh, Brian.

— Nous vivrons comme des rois. Et des reines. Nous serons très riches, et nous allons vous marier à une personnalité de sang royal… Mais que vous arrive-t-il ? Pourquoi pleurez-vous ?

— Je ne pleure pas, répondit Katherine, les yeux pourtant remplis de larmes.

— Que se passe-t-il ?

— Je ne veux pas épouser un prince.

— À défaut, préféreriez-vous vivre dans le château millénaire d'un noble prussien ?

— Arrêtez !

— J'ai pensé à quelqu'un dans ce genre. Il est beau, très intelligent compte tenu de son lignage, et d'une gentillesse surprenante. Sa mère pourrait peut-être s'avérer un peu fatigante, mais il possède une écurie peuplée de nombreux pur-sang arabes et un domaine de villégiature estivale au bord de la Baltique, où une fille passionnée de voile pourrait naviguer autant qu'elle le souhaite, voire préparer une épreuve de yachting olympique… Mais pourquoi pleurez-vous ?

Katherine Dee posa ses deux petites mains sur la table.

— C'est vous que je veux épouser, dit-elle d'une voix claire et égale.

— Chère, chère Katherine, ce serait comme épouser votre propre frère.

— Peu m'importe. Et d'ailleurs, vous n'êtes pas mon frère, même si vous agissez comme tel.

— Je suis votre tuteur, répondit O'Shay. Et je me suis engagé à ce que personne ne vous fasse le moindre mal.

— Que croyez-vous donc faire en ce moment même ?

— Arrêtons ces enfantillages. Vous savez que je vous aime. Mais pas de cette façon.

Les larmes scintillaient comme des diamants sur les cils de Katherine. O'Shay lui tendit un mouchoir.

— Séchez vos yeux. Nous avons du travail.

Katherine Dee essuya ses larmes.

— Je croyais que nous devions partir.

— Si nous devons nous en aller sur un coup d'éclat, cela suppose quelques préparatifs.

— Que suis-je censée faire ? demanda Katherine d'un ton maussade.

— Je ne peux pas laisser Isaac Bell se mettre en travers de mon chemin.

— Je pourrais le tuer ?

O'Shay hocha la tête d'un air songeur. Katherine Dee était une magnifique machine à tuer, réglée à la perfection, et elle ne connaissait ni remords ni regrets. Mais toute machine a ses limites.

— Vous risqueriez d'être blessée. Bell me ressemble ; ce n'est pas un homme que l'on peut abattre facilement. Non, je ne prendrai pas ce risque. Mais j'aimerais distraire son attention.

— Voulez-vous que je le séduise ? demanda Katherine.

La jeune femme tressaillit soudain en voyant la fureur qui déformait les traits d'Eyes O'Shay.

— Vous ai-je jamais demandé une chose pareille ?

— Non.

— Croyez-vous que je puisse envisager de vous le demander ?

— Non.

— Je suis anéanti de vous entendre parler ainsi.

— Je suis désolée, Brian. Je ne le pensais pas.

Katherine avança la main pour prendre celle d'O'Shay. Celui-ci recula, le visage soudain rouge, les lèvres pressées en une ligne dure et le regard glacé.

— Je ne suis plus une écolière, Brian.

— La manière dont vous utilisez vos attraits et votre séduction ne me concerne pas, dit O'Shay d'un ton froid. Je me suis assuré que vous disposiez des moyens et de l'éducation nécessaires pour vous offrir des plaisirs auxquels n'ont accès que des femmes privilégiées. La société ne pourra jamais vous imposer ses choix. Mais je veux que ce soit tout à fait clair : jamais je ne vous utiliserai de la sorte.

— Comme une séductrice ? Ou comme un plaisir ?

— Ma jeune demoiselle, vous commencez à m'ennuyer.

Katherine Dee ignora la tonalité dangereuse qui perçait dans la voix de son compagnon, car elle le savait trop prudent pour faire un esclandre dans un tel lieu.

— Ne m'appelez plus ainsi. Vous n'avez que dix ans de plus que moi.

— Douze. Et ce sont de longues années, passées à remuer ciel et terre pour vous offrir une vraie jeunesse.

Les serveurs s'affairaient de tous côtés. Pupille et tuteur demeurèrent figés dans un silence de pierre jusqu'à l'arrivée du thé et des gâteaux.

— Comment voulez-vous que je distraie Bell ? demanda Katherine, qui savait fort bien que lorsqu'O'Shay parlait sur ce ton, mieux valait faire semblant d'être d'accord avec lui.

— La solution, c'est sa fiancée.

— Elle se méfie de moi.

— Que voulez-vous dire ? demanda O'Shay d'une voix brusque.

— À l'occasion du lancement du *Michigan*, lorsque j'ai voulu l'approcher, elle s'est vite éloignée. Elle a senti en moi quelque chose qui lui faisait peur.

— Elle est peut-être médium. Si c'est le cas, elle peut lire dans votre esprit.

Une expression à la fois affligée et lucide transforma le joli visage de Katherine Dee en un masque que l'on eut dit sculpté dans le marbre.

— Elle lit dans mon cœur.

46

— VOTRE FIANCÉE VOUS DEMANDE AU TÉLÉPHONE, monsieur Bell !

Le détective était debout, penché sur son bureau du Knickerbocker Hotel. Avant de repartir dans les rues à la poursuite de Billy Collins, il feuilletait des rapports, impatient de trouver quelque information fiable sur l'endroit où se cachaient Eyes O'Shay et les torpilles volées.

— C'est une agréable surprise !

— Je suis de l'autre côté de la rue, au théâtre Hammerstein's Victoria, lui annonça Marion Morgan.

— Tout va bien ?

Marion ne paraissait pas tranquille, et sa voix était tendue.

— Pourrais-tu passer me voir quand tu auras un instant ?

— J'arrive tout de suite.

— Ils te laisseront passer par l'entrée des artistes.

Bell dévala quatre à quatre le grand escalier du Knickerbocker. Il déclencha une furie de cornes, de klaxons et de cris furieux en se faufilant entre les voitures, les chariots, les charrettes et les tramways qui encombraient Broadway. À peine une minute après avoir raccroché le téléphone, Bell frappait à la porte.

— Mademoiselle Morgan vous attend dans la salle, monsieur Bell. Ne faites pas de bruit, s'il vous plaît, nous sommes en pleine répétition.

L'ESPION

Un martellement rythmique rapide résonnait depuis la scène, et lorsque Bell ouvrit la porte, il eut la surprise de constater que le bruit venait d'un petit garçon et d'une jeune fille élancée qui dansaient avec des chaussures munies de semelles en bois. Il poussa un soupir de soulagement en voyant Marion assise seule, saine et sauve, au huitième rang de la salle déserte en partie plongée dans l'obscurité. Elle posa un doigt sur ses lèvres. Bell remonta l'allée en silence et s'installa à ses côtés.

— Oh mon chéri, je suis si heureuse que tu sois venu, murmura-t-elle en lui prenant la main.

— Que s'est-il passé ?

— Je vais t'expliquer cela dans une minute, ils ont presque terminé.

L'orchestre, qui attendait jusque-là en silence, fit retentir quelques accords en crescendo, puis la danse s'arrêta. Les deux enfants se virent aussitôt rejoints par les costumières, le metteur en scène, le régisseur, ainsi que par leur mère.

— Ils sont merveilleux, n'est-ce pas ? Je les ai découverts dans l'un des théâtres de l'Orpheum Circuit à San Francisco. Question music-hall, ils sont imbattables. J'ai persuadé leur mère de les laisser tourner dans mon prochain film.

— Et celui sur les braqueurs de banques ?

— La petite amie du détective a fini par les faire arrêter.

— Je me doutais un peu que cela finirait de cette façon. Mais qu'est-ce qui te tracasse ? Tu n'as pas l'air dans ton assiette. S'est-il passé quelque chose ?

— Je n'en suis pas sûre. Je suis peut-être stupide, mais il m'a paru plus sage de t'appeler. Tu as déjà rencontré Katherine Dee ?

— C'est une amie de Dorothy Langner. Je l'ai vue de loin, mais sans lui parler.

— Lowell me l'a présentée lors du lancement du *Michigan*. Elle m'a laissé entendre qu'elle aimerait bien visiter un studio de cinéma. J'étais d'ailleurs sur le point de l'y inviter. Je me disais qu'elle était peut-être ce genre de fille qui semble « attirer » l'objectif de la caméra, tu sais, je t'en ai déjà parlé : un visage large, des traits fins, un torse un peu frêle. Comme ce garçon que tu viens de voir danser.

Bell jeta un coup d'œil vers la scène.

— Il ressemble à une mante religieuse.

— C'est vrai, une tête étroite, de grands yeux brillants. Mais attends de le voir sourire !

— Si je t'ai bien comprise, tu n'as donc pas invité Katherine Dee. Qu'est-ce qui t'a fait changer d'avis ?

— Elle est très étrange.

— Comment cela ?

— Appelle ça comme tu veux : instinct, ou intuition. Quelque chose chez elle sonne faux.

— Il ne faut jamais réprimer ce type d'instinct, lui répondit Bell. Quitte à changer d'avis par la suite.

— C'est vrai que je me sens un peu bête, et pourtant... lorsque j'étais à San Francisco, elle est venue me voir à Fort Lee. Sans invitation, à l'improviste. Et je la vois réapparaître ce matin.

— Qu'a-t-elle dit ?

— Je ne lui ai pas laissé la moindre chance de dire quoi que ce soit. J'étais pressée, car je voulais prendre le ferry pour aller voir ces enfants et leur mère, qui est aussi leur manager – d'ailleurs très ambitieuse ! Je lui ai simplement adressé un signe et j'ai poursuivi mon chemin. Elle m'a crié quelque chose, je pense qu'elle me proposait de m'emmener. Je crois qu'elle avait une voiture qui l'attendait. Mais je ne me suis pas arrêtée et je suis allée prendre le ferry. Oh, Isaac, j'ai vraiment l'impression d'être une idiote. Je veux dire, Lowell Falconer la connaît. Il ne l'a jamais trouvée bizarre. Il est vrai que quand on porte une jupe, on n'est jamais bizarre aux yeux de Falconer.

— Qui t'a dit qu'elle était venue te voir quand tu étais à San Francisco ?

— Mademoiselle Duval.

— Et qu'a-t-elle pensé de Katherine Dee ?

— Je crois qu'elle a ressenti la même chose que moi, mais de façon moins marquée. On voit parfois des gens étranges au studio. Ils sont attirés par les films. Leur imagination les projette dans un avenir fabuleux. Mais Katherine Dee est différente. De toute évidence, elle ne manque pas d'argent, ni d'éducation, d'ailleurs.

— C'est une orpheline.

— Oh, mon Dieu ! Je ne m'en doutais pas du tout. Peut-être a-t-elle besoin d'un travail de ce genre.

— Son père lui a légué une fortune.

— Comment le sais-tu ?

— Nous nous sommes renseignés sur tous les gens concernés de près ou de loin par le projet Hull 44.

— Je me fais sans doute des idées.

— Mieux vaut se montrer prudents. Je vais demander aux gars du service de recherches de creuser un peu plus à son sujet.

— Je vais te présenter les enfants… Fred, dis bonjour à mon fiancé, monsieur Bell.

Fred était un petit garçon timide de sept ou huit ans.

— Bonjour monsieur Bell, marmonna-t-il, le regard rivé sur ses chaussures.

— Bonjour Fred. Quand je suis arrivé, tu dansais tellement vite qu'on aurait cru entendre une mitrailleuse !

— C'est vrai ? demanda le gamin, qui leva les yeux et examina le détective avec un sourire radieux.

— Mademoiselle Morgan est-elle gentille avec toi ?

— Oh, oui, elle très gentille !

— Je suis bien d'accord avec toi.

— Et voici Adele, dit Marion.

La jeune fille, pleine de vivacité, avait plusieurs années de plus que son frère. Elle n'éprouvait de toute évidence aucune difficulté à vaincre sa timidité.

— C'est vrai que vous êtes le fiancé de mademoiselle Morgan ?

— Oui, c'est moi l'heureux élu.

— C'est sûr que vous avez de la chance !

— Ce que tu dis est très juste. Mais de quoi parle le film ?

Adele parut surprise de voir son frère répondre à sa place.

— Des enfants danseurs sont capturés par des Indiens.

— Et quel est le titre ?

— *La Leçon.* Les enfants apprennent une nouvelle danse aux Indiens, qui les délivrent pour les remercier.

— Cela m'a l'air passionnant. J'ai hâte de le voir. J'étais ravi de te rencontrer, Fred, ajouta-t-il en serrant la main du garçon avant de saluer sa sœur. Et toi aussi, Adele.

— Je vous reverrai demain matin, les enfants, lança Marion en se tournant vers leur mère. À huit heures, madame Astaire !

Marion Morgan et Isaac Bell étaient maintenant seuls au fond de la salle.

— Lorsque tu retourneras à Fort Lee demain matin, tu verras quelqu'un que tu connais, costumé en Indien. Donne-lui un rôle qui lui permettra de rester proche de toi à tout moment.

— Archie Abbott ?

— À part Joe Van Dorn, c'est le seul homme à qui je confierais ta vie. Un Joseph Van Dorn déguisé en Peau-Rouge pour chercher un job au cinéma ne convaincrait personne, mais Archie aurait été comédien si sa mère ne s'y était pas opposée. Jusqu'à ce que nous soyons sûrs que Katherine Dee ne te veut aucun mal, Archie veillera sur toi tout au long de ta journée de travail. Et la nuit, je veux que tu restes au Knickerbocker.

— Une demoiselle seule dans un hôtel respectable ? Que dira le détective de l'hôtel ?

— S'il est assez malin pour savoir où se trouve son intérêt, il se contentera de dire : « Bonne nuit, mademoiselle, dormez bien. »

*

Isaac Bell reprit ses recherches dans les rues. Il se sentait proche du but, au point d'emporter des sandwichs dans ses poches, car il se disait qu'un homme vivant en marge de la société comme Billy Collins ne serait sans doute que trop heureux d'avaler un repas. Billy avait été repéré à deux reprises récemment sur la 9e Avenue, vers l'endroit où elle se terminait brusquement au niveau de la 33e Rue sur l'énorme fosse d'excavation du chantier de la gare de Pennsylvania.

Bell se rendit sur le site de construction vêtu comme un clochard, et regarda autour de lui en espérant voir apparaître la silhouette haute et maigre aperçue un jour près de la réserve à charbon. Un quartier entier de la ville – plus de deux hectares de maisons, d'appartements, de magasins et d'églises – avait disparu. La 9e Avenue traversait le gigantesque trou sur des poutres, sortes de pilotis provisoires qui soutenaient deux lignes de tramway, une chaussée et un passage sur chevalets pour les piétons. Encore plus haut, les lignes locales et express du chemin de fer aérien de la 9e Avenue grondaient au-dessus du gouffre comme de gros avions de fer et d'acier.

Un coup de sifflet signala la fin de la journée. Un millier d'ouvriers remonta de la fosse pour regagner la ville. Lorsqu'ils furent partis, Bell entama sa descente par des échelles et des écha-faudages, passant devant des conduites de gaz, des canalisations d'eau, des câbles électriques sectionnés et des collecteurs d'égouts. Six mètres plus bas, il se retrouva devant un viaduc d'acier inachevé, construit, lui avait-on expliqué, pour étayer la 9e Avenue et les bâtiments environnants. Il le traversa dans une obscurité que seuls perçaient quelques rais de lumière provenant de lampes de chantier électriques.

Vingt mètres sous la surface, Bell arriva au fond de la fosse. C'était une étendue de gravats et de granit dynamité, sillonnée par des rails à écartement étroits destinés aux chariots qui évacuaient les débris et déchargeaient le matériel ; la surface était parsemée de colonnes qui soutenaient la structure du viaduc. À travers celui-ci, Bell aperçut des arcs d'étincelles électriques bleues tandis que les trains du chemin de fer aérien traversaient l'espace dans un gron-dement de tonnerre.

Bell explora les lieux pendant une heure, tout en restant à l'affût en raison de la présence de gardiens de nuit. Il trébucha plusieurs fois sur le sol accidenté. Quand il tomba pour la troisième fois, il sentit une odeur douceâtre et découvrit un trognon de pomme rongé. En fouillant les alentours, il trouva un repaire « habité », avec une couverture froissée, d'autres trognons de pomme et des os de poulet. Il s'installa pour attendre, assis par terre, immobile, ne bougeant que lorsqu'il devait étirer ses membres ankylosés, et seulement lorsque le train aérien passait au-dessus de sa tête.

Le détective n'était pas seul. Des rats filaient dans tous les sens, un chien aboyait, et plus loin, à plusieurs dizaines de mètres, il entendit deux clochards se quereller, puis un choc lourd et un grognement assourdi par le passage d'un train. Le silence s'installa avec la nuit, alors que les trains se faisaient plus rares. Quelqu'un alluma un feu en bordure de la fosse vers la 33e Rue ; des étincelles et des ombres dansèrent sur les poutres, les piliers et les murs de pierre taillés de façon sommaire.

— C'est comme dans une église, ici, murmura soudain une voix à son oreille.

47

Isaac Bell demeura immobile ; seul son regard pivota à la lueur vacillante du feu, découvrant un long visage osseux et un sourire absent. L'homme était en haillons. Ses mains étaient vides, et ses yeux paraissaient bouffis, comme s'il venait de se réveiller. Bell supposa que l'homme avait dormi à proximité pendant tout ce temps passé à attendre. À présent, les yeux émerveillés, le clochard regardait en l'air vers le squelette d'acier du viaduc, et le détective comprit le sens de ses propos. Les poutres entrecroisées, le ciel sombre moucheté d'étoiles et le feu de bois au bord de la fosse conspiraient pour évoquer l'image d'une cathédrale médiévale éclairée par des cierges.

— Bonsoir, Billy.

— Hein ?

— Vous êtes Billy Collins ?

— Ouais. Comment vous le savez ?

— Autrefois, vous travailliez avec Eyes O'Shay.

— Ouais… Pauvre Eyes… Comment vous savez ça ?

— Tommy me l'a dit.

— Ce gros salopard. C'est un ami à vous ?

— Non.

— Ce n'est pas le mien non plus.

Guère plus âgé que Bell, Billy Collins paraissait pourtant très vieux. Ses cheveux étaient gris, son nez coulait, et des larmes gouttaient de ses yeux gonflés.

— Vous êtes un ami de Tommy ? répéta-t-il d'un ton coléreux.

— Qu'a donc fait Tommy à Eyes O'Shay ? demanda Bell.

— Tommy ? À Eyes ? Vous plaisantez ? Ce gros lard ? Même au mieux de sa forme, il ne pouvait rien contre lui. Vous êtes un ami de Tommy ?

— Non. Qu'est-il arrivé à Eyes ?

— Je ne sais pas.

— On dit que vous étiez avec lui.

— Ouais. Et alors ?

— Que s'est-il passé ?

Billy ferma les yeux.

— Un de ces jours, je vais revenir m'occuper des trains.

— Que voulez-vous dire, Billy ?

— Il y a du fric à prendre avec les trains, si on tombe sur les bonnes marchandises. Ça me rapportait pas mal d'argent autrefois, les trains. Et puis ils ont pris ma petite fille, et alors je n'ai pas pu continuer, expliqua Collins avec un regard aussi égaré que le suggérait le ton de sa voix. J'avais des bons boulots, avant. Vous savez ça ?

— Non, Billy, je ne sais pas. Quel genre de boulots ?

— Je déplaçais les décors dans un théâtre. J'ai été palefrenier, aussi. J'ai même bossé comme mannequin pour les chemins de fer.

— Comment cela, Billy ?

— Pour les signaux. Sur la 11ᵉ Avenue. J'étais à cheval devant le train. C'était la loi, à New York. On ne peut pas faire passer un train sur la 11ᵉ Avenue s'il n'y a pas un gars à cheval devant la locomotive. C'est la seule fois où j'ai trouvé un job grâce à la loi. Mais je ne l'ai pas gardé.

Billy Collins commença à tousser. La tuberculose, se dit Bell. L'homme était mourant.

— Vous avez faim, Billy ?

— Nan. J'ai jamais faim.

— Essayez ça, lui proposa Bell en lui tendant un sandwich, que Billy renifla et laissa suspendu à la hauteur de sa bouche.

— Vous êtes un ami de Tommy ?

— Qu'a donc fait Tommy à Eyes O'Shay ?

— Rien. Je vous l'ai dit, Tommy ne pouvait rien contre O'Shay. Personne n'en était capable. Sauf ce vieux type.

— Un vieux type ?

— Le vieux. C'était un dur.

— Vous voulez parler de son père ?

— *Son père* ? Eyes n'avait pas de père. Le vieil homme. C'est lui qui nous a eus. Et dans les grandes largeurs.

— Quel vieil homme ?

— Sur Clarkson.

— Clarkson Street ? demanda Bell. Dans le centre ?

— L'*Umbria* partait pour Liverpool.

Un paquebot de la Cunard. Un des vieux navires de la compagnie.

— Quand ?

— Cette nuit-là.

— La nuit où Eyes a disparu ?

— On était gosses, répondit Billy d'un ton rêveur en s'inclinant en arrière pour contempler la structure du viaduc.

— L'*Umbria* ? insista Isaac Bell. Le paquebot à vapeur ? Celui de la Cunard ?

— On a vu ce vieux type. Il courait vers le quai 40 comme s'il allait manquer son bateau. Il ne regardait même pas où il allait. La chance qu'on avait, on n'arrivait même pas à y croire ! On cherchait des marins soûls dans Clarkson Street pour les dévaliser. Et au lieu de ça, voilà un vieux richard qui arrive avec un beau manteau, des bagues plein les doigts, un type qui peut s'offrir des voyages en paquebot à cent cinquante dollars. Il faisait sombre et la pluie tombait, il n'y avait personne dans la rue. Eyes a mis sa gouge sur son pouce pour le cas où le vieux nous ferait des histoires. On lui a sauté dessus comme des chats sur une souris. Brian allait lui arracher ses bagues des doigts et moi, je pensais trouver un portefeuille bourré à craquer dans son joli manteau...

— Que s'est-il passé ?

— Il a tiré une épée de sa canne.

Billy Collins tourna vers Bell un regard encore plein de surprise.

— Une *épée*. Nous, on était soûls, et on n'arrivait pas à s'en dépêtrer. Et ce vieux type qui brandissait son épée. J'ai esquivé. Il m'a flanqué par terre avec sa canne. Un vieux dur, il connaissait son affaire. Je me suis fait avoir. J'ai encore esquivé, mais j'ai reçu un coup de canne. C'était comme si de la dynamite explosait dans ma tête. Et puis j'ai dû tomber dans les vapes.

Billy Collins renifla à nouveau le sandwich et ne le quitta plus du regard.

— Que s'est-il passé ensuite ? demanda Bell.

— Je me suis réveillé dans le caniveau, trempé et glacé.

— Et Eyes ?

— Brian O'Shay était parti, et je ne l'ai jamais revu depuis.

— Le vieil homme l'a-t-il tué ?

— Je n'ai pas vu de sang.

— Le sang est peut-être parti avec la pluie ?

Collins commença à pleurer.

— Disparu. Comme ma petite fille. Sauf qu'elle ne faisait de mal à personne. Mais Eyes et moi, c'était différent, ça c'est sûr.

— Et si je vous disais qu'Eyes est revenu ?

— Je préférerais apprendre que c'est ma petite fille qui est revenue.

— Revenue d'où ?

— Je ne sais pas. Pauvre petite.

— Votre enfant ?

— Un enfant ? Je n'ai pas d'enfant… Eyes est revenu, je l'ai entendu dire.

— Oui, c'est vrai. Tommy l'a vu.

— Il n'est pas venu me voir… Mais qui diable viendrait ? dit Collins, qui ferma les yeux en reniflant.

Le sandwich lui tomba des mains.

— Billy, qui était ce vieil homme ?

— Un vieux type plein de fric en manteau vert, répondit Billy avant de s'assoupir à nouveau.

— Billy !

— Fichez-moi la paix.

— Qui était votre petite fille ?

— Personne ne sait. Personne ne s'en rappelle, répondit Collins, qui plissait les paupières pour garder les yeux fermés. Sauf le prêtre.

— Quel prêtre ?

— Le père Jack.

— Quelle église ?

— St. Michael.

*

Après le départ d'Isaac Bell, Billy Collins rêva qu'un chien serrait sa cheville entre ses crocs. Il le chassa de son autre pied. Mais le chien semblait avoir une deuxième tête, qui mordit la jambe libre. Billy se réveilla, terrorisé. Une silhouette était penchée sur ses pieds et trafiquait ses lacets. Un fichu clodo, qui n'aurait jamais osé le toucher autrefois, et qui essayait maintenant de lui voler ses pompes.

— Hé !

Le clochard tira plus fort. Billy se rassit et essaya de le cogner à la tête. Le mendiant abandonna la chaussure, ramassa un morceau de planche et le frappa. Billy vit des étoiles danser dans sa tête. Étourdi, il avait une vague conscience du fait que l'homme soulevait la planche pour le frapper encore. Il savait qu'il allait taper dur, mais il était incapable de bouger.

Un éclair d'acier brilla. Un couteau se matérialisa soudain, comme venu de nulle part. Le clochard poussa un hurlement et tomba en arrière en se tenant le visage entre ses mains. L'acier brilla à nouveau. Encore un cri ; le clochard s'éloigna à quatre pattes, se remit sur pied et courut aussi vite qu'il le pouvait. Billy se laissa retomber en arrière. Fichu rêve… Tout était si étrange. Il sentait une odeur de parfum, à présent. Cela le fit sourire. Il ouvrit les yeux. Une femme était agenouillée près de lui, et ses cheveux caressaient son visage. Comme un ange. Il devait être mort.

Elle se pencha très près de lui, si près qu'il sentit la chaleur de son haleine.

— Qu'est-ce que tu as dit au détective, Billy ? murmura-t-elle.

48

— CETTE FEMME N'EST PAS UNE DISEUSE de bonne aventure, affirma Eyes pour calmer les angoisses du capitaine de son sous-marin.

Hunt Hatch n'était pas rassuré.

— La maison est couverte de pancartes qui disent que madame Nettie prédit l'avenir. Des gens vont et viennent à toute heure du jour et de la nuit ! En nous emmenant ici, O'Shay, vous nous avez mis dans une situation inquiétante. C'est intolérable.

— Il s'agit juste d'une couverture, cette femme ne prédit pas l'avenir.

— Une couverture pour quoi ?

— Pour un réseau de contrefaçon.

— Des faussaires ! Vous êtes devenu fou ?

— Ces gens seraient les derniers à aller se plaindre aux flics. C'est la raison pour laquelle je vous ai fait venir ici à Bayonne, dans le New Jersey. Et quant à la femme qui prépare vos repas, elle s'est évadée de prison. Elle ne dira donc rien à personne. Et depuis les maisons, on ne voit pas le sous-marin, il est masqué par la barge.

Une pelouse tondue s'étendait de la maison des faussaires, au pied de Lord Street, jusqu'au Kill Van Kull, un mince mais profond détroit qui séparait Staten Island de Bayonne. La barge était amarrée sur la rive.

Le Holland était caché sous la barge, au fond de laquelle un passage avait été aménagé pour accéder à la tourelle. L'Upper Bay n'était qu'à quatre milles nautiques et de là, il ne resterait que cinq autres milles à parcourir pour arriver près du Brooklyn Navy Yard.

Mais Hunt Hatch n'était toujours pas apaisé.

— Même s'ils ne le voient pas, le Kill grouille d'ostréiculteurs. Je les vois bien, à bord de leurs chalands. Ils se rapprochent, et viennent tout droit sur la barge.

— Ce sont des gars de Staten Island, répondit O'Shay avec patience. Ce n'est pas vous qu'ils cherchent. Ils sont à l'affût de quelque chose à voler.

Il désigna d'un geste du bras les collines de l'autre côté du détroit, à trois cents mètres de là.

— Staten Island a été rattachée à New York il y a dix ans, mais pour les ostréiculteurs du coin, rien n'a changé. Ce sont toujours des contrebandiers, des voleurs de charbon, comme autrefois. Et je peux vous garantir qu'ils ne diront jamais rien aux flics.

— Je suggère qu'on passe à l'attaque et qu'on en finisse une bonne fois pour toutes.

— Nous attaquerons, répliqua O'Shay d'un ton tranquille, lorsque j'en donnerai l'ordre.

— Je ne vais pas risquer ma vie et ma liberté pour vos caprices. Je suis le capitaine de ce submersible, et j'affirme que nous allons attaquer avant que quelqu'un vienne fourrer son nez à l'endroit où nous avons caché ce fichu bâtiment.

O'Shay s'approcha de Hatch. Il recula le bras comme s'il allait le frapper. Hatch leva les deux mains, l'une pour parer, l'autre pour répondre au coup, exposant son abdomen. Mais O'Shay avait déjà ouvert son couteau papillon Butterflymesser. Il fit glisser la longue lame affûtée comme un rasoir sous le sternum, l'enfonça jusqu'à la garde, la fit descendre en pesant de toutes ses forces et recula d'un mouvement vif pour éviter que les intestins qui se déversaient du ventre de Hatch ne tachent ses vêtements.

Le capitaine, haletant, le regard horrifié, se tenait les entrailles à deux mains. Ses genoux s'affaissèrent, et il tomba sur le tapis.

— Qui commandera le Holland ? parvint-il à murmurer.

— Je viens d'offrir une promotion à votre second.

*

— Jamais je n'avais visité une église aussi moderne, dit Isaac Bell au père Jack Mulrooney.

St. Michael sentait la laque, la peinture et le ciment. Les fenêtres étincelaient, et les pierres des murs étaient vierges de toute trace de suie.

— Nous venons de nous y installer, expliqua le père Jack. Les paroissiens eux-mêmes n'en croient pas leurs yeux. La vérité, c'est que pour construire son terminal ferroviaire, la Pennsylvania Railroad Company devait nous exproprier de notre église de la 31e Rue. Pour y parvenir sans s'attirer les foudres de la colère divine – sans parler de Son Éminence le Cardinal –, elle n'avait d'autre choix que de nous construire un lieu de culte flambant neuf, ainsi qu'un presbytère, un couvent et une école.

— Je suis un détective de l'agence Van Dorn, mon père, se présenta Bell. J'aimerais vous poser quelques questions sur des gens qui vivaient dans votre paroisse.

— Si vous voulez parler, alors vous devrez marcher. Je dois faire mes visites, et vous constaterez que nos paroissiens vivent dans des endroits beaucoup moins hospitaliers que cette église. Venez.

Le père Jack se mit en marche d'un pas vif, surprenant pour un homme de son âge. Ils tournèrent au coin d'une rue et s'enfoncèrent dans un quartier qui paraissait à mille lieues de l'église qu'ils venaient de quitter.

— Exercez-vous votre ministère dans le quartier depuis longtemps, mon père ?

— Depuis les émeutes de la conscription.

— Cela remonte à quarante-cinq ans.

— Certaines choses ont changé depuis, mais dans l'ensemble, tout est resté comme avant. Nous sommes toujours aussi pauvres.

Le prêtre entra dans un immeuble au portail de pierre sculpté et monta les marches d'un escalier raide et délabré. Arrivé au troisième étage, il haletait. Au sixième, il s'arrêta pour reprendre son souffle. Lorsque le sifflement de sa respiration se calma enfin, il frappa à une porte.

— Bonjour ! C'est le père Jack.

Une fille leur ouvrit ; elle portait un bébé dans ses bras.

— Merci d'être venu, mon père.

— Comment va ta mère ?

— Elle ne va pas bien, mon père, pas bien du tout.

Le prêtre laissa Bell dans la pièce du devant, où une unique fenêtre donnait sur une cour sans soleil traversée de cordes à linge ; une puanteur tenace remontait des toilettes installées dans la cour, six étages plus bas. Bell plia une liasse de billets d'un dollar et la glissa à la jeune femme lorsqu'il quitta l'appartement avec le prêtre.

Au bas de l'escalier, le père Jack reprit à nouveau son souffle.

— Sur qui enquêtez-vous ?

— Brian O'Shay et Billy Collins.

— Brian a disparu depuis longtemps.

— Quinze ans, m'a-t-on dit.

— Si Dieu a jamais béni ce quartier, c'est bien le jour où Brian O'Shay l'a quitté. Je n'aime pas parler à la légère, mais Brian O'Shay se comportait comme le serviteur de Satan.

— J'ai entendu dire qu'il était de retour.

— J'ai aussi eu vent de certaines rumeurs, confirma le prêtre d'un air sombre en raccompagnant Bell dans la rue.

— J'ai vu Billy Collins hier soir.

Le père Jack s'immobilisa et regarda le détective avec un soudain respect.

— Vraiment ? Vous êtes allé au fond de ce trou ?

— Vous saviez qu'il était là ?

— Billy a, dirons-nous, touché le fond. Où pourrait-il aller, sinon là ?

— Qui est sa petite fille ?

— Sa petite fille ?

— Il en parlait sans arrêt. Mais il prétendait ne pas avoir d'enfants.

— Une affirmation quelque peu douteuse, compte tenu de la jeunesse qu'il a connue. À l'époque, quand je baptisais un enfant aux cheveux roux, je me demandais toujours si Billy n'était pas le père.

— Il m'a plutôt semblé qu'il avait les cheveux gris, mais il n'y avait pas beaucoup de lumière.

— Mais je suppose, ajouta le père avec un mince sourire, que Billy pourrait prétendre dire une part de vérité : il n'a sans doute jamais su s'il avait eu des enfants. Il aurait fallu qu'une fille soit vraiment d'une nature miséricordieuse pour qu'elle considère Billy comme le père de son bébé. D'ailleurs, à boire et à se débaucher depuis l'âge de douze ans, comment pourrait-il se souvenir ?

— Il semblait catégorique à ce sujet.

— Alors cette petite fille pourrait être sa sœur.

— Bien sûr. Il pleure sa mémoire.

— J'en suis certain.

— Que lui est-il arrivé ?

— Attendez-moi ici, dit soudain le prêtre. Je ne serai pas long.

Il entra dans un immeuble et en ressortit peu après.

— Dans cette communauté vivent des hommes cruels qui volent les gens pauvres et ignorants, poursuivit le père Jack en se remettant en marche. Ils prennent leur argent, et s'il n'y a pas d'argent, leurs boissons. Et s'il n'y a rien à boire, ils emportent leurs enfants, qu'ils vendent ou exploitent eux-mêmes. La petite fille a été kidnappée.

— La sœur de Billy ?

— Enlevée dans la rue alors qu'elle n'avait pas plus de cinq ans. Personne ne l'a jamais revue. Sans doute hante-t-elle l'esprit de Billy lorsqu'il s'injecte de la morphine. Où était-il quand elle a été enlevée ? Était-il jamais présent quand la pauvre petite avait besoin de lui ? Aujourd'hui, il se retourne vers le passé, mais ce qu'il aime, c'est l'image de cette petite. Plus qu'il ne l'a jamais aimée en réalité.

Le vieux prêtre secoua la tête avec une expression de colère et de dégoût.

— Quand je pense à toutes les nuits où j'ai prié pour elle... et pour tous les autres enfants dans la même situation.

Bell attendit, sentant chez le vieux prêtre un besoin de s'épancher. Et c'est ce qui arriva au bout d'un instant. Le visage du père Jack s'éclaira soudain.

— La vérité, c'est que c'est Brian O'Shay qui s'occupait de cette petite fille.

— Eyes O'Shay ?

— Il en prenait soin lorsque Billy et ses parents négligents étaient pris de boisson. On dit que Brian O'Shay a battu son père à mort pour avoir commis contre la petite des péchés que seul le diable peut imaginer, poursuivit le père Jack en baissant la voix. Elle était le seul être qu'ait jamais aimé Brian. Dieu merci, il n'a jamais su ce qui lui était arrivé.

— Brian O'Shay aurait-il pu la kidnapper ?

— Jamais de la vie ! Même s'il était une créature de l'enfer.

— Et s'il n'était pas mort, au moment de sa disparition ? S'il était revenu ? Aurait-il pu l'enlever ?

— Il ne lui aurait jamais fait de mal, objecta le prêtre.

— Les hommes mauvais font le mal, mon père. Et vous m'avez dit à quel point il était mauvais.

— Même le plus méchant des hommes possède une parcelle de l'étincelle divine, dit le père Jack en prenant Bell par le bras. Souvenez-vous de cela, et vous serez un meilleur détective. Et un homme meilleur. Cette enfant représentait l'étincelle divine présente chez Brian O'Shay.

— S'appelait-elle Katherine ?

Le père Jack regarda Bell d'un air perplexe.

— Pourquoi me demandez-vous cela ?

— Je ne sais pas au juste. Mais c'était bien son prénom ?

Le père Jack s'apprêtait à répondre quand un coup de feu retentit depuis le toit d'un immeuble. Le prêtre tomba sur la chaussée. Une seconde balle fendit l'espace où se tenait Bell une seconde plus tôt. Le détective roula sur le trottoir, sortit son Browning, se planta sur ses genoux et leva son arme pour tirer.

Mais il ne vit que des femmes et des enfants qui criaient depuis leurs fenêtres que leur prêtre venait d'être assassiné.

*

— Je veux une communication directe avec le chef du bureau de Baltimore, maintenant ! cria Isaac Bell dès son entrée dans les locaux de l'agence Van Dorn. Qu'il s'assure d'avoir le dossier de Katherine Dee prêt sur son bureau.

Il dut attendre une heure qu'on le rappelle de Baltimore.

— Bell ? Désolé d'avoir été aussi long. Il pleut à torrents ici, la ville est à moitié inondée ! Vous y aurez droit vous aussi, c'est une tempête du nord-est.

— Je veux savoir avec précision qui est Katherine Dee, et je veux le savoir tout de suite.

— Eh bien, comme nous vous l'avions écrit, son père est rentré avec elle en Irlande avec une somme coquette gagnée en construisant des écoles pour le diocèse.

— Je le sais déjà. Et quand il est mort, elle est partie étudier dans une école religieuse en Suisse. Quelle école ?

— Laissez-moi regarder mes notes pendant que nous parlons. Ah, voici. Mes gars ont réactualisé tout cela depuis que nous avons envoyé notre dernier rapport à New York... entre ici et Dublin, les nouvelles prennent leur temps pour arriver... Voyons cela... Voilà. Oh, mais non, c'est impossible !

— Quoi ?

— Un idiot a dû se tromper. La fille serait morte elle aussi. Mais c'est impossible. Nous avons des rapports qui font état de sa présence dans cette école. Monsieur Bell, je vérifie cela et je vous tiens au courant.

— Et sans tarder, insista Bell avant de raccrocher.

Archie Abbott entra dans la pièce, le visage encore rouge après s'être débarrassé de ses peintures de guerre.

— Tu as une mine de déterré, Isaac.

— Où est Marion ?

— À l'étage.

Bell avait loué une suite pour les jours où Marion se trouvait à New York.

— On a eu droit à un vrai déluge, poursuivit Archie. Mais tu vas bien ? Que se passe-t-il ?

— Un prêtre a été abattu devant mes yeux. Pour m'avoir parlé.

— L'espion ?

— Qui d'autre ? Le quartier grouillait de flics, mais il a pu s'échapper.

Un apprenti s'approcha avec prudence des deux détectives aux visages sombres.

— Un message laissé pour vous à la réception, monsieur Bell.

Isaac Bell déchira l'enveloppe. Sur un papier à en-tête du Waldorf-Astoria, Erhard Riker avait écrit :

J'AI L'AI TROUVÉE !
LA PIERRE PARFAITE POUR LA FIANCÉE IDÉALE !!
AU CAS OÙ VOUS SERIEZ À NEW YORK,
JE ME RENDRAI À LA BIJOUTERIE DE SOLOMON BARLOWE
VERS QUINZE HEURES AVEC UNE SUPERBE ÉMERAUDE.
BIEN À VOUS,
ERHARD RIKER

49

BELL JETA LE MESSAGE DE RIKER SUR SON BUREAU.
Archie le ramassa pour le lire.
— Une bague pour la belle Marion ?
— Cela attendra.
— Tu devrais y aller.
— J'attends des nouvelles de Baltimore.
— Prends une heure. Détends-toi. Je parlerai aux types de Baltimore s'ils appellent avant ton retour. Et pourquoi Marion ne t'accompagnerait-elle pas ? Avec toute cette pluie, ça la rend folle de tourner en rond. Elle ne rêve que d'aller en Californie pour tourner des films au soleil, sans trop se demander où elle trouverait ses comédiens, d'ailleurs. Allez, va ! Il faut décompresser. Nous avons deux cents types sur la piste de Brian O'Shay, pendant que la Navy et les patrouilles portuaires recherchent les torpilles. Je m'occupe de tout.
— Juste une heure, je serai vite de retour, céda Bell en se levant.
— Et puis si elle est contente, prenez dix minutes de plus et profitez-en pour boire une coupe de champagne.

*

Marion Morgan et Isaac Bell prirent le métro pour le centre et marchèrent dans les rues balayées par la pluie jusqu'à Maiden

Lane. La vitrine du magasin de Barlowe jetait une chaude lumière dans la morne grisaille de l'après-midi.

— Tu es sûr de toi ? demanda Marion alors qu'ils approchaient de la porte.

— Quand on glisse une bague au doigt d'une fille, ce n'est pas si facile de la retirer ensuite.

Ils se tenaient par la main. Bell attira Marion plus près de lui. Les yeux de la jeune femme brillaient de joie. La pluie et la brume faisaient étinceler les mèches de cheveux qui dépassaient de son chapeau.

— Houdini en personne n'y parviendrait pas, dit-il avant de l'embrasser sur la bouche. Il n'en aurait d'ailleurs aucune envie.

Ils entrèrent dans la boutique.

Erhard Riker et Solomon Barlowe étaient penchés sur le comptoir, chacun avec une loupe de bijoutier sur un œil. Riker se releva en souriant et tendit la main à Isaac Bell.

— Je crains que les talents d'observation de votre fiancé aient été pris en défaut, dit-il à Marion. En dépit de tous ses efforts, et croyez-moi, il ne s'est pas ménagé, il était en deçà de la vérité en me décrivant votre beauté.

— Ce sont mes talents d'expression que vous prenez en défaut, monsieur, répondit Marion. Mais je vous remercie.

Riker s'inclina et baisa la main de la jeune femme, puis il recula d'un pas, lissa sa moustache et glissa son pouce dans la poche de son gilet.

— Il est tout à fait inhabituel pour un gentleman, murmura Barlowe à Isaac Bell, de montrer la bague à sa fiancée avant de l'avoir achetée.

— Mademoiselle Morgan est une fiancée très inhabituelle.

Un cliquetis retentit sur le verre de la vitrine. Sur le trottoir, sans se soucier de la pluie, trois jeunes hommes riaient en se renvoyant un volant de badminton.

— Vous devriez appeler un policier avant qu'ils ne cassent la vitrine, s'indigna Riker.

Solomon Barlowe haussa les épaules.

— Des étudiants. Ils vont rencontrer des filles cet été. Et l'été prochain, ils leur offriront une bague de fiançailles.

— Et voici ce que je vous propose, mademoiselle Morgan, dit Riker, qui sortit un mince écrin de cuir de sa poche. Il l'ouvrit et en sortit une feuille de papier, qu'il déplia pour déposer sur un plateau couvert de velours blanc une émeraude – sans le moindre défaut, resplendissante et comme gorgée de vie.

Solomon Barlowe retint son souffle.

Le scintillement de la pierre rappela à Bell celui d'une flamme aux reflets verts.

— Elle est d'une brillance exceptionnelle, dit Marion.

— Monsieur Barlowe suggère de la sertir dans une simple monture Art nouveau, dit Riker.

— J'ai préparé quelques croquis, dit le bijoutier.

Isaac Bell se tourna vers Marion, qui examinait l'émeraude.

— J'ai l'impression que tu ne l'aimes pas.

— Mon cher, si tu l'aimes, je la porterai avec joie.

— Mais tu préférerais autre chose.

— Elle est très belle, mais puisque tu me poses la question, c'est vrai que je choisirais un vert plus doux – dense, mais d'une nuance plus apaisante, comme celle du manteau en loden de monsieur Riker, par exemple. Existe-t-il une telle pierre, monsieur Riker ?

— On trouve au Brésil une sorte de tourmaline bleu-gris. Elle est très rare. Et très difficile à tailler.

Marion sourit à son fiancé.

— Ce serait moins onéreux de m'offrir un joli manteau comme celui de monsieur Riker…

La phrase de Marion se termina en un murmure. Elle s'apprêtait sans doute à demander à Isaac Bell ce qui se passait, mais au lieu de cela, elle se rapprocha de lui instinctivement.

Bell avait les yeux fixés sur le manteau de Riker. *Un vieux richard qui arrive avec un beau manteau, des bagues plein les doigts…* Le détective posa un regard glacé sur la canne sertie de pierreries.

— J'ai toujours admiré votre canne, monsieur Riker.

— Un cadeau de mon père.

— Puis-je la voir ?

Riker lança sa canne à Bell, qui la soupesa et jaugea son équilibre et la répartition des masses. Il referma la main sur le pommeau serti d'or et de pierres, opéra une torsion du poignet et dégaina une épée à la lame étincelante.

— Dans les affaires que je traite, on n'est jamais trop prudent, dit Riker en haussant les épaules.

Bell leva la lame pour l'examiner à la lumière. Elle était si bien affûtée que le reflet de l'éclairage brillait sur son tranchant. Il souleva la canne elle-même, qui servait de fourreau.

— Elle est lourde. Vous n'avez même pas besoin de l'épée. On peut abattre un homme avec cela.

Bell sentit que Riker l'observait avec méfiance, comme s'il se demandait s'il avait bien entendu le détective ou si celui-ci se contentait de le jauger.

— Et même deux, dit-il enfin après un moment de silence. *Deux hommes*, à condition d'être plus rapide que vous ne le paraissez.

— Et à condition que ces deux hommes soient soûls, dit Bell qui se déplaça d'un mouvement vif pour protéger Marion.

Soudain, tout était clair ; les deux hommes parlaient bien de la nuit où Billy Collins et Brian O'Shay avaient tenté de voler le vieil homme.

Riker répondit sur un ton de conversation anodine, mais les regards des deux hommes restaient rivés l'un sur l'autre.

— Je me suis réveillé en pleine mer, dans une cabine de première classe. Le vieil homme était dur comme le diamant, mais il se montrait gentil avec moi. Il suffisait que je demande quelque chose pour qu'il me l'accorde. La nourriture à bord de ce paquebot me faisait penser à celle dont Diamond Jim Brady se régalait, selon les légendes que j'avais entendues – huîtres, steaks, canards rôtis, et du vin servi dans des verres de cristal. Je me croyais arrivé au paradis. Bien sûr, je me demandais ce qu'il comptait me demander en échange. Mais la seule chose qu'il exigea de moi, ce fut d'aller à l'école et d'apprendre à vivre comme un gentleman. Il m'envoya dans une école privée anglaise et dans les meilleures universités allemandes.

— Pourquoi monsieur Riker ne vous a-t-il pas abandonné dans le caniveau avec Billy Collins ?

— Vous avez parlé à Billy ? Bien sûr. Comment va-t-il ?

— Toujours dans le caniveau. Pourquoi Riker ne vous y a-t-il pas laissé, vous aussi ?

— Il pleurait son fils mort de la grippe. Il en voulait un autre.

— Et vous étiez disponible.

— Je n'étais rien. Je savais à peine lire. Mais il a vu en moi quelque chose que personne d'autre n'avait su voir.

— Et vous avez acquitté votre dette envers lui en devenant un espion et un meurtrier.

— J'ai en effet acquitté ma dette, répondit Riker, qui se tenait la tête haute, les épaules bien droites.

— Vous êtes fier d'être un espion et un assassin ? lui demanda Bell d'un ton méprisant.

— Vous étiez un enfant privilégié, Isaac Bell. Il existe des choses que vous ne pourrez jamais connaître. Mais j'ai payé ma dette envers lui, et je le dis avec fierté.

— Et je suis tout aussi fier de vous arrêter pour meurtre, Brian O'Shay.

Katherine Dee s'élança alors de derrière le rideau noir qui masquait l'arrière-boutique, passa un bras autour de la gorge de Marion et pressa son pouce sur l'œil de la jeune femme.

50

— B RIAN M'A APPRIS CE PETIT TOUR pour mon douzième anniversaire. Il m'a même offert ma propre gouge, en or massif. Vous la voyez ?

Sur son pouce, le métal aiguisé évoquait une serre de rapace.

— Ne fais pas un geste, dit Bell à sa fiancée. Ne te débats pas. C'est monsieur O'Shay qui a les cartes en main.

— Obéissez à votre fiancé, ordonna Katherine Dee à Marion.

— Pour répondre à votre question, Bell, dit Brian O'Shay, l'une des manières dont j'ai payé ma dette envers le vieil homme, c'est en portant secours à Katherine, tout comme il l'avait fait pour moi. Katherine est une femme éduquée, libre et accomplie. Personne ne peut lui faire de mal.

— Éduquée, libre, accomplie… et mortelle, ajouta Bell.

De sa main libre, Katherine Dee sortit un pistolet.

— Encore un cadeau d'anniversaire ? ironisa Bell.

— Donnez cette épée à Brian, monsieur Bell, avant que votre fiancée soit aveugle et que je ne vous abatte.

Bell lança le fourreau de l'épée à O'Shay. Comme il s'y attendait, l'espion était trop malin pour se laisser prendre au piège. Il l'attrapa avec calme sans quitter le détective du regard, mais lorsqu'il voulut la rengainer, il baissa un instant les yeux pour s'assurer que la lame rentrait dans la canne sans lui blesser la main. C'était cette fraction de seconde de distraction qu'attendait Bell. Il lança un coup de pied à une vitesse fulgurante.

Le bout pointu de sa bottine frappa Katherine Dee au nerf cubital, tendu sur son coude replié. Elle poussa un cri de douleur et de surprise, et ne put empêcher sa main de s'ouvrir de façon convulsive. Son pouce s'écarta de l'œil de Marion.

Mais la gouge y demeurait fixée.

Marion tenta de se libérer de l'étreinte de Katherine Dee, plus petite qu'elle, mais la jeune femme voulut la frapper au visage avec sa gouge. Bell avait déjà son Derringer en main ; il appuya sur la détente.

— Non ! hurla O'Shay d'une voix perçante en abattant de toutes ses forces sa canne sur le bras de Bell.

Dans l'espace confiné, le coup de feu fut assourdissant. Solomon Barlowe plongea au sol. Marion poussa un cri, et Bell crut un instant qu'il l'avait abattue, mais ce fut Katherine Dee qui s'écroula à terre.

O'Shay releva la jeune femme d'un bras puissant et d'un geste rapide, ouvrit la porte en grand. Bell s'élança pour les rattraper et faillit trébucher sur Solomon Barlowe. Au moment où il atteignait enfin la porte, il vit Brian O'Shay pousser Katherine Dee dans une Packard conduite par un chauffeur en uniforme. Des hommes de main coiffés de chapeaux melon surgirent des entrées d'immeubles et de derrière la voiture.

— Marion, baisse-toi ! rugit Bell.

Les gros bras du service de protection privé de la compagnie Riker & Riker déchaînèrent un déluge de feu. Les balles ricochaient, fracassaient les vitrines et faisaient voler la poussière de béton des murs et les pierres précieuses de leurs présentoirs. Dehors, les piétons se jetaient à plat ventre sur les trottoirs. Isaac Bell ripostait avec un feu aussi nourri et rapide que possible. Il entendit la Packard vrombir et partir en trombe. Il tira à nouveau et vida son Browning. La massive automobile prit un virage dans un crissement de pneus et alla s'encastrer contre un réverbère. Lorsque le plomb cessa de voler, Bell courut à leur poursuite, mais O'Shay, Katherine Dee et les hommes de main avaient disparu. Le détective se précipita pour regagner la boutique, le cœur battant à tout rompre. Solomon Barlowe gémissait en se tenant la jambe.

Marion était étendue sur le sol derrière le comptoir, les yeux grands ouverts.

Vivante !

Bell s'agenouilla près d'elle.

— Tu es blessée ?

Marion lui passa la main sur le visage. Sa peau était d'une pâleur mortelle.

— Je ne crois pas, répondit-elle d'une voix faible.

— Tu es sûre que ça va ?

— Où sont-ils ?

— Ils se sont enfuis. Ne t'inquiète pas. Ils n'iront pas loin.

Marion serrait quelque chose dans son poing fermé, qu'elle plaqua contre son cœur.

Avec lenteur, et non sans efforts, elle se força à ouvrir les doigts. Nichée au creux de sa paume, Bell vit l'émeraude, aussi verte et mystérieuse que les yeux d'un chat.

— Je croyais que tu ne l'aimais pas ?

Le regard des beaux yeux de Marion parcourut la pièce, s'attardant sur le verre brisé et les murs criblés d'impacts de balles.

— Je n'ai pas une égratignure. Et toi non plus. Cette émeraude est notre porte-bonheur.

*

— Tout le secteur de la bijouterie haut de gamme de Newark est sous le choc, dit Morris Weintraub, un homme d'allure patricienne trapu, aux cheveux blancs, propriétaire de la compagnie Newark, la principale usine de boucles de ceintures du New Jersey. Nous achetons des pierres à Riker & Riker depuis la guerre de Sécession. À l'époque, il n'y avait qu'un seul Riker.

— Saviez-vous qu'Erhard Riker était un enfant adopté ?

— Oh, vraiment ? Non, je l'ignorais.

Le regard de Weintraub parcourut l'océan d'établis où des bijoutiers travaillaient à la claire lumière du nord que diffusaient de hautes fenêtres. Un sourire inquisiteur se dessina sur ses lèvres tandis qu'il se caressait le menton.

— Cela explique bien des choses, poursuivit-il.

— Que voulez-vous dire ?

— C'était un homme tellement charmant.

— Le père ?

— Oh non ! Le père était un salopard sans cœur.

Isaac Bell et Archie Abbott échangèrent des regards incrédules, que le chef d'entreprise remarqua aussitôt.

— Je suis juif, expliqua-t-il. Et lorsque quelqu'un me déteste pour cette raison, je le sais. Le père cachait sa haine pour pouvoir mener ses affaires, mais elle était palpable, et il ne parvenait pas à la masquer. Le fils, lui, ne me détestait pas. C'était un homme affable, et un gentleman en affaires. C'était l'un des rares vendeurs de pierres que j'aurais volontiers invité chez moi. Ce n'était pas le genre d'homme à déclencher une fusillade dans une bijouterie de Maiden Lane. Ni un fanatique borné comme son père.

— Je suppose qu'à l'époque, vous n'avez pas été bouleversé par la mort du père en Afrique du Sud ? lui demanda Archie.

— Non, et cela ne m'a pas non plus surpris.

— Je vous demande pardon ? s'exclama Archie.

— Que voulez-vous dire ? enchaîna aussitôt Isaac Bell.

— J'avais l'habitude de plaisanter avec mon épouse sur le fait que le vieux Riker était peut-être un agent allemand.

— Qu'est-ce qui vous fait penser une chose pareille ?

— Il ne pouvait s'empêcher de se vanter de ses voyages. Mais au fil des années, j'ai remarqué que ses périples le conduisaient toujours dans des pays où l'Allemagne fomentait des troubles. En 1870, il se trouvait en Alsace-Lorraine au début de la guerre franco-prussienne. Il était dans les îles de Samoa en 1881 lorsque les États-Unis, l'Angleterre et l'Allemagne tentaient de susciter une guerre civile. Et à Zanzibar lorsque l'Allemagne a annexé son prétendu protectorat de l'Afrique de l'Est. On le retrouvait aussi en Chine au moment où l'Allemagne récupérait Tsingtao, et en Afrique du Sud quand le Kaiser incitait les Boers à se soulever contre l'Angleterre.

— Et c'est là-bas qu'il est mort.

— Au cours d'un combat mené par le général Smuts en personne, ajouta Isaac Bell. Si ce n'était pas un agent allemand,

L'ESPION   417

alors c'était un maître ès coïncidences. Merci beaucoup, monsieur Weintraub, votre aide nous a été précieuse.

*

— Lorsque j'accusais O'Shay d'avoir récompensé son père adoptif en devenant un espion et un assassin, dit Bell à Archie sur le chemin du retour, il m'a répondu que le fait de sauver Katherine Dee de Hell's Kitchen était « l'une des manières » dont il s'était acquitté de sa dette envers lui. Un peu plus tôt, il évoquait sa « fierté ». À présent, je comprends ; il se vantait d'avoir suivi les traces du vieux Riker.

— Si son père adoptif était un espion, cela signifie-t-il que Riker-O'Shay travaille pour l'Allemagne ? Il a été adopté par un Allemand, il est né aux États-Unis, a étudié dans un collège anglais et des universités américaines. Envers qui est-il loyal ?

— C'est un gangster, répondit Bell. Il n'a aucune loyauté.

— Où peut-il aller à présent qu'il a été démasqué ?

— Partout où on voudra de lui. Mais pas avant d'avoir perpétré un dernier crime au profit de la nation qui le protégera.

— En utilisant ces torpilles, suggéra Archie.

— Oui, mais contre quoi ? se demanda Isaac Bell.

*

Lorsque Bell regagna le Knickerbocker, Ted Whitmark attendait à la réception de l'agence Van Dorn. Lorsqu'il demanda au détective s'il pouvait s'entretenir avec lui en privé, il tenait son chapeau sur ses genoux et évitait avec soin de croiser son regard.

— Entrez par ici, lui dit Bell, qui remarqua que sa cravate était de travers, ses chaussures éraflées et son pantalon froissé. Il le conduisit à son bureau, lui désigna un siège et en approcha un second pour qu'ils puissent parler sans être entendus. Whitmark ne cessait de se tordre les mains et de se mordiller les lèvres.

— Comment va Dorothy ? lui demanda Bell pour le mettre à l'aise.

— Eh bien… Je voulais justement vous en parler, entre autres choses. Mais je vais déjà vous parler du but principal de ma visite, si vous le voulez bien.

— Bien entendu.

— Voyez-vous, je… euh… je joue aux cartes. Souvent…

— Vous flambez.

— Oui. Je suis un flambeur. Et parfois, je joue trop gros. Si la chance ne me sourit pas, eh bien, sans même m'en rendre compte, je perds beaucoup. Bien sûr, j'essaie de récupérer mes pertes, de me refaire, mais cela ne fait qu'empirer les choses.

— Êtes-vous dans une période de malchance en ce moment, monsieur Whitmark ? l'interrogea Bell.

— Il semblerait, en effet. Oui. On peut dire cela, reconnut Whitmark avant de se murer dans le silence.

— Puis-je supposer que Dorothy en éprouve une certaine contrariété ?

— Oui, c'est vrai, mais ce n'est peut-être pas le plus grave. J'ai agi comme un idiot. Je dois dire que j'ai commis plusieurs bévues. Je pensais pourtant avoir retenu la leçon de San Francisco.

— Que s'est-il passé à San Francisco ?

— J'ai évité une balle de peu, et grâce à vous.

— Que voulez-vous dire ? demanda Bell, soudain conscient que l'affaire était plus sérieuse qu'il ne l'avait imaginé.

— Lorsque vous avez empêché ce chariot de faire exploser l'entrepôt de munitions de Mare Island, vous m'avez sauvé la vie. Il y aurait eu de nombreuses victimes innocentes, et cela par ma faute.

— Expliquez-vous, dit Bell d'un ton brusque.

— Je leur ai donné le laissez-passer et les documents pour pénétrer à l'intérieur du chantier naval de Mare Island.

— Pourquoi ?

— Je devais tellement d'argent. Ils allaient me tuer.

— Qui ?

— Eh bien, le commodore Tommy Thompson, pour commencer. Ici, à New York. Et puis il a vendu ma dette à un gars qui possède un des casinos de Barbary Coast. Là-bas, j'ai perdu encore plus d'argent, et ce type allait me tuer. Il m'a promis qu'il veillerait à ce que ce soit long… Mais je pouvais y échapper ; il suffisait que je lui donne l'un de mes laissez-passer, des factures au nom de mon entreprise, et aussi que je lui explique le maniement du chariot, le système de cordes, etc. Je sais bien ce que vous pensez, que j'ai laissé des saboteurs pénétrer à l'intérieur de la base, mais j'ignorais ce qu'ils allaient y faire. Je croyais qu'ils voulaient obtenir un gros contrat, ou quelque chose du genre. J'étais persuadé qu'ils faisaient cela pour de l'argent.

— Vous espériez qu'ils n'agissaient que pour cela, rétorqua Bell, glacial.

Ted Whitmark baissa la tête. Lorsqu'il la releva, il avait les larmes aux yeux.

— Et c'est ce que j'espérais aussi cette fois-ci. Mais je crains que ce ne soit pas le cas, et quelque chose me dit que ce sera pire encore.

Le combiné de l'intercom sonna sur le bureau de Bell.

— Oui ?

— Une femme s'est présentée ici ; elle désire vous voir, ainsi que le gentleman avec qui vous êtes en rendez-vous. Dois-je la faire entrer ?

— Non. Dites-lui que je n'en ai pas pour longtemps, répondit le détective avant de raccrocher et de se tourner à nouveau vers Ted Whitmark. Poursuivez, Ted. Que s'est-il passé cette fois ?

— Ils veulent que je leur donne un de mes camions pour entrer dans le Brooklyn Navy Yard.

— Qui ?

— Ce type mielleux qui s'appelle O'Shay. J'ai entendu quelqu'un l'appeler « Eyes ». C'est sans doute son surnom. Vous voyez ce que je veux dire ?

— Quand veulent-ils avoir votre camion ?

— Demain. Au moment où le *New Hampshire* doit embarquer ses vivres et ses munitions. Le navire a terminé ses essais et il doit conduire un corps expéditionnaire de marines à Panama pour veiller à ce que les élections dans la zone du canal se déroulent sans heurts. C'est ma boîte de New York qui a empoché le contrat pour les vivres.

— Il s'agit d'un gros camion ?

— Le plus gros.

— Assez spacieux pour transporter deux torpilles ?

Whitmark se mordit les lèvres.

— Oh, mon Dieu. C'est ce qu'ils ont l'intention de faire ?

À ce moment, la porte de la réception s'ouvrit et Harry Warren entra. Bell tournait le dos à Ted Whitmark lorsqu'un mouvement soudain à la porte attira son attention. Il vit Dorothy Langner, vêtue d'une robe fourreau noire et coiffée d'un chapeau à plumes noir lui aussi, se glisser dans la pièce derrière Harry Warren.

— Puis-je vous renseigner, madame ? demanda celui-ci.

— Je cherche Isaac Bell, répondit-elle d'une voix claire et musicale. Mais le voici, je le vois.

Elle se précipita vers le bureau de Bell en fouillant dans son sac. Ted Whitmark se leva d'un bond.

— Bonjour, Dorothy. Je t'avais dit que je parlerais à Bell. Cela nous permettra de repartir sur des bonnes bases, n'est-ce pas ?

Dorothy Langner observa le visage de Ted, puis se tourna vers Bell.

— Bonjour Isaac. Avez-vous un endroit où je puisse parler un instant à Ted en privé ?

Ses magnifiques yeux aux reflets argentés étaient vides d'expression, et Bell ressentit une impression irréelle, comme si la jeune femme était aveugle. Impossible, bien entendu, comment serait-elle venue jusqu'ici ?

— Je crois que le bureau de monsieur Van Dorn est libre, répondit-il. Je suis sûr que cela ne le gênerait pas du tout.

Il conduisit Ted et Dorothy dans le bureau, referma la porte derrière lui et demeura à proximité pour écouter. Il entendit Whitmark répéter :

— Cela nous permettra de repartir sur des bonnes bases, n'est-ce pas ?

— Rien ne nous fera repartir sur des bonnes bases.

— Dorothy ? demanda soudain Ted. Mais que fais-tu ?

La réponse vint sous la forme d'une détonation. Bell se précipita pour ouvrir la porte. Ted Whitmark gisait sur le dos ; du sang s'écoulait de son crâne. Dorothy Langner laissa tomber son pistolet en nickel sur la poitrine de Ted.

— Il a tué mon père, dit-elle à Isaac Bell.

— C'est Yamamoto Kenta qui a tué votre père.

— Ted n'a pas installé la bombe, mais il fournissait des informations au sujet du travail de mon père sur le projet Hull 44.

— C'est Ted qui vous a dit cela ?

— Il m'a tout avoué, sans doute pour soulager sa conscience.

Harry Warren arriva en courant dans la pièce, arme à la main, et s'agenouilla près du corps. Il décrocha ensuite le téléphone de Van Dorn.

— Elle l'a manqué, dit-il à Bell. Standardiste ? Appelez-moi un médecin.

— Sa blessure est-elle grave ?

— Elle n'a fait qu'érafler son cuir chevelu, ce qui explique l'abondance de sang.

— Il ne mourra pas ?

— Pas de sa blessure, en tout cas. D'ailleurs, je crois qu'il revient à lui.

— Elle n'a pas tenté de l'abattre.

— Quoi ?

— Ted Whitmark a tenté de mettre fin à ses jours. Elle a attrapé son arme et lui a sauvé la vie.

Harry Warren posa sur le détective un regard empreint d'une sagesse sans âge.

— Isaac, dis-moi pourquoi il a voulu se suicider.

— C'est un traître. Il vient de m'avouer qu'il donnait des renseignements à notre espion.

Harry Warren regarda Bell droit dans les yeux.

— Il semblerait que mademoiselle Langner ait sauvé la peau de ce salaud, conclut-il.

Le médecin du Knickerbocker Hotel arriva en hâte avec sa sacoche, suivi de deux chasseurs qui portaient un brancard.

— Reculez, s'il vous plaît. Que tout le monde recule.

Bell conduisit Dorothy jusqu'à son bureau.

— Asseyez-vous, lui dit-il avant de faire signe à un apprenti. Apportez un verre d'eau à mademoiselle.

— Pourquoi avez-vous fait cela ? murmura Dorothy.

— Je n'aurais pas agi de la sorte si vous l'aviez tué. Mais puisque ce n'est pas le cas, j'estime que vous avez déjà été assez malheureuse. Inutile d'y ajouter des poursuites judiciaires.

— La police vous croira-t-elle ?

— Oui, si Ted le confirme. Et je pense qu'il le fera. À présent, racontez-moi ce qu'il vous a appris.

— L'automne dernier, il a perdu beaucoup d'argent au jeu à Washington. Quelqu'un a proposé de lui en prêter. En échange, il a parlé à Yamamoto, expliqua Dorothy, ravagée de colère et d'amertume, en secouant la tête. Il ne comprend toujours pas qu'ils se sont arrangés pour qu'il perde.

— Il m'a parlé de malchance, dit Bell. Mais poursuivez.

— La même histoire s'est répétée ce printemps à New York, et ensuite à San Francisco. Et encore tout récemment ici. Mais il a fini par comprendre l'énormité de sa faute. C'est du moins ce qu'il prétend. Il voulait que je revienne auprès de lui. Je lui ai dit que tout était terminé, mais il a su que je voyais quelqu'un d'autre.

— Farley Kent.

— Bien sûr, vous êtes au courant, dit-elle d'un ton las. Les Van Dorn n'abandonnent jamais. Lorsque Ted a appris la vérité au sujet de Farley, je crois qu'il a pris conscience que sa vie entière n'était que mensonge. Il a l'esprit religieux. Il espérait sans doute que je l'attendrais à sa sortie de prison. Ou que je pleurerais le jour de son exécution pour trahison.

— Il a dû perdre ses illusions à ce sujet lorsque vous avez brandi votre pistolet, lui fit remarquer Bell.

— Je ne sais pas vraiment ce que je ressens à l'idée de l'avoir manqué. Je voulais le tuer. Je n'arrive pas à y croire. J'y étais presque.

— Si j'en crois mon expérience, dit Bell, quand les gens manquent une cible facile, c'est qu'ils n'avaient pas vraiment l'intention de tuer. Pour la plupart d'entre nous, le meurtre n'est pas une chose aisée.

— Je regrette de ne pas l'avoir abattu.

— Vous risquiez la pendaison pour cela.

— Peu m'importe.

— Et que serait-il advenu de Farley Kent ?

— Farley aurait...

Dorothy ne termina pas sa phrase.

— Vous alliez dire que Farley vous aurait compris, dit Bell en souriant avec douceur, mais vous savez que ce n'est pas vrai.

Dorothy baissa la tête.

— Farley aurait été anéanti.

— J'ai vu Farley Kent à l'œuvre. Je suis sûr que c'est votre type d'homme, cela m'a d'ailleurs frappé. Il adore son travail. Est-ce que vous l'aimez ?

— Oui, je l'aime.

— Puis-je vous faire raccompagner jusqu'au Brooklyn Navy Yard ?

Dorothy Langner se leva de son siège.

— Merci, mais ce ne sera pas nécessaire. Je connais le chemin.

Bell la reconduisit à la porte.

— Dorothy, lorsque vous avez juré de restaurer l'honneur de votre père, vous avez fait avancer cette affaire à grands pas. Personne n'a agi plus et mieux que vous pour sauver son travail et celui de Farley Kent en ce qui concerne le projet Hull 44. Grâce à vous, nous avons découvert l'espion, et vous pouvez être certaine que nous le mettrons hors d'état de nuire.

— Ce que vous a révélé Ted vous a-t-il été utile ?

— C'est en tout cas ce qu'il croit, répondit Bell avec prudence. Mais dites-moi, comment a-t-il su qu'il y avait quelque chose entre vous et Farley ?

— Un lettre d'un petit curieux, signée « Un ami ». Pourquoi souriez-vous, Isaac ?

— Notre espion est le dos au mur, dirait-on, se contenta de répondre le détective, qui ne pouvait pourtant se défaire de l'impression que Brian O'Shay avait manipulé Ted Whitmark pour qu'il lui livre de faux renseignements. L'espion voulait que Bell croie que l'attaque viendrait de terre alors qu'il comptait agir depuis la mer.

Dorothy l'embrassa sur la joue avant de descendre le grand escalier du Knickerbocker.

— Monsieur Bell, l'appela l'employé de la réception, le détective de l'hôtel souhaiterait vous parler.

51

— Nous avons trois hommes assez louches à l'entrée principale, monsieur Bell, lui annonça le détective du Knickerbocker. Ils veulent vous parler.

— Comment s'appellent-ils ?

— Le vieux hirsute dit qu'il n'a pas de nom, et je serais enclin à le croire. Les deux jeunes sont Jimmy Richards et Marv Gordon.

— Faites-les monter.

— Ils ne sont pas tout à fait à leur place dans le hall, si vous voyez ce que je veux dire.

— Je comprends, mais ce sont les cousins du petit Eddie, et ils entreront par la porte principale. Dites au gérant que j'en prends la responsabilité. Vous pourrez les accompagner pour qu'ils n'effraient pas les dames.

— Très bien, monsieur Bell, répondit le détective de l'hôtel, dubitatif.

Richards et Gordon, les ostréiculteurs de Staten Island, présentèrent leur compagnon plus âgé, un homme maigre et dégingandé, aux cheveux gris, avec des pattes d'oie au coin des yeux, résultat d'une vie passée sur l'eau.

— Voici oncle Donny Darbee, qui nous a conduits jusqu'ici.

— Quoi de neuf, les gars ?

— Vous recherchez toujours des torpilles ?

— Où diable avez-vous entendu parler de cela ?

L'ESPION

— La Navy, les gardes-côtes et la police portuaire grouillent comme des moustiques, en ce moment, répondit Richards.

— Ils fouillent la moindre jetée du port, ajouta Gordon.

— Pas bon pour les affaires, conclut oncle Donny.

— Vous avez vu les torpilles ? leur demanda Bell.

— Non.

— Que savez-vous à leur sujet ?

— Rien.

— Sauf que vous les cherchez, précisa Gordon.

— Rien du tout ? Alors quelle est la raison de votre visite ?

— On se demandait si vous étiez intéressé par un *Holland*.

— Un Holland ? Quel Holland ?

— Le plus gros qu'on ait jamais vu.

— Un *sous-marin* Holland ?

*

— C'est ça, répondirent en chœur les trois hommes.

— Où ?

— Au Kill Van Kull.

— De côté de Bayonne.

— Attendez, les gars. Si vous avez vu un sous-marin à découvert, c'était sans doute un bâtiment de la Navy.

— Il est caché. Sous une barge de transport de wagons.

— Oncle Donny l'a découvert la nuit dernière quand les flics le pourchassaient.

— Cela fait des jours que j'observe cette barge, insista Donny Darbee.

Isaac Bell les interrogea sans omettre le moindre détail.

*

La nuit précédente, les flics portuaires à la recherche de voleurs de charbon remarquèrent oncle Donny et deux de ses amis qui suivaient une barge à bord d'un chaland huîtrier. Oncle Donny ne jugea pas utile de laisser la police monter à bord pour inspecter son bateau. Des coups de feu furent échangés, et les flics finirent par les aborder. Oncle Donny et ses deux compères plongèrent alors dans le Kill Van Kull pour regagner la rive à la nage.

Les amis de Darbee furent capturés, mais le vieil homme nagea vers une barge de transport ferroviaire qu'il surveillait depuis plusieurs jours, car elle était amarrée sans surveillance, et les deux wagons qu'elle transportait contenaient peut-être une cargaison intéressante. Fatigué par l'immersion dans l'eau froide, Darbee commença à couler, mais il fut retenu par une masse solide à une profondeur où il n'avait plus pied. Lorsque les flics abandonnèrent leur traque, Jimmy et Marv, qui observaient la scène depuis la rive de Staten Island, vinrent à la rescousse de leur oncle à bord d'un autre chaland. C'est alors qu'ils examinèrent la barge de plus près. Sous le pont se dessinait la silhouette d'un sous-marin.

— Plus grand que les *Holland* de la Navy. Même bâtiment, mais on dirait qu'ils ont ajouté un morceau à chaque bout.

— Oncle Donny connaît bien les *Holland*, expliqua Richards. Il nous avait emmenés au large de Brooklyn pour assister aux essais de la Navy. C'était quand, déjà ?

— En 1903. Il filait ses quinze nœuds avec la tourelle hors de l'eau et six en plongée.

Bell tendit la main vers le téléphone.

— Vous avez donc de bonnes raisons de penser que c'était bel et bien un sous-marin ?

— Vous voulez venir le voir ? demanda Donny Darbee.

— Oui.

— J'en étais sûr ! exulta Darbee.

Bell téléphona à la police portuaire de New York, convoqua Harry Warren et Archie Abbott et attrapa au vol un sac de golf. En dix minutes, l'express aérien de la 9e Avenue conduisit les Van Dorn et les trois ostréiculteurs à la Brooklyn Battery, vers la pointe sud de Manhattan. Un canot de douze mètres de la police portuaire les attendait à la jetée A.

— Ne touchez à rien, ordonna le capitaine aux trois hommes de Staten Island qui montaient à bord d'un air méfiant.

Il se montra réticent à remorquer leur chaland, amarré à proximité, mais Bell insista et réussit à le convaincre en lui glissant vingt dollars « pour son équipage ».

L'ESPION 427

— Je n'aurais jamais cru que je me retrouverais un jour à bord d'un de ces rafiots, murmura le vieux Darbee alors que le canot s'éloignait de la jetée.

— Sauf peut-être avec des menottes aux poignets, marmonna en écho un des flics portuaires.

— Si l'on ne trouve aucun sous-marin dans le Kill Van Kull, les ennuis vont nous tomber dessus de tous les côtés, confia Bell à Archie et Harry.

— Tu crois vraiment que ce sous-marin existe, Isaac ?

— Je crois qu'ils sont persuadés d'en avoir vu un. Et un submersible rendrait ces torpilles beaucoup plus dangereuses qu'un bâtiment de surface. Quoi qu'il en soit, j'y croirai quand je l'aurai vu.

Le canot de la patrouille portuaire creusait son sillon dans l'Upper Bay et louvoyait avec vivacité entre les ferries, les remorqueurs, les barges, les paquebots et les steamers au long cours. Un sifflet tonitruant annonça l'arrivée imminente d'un paquebot transatlantique qui passait le détroit de Verrazano, suivi par les cornes des remorqueurs qui venaient à sa rencontre. Un flux continu de barges ferroviaires convoyait des wagons de marchandises entre le New Jersey, Manhattan, Brooklyn et l'East River.

Le canot vira sur le Kill Van Kull, le chenal tortueux qui séparait le New Jersey de Staten Island. Bell estima sa largeur à un peu plus de trois cents mètres. Les collines de Staten Island s'élevaient sur sa gauche, et la ville de Bayonne s'étendait sur sa droite. Des quais, des entrepôts, des chantiers de construction et des résidences bordaient la rive.

— C'est ici ! s'écrièrent Richards et Gordon quatre milles nautiques plus loin.

La barge était isolée, amarrée au rivage près d'une pelouse, à l'arrière d'une maison à charpente de bois semblable à celles du voisinage. C'était une ancienne embarcation de la compagnie Railroad Central du New Jersey, courte et large, équipée de trois paires de rails, avec un wagon de marchandises garé du côté de la rive et un wagon plat de l'autre côté. Les rails centraux semblaient inoccupés, même s'il était difficile aux hommes du canot de distinguer l'espace entre les deux voitures.

— Et ce sous-marin ? demanda le capitaine du canot.

— Là-dessous, grogna Donald Darbee. Ils ont percé un trou au milieu de la barge pour la tourelle.

— Vous avez vu ce trou ?

— Non, mais sans cela, comment feraient-ils pour entrer et sortir ?

Le capitaine lança un regard noir à Isaac Bell.

— J'imagine que mon patron va parler au vôtre, monsieur Bell, et qu'il n'en ressortira rien de bon, ni pour vous ni pour moi.

— Approchons-nous, suggéra le détective.

— Il n'y a pas assez de fond pour un sous-marin Holland.

— Il y en a bien assez, rétorqua Donald Darbee. La marée érode la rive de ce côté.

L'homme de barre ordonna de ralentir les machines au maximum, et le canot s'approcha à moins de quinze mètres.

Les Van Dorn, les trois ostréiculteurs et les hommes de la police portuaire plongèrent leurs regards dans l'eau boueuse.

— Beaucoup de boue en mouvement, murmura Darbee d'un ton soucieux.

— C'est notre hélice qui la remue, dit le capitaine. Je vous l'ai bien dit, ce n'est pas assez profond. En arrière avant qu'on s'échoue ! cria-t-il à l'homme de barre.

— Je veux bien être pendu s'il n'y a pas dix mètres d'eau ici, protesta Darbee.

— Alors, pourquoi autant de boue ? lui demanda Bell.

— Je me le demande.

— J'aimerais le comprendre moi aussi, répondit le détective, les yeux toujours fixés sur l'eau.

Des bulles s'élevaient de la boue et venaient éclater à la surface.

52

— EN ARRIÈRE ! HURLA ISAAC BELL. En arrière toute !
L'homme de barre et le mécanicien avaient les réflexes rapides. Ils inversèrent aussitôt le pas de l'hélice, qui fit bouillonner l'eau à la poupe. De la fumée et de la vapeur s'échappèrent de l'unique cheminée, et le canot s'arrêta, mais avant qu'il puisse repartir en arrière, une silhouette grise menaçante s'éleva avec rapidité juste sous sa coque.

— Accrochez-vous !

Devant la proue, Bell vit un tube émerger de l'eau, avec des miroirs disposés à divers angles : l'œil du sous-marin, son périscope. Puis le kiosque, tourelle trapue bordée d'un bastingage, creva la surface. C'est alors qu'un coup formidable asséné sous le canot de police le souleva hors de l'eau. La quille se brisa dans un puissant craquement de bois fendu, et l'embarcation continua à s'élever, soulevée par une massive coque d'acier qui apparut alors à la surface comme un monstrueux cachalot.

Le canot chavira sur le flanc et envoya les Van Dorn, les policiers et les ostréiculteurs dans les eaux du Kill Van Kull.

Bell sauta sur le submersible et pataugea avec de l'eau jusqu'à la taille pour s'approcher du kiosque. Il attrapa le bastingage qui entourait l'écoutille et tenta d'avancer pour desserrer le volant qui en commandait l'ouverture.

— Attention, Isaac ! hurla Archie Abbott. Il replonge !

Ignorant la mise en garde et l'eau qui lui arrivait à présent à la poitrine, Bell s'acharna de toutes ses forces sur le volant. Pendant une seconde, celui-ci résista, puis il crut le sentir céder. De l'eau de mer lui ruisselait sur les épaules, la bouche, le nez et les yeux. Soudain, le sous-marin s'élança en avant. Bell s'accrocha au volant aussi longtemps qu'il le put, essayant toujours de l'ouvrir, mais la force de l'eau l'obligea à lâcher prise. La coque filait sous ses pieds, et il comprit, trop tard, que l'hélice du bâtiment allait le réduire en charpie.

Il s'écarta en poussant avec violence de ses deux pieds et se mit à nager, mais le torrent liquide l'aspirait à nouveau vers le sous-marin. Il sentait la coque glisser sous lui. Quelque chose le heurta avec force, le fit basculer de côté et plonger vers le fond. Un bouillonnement d'eau et une terrible poussée l'enfoncèrent encore plus bas. Propulsé dans le sillage de l'hélice, il comprit qu'il venait d'être frappé par le capot qui protégeait celle-ci, lui évitant ainsi la mortelle morsure des pales.

Il lutta pour regagner la surface, aperçut la tourelle qui avançait à vive allure dans les eaux du Kill Van Kull, et se lança à sa poursuite à la nage. Derrière, Archie aidait Harry Warren à remonter sur la berge boueuse. Richards, Gordon et le mécanicien du canot se tenaient à des cordages qui pendaient de la barge et le capitaine de police s'accrochait à son canot renversé.

— Téléphonez pour demander des renforts ! hurla-t-il aux deux policiers qui titubaient vers la maison à charpente de bois.

Donald Darbee, quant à lui, remontait sur son chaland qui s'était libéré du canot au moment où celui-ci avait chaviré.

— Oncle Danny ! cria Bell par-dessus son épaule tout en continuant à nager. Venez me chercher !

Le moteur à essence du chaland démarra dans un cliquetis métallique et un nuage de fumée bleue.

Le sous-marin s'enfonçait toujours, et seuls le sommet du kiosque et le tube du périscope dépassaient encore de la surface. Le bastingage et le volant de l'écoutille que Bell avait tenté d'ouvrir laissaient derrière eux un sillage qui projetait des gerbes d'eau, comme une fontaine en mouvement.

L'ESPION

Le chaland de Darbee s'approcha, et Bell grimpa à bord en passant par-dessus la lisse de plat-bord peu élevée et en se laissant tomber sur le fond.

— Poursuivez-le !

Darbee mit les gaz ; le bruit du moteur enfla et la carcasse en bois de l'embarcation trembla.

— Et qu'est-ce qu'on va en faire quand on l'aura rattrapé ? murmura le vieil homme.

Bell entendit des coups de feu derrière lui. Les flics qui couraient vers la maison pour appeler des renforts au téléphone plongèrent derrière des arbustes. Des tirs partaient de toutes les fenêtres et balayaient la pelouse.

— Ce sont des faussaires qui vivent là, expliqua Donald Darbee.

— Plus vite ! cria Bell.

Il sauta sur le pont avant.

— Amenez-moi près du kiosque !

Le Holland, en grande partie immergé, se dirigeait vers l'Upper Bay à une vitesse de six nœuds. Darbee s'affaira sur le moteur, qui commença à émettre un grondement profond, et le chaland ostréicole repartit deux fois plus vite. Il diminua très vite de moitié la distance qui le séparait des gerbes d'eau produites par la résistance du bastingage du Holland, puis encore d'une autre moitié, et ils dépassèrent le remous provoqué par l'énorme hélice. Bell se prépara à sauter sur le kiosque. Le chaland s'aligna contre la coque du submersible. Bell sentait d'ailleurs sa présence plus qu'il ne la voyait sous la surface. Avant de s'élancer, il visa le tube du périscope, l'espérant assez solide pour supporter son poids jusqu'à ce qu'il parvienne à agripper le bastingage.

Mais le Holland disparut soudain sous les flots.

En l'espace d'une seconde, la tourelle qui se trouvait juste devant le détective avait disparu, comme avalée par l'eau du Kill Van Kull. Bell distinguait encore les bulles et les ondulations dans le sillage de l'hélice, mais il n'y avait plus aucun endroit – tourelle, périscope ou bastingage – où il puisse poser le pied.

— Ralentissez, demanda Bell à Donald Darbee, et suivez son sillage.

Darbee réduisit les gaz pour ne pas dépasser le submersible.

Bell, debout sur la plage avant, observait les remous rythmés de l'hélice du sous-marin et faisait signe au vieil homme de pousser son gouvernail dans une direction ou l'autre. Bell se demandait comment le submersible calculait sa trajectoire, mais il n'obtint la réponse qu'au bout d'un demi-mille. Peu de temps avant d'atteindre une courbe du Kill Van Kull, le périscope émergeait soudain de l'eau et le sous-marin modifiait alors son cap.

L'espion avait donc prévu l'itinéraire de sortie du Kill Van Kull en calculant le temps qui s'écoulerait entre chaque virage. Le détective signalait le changement à Darbee, qui virait en conséquence. Le périscope demeurait toujours au-dessus de la surface ; soudain, il fit pivoter son œil de verre pour s'arrêter en face de Bell.

— Arrêtez le moteur ! cria le détective.

La vitesse du chaland ostréicole décrut très vite, et il dériva un instant sur son élan. Bell se demanda si le submersible allait remonter ou même faire demi-tour pour les éperonner, mais il maintint sa course et fila au-devant du chaland sans cacher son périscope.

— Darbee, demanda Bell, le Holland dont vous aviez vu les essais en mer était-il équipé d'un tube à torpilles à l'arrière ?

— Non, répondit le vieil homme.

Bell éprouva un soulagement réel, mais de courte durée.

— J'ai entendu dire qu'ils comptaient en installer un, ajouta Darbee.

— Je ne pense pas qu'ils gaspilleraient une torpille pour nous, jugea Bell.

— Probablement pas.

— Accélérons. Il faut nous rapprocher.

Plus loin devant eux, le Holland prit un virage serré. Le périscope tourna sur lui-même, et l'homme de barre invisible sous l'eau changea de cap. Bell fit signe à Darbee d'accélérer. Ils s'approchèrent à vingt mètres du tube et des remous de l'hélice. Mais plus loin, les eaux devenaient houleuses alors que le Kill Van Kull rejoignait l'Upper Bay.

L'ESPION   433

Staten Island et Bayonne disparaissaient derrière eux. Un petit
vent froid traversait les vêtements trempés d'Isaac Bell, et des
vagues commençaient à chevaucher le périscope. D'énormes
bulles vinrent éclater à la surface et Bell comprit que le Holland
évacuait l'air de ses ballasts et emmagasinait de l'eau pour
plonger. Le périscope disparut. Les vagues balayées par le vent de
l'Upper Bay effacèrent toute trace du sillage.

— Il est parti, constata Darbee.

Bell scruta avec désespoir l'embouchure du Kill et la baie.
À trois milles nautiques de là, de l'autre côté de la baie, s'éten-
daient les chantiers de Brooklyn et, plus loin encore, des collines
vertes peu élevées. Sur sa gauche, Bell apercevait les hauts
immeubles de Lower Manhattan et l'élégant câblage du pont de
Brooklyn qui chevauchait l'East River.

— Vous savez où se trouve le port de Catherine Slip ? demanda
le détective à Darbee.

— Qu'est-ce que vous comptez y trouver ? répondit le vieil
homme tournant la barre.

— Le *Dyname*. Le navire le plus rapide de New York, équipé
d'un téléphone, d'un radiotélégraphe, et commandé par un officier
naval de haut rang. Un héros militaire. Lui seul pourrait rallier au
plus vite la Navy contre le sous-marin de l'espion et prévenir le
New Hampshire pour qu'ils installent des filets antitorpilles avant
d'entrer au port.

Darbee lui tendit un caban en toile qui sentait le moisi. Bell se
débarrassa de sa chemise et de son manteau mouillés, sécha son
Browning et vida l'eau de ses bottines. Le chaland au moteur
« gonflé » franchit les cinq milles qui les séparaient du pont de
Brooklyn en moins de vingt minutes. Mais soudain, alors qu'ils
passaient sous ses arches, le cœur de Bell faillit lui manquer ; le
New Hampshire avait déjà accosté. Il était amarré au quai le plus
proche du chantier du Hull 44. Si le 44 était bien la cible de
l'espion, les deux bâtiments formaient une cible facile. Les explosions à bord du *New Hampshire* risquaient de propager des
incendies dans tout le chantier.

*

Au grand soulagement d'Isaac Bell, le *Dyname* était amarré au port de Catherine Slip.

Le détective sauta du chaland sur l'échelle la plus proche, grimpa sur le quai, traversa la passerelle de coupée et poussa la porte de la cabine principale du *Dyname*. Le capitaine Falconer était assis sur sa banquette de cuir vert, flanqué de deux de ses hommes d'équipage.

— Falconer ! Ils ont un sous-marin.

— C'est ce que j'ai appris, en effet, répondit le héros de Santiago en adressant un sombre hochement de tête aux deux hommes de main du service de protection privé de la compagnie Riker & Riker qui tenaient la cabine sous la menace de pistolets et d'un fusil à canon scié. Bell reconnut Plimpton, le garde du corps qui voyageait avec Riker à bord du 20th Century Limited.

— Vous êtes trempé, monsieur Bell. Et vous avez perdu votre chapeau.

53

— B ONJOUR, PLIMPTON.
    — Mains en l'air.
    — Où est O'Shay ?

— Mains en l'air !

— Dites à votre patron que je suis son débiteur pour cette superbe émeraude, et que j'entends bien payer mes dettes en personne.

— Levez les mains, et vite !

— Faites ce qu'il vous dit, Bell, intervint Falconer. Ils ont déjà abattu mon second et mon mécanicien.

Isaac Bell avait gagné assez de temps pour évaluer la partie adverse ; il obtempéra. Plimpton tenait un Luger semi-automatique de la marine allemande, une arme qu'il semblait bien maîtriser. Mais les gros bras qui l'accompagnaient ne faisaient de toute évidence pas le poids. Le plus âgé, qui portait avec précaution un Remington calibre 20 à canon scié, aurait pu passer pour un agent de sécurité dans une agence bancaire d'une petite ville. Le plus jeune agrippait son revolver comme un portier d'auberge de jeunesse qui voudrait jouer au dur. S'ils se trouvaient à bord, sembla-t-il à Bell, ce n'était pas pour se conformer à un plan établi à l'avance, mais parce que quelque chose était allé de travers.

Qu'est-ce qui avait donc pu les attirer à bord du *Dyname* au dernier moment ? Voulaient-ils s'échapper à bord du navire le plus rapide du port après le lancement de la torpille par leur chef ? Mais le *Dyname* ne disposait pas d'une autonomie suffisante pour traverser l'Atlantique. O'Shay comptait sans doute prendre un paquebot en partance pour l'Europe en compagnie de Katherine Dee, sous de faux noms, ou voyager en secret sur un cargo.

Ce qui était allé de travers, comprit soudain Bell, c'était Katherine Dee : elle était blessée.

— La fille est-elle à bord ? demanda Bell à Falconer.

— Il lui faut un toubib, laissa échapper l'homme au fusil.

— La ferme, Bruce, grogna Plimpton.

— Je suis à bord, dit Katherine Dee en titubant en haut de l'escalier qui montait de la cabine privée de Falconer.

Échevelée, pâle et fiévreuse, elle ressemblait à une enfant soudain réveillée d'un profond sommeil, si ce n'était l'expression de haine sur son visage.

— Merci, lança-t-elle à Isaac Bell d'un ton amer. Vous êtes en train de tout détruire.

Lorsque Bell avait tiré sur elle dans la bijouterie de Barlowe, elle s'était accrochée à son arme, qu'elle levait à présent vers lui d'une main tremblante.

— Mademoiselle Dee ! lança Bruce. Vous devriez être couchée.

— Il lui faut un médecin, dit Bell.

— C'est ce que je ne cesse de dire. Monsieur Plimpton, elle a besoin d'un docteur.

— Tais-toi, Bruce. Elle verra un médecin dès que nous serons sortis de cette galère.

Les bras levés, impuissant face aux hommes de Brian O'Shay, le détective chercha le regard de Katherine à la recherche d'une faiblesse qu'il pourrait exploiter, alors même qu'il se préparait à recevoir une balle. Dans les yeux de la jeune femme, il ne lut aucune pitié, aucune hésitation, mais l'immense lassitude d'une personne atteinte d'une blessure mortelle. Elle voulait le tuer avant de mourir. Tout comme elle avait tué John Scully, Grover Lakewood, le père Jack et Dieu sait combien d'autres pour le compte de Brian O'Shay. Combien de temps lui restait-il à vivre ? Où était donc, se demanda Bell, cette « étincelle divine » ?

— Saviez-vous, lui demanda-t-il, que le père Jack priait pour vous ?

— Pour le bien que m'ont fait ses prières ! C'est Brian O'Shay qui m'a sauvée.

— Et pourquoi vous a-t-il sauvée ? Pour précipiter Grover Lakewood d'une falaise ? Pour abattre un prêtre ?

— Comme vous m'avez vous-même abattue.

— Non, répondit Bell. J'ai tiré pour sauver la femme que j'aime.

— J'aime Brian. Je ferais tout pour lui.

Bell se souvint des mots de Dilber, le chef de train du 20th Century Limited. *Ils sont tout à fait réguliers. Ils prennent toujours des compartiments séparés.*

Et O'Shay lui-même, sous l'identité de Riker, avait dit en parlant de sa pupille : *Cette jeune fille apporte de la lumière dans ma vie, là où n'existaient que des ombres.*

— Et que représente Brian pour vous, au juste ?

— Il m'a sauvée.

— Il y a quinze ans de cela. Et que fera-t-il pour le reste de votre vie, Katherine ? Vous garder pure ?

La main de la jeune femme trembla avec violence.

— Vous…

Elle peinait à respirer et sa voix était rauque.

— Vous tuez pour lui plaire, et il veille sur votre pureté ? C'est ainsi que cela fonctionne ? Le père Jack avait de bonnes raisons de prier pour vous.

— Pourquoi ? gémit-elle.

— Parce qu'il savait, dans son cœur, au plus profond de son âme, que Brian O'Shay ne pouvait vous sauver.

— Et Dieu le pouvait, selon vous ?

— C'est ce que pensait le prêtre ; il le croyait de tout son cœur.

Katherine baissa son arme. Ses yeux se révulsèrent. Son pistolet s'échappa de ses doigts et elle s'affaissa sur le sol comme une marionnette dont on aurait coupé les ficelles.

— Plimpton, bon Dieu ! hurla Bruce. Elle va mourir sans avoir vu de médecin, ajouta-t-il avec un geste emphatique, son arme à la main.

Telle une vipère frappant par réflexe au premier mouvement, Plimpton abattit Bruce d'une balle entre les deux yeux, et se retourna vers Bell, qui ne perdit pas un seconde pour agir. Le garde du corps venait de commettre une erreur fatale.

Bell tira deux fois de suite, la première sur Plimpton, et la seconde sur le dernier homme de main. Alors que celui-ci basculait en avant, son fusil partit tout seul avec un vacarme assourdissant. Une grêle de plombs cribla les jambes de Falconer et de ses deux hommes installés sur la banquette.

Bell serrait un garrot au-dessus du genou de Lowell Falconer lorsque Donald Darbee passa la tête dans l'encadrement de porte d'un air prudent.

— Je me suis dit que vous aimeriez le savoir, monsieur Bell. Le Holland est en train de passer sous le pont de Brooklyn.

54

— Surface ! hurla Dick Condon, le second auquel Eyes O'Shay avait confié le commandement du Holland après avoir exécuté le capitaine Hatch.

— Non ! le contredit O'Shay. Restez en plongée. Ils risquent de nous voir.

— Mais la marée va nous être fatale ! répondit en criant le rebelle irlandais effrayé. Le courant est de quatre nœuds. En propulsion électrique, nous n'avançons qu'à six nœuds. Nous devons faire surface et utiliser les moteurs à essence.

O'Shay saisit Condon par l'épaule. La panique qui transpirait dans sa voix inquiétait les hommes qui manœuvraient les réservoirs de ballast, les caisses de correction d'assiette et se préparaient au lancement de la torpille – la raison même du choix d'un sous-marin pour cette opération. Quelqu'un devait garder la tête froide.

— Six ? Quatre ? Quelle importance si nous n'avançons qu'à deux nœuds ?

— Non, monsieur O'Shay. Nous ne faisons deux nœuds que si nous naviguons droit sur la marée. Mais si je vire sur le flanc pour aligner la torpille, nous allons être balayés !

— Essayez tout de même, exigea O'Shay. Prenez le risque.

Dick Condon désactiva le système de navigation à air comprimé, moins précis, du gouvernail vertical, passa en mode manuel et vira avec précaution. Les hommes sentirent le pont s'incliner sous leurs pieds, et l'East River assaillit le sous-marin avec la furie d'un requin qui s'acharne sur un nageur imprudent. Dans l'espace réduit et sombre, les hommes d'équipage allèrent s'écraser contre les tuyaux, les conduits et les câblages alors que le bâtiment était secoué de tous côtés.

— Surface ! hurla à nouveau Condon.

— Non.

— Je dois remonter le kiosque à l'air libre, monsieur. Ce ne sera pas gênant, monsieur O'Shay, plaida-t-il. Nous effectuerons un meilleur tir en surface. La première torpille est déjà chargée. Nous pouvons tirer, plonger, laisser le courant nous emporter pendant que nous chargeons la seconde, et remonter ensuite. Vous obtiendrez tout l'effet escompté, monsieur. Et si quelqu'un nous aperçoit, tout ce qu'ils verront, c'est un bâtiment britannique. C'est ce que nous voulions. Je vous en prie, monsieur O'Shay. Vous devez écouter la voix de la raison, sinon tout est perdu.

O'Shay le poussa pour s'approcher du périscope.

La surface de l'East River était fortement agitée, comme une mosaïque de vagues en perpétuel bouleversement. L'écume obscurcissait le verre du périscope. Juste au moment où il s'éclaircissait à nouveau, une vague le submergea et la surface redevint invisible. Le bâtiment eut une brusque embardée, mais soudain, le tube émergea des eaux tumultueuses, et O'Shay constata qu'ils se trouvaient presque à la hauteur du chantier naval.

La longue coque blanche du *New Hampshire* se trouvait bien là où il espérait la trouver. Il n'aurait pas pu choisir meilleur emplacement. Mais même si l'hélice tournait à plein régime et si le moteur électrique s'activait au point de sentir le brûlé, le sous-marin glissait en arrière.

— Très bien, concéda enfin O'Shay. Attaquons en surface.

— Réduisez l'allure à mi-vitesse ! ordonna Condon.

Le moteur baissa en régime et le bâtiment cessa de trembler. Il colla son œil au périscope et contrôla la dérive par petits coups précis et adroits sur les gouvernes verticales et horizontales.

— Préparez-vous à faire surface.

— Quel est ce bruit ?

Les vétérans de la Royal Navy échangèrent des regards perplexes.

L'ESPION

— Un problème de moteur ? demanda O'Shay.

— Non, non. C'est quelque chose dans l'eau.

L'équipage demeura immobile, à écouter une sorte de plainte haut perchée qui devenait plus forte et plus perçante à chaque seconde.

— Un navire ?

Condon fit pivoter le péricope pour balayer l'ensemble de la surface de l'eau.

— Je n'ai jamais entendu un navire faire un bruit pareil, commenta le mécanicien, résumant ainsi une impression partagée par tous ses camarades.

— Plongez ! cria Condon. En descente, vite !

*

— Où est-il passé ? s'écria Lowell Falconer.

À la grande surprise d'Isaac Bell, le capitaine encore couvert de sang était parvenu à se hisser sur le pont, où le détective pilotait le *Dyname* vers le pont de Brooklyn à près de trente nœuds.

— Droit devant, lui répondit-il, une main sur la barre et l'autre sur le levier qui commandait la vapeur. Le garrot est-il efficace ?

— Si ce n'était pas le cas, je serais déjà mort, grogna Falconer entre ses dents.

Il était d'une pâleur mortelle en raison du sang qu'il avait perdu, et Bell doutait qu'il puisse rester conscient beaucoup plus longtemps. Il avait dû faire des efforts héroïques pour réussir à monter les quelques marches qui séparaient la cabine du pont.

— Qui s'occupe de la salle des machines ? demanda-t-il à Bell.

— L'oncle Darbee prétend avoir été chauffeur sur le ferry de Staten Island, et assistant mécanicien lorsque le mécano en titre était soûl.

— Le *Dyname* ne fonctionne pas au charbon.

— C'est ce qu'il a constaté en cherchant une pelle, mais tout va bien, nous avons de la vapeur.

— Je ne vois pas le Holland.

— Il n'a pas arrêté de plonger et de remonter en surface. J'ai aperçu son périscope il y a quelques minutes. Là !

Le kiosque trapu du submersible creva la surface de l'eau. La coque elle-même apparut un bref instant, puis redescendit.

— La marée le malmène, murmura Falconer. Elle descend et c'est la pleine lune.

— Parfait, dit Bell. Nous avons besoin de toute l'aide possible, d'où qu'elle vienne.

Le *Dyname* traçait son sillon à travers l'étendue d'eau houleuse. Le submersible était invisible. Falconer tira sur la manche de Bell.

— C'est un Holland de classe A de la Royal Navy, lui murmura-t-il d'un ton insistant, et son tonnage est trois fois supérieur au nôtre. Soyez sur vos gardes quand il fera surface : il utilisera alors son moteur principal et sa vitesse sera bien plus élevée.

Sur ces mots, le capitaine Falconer s'affaissa, inconscient, sur le pont. Bell mit le moteur au ralenti et fit virer le yacht pour le mettre en face du courant avant de reprendre de la vitesse. Il avait à présent dépassé le pont de Brooklyn de plusieurs centaines de mètres et scrutait la surface sous la lumière déclinante.

Un traversier quitta soudain son quai de Pine Street, coupa la route d'un gros ferry ferroviaire de la Pennsylvania Railroad à destination du Bronx et s'élança sur l'East River. Leurs sillages se combinaient pour former de vastes étendues d'eau trop houleuses pour que Bell puisse avoir la moindre chance de distinguer un périscope. Il enfonça le *Dyname* dans la houle et vira. Soudain, il le vit, loin devant. Le sous-marin avait suivi les ferries, s'était caché dans leurs sillages, et se positionnait à présent près du chantier naval.

Il sortit brusquement de l'eau, révélant son kiosque et ses trente mètres de coque en crachant une fumée bleue. Le système d'échappement de son puissant moteur, comprit Bell. Posé ainsi sur l'eau, c'était un bâtiment lance-torpille à part entière, rapide et vif.

Mais vulnérable.

Bell poussa le levier de vapeur en avant pour saisir cette chance inespérée de l'éperonner. Mais alors que le yacht d'acier prenait de la vitesse, le long submersible opéra un virage serré et se tourna droit vers son poursuivant. Sa poupe bascula en arrière. Bell aperçut la gueule sombre d'un tube ouvert, d'où s'élança une torpille Wheeler Mark 14.

55

L A TORPILLE S'ENFONÇA SOUS L'EAU.
Valait-il mieux virer à tribord ou à bâbord ? Isaac Bell n'en
avait pas la moindre idée. La torpille immergée qui fonçait
vers lui était invisible, et il était impossible de savoir si elle allait
tout droit ou non. Quant à son sillage, s'il existait, il était aussitôt
effacé par la lourde houle. Le *Dyname* mesurait plus de trente
mètres de long et plus de trois mètres d'envergure. S'il virait, ses
flancs présenteraient une cible plus large. Mais si Bell se trompait,
la tête chargée de TNT ferait voler le yacht en éclats. Le Holland
plongerait à nouveau pour recharger son tube de lancée et poursuivre son attaque.

Bell choisit de garder son cap droit devant.

Le Holland le vit arriver et entama une plongée. Mais il ne
descendait pas assez vite pour éviter la coque d'acier acérée
comme un couteau qui filait vers lui à près de quarante nœuds. Il
vira à tribord – sur la gauche du point de vue de Bell. Le détective
ne voyait toujours pas le sillage de la torpille, ni la moindre trace
de bulles.

— Accrochez-vous, oncle Danny ! cria-t-il dans le tube acoustique avant de mettre le cap à bâbord.

Derrière lui, un éclair de lumière et une explosion confirmèrent
la justesse de son choix. S'il n'avait pas réagi comme il l'avait fait,
la torpille aurait bel et bien coulé le *Dyname*. Au lieu de cela, elle
était allée se fracasser sur une jetée de pierre du pont de Brooklyn,

et le yacht était à présent si proche du Holland qu'il pouvait distinguer les rivets sur sa coque. Il se prépara à l'impact en se plaquant contre la barre une seconde avant que le yacht ne vienne heurter le submersible derrière son kiosque. Compte tenu de la vitesse du *Dyname*, Bell pensait qu'il allait déchirer la structure du sous-marin et le couper en deux, mais il s'était trompé dans ses calculs. Avec sa proue étroite et profilée soulevée hors de l'eau par ses neuf hélices, le yacht chevaucha la coque du Holland, se percha au-dessus, puis glissa dans l'eau de l'autre côté dans un hurlement d'acier déchiré et de rivets arrachés.

Les hélices du *Dyname* tournaient toujours, et elles poussèrent le yacht à des centaines de mètres du lieu de la collision avant que Bell puisse les arrêter. Le Holland avait disparu, en plongée ou coulé, Bell n'aurait su le dire. Soudain, la tête de Donald Darbee apparut près du détective.

— Nous avons des voies d'eau.

— Vous pouvez m'envoyer de la vapeur ?

— Pas pour longtemps, répondit le vieil homme.

Bell fit le tour de la zone d'abordage. Il sentait le poids de l'eau au fond de la coque du yacht.

Le Holland réapparut non loin sept minutes après sa dernière plongée.

Bell vira pour l'éperonner à nouveau, mais le *Dyname* résistait aux mouvements de la barre, et le détective parvenait à grand-peine à infléchir sa course. Soudain, l'écoutille du kiosque du Holland s'ouvrit. Quatre hommes se hissèrent hors du submersible et se jetèrent à l'eau. La force de la marée les balaya et les envoya sous le pont. Eyes O'Shay ne faisait pas partie du groupe. Le Holland tourna sur lui-même, et se disposa en un mouvement lent, mais inexorable, en face des cent quarante mètres de coque du *New Hampshire*. À moins de quatre cents mètres de distance, il lui était impossible de manquer sa cible.

Bell se débattit avec la barre et força le *Dyname* à maintenir son cap pour un nouvel assaut. Il poussa le levier de vapeur pour obtenir la vitesse maximale, mais sans succès.

— Donnez-moi toute la puissance que vous pourrez, cria-t-il dans le tube acoustique, et filez avant qu'il ne coule !

Dieu seul sait ce que Darbee parvint à bricoler dans la salle des machines, mais le yacht commença à avancer, non sans mal et par à-coups. Bell pointa la proue vers le Holland qui flottait, immobile, bas sur l'eau, tandis que les vagues de l'East River clapotaient contre le bord de son écoutille ouverte. L'hélice du submersible luttait pour maintenir le cap contre la marée. Sa proue terminait son virage pour positionner le tube de lancement en face du *New Hampshire*.

Isaac Bell garda le cap. Les deux bâtiments engagèrent le combat comme deux lutteurs ensanglantés se battant à mains nues, titubants, pour remporter le dernier round. Le yacht fit dévier le sous-marin, plus lourd, de sa course, et vint lui racler le flanc. Lorsque l'effet de l'impact diminua, le sous-marin reprit sa manœuvre pour aligner sa torpille sur le *New Hampshire*, et par l'écoutille ouverte, Bell aperçut O'Shay aux commandes des gouvernes de direction.

Il sauta du pont du *Dyname*, fit un plongeon par-dessus le bastingage du Holland et s'engouffra à travers l'écoutille.

56

L E DÉTECTIVE TOMBA COMME UNE MASSE dans l'ouverture, et ses bottines écrasèrent les épaules de Brian O'Shay. L'espion lâcha les commandes de direction, et dévala dans la salle de contrôle, en contrebas, où il s'affala sur le sol. Bell parvint à atterrir sur ses pieds.

La puanteur d'ammoniaque – un mélange de gaz chloré toxique, d'eau de mer et d'acide de batterie – lui brûla les narines et les yeux. À moitié aveuglé, il eut une vision floue d'un espace exigu, avec un plafond à nervures arrondi, si bas qu'il devait s'accroupir, et fermé par des cloisons hérissées de conduits, de tuyaux, de jauges et d'indicateurs de toutes sortes.

O'Shay s'élança d'un bond et chargea droit sur lui.

Isaac Bell l'accueillit d'un dur crochet du droit. O'Shay bloqua le coup et riposta d'un coup de poing qui atteignit Bell sur le côté. Le détective s'écrasa contre une cloison, se brûla le bras sur un tuyau chauffé à blanc, rebondit sur le rebord acéré d'un indicateur de gouverne, s'érafla le cuir chevelu sur la boussole qui pendait du plafond et lança une nouvelle droite.

L'espion réussit une fois de plus à parer d'un bras gauche aussi vif que puissant et répondit par un coup dans les côtes encore plus meurtrier que le précédent, avec assez de force pour renvoyer le détective contre les tuyaux brûlants. Les bottines de Bell dérapèrent sur le sol mouillé et il perdit l'équilibre.

Le gaz étant plus lourd que l'air, l'odeur de chlore était encore plus forte vers le sol, et lorsque Bell inhala, il sentit sa gorge le brûler et commença à suffoquer. Il entendit O'Shay grogner sous l'effort et vit qu'il se préparait à lui lancer un coup de pied. Il s'écarta, mais ne put éviter le talon qui lui martela la tempe. Il chancela, puis se releva aussitôt. Contrôlant sa respiration pour inspirer par instants un air moins vicié, il se mit à tourner autour de l'espion. Le combat était plus égal que Bell ne l'aurait imaginé. Le détective avait une meilleure allonge, mais O'Shay était aussi vif et puissant que lui. Le poids de Bell, bien supérieur, constituait un handicap certain dans un espace aussi confiné.

Il lança une nouvelle droite, mais ce n'était qu'une feinte. Lorsque Brian O'Shay, vif comme l'éclair, para le coup et contre-attaqua, Bell était prêt. Il frappa d'une gauche fulgurante qui fit basculer en arrière la tête de l'espion.

— Un coup de chance, le provoqua O'Shay.

— Parer les coups, c'est tout ce que vous avez appris à Hell's Kitchen ? rétorqua le détective.

— Pas tout à fait.

O'Shay glissa son pouce dans sa poche de gilet et le ressortit, armé de sa gouge en acier inoxydable affûtée comme un rasoir.

Bell s'approcha et continua le combat en variant les combinaisons. La plupart atteignaient leur but, mais c'était comme s'il frappait un punching-ball. O'Shay ne vacillait jamais, mais se contentait d'encaisser en attendant sa chance. Lorsqu'elle se présenta, il la saisit aussitôt, et asséna un coup dévastateur dans l'abdomen du détective.

Celui-ci se plia en deux. Avant qu'il parvienne à se redresser, O'Shay s'approcha avec une rapidité prodigieuse et lui enserra le cou de toute la force de son bras droit.

Isaac Bell se retrouva cravaté, impuissant. Son bras gauche était coincé entre leurs deux corps. De sa main droite, il tenta d'atteindre le couteau caché dans sa bottine. Mais le pouce de Brian O'Shay décrivait à présent un arc de cercle en se rapprochant de ses yeux. Bell chassa le couteau de son esprit et saisit le poignet de l'espion.

En l'espace d'une seconde, il comprit que pour la première fois de sa vie, il se battait avec un homme plus fort que lui. Alors qu'il agrippait le poignet de son ennemi de toutes ses forces, celui-ci parvint à approcher de son visage le pouce armé de la gouge. La pointe d'acier perça la peau du détective et commença à traverser sa joue, creusant un mince sillon rouge en direction de l'œil. En même temps, le bras droit de l'espion écrasait de plus en plus fort la gorge de Bell, empêchant l'air de parvenir à ses poumons en feu et le sang d'affluer vers son cerveau. Il entendit comme un rugissement dans sa tête. Des éclairs blancs étincelaient devant ses yeux. Sa vision commença à se brouiller, et sa pression sur le poignet de Brian O'Shay se relâcha.

Il essaya de libérer son bras gauche. O'Shay opéra un léger mouvement pour le garder solidement bloqué.

Penché en avant, la tête coincée, Bell s'aperçut soudain qu'il se trouvait en partie derrière O'Shay. Il lança un coup de genou dans le creux de celui de l'espion, qui le plia par réflexe et bascula en avant. Bell passa son épaule sous le corps de son adversaire et le souleva, comme mû par la force d'un piston.

Il le hissa et le renversa sur le pont avec une force ravageuse. O'Shay, puissant et musclé, maintint sa prise sur la tête du détective, prit une grande goulée d'air et le tira vers le bas, où la concentration de gaz suffocants était encore plus dense. Mais le bras gauche de Bell n'était plus immobilisé entre eux, et il en profita pour asséner dans le nez de son ennemi un coup de coude qui fit craquer l'os. O'Shay tenta de l'étrangler, tandis que sa gouge menaçait toujours l'œil de Bell.

Soudain, une cascade déferla sur les deux hommes, formant de nouveaux nuages ammoniaqués qui s'élevèrent de la massive batterie aménagée sous le pont. Le sous-marin gîtait, et l'eau du fleuve se déversait par l'écoutille. Bell étira ses jambes au maximum, trouva une prise pour ses pieds et plaqua la tête de Brian O'Shay contre la cloison couverte de tuyaux brûlants. L'espion tenta de s'en écarter, mais Bell tint bon. L'odeur des cheveux en train de brûler était encore plus forte que celle des gaz chlorés, et O'Shay finit pas relâcher son étreinte. Bell se dégagea, évita un coup vicieux de la gouge d'acier et cogna sans relâche tandis que les vagues s'engouffraient à l'intérieur du submersible.

Bell lutta pour se remettre debout, se libéra d'un coup de pied des mains de Brian O'Shay qui s'accrochaient toujours à lui, et remonta vers l'écoutille. Il vit des lumières qui convergeaient vers le sous-marin. Le *New Hampshire* affalait des canots, et d'autres partaient du Brooklyn Navy Yard. Le submersible coulait tandis que son moteur continuait à vrombir et que son hélice se battait contre le courant. Une vague dégringola sur l'écoutille et envoya Bell vers l'arrière du bâtiment. D'un mouvement du pied, il évita le capot de l'hélice, manquant les pales de peu, et fut rejeté dans le sillage du Holland.

O'Shay sortit à son tour par l'écoutille, pris de haut-le-cœur, les poumons saturés de chlore. Il plongea à la suite du détective. Son visage était un masque de haine.

— Je vais vous tuer.

L'hélice du Holland l'aspira entre ses pales. Le courant balaya son torse sectionné qui passa devant Bell, suivi par la tête, les yeux toujours fixés sur lui, puis le fleuve attira les restes de sa dépouille vers le fond.

Le sous-marin roula de côté et glissa entre les vagues. Isaac Bell se crut perdu. Il batailla pour rester en surface, mais il était affaibli par le froid et manquait de souffle en raison des émanations de chlore. Une vague s'enroula autour de lui, et son esprit revint tout entier au souvenir du jour où il avait rencontré Marion, et où le sol lui avait semblé trembler sous ses pieds. Ses yeux lui jouaient des tours. Les cheveux de Marion, épais et soyeux, étaient remontés au sommet de sa tête ; une seule mèche, longue et étroite, retombait presque jusqu'à la taille. Marion paraissait frêle, délicate, mais aussi forte que les branches d'un saule, et elle essayait de l'atteindre.

Elle lui agrippa la main. Il referma la sienne et parvint à se hisser jusqu'à la surface. Bell leva les yeux et vit le visage souriant d'un marin barbu.

*

Lorsqu'il reprit conscience, il était étendu sur le dos au fond d'un canot en bois. Le capitaine Lowell Falconer était à ses côtés. Le héros de Santiago paraissait aussi lessivé que lui, mais son regard étincelait.

— Vous aller vous en tirer, Bell. Ils nous emmènent à l'hôpital du bord.

— Il faudrait prévenir les équipes de sauvetage qu'il y a une Wheeler Mark 14 activée dans le tube lance-torpille du Holland.

Bell avait du mal à respirer, et le moindre mot lui arrachait la gorge.

— Si elle est toujours dans son tube, c'est grâce à vous, répondit Falconer.

Avec un léger choc, le canot s'immobilisa contre un quai.

— Quelles sont ces lumières ? demanda Bell.

Le ciel nocturne était si éclairé qu'il en paraissait blanc.

— Nous avons doublé les équipes du projet Hull 44.

— Bien.

— Bien ? répéta Lowell Falconer. Après tout ce que vous avez fait, vous n'avez rien de mieux à dire ?

Bell fit un effort pour réfléchir, puis il sourit.

— Je suis désolé pour votre yacht.

EN MISSION AU LONG COURS

57

Dix ans plus tard, sur la côte allemande de la mer du Nord

LE BROUILLARD AVEUGLAIT LES SOLDATS ALLEMANDS lancés à la poursuite de l'espion américain.

Il s'élevait des tourbières de Frise pour se répandre dans l'air du matin, s'amassait sous les arbres et recouvrait le sol plat. Il y restait souvent jusqu'à ce que le soleil de midi le dissipe mais ce jour-là, il finit par s'éclaircir un moment lorsqu'un vent salé de la mer du Nord commença à balayer la côte. Isaac Bell vit la lueur du jour s'imposer enfin, révélant des champs sillonnés de tranchées, des arbres alignés le long des clôtures et, au loin, un abri à bateaux au bord d'un canal. Un bateau… Voilà qui ferait son affaire.

Bell aperçut alors son visage sur une affiche collée sur le hangar à bateaux.

Il lui fallait reconnaître les mérites des services de renseignements militaires du Kaiser. Trois jours après son débarquement sur la côte, l'armée allemande avait placardé son portrait sur d'innombrables arbres et murs de granges entre la mer du Nord et Berlin. Récompense pour sa capture : un millier de marks, plus de cinq mille dollars ; une petite fortune, des deux côtés de l'Atlantique. Le fugitif au visage sinistre de l'affiche était assez ressemblant. Les Allemands ne possédaient aucune photographie de lui, et avaient dû se fier au rapport d'une sentinelle de l'arsenal de Wilhelmshaven, mais le dessinateur était parvenu à capturer la ligne volontaire du menton et des lèvres, ainsi que la silhouette mince et musculeuse. Dieu merci, la description qui accompagnait le dessin – cheveux blonds et moustache – correspondait à des traits courants parmi les hommes de la région, même si la plupart d'entre eux étaient moins grands que lui.

Les États-Unis étaient à présent entrés en guerre pour combattre l'Allemagne. Avec ses vêtements – assemblage dépareillé d'éléments d'uniformes – et sa béquille, il était assuré en cas de capture d'être exécuté comme espion. Et la carte qu'il avait dessinée du nouvel arsenal d'U-Boots où la marine du Kaiser assurait le service et la maintenance des derniers sous-marins allemands, bien plus puissants que les vieux Holland et puissamment armés, ne risquait pas de jouer en sa faveur. De façon aussi soudaine qu'inattendue, ces submersibles menaçaient de faire pencher le cours du conflit en faveur de l'Allemagne. Mais la carte de Bell ne servirait à rien, à moins de réussir à la faire parvenir à la Sixième Escadre américaine qui faisait route au large.

Le canal était étroit, et les joncs plantés de chaque côté pour protéger les rives du sillage des bateaux retenaient encore un peu de brouillard. Il rama sur deux milles nautiques jusqu'à Wilhelmshaven, abandonna son embarcation pour échapper à la vigilance des sentinelles de l'arsenal, puis en déroba une autre. Le brouillard lui vint encore une fois en aide, apparaissant par intermittence, s'éclaircissant par moments, s'épaississant à d'autres grâce aux panaches de fumée de charbon lancés par la centaine de navires de guerre qui se trouvaient là.

La marée était basse. L'entrée du port de Wilhelmshaven était peu profonde, et partout, on voyait les mâts et les cheminées des bâtiments de la flotte de haute mer, la *Hochseeflotte*, ainsi que des croiseurs de bataille et des cuirassés qui attendaient de prendre le large. Mais les bâtiments lanceurs de torpilles à tirant plus faible étaient libres de leurs mouvements. Bell devait trouver une embarcation très rapide et de dimensions assez réduites pour qu'il puisse la piloter seul, ce qui éliminait d'office les remorqueurs, les allèges, les canots et les chalands de pêche.

L'ESPION

Les renseignements fournis par un agent Van Dorn passé dans la clandestinité à la suite de la fermeture des bureaux berlinois de l'agence avaient mis en évidence la présence en ces lieux d'une vedette armée prise aux Italiens, un MAS – Motoscafo Armato Silurante – de quinze mètres. Bell l'avait repéré en arrivant et il était toujours là, dans l'ombre d'un cuirassé.

Il pria pour que le brouillard s'épaississe, et son vœu fut si vite exaucé qu'il eut à peine le temps de mettre le cap à la boussole sur le MAS avant que les navires du port ne deviennent invisibles jusqu'au faîte de leurs mâts. Il rama en consultant avec régularité la boussole posée à côté de lui sur le banc et en tentant d'évaluer la force du courant. Il était impossible de viser une cible de quinze mètres dans un rayon d'un quart de mille nautique, et il ne put se rendre compte de l'écart qui le séparait de la vedette qu'en cognant à plusieurs reprises son embarcation sur le flanc du cuirassé.

Au-dessus de lui, l'ombre menaçante des canons de douze pouces lui indiqua qu'il se trouvait près de la proue, et il longea la coque sans se presser jusqu'à ce qu'il finisse par découvrir le MAS. Il embarqua à son bord, vérifia que personne d'autre ne s'y trouvait et défit toutes les amarres, sauf une. Il inspecta alors les moteurs, deux beaux engins à essence compacts, conformes à ce que l'on pouvait attendre des meilleurs ingénieurs italiens. Il se mit en devoir de comprendre comment les faire démarrer, amorça les pompes à carburant et largua la dernière amarre. Il se servit de l'une des rames pour s'éloigner avec lenteur du cuirassé et attendit que le soleil commence à disperser le brouillard. Juste au moment où il pouvait voir et être vu, il lança les moteurs, chacun aussi bruyant que celui de sa vieille Locomobile.

Au moment où il atteignait l'étroite embouchure du port, les Allemands commençaient à se douter que quelque chose se passait, mais ils en ignoraient encore la nature. La confusion et la brume encore épaisse lui firent gagner quelques précieux instants, et lorsque les premiers coups de pistolets et de fusils retentirent, il fonçait déjà sur l'eau à près de trente nœuds. Il dépassa quelques bateaux patrouilleurs qui le prirent pour cible ; certains de leurs tirs étaient d'ailleurs d'une précision remarquable. Quatre mill marins au-delà de la bouée extérieure du port, Bell regarda derri lui. Le brouillard se raréfiait, à peine plus épais qu'une brume, et à travers lui, il aperçut des colonnes de fumée – trois ou quatre vedettes lance-torpilles qui le prenaient en chasse, armées de canons de quatre pouces sur leur pont avant.

Plus il s'éloignait de la côte, plus la mer était houleuse, et il lui fallut ralentir. Les vedettes gagnèrent du terrain. À trois milles de distance, elles ouvrirent le feu, et Bell ne dut son salut qu'au fait que son bateau de quinze mètres constituait une cible minuscule. À deux milles, les obus se rapprochèrent dangereusement, et Bell commença à louvoyer, ce qui le rendait plus difficile à atteindre, mais le ralentissait, et bientôt, les vedettes furent assez proches pour qu'il puisse distinguer les artilleurs à leurs proues.

Il examina l'horizon au large, espérant voir de la fumée s'élever au-dessus de la structure floue d'un mât-cage.

Un obus de quatre pouces fendit l'air dans un hurlement perçant et tomba à l'eau devant lui. Il n'y avait plus aucune trace de brouillard. Des taches bleues parsemaient le ciel. Il distinguait avec netteté la vedette de tête, et les deux autres derrière elle. Un nouveau projectile déchira le ciel, tout près. Il le vit tomber dans une gerbe d'éclaboussures sur le côté du bateau et rebondir comme une pierre qui ricoche.

Devant lui, le ciel qui s'emplissait de bleu fut soudain fendu à la verticale comme par un glaive sombre et il vit s'élever une colonne de fumée. Il entendit le crépitement de canons de cinq pouces à répétition rapide. Des obus volèrent au-dessus de lui, et des gerbes d'eau jaillirent autour de la vedette de tête, qui s'empressa de faire demi-tour pour regagner au plus vite la côte, aussitôt suivie par les deux autres.

Bell vit alors son sauveur s'approcher. Compte tenu de leurs vitesses combinées, il ne lui fallut que quelques instants pour reconnaître le mât-cage familier, les antennes radio et les canons de quatorze pouces de l'USS *New York*, cuirassé de 27 000 tonneaux.

Quelques minutes s'écoulèrent avant que Bell soit hissé sur son pont principal. Des marins l'accompagnèrent jusqu'à la base du mât-cage. Il présenta sa précieuse carte au commandant de la Sixième Escadre, le contre-amiral Lowell Falconer, qui l'accueillit avec un large sourire et lui prit le document de sa main estropiée avant de l'examiner avec un soin enthousiaste et de donner ses ordres en conséquence.

— Je vais donner un coup de main à vos gars pour les aider à bien retrouver les points de repère.

Un matelot, moitié moins âgé que lui, lui proposa son aide pour l'ascension du mât-cage.

— Merci, lui répondit Bell, mais j'ai déjà escaladé ce genre d'engins.

Les canons de quatorze pouces du *New York*, conçus par Arthur Langner, étaient montés sur des tourelles spéciales, perfectionnées après sa disparition par les membres de l'atelier de l'ingénieur. Ils pouvaient être manœuvrés à des angles impensables, ce qui augmentait leur portée de façon considérable. Un système de contrôle de tir mis au point par l'équipe de Grover Lakewood calcula la distance qui séparait le *New York* de l'arsenal des U-Boots. Des salves retentirent. Des obus aux puissantes charges explosives s'élancèrent vers la côte.

La mer était haute, à présent. Des croiseurs de bataille allemands sortirent du port à toute vapeur. Ils étaient rapides et lourdement armés, mais leur blindage ne se comparait en rien à celui du *New York*, et ils gardèrent leur distance jusqu'à ce que deux grands cuirassés apparaissent à leur tour à l'horizon. Les marins qui accompagnaient Bell dans le nid-de-pie échangèrent des regards inquiets.

Les cuirassés allemands se rapprochaient. Le navire américain continua à bombarder sa cible.

Au bout d'un moment, de gros panaches de fumée signalèrent enfin la destruction de l'arsenal des U-Boots.

Falconer ordonna ce qu'il décrivit à Bell comme un « retrait prudent ».

Les cuirassés allemands tirèrent au maximum de leur portée, mais il était trop tard et leurs obus plongèrent dans l'eau avant d'atteindre leur cible. Les anciens moteurs alternatifs du *New York* avaient été remplacés par des MacDonald dernier cri, et le bâtiment laissa ses poursuivants loin derrière son sillage.

Alors que le cuirassé américain mettait le cap sur le port de Scapa Flow, dans les Orcades, au nord de l'Écosse, le contre-amiral Falconer invita Isaac Bell dans sa cabine privée aménagée juste sous le pont. L'alcool était interdit par l'US Navy, mais Bell avait apporté une flasque avec lui, et ils burent à la victoire.

— Cette petite escapade n'apparaîtra dans aucun livre d'histoire, dit Falconer en ajoutant dans un éclat de rire que les amiraux britanniques seraient sans doute prêts à fusiller Bell pour avoir éclipsé leur gloire.

— Vous pouvez les rassurer, répondit Isaac Bell, et leur dire que les détectives privés ne rendent jamais leurs missions publiques.

Un charpentier du bord frappa à la porte, puis entra. Il portait un maillet et un ciseau en acier. Falconer lui désigna d'un geste la plaque du constructeur :

USS New York
Brooklyn Navy Yard

— Enlevez-moi ça, s'il vous plaît.
— Oui, monsieur – je veux dire, Amiral !

Le charpentier entama sa découpe autour de la plaque, et lorsque celle-ci fut assez lâche pour qu'il puisse la séparer de la cloison, Falconer le congédia. Seul avec Isaac Bell, il la détacha. Dessous, en caractères en relief soudés à l'acier, on pouvait lire :

Hull 44

*

Une semaine plus tard, Isaac Bell débarqua d'un train en provenance d'Écosse. Il quitta la gare d'Euston à pied pour s'enfoncer dans les rues de Londres, qui paraissaient épuisées par les longues années de guerre.

Le détective détourna le visage d'une caméra des actualités filmées et évita un fourgon postal hippomobile. Il s'arrêta un instant pour admirer une limousine Rolls-Royce Lawton rouge de 1911. Ses lignes élégantes étaient quelque peu gâchées par un conteneur de gaz souple posé sur son toit. L'automobile avait été modifiée pour pouvoir fonctionner au gaz de charbon, en raison de la pénurie de carburant causée par les ravages des U-Boots qui coulaient les pétroliers.

La Rolls-Royce s'immobilisa devant lui.

Le chauffeur, un homme âgé, trop vieux pour combattre dans les tranchées, descendit de voiture, salua Bell et ouvrit la porte du compartiment séparé réservé aux passagers. Une séduisante femme à la chevelure blond paille, avec une silhouette aux courbes gracieuses et des yeux vert-corail, s'adressa à lui d'une voix débordante de joie et de soulagement.

— Nous sommes si heureux, c'est une telle chance que tu aies pu revenir.

Elle tapota la banquette de la paume de la main.

Une émeraude scintillait à son annulaire, aussi verte et mystérieuse que les yeux d'un chat.

Cet ouvrage a été imprimé par
CPI BRODARD ET TAUPIN
72200 La Flèche

pour le compte des Éditions Grasset
en janvier 2013

Composé par FACOMPO à Lisieux (Calvados)

Dépôt légal : janvier 2013
N° d'édition : 17516 – N° d'impression : 71268
Imprimé en France